갈증은 아름다웠지만 강물은 아름다울 만큼 어두웠[illegible]

김선오(시인)

KB020336

우리가 어느 시공간에서 클라리시 리스펙토[illegible]치든 간에 그의 얼굴을 모르는 채 읽기를 시작하기란 거의 불[illegible]한 일 같다. 이 글을 쓰고 있는 지금 내 앞에는 『세상의 발견』 가제본 책과 『달걀과 닭』 한 권이 나란히 놓여 있다. 나는 두 책을 번갈아 본다. 아직 세상에 나오지 않은 『세상의 발견』 표지는 백지이며 『달걀과 닭』에는 어느덧 친근해진 클라리시의 얼굴이 인쇄되어 있다. 그의 두 눈이 그가 살았던 시대와 장소로부터 멀리 떨어진, 2020년대의 한국 독자인 나를 바라본다. 『달걀과 닭』처럼 표지 전체가 작가 얼굴로 점령되어 있는 책을 나는 알지 못한다. 사진 속 무표정이 너무나 심원해 보여서 책을 집어 들다 멈칫하게 되는 경험은 비단 나만의 것이 아닐 것이다. 클라리시의 얼굴은 독서의 시간 동안 또 다른 풍경처럼 머릿속 한편에 둥둥 떠 있다. 그의 초상에 대해 우리가 갖는 강렬한 인상은 책의 감상에 크고 작은 영향을 미쳐왔을 것이다.

내 얼굴을 향하는 것처럼 보이지만 사실 오래전의 카메라 렌즈를 응시하고 있었을 그의 시선은 50여 년의 생애 동안 어느 표면과 심층을 오가며 무엇을 식별하고 또 축조해왔을까. 클라리시의 소설에서 사건들의 시간은 문장의 나열을 통해 팽창된다. 부엌에 놓인 달걀을 바라보거나 거리에서 죽은 쥐의 시체를 밟거나 모르는 개를 묻어주거나 차창 밖으로

* 본문 546쪽.

껌 씹는 장님을 목격하는 등, 일상적인 동시에 일상으로부터 탈구된 장면들은 문장으로 분화되는 동안 더 넓은 시간성을 확보한다. 반면 결말은 단말마의 비명처럼 찾아온다. 이 급작스러운 끝남이 죽음의 형식과 닮아 있다고 느껴지기에 나는 한 편 한 편의 소설을 하나의 생명체처럼, 움직이는 살덩어리처럼 여기게 되기도 했다. 그의 소설을 읽는 것은 뜨거운 내장을 내 손으로 쥐는 일 같았다. 처음 읽으며 몸서리쳤던 기억이 지금도 선명하다. 이러한 독서가 어떻게 가능한가? 나는 거의 경악했다. 그리고 궁금했다. 이제는 인쇄물의 형태로만 마주할 수 있는 그의 두 눈이, 감정과 감각을 지닌 육체에 속해 있었을 때에 보았던 것은 무엇이었을지. 소설의 형태로 구성되고 형식화되지 않은, 아직 재료인 상태였을 장면들을 그가 어떻게 다루고 간직해왔을지. 이 얼굴이 목소리로 내뱉은 말은 무엇이었으며, 그가 타자와 나누었던 대화들은 어떤 내용이었을지.

단편 「버펄로」 낭독회에서 한 독자가 "이야기 전체가 마치 내장으로 만들어진 것 같다"라는 후기를 전했다는 일화를 다시 한번 떠올려본다. 클라리시의 소설이 내장과 같다면 『세상의 발견』은 피부에 가까운 글들의 모음이라고 말할 수 있을 것이다. 보다 표면인 것. 부드럽고 따뜻하고 익숙하지만 그 속에 뼈와 내장과 정신을 품고 있는 것. 산문의 넓이를 누리며 멀리까지 뻗어나가는 일상적이고 경쾌한 문장들은 클라리시 리스펙토르라는 작가의 신비를 걷어내 폐기해버리는 것이 아니라 우리로 하여금 걷힌 자리에서 새로운 형식의 신비를 발견하게 한다. 가령 아래와 같은 문장들.

> 나는 삶은 피할 수 없는 것임을 느낀다. 봄에는 몇 시간이고 혼자 앉아서 담배를 피울 수 있다. 때로는 피를 흘릴 수도 있다. 그러나

> 피를 흘리지 않을 방법은 없다, 나는 내 피 안에서 봄을 느끼니까. 그래서 아프다. 봄은 내게 무언가를 준다. 봄은 나를 살게 해준다. 나는 어느 봄에 죽을 것이다. 나를 찌르는 사랑과 약해진 심장으로.*

각주에 따르면 남반구의 봄은 9월 말부터 12월 말까지이다. 클라리시는 1977년 12월 9일에 사망했다. 단편 「버펄로」는 "그러나 봄이었다"라는 첫 문장으로 시작된다. 봄이라는 계절의 폭력적일 만큼 강인한 생명력 앞에서 클라리시는 줄곧 경탄했던 것 같다. 어머니로서의 자신이 작가로서의 자신보다 중요하다고 말하는 그였으므로 만물이 탄생하는 봄이 자신의 소멸과 잘 어울리는 계절이라 생각했을지도 모른다. 그러나 대체 어떻게 "나는 어느 봄에 죽을 것이다"라고 단언할 수 있었던 것일까. "우리가 추상이라고 부르는 것이 내게는 단지 눈으로 보기 힘든 더 섬세하고 어려운 현실을 형상화한 것으로 보인다"**라는 문장처럼, 클라리시에게 스스로의 죽음이라는 사건은 단지 눈에 보이지 않는 더 섬세하고 어려운 현실이기에 어떠한 방식의 예감과 확신이 가능한 대상이었던 것일까.

클라리시는 세상을 떠날 때까지 아들이 자신의 글을 읽지 않기를 원했다. 둘째 아들 파울루는 그의 나이 스물세 살, 어머니를 여의고 나서야 클라리시의 글을 처음 읽기 시작했다고 말한다. 같은 인터뷰에서 이미 노인이 된 파울루는 무릎에 타자기를 올리고 있는 클라리시의 사진을 보며

* 본문 236~237쪽.

** 본문 512쪽.

이렇게 설명한다.

> 어머니는 이렇게 무릎에 타자기를 올리고 글을 썼어요. 이 사진은 연출된 것이기는 하지만요. 어머니는 네다섯 시쯤, 아주 이른 아침에 일어나서 글을 썼어요. 요즘에는 주로 컴퓨터를 사용하니까 타자기 소리를 잘 모르실 텐데, 빗방울이 창문에 부딪치는 것 같았어요. 몇 년 전에는 창문에 빗방울 부딪치는 소리가 들리기에 엄마가 글을 쓰고 있구나, 그렇게 생각하기도 했죠.

이른 아침 일어나 타자기로 글을 쓰는 것은 클라리시의 일상이었다. 『세상의 발견』에 수록된 글들 역시 같은 시간에 쓰였을 것이다. 동틀 녘의 빛이 붉게 물들이는 그의 손등과 타자기의 네모난 자판들을 떠올려본다. 마치 타악기 연주처럼 이어지는 타자기의 규칙적인 소리들은 아침의 공기를 흔들었을 것이다. 오래전 열 손가락의 부지런한 움직임을 통해 적힌 포르투갈어 문장들은 한국어로 번역되어 지금 우리 곁에 책의 형태로 도착해 있다. 그의 죽음 이후 약 40여 년의 시간이 흐른 뒤, 지구 반대편 작은 나라에서 열렬한 그의 독자들이 등장하게 될 것임을 클라리시는 예상하였을까. 발음도 구조도 전혀 다른 언어를 사용하는 미래의 사람들이 그의 책을 함께 읽고 이야기하며, 그의 영혼을 이토록 환대할 것임을 알았더라면 이에 대해 그는 어떤 문장을 적고 싶어 했을까.

클라리시는 1966년 9월 담배를 손에 쥔 채 잠들었다가 집 전체가 불에 타 큰 화상을 입었다. 특히 글쓰기의 주된 도구인 오른손의 상태가 위중했다. 대체로 『세상의 발견』은 그를 쇠약하게 만들었던 심각한 화재 이

후에 쓰인 글들이다. 클라리시는 자신이 겪은 참사에 대해서는 대체로 간단히 언급하고 지나간다.("무슨 일이 있었는지 설명하려고 하지 않겠다."*) 육체의 선명한 고통을 통과하는 도중에 쓰인 문장들이 어째서 이토록 유연할 수 있는 것인지, 그것도 신문에 연재하는 칼럼의 형식 내부에서 어떻게 이러한 글의 탄생이 가능했던 것인지 너무도 궁금한 나머지 무덤 속의 그를 일으켜 물어보고 싶다. 클라리시의 글에서 포착되는 미지의 여러 양상 중 가장 불가해한 것은 쓰는 사람으로서의 그의 힘과 용기였다. 여성으로서의, 어머니로서의, 작가로서의 그 모든 정체성을 쇠약한 육체로 수렴시켜 문학의 언어로 재구성하는 그의 쓰기에, 수십 년 전 타자기를 두드리던 클라리시의 두 손에, 오늘 밤 노트북 키보드를 두드리는 내 손의 움직임이 빚지고 있다.

『세상의 발견』을 읽는 동안 나는 독서보다 대화에 가까운 경험을 했다. 또한 작가로서 글을 쓰는 동안 가지게 되었던 여러 의문들에 대한 대부분의 해답을 찾아낼 수 있었다. 그러니까 질문보다 먼저 쓰인 대답인 셈이다. 내내 많은 위안을 받았다. 클라리시는 세심하고 다정한 사람이었다. 그는 자신이 자라난 브라질 땅에서 살아가는 수많은 존재들에 대해 깊은 애정과 연민을 갖고 있었다. 현실에서는 사회문제에 분노하며 시위에 참여하였고 언제나 투쟁해야 한다고 말했다. 분명 많은 이들의 의심이 뒤따랐을 테지만 자신의 작품을 일종의 참여문학이라 여기기도 했다. 주목받지 못하는 친구의 아름다운 글을 자신의 글 안으로 초대하였고, 파블로 네루다와의 인터뷰를 앞두고 몹시 긴장하는 모습을 보이기

* 본문 281쪽.

도 했으며, 구걸하는 자들을 지나치지 못하고 지갑을 열었다. 특히 인상적이었던 대목은 크리스마스이브마다 수면제를 먹고 48시간 동안 잠들어버린다 말하는 젊은 여성에게 매년 크리스마스이브를 레스토랑에서 함께 보내자고 제안하고, 실제로 그렇게 하고 있다는 내용이었다. 그는 매사에 좋은 친구였고 가족이었다. 주변에서 흔히 볼 수 있을 법한 클라리시의 일상은 추상적이며 난해하다고 치부되는 그의 문장들과 별개의 것이 아니었다. 그는 현실의 깊이와 넓이를 통렬하게 감각하는 동시에 한 명의 개인으로서 자신의 삶에 충실했다. 그런 의미에서 스스로를 프로 작가가 아닌 아마추어라고 말하기도 했다. 1977년, 세상을 떠나기 몇 달 전의 인터뷰에서 인터뷰어는 그에게 브라질 혹은 라틴아메리카의 작가들과 교류하는지 묻는다. 클라리시는 그렇다고 답한다. 인터뷰어가 브라질 작가 중 요즘 가장 중요하다고 생각하는 이가 누구인지 묻자 클라리시는 이러한 호명이 누군가에게 상처가 될 수 있다고 이야기하며 대답을 거절한다. 재차 인상 깊은 작품을 말해달라 요구하자 그는 단호하게 다시 거절한다. 그의 배려는 그가 아끼는 대상을 보호하는 방식으로 이루어졌던 모양이다. 그가 자신보다 사랑했던 아들과의 대화에서도 이러한 다정함은 발견된다. 아래는 내가 무척 인상적으로, 또 따뜻한 마음으로 읽었던 대화 내용 중 일부이다.

"내년이면 열 살이 돼. 아홉 살의 남은 날들을 누려볼 거야."
"잠깐 정지. 슬퍼."
"엄마, 내 영혼은 열 살이 안 됐어."
"몇 살인데?"
"겨우 여덟 살인 것 같아."
"상관없어, 괜찮아." *

표지에 인쇄된 클라리시의 얼굴을 다시 바라본다. 『세상의 발견』을 읽기 전에는 단호하고 신비하게만 느껴졌던 얼굴이 나에게 "상관없어, 괜찮아"라고 부드럽게 말해주는 것 같다. 그는 심한 화상을 입고 회복 중인 몸으로도 독자들의 숱한 편지와 온갖 무례한 요청에 성실하게 답하는 작가였다. 클라리시의 소설과 산문을 읽으며 내가 전례 없이 매혹되었던 것은 글의 기이한 형식이 타자에 대한 유례없이 깊은 존중과 애정에서 비롯된 것이기 때문일지 모른다. "창작의 과정은 비밀스럽고 모호한 것"이라고** 그는 이야기했지만.

순진하게 들릴 것을 각오하고 말해보자면 클라리시 리스펙토르는 내가 가장 사랑하는 작가의 이름이다. 이 닳고 닳은 사랑이라는 표현이 겁먹고, 압도당하고, 부러워하고, 두려움과 용기를 동시에 주며, 영원히 장악할 수 없기에 느끼는 아름다움을 모두 내포할 수 있다면 더더욱 그렇게 말해야 할 것이다. 「사랑」이라는 제목을 가진 그의 단편소설이 존재한다는 사실을 상기해보면 이미 그 시대에도 충분히 진부한 말이었을 '사랑'이라는 단어의 어떠한 속성을 그 역시 신뢰하고 있었으리라 믿게 된다. 그리고 그러한 사랑의 다층적인 면들 중 어떠한 우정의 층위를 나는 『세상의 발견』을 통해 획득할 수 있었다. 이 글에서 리스펙토르라는 성 대신 클라리시라는 이름으로 그를 부를 수 있었던 것도 모두 『세상의 발견』 덕택이다. 읽는 내내 나는 그를 다른 시대에 살고 있는 친구처럼 여길 수 있었다. 내가 살고 있는 시간 속에서 클라리시는 이미 죽은 사람이기에 이 낯선 형태의 우정은 타자가, 심지어 우리 자신조차 침범할 수

* 본문 505쪽.

** 본문 727쪽.

없는 보호구역이 되었다. 나는 이 사실이 무척 마음에 든다.

> "아름다움에 대한 감정은 무한함과 우리가 맺는 관계이며, 우리가 무한함에 동조하는 방식이다."*

『세상의 발견』에 속해 있는 이 문장은 그의 독자인 우리에게 곧바로 적용 가능하다. 클라리시 리스펙토르의 글을 읽는 동안 우리는 우리로서 무한함에 동조하게 된다. 감정의 방향은 끝없이 확장되며 깊어지고 멀어지는, 현실이라는 장소를 향한다. 그곳은 아름다울 만큼 충분히 어둡다.

* 본문 477쪽.

그리하여, 타오르는 여자의 손으로

장혜령(시인)

우리는 푸른 불의 영혼을 나눠 가졌다

나의 학교는 언덕에 있었고, 낮고 푸른 언덕에 있었고, 학교를 생각하면 나는 오직 봄의 학교만을 떠올린다. 그것은 내가 봄의 어둠으로부터 이제 막 머리를 내민 어린 뱀과 같았던 때의 일이기 때문이리라.

나는 아름다운 푸른 원피스를 입고 있던 한 여인을 기억한다. 여인은 언제나 이름 모를 남자의 바이크 뒤에 실려 학교를 향하고 있었다. 그녀는 두 다리가 없었으므로 그녀의 다리는 바람에 흐르는 푸른 불과 같았다. 푸른 불을 보았으므로 그날 이후 나는 그녀를 영원히 잊을 수 없게 되었다.

나는 그녀가 수업하는 모습을 본 적이 없었다. 교무실이나 행정실, 복도에 있는 모습을 본 적이 없었다. 그녀는 어디에 있었을까. 그녀는 어디에도 없었다. 그렇다면 그녀는 누구였을까. 아아, 그녀는 누구도 아니었다. 그리하여 지금까지도 나는 단 한 번도 푸른 불을 가진 여인을 만난 적 없는 사람처럼 그녀를 그리워한다.

그리하여 나는 단 한 번도 학교를 간 적 없는 사람처럼 학교로 향하던 시절을 그리워한다. 향해 간다는 것은 살아 있다는 것이기에, 단 한 번도 살아본 적 없는 사람처럼 살아 있던 때의 일을 그리워한다.

이것은 모두 당신이 펼쳐 든 이 책을 읽다가 일어난 일이다.

왜 하필 학교로 향하던 푸른 언덕이 떠올랐는지, 왜 하필 영혼의 푸른 옷자락을 끌며 스쳐간 그 여인이 떠올랐는지, 나는 알지 못한다.

어쩌면, 내 안의 누군가 알 것인가?

어쩌면 독자 여러분 가운데 그 이유를 나보다 잘 아는 이가 있을지도 모른다. 그렇다면 우리는 하나의 영혼을 공유하고 있는지도 모른다. 그리하여 먼 곳의 당신과 나의 영혼이 하나로 이어져 있다면, 우리 영혼은 가본 적 없는 벌판처럼 광활하며, 잠든 후에야 우리는 꿈속에서 만나게 되리라.

그러나 어떤 명석한 독자는 결코 나의 말을 믿을 수 없으리라. 이 이야기가 그저 헛된 꿈과 같다고 여기리라. 단 한 번도 꿈을 꾸어본 적 없는 사람처럼, 매일 아침 잠에서 깨어나 당신은 자신의 꿈을 망각의 불 속으로 영원히 던져버리리라.

당신의 꿈이 타오를 때 당신과 나, 우리의 영혼은 그 불을 함께 지켜본다.

그리하여 나는 그 재의 맛을 안다. 당신도 알 것인가?

볼 수 없는 것을 보라고 여자는 말한다

사실은 리얼리티에 관해, 특히 유년의 리얼리티와 꿈의 리얼리티에 관해서는 그 어떤 말도 해주지 않는다. 유년과 꿈이 소거된 글쓰기란 존재하지 않으므로, 글쓰기의 리얼리티에 관해서도 사실은 그 어떤 말도 해주지 않는다.

사실은 우리의 리얼리티를 벌거벗기고 추방시킬 뿐이다. 리얼리티가 추방된 공간에서 우리는 사실의 나열이 리얼리티라 믿으며 산다. 그러나 진정 그러한가? 리얼리티란 어디에 있는가?

리스펙토르는 답한다.

리얼리티는 단 한 번도 우리를 떠나지 않았다. 다만 우리가 눈 뜬 채 그것을 보지 못할 뿐이다.

리스펙토르에게 쉽게 이해할 수 있는 것은 진실이 아니다. 인간의 이해를 넘어선 곳에 진실은 있다. 그러나 이해할 수 없는 것을 우리는 볼 수 있는가? 볼 수 없는 것을 우리는 이해할 수 있는가?

어쩌면 이해할 수 있을지도 모른다. 우리가 인간이 아니라면. 처음부터 우리는 인간이 아니었고, 지금도 인간만은 아님을 받아들일 수 있다면.

한때 우리가 보지 못하는 곳에서 우리는 수태되었다. 그때 우리는 한낱 점이었다. 한때 우리가 보지 못하는 곳에서 최초의 사랑이 있었다. 그때 우리는 한낱 우연의 가능성이었다. 한때 우리가 보지 못하는 곳에서 세계는 존재했다.

그러므로 우리가 보지 못하는 곳에서도 우리는 존재했으리라.

그러므로 우리가 보지 못하는 곳에서 우리의 죽음은 있으리라. 우리가 없는 곳에서도 세계는 있으리라.

세계를 보려고 우리는 밥을 먹고 텔레비전 앞에 앉는다. 아니, 밥을 먹으면서 텔레비전 앞에 앉는다. 나는 텔레비전 화면 속에서 불타는 땅을 본다. 그 땅을 꿈에서 본 것 같다. 채널을 돌린다. 피 흘리는 여자와 아이들을 본다. 그들을 꿈에서 본 것 같다. 채널을 돌린다. 도살될 구제역의 짐승들을 본다. 그 짐승들을 꿈에서 본 것 같다. 채널을 돌린다. 고기를 산처럼 쌓아두고 먹는 남자와 여자들. 우리는 지금 원시시대를 살고 있는가? 어쩌면 그럴지도 모른다.

텔레비전의 한국 언어는 그것을 착하다고 말한다. 착한 고기. 착한 가격. 착한 가게. 착한 여자와 남자. 값이 싼 것은 착한 것이고, 예쁜 것은 착한 것이고, 많이 먹고 돈을 많이 쓰는 것도 착한 것이다. 착한 사람들이 고기를 다 굽고도 모자라 허파도 굽고 내장도 굽는다. 남은 뼈를 넣고 다진 파 마늘을 넣어 원시 수프를 끓인다.

어디선가 버려진 짐승의 울부짖음이 들려온다. 절뚝거리며 걷는, 버려진 아기 짐승. 그것도 착하다고 할 것인가?

어쩌면, 어쩌면 그럴지도 모른다.

이것이 저널리즘이 말해주는 현실이다. 벌거벗겨져 초라한 현실. 현실이라 강요되는 현실. 우리가 믿게 되었으므로, 현실이 되고 만 현실. 이 현실이 세계인가? 우리가 보지 못하던 세계를 우리는 이렇게 봄으로써 얻게 되었는가?

보지 못하는 것을 믿어야만 나타나는 세계가 있음을 리스펙토르는 말한다. 세계는 그대로인데, 인식만으로 바뀌는 세계가 있음을 말한다. 벌거벗지 않은 리얼리티를 말한다. 단 하나의 축소된 리얼리티가 아닌 다수의 리얼리티.

그녀의 책 속에서, 우리의 리얼리티는 벌판처럼 광활하며, 우리는 깨어 있는 때에도 꿈처럼 만나게 되리라.

타오르는 여자의 손은 말하다

1966년 9월의 어느 봄*, 마흔여섯 살의 리스펙토르는 우울과 불면 속에서 불붙은 담배를 손에 쥔 채로 잠에 들었다. 깨어났을 때 그녀의 글은 불타고 있었다. 살아오면서 늘 그러했듯이, 글을 구해야만 한다는 내면의 목소리에 따라 그녀는 불 속으로 손을 뻗었다. 그리하여 세 달이나 병원에 머물러야 하는 큰 화상을 입었고 그 아름다운 손을 영원히 잃었다.(손을 자르는 일만은 면했지만, 글 쓰는 오른손은 불타버린 뒤에 숯처럼 변했다.)

* 남미에서는 9월이 봄이며, 리스펙토르 역시 봄의 여인이다. 그녀는 12월의 봄에 죽었다.

우리 앞에 온 이 책의 원고 대부분은 그녀의 손이 불탄 이후에 쓰인 것이다. 그날로부터 꼭 한 해가 지난 1967년, 불타버렸던 바로 그 집으로 귀환한 리스펙토르는 낯모르는 세상의 독자를 향해 간절히 편지 쓰는 마음으로 신문에 글을 썼다.

어쩌면 그녀가 독자들이 종이 신문을 찾아 읽으며, 그 신문에 실린 칼럼에 대해 간절히 응답하고자 했던 시대를, 그리하여 독자가 작가를 찾아와 초인종을 누르고 자신이 쓴 답장과 꽃다발을 건넬 수도 있었던 놀랍고도 위대한 시대를 살았기 때문이다. 가장 강력한 위대함은 돌이킬 수 없음이고, 돌이킬 수 없음의 영원한 불타버림이고, 불타버려 돌이킬 수 없음으로 그 시절이 위대하게 남아 있음을 나는 보았다.

리스펙토르의 여자는 이렇게 쓴다.

> 오타가 너무 많아서 죄송합니다. 일단은 제가 오른손에 화상을
> 입었어요. 또 다른 이유는 저도 잘 모르겠습니다.
> 한 가지 부탁드리고 싶습니다. 교정하지 말아주세요. 구두점은
> 문장의 호흡입니다. 그리고 제 문장은 그런 방식으로 숨을 쉬지요.
> 혹시 제가 이상하다고 생각하신다고 해도 그것마저 존중해주세요.
> 저 역시 저를 존중할 수밖에 없었습니다.
> 글쓰기는 저주입니다.*

그리고 다른 날, 이렇게 쓴다.

* 본문 114쪽.

> 언젠가 글쓰기는 저주라고 말한 적이 있다. 내가 왜 신심을 담아 그런 말을 했는지 정확하게 기억나지 않는다. 오늘 다시 그 이야기를 꺼내자면, 글쓰기는 저주이긴 하나 구원하는 저주다.*

그리고 또 다른 날, 이렇게 쓴다.

> 책을 아홉 권이나 썼으면서 어떻게 당신들에게 "사랑한다"라는 말을 하지 않을 수 있었을까요? 저는 저와 글로 쓴 말을 통해 퍼져나가는 저의 목소리를 기다려주는 인내심 가진 이들을 좋아합니다. (…) 제가 줄 수 있는 것은 단어뿐이에요. 제가 이토록 가난하다는 게 고통스럽습니다. (…) 이토록 무기력한 사랑을 마음에 품는다는 건 무척 괴로운 일이에요. 그렇지만 저는 계속 희망합니다.**

수난은 봉헌의 다른 이름이다

어느 날, 나는 심야의 텔레비전에서 침대 위의 벌거벗은 한 여자를 보았다. 그 속에서 여자는 구멍이었다. 오직 구멍으로 존재하고 있었다. 자신이 구멍이었던 적 있는 모든 존재는 여자이므로. 그러므로 나는 그것을 한 번에 알아보았다.

여자는 침대만 있는 흰 방에 홀로 앉아 있었는데, 스스로는 결코 일어서지 못하는 그 모습이 어찌나 고독했는지, 마치 두 다리가 잘린 여자처럼 보였다. 그러므로 여자는 발이 없는 세이렌이었다. 반은 인간의 몸이

* 본문 222쪽.

** 본문 153~154쪽.

고, 반은 물고기의 몸을 한 반인반수.

여자는 무언가를 기다리고 있었다. 시나리오의 설정에 따르면 아마 여자는 남자를 기다려야 했을 테지만, 기다리기 위해 벌거벗었을 테지만, 여자는 다른 것을 기다리고 있었다. 기다림으로 희망하고 있었다. 그녀 자신도 알지 못했으므로 찾아온다 해도 붙잡지 못할 무언가를.

우리는 일생 동안 무언가를 기다린다는 것을 알지 못하면서 어떻게 기다릴 수 있는가. 알지 못하면서 어떻게 살아갈 수 있는가.

수난(passion)은 봉헌의 다른 이름이고, 전달(deliver)은 구원의 다른 이름이므로, 영혼이 육신으로 부서지기를 원하고, 육신이 영혼으로 부서지기를 원하는 여자가 있으므로. 백지를 거즈처럼 덮어 쓰고, 구두점을 숨구멍이라고 말하는, 불타버린 여자가 있으므로. 숨을 쉬어야 하니 구두점을 빼앗지 말라고 간청하는 여자가 있으므로. 한 번 구멍 뚫린 여자의 심장에는 양립 불가능한 것이 서로를 맞보는 거울이 있으므로.

그때, 벌거벗은 여자에게서 나는 푸른 불을 보았다. 걷지 못하는 나의 여자를 보았다. 리스펙토르의 여자를 보았다. 인간은 자신을 닮은 것을 바라보기에, 바라봄 속에서 언제나 자기 자신을 찾아내고야 말기에, 그 속에서 별처럼 타오르는 나의 절룩이는 영혼을 보았다. 이 세상 버려진 모든 여자를 보았다.

그 속에 당신도 있었을 것인가?

나는 가끔 이 현실이 꿈이라는 것을 믿을 수 없고, 이 꿈이 현실이라는 것을 믿을 수 없어 아프다. 그때 아픈 것이 나만은 아닐 것이다.

어쩌면 독자 여러분 가운데 그 이유를 나보다도 잘 아는 이가 있을지 모른다.

그것이 우리가 리스펙토르를 읽는 이유다.

세상의 발견

Todas as crônicas by Clarice Lispector
Copyright © Paulo Gurgel Valente, 2024
Copyright ©Todas as crônicas, 2018

All rights Reserved.

Korean translation copyright © 2024 Springday's Book

This Korean translation is published by arrangement with
GAVEA LICENCIAMENTOS LTDA., fully owned by
Paulo Gurgel Valente, Copyright Holder of the Works of
CLARICE LISPECTOR c/o AGENCIA LITERARIA CARMEN BALCELLS, S.A.
through Greenbook Literary Agency.

이 책의 한국어판 저작권과 판권은 그린북저작권에이전시를 통한
저작권자와의 독점 계약으로 봄날의책에 있습니다.
저작권법에 의해 한국 내에서 보호를 받는 저작물이므로
무단 전재와 무단 복제, 전송, 배포 등을 금합니다.

세상의 발견

클라리시 리스펙토르 | 신유진 옮김

봄날의책

세상의 발견

초판 1쇄 발행 2024년 3월 20일
초판 2쇄 발행 2024년 4월 20일
지은이 클라리시 리스펙토르 **옮긴이** 신유진

발행인 박지홍 **발행처** 봄날의책
등록 제311-2012-000076호 (2012년 12월 26일)
서울 종로구 창덕궁4길 4-1 401호 전화 070-4090-2193
E-mail springdaysbook@gmail.com

기획 편집 박지홍 이승학 김현림 **원문 감수** 김용재
디자인 공미경 **인쇄 제책** 한영문화사

ISBN 979-11-92884-32-5 03870

차례

조르나우 두 브라질

Jornal do Brasil

1967-1973

1967

1967년 8월 19일

지겨운 아이들

못하겠다. 내가 상상한 그 현실인 그 장면을 떠올리지 못하겠다. 밤이 되자 배고픔에 지친 아이가 어머니에게 말한다. "엄마, 나 배고파." 어머니는 다정하게 대답한다. "자렴." 아이가 말한다. "그렇지만 배가 고프다고." 어머니는 고집한다. "자라고." 아이는 말한다. "잘 수 없어. 배가 고파." 어머니는 짜증 내며 다시 말한다. "자." 아이는 말을 듣지 않는다. 어머니는 고통스럽게 소리친다. "자란 말이야, 이 못된 녀석아!" 어둠 속에서 두 사람은 아무 말이 없다. 움직이지도 않는다. 아이는 잠들었을까? 깨어 있는 어머니는 생각한다. 아이는 너무 무서워서 불평하지 못한다. 어두운 밤, 두 사람 모두 눈을 감지 못한다. 결국 그 둘은 괴로움과 피로함 끝에 체념의 둥지 안에서 잠을 설친다. 나는 체념을 견딜 수 없다. 아, 나는 또 얼마나 게걸스럽게 분노를 삼키는지.

뜻밖의 일

거울 속 자기 모습을 보고 기뻐하며 자신에게 말한다. 나는 얼마나 신비로운 존재인가. 나는 정말 섬세하고 강하다. 아치형 입술은 순수함을 간직하고 있다.

누구도 우연히 거울에 비친 자기 모습을 보며 놀라는 사람은 없다. 우리는 짧은 순간 보이기 위해 만들어진 사물처럼 자기 자신을 바라본다. 사람들은 그것을 나르시시즘이라 부르겠지만,

나는 '존재하는 기쁨'이라 부르겠다. 외형에서 내면의 울림을 찾는 기쁨. 물론 나 자신을 상상하지 못했던 것은 사실이다. 나는 다만 존재한다.

피상적인 놀이

위험 부담 없이 생각하는 기술. 생각이 우리를 어떤 감정의 길로 이끌지 않았다면 생각하기는 이미 하나의 즐겁게 노는 방식 중 하나로 분류됐을 것이다. 우리는 이 놀이에 친구들을 초대하지 않는다. 생각하는 의식을 치러야 하기 때문이다. 가장 좋은 것은 무심코 그들을 초대해서 천연덕스럽게 단어로 위장하고 함께 생각하는 것이다.

진지하게만 하지 않는다면 괜찮다. 취미의 최고 수준인 깊은 생각을 하려면 혼자여야 하기 때문이다. 생각에 자신을 내주는 것은 스릴이기 때문이며, 우리는 필요하다면 '타인'이라는 말을 써도 전혀 어색함이 느껴지지 않을 만큼 커다란 믿음이 있을 때에만 타인 앞에서 생각할 용기를 낼 수 있다. 게다가 우리는 우리의 생각하는 모습을 지켜보는 이에게 많은 것을 요구한다. 그러니까 그 사람에게는 관대함, 사랑, 애정이 있어야 하고, 그 사람도 역시 생각에 빠져본 경험이 있어야 한다. 우리가 느끼는 데 요구되는 것만큼이나 말과 침묵을 듣는 사람에게도 많은 것이 요구된다. 아니, 그렇지 않다. 느끼는 데 더 많은 것이 요구된다.

좋다, 그러나 놀이처럼 하는 생각은 큰 리스크가 없어서 모두가 즐길 수 있다. 물론 어떤 리스크는 있다. 즐기면서도 마음이 무거워질 수 있다. 그러나 직관적으로 경계하는 한 대개 리스크는 없다.

그것은 취미로서 어디든 가지고 다닐 수 있다는 장점이 있다, 내 생각엔 야외에 더 적합한 취미 같지만. 가령 도시 전체가 노동으로 부산스러운 어느 오후 시간에, 그러니까 빛이 가득해서 텅 비어 보이는 집에서 우리가 아무도 모르게 혼자 일하고 있을 때—무언가를 수선할 작업실이나 재봉실 같은 곳이 우리에게 있다면 자존감이 회복될 그런 순간에—생각은 찾아든다. 그래서 우리가 있는 바로 그 지점에서부터 생각하는 놀이가 시작된다. 꼭 오후가 아니더라도 현재 있는 정확한 지점에서 시작한다. 다만 밤은 안 된다. 밤만은 권하고 싶지 않다.

예를 들자면—내가 세탁물을 세탁소에 맡기던 시절에—나는 목록을 만들고 있었다. 어쩌면 제목을 짓거나 학교에서 그랬던 것처럼 느닷없이 일목요연하게 정리한 노트를 갖고 싶었기 때문인지도 모르겠다. 나는 먼저 목록이라고 썼다. 그런데 그 순간 진지해지고 싶지 않다는 생각이 들었다. 생각하기를 취미로 삼는다면 그것은 '아니무스 브린칸디'*의 첫 신호다. 그러고 나는 영악하게 감정 목록이라고 썼다. 그것을 통해 내가 말하고자 하는 것이 무엇인지 알기 위해서는 훗날 다시 살펴봐야 했다—우리가 제대로 가고 있다는 또 다른 신호는, 이해하지 못한다고 해서 절망하지 않는 것이다. 기다린다고 지는 것이 아니며 이해하

* animus brincandi. 장난치고 싶은 마음.

지 못한다고 지는 것이 아니라는 자세를 가져야 한다.

그래서 나는 이름을 모르는 감정의 목록을 적기 시작했다. 내가 좋아하지 않는 사람으로부터 애정이 담긴 선물을 받는다면 내가 느낀 감정을 뭐라고 불러야 할까? 더 이상 좋아하지 않는 사람에 대한 그리움, 그 상처와 분노는 뭐라고 불러야 할까? 분주하게 움직이다가 갑자기 멈춘다. 다시 평온함과 행복한 무력감에 사로잡혔기 때문이다. 마치 기적 같은 빛이 방 안으로 들어온 것처럼. 내가 느꼈던 감정을 무엇이라 불러야 하는가?

그렇지만 나는 여러분에게 경고하지 않을 수 없다. 때때로 생각하는 놀이를 시작하면 놀이가 느닷없이 우리를 가지고 놀기 시작한다. 그것은 옳지 않다. 하지만 생산적이기는 하다.

지구의 우주 비행사

아주 뒤늦게 우주 비행사에 대해서 생각했다. 아니, 최초의 우주 비행사에 대해서. 가가린*이 우주로 떠나고 하루도 안 돼서 우리의 감정은 이미 뒤처져버렸다. 그 사건이 우리를 추월했던 속도에 비해 우리의 감정은 이미 늦어져 있었다. 그래서 이제 그 주제를 다시 생각하는 건 너무나 늦다. 느끼기 어려운 주제다.

그러던 어느 날, 한 소년이 가지고 놀던 공이 마룻바닥에 떨어지면 아랫집에 피해를 줄 수 있다는 경고를 받자 이렇게 대답

* 유리 가가린. 구소련의 우주 비행사. 1961년 인류 최초로 우주 비행에 성공함.

한다. "그렇지만 이제 세상은 오토매틱이에요. 한 손이 공을 던지면 다른 손은 자동으로 잡게 되어 있어요. 떨어지지 않는다고요."

문제는 다른 손이 아직 충분히 오토매틱이 아니라는 사실이다. 가가린은 우주선에 올랐을 때 두려웠다. 만약 세상의 오토매틱 장치가 제대로 작동되지 않으면 공이 아랫집 사람을 방해하는 정도로 끝나지는 않을 테니까. 나는 오토매틱과 거리가 먼 내 손이 별로 빠르지 않아서 '우주 비행사 사건'이 내게서 멀어질까 봐 두려웠다. 그걸 느끼는, 누군가 우리에게 던진 공을 떨어트리면 안 된다는 책임감이 막중했다.

모든 것에 조금 더 논리적으로 접근해야 할 필요성이—어떤 면에서 그것은 오토매틱에 해당한다—나를 사로잡은 이로운 두려움을 정확히 분석하게 한다.

나는 이제부터 지구를 말할 때 더는 불분명하게 '세계'라 하지 않겠다. '세계지도'라는 표현은 적절하지 않다고 여길 것이다. 내가 '나의 세계'라고 말할 땐 나의 지도 역시 달라져야 하며, 지구 밖에서 볼 때 그 누구도 나의 세계가 파란색이 아니라고 장담할 수 없다는 사실을 기억하며 기쁨에 몸을 떨 것이다. 고찰: 최초의 우주 비행사가 나타나기 전에는 누군가 자신의 탄생을 언급하면서 '나는 세상에 왔다'라고 말하는 것이 옳았다. 하지만 세상의 입장에서 우리는 태어난 지 얼마 되지 않았다. 거북할 지경이다.

—우리는 푸른색을 보기 위해 하늘을 바라본다. 하늘에서 지

구를 보는 사람의 눈에 지구는 푸르다. 푸른색은 그 자체로 하나의 색깔일까, 혹은 거리의 문제일까? 혹은 엄청난 노스탤지어 때문일까? 도달할 수 없는 것은 언제나 푸르다.

—내가 최초의 우주 비행사였다면, 내 기쁨은 두 번째 인간이 세계에서 돌아왔을 때에만 되살아날 것이다. 그 역시 봤을 테니까. 어떤 묘사도 '봤다'라는 것을 대체할 수 없으니까. 봤다는 것은 봤다는 것에만 비교된다. 다른 어떤 사람이 내가 본 것을 똑같이 볼 때까지는 말을 할 때조차도 내 안에 커다란 침묵을 간직할 것이다. 고찰: 나는 이 세상에서 누군가는 이미 신을 목격했을 것이라고 추정한다. 그런데도 그는 아무 말도 하지 않는 것이라고. 다른 사람이 본 적이 없다면 그것은 말할 필요도 없으니까.

—위대한 세상이 시작되었을 때 우리가 아직 살아 있는 것이야말로 우연이라는 큰 행운이다. 미래에 관해 말하자면, 더 오래 살아 더 많이 보기 위해서 우리는 담배를 줄이고 우리 자신을 돌봐야 한다. 나아가 과학자들에게 서두르라고 보채야 한다—우리의 개인적인 시간이 얼마 남지 않기 때문이다.

1967년 8월 26일

우리의 승리*

우리가 우리로부터 만든 것과 매일의 승리라고 여기는 것.

무엇보다 우리는 좋아하지 않았다. 우리는 우리가 이해하지 못하는 것을 용납하지 않았다. 바보가 되고 싶지는 않았으니까. 우리는 우리를, 타인을 소유하지 않기 위해 사물을 쌓고 확신했다. 우리는 목록에 없는 기쁨을 누린 적이 없다. 우리는 대성당을 지어놓고 성당 바깥에 머물렀다. 우리 손으로 지은 대성당이 우리를 가두는 함정이 되는 것이 두려웠기 때문이다. 우리는 우리 자신을 스스로에게 허락하지 않았다. 그런 일은 위안 없는 긴 인생의 시작이 될 테니까. 우리는 사랑으로 "너의 두려움"이라고 말하는 첫 번째 사람 앞에서 무릎을 꿇지 않으려 했다. 우리는 청량한 음료를 주는, 무서운 미소를 짓는 비영리단체를 조직했다. 우리는 스스로를 구원하려 했지만 결백하다는 수치심을 느끼지 않기 위해 구원의 말을 호소하지 않았다. 우리는 우리의 죽음에 대한 비밀을 지켰다. 우리는 인위적인 것을 이용했다. 그것 외에 다른 것을 알지 못했기 때문이다. 우리는 사랑으로 우리의 무관심을, 불안이 만든 우리의 무관심을 감췄고, 작은 두려움으로 크고 절대적인 두려움을 감췄다. 우리는 숭배하지 않았다. 적절한 때에 거짓 신들을 떠올리는 합리적인 범속함을 가졌으니

* 클라리시 리스펙토르의 「배움 혹은 쾌락의 책」의 내용을 재수록함.

까. 우리는 자신을 비웃지 않을 만큼, 하루 끝에 "적어도 나는 바보 같진 않았어"라고 말할 만큼, 불을 끄기 전에 울음을 터뜨리지 않을 만큼 순진하진 않았다. 우리는, 나 역시도, 그리고 당신들도 이런 이유로 자신도 모르는 사이에 자신을 사랑한다고 확신했다. 우리는 사람들 앞에서는 혼자 있으면 미소 짓지 않았을 일에 미소를 지었다. 우리는 우리의 천진함에 약자의 이름을 붙였다. 우리는 무엇보다 서로를 두려워했다. 그리고 이 모든 것을 일상의 승리라고 여겼다.

그토록 커다란 노력

손님이 그녀를 찾아왔다. 상파울루에서 동창생이 그녀를 보러 온 것이다. 그녀는 그 오후의 만남을 위해 샌드위치와 차를 내왔다. 막 도착한 친구는 아름답고 여성스러웠으나 시간이 갈수록 점점 망가졌다. 나이 들고 생기 없는, 사나운 표정과 쓰라림이 얼굴에 더욱 선명하게 드러날 때까지. 그녀의 미모는 쉽게 비늘처럼 벗어지고 금세 빛을 잃었다. 곧 안주인은 덜 예뻤다면 보다 아름다웠을 여자를 마주하게 됐다. 그녀는 조금은 혼란스럽지만 진부하고 일반적인 사고를 피력하고, "각자 완수해야 할 임무가 있다"면서 앞으로 나아가야 할 필요성을 입증했다. 그 상황에서 분명 "임무"라는 단어는 그녀 자신만이 아니라 그녀들의 모임에서 가장 지적인 여성 중 하나였던 안주인에게도 진부한 말이었고, 그래서 안주인은 말을 정정했다. "임무든 뭐든 네 마음대로 불러도 좋아." 불편한 안주인은 의자에 앉아 몸을 뒤틀었다.

방문객이 나가자 그녀는 약간 비틀거렸다. 그녀는 행동으로 옮기는 시간에 비해 지나치게 서둘러 해버리는 결심 탓에 피로에 짓눌린 듯했다. 그녀가 결심했던 모든 일은 실천하는 데 몇 년이 걸릴 것이다. 아니, 절대 실천하지 못한 일들도 있을 것이다. 안주인은 방문한 친구와 함께 엘리베이터를 타고 내려가 길까지 배웅했다. 안주인은 그녀의 뒷모습에 놀랐다. 유치하게 손질한 헝클어진 머리카락과 몸에 맞지 않는 옷 때문에 과도하게 넓어 보이는 어깨, 짧은 원피스 아래로 드러난 굵은 다리, 그게 친구의 뒷모습이었다. 그렇다. 멋지고 외로운 여자. 본래의 자신보다 못한 사람이 되라고, 순응하라고 요구하는 자신만의 편견과 싸우는 사람. 그토록, 그토록 커다란 노력을 기울이면서. 그녀의 어린아이 같은 머리카락이 흘러내렸다. 거리에서는 그녀보다 어려움을 덜 겪었을 피조물들이 그녀를 스쳐 더 즉각적인 운명을 향해 나아가고 있었다. 안주인은 부끄러운 깨달음의 무게를 가슴에 느꼈다. 어떻게 도와야 할까? 하는 깨달음을 결코 행동으로 옮기지는 못하면서.

과정

“내가 뭘 해야 하지? 나는 삶이 견딜 수가 없어. 인생은 너무 짧은데도 삶을 견딜 수가 없다고.”

“나도 모르겠어. 나도 같은 것을 느껴. 그러나 뭔가 있어, 많은 것이 있어. 절망이 빛이요, 사랑이 되는 지점이 있다고.”

“그다음에는?”

"그다음에는 자연이 오지."

"자연, 그게 네가 죽음에 부여한 이름이야?

"아니. 그건 자연이야, 나는 그것을 자연이라 불러."

"모든 생명이 그랬을까?"

"난 그렇다고 생각해."

1967년 9월 9일

불멸의 사랑

나는 이 새로운 일에 아직 적응하지 못했다. 그러니까 진짜 칼럼이라 부를 수 없는 것을 쓰는 것 말이다. 이 분야뿐이 아니라 돈벌이를 위해 글을 쓰는 것에도 초짜다. 이미 전문 기자로 활동했었지만 정식 계약한 적은 없었다. 그러나 만약 이름을 올린다면 자동으로 개인을 더 드러내는 일이 될 텐데, 내게는 그 일이 마치 영혼을 내다 파는 것처럼 느껴진다. 내가 한 친구에게 그렇게 말하자 친구는 이렇게 대답했다. "그렇지만 글을 쓰는 것은 어느 정도 자신의 영혼을 파는 일이야." 맞는 말이다. 돈 때문이 아니더라도 우리는 자신을 많이 드러낸다. 그러나 의사인 한 친구는 생각이 달랐다. 그녀는 자기 일에 영혼을 바치지만 생활도 해야 하니까 돈을 받는다고 한다. 결국 나는 가장 커다란 기쁨으로 여러분에게 내 영혼의 일부를—토요일에 나눈 이 대화의 일부를 판다.

다만 초짜이기 때문에 아직 주제를 선택하는 데 어려움을 겪는다. 이런 정신 상태로 친구의 집을 방문하게 됐고 마침 전화가 울렸는데 둘 다 아는 남자 친구여서 나도 그 친구와 통화를 하게 된 김에 매주 토요일에 연재하는 새로운 일을 맡게 됐다고 알렸다. 나는 불쑥 친구에게 물었다. "사람들이 가장 관심을 두는 것은 뭘까? 말하자면 우리 여자들 말이야." 친구가 대답하기도 전에 거실 안쪽에서 내 친구가 큰 목소리로 단순하게 외치는 소리가 들렸다. "남자." 우리는 웃음을 터트렸지만 친구의 대답은 사뭇 진지했다. 나는 조금 부끄럽긴 해도, 여자들이 가장 관심을 두는 대상이 남자라는 사실을 인정할 수밖에 없다.

하지만 우리는 더 보편적인 것에 관심을 가지라는 요구라도 받은 양 그것을 수치스럽게 여겨서는 안 된다. 부끄럽다고 생각하지 말자. 세상에서 가장 유능한 전자공학 기술자에게 남자가 무엇에 가장 큰 관심을 쏟는지 물으면 은밀하고 즉각적이고 솔직한 그의 대답은 바로 여자일 것이다. 부끄러울지라도 가끔은 그 명백한 진실을 상기하는 것도 나쁘지 않다. 사람들은 그 부분에 대해 분명 이렇게 물을 것이다. "그렇지만 우리들 문제라면, 우리들의 가장 큰 관심사는 아이들이 아닐까요?" 그건 다르다. 아이들은 말하자면 피와 살이다. 그것은 관심이라고도 하지 않는다. 그것은 다른 것이다. 너무나 다른 것이어서 세상의 어떤 아이도 우리의 피와 살 같다. 아니, 나는 지금 문학적인 말을 하는 것이 아니다. 언젠가 하반신이 마비된 여자아이가 복수의 욕구를 느끼며 꽃병을 깨부쉈다는 말을 듣고서 나는 온몸에 흐르는 피가 아프게 느껴졌다. 화를 잘 내는 여자아이였다.

남자. 남자는 어찌나 친절한지. 다행이다. 남자는 우리의 영감의 원천일까? 그렇다. 남자는 우리의 도전 대상일까? 그렇다. 남자는 우리의 적일까? 그렇다. 남자는 우리를 자극하는 경쟁자일까? 그렇다. 남자는 우리와 같으면서도 완전히 다를까? 그렇다. 남자는 아름다울까? 그렇다. 남자는 재미있을까? 그렇다. 남자는 어린아이일까? 그렇다. 남자는 아버지이기도 할까? 그렇다.

우리는 남자와 다툴까? 그렇다. 우리는 우리가 싸우는 남자 없이 지낼 수 없을까? 지낼 수 없다. 남자가 흥미로운 여자들을 좋아하기에 우리는 흥미로운 것일까? 그렇다. 남자는 우리와 가장 중요한 대화를 나누는 사람일까? 그렇다. 남자는 우리를 짜증 나게 할까? 역시 그렇다. 우리는 남자들이 짜증 나게 하는 것을 좋아할까? 좋아한다.

나는 국장이 그만하라고 할 때까지 이 끝없는 목록을 계속 이어나갈 수 있다. 그렇지만 내 생각에 더는 누구도 내게 멈추라고 말하지 않을 것 같다. 내가 정곡을 찔렀을 테니까. 그리고 그곳이 급소이기 때문에 남자는 우리를 그렇게 아프게 하고 여자도 남자를 무척 아프게 한다.

나는 택시를 타고 돌아다니기 때문에 온갖 운전기사들과 수다를 떤다. 지난번 저녁에는 아직 어린 스페인 남자의 택시를 탔는데, 콧수염을 길렀고 눈빛이 슬픈 사람이었다. 이런저런 대화를 나누던 끝에 그가 내게 아이가 있느냐고 물었다. 나도 그에게 아이가 있는지 물었고, 그는 아직 결혼하지 않았고 앞으로도 절대 하지 않겠다고 대답했다. 그러고는 내게 자신의 이야기를 들려줬다. 그는 14년 전 고향에서 한 스페인 여자를 사랑했다. 그는 당시 의사가 몇 명 없는, 자원이 보잘것없는 스페인의 어느 작은 마을에 살았는데 여자가 병에 걸렸다고 했다. 어느 누구도 여자의 병명을 알지 못했고, 그녀는 사흘 후에 사망했다. 자신이 죽어간다는 것을 알고 있던 여자는 그에게 이렇게 말했다. "나는 네 품 안에서 죽을 거야." 그러고 그녀는 그의 품에서 이렇게 빌며 죽었다. "하느님이시여, 구원하여주시옵소서." 그 운전기사는 3년간 거의 먹을 수가 없었다. 작은 마을에서는 모두가 그의 고통을 알았고 그를 도우려 했다. 사람들은 그를 파티에 데려갔고, 그곳에서는 그가 손 내밀지 않아도 여자들이 먼저 다가와 함께 춤을 추자고 했다.

그러나 그런 일들은 아무 소용이 없었다. 모든 것이 그에게 클라리타—그게 죽은 여자의 이름이었는데 나는 내 이름과 비슷해서 충격을 받았고, 마치 내가 죽은 것처럼, 내가 사랑을 받은 것처럼 느껴졌다—를 떠올리게 했다. 결국 그는 부모님께 알리지 않고 스페인을 떠나기로 결심했다. 그가 알아본 결과, 그 시절에 초청장 없이 이민자들을 받아주는 나라는 딱 두 곳, 브라질과 베네수엘라뿐이었다. 그는 브라질을 선택했고, 이곳에서 큰 돈을 벌었다. 그는 신발 공장을 세운 다음에 팔았고 식당 겸 바를 매입한 후 다시 팔았다. 그는 그 사업에 흥미를 느낄 수 없었다. 그는 결국 자신의 차를 택시로 만들어서 운전기사가 됐다. 그는 자카레파구아에 있는 주택에 살았는데, 그곳에 아름다운 담수 폭포가 있기 때문이라고 했다. 그러나 그는 14년째 어떤 여자도 좋아할 수 없었고, "누구에게도 사랑을 느끼지 못하고 모두가 똑같이 느껴진다"라고 말했다. 그 스페인 남자는 클라리타를 생각하면서 느꼈던 매일의 그리움에도 불구하고 삶을 사는 일을 지체하지 않았다고 내게 넌지시 고백했다. 그는 여자들을 바꿔가며 관계를 맺었고, 그렇지만 더 사랑하는 일은 절대 있을 수 없었다.

자, 이 이야기는 조금 뜻밖의 방식으로 꺼림칙하게 끝난다. 그러니까 목적지에 거의 이르렀을 때 그는 자카레파구아의 집 이야기, 그리고 마치 바닷물 폭포가 따로 있다는 양 담수 폭포 이야기를 다시 꺼냈다. 나는 무심코 "아, 그런 곳에서 며칠만 쉴 수 있으면 얼마나 좋을까"라고 말했다.

그런 말은 하지 말았어야 했는데, 마치 우연인 것처럼 그가 어느 집을 정면으로 들이받을 위험을 무릅쓰고 갑자기 나를 향해 고개를 돌리더니 꿍꿍이가 있는 듯한 부담스러운 목소리로 이렇게 묻는 것이 아닌가. "정말 그러세요? 그렇다면 오셔도 좋아요!" 나는 분위기의 변화를 감지했기에 신경이 곤두섰고, 재빠르게 그럴 수 없다고, "심각한 병에 걸려서(!)" 수술해야 한다고 단호하게 대답해버렸다. 그 이후로 나는 운전기사가 나이가 많을 때에만 말을 걸었다. 그러나 한편으로 그 일화는 그 스페인 남자가 진실한 사람이라는 것을 증명한다. 클라리타를 향한 짙은 그리움도 그의 인생의 속도를 늦추지는 못했으니까.

감상적인 사람들은 이 이야기의 결말에 조금 실망했을지도 모르겠다. 14년의 사랑이 그의 삶을 가능한 한 늦춰주길 많은 사람이 바랐을 것이다. 그랬다면 이야기가 훨씬 나았을 테니까. 그러나 나는 여러분을 즐겁게 하려고 거짓을 말할 순 없다. 무엇보다 나는 그가 삶을 완전히 늦추지 않는 것이 옳다고 생각한다. 더 이상 아무도 사랑할 수 없는 비극만으로도 족하니까.

그가 내게 장사와 사기에 대해서도 이야기했다는 것을 빼먹을 뻔했다—주행거리가 길었고 교통 체증이 있었다. 그렇지만 그런 이야기는 집중하지 않고 한 귀로 듣고 한 귀로 흘렸다. 나는 오직 '불멸의 사랑'이라고 부르는 것에만 관심이 있었다. 지금 그 사기 이야기가 어렴풋이 기억이 난다. 아마 집중한다면 기억이 더 선명하게 떠올라 다음 주 토요일에는 독자 여러분에게 말해줄 수 있을지도 모르겠으나, 내 생각에 별로 흥미로운 이야기는 아닐 것 같다.

1967년 9월 16일

신부님을 위한 기도

어느 날 저녁 나는 죽음을 두려워하는, 그리고 그 두려움이 부끄러운 신부님을 위해 더듬더듬 기도했다. 나는 신의 귀에 대고 살짝 조심스럽게 말했다. 두려워하는 아무개…… 신부님의 영혼의 고통을 덜어달라고, 당신이 그에게 내민 손을 느끼게 해달라고, 우리는 이미 영원 속에 존재하기에 죽음은 없다는 것을, 사랑하는 것은 죽는 것이 아니며 헌신은 죽음을 의미하는 것이 아님을 그가 느끼게 해달라고, 그가 소박한 일상의 기쁨을 느끼게 해달라고, 당신에게 너무 많은 것을 묻지 않게 해달라고, 그 답은 질문만큼이나 알 수 없는 것이니까. 그가 왜 아이는 어머니의 입맞춤을 원하는지, 왜 그 입맞춤은 완벽한지 설명할 수 없음을 기억하게 해달라고, 그가 두려움 없이 세상을 받아들일 수 있게 해달라고, 왜냐하면 그 이해할 수 없는 세상을 위해 우리가 창조됐고 우리 또한 이해할 수 없는 존재이기에, 그래서 이 세상의 신비와 우리의 신비 사이에는 연결 고리가 있지만, 이 연결 고리는 우리가 이해하고 싶어도 명확하게 알 수 없기에 그가 그것을 이해하고 싶어 하는 것임을 받아들이게 해달라고, 그가 먹고 자는 기쁨 속에서 살 수 있도록 그를 축복해달라고, 스스로에게 연민을 가지게 해달라고, 그렇지 않으면 신이 그를 사랑한다는 것을 느낄 수 없으므로, 그가 죽음의 순간에 자신의 손을 꼭 잡아줄 인간의 손을 바라는 것을 부끄러워하는 마음을 버리게 해달라고.

아멘.(아무개…… 신부님이 자신을 위해 기도해달라고 내게 부탁했다.)

느끼지 않는다는 것

익숙함이 추락을 무디게 했다. 그러나 그는 고통을 덜 느끼게 되면서 경고와 징후로서 고통이 지닌 이점도 잃었다. 오늘날 그는 훨씬 더 평온하게 살아가지만 그의 삶은 위험한 상태다. 어쩌면 그는 죽음의 문턱에 한 발짝 다가섰을지도 모르고, 이미 죽기 한 발짝 전일 수도 있다. 스스로 알아차리지 못한 채 말이다.

향해 가다

간밤에 고양이가 너무 우는 바람에 생명을 향한 깊은 동정심을 느꼈다. 그 동정심은 고통과 닮아 있었고, 인간과 동물 들이 쓰는 표현에 따르면 고통이 맞았다. 하지만 고통일까? 혹시 '가는 것', '향해 가는 것'은 아닐까? 살아 있는 것은 향해 가는 것이니까.

25년 후에

한번은 누군가 내게 25년 후의 브라질 모습을 상상할 수 있느냐고 물었다. 25분도 아니고 25년 후라니. 그렇지만 내 느낌이자 바람은 머지않은 미래에 현재의 혼란스러운 움직임이 남성, 여성, 아이에게 더 걸맞은 경제적 상황을 위해 조율하고 준비하는 첫걸음이었음을 이해하게 되리라는 것이다. 왜냐하면 국민은 대다수 정치인보다 정치적으로 더 성숙했음을 이미 보여줬고 언젠간 결국 그들이 지도자들을 이끌어나갈 것이기 때문이다. 25년 후에는 국민이 더 많은 발언권을 가질 것이다.

내가 예측할 줄 모른다면 적어도 바랄 수는 있지 않겠는가. 나는 가장 시급한 문제, 바로 기아가 해결되길 절실히 바란다. 25년 후까지 기다릴 것 없이 매우 빠르게 해결되어야 한다. 왜냐하면 기다릴 시간이 없으니까. 영양실조로 병원에 입원해야 하는 수천 명의 남자, 여자, 아이 들이 빈사 상태로 돌아다니고 있다. 비참함이 너무나 심해 국가 재난을 맞닥뜨린 것처럼 비상사태를 선포하는 것이 정당할 것이다. 그러나 더 심각한 것은 기아가 우리의 풍토병으로 이미 우리 몸과 영혼의 유기적 일부라는 것이다. 대부분의 경우 브라질 사람의 육체, 도덕, 정신의 특징을 묘사할 때 사실상 육체적, 도덕적, 정신적 기아를 그린다는 것을 우리는 눈치채지 못한다. 우리는 세상이 암 치료법을 발견하는 사람들을 축복하는 것과 마찬가지로 식량 문제의 경제적 해결을 목표로 삼는 지도자들을 축복할 것이다.

1967년 9월 23일

봄을 쓰다

새 계절에 처음 느끼는 온기, 첫 숨만큼이나 오래됐다. 미소가 새어 나오는 것을 참을 수 없다. 거울도 보지 않고 바보 같은 천사의 미소를 짓는다.

새로운 계절은 이미 한참 전에 도래를 예고했다. 갑작스레 다시 유순해진 바람, 처음 찾아왔던 달큰한 공기. 말도 안 되지! 이 달큰한 공기가 또 다른 달콤한 공기를 몰고 오지 않는다는 것은 있을 수 없는 일이지! 좌절한 가슴이 말한다.

말도 안 돼! 아직 차갑고 매서운 기운이 남아 있는 봄의 온기가 메아리친다. 이 공기가 세상의 사랑을 가져다주지 않는다는 건 있을 수 없는 일이다! 까맣게 그을어 말라버린 것들을 잘게 부순 심장이 미소를 띠며 반복해서 말한다. 공기가 이미 가져다준 것이 사랑이라는 것을 인식조차 하지 못한다. 아직 한기가 남아 있는 그 첫 번째 온기는 모든 것을 가져온다. 그것뿐이다. 나눌 수 없는 모든 것.

작은 것만 감당할 수 있는, 조금씩 최소한의 것만 원할 수 있는 갑작스레 약해진 심장에 그 모든 것은 지나치다. 나는 오늘을 느끼고, 또 오늘이라는 날에서 오는 날카로운 추억 같은 것도 느낀다. 그리고 절대로, 내가 느낀 것은 절대로 누구에게도 아무것도 주지 않겠노라 말한다. 그렇다면 내게는 줬던가? 너무도 연약한 신경 안에, 너무도 달콤한 죽음 안에 모진 선함이 수용되었을 경우에만 줬을 것이다. 아, 나는 얼마나 죽음을 원하는지. 나는 아직 죽음을 경험하지 못했다—너른 길이 내 앞에 펼쳐져 있다. 죽는다는 것은 선과 마찬가지로 떼려야 뗄 수 없는 가혹함을 가졌을 것이다. 나의 죽음은 누구에게 줘야 할까? 새로운 계절의 아직은 차가운 첫 번째 온기 같은 것일까? 아! 고통은 봄의 차가운, 유연한 기쁨의 약속보다 훨씬 더 견딜 만하고 이해할 만하다. 나는 이토록 신중하게 죽음을 원한다. 모진 선함이다. 그러나 실제로 죽기 전까지는 절대 죽지 않는다. 이 약속을 연장하는 것은 아주 멋진 일이니까. 나는 가능한 한 아주 섬세하게 약속을 연장하고 싶다. 나는 목욕을 하고, 더 멋지고 나은 삶을 위해 내게 영양을 공급한다. 이 새로운 계절을 맞이하는 순간을 준비하는 데 지나치다 할 것은 아무것도 없으니까. 나는 최고의 오일과 향수를 원한다, 나는 최고의 종種이 가진 생명을 원한다. 나는 가장 섬세한 기다림을 원한다. 나는 얇든 두껍든 최고로 맛있는 고기를 원한다, 나는 내 육신이 영혼으로 부서지기를 원하고 내 영혼이 육신으로 부서지기를 원하며, 그 섬세한 혼합물—다가올 첫 순간들을 위해 비밀스럽게 나를 빚는 모든 것—을 원한다. 입문자로서 나는 계절의 변화를 예감한다. 커다란 과실로 가득 채운 인생을 소망한다. 내 안에서 생성된 그 열매 속, 그 즙 많은 열매 속에는 나의 가장 가벼운 불면, 즉 예리한 동물적 지혜가 있다. 그것은 예감할 수 있을 만큼 주의 깊은 세심한 각성의 베일이다. 아, 예감은 선한 것의 견딜 수 없는 날카로움보다 온화하다. 내가 주도하는 이 예민한 싸움에서 가장 이해하기 힘든 것이 기쁨이라는 것을 잊어서는 안 된다. 가장 가파른 비탈이자 바람에 제일 많이 노출된 것이 기쁨의 미소라는 것도 잊어서는 안 된다. 그 결과 내 안에 가장 적은 것이 바로 무한히 섬세한 기쁨이라는 것도. 내가 기쁨 안에서 너무 꾸물거리고, 너무도 가벼운 기쁨의 거대함을 붙잡으려고 한다면 내 눈에 피로의 눈물방울이 맺히기 때문이다. 나는 존재하는 것과 존재할 것의 아름다움 앞에 약하다. 나는 계속되는 그 조련 속에서 생의 첫 번째 환희를 붙잡지 못한다.

끝없이 달콤한 죽음의 환희를 붙잡을 수 있을까? 아, 나는 결국 최대한 잘 죽기 위해 최고의 것을 살지 못할까 봐 심히 걱정스럽다. 나는 봄의 우스운 행복으로 향하는 골목에서 내가 죽는 것을 누군가 이해하지 못할 수도 있다는 것이 심히 걱정스럽다. 그렇지만 나는 그 행복이 오는 것을 단 한 순간도 재촉하지 않을 것이다. 살아서 기다리는 것은 나의 무녀가 벌이는 철야 의식이니까. 밤낮으로 촛불이 꺼지지 않게 하겠다, 최상의 기대 속에서 더 오래 불을 밝힐 수 있도록. 봄의 첫 온기…… 그러나 그것은 사랑이다! 행복은 내게 딸아이의 미소를 준다. 나는 머리를 잘 손질했다. 그럼에도 불구하고 기다림은 내 안에서 더는 버텨내지 못한다. 내가 나를 초월할 수 있다는 것은, 그토록 긴 기다림으로 땀방울이 식은 가운데 결국 나의 첫 번째 봄의 죽음을 잃는 것은, 때가 되기도 전에 죽는 것은 얼마나 좋은 일인지. 호기심에 미리 죽는다. 나는 벌써 새로운 계절이 궁금하니까.

그러나 나는 기다릴 것이다. 조심스럽게, 참으면서, 절제된 욕망으로 작은 부스러기까지도 놓치지 않고 먹으면서 기다릴 것이다. 나는 모든 것을 원한다. 그 어떤 것도 이토록 영원한, 지금도 이미 존재하고 실재하는, 나의 생인 나의 죽음에 과분한 것은 없으니까.

1967년 9월 30일

부자이면서도 선한 사람들을 위해

세계에서 가장 존경받는 신경과 의사 중 한 명인 아브라앙 아케르망 박사의 메시지를 받은 것은 큰 영광이었다. 그는 내 칼럼을 유용하게 활용하고 싶다고 했다.

나는 이전에 그의 메시지를 받은 적이 있었다. 그는 내가 청한 인터뷰에 동의했고 남자와 여자를 주제로 다루려고 했다. 분명 그는 그것으로 사랑을 말하려 했을 것이다. 두 번째 메시지를 받았을 때 나는 인터뷰할 시간이 왔다고 생각했다. 나는 그에게 인터뷰를 요청했고 그는 거절하면서도 내가 정 원한다면 하겠다고 대답했다. 물론 나는 인터뷰의 주제가 신경학과 의사가 보는 남성과 여성이라는 것에 동의했다.

그렇게 어느 일요일 오후에 그를 만나러 갔다. 아케르망 박사는 다방면에 뛰어난 사람이다. 신경과 분야의 대가일 뿐 아니라 문학계의 일들도 누구보다 잘 알고 있다. 그는 유럽에서 책을 받기도 한다. 그리고 아주 다양한 음반을 소유하고 있다.

우리는 간단한 대화를 나눴다—우리가 나눈 이야기들이 아주 흥미로운 대담이 될 것 같았다—대화를 나누다가 지금 내 칼럼이 다루는 주제에 이르게 됐다. 돈이 있는 사람들, 과학, 소득세, 심성이 곱고 무엇보다 활동적인 사람들에 대한 이야기 말이다. 내가 너무 수수께끼 같은 말을 하는가? 아케르망 박사가 내게 했던 말을 옮겨 적으면 모두 명확해질 것이다.

"저도 마찬가지고 이 분야에서 일하는 여러 사람, 그러니까 연구원과 교수 들은 연구를 계속하기 위해 그리고 새로운 지평을 열기 위해서 지속적이고 효과적인 도움을 필요로 합니다. 저는 브라질의 무한한 가능성과 새로운 세대를 믿으며, 외국인들의 도움 없이 브라질인이 주도권을 잡기를 바랍니다.

지난 2년 동안 새로 개정한 법안은 외국들, 특히 미국처럼 재력가들이 조금 더 쉬운 절차로 세금 면제 혜택을 받을 수 있게 해줬고, 이와 같은 혜택은 오케스트라, 박물관 등에 재정을 지원하는 우리 나라를 위한 또 다른 의미 있는 활동에 활용될 수 있습니다."

나는 대화를 이어가다가 최근에 아케르망 박사가 이끄는 산타카사미제리코르지아 신경학과에 어떤 사람이 5만 크루제이루(옛 화폐로는 500만 크루제이루)의 가치에 해당하는 고성능 뇌파 검사기를 기증한 사실을 알게 됐다. 당연히 이 기부는 그 장비가 창출할 이익을 제대로 측정하지 않고서 이루어진 것은 아니다.

요즘은 개인의 기부가 드물다. 소수만이 이 기부 활동을 이용해 최대의 이익을 얻을 수 있기 때문이다. 대규모 산업체들과 우리 나라를 방문하는 외국 교수들은 공공 기관에 존재하는—프로그램에 맞게 활용하는 영민함이 없는—현대적 장비 과잉에 놀란다—다만 우리는 그 장비를 사용할 줄 모른다. 그것은 공공시장의 개장으로 이뤄진 값비싼 요구이며, 사용할 수 있는 기술력이 부재한 장비들이다.

그에 반해 사설 기관에서는 과학 장비들이 제대로 사용되고 있다는 사실을 모두가 알고 있다.

안타깝지만 대부분의 나라는 너무 얼빠진 사장이다. 그래서 일단 장비가 들어오고 나면 공공의 이익을 위해 쓰이지 않고 버려진다.

아케르망 박사는 이런 말을 덧붙였다.

"우리는 관료적 규제에 맞서자는 이러한 개인의 활동이 일으키는 자극이 우리 나라가 마땅히 가져야 할 수준의 과학에 도달하기를 원하는 사람들의 명예를 위해 자주 반복되기를 함께 바라봅시다."

아케르망 박사는 북미 박물관에 엄청난 돈을 기부한 은행가 멜런을 언급하며 말했다.

"부자들은 기부에 익숙해져야 합니다. 이제 기부의 시간이 왔습니다."

1967년 10월 7일

연극에서 쓰는 욕설

나는 개인적으로 욕을 하지 않는다. 어릴 적 부모님 집에서 자라면서 그런 말을 쓰지 않았고, 내게는 다른 형태의 언어로 표현하는 것이 익숙하기 때문이다. 그렇지만 욕설에—단어가 할 수 없는 것을 표현하는 것—충격을 받진 않는다. 탁월한 배우 페르난다 몬치네그루*가 나오는 연극 〈가정으로 복귀〉나 훌륭한 연기를 보여 준 포지 아랍과 네우송 샤비에르가 나오는 〈더러운 밤에 길을 잃은 두 사람〉은 간단히 말해 극의 배경과 인물들의 성격 때문에 욕을 빼놓을 수가 없다. 예를 들어 이 두 연극은 수준이 대단히 높으며 순화할 수 없다.**

게다가 극장에 가는 사람들은 대부분 입소문을 통해서라도 어떤 장르의 공연을 보게 될 것인지 적어도 약간의 정보를 받지 않는가. 욕설이 불편하거나 충격을 준다면 왜 표를 구입하겠는가?

또 희곡은 검열을 받아야 하고 일반적으로 16세 이상이 되어야만 미성년의 입장을 허락하는데 이 점이 바로 보증이 된다. 현대사회의 청소년 대부분이 그 나이가 되기도 전에 욕설을 알고 사용하지만 말이다.

* 1929~. 브라질의 국민 여배우로 영화, 연극, TV를 넘나들며 수많은 작품 활동을 했다.

** 두 연극 모두 군사정부가 '외설적'이라는 이유로 공연을 금지했다.

그러니 텍스트의 완성도를 높이기 위해 쓰는 적절한 욕이 무슨 문제란 말인가? 더군다나 마음에 들건 들지 않건 욕설도 포르투갈 언어의 일부다.

샤크리냐?!

샤크리냐에 대한 이야기를 많이 들어서 그의 방송을 보려고 TV 전원을 꽂았다. 그 방송은 한 시간 넘게 했던 것 같다.

나는 경악했다. 사람들이 그 방송이 요즘 제일 인기가 많다고 했는데, 어떻게 그럴 수가 있단 말인가? 그 남자는 미친 구석이 있는데, 나는 지금 '미친'이란 말을 있는 그대로의 의미로 사용하고 있다. 녹화장은 미어터진다. 내가 본 바로는 신인들의 방송으로 황금 시간대에 편성됐다. 어떤 사람은 괴상한 옷을 입고 신인들은 저희의 장기를 선보이는데, 샤크리냐가 자신의 마음에 들지 않으면 작은 나팔을 불어 그들을 무대에서 내보낸다. 샤크리냐는 가학적인 면이 있다. 그가 나팔을 불 때 사악한 쾌락이 느껴진다. 그의 몸짓은 계속 반복된다—상상력이 부족하거나 강박증이 있는 듯하다.

그렇다면 참가자들은? 정말이지 절망적이다. 전 연령대가 있다. 전 연령대의 사람들에게서 우스워지거나 모욕당하는 일을 감수하면서까지 자신을 드러내야 하고 보여줘야 하며 유명해져야 한다는 불안이 보인다. 출연한 70세 노인들까지도. 아주 드물게 비천한 출신의 후보들도 있긴 하지만 그들은 영양실조처럼 보인다. 관중들은 환호한다. 샤크리냐가 나팔을 몇 번이나 부는지 맞히는 사람을 위한 상금도 있다. 어쨌든 내가 본 것은 그렇다. 돈을 벌 수 있기 때문에 이 프로그램이 이토록 인기가 많은 것일까? 혹은 우리 국민의 가난한 정신 때문인가? 아니면 시청자들에게 약간의 가학성이 있어서 샤크리냐의 가학성을 보며 만족하는 것인가?

이해할 수 없다. 우리의 텔레비전은 아주 드문 경우를 제외하고는 초라하다. 게다가 상업광고에 잠식됐다. 샤크리냐는 너무 지나쳤다. 나는 그냥 이 현상을 이해하지 못하겠다. 나는 슬퍼졌고 실망했다. 국민들이 더 엄격해지면 좋겠다.

1967년 10월 14일

디에스 이레*

나는 분노하며 잠에서 깼다. 아니, 아니다, 세상이 싫다. 사람들은 대부분 죽어서 그것을 알지 못하거나 허세를 부리기 때문에 살아 있다. 사랑은 주는 대신에 요구한다. 우리를 좋아하는 이들은 우리가 그들이 필요한 무엇이길 바란다. 거짓은 후회를 남긴다. 거짓을 말하지 않는 것은 하나의 재능이고, 세상은 그런 것을 가질 자격이 없다. 나는 복수를 위해 꽃병을 깬 반신불구가 된 어린 여자아이처럼 하지 못한다. 나는 반신불수가 아니다. 내 안의 무엇이 우리 모두가 반신불수라고 말하고 있긴 하지만. 우리는 어떤 설명 없이 죽는다. 더 최악은 어떤 설명 없이 우리가 살아 있다는 것이다. 가정부가 있다는 것은—이번만큼은 그들을 하녀들이라고 부르자—인류를 향한 모욕이다. 내세울 것이 있는 존재가 되어야 한다는 것이 나를 화나게 한다. 나는 왜 가끔씩 내가 본, 한 손에는 성경책을 들고 수염을 가슴까지 길게 늘어뜨린 남자들처럼, 광기를 이해하는 방법으로 만든 그 신들처럼 보기 흉한 꼴을 하고 거리를 걸으면 안 되는 것일까? 왜 내가 글을 쓴다는 이유 하나만으로 사람들은 내가 글을 계속 써야만 한다고 생각할까? 나는 아들들에게 내가 분노로 잠에서 깨어났고 그

* DIES IRAE. 라틴어로 '진노의 날'이라는 뜻으로 레퀴엠(죽은 자를 위한 진혼 미사곡) 가운데 세쿠엔티아(부속가)를 이르는 말.

것에 큰 의미를 부여하지 말라고 미리 말해뒀다. 그렇지만 나는, 내 분노를 헤아리길 바란다. 나는 내 심장을 지탱하는 팽팽하게 당겨진 힘줄을 끊어버리는 결정적인 무언가를 하고 싶다.

그렇다면 포기하는 그들은? 나는 포기했던 여자를 알고 있다. 그녀는 적당히 잘 산다. 그녀가 살기 위해 마련한 장치는 열심히 일하는 것이지만 어떤 일도 썩 마음에 들진 않는다. 나는 내가 해온 어떤 일도 마음에 든 것은 없었다. 그리고 내가 애정을 갖고 한 것들은 모두 부서졌다. 사랑도 나는 몰랐다, 사랑도 나는 몰랐다. 우리는 문맹들을 위한 축제를 만들었다. 나는 제목만 읽고 기사는 읽지 않았다. 나는 세상의 글을 읽는 것을 거부한다. 제목만 읽어도 화가 나니까. 많은 것을 기념한다. 늘 전쟁이 있다. 세상 전체가 반신불수다. 사람들은 헛되이 기적을 기대한다. 기적을 기대하지 않는 이는 더 최악이다. 그 사람이야말로 꽃병을 깨야 할 것이다. 교회는 신의 분노를 두려워하는 사람들과 분노의 반대인 은혜를 요구하는 사람들로 넘쳐난다.

아니, 나는 굶어 죽는 이들에게 동정심을 느끼지 않는다. 분노가 나를 지배했다. 그저 먹기 위해 도둑질하는 것처럼 보인다. 테레자라고 하는 젊은 여자에게 전화가 왔다. 그녀는 내가 자신을 잊지 않았다는 사실에 매우 만족했다. 기억한다. 그녀는 내가 화재로 입은 화상을 치료하고자 약 3개월 동안 머물렀던 병원으로 나를 문병 왔던 낯선 사람이었다. 그녀는 앉아 있었고, 조용한 편이었으며, 거의 말을 하지 않았다. 그러고 떠났다. 이제 그녀가 솔직해지기 위해 내게 전화를 걸었다. 그녀는 내가 신문의 칼럼이나 그런 유의 글은 써서는 안 된다고 말했다. 그녀와 다른 많은 독자들이 대가를 치르더라도 내가 나답기를 바란다고, 많은 이들이 내 책을 접했고 내가 쓴 글 속의 모습으로 나를 만나길 바란다고 했다. 나는 알았다고 말했다. 나 역시 어느 정도는 그러고 싶었으니까, 또 반신불수 같은 면이 전혀 없는 듯한 테레자에게 우리가 여전히 알았다고 말할 수 있다는 것을 보여주고 싶었으니까.

그렇습니다, 신이시여. 우리는 아직 알았다고 말할 수 있습니다. 그사이, 방금 이상한 일이 벌어졌다. 지금은 아침이고 나는 글을 쓰고 있는데 갑자기 어두워져서 램프를 켜야 했다. 그러고 또 전화가 왔다. 한 친구가 호들갑을 떨며 우리 집도 어둡냐고 묻는다. 그렇다, 오전 10시인데 컴컴하다. 신의 분노다. 이 어둠이 비로 바뀌어서 다시 홍수가 나도 살 만한 세상을 만들 줄 몰랐던 우리는, 반신불수로 어떻게 살아야 할지 모르는 우리는 방주에 탈 수 없다. 홍수가 나지 않는다면 해결책이었던 소돔과 고모라가 돌아올 테니까. 왜 모든 종을 짝지어 방주에 들어가게 했을까? 짝지은 인간은 다른 생명이 아니라 어린아이들만 남겼다. 다른 생명이 존재하지 않는다는 게 나를 분노로 잠에서 깨게 한다.

테레자, 병원에 나를 보러 왔을 때 당신은 내가 붕대를 감고 꼼짝 못 하는 것을 봤지요. 오늘 그때보다 더 움직이지 못하는 나를 보게 될 겁니다. 오늘 나는 몸이 마비됐고 말을 잃었습니다. 내가 입을 애써 연다면 그것은 슬픔의 울부짖음일 것입니다. 그저 분노만은 아니지 않느냐고요? 그렇습니다, 그것은 슬픔이기도 합니다.

1967년 10월 21일

강함과 약함

갑자기 왼쪽 눈에 참을 수 없는 통증이 느껴졌다. 눈물이 흐르고 세상이 뿌옇게, 삐뚤게 보였다. 한쪽 눈을 감고 있으니 다른 쪽 눈도 자동으로 반쯤 감긴 것이다. 1년 동안 왼쪽 눈에 네 번이나 이상한 물질이 들어갔다. 두 번은 먼지였고 한 번은 모래알, 다른 한 번은 눈썹이었다. 네 번 다 당직 안과 의사를 찾아갔다. 가장 최근에는 안과 협회 의사이자 세상의 시력을 돌보며 자신의 소명을 실천하는 강력한 힘을 가진 아티스트 무릴루 카르발류 닥터에게 물었다.

"왜 늘 왼쪽 눈이죠? 그저 우연인가요?"

그는 아니라고 대답했다. 정상 시력을 가진 사람도 한쪽 눈이 다른 쪽보다 더 잘 보이고 그런 이유로 더 민감한 것이라고. 그는 그것을 주도하는 눈이라고 불렀다. 그 눈은 더 민감하기 때문에 낯선 물체를 잡아내지 배출하지는 않는다.

그 말인즉 시력이 더 좋은 눈이 더 고통받는다는 뜻이다. 그 눈은 더 강하면서 더 약하고, 우리 몸에서 가장 약한 부분을 상처내거나 할퀴는 먼지 알갱이가 일으키는 참을 수 없는 고통보다 더 현실적일 수 없는, 상상과는 거리가 먼 문제를 끌어당긴다.

나는 생각에 잠겼다.

눈만 그럴까? 잘 보는 사람, 그러니까 힘 있는 사람은 가장 많이 느끼고 가장 고통받는 사람일까. 그를 괴롭히는 가장 극심한 고통은 눈 속의 모래알만큼이나 현실적이다.

나는 생각에 잠겼다.

그래

한 친구에게 말했다.

"삶은 내게 너무 많은 것을 요구해."

그녀가 내게 말했다.

"그렇지만 너도 삶에게 너무 많은 것을 요구한다는 걸 잊지 마."

"그래."

익숙하지 않은 사건과 요구

타자기로 친 편지를 받았다. 틀린 글자 하나 없이 포르투갈어로 쓴 글로 꾸밈이 없었고 지나치게 공손했다. 나를 계속 "귀하"라고 불렀다.

페르난두 베르나르지스라는 사람이 보낸 편지다. 그는 내게 "당신의 눈부신 인격에 마음을 빼앗겼다"라고 양해를 구했다. 그는 "저는 야간에 공사장을 지키는 가난한 경비입니다. 근무시간에 깨어 있기 위해 당신의 책을 읽지요"라고 말했다. 그는 한 친구가 내 책을 빌려 갔다고 말했는데, "훌륭한" 책이라고만 했지 정확히 무슨 책인지는 말하지 않았다. 여하튼 그는 내게 중고책 몇 권을 보내줄 수 있느냐고 물어볼 생각을 하게 됐고, 그 이유로 "월급이 너무 적어서 제가 번 돈으로는 책을 살 수 없기 때문입니다"라고 말했다.

나는 그의 편지에 놀랐고 감동했다. 그는 왜 공사장 경비일까?

나는 국립 도서 협회 대표인 움베르투 페레그리누 작가와 전화로 대화를 나누다가 그 이야기를 하게 됐고, 그는 망설임 없이 신속하게 그 공사장 경비에게 책을 몇 권 골라서 보냈다.

내 독자들에게도 부탁해도 될까? 페르난두 베르나르지스가 작은 기쁨을 누릴 수 있도록 중고 책을 보내주시기를. 그의 주소는 방구시 이마루이길 124번지입니다. 감사합니다.

내 이웃의 책

편지와 함께 책 한 권이 도착했다. 『원형 코스』라는 제목의 단편 소설집 작가는 주제 루이스 자노트다. 그 편지에는 그가 우리 집 맞은편에 산다고 적혀 있었다. 그의 묘사를 따라가다 보니 내 작은 테라스에서 "하얀 벽, 작은 계단, 파란색 문과 창문"이 있는 그의 집이 보였다. 그는 우리 집에 화재가 난 날 엄청난 연기를 봤다면서 "당신의 집이라는 것을 짐작했습니다. 그래서 급하게 계단을 뛰어 내려왔죠"라고 했다. 그러고 이어서 "예기치 못했던 그 끔찍한 밤에 당신에게 돌이킬 수 없는 일이 일어나지 않게 해달라고 본능적으로 기도했습니다"라고 했다. 친애하는 이웃이여, 기도와 책에 감사드린다.

나는 그의 단편을 읽었다. 좋은 글이다. 책날개에 데뷔작이라는 정보가 있는데 전혀 그런 것 같지 않다. 신인에게는 없는 침착함이 느껴진다. 게다가 책날개는 작가가 신인이지만 전혀 풋내기는 아니라는 것도 알려준다. "그는 대중 앞에 설 수 있다는 것을 스스로 깨닫기 전에 내면의 성숙 과정을 거쳤다." 내가 평론을 할 수 있었더라면 분명 더 주목받을 수 있게 힘을 실어줬을 것이다. 그렇지만 나는 평론가가 아니니까. 하지만 내가 할 수 있는 말은, 『원형 코스』가 좋은 책이라는 것이고, 그 책을 재미있게 읽었다는 것이다.

1967년 10월 28일

스위스 봄의 스위트룸

베른의 겨울, 무덤이 열린다. 여기에 들판이 있고 수많은 풀이 있다, 새로운 나뭇잎, 나뭇잎들, 어찌들 바람과 헤어지는지. 재채기가 계속 나온다. 창밖에선 감기에 걸린 세심한 봄이 재채기를 한다. 손가락에는 거미줄이, 정원에는 연못이 모습을 드러낸다. 그러나 노란 꽃, 노르스름한 작은 꽃들에게서 어찌나 새 금속 냄새가 나던지. 이파리들과 이파리들, 너희는 어떻게 산들바람과 헤어질까? 그 투명한 틈새 어디에 나를 숨겨야 할까? 나는 내 사색의 장소를 잃었다. 그러나 내가 하얀 드레스를 입고 뛰쳐나간다면…… 빛 속에서 길을 잃게 될 것이다—그러고 또 길을 잃는다—다른 장면으로 천천히 뛰어 들어가 다시 길을 잃는다—어떻게 내 것의 부재 속에서 봄을 찾을까? 호자, 제일 까만 드레스를 다림질하렴. 연속되는 조용한 장면들 위로—특히 다른 장면 위로—다시 또 다른 장면 위로—한 세기 그리고 다른 세기, 고요하고 투명한 또 다른 세기에 유일하게 가능한 자아인 나는 거의 움직이지 않는다. 오! 불친절한 봄이여. 어쩌면 이 새로운 시대로 인해 봄이 떨지도 모른다, 길 없이 이 새로운 세상을 가로지르면서, 수많은 빛나는 재채기와 온갖 풀과 함께. 나는 심장이 뛰는 곳, 네 공허의 유일한 지표인 곳, 봄, 오직 그곳에서만 숨을 헐떡이며 멈출 것이다. 나는 검은 옷을 입고, 너는 황금색 옷을 입고, 나는 머리에 한 송이 꽃을 꽂고, 너는 머리에 천 송이

꽃을 꽂고, 우리는 그렇게 서로를 알아볼 것이다. 우리가 서로를 더 잘 알아보기 위해 나는 한 손에 책을 들고 다른 손에는 망설임을 든다. 나는 키가 크고, 감기에 걸렸다. 너는 손수건과 재채기로 나를 알아볼 것이다. 그리고 그 가증스러운 텅 빈 하늘 한가운데에서 나는 숨을 쉬고 또 숨을 쉰다. 나는 너의 눈먼 바람으로, 교만한 개화로 인한 나의 재채기로 너를 알아볼 것이다.

이 잠든 봄에 시골에서는 염소들이 꿈을 꾼다. 호텔 테라스에는 수족관에 물고기가 산다. 언덕 위 외로운 동물들. 며칠이, 며칠이, 며칠이 가고—시골에는 바람과 염소들의 파렴치한 꿈, 수족관에 사는 배 속이 텅 빈 물고기들이 있다—너는 느닷없이 봄이 되면 하늘을 날아오르려고 하는, 혼자 뛰어오다가 벌써 붉어지는 동물이다. 그렇다, 여름이 올 때까지 그리고 가을에 10만 개의 사과가 익을 때까지.

나는 과일을 반만 먹고 나머지 반을 버린다. 나는 한 번도 봄을 불쌍히 여긴 적이 없다. 나는 거리에 있는 분수에서 물을 마신다. 나는 손수건으로 입을 닦지 않는다. 손수건을 잃어버렸다, 겨울에 잃어버렸다, 아무것도 후회하지 않는다, 나는 봄을 절대 불쌍히 여기지 않는다. 어떻게 보면 나는 열쇠 구멍으로 세상을 바라본다. 그러고 네가 잠든 신성한 시간에 너를 찾아간다. 나는 봄을 절대 불쌍히 여긴 적이 없다. 수영장이라면, 몇 시간을 그곳에서 보낸다, 나뭇잎이 첫 추위에 몸을 떠는 겨울의 마지막 추위에 떨면서. 수영장만 쳐다보라! 나는 씁쓸히 수영장을 본다. 나는 봄을 불쌍히 여긴 적이 한 번도 없다.

불면은 간신히 불을 켠 도시를 떠오르게 한다. 닫힌 문도, 불빛이 새어 나오지 않는 창문도 없다. 그들은 무엇을 기다리는가? 그들은 기다린다. 벌써 따뜻한 극장은 텅 비었다. 길가의 가로등을 둘러싸고 씨앗이 발아한다. 마지막 눈은 아주 오래전에 녹아버렸다. 강가의 테이블에 연인들이 넘쳐난다. 어떤 아이들은 무릎을 베고 졸고 또 다른 아이들은 딱딱한 보도에서 잠이 들었다. 대화를 질질 끈다. 최악은 이 가벼운 각성 상태다. 베른 거리의 가로등에 모기들이 윙윙거린다. 아, 어떻게, 그런데 어떻게 우리는 걷고 있는가. 샌들에는 먼지가 가득하고 목적지도 없는데. 그래, 그건 유쾌한 일이 아니다. 아, 마침내 대성당, 피난처, 어둠이 나왔다.

그러나 대성당은 따뜻하고, 문이 열려 있다.

모기가 득실댄다.

1967년 11월 4일

엄청난 벌

헤시피 포르모자길에 있는 주앙 바르발류 초등학교에 입학한 첫날, 레오폴두를 만났다. 다음 날 우리는 이미 반에서 소란을 피우는 애들이 되어 있었다. 우리는 1년 내내 선생님이 우리의 이름을 큰 소리로 부르는 것을 들으며 지냈다. 그런데 이유는 모르겠지만 우리가 선생님 말씀을 잘 안 들어도 선생님은 우리를 예뻐했다. 선생님은 우리 둘을 멀리 떨어뜨려놓았지만 아무 소용 없었다. 레오폴두와 나는 큰 소리로 할 말을 모두 나눴고, 그것은 학급의 질서를 더 방해했다. 우리는 고학년에 올라가게 됐다. 새로운 선생님에게도 우리는 마찬가지로 두 말썽꾸러기였다. 우리는 성적은 좋았지만 태도 점수는 좋지 못했다.

위압적인 교장 선생님이 교실에 나타나서 낮은 목소리로 선생님에게 말하기 전까지. 먼저 내가 실제로 느꼈던 것을 말하기 전에 그가 무엇을 바꿔놓았는지 말하겠다. 페르남부쿠주 아이들의 지능을 시험으로 평가하는 일이 있었다. 그러나 선생님의 의견에 따르면, 가장 "깨어 있는" 어린이들은 상급반에서 시험을 쳐야 했다. 그 아이들 수준에는 이 테스트가 너무 쉬웠기 때문이다. 그저 그게 다였다.

그러나 교장 선생님이 나간 후에 선생님이 말했다. "레오폴두와 클라리시는 4학년에서 시험을 볼 거예요." 나는 살면서 가장 커다란 고통을 느꼈다. 선생님은 어떤 설명도 해주지 않았다. 그렇지만 우리의 이름이 한 번 더 나란히 불렸다는 것만으로도 엄청난 벌을 받을 시간이 왔음을 알 수 있었다. 기분이 좋을 때에도 자주 질질 짜던 나는 가만히 엉엉 울기 시작했다. 레오폴두는 곧바로 나를 달래며 별거 아니라고 설명했다. 소용없었다. 나는 뭘 해도 태어날 때부터 죄를 지은, 대죄를 안고 태어난 아이였다.

그렇게 우리는 느닷없이 4학년에서 우리보다 큰 아이들과 모르는 선생님과 모르는 교실에서 둘이 마주하게 됐다. 내 두려움은 커졌다. 뺨을 타고 흐르던 눈물이 가슴으로 떨어졌다. 레오폴두와 나는 자리에 나란히 앉았다. 선생님은 진지한 목소리로 이런 이해할 수 없는 말을 하며 시험지를 나눠 줬다.

“내가 시작하라고 하기 전까지 시험지를 보지 마세요. 내가 말한 이후에 문제를 풀 수 있어요. 그리고 ‘그만!’이라고 하면 즉시 멈추면 됩니다.”

우리는 시험지를 받았다. 레오폴두는 침착했고, 나는 조금 더 불안해졌다. 게다가 나는 시험이 뭔지 몰랐고, 한 번도 시험을 본 적이 없었다. 선생님이 갑자기 “시작해요!”라고 소리쳤을 때, 숨이 쉬어지지 않는 고통은 더 커졌다. 레오폴두는 아빠 다음으로 나를 지켜주는 보호자였고, 나는 그가 그 역할을 너무도 잘 수행해서 앞으로 살면서 남성 보호자를 받아들이고 찾으리라고 다짐했다. 레오폴두는 내게 진정하라고 했고, 문제를 읽고 내가 아는 대로 답하면 된다고 했다. 소용없는 짓이었다. 내 시험지는 이미 눈물로 흠뻑 젖어 있었고, 읽으려고만 하면 눈물이 앞을 가렸다. 나는 한 글자도 쓸 수 없었다. 나는 훗날 다른 이유로 고통받는 법을 배웠을 때처럼 매우 고통스러웠다. 레오폴두는 시험을 치면서 나를 돌봤다.

선생님이 "그만!" 하고 소리쳤을 때 내 눈물은 여전히 멈추지 않고 있었다. 선생님은 나를 불렀고, 나는 아무 설명도 하지 않았다. 선생님은 반의 가장 소란스러운 아이들은 어떠한지 등을 심각하지 않게 설명해줬다. 나는 며칠이 지나고 마음이 진정된 후에야 그 말을 이해했다. 나는 시험 결과를 알지 못했고, 우리가 알아서도 안 된다고 생각했다.

초등학교 3학년 때 전학을 갔다. 그러고 페르남부카누 중학교 입학시험을 보러 가는데 바로 입구에서 레오폴두를 다시 만났다. 우리는 한 번도 헤어진 적 없는 사람들 같았다. 그는 계속 나를 지켜줬다. 한번은 내가 자극적인 뜻인 줄 모르고 은어를 쓴 적이 있었는데, 레오폴두는 "절대로 다시는 그런 말을 쓰지 마"라더니 내가 "왜?"라고 묻자 "나중에 이해하게 될 거야"라고 말했다.

중학교 3학년 때, 우리 가족은 리우로 이사했다. 나는 레오폴두를 우연히, 아주 가끔씩만 볼 수 있었고, 그렇게 우리는 어른이 됐다. 지금은 둘 다 부끄러움 타는 사람이 되어서 같은 버스를 타고도 한마디도 나누지 못한다. 우리는 다른 방식으로 소란스러운 녀석들이 되었다.

레오폴두는 레오폴두 나시빙이다. 나는 그가 공대 1학년이었을 때, 상고시대 때부터 해결하지 못하는 문제라고 여겼던 수학 정리 문제를 풀어냈고 그 이후에 그의 논법을 설명하기 위해 소르본 대학에 초청받았다고 들었다. 오늘날 그는 세계에서 현존하는 가장 유명한 수학자다.

그리고 나는 조금 덜 우는 사람이 됐다.

1967년 11월 11일

두려움 편에서

나는 내가 석기시대에 한 남자의 사랑에 아주 구체적으로 학대받았음을 확신한다. 그 시대로부터 이어지는 어떤 두려움이 은밀하게 남아 있다.

어느 무더운 저녁이었다. 나는 친절하고 교양 있으며 어두운 색깔의 수트를 입고 손톱에 매니큐어를 칠한 남자와 함께 앉아서 정중하게 대화를 나눴다. 나는 세르지우 포르투의 말을 빌려 "평안한 상태"로 구아바를 먹었다. 남자는 내게 말했다.

"산책하실래요?"

아니다. 잔인하지만 진실을 말하겠다. 사실 그는 이렇게 말했다. "파세이토* 하실래요?"

왜 "파세이토"일까, 그건 알아볼 새가 없었다. 왜냐하면 곧 수천 세기 동안 높이 쌓인 산 위에서 눈사태가 될 첫 번째 돌, 그러니까 내 마음이 요란한 소리를 내며 굴러떨어졌기 때문이다. 누가 나를 이미 석기시대로 데려가 파세이토를 했던가? 내가 여전히 거기에 머물러 있는 것을 보면 나는 그곳에서 다시 돌아오지 못하고 있는 것이다.

나는 파세이토라는 단어의 그 끔찍한 섬세함에 어떤 공포의 요소가 존재하는지 알지 못한다.

* paseito. 스페인어 paseo(산책)의 축소형.

나는 일단 마음이 요동친 후에 구아바를 삼키고 확실치 않은 위험 앞에 바보처럼 놓여 있었다.

오늘날에는 있을 수 없는 일이다. 나는 내가 항시 차분하고 빈틈없고 계획적이며 내 의사대로 뱀장어처럼 잡히지 않는다고 확신하니까. 그러나 석기시대에는 나뭇잎이 무성한 나무에 매달린 반원숭이였을 나를 누군가 흔들었을 때 내가 뭐라고 했을지 궁금하다. 얼마나 엄청난 노스탤지어인가! 얼마간 시골에서 지내야 할 것 같다.

그러니까 구아바를 삼킨 나는 창백해졌지만, 그래도 문명화된 얼굴빛은 남아 있었다. 두려움은 그때 너무나 직접적이어서 겉으로 흔적을 남기지 못했다. 게다가 그것은 두려움이 아니라 공포였다. 아니, 내 모든 미래의 추락이었다. 나와 동등했던 남자는 사랑으로 나를 살해했다. 사람들은 그것을 사랑이라 부른다, 그것은 사랑이다.

파세이토? 그것은 사람들이 빨간 망토를 두른, 한참 후에야 자신을 돌보게 된 소녀에게 했던 말이다. "나는 조심할 거야. 만약을 대비해 나뭇잎 아래에서 살 거야." 이 노래는 어디서 유래했을까? 모르겠다. 그렇지만 페르남부쿠 지방 노래일 거다.

두려움을 말한 이 글 속에서 자신을 알아볼지도 모를 남자에게 진심으로 사과한다. 그러나 흔히 말하는 것처럼 그것이 '내 문제'라는 것을 한순간도 의심하지 않길 바란다. 그가 먼저 장미를 보내 친절을 베풀었고 밤은 훈훈했으며 문 앞에는 그의 차가 있었으니까 내가 그의 초대를 받아들여야 했음을 의심하지 말길 바란다. 그리고 수 세기의 시간이 내게 강요했던 선악의 구분 요소에 따라—그가 남자이고, 선하고, 동굴에 살며, 다섯 명의 여자가 있고, 아무도 때리지 않으며, 모두가 만족한다는 걸 내가 알고 있음을 의심하지 말기를 바란다. 나는 그에게 이해해주기를 부탁한다. 언짢아하지 말기를. 내게는 애정의 끔찍한 위협이지만 그와 같은 국경의 남자들은 파세이토라는 단어를 단순하게 사용한다는 것을 알고 있다. 나는 정확히 그 단어 때문에 그에게 감사한다. 그 단어가 나를 분노하게 한 것은 솔직히 말해 이번이 처음이기 때문이다.

나는 남자에게 나처럼 고상한 사람은 파세이토를 할 수 없다고 설명했다. 시대가 나를 가르쳤고, 오늘날 나는 고상한 사람들 중에서도 고상한 사람이고, 이런 경우처럼 꼭 필요하지 않아도 만약을 대비해 나뭇잎 아래서 살 것이라고.

그는 더는 고집을 피우지 않았지만 나는 그가 포기했다고 확신할 수 없었다. 우리는 짧은 시간 동안 서로 대치한 상태로 있었다. 천년의 세월이 흐르는 동안 나와 남자는 조금씩 서로를 더 이해하게 됐으니 이제는 짧은 순간으로도 충분하다. 우리는 서로 대치했고 더듬거리긴 했지만 '싫다'라는 말은 특히 남성에게 늘 더 유리했던 동굴 벽에 부딪쳐 불미스럽게 울려 퍼졌다.

남자가 물러나기 시작하자 나는 위험에서 벗어났다고 느꼈지만 여전히 두려웠다. 어쩌면 나는 목숨을 잃었을 수도 있는 파세이토를 아슬아슬하게 모면했던 것일까? 오늘날 우리는 언제나 경솔한 행동으로 목숨을 잃는다.

남자는 떠났고, 나는 내가 무척 즐겁고 생기가 넘친다는 사실을 깨달았다. 산책에 초대받아서가 아니었다. 우리는 수천 년 동안 늘 산책에 초대받아왔고 그것에 익숙하고 만족하며, 드물지만 매를 맞기도 했다. 나는 혁신을 일으켜서 기뻤으나 그것은 두려움이었다.

나는 두려움 편이니까.

편협하지 않은 어떤 두려움, 뿌리째 뽑히지 않는 종의 뿌리를 가진 두려움이 가장 이해할 수 없는 현실을 내게 안겨줬다. 두려움의 비논리성이 나를 즐겁게 했고, 거의 얼굴이 붉어질 것 같은 아우라를 내게 줬다. 나는 겸손한 미소 뒤로 두려움에 굴복하는 나의 커다란 능력을 감추지 못했다.

그렇지만 이 남다른 두려움을 생각하면, 도대체 석기시대에 내게 무슨 일이 있었던 것인지 다시 궁금해진다. 분명 자연스러운 일은 아니었을 것이다. 그렇지 않다면 오늘날까지 내가 이 저항적인 시선을 유지하지는 못했을 테니까. 그림자와 풀잎의 색깔을 몰래 받아들이면서 늘 보도 가장자리를 무뚝뚝하게 걷는 척하는, 눈에 띄지 않으려고 조심하는 사람이 되진 않았을 테니까. 분명 자연스럽지 않았을 것이다. 강제로 선택되지 않고는 자연스러운 사람이 되면서 자연스러운 것에 겁먹지 않았을 테니까. 아니면 여전히 나의 가장 비밀스러운 집인 동굴에 기거하던 시절에 파세이토의 본질에 대해서라면 이미 '신경 발작'을 일으킨 것일까?

분명히 그랬을 것이다. 그렇지만 심장이 삐뚤어진 것은 확실하다. 그러니까 직감이 발달한, 바람의 방향을 아는, 지혜가 있는, 직관적인 통찰력을 가진, 죽음을 경험한, 웅덩이를 알아채는, 불안하게도 행복한 적응력을 상실하는 심장 말이다, 적응력을 상실한 존재가 내 원천인 것을 알게 됐으니까. 우리는 모기가 나타나면 소나기가 온다는 것을 안다. 나는 건강한 머릿결을 위해 새 달에 머리를 잘라야 하고, 차마 입이 떨어지지 않는 이름을 말하면 지연과 커다란 불행이 따르고, 가구 다리에 악마를 빨간 줄로 묶어 어쨌든 내 악마를 잡을 수 있다. 그리고 나는—절대 중앙에 서 있지 못하고 수 세기 전부터 그늘에, 왼편에 서 있는 내 심장으로—인간은 자기 자신에게 매우 낯선 존재이고 그의 순수함만으로도 그가 자연스럽다는 것을 안다.

아니다, 사실들이 내게 직접적으로 반박하더라도 나의 간접적인 이 마음은 옳다. 파세이토는 틀림없이 죽음을 가져오고, 흐릿한 눈에 겁에 질린 얼굴은 스스로 차오른 만월을 본다.

1967년 11월 18일

완벽한 만남

마리아 보노미*가 리우에 왔을 때 식당에서 함께 점심을 먹으며 바디감이 좋은 와인을 마셨다. 나는 그 와인을 마신 후에 악몽에 시달리지 않고 몇 시간 동안 깊은 잠을 잤다. 내가 잠을 자는 동안 그녀는 우리 나라 최고의 연극연출가 안투네스 필류**와 내 대자代子 카시우와 함께 살고 있는 상파울루로 가는 비행기를 탔다. 카시우가 나에 대해 불평을 많이 늘어놓던 시기가 있었다. 모든 아이들이 대모와 가까이에 사는데 그 아이는 상파울루 신문에서 나를 봐야 했기 때문이다. 나는 카시우가 이미 두 명의 여자 친구를 사귀었다는 것을 알았고, 두 번째 여자아이와 헤어진 이유가 카시우가 여자애한테 맞아서라는 것도 알고 있었다. 이럴 수가! 여자를 때리는 건 남자인데! 나는 친구의 조언을 받아 그 아이에게 여자 친구가 구겨놓은 남성적 폭력성을 해방시킬 수 있도록 기관총을 선물로 주기로 결정했다. 큰 소리를 내면서 불꽃이 튀는 총 말이다. 나는 조만간 오직 대자하고만 시간을 보내기 위해 상파울루에 갈 것이다. 나는 다른 사람이 아니라 오직 그 아이하고만 이야기하고 싶다. 내가 이런 결정을 내린 것은 안투네스가 리우에서 마르칭 곤살베스가 그랬던 것처럼 내게 자

* 1935~. 브라질 예술가이자 무대미술가.

** 마리아 보노미의 남편.

신이 연출할 희곡을 써달라고 설득하려고 했기 때문이기도 했다. 그것은 코리가 원하는 것처럼, 마우리시우 히트네르가 원하는 것처럼 시나리오를 쓰는 일보다 어려웠다. 그는 내가 쓰는 글이 매우 시각적이라는 주장을 펼쳤다. 만일 그렇다면 그건 무의식에서 일어난 일이다. 의식적으로 시각적인 글을 쓰겠다고 목표를 정했더라면 나는 완전히 엉망이었을 것이다.

내 아이의 대모이자 친구인 마리아 보노미 안투네스 이야기로 돌아와보자. 나는 그녀를 워싱턴 혹은 뉴욕에서 알게 됐던가? 그녀는 변함이 없다. 아름답다는 말로는 부족하다. 자유로운 느낌이고, 그녀의 웃는 눈은 예술을 말하면 금세 진지해진다. 마리아는 명석함과 직관을 고루 갖췄고, 그것이 그녀를 완전한 존재로 만든다. 마리아와의 만남은 너무 즐거워서 그녀가 헤어지는 순간에 "내일 봐"라고 말할 정도였었다. 나는 그녀 안에서 새로워졌으니 그녀도 나를 만나 조금 새로워졌기를 바란다. 물론 그녀는 그럴 필요가 없겠지만.

처음에 우리는 서로의 근황을 나눴다. 그러고 나서 내가 그녀의 일에 대해 물었다. 그녀는 감당할 수 없을 만큼 일이 많다. 팔 것이 아주 많아서, 성공이 그녀의 인생을 복잡하게 만들어서 비서를 고용해야 할 정도였다. 나는 그녀를 이해했다. 내 작은 외적 '성공'도 타자기와 함께하는 내 내밀한 시간을 잃게 하니까. 그렇지만 내 일은 한정적이기 때문에 따로 비서를 두고 있진 않다. 내 일이라 함은 필요한 경우 편집자에게 전화를 거는 것과 낯선 편집자들의 편지에 무한정 대답을 연기하는 것으로 요약된다. 우리는 '성공'에 대해 이야기했다. 마리아는 이 막다른 골목에 이르게 된다면 유일한 방법은 전문가가 되는 것이라고 했다. 나는 늘 아마추어처럼 일했다. 마지못해 한 것이 사실이지만 아마추어였다. 나는 전문가가 되는 게 두려웠다. 어쨌든 마리아가 나를 혼란스럽게 하진 않았다. 그녀는 지금 탐구 중이니까.

그녀는 내 작업에 대해 나의 최신작이 너무 앞서갔다는 의미에서 시기상조라 했는데, 나 자신도 마찬가지라고 생각한다. 결국 원점으로 돌아오는 시도를 하기 위해 내가 그 글을 너무 일찍 써버렸다고.

우리는 우리 둘 다 난시가 있어서 안경을 쓰고 읽어야 하는 동시에 먼 것은 점점 더 잘 보인다는 이야기를 나눴는데 그것도 역시 상징적이었다.

이제 나는 전문가가 되는 걸 생각하고 있다. 나쁘지 않을 것 같다. 분명히 밝힐 시기가 왔다. 그것은 어렵지만 자신을 책임지는 방식일 것이다.

나는 우리가 지나치게 수다를 떨다가 마리아가 비행기를 놓친 것 같아 걱정됐다. 그녀는 3시에 공항에 있어야 했는데 3시에 내 집에 나를 내려줬다. 안투네스는 화를 낼 것이다. 그는 초조하게 마리아를 기다리고 있다. 게다가 안토니우 칼라두*가 그들의 집에 머무르게 되었는데 안투네스는 마리아가 집의 안주인 역할을 하러 돌아오기를 원했다. 우리는 미학적 탐구에 빠져 있을

* 1917~1997. 브라질 저널리스트, 극작가, 소설가.

때, 집안의 안주인 역할이 일으키는 문제가 정확히 무엇인지 이야기했다. 이 두 가지를 어떻게 양립시켜야 할까? 그러나 여성은 결국 양립시키고 만다. 여성에게는 그런 재능이 있다.

우리는 먹는 것과 잠의 중요성에 대해 말했다. 어쩌면 그래서 그 이후로 그토록 잠을 많이 잤는지도 모르겠다. 오투 라라 헤젠지*와의 통화가 엉망이 되었다. 토요일이었고, 나는 전화를 걸었는데 그는 자고 있었다. 그가 다시 내게 전화를 걸었을 때에는 내가 자고 있었고. 내가 그에게 묻고 싶었던 질문은 결국 그의 아내인 엘레나에게 하게 되었다. 그와는 10시 반에 통화할 수가 있었다—엘리우 펠레그리누**의 집에 막 가려던 그의 발걸음을 늦추었다. 우리는 너무 즐겁게 우리의 잠에 대한 불만을 토로했다. 그러나 나는 밤 10시 반에는 말똥말똥 깨어 있었다. 나는 코리의 영화 〈불타는 몸〉을 막 봤다. 그의 영화는 어쨌든 보려고 했다. 그러나 이번에는 이유가 하나 더 있었는데, 내 결혼식 들러리 마를리 지 올리베이라***와 마리아 보노미가 여배우 바바라 라지가 나와 놀라울 만큼 닮았다고 말했기 때문이다. 마리아가 덧붙였다. "그녀는 너와 닮았어, 그렇지만 굳어 있지, 움직이질 않아." 정말 그녀는 나와 닮았다, 물론 나보다 더 아름답지만. 어떤 친구가 내게 입과 턱이 다르다고, 내가 훨씬 더 둥글다고 했

* 1922~1992. 브라질 저널리스트이자 작가.

** 1924~1988. 브라질 배우.

*** 1935~2007. 브라질 시인.

다. 나는 나를 화면에서 보는 거북함을 살짝 느꼈다. 나는 우리가 닮아서 마치 그럴 권리가 있다는 듯이 여배우의 의상을 부러워했다. 정말 좋았던 것은 영화 속 검은 말이다. 그 말의 긴 목에서 매우 아름다운 해방의 몸짓을 볼 수 있었고, 말의 머리에는 하얀 얼룩이 있었다. 사실 나는 바바라 라지보다 말에 더 동질감을 느꼈다. 게다가 나는 자주 내 머리카락을 뒤로 젖히고 흔드는데 이 행동의 정확한 의미는 해방의 시도였다. 요즘은 다행히도 이 몸짓이 필요하지 않다. 아니, 가끔 필요하다.

그런데 나는 마리아와의 행복한 만남을 이야기하고 있지 않았던가. 우리는 맛있게 식사를 했고 특별한 주의를 기울이지 않았다. 우리의 만남이 우리를 흡수해버렸다. 마리아, 결국 3시 반 비행기를 놓친 거야? 내 메시지를 안토니우 칼라두에게 전했어? 그게 장난이었다는 것을 알지 못하면 그가 내게 화를 낼 거야. 좋아, 마리아, 곧 만나. 나는 카시우를 보러 상파울루에 갈 거야. 그리고 할 수만 있다면 카시우가 정당한 복수를 하는 데 쓸 수 있게끔 먼저 기관총을 보낼 거야.

1967년 11월 25일

울 때

우는 것에도 좋은 방법이 있고 나쁜 방법이 있다. 나쁜 방법은 멈추지 않고 눈물을 흘리면서도 고통이 해소되지 않는 것이다. 그런 방식은 당신을 지치게 하고 고갈시키기만 할 뿐이다. 어떤 친구가 내게 물었다, 그러니까 그건 배고픔의 고통에 시달리는 아이의 울음과 같은 것이 아니냐고. 그렇다. 그런 유의 눈물이 나면 참는 편이 낫다. 운다고 나아지는 게 아무것도 없으니까. 강한 척하고 맞서는 게 더 낫다. 힘들기는 하지만 핏기 없이 보일 정도로 창백해지는 것보다는 나을 것이다.

그러나 늘 강해야 하는 것만은 아니다. 우리는 우리의 연약함을 존중해야만 한다. 그것은 부드러운 눈물이자 우리가 누릴 권리가 있는 정당한 슬픔이다. 그 눈물은 천천히 흐르고, 입술에 흐를 때면 짜고 맑은 맛이 느껴지며, 더 깊은 고통을 만든다.

우는 남자는 감동적이다. 그는, 그 투사는 자신의 싸움이 때로는 헛되다는 것을 인정했다. 나는 우는 남자를 존중한다. 나는 우는 남자를 본 적이 있다.

과묵한 미나스제라이스 여자

아니냐는 우리 집에서 일하는 과묵한 미나스제라이스 출신 여자다. 아니냐는 말할 때 이상하게 숨 가쁜 목소리를 낸다. 아니냐는 말수가 적다. 한 번도 아파레시다라는 이름의 가정부를 둔

적이 없는 나는 아니냐를 부를 때마다 아파레시다라는 이름이 먼저 나온다. 아니냐는 소리 없이 나타난다. 어느 날 아침, 아니냐는 거실 구석을 정리하고 있었고 나는 다른 구석에서 수를 놓고 있었다. 갑자기, 아니 갑자기가 아니라, 그녀가 갑자기 뭔가를 하는 일은 없으니까. 아니냐가 하는 모든 건 침묵의 연속 같다. 침묵이 계속되는 가운데 그녀의 목소리가 내게 들렸다. "책을 쓰시나요?" 나는 조금 놀라서 그렇다고 대답했다. 그녀는 계속 청소를 하면서 목소리를 높이지 않고 내게 책을 한 권 빌려줄 수 있느냐고 물었다. 나는 매우 난처했지만 솔직히 말했다. 나는 아니냐에게 내 책이 조금 어려워서 내 책을 좋아하지 않을 거라고 말했다. 그랬더니 아니냐는 계속 청소를 하면서 더 숨 가쁜 목소리로 대답했다. "저는 어려운 게 좋아요. 단물은 싫어요."

점쟁이

내 요리사 이름은 잔디라다. 그녀는 매우 강하다. 너무 강해서 점쟁이이기도 하다. 우리 언니 중 한 명이 나를 찾아왔는데, 잔디라가 거실에 들어와서 언니를 바라보다가 심각한 얼굴로 급작스럽게 말했다. "당신이 하려던 여행은 이뤄질 겁니다, 그리고 당신의 삶에서 아주 행복한 시간을 보내게 되실 것이고요." 그러고 그녀는 거실을 나갔다. 언니는 깜짝 놀라 나를 봤다. 조금 불편했던 나는 어쩔 수 없다는 의미의 손짓을 하며 "점쟁이라서 그래"라고 설명했다. 언니는 조용히 대답했다. "그렇겠지, 사람마다 자기한테 어울리는 가정부를 두기 마련이니까."

감사?

또 잔디라다—하느님이 그녀를 지켜주시길, 잔디라는 요리를 너무 잘하니까—내가 약속한 대로 월급을 인상해줬던 날, 잔디라는 내 앞에서 돈을 세어보기 시작했다. 나는 꼼짝하지 않고 그녀가 확인한 액수가 맞는지 기다렸다. 잔디라는 돈을 다 세어보고 나서도 한마디도 하지 않았다. 그녀는 몸을 굽혀 내 왼쪽 어깨에 뽀뽀를 했다. 나는 아직 유령이 아닌데!

그 사건

또 다른 가정부에게도 특이한 면이 있었다! 나는 말했다. "이보니." 그녀는 내게 등을 돌리고 계속 빗질을 했다. 나는 다시 말했다. "이보니." 그녀는 전혀 반응이 없었다. 나는 말했다. "이보니, 대답 좀 해줄래?" 그러자 그녀는 갑자기 돌아서더니 소리를 질렀다. "그만해요!"

시간이 흐르고 어느 날 아침, 그녀에게 장을 보라고 돈을 주었을 때 그 사건이 되풀이됐다. 나는 가만있지 않았다. 그런데 나도 내가 왜 그토록 침착하게 대응했는지 모르겠다. 나는 그녀에게 말했다. "오늘은 내가 그만하라고 말할게. 다른 일자리를 알아보고 새로운 집에 가서는 행복하길 바라." 그녀는 생각지도 않게 가느다란 목소리로, 상상할 수 있는 가장 상냥하고 겸손하며 역겨운 태도로 대답했다. "네, 부인." 그러고는 집을 떠나더니, 내게 몇 번이나 전화를 하면서 이런저런 사정을 대며 개인적으로 나를 찾아왔다.

1967년 12월 2일

헌신 뒤에

내가 가정부 아니냐의 이야기를 언급했던 날을 기억하고 계시는지. 말이 없는 미나스제라이스 여자이고 말을 할 때에는 저세상에서 나온 듯한 숨 가쁜 목소리를 낸다고 말한 적이 있다. 또 어느 날 그녀가 갑자기 거실을 청소하다가 더 숨 가쁜 듯한 목소리로 내 책 중에 한 권을 읽겠다고 해서 너무 어려울 거라고 대답했더니 같은 톤의 목소리로 자기는 그런 것을 더 좋아하고 단물은 싫어한다고 했다는 말도 한 적이 있다.

그런데 그녀가 달라졌다. 그녀가 엄청난 발전을 했다! 이제는 대화를 나눌 줄도 알고 목소리도 훨씬 맑아졌다. 나는 우리 집에서 문학적인 분위기가 나는 것을 원치 않았기 때문에 그녀에게 내 책을 주고 싶지 않았고, 그래서 잊어버린 척하고 그 대신에 내가 번역한 추리소설을 선물했다. 며칠이 지나자 그녀가 말했다. "다 읽었어요. 마음에 들긴 했지만 조금 유치했어요. 내가 읽고 싶은 건 당신이 쓴 책이에요." 그 미나스제라이스 여자는 끈질겼다. 그녀는 "유치하다"라는 말까지 썼다.

또한 칼럼에서 내가 그녀를 아파레시다라고 부르는 이상한 습관이 있다는 말도 한 적이 있다. 사실 나는 아파레시다라는 이름의 가정부를 둔 적도 없고, 친구도, 그런 이름을 가진 사람은 아무도 없다. 어느 날 나는 부주의로 내가 그러는 줄도 모른 채 "아파레시다!"라고 외쳤다. 그녀는 감정의 동요 없이 내게 물었다.

“아파레시다가 누구예요?” 자, 사실상 설명이 불가능한 것을 설명해야 할 시간이 온 것이다. 나는 결국 이렇게 말했다. “내가 너를 왜 아파레시다라고 부르는지 모르겠어.” 그녀는 여전히 숨 가쁜 듯한 느낌이 조금 남아 있지만 그래도 새로운 목소리로 대답했다. “그렇게 부르면 내가 나타나니까 그런 거예요.” 분명 그렇다. 그렇지만 그 설명은 충분하지 않았다. 그런데 요리사 잔디라가 그 비밀을 밝혀냈다. 그녀는 성녀 아파레시다가 나를 도우려 했고, 내가 나도 모르게 그녀의 이름을 부르게 하는 방식으로 그녀의 존재를 “미리 알리는 것”이라고 말했다. 잔디라는 이 설명에 조언을 덧붙였다. 성녀 아파레시다를 위해 초를 켜고 빌어야 한다고. 나는 그 제안이 마음에 들었다. 솔직히 그렇게 한다고 돈이 드는 것도 아니었으니까. 나는 잔디라에게 그녀가 직접 초를 켤 수는 없는지 물었다. 잔디라는 승낙했지만 초는 내 돈으로 사야 한다고 했다. 나는 잔디라에게 필요한 돈을 줬고, 잔디라는 내게 빌어야 하는 순간을 알려줬다. 기도는 이미 오래전부터 준비되어 있었다. 내용을 다시 열정적으로 상기하기만 하면 됐다. 아파레시다 성녀님, 도와주세요, 저의 부탁은 정당하고 시급한 것입니다, 저는 오랫동안 기다렸어요.

가정부들에 대해 말하자면 나는 늘 그들에게 죄를 지은 것 같았고 착취하는 듯한 기분이 들었는데, 최고의 연출가 마르칭 곤살베스가 올린 〈하녀들〉을 본 이후로 내 영혼의 상태는 더 악화됐다. 나는 충격을 받았다. 가정부들이 내면 깊숙이 느끼는 감정을 이해하게 됐고, 그녀들이 우리에게 주는 정성에 얼마나 미움이 가득한지를 알게 됐다. 장 주네의 『하녀들』에서 두 하녀는 여주인이 죽게 된다는 사실을 알고 있었다. 그러나 복종하는 습관을 없애려고 해도 그 습관은 너무 오래되었고, 그래서 그 끔찍한 여주인을 독살하는 대신에 두 하녀 중 하나가 주인에게 먹일 독약을 삼키고 남은 하나는 자신의 남은 생을 고통 속에서 살아간다.

때때로 미움은 말로 표현되지 않고 특이한 숭배와 겸손의 정확한 형태를 취하기도 한다. 내게 그런 유의 아르헨티나 가정부가 있었다. 그녀는 나를 좋아하는 척했다. 여자에게 가장 끔찍한 순간에—목욕을 하고 머리에 수건을 두르고 나올 때—그녀가 내게 말했다. "당신은 얼마나 아름다우신지요!" 그녀는 내게 지나치게 아첨했다. 내가 뭔가를 부탁하면 그녀는 "물론이죠! 당신에게 아르헨티나 여자의 가치를 보여드릴게요! 저는 부인이 원하시는 모든 것을 합니다"라고 말했다. 나는 그녀를 이력도 따지지 않고 고용했지만 그러다 결국 알게 된 바에 의하면 예전에 수상한 호텔에서 일한 적이 있었고, 그곳에서 그녀의 일은 침대를 정돈하고 침대 커버를 교체하는 것이었는데, 그런 것은 진짜 이력이 아니었다. 그녀는 또 연극을 했다고 했다. 나는 그게 마음 아팠다. 나는 그녀가 무대 위에 등장해 "마담, 저녁 식사 준비 다 됐습니다"라고 말하는 하녀 역할을 맡았을 거라고 확신했다. 그러나 그 가정부가 커피를 내다 줬던 토니아 카레루*에게 그녀

* 1922~2018. 브라질 영화, 연극, TV에서 활동하는 배우.

가 당신의 "동료"였다고 말했더니 토니아는 그녀가 저속한 희가극단의 여자 무용수 중 하나였을 거라고 생각했다. 이곳에 그들의 짧고 이상한 대화를 옮기겠다. 토니아가 말했다. "당신은 아르헨티나 사람인가요?" 가정부가 대답했다. "네, 죄송합니다." 토니아가 말했다. "죄송하긴요. 아르헨티나 사람들은 늘 저에게 친절했어요. 나는 그들을 정말 좋아해요." 나중에 카르멘은—그 가정부의 이름은 마리아 델 카르멘이었다—이렇게 덧붙였다. "그런데 저 아가씨는 아름답고 상냥해요!" 이번에는 아첨이 아니라 진정한 감탄이었다. 카르멘은 허영심이 무척 많았다. 카르멘은 속눈썹을 붙이고 다녔는데, 끝을 다듬지 않아서 결과적으로 뻣뻣한 인형 눈처럼 보였다. 어느 날 카르멘은 아무 말 없이 나를 떠났다.

나와 미국에 함께 갔던 또 다른 가정부는 내가 돌아온 후에도 그곳에 남아 영국 엔지니어와 결혼했다. 1963년 텍사스에서 열리는 학회에서 20분간 브라질 현대문학에 관한 발표를 하러 갔을 때 나는 워싱턴에 살고 있는 그녀에게 전화를 걸었다. 나는 놀라서 기절할 뻔했다. 그녀는 미국식 억양의 포르투갈어로 "저를 보러 오셔야만 해요!"라고 말했다. 내가 그렇게 먼 여행을 할 경비가 없다고 말해도 그녀는 고집을 부렸다. "내가 푯값을 지불할게요!" 나는 당연히 그녀의 제안을 거절했다. 시간도 없었으니까.

직업상 비밀 유지를 위해(?) 이름을 발설할 수 없는 가정부가 있었는데, 그녀는 정말로 상담 치료를 받는 중이었다……. 그녀는 일주일에 두 번 네이지 박사를 만나러 갔다. 그녀는 불안함을 느낄 때면 박사에게 전화를 걸었다. 처음에 그녀는 정신과 의사를 만나러 나간다고 내게 말하지 않고 다른 핑계를 댔다. 네이지 박사가 내가 이해해줄 것이니 진실을 말해야 한다고 말하기 전까지 말이다. 나는 그녀를 이해했지만 결국 감당하지 못했다. 상태가 좋지 않을 때 그녀는—그런 일이 자주 있었다—정신을 차리고 난 후에는 사과하긴 했지만 너무 이상하고 반항적이었다.

그녀는 볼륨을 높인 트랜지스터라디오가 꼭 있어야 일을 했고, 음악과 함께 가늘고 날카롭고 높은 목소리로 노래를 불렀다. 내가 너무 거슬려서 조용히 해달라고 하면 그녀는 더 크게 노래를 불렀다. 나는 참을 수 없을 때까지 참았다. 나는 예의를 갖춰서 그녀를 해고했다. 일주일 후 그녀는 자신의 심정을 토로하기 위해 내게 전화를 걸었다. 그녀는 일자리를 구할 수 없다고 했다. 그녀가 정신과 치료를 받는 중이라고 말하면 예비 고용주들이 두려워한다고 한다. 그녀는 리우에 혼자 있었기 때문에 갈 곳이 없어 광장의 벤치에서 이틀을 잤으며 추위에 떨었고 괴로웠다고 했다. 나는 죄책감을 느꼈다. 그러나 방법이 없었다. 나는 심리분석가가 아니었고, 이런 심각한 상황에 도움을 줄 수 없었다. 나는 그녀가 네이지 박사에게 치료받고 있다는 것을 생각하며 위안을 삼았다. 네이지 박사는 아주 친절한 여의사로, 나도 어떻게 행동해야 하는지 조언을 듣기 위해 통화한 적이 있었다. 그러나 가장 심각한 문제는 그녀의 널뛰는 기분이 아니라 그녀의 목소리였다. 나는 목소리에 너무 민감하고, 그녀의 히스테리

컬한 노래를 계속 들어야 한다면 결국 내가 네이지 박사에게 전화를 걸어 도움을 요청하게 될 것이다.

1967년 12월 9일

어떤 것

어떤 것을 봤다. 그건 진짜였다. 밤 10시, 치라덴치스 광장이었고 택시가 빠르게 달리고 있었다. 나는 그때 절대 잊을 수 없을 것 같은 길을 봤다. 그 길에 대해서 말하진 않겠다. 그것은 '나의 길'이었다. 나는 그저 그 길이 텅 비어 있었고 밤 10시였다는 것만 말할 수 있다. 더 이상은 어떤 말도 할 수 없다. 하지만 나는 발아했다.

피아노 레슨

아버지는 딸 셋 모두 음악을 배우기를 바라셨다. 아버지는 악기 중에 피아노를 고르셨고 그 악기를 비싸게 사셨다. 더 이상 뚱뚱할 수 없는 음악 선생님도 고용했다. 그보다도 뚱뚱한 사람은 없었다. 그녀는 말 그대로 비만이었고 손이 아주 작았는데, 마담 푸푸라는 이름이 아주 잘 어울렸다. 그 피아노 레슨은 내게 고문이었다. 레슨이 내게 준 기쁨은 딱 두 개뿐이었는데, 하나는 내가 기다리던 전차가 커브를 돌면서 도착하면 보이던 먼지를 뒤집어쓴 아카시아였다. 전차가 왔을 때에는—아, 얼마나 좋았는지. 또 다른 하나는 작곡이었다. 공부보다는 창작이 좋았다. 나는 아홉 살이었고, 어머니는 돌아가시고 안 계셨다. 나는 여전히 그때 내가 만들었던 노래를 손가락으로 느리게 연주할 수 있다. 왜 그해에 어머니가 돌아가셨던가? 그 노래의 악보는 두 파트로 나뉜다. 첫 번째 파트는 부드럽고, 두 번째 파트는 반쯤은 군악 같고 반쯤은 폭력적으로, 지금 생각하건대 저항적이다. 나는 마담 푸푸가 쇼팽을 연주할 때 구역질이 났다. 쇼팽을 늘 좋아하던 나인데. 그러나 그녀가 내게 과자를 줄 때에는 그런 일이 일어나지 않았다. 과자를 먹은 건 그녀였으니까. 나는 피아노를 배울 때 너무 게으름을 피워서 자매 중 한 명에게 멜로디를 쳐달라고 하고 그냥 반주만 했다. 그래도 운이 좋았다. 아버지가 내게 바이올린을 배우라고 하지 않은 게 어디인가. 게다가 나는 귀로 듣고 연주했다. 그런데 내 자매 중 한 명은 정말 재능이 있었다. 그녀는 헤시피 음악원의 마에스트로 에르나니 브라가에게 배우기 위해 마담 푸푸를 떠났다. 그는 그녀에게 피아니스트가 되고 싶은지 물었다. 이유는 알 수 없지만 그녀는 피아니스트가 되길 원하지 않았다. 아버지는 저녁이면 우리에게 연주를 시켰다. 언젠가 어느 오후에 주무시던 아버지가 라디오를 듣고 잠에서 깨어 감동하셨던 것을 기억한다. 아버지는 그 음악이 무슨 곡이었는지 알고 싶어 하셨는데, 그 곡은 베토벤이었다. 자매 중 한 명은 지금껏 마담 푸푸가 준 선물을 간직하고 있다. 바늘을 꽂을 수 있도록 비단에 속을 채운 인형이다. 그 자매는 우리 셋 중에 물건을 가장 잘 간직한다. 나는 그녀에게 나를 대신해 뭔가를 간직해달라고 부탁한다. 나는 마담 푸푸가 준 것 중에서 특히 노란 아카시아를 간직하고 있다. 이제 그 집에는 누가 살까. 내게는 피아노 레슨보다 그런 게 더 궁금했다. 나는 연주를 잘 틀렸으니까. 딴 생각을 했다. 마담 푸푸도 생각했고. 어떻게 그렇게 뚱뚱한 사람이 그토록 섬세하고 가느다란 손으로 피아노 건반 위에서 날아다녔을까? 분명 그녀는 이미 세상을 떠났을 것이다. 얼마나 큰 관이 필요했을까! 그녀는 기혼자였다. 어떻게 그게 가능할까? 천성적으로 무지했기에 레슨을 받는 동안 나를 사로잡은 문제였을 것이다. 마담 푸푸의 집 현관에는 계단이 있었는데 나는 레슨을 받기 전이면 그곳에서 놀았다. 나도 에르나니 브라가에게 레슨을 받은 적이 있는데 그는 내 손가락이 약하다고 했다. 그도 역시 세상을 떠났으니 입을 다무는 편이 낫겠다. 내 손가락은 약하지 않다. 내가 힘이 있다는 걸 알고 있다. 내 힘은 약하고 섬세한 내 손가락이 가진 부드러움에 있다.

각성제

나는 각성제를 먹지 않는다. 나 자신을 위해서라도 조심하고 싶다. 나는 분명 각성제를 먹고 마리화나를 피울 것 같은 파티에 초대받았다. 하지만 내 경각심이 더 중요했기에 파티에 가지 않았다. 그곳에는 내가 아는 사람이 아무도 없었는데 모두가 나를 알고 싶어 했다고 누군가 전해줬다. 그건 더 최악이다. 나는 공공재가 아니다. 나는 조용히 있으려 했다. 시선을 받고 싶지 않다. 마리아 베타니아*가 내게 전화를 걸어 나를 알고 싶다고 했다. 내가 그녀를 알고 있나, 아닌가? 섬세한 여자라고 들었다. 나는 결정할 것이다. 사람들은 그녀가 자기가 어떤 사람인지를 많이

* 1946~. 브라질 대중음악(MPB)을 대표하는 여성 싱어송라이터.

말하고 다닌다고 했다. 나도 그런가? 그러고 싶지 않은데. 나는 익명으로 비밀스럽게 지내고 싶다. 가능하다면 말없이 말하고 싶다. 마리아 베타니아는 내 책을 통해 나를 안다. 나는 〈조르나우 두 브라질〉로 명성을 얻었다. 장미꽃도 받았고. 언제가는 그만둘 거다. 되어버린 것이 되기 위해서. 왜 나는 이렇게 쓸까? 그렇지만 나는 위험하진 않다. 점점 더 사이가 돈독해지는 자매들을 제외하고도 내게는 친구들이 있다. 나는 보통 친근한 편인데 그건 장점이기도 하고 단점이기도 하다. 나는 침묵이 부족하다고 느낀다. 한때는 침묵을 지켰다. 이제는 말하지 않고도 소통한다. 그렇지만 한 가지 부족한 게 있다. 나는 그걸 갖게 될 것이다. 그것은 누구에게도 허락을 구하지 않는 일종의 자유다.

1967년 12월 16일

신의 온화함

분명 여러분은 미나스제라이스 출신의 말이 없던 아니냐를 잊었을 것이다. "단물"은 싫다고 내 책을, 그것도 "어려운" 작품을 읽고 싶어 했던 가정부다. 왜 그랬는지 모르겠지만 내가 그녀를 아파레시다라고 부른 것도 여러분은 잊었을 것이다. 그녀는 "그렇게 부르면 내가 나타나니까 그런 거예요"라고 설명했다. 아마도 그때 이 말은 하지 않았던 것 같은데, 그녀는 인간으로서 존재하기 위해 누군가 자기에게 보이는 관심에 무척 의존했다.

당신은 그녀를 잊었겠지만 나는 절대 잊지 못한다. 그녀의 숨가쁜 목소리도, 빠진 앞니도. 우리가 고집을 부려 결국 의치를 하긴 했지만, 그러나저러나 앞니는 잘 보이지 않았다. 그녀는 속으로 말하고 주로 내적 미소를 지었으니까. 내가 깜빡 잊고 말하지 않은 것이 있는데, 아니냐는 정말 못생겼다.

어느 아침, 그녀가 시장에서 돌아와야 할 시간에 돌아오지 않았다. 마침내 나타났을 때 그녀는 마치 잇몸만 있는 것처럼 상냥한 미소를 짓고 있었고, 오른손에는 내가 장을 보라고 준 돈이 구겨진 채 있었고 왼손에는 장바구니를 들고 있었다.

그녀 안에 뭔가 새로운 것이 있었지만 정확히 무엇인지는 추측할 수 없었다. 어쩌면 커다란 온화함인지도 모르겠다. 그녀는 마치 한발 더 나아간 사람처럼 조금 더 '눈에 띄었다'. 의심이 생긴 우리는 그 새롭고 모호한 것을 그녀에게 물어야 했다. "물건은?" 그녀가 대답했다. "돈이 없었어요." 놀라웠다. 우리는 그녀에게 손에 쥔 돈을 보게 했다. 그녀는 슬쩍 보더니 단순히 이렇게 말했다. "아." 그녀 안의 다른 무엇이 우리가 장바구니 안을 살펴보게 했다. 바구니는 우유병과 다른 병들의 뚜껑, 더러운 종잇조각들로 가득 차 있었다.

그녀가 말했다. "자러 가야겠어요, 여기가 너무 아파서요." 그러고 그녀는 어린아이처럼 이마를 가리켰다. 그녀는 투정을 부리는 게 아니라 그저 그렇게 말할 뿐이었다. 그녀는 몇 시간을 잤다. 말을 하지 않았다. 그녀는 "유치한" 책은 싫다고 말했지만 그녀의 표현은 유치하고 순수했다. 우리가 그녀에게 말을 거니 그녀는 일어나지 못하겠다고 대답했다.

요리사이자 점쟁이인 잔디라가 "그녀가 미쳤기 때문에" 호샤 마이아 시립병원의 구급차를 이미 불렀다는 사실을 알았을 때 나는 그녀를 보러 가려던 참이었다. 그녀는 조용했고, 미쳐 있었다. 나는 그보다 큰 온화함을 본 적이 없었다.

나는 요리사에게 피네우 정신병원 응급실 구급차를 불렀어야 했다고 설명했다. 나는 약간 얼이 빠져서 거의 기계적으로 병원에 전화를 걸었고, 나 역시 내 안에 있는 설명할 수 없는 온화함을 느꼈다. 사실 나는 안다. 그것이 아니냐를 향한 애정이었다는 것을.

호샤 마이아 시립병원 구급차가 왔다. 의사가 그녀를 진찰했고, 그녀는 침대에 앉아 있었다. 의사는 그녀가 임상적으로는 아무 문제가 없다고 말했다. 그러고 그녀에게 질문을 하기 시작했다. 왜 병뚜껑과 종이를 주웠나요? 그녀는 부드럽게 대답했다. "내 방을 꾸미려고요." 의사는 다른 질문을 던졌다. 못생기고 미쳤고 조용한 아니냐는 참을성 있게, 마치 배운 것처럼 묻는 말에 적절한 답을 했다. 나는 의사에게 피네우 정신병원 구급차를 불렀다고 설명했다. 그는 말했다. "정말로 정신과 의사를 만나야 하는 환자인 것 같아요."

그 구급차를 기다렸다. 우리는 긴장했고, 생각에 잠겨서 말이 없었다. 구급차가 도착했다. 의사는 어렵지 않게 진단을 내렸지만 정신 병동에 입원시킬 수는 없었고 오직 응급실 치료만 가능했다. 그러고 나면 그녀는 어떻게 되는 것일까? 나는 의사인 친구에게 전화를 걸었고, 그가 피네우에 있는 동료 의사에게 말을 해줬다. 내 친구가 아니냐를 검진할 때까지 그녀가 병동에 입원하는 것을 그 동료 의사가 허락해줬다. 그 동료 의사는 갑자기 내게 "작가세요?"라고 물으면서 자신을 아르투르 교수라고 소개했다. 나는 말을 더듬었다. "저는, 저는……." 그가 말했다. "당신의 얼굴이 익숙해요. 그리고 당신 친구가 당신의 이름을 전화로 말해줬어요." 나는 그가 말을 덧붙였을 때 내 이름을 거의 잊고 있었다. 그는 친절했고 다정했으며 아니냐보다 내게 더 감동했다. "당신을 개인적으로 알게 돼서 정말 기뻐요." 나는 바보처럼 기계적으로 대답했다. "저도요."

미나스제라이스 여자 아니냐는 깨끗한 새 치아와 함께 온화해졌고 차분해졌으며 살짝 명랑해졌다. 그녀 안에서 깨어나 고통을 줬던 유일한 어떤 것은 잠들었다. 요약하자면 내 친구인 의사가 그녀를 진찰했고, 심각한 환자라서 병원에 입원시켰다.

그날 밤 나는 새벽까지 담배를 피우면서 거실에 앉아 있었다. 집 전체가 부드러운 광기에 젖어 있었는데, 그것은 사라진 그녀만이 남길 수 있는 것이었다.

친애하는 나의 아니냐, 너와 너의 삐딱한 걸음걸이*를 생각하면 마음이 아프다. 미나스에 계신 너의 어머니에게 너를 데리러 오라고 편지를 써야겠다. 앞으로 무슨 일이 일어날지 나는 알지 못한다. 내가 아는 것은 너의 남은 삶 동안 가끔은 정신이 온전하다가도 너는 계속 미쳐 있고 온화함을 간직하리라는 것이야. 우유병 뚜껑은 방을 꾸미는 데 쓰일 수 있다. 구겨진 종이도 마찬가지이고. 안 될 게 뭐가 있겠는가? 그녀는 "단물"을 좋아하지 않았다. 그런 사람이 아니었다. 세상도 마찬가지였다. 그것이 바로 내가 이 밤에 격렬하게 담배를 피우면서 다시 알게 된 것이다. 아! 얼마나 담배를 열심히 피웠는지! 때로는 분노가 나를 지배한다. 아니면 경악이, 체념이 나를 지배하든지. 신은 너무 슬픈 온화함을 베푼다. 이런 방식으로 온화한 것이 선한 것일 수 있는지? 아니냐는 누군가에게 받은 꽃무늬 빨간 치마를 입었는데 치마는 그녀의 키에 비해 너무 길었다. 그녀는 쉬는 날에는 밤색 블

* 원문에 불어 'gauche'를 사용함. 유명한 「일곱 개의 얼굴의 시」를 빗댄 것. "내가 태어났을 때, 뒤틀린 천사/ 그늘에 사는 천사들 중 하나가 말했다. 가거라, 카를루스, 너의 인생에서 삐딱해지거라." (카를루스 드루몽 지 안드라지, 『비행기 안에서 죽음 외 다른 시들』, 파리, 샹데뉴, 2005, p.23.)

라우스와 함께 그 치마를 입었다. 그 촌스러움은 그녀의 또 하나의 온화함이었다.

"아니냐, 너는 애인을 만나야 해."

"이미 한 명 있었어요."

그런데 어떻게 만났다는 거지? 선하신 하느님, 누가 그녀를 사랑할 수 있단 말입니까? 정답은 바로 그 선하신 하느님이다.

신의 또 다른 온화함

나는 아니냐가 병에 걸리자 그녀에 관한 글을 썼다. 시간이 흘렀고, 자, 이제 그녀가 내 집 초인종을 눌렀다. 나는 잠시 당황했지만 금세 그녀가 많이 회복되었음을 확인했다. 그녀는 우리의 이름과 주소를 기억했고, 내가 그녀에게 줘야 할 돈을 받으러 우리 집에 오겠다고 했다. 그녀는 아직 병동에 수용되어 있었지만 병원에서 상태를 테스트해보려고 내보냈던 것이다. 그녀는 조금 더 예뻐졌다. 그녀를 살찌운 그 모든 링거와 세 번의 전기 충격의 보답이다. 그녀는 내 아이들이 자란 것 같다고 했다. 나는 그녀가 "계속 글을 쓰시죠?"라고 물었을 때 감동받았다. 내가 그녀에게 돈을 주자 점쟁이인 요리사는 말했다. "네가 돈을 셀 줄 안다는 걸 보여줘 봐." 그녀는 틀리지 않고 돈을 셌을 뿐 아니라 내가 한 달 치 월급을 다 줬다는 것을 확인하고 고맙다고 말했다. 이제 그녀는 사랑을 만나고 싶고, 중매를 서주는 TV 프로그램에 나가고 싶다고 했다. 병원에서 누군가 아니냐의 능력을 알아봤으니 그녀가 회복되었다고 여겨지면 그녀는 얼마간 병원에서 일하게 될 것이다. 우리 집은 기쁨으로 넘쳤다.

1967년 12월 23일

금으로 된 펜 사건

나는 이 글을 「금으로 된 펜 사건」이라고 부르겠다. 솔직히 말해 미스터리는 없다. 그러나 내 이상은 적어도 애거사 크리스티를 연상시키는 뭔가를 쓰는 것이다.

금으로 된 펜을 선물 받았다. 나는 늘 잉크펜이나 타자기로 썼지만, 금으로 된 펜이 생겼는데 쓰지 않을 이유가 없지 않겠는가? 좋은 브랜드의 아름다운 펜이다. 그런데 중요하다고 생각하지 않았던 문제가 곧장 생겼다. 그 문제는 다음과 같다. 금으로 된 펜으로 쓰면 금처럼 귀한 것을 써야 할까? 더 귀한 도구니까 특별한 문장을 써야만 할까? 그렇다면 나는 내 글쓰기 방식을 바꿀 수 있을까? 글 쓰는 방식이 바뀐다면 전에 쓰던 방식이 더는 내게 영향을 미치지 않게 되고 나 역시 변할 텐데 어떤 방향으로 달라질까? 더 나아질까? 또 다른 질문은 이것이다. 금으로 된 펜으로 쓰면 미다스 왕의 저주에 걸릴 수도 있을까, 그 펜이 쓴 모든 게 금처럼 반짝이고 거침없는 강인함이 담겨 있을까?

내가 말했듯이 그 작은 문제들에 큰 의미를 부여하진 않았다. 나는 생각이 위험하다고 여기지 않는 데 익숙하니까. 나는 생각하고, 그 생각에 동요하지 않는다.

그런데 그다음에 더 큰 문제가 생겼다. 금으로 된 펜은 하나인데 아들은 둘이니까. 그렇지만 나는 지금 너무 서두르고 있다. 다시 처음부터 이야기해야 한다.

둘째가 금으로 된 펜을 보고 정말로 놀랄 만큼 표정이 바뀌었다. 둘째는 펜을 살펴본 후에 한마디도 하지 않았지만 그의 얼굴은 가장 아름다운 욕구를 지닌 진정한 가면을 쓰고 있었다. 아름다운 것을 향한 욕구 말이다. 그의 눈은 조용히 빛났고, 나는 그것을 알아챘다. 아주 간단했다. 둘째는 금으로 된 펜을 원했던 것이다.

그래서 나는 아이를 도왔다. "난 네가 뭘 생각하는지 알아. 너는 네가 저 펜을 갖게 될 것이라고 생각하지." 둘째는 말이 없었다. 그는 욕구와 그른 것 사이에서 갈등했고, 욕구가 그른 것을 이겼다. 둘째는 내키지 않은 듯 권했다. "엄마 이름을 새겨 넣고 쓰면 되잖아." 나는 말했다. "그렇지만 내가 그렇게 하면 너는 다른 이름이 새겨진 펜을 쓸 수밖에 없게 돼." 아이는 조용히 깊은 생각에 잠기더니 낙담하며 말했다. "맞아, 그렇지만 지금 내가 펜을 쓰다가 누가 훔쳐 가거나 잃어버린다면." 그건 명백했다. 우리는 함께 고민하기 시작했다. 내 생각은 생산적이었고 아이디어를 하나 냈다. "들어봐, 네가 중학교를 마치면 이 펜은 네 것이야. 그때는 네가 다 컸을 테니까 누가 훔쳐 가지 않을 테고 넌 더 조심하겠지." "맞아." 그러나 둘째는 내 펜을 빼앗는다는 양 여전히 잘못을 저지르는 듯한 느낌을 받았다. 그 아이가 내 것을 가져가는 게 내게는 기쁨인 줄도 모르고.

하루가 지나자 잘못을 저지르는 것처럼 굴었던 기색은 벌써 없어졌다.

나는 메시지를 적으려다가 잉크펜을 찾지 못해서 금으로 된 펜을 쓰려고 했다. 그때 둘째가 들어왔고 나는 현행범이 됐다. "안 돼, 절대 안 돼!" 아이는 분개했다. "왜?" 나는 물었다. "너의 미래의 펜을 내가 가끔씩 쓰는 것도 안 돼?" "그렇지만 엄마가 그걸 망가뜨릴 거라고, 이걸 봐, 벌써 긁힌 자국이 생겼잖아!" 아이의 말이 맞았다. 그 펜은 아이의 것이 될 것이라 나는 조심했어야 했다. 나는 아이에게 그것을 어디에 보관할 건지 보여주고 다시는 쓰지 않겠다고 약속했다.

그러나 내게는 두 아들이 있다. 왜 다른 녀석은 달라고 하지 않았을까? 나는 서운했다. 이 금으로 된 펜을 두고 두 녀석이 거침없이 다투는 게 아무도 달라고 하지 않는 것보다 더 당연한 것 같았다.

나는 큰아들과 단둘이 있게 될 때를 기다렸다. 나는 큰아들에게 이야기를 들려주면서 이런 말로 결론을 내렸다. "네가 먼저 달라고 했다면 너한테 이 펜을 줬을 거야." "난 엄마한테 그 펜이 있는지도 몰랐어." "네가 알았어야지. 넌 늘 부주의해. 우리가 집에서 하는 이야기를 듣지 않는다고." 침묵이 이어졌다. 나는 희망을 품고 물었다. "내가 이 펜을 선물 받았다는 것을 알았다면 넌 달라고 했을까?" "아니." "왜?" "너무 비싼 거니까." "그러니까 너는 이런 가치 있는 물건을 가질 자격이 없다는 거니?" "엄마한테는 이미 비싼 게 있지만 난 아무것도 요구하지 않았어." "왜?" "그랬다면 엄마한테는 아무것도 안 남았을 테니까." "그래도 상관없어."

우리는 완전히 막다른 길에서 입을 다문 채로 있었다.

결국 아들은 이 주제에 대해 이 말을 마지막으로 끝내길 원했다. "나한테는 다 똑같아. 글을 쓰기만 한다면 펜은 뭐든 괜찮아."

그것은 납득할 만한 대답이었지만 마음에 들지는 않았다. 우리의 대화가 겉도는 느낌이었다. 나는 그게 아니라…… 잘 모르겠다. 아마도. 그렇다. 그렇지만 내가 만족하지 않는다고 해도 무엇을 할 수 있겠는가. 마음에 들지 않지만 그게 다다.

갑자기 생각이 떠올랐다. 금으로 된 펜은 별로 중요하지 않았다. 중요한 것은 한 아들은 달라고 요구하고 다른 아들은 그러지 않았다는 것이다. 나는 큰아들과 다시 대화를 이어나갔다. "너는 왜 내게 뭔가를 달라고 하지 않니?"

대답은 빨랐고 충격적이었다. "난 이미 많은 것을 달라고 했어. 엄마가 아무것도 주지 않은 거야."

나는 그 가혹한 비난에 놀라 얼어붙었다. 게다가 사실도 아니었다. 그러나 정확히는 그것이 사실이 아니었기 때문에 더 심각했다. 그 아이는 마음속 깊이 항의하다가 그것을 부당한 진실로 바꿔버렸다.

"너는 무엇을 요구했고 나는 무엇을 주지 않았지?" "내가 어렸을 때, 튜브를 달라고 했는데, 알잖아, 해변에서 튜브로 쓰는 타이어 같은 것." "내가 그걸 안 줬어?" "응." "내가 지금이라도 주면 좋겠어?" "아니, 이제는 필요없어." "내가 그걸 너한테 안 주다니, 너무 안타깝다."

아이는 나를 불쌍하게 여겼다. "그렇지만 엄마는 기억나지 않나 봐. 엄마는 파도 위에서 그걸 타다가 먼바다로 떠내려갈 수 있다고 위험해서 주지 않은 거였어." "알아." 그러나 상처는 남았다.

금으로 된 펜은 우리를 멀리 데려갔다. 나는 멈추는 게 낫다고 판단했다. 우리는 거기서 대화를 끝냈다. 확실한 것은, 지나치게 사소한 것은 파고들면 안 된다는 것이다.

1967년 12월 30일

즐거운 인터뷰

최근에 어느 젊은 기자가 내게 전화로, 시빌리자상 브라질레이라 출판사에서 근무하는데 〈여성의 머리맡에 놓인 책〉이라는 정기간행물에 파울루 프란시스*가 나와의 인터뷰를 싣기를 원한다고 말했다. 나는 인터뷰하는 것을 좋아하지 않는다. 질문을 받으면 당황하기 때문이다. 대답을 잘 못 하겠고, 게다가 결국은 기자가 내 말을 왜곡하리라는 것도 알고 있다. 그렇지만 파울루 프란시스로부터 온 요청이니 어떻게 거절할 수 있겠는가. 나는 약속을 잡았다. 그리고 나 자신에게, 또 파울루 프란시스에게 분노를 느꼈다. 사실상 무슨 일이 일어나겠는가? 〈여성의 머리맡에 놓인 책〉은 불티나게 팔리고 편집자는 돈을 번다. 기자도 돈을 번다. 그리고 내게는 불리한 점뿐이다. 나는 약속을 취소하기 위해 파울루 프란시스에게 전화를 걸었다. 그렇지만 어떻게 해야 하나? 나 역시 다른 사람들과 마찬가지로 전화에 능숙하지 못한데. 연결이 되지 않거나 연결이 돼도 통화할 수 없었다. 결국 나는 체념했다. 그렇지만 복수를 해야겠다고 생각했다. 어쨌든 복수할 것이라고.

다만 내게는 그럴 가능성도 의지도 없었다. 약속 시간이 되자 아름답고 사랑스러운 여성 크리스치나가 내 집 문 앞에 있었

* 1930~1997. 브라질 언론인, 정치 전문가, 소설가 및 비평가.

다. 그녀는 묘사하기 힘든 얼굴을 가진 사람이었는데, 얼굴 윤곽이 우아해도 중요한 것은 내면에서 나오는 것, 그러니까 표정이기 때문이다. 우리는 금세 편해졌고, 그러다 보니 그녀가 신문사에서도 일하는데, 나를 인터뷰하러 가게 됐다는 소식을 듣고 동료들이 그녀를 동정했다는 걸 알게 됐다. 그들은 그녀에게 내가 "쉽지 않은" 사람이며 말이 많지 않다고 했다. 크리스치나는 이렇게 덧붙였다. "그렇지만, 당신은 말씀을 잘하시네요."

네, 잘하죠—그러지 않고서 어떻게 버티었겠는가? 크리스치나는 전기 배급제 때문에 내가 불을 붙인 두 개의 양초 가까이 있으려고 카펫 위로 내려앉았다. 그 모습은 이미 집의 일부 같았다.

그녀의 질문은 영리했고 어려웠다. 거의 모두 문학에 관한 것이었다. 나는 그녀에게 말했다. "사실 나는 중산층 여성들이 내가 밥에 콩을 곁들여 먹는지 아닌지를 알고 싶어 하는 줄 알았어요." 그녀는 차분하게 대답했다. "그것도 곧 물을 거예요. 이제 시작에 불과하니까요."

나는 크리스치나에게 매료되어갔다. 그녀는 약혼자가 있었고, 나는 그 점이 안타까웠다. 그녀가 내 아이들이 자랄 때까지 몇 년 동안 이곳에 앉아 기다리다가 둘 중에 한 녀석과 결혼하면 좋겠다고 생각했으니까. 그렇지만 그녀는 오래 기다릴 수 없고 내 아이들은 성장이 더디다. 나는 그녀를 추천할 만한 기자로서 받아들였다.

인터뷰는 좋은 분위기 속에서 시작됐다. 우리는 여러 번 웃었다. 그중 한 번은 그녀가 비평가 파우스투 쿠냐의 기사에 대해 어떻게 생각하는지를 물었을 때였다. 그는 기마랑이스 호자*와 내가 두 위선자에 불과하다고 썼다고 했는데, 나는 그 사실을 모르고 있었다. 나는 행복한 웃음을 터뜨렸다. 이렇게 대답했다. "그 기사를 읽지 못했어요. 그렇지만 확실한 것은 우리가 위선자가 아니라는 것이죠. 우리를 아무렇게나 불러도 되지만 위선자라고 부를 수는 없죠. 이봐요, 파우스투 쿠냐, 나는 당신을 마를리 지 올리베이라 결혼식에서 봤어요. 제 앞에서는 친절하셨는데 그런 생각을 하고 계셨군요. 자, 그 주제에 대해서는 조금 더 생각해 보세요. 내 생각에는 기마랑이스 호자도 나처럼 웃을 겁니다."

크리스치나는 내게 좌파냐고 물었다. 나는 브라질을 위해 사회주의 체제를 바란다고 대답했다. 영국을 따라 하는 게 아니라 우리 모델에 적합한 체제 말이다.

그녀는 내가 스스로 브라질 여성 작가라고 여기는지 아니면 그냥 여성 작가라고 생각하는지 물었다. 나는 첫째로 여성 작가의 '여성'이 여자를 말하는 것이라면, 여성 작가가 아닌 한 명의 작가라고 대답했다. 작가는 성이 없거나, 오히려 어떻게 배분하느냐 따라 두 개의 성을 가졌음이 자명하다. 그리고 나는 꼭 브라질 작가가 아니라 그냥 작가라고 생각한다고 대답했다. 그녀는 반론을 제기했다. "기마랑이스 호자도 마찬가지인가요, 너무나

* 1908~1967. 브라질 소설가, 시인 및 외교관. 호자는 단 한 편의 소설 『그란지 세르탕: 베레다스』를 썼는데, 고풍스러운 구어체 산문과 신조어를 자주 사용하는 혁신적인 텍스트로 유명하다.

브라질적인 글을 쓰는데도요?" 나는 기마랑이스 호자도 마찬가지로 어느 나라에나 어울리는 작가라고 대답했다.

크리스치나는 기침을 했고 나도 기침했다. 통하는 것이 하나 더 생긴 것이다. 인터뷰는 발작 같은 기침으로 잠시 끊겼고, 그로 인해 모든 격식을 제쳐놓게 됐다. 게다가 둘 다 기침약을 먹지 않았는데 이유는 같았다. 게으름 때문에.

내 복수는 크리스치나에게 내가 묻는 것이었다. 나는 여러 질문을 던졌고 그녀는 단순명료하게 대답했다. 그녀에게 내 사진을 몇 장 보여준다는 핑계로 그녀를 데리고 집 안 곳곳을 누볐다. 크리스치나는 내 것 중의 하나였고, 그녀는 내 집을 통해 나에 대해 알 권리가 있었다. 집은 많은 것을 드러낸다. 그녀는 아들 중 한 명이 잠을 자는, 촛불을 켜놓고 책을 읽고 있는 방에 들어갔다. 그 아이는 크리스티나가 자연스럽게 있었기 때문에 불편해하지 않았다. 다른 아들은 친구와 극장에 가려 한다. 엄마로부터 독립했다는 것을 보여주는 나이인 그 녀석은 젊은 여성 앞에서 망설임 없이 내게 볼 키스로 인사했다. 다른 녀석은 거리낌 없이 〈만셰치〉*를 산다고 내게 돈을 달라며 우리의 대화를 방해했다. 어느 수요일의 해 질 무렵이었다. 인터뷰가 끝날 때쯤 나는 너무 편해져서 다리를 탁자 위에 쭉 뻗고 소파 아래로 내려가 거의 누워버렸다.

크리스치나, 당신은 브라질 최고의 젊은이를 대표해요. 자부

* 브라질 주간지.

심을 가져야 해요. 내 아이들도 언젠가 당신처럼 되면 좋겠어요.

한편 그녀가 내게 던진 질문은 모성과 문학 중에 무엇이 더 중요하냐는 것이었다. 답을 빨리 찾는 방법은 나 스스로에게 묻는 것이다. 선택해야 한다면 난 무엇을 택할까? 대답은 간단했다. 나는 문학을 포기할 것이다. 의심할 여지 없이 나는 작가일 때보다 엄마일 때가 더 중요하다.

크리스치나가 내게 말했다. "범죄는 보상이 없죠. 문학은 보상이 있나요?" 전혀 없다. 글쓰기는 망하기 좋은 방법 중 하나다. 크리스치나는 놀라서 내게 왜 글을 쓰냐고 물었다. 나는 어떻게 대답해야 할지 몰랐다.

재미있는 것은 그녀가 얼마나 정성껏 인터뷰를 준비했는지 나보다 나에 대해서 더 잘 알고 있었다는 것이다. 그녀는 내게 왜 남성 인물보다 여성 인물을 더 잘 그리는지 물었다. 나는 약간 이의를 제기했다. 내게는 책 한 권 전체*를 차지하는, 그보다 더 남성적일 수 없는 남성 인물이 나오는 작품이 있다.

크리스치나, 어쩌면 언젠가 내가 당신에게 인터뷰를 요청할지도 몰라요. 대학생들은 자신들을 당신과 동일시하고, 거의 모두가 당신과 결혼하기를 꿈꿀 거예요. 당신의 약혼자는 조심해야 되겠지요. 또 친구가 있는데, 그가 당신을 안다면 가장 시적이고, 가장 현실적인 방법으로 당신에게 빠져버릴 거예요. 브라질은 당신을 정말 필요로 해요. 당신 같은 젊은이들이 많다면 브라

* 1961년에 출간된 『어둠 속의 사과』다.

질의 장래는 밝겠죠.

나는 결국 내가 복수하고 있다는 사실을 깨달았다. 그 젊은 여성은 나에 대해 쓰겠지만 나도 그녀에 대해 쓸 거니까. 말이 나와서 말인데, 크리스치나, 조만간 나와 저녁 식사를 같이할래요? 내게 전화만 하면 됩니다. 당신은 외교관과 결혼하겠지요. 그렇지만 외교적인 저녁 식사는 아닐 거예요. 아마도 팬트리에서 식사를 할 거예요. 가정부를 호출할 때 쓰는 종을 사둬야 하는데 자꾸 까먹어서, 다이닝 룸에선 틀림없이 식사를 못 할 거예요. 내 친한 친구 중에 인심이 후하지만 정신없는 친구가 한 명 있는데, 그 친구가 종을 여러 개 가지고 있다고 내게 한 개를 준다고 해서 기다리고 있어요. 나도 정신이 없어서 못 샀고, 그녀도 정신이 없어서 종을 안 줬네요.

크리스치나는 '참여'문학에 대한 내 생각을 물었다. 나는 가치 있다고 대답했다. 그녀는 나도 참여문학에 관여하고 있는지 알고 싶어 했다. 솔직히 말하자면 나는 참여하고 있다고 느낀다. 적어도 내 안에서는 내가 쓰는 모든 것이 우리가 사는 현실과 연결되어 있으니까. 어느 날 이런 나의 모습이 더욱 단단해질 수도 있다. 아니, 아닌가? 잘 모르겠다. 글을 계속 쓸지 안 쓸지도 모르는데. 내가 더는 글을 쓰지 않으리라는 게 가장 유력하다.

그녀는 내게 대중문화에 대해 어떻게 생각하는지 물었다. 나는 그녀에게 엄밀히 말하자면 그것은 아직 존재하지 않는 문화라고 말했다. 그녀는 내가 대중문화를 중요하게 생각하는지를 알고 싶어 했다. 나는 그렇다고 말했고, 그렇지만 그보다 더 중요한 것은 배가 고픈 이들에게 먹을 기회를 주는 것이라고 말했다. 배고픈 사람에게는 먹을 것을 요구할 권리가 있다는 것을 대중문화가 사람들에게 인식시켜준다면 모를까. 이것이 폭정에 저항하는 궁극의 방책을 말하는 새로운 회칙이다.

크리스치나, 조만간 저녁 먹어요. 당신도 내가 마음에 든 것 같으니까. 좋은 일이에요. 그런데 이유는 모르겠지만, 인터뷰를 읽으며 천박해 보인다는 느낌이 든다. 나는 내가 천박하다고 생각하지 않는데. 게다가 내 눈은 파란색도 아닌데.

1968

1968년 1월 6일

상치아구

모든 냉철함이 차가운 것은 아니다. 예를 들자면 차갑다고 비난을 받았던 상치아구 단타스*가 그렇다. 그러나 슈미트는 그 일에 대해 스스로 모순되는 말을 했다.

나는 상치아구를 파리에서 알게 됐다. 우리는 금세 모임을 만들었다. 이유는 모르겠지만,우리는 그날 저녁 파리의 나이트클럽을 순회하기로 하고 새벽까지 돌아다녔다. 바이올린 연주자가 지나치게 가까이서 고음을 연주했을 때 클럽을 떠났다. 밤이 길 때에는 술을 마셨다. 나는 술을 마실 줄 모른다. 술을 마시면 잠을 자거나 조금 우는데, 계속해서 마시면 똑똑해지기 시작해서 무언가를 말하기 시작한다. 뭐가 더 나쁜 건지 모르겠다. 그 밤에는 둘 다 일어났다. 상치아구는 울고 싶었던 것 같지만 내색하진 않았다. 차가움이 아닌 그의 냉철함이 그를 통제한 것이다.

우리 모임에 얼마나 많은 잠재적 죽음이 있었는지. 슈미트, 블루마, 바이네르, 상치아구. 아무도 그것을 몰랐다. 아니면 바이올린의 날카로운 고음을 견디지 못할 정도로 우리는 알고 있었던 것일까?

클럽의 직원이 계산대를 지키고 있었다. 그녀는 둥글고 강인한 어깨를 드러냈다. 우리는 어깨에 대해 많이 이야기했다. 내

* 1911~1964. 브라질 외교 장관, 국회의원, 기자, 변호사.

어깨는 약해졌다. 내가 무엇을 마셨던가? 사람들이 따라주는 것을 마셨고, 많이 섞어 마셨다.

아침까지, 천천히 동이 틀 때까지. 아무도 잠이 온다고 하지 않았지만 이미 잘 시간이었다. 우리는 걸었다. 상치아구는 파리의 길모퉁이에서 제일 먼저 꽃을 파는 아가씨들을 발견했다. 그가 나를 위해 장미를 얼마나 많이 샀는지 말도 못 한다. 내가 아는 것은 그 꽃들을 두 팔로 안고 걸을 수 없었다는 것뿐. 내가 앞으로 걸어가면 장미가 땅에 떨어졌다. 내가 언젠가 아름다웠다면 그건 파리의 아침, 내 두 팔에서 장미가 떨어졌던 그날, 한 여성을 보호하는 차갑다기보단 냉철한 남자와 함께였을 때일 것이다.

호텔 방은 신선하고 상큼한 향기로 가득 찼다. 모두 상쾌했다. 나는 죽은 듯이 잠이 들었다.

정오에 잠에서 깼지만 숙취가 너무 심해서 겨우 눈만 뜰 수 있었다. 나는 남편을 깨워 벨을 눌러 호텔 직원을 불러서 가장 진한 커피를 가져다 달라고 부탁했다.

직원은 금세 왔고, 커피를 가져왔을 뿐만 아니라 상치아구가 막 보낸 한 아름의 꽃다발도 가져왔다. 그러고 내가 커피를 마시는 동안에 전화가 울렸다. 상치아구가 내 안부를 물으려고 전화한 것이었다. 나는 상태가 매우 좋지 않았다. 그는 함께 점심 식사를 할 수 있는지 물었다. 여기서 그만하겠다. 더는 기억이 나지 않으니까. 아마도 그날 베른에 가는 기차를 타야 했던 것 같다. 그러니까 우리는 함께 점심을 먹을 수 없었다.

언제 내가 상치아구를 다시 만났던가? 리우에서였다. 그의 아내 에드메이아와 그가 우리를 집으로 초대했다. 그런데 그가 나를 이상하게 바라봤다. 나는 술을 마시지 않았고 울지도 않았고 명석하지도 않았다. 반쯤 말이 없이 있었다. 그는 내게 슬픈 일이 있느냐고 물었다. 나는 그에게 "그렇다"라고 대답했다.

저녁을 먹는 동안 우리는 이탈리아 박물관에 있는 그림 한 점에 관해 이야기했다. 상치아구는 내게 그 그림이 좋았느냐고 물었다. 나는 그에게 기억나지 않는다고 말했다. 그는 내게 심플하게 반박했다. "아, 맞아요. 당신은 열 살 이전에 일어났던 일만 기억하는 부류의 사람이죠."

시간이 지났다. 그가 워싱턴*에 왔을 때, 도착하자마자 내게 전화를 걸어 나를 기쁘게 했다. 그는 집에서 저녁을 먹었고, 우리는 새벽 3시까지 수다를 떨었다. 그리고 나는 이것저것 배웠다. 내가 배운 것은 이미 잊었지만 어떤 방식으로든 내 안에 남아 있으리라 확신한다.

한번은 워싱턴의 한 호텔에서 저녁을 먹었다. 그는 나와 함께 정치에 대한 이야기를 많이 나눴다. 나는 깜짝 놀랐다. 남성들은 여성과 정치 이야기를 하지 않으니까. 내가 덜 여성스러워진 것일까? 나는 그에게 솔직하게 물었다. 그는 정반대이고, 심지어 조심한다고 대답했다. 나는 저녁을 더 맛있게 먹을 수 있었다.

* 클라리시 리스펙토르는 1952년부터 1969년까지 워싱턴에서 살았고 1953년에 워싱턴에서 둘째 아들을 출산했다.

시간이 흐르고 그가 병에 걸렸다. 나는 어느 날 상치아구가 정치 연설을 하기로 한 연회에 초대받았다. 그가 아니면 누가 나를 그런 모임에 부르겠는가? 나는 그곳에 갔다. 연회가 끝날 때쯤에 백지처럼 창백한 상치아구가 자리에서 일어났다. 그의 목소리는 갈라졌다. 그는 물 한 모금을 마셨다. 그는 자기 자신의 영웅이 된 듯 다시 시작했다. 모든 영웅은 자기 자신의 영웅이다. 이기는 것은 자기 자신을 정복하는 것이다.

나는 눈물을 참으며 그에게 인사하러 갔다. 나는 죽음을 껴안았다. 냉철한 죽음이었다. 그는 죽음을 받아들였다. 나는 확신한다.

상치아구가 아주 귀여워했던 조카가 여러 명 있다는 이야기를 깜빡했다. 그중 한 명을 특히 더 예뻐했는데, 그녀는 워싱턴에 왔을 때 상치아구가 쓴 추천사를 들고 내게 들렀다. 나는 그녀와 대화를 나누었고 우리는 여러 번 만났다. 그녀는 편하게 우리 집에서 저녁 식사를 하곤 했다.

그 뒤 리우에서 그녀의 결혼식 청첩장을 받았다. 신부와 신랑은 수줍고 아름다웠다. 나는 교회 벤치에 앉았고, 상치아구가 다른 벤치에 앉아 있는 걸 봤다. 그는 앉은 채 죽어가고 있었다. 결혼식이었다.

모두가 자리에서 일어나 신랑 신부를 축하해주러 가자 나와 상치아구 둘만 남게 됐다. 그는 거의 말이 없었다. 그는 내게 글을 계속 쓰느냐고 물었다. 나는 그에게 『G.H.에 따른 수난』이라는 책의 퇴고를 막 마쳤다고 말했고 그는 그 제목이 무척 마음에 든다고 했다.

나는 그가 그 책을 좋아했으리라고 생각하지만, 책이 출간되기 전에 그는 세상을 떠났다. 장례식에는 가지 않았다. 죽지 않는 사람도 있으니까.

1968년 1월 13일

사람의 온기

아니, 아직 붉지는 않았다. 거의 밤이 되었는데도 여전히 밝았다. 본래의 모습대로 붉게 보였으면 좋았을 것이다. 하지만 그것은 색이 없는 따뜻한 빛이었고, 그녀는 멈춰 있었다. 아니다, 여자는 땀을 흘리지 못했다. 그녀는 메말랐고 투명했다. 밖에는 깃털이 달린 박제된 새들만이 날아다녔다. 그러나 그것은 눈에 보이는 더위였고, 그녀가 더위를 보지 않기 위해 눈을 감았다면 느린 환영이 찾아왔을 것이다. 그 환영이 상징하는 바는 다음과 같다. 그녀는 거대한 코끼리들이 다가오는 것을 봤다. 견딜 수 없이 따스하고 부드러운 속살은 젖어 있지만 피부는 마른 덩치 크고 순한 코끼리들이었다. 자기 몸을 옮기기가 힘들어 발걸음은 느리고 무거웠다.

램프를 켜기에는 너무 이른 시간이었다. 램프를 켜면 적어도 밤을 재촉할 수 있을 텐데. 밤은 오지 않았다, 오지 않았다, 오지 않았다, 밤은 불가능했다. 그리고 지금 불가능한 그의 사랑은, 땀을 흘리지 않는 열병처럼 말라버린 그의 사랑은 아편 없는, 모르핀 없는 사랑이었다. "사랑한다"라는 말은 핀셋으로 뽑을 수 없는 가시였다. 발바닥의 가장 두꺼운 곳에 박힌 가시.

아, 갈증의 결핍. 갈증이 느껴지는 더위라면 그나마 견딜 만했을 것이다. 그러나 아, 갈증의 결핍. 결핍과 부재뿐이다. 의지도 없다. 뾰족하게 튀어나온 부분이 없어서 핀셋으로 집어서 빼낼 수 없는 가시만이 있었다. 치아만이 젖어 있었다. 탐욕스럽고 메마른 입안의 치아는 젖어 있었지만 단단했다. 무엇보다 아무것도 없는 탐욕스러운 입이었다. 영속될 오후 끝에 무無는 뜨거웠다.

그녀는 다이아몬드 같은 눈을 떴다. 지붕 위에는 바싹 마른 참새들이 있었다. "나는 여러분을 사랑합니다", 그건 불가능한 문장이었다. 그녀에게 인류는 영원한 죽음과도 같았지만 마침내 죽는다는 안도감은 없었다. 아무것도, 이 건조한 오후에는 아무것도 죽지 않았고 아무것도 썩지 않았다. 오후 6시는 정오였다. 양수기에서 지속적인 소리가 나는 정오였다. 물 없이 오래 일했던, 고철이 되어버린 양수기였다. 이틀 전부터 도시의 여러 구역에서는 물이 부족했다. 잠시 멈춘 진동에 땀 흘리지 않는 그녀의 몸과 그녀의 다이아몬드 같은 눈동자만큼 깨어 있는 것은 아무것도 없었다. 그렇다면 신은? 신은 아니다. 고뇌조차도 없다. 수축하지 않는 가슴은 텅 비었다. 비명 하나 없다.

그사이 여름이 왔다. 방학을 맞아 텅 빈 학교 운동장만큼 너른 여름. 고통? 전혀 없었다. 어떤 눈물의 신호도 땀 한 방울도 없었다. 소금도 없었다. 오직 무거운 고통뿐이었다. 마른 가죽인 코끼리 피부의 고통처럼. 코끼리들의 더러움은 맑고 뜨거웠다. 자신의 남자를 생각했을까? 아니다. 그것은 심장에 박힌 가시, 발바닥의 가시였다. 아이들은? 열다섯 명의 아이는 바람 한 점 없는 허공에 흔들림 없이 매달려 있었다. 아, 손이 축축하게 젖기 시작했다면. 물이 있었다고 해도 그녀는 증오로 목욕하지 않았을 것이다. 그러다 증오로 물은 말라버렸다. 아무것도 흐르지 않았다. 곤경이란 꼼짝 않는 것이다. 다이아몬드 보석이다. 목이 말라버린 매미는 멈추지 않고 끽끽 울었다. 마침내 신은 비로 액화된 것일까? 아니다. 그건 싫다. 말라버린 고요한 증오 때문에 내가 원하는 것은 이것이다—사나운 매미에 민감해진 더위가 만드는 침묵. 민감하다고? 사람들은 아무것도 느끼지 못한다. 이 모든 것을 진정시켜줄 지독한 아편의 금단증상을 제외하고는. 나는 견디기 힘든 것이 계속되길 원한다. 영원을 원하니까. 나는 매미의 불그스름한 노래처럼 계속되는 기다림을 원한다. 왜냐하면 그 모든 것은 응고된 죽음이니까, 그것은 영원이니까, 욕망 없는 발정發情이자 짖지 않는 개니까. 그 시간에는 선과 악이 존재하지 않는다. 뜻밖의 용서이자, 형벌을 먹고 사는 우리다. 이제는 무심한 용서다. 더 이상 판단은 없다. 판단 후에 부여되는 용서가 아니다. 판단과 판결의 부재다. 그리고 딱 한 번 와야 하는 죽음, 죽음은 끊임없이 현존한다. 비가 오지 않는다, 비가 오지 않는다. 월경은 존재하지 않는다. 난소는 두 개의 마른 진주다. 여러분에게 진실을 말하겠다. 물기 없는 증오로 내가 원하는 것은 바로 그것이다. 비가 오지 않는 것.

그녀는 정확히 그 순간에 무언가를 듣는다. 주의를 기울이면 더 말라버리는, 똑같이 마른 것. 침 한 방울 없는 메마른 천둥이 울려대는 굉음이다. 그런데 어디를 울려대는 것인가? 사랑의 구름 한 점 없는 새파란 하늘 속이다. 천둥은 분명 멀리서 온다. 그와 동시에 커다란 코끼리의 들척지근한 냄새와 이웃집의 재스민 향기도 온다. 달콤한 여자들과 함께 엄습하는 인도의 향. 공동묘지의 패랭이꽃 향기다. 모든 것이 그렇게 갑자기 변할까? 밤도 비도 물속의 썩은 나무도 없었던 사람을 위해, 진주밖에 없었던 사람을 위해 밤이 올까, 나무가 마침내 썩을까, 공동묘지엔 비를 맞아 생기발랄한 패랭이꽃이 피어 있을까, 말레이시아에서 시작된 비가 내릴까? 절박함은 꼼짝없지만, 그 내면에는 이미 떨림이 있다. 여자는 그 떨림이 자기 것임을 알아차리지 못한다. 그녀를 태운 것이 오후 끝의 뜨거운 열기가 아니라 인간의 열기라는 사실을 그녀처럼 모두가 지각하지 못한다. 다만 그녀는 이제 무언가 달라지리라는 것을, 비가 오거나 밤이 오리라는 것을 감지한다. 그러나 그녀는 누군가 지나갈 때까지 기다리는 것을 견디지 못한다. 빗방울이 떨어지기 전에 다이아몬드 같은 두 눈이 눈물 두 방울로 녹아버린다. 마침내 하늘이 잠잠해진다.

1968년 1월 20일

행복한 불면과 불행한 불면

갑자기 눈이 떠졌다. 칠흑 같은 어둠이다. 밤이 깊어진 듯하다. 나는 침대 협탁의 스탠드를 켜고 절망한다. 새벽 2시다. 정신이 맑고 또렷하다. 나는 또 새벽 2시에 전화를 걸어도 나를 저주하지 않을, 나와 닮은 누군가를 찾아낼 것이다. 누구일까? 누가 불면에 고통받고 있을까? 시간이 멈췄다. 침대에서 내려와 커피를 마신다. 게다가 끔찍한 대체 설탕을 넣어서. 왜냐하면 식이요법 전문가인 주제 카를루스 카브라우 지 알메이다 박사가 내게 화재 이후로 너무 많이 먹어서 찐 체중 4킬로그램을 감량해야 한다고 말했기 때문이다. 불 켜진 거실에서는 무슨 일이 있었던 것일까? 그것은 밝은 어둠을 생각하게 한다. 아니다, 우리는 생각하지 않는다. 우리는 느낀다. 우리는 고독이라는 이름뿐인 무언가를 느낀다. 독서? 절대로. 글쓰기? 절대로. 순간이 지나간다. 시계를 본다. 어쩌면 이미 새벽 5시가 됐을 것이다. 4시도 되지 않았다. 누가 이 시간에 깨어 있을까? 나는 누군가에게 한밤중에 전화해달라고 부탁하지 못한다, 내가 자고 있을 수도 있으니까, 용서하지 않을 수도 있으니까. 수면제를 먹으라고? 그러나 우리를 훔쳐보는 악은? 아무도 내 악덕을 용서하지 않을 것이다. 그래서 나는 거실에 앉아서 느낀다. 무엇을 느끼고 있냐고? 아무것도. 손에 전화기를 쥐고 있다.

그러나 때때로 불면은 재능이다. 한밤중에 갑자기 깨어나 흔치 않은 그것, 바로 고독을 갖는 것 말이다. 거의 어떤 소리도 들리지 않는다. 해변에서 파도만이 부서진다. 나는 세상에 혼자 남아 기쁨으로 커피를 마신다. 그 누구도 무無를 방해하지 못한다. 텅 빈 동시에 풍요로운 무다. 전화기는 말이 없다. 갑자기 울리는 전화벨 소리도 없다. 그러다 날이 밝는다. 태양 아래 구름이 환해진다. 때로는 달처럼 창백하고 때로는 순수한 불이다. 나는 테라스로 나간다. 어쩌면 내가 바다의 하얀 물거품을 본 첫 번째 사람일지도 모른다. 바다는 나의 것이고 태양도 나의 것이며 땅도 내 것이다. 나는 별것 아닌 것에, 모든 것에 행복을 느낀다. 떠오르는 태양처럼 집들이 하나씩 잠에서 깨어날 때까지, 잠이 덜 깬 아들들이 다시 눈에 들어올 때까지.

타자기에 감사하며

나는 올림피아 휴대용 타자기를 사용한다. 무릎에 타자기를 올려놓고 글을 쓰는 내 이상한 습관에 알맞게 충분히 가벼운 타자기다. 타이핑이 잘되고 타자감이 부드럽다. 그 기계는 갈겨쓴 글자 속에 내가 헤매는 일 없게 나를 옮겨놓는다. 이를테면 내 감정과 내 생각을 유도한다고 말할 수 있다. 사람처럼 나를 돕는다. 게다가 미묘한 것을 포착하는 듯하다. 그 기계 덕분에 내가 쓴 것을 재깍재깍 보면서 내 글을 더 객관화할 수 있다는 점을 차치하고도 말이다. 조용한 타자기 소리가 조심스럽게 고독을 써 내려가는 사람과 함께한다. 내 타자기에 선물을 주고 싶다. 그렇지만 겸손하게, 인간이 되려는 의도 없이 하나의 사물로 남아 있는 사물에게 무엇을 줄 수 있단 말인가? “매우 인간적”이라는 찬사를 사람들에게만 돌리는 요즘의 경향이 나를 피로하게 한다. 일반적으로 “인간적”이란 말의 의미는 “착한”, “친절한”이라는 뜻이거나 아니면 상냥하다는 것을 의미한다. 그러니까 모두 기계가 갖지 못한 것이다. 타자기가 로봇이 되고 싶어 하는 욕망조차 나는 느끼지 않는다. 타자기는 자신의 기능을 넘어서지 않는다, 그것에 만족한다. 그리고 나 또한 타자기의 그런 점에 만족한다.

1968년 2월 4일

내가 배운 것

세상에, 어쩌면 나는 기도도 할 줄 모를까! 그러니 어떻게 살아야 한단 말인가? 기도는 나를 위해서, 남을 위해서 단지 요청을 한다는 뜻이 아니다. 느끼고, 감사하고, 어떤 면에서는 수녀가 된다는 뜻이기도 하다—그렇다, 불쾌하고 화난다, 수녀라니!

나와 어릴 때부터 알아온, 카드점을 보는 점쟁이가 있다. 이제는 그녀가 나를 부르고 내게 돈도 요구하지 않는다. 카드점을 본다고 하지만 사실 그녀는 뼛속까지 가톨릭 신자다. 그녀는 나를 위해 미사를 드린다. 내가 할 줄 모르는 기도를 나를 위해 해주는 그녀에게 감사하다.

신이시여, 나는 이미 깊은 상처를 받았습니다. 그러나 감사해야 할 사람들은 너무 많다. 그들의 이름을 밝히지 않는 것은 수줍은 그들에게 누를 끼치지 않기 위해서다. 나는 기도와 다름없는 눈빛을 받았다. 나를 위해 이미 서원한 사람들도 있다.

나는 어떠냐고? 나는 지체 없이, 뻔뻔하게 사람들 앞에서 기도해보려 한다. 이런 방식으로. 주여—아니다, 이건 불필요하다. 나는 할 수 없다. 그렇지만 어쩌면 "주여"라고 말하는 자체가 이미 기도인지도 모른다. 그럼에도 불구하고 내가 할 수 있는 기도가 있고, 나는 당장 그 기도를 할 것이다. 하느님, 제가 사랑하는 사람들이 저보다 먼저 죽지 않게 하소서. 저는 부재를 견딜 수 없을 테니까요. 적어도 이것만은 부탁드립니다.

전화 한 통

전화기가 울렸고, 수화기를 들었다. 내게 걸려온 전화였다. 나는 방해받고 싶지 않기 때문에 보통 누구냐고 묻는다.

그러나 이번에는 목소리에 뭔가 있었다. 나는 부드럽고 수줍은 그 목소리에 내가 먼저 나라는 것을 밝혀버렸다. 그 목소리는 이렇게 말했다. "당신의 독자입니다. 저는 당신이 행복하면 좋겠어요." 나는 물었다. "성함이 어떻게 되시나요?" 그녀는 대답했다. "독자입니다." 나는 말했다. "그렇지만 나도 당신의 행복을 빌어주려면 당신의 이름을 알아야 해요." 그러나 소용없었다. 그녀는 내게 자기가 어떤 사람인지 전혀 알리고 싶어 하지 않았다. 완벽한 익명이었다. 내가 아무것도 알지 못하는, 이름조차 모르는 당신, 나는 당신에게 기쁨이 있기를 바랍니다. 당신이 결혼하지 않았다면 인생의 남자를 만나기를 바라고요. 나는 당신이 내가 쓴 모든 것을 읽지 말아주시기를 부탁합니다. 나는 자주 가혹하고, 당신이 나의 가혹함을 감수하지 않았으면 하니까요.

시쿠 부아르키 지 올란다*

친구와 함께 식당에 갔다가 그곳에 들어가자마자 카를리뉴스 올리베이라**를 마주쳐서 기뻤다. 나는 주변을 둘러봤다. 내가

* 1944~. 음악가, 작가, 극작가. 브라질 대중음악계의 가장 권위 있는 인물이기도 하다.

누구를 봤을까? 바로 시쿠 부아르키 지 올란다다. 나는 카를리뉴스에게 말했다. “내가 누굴 봤는지 아들들에게 말하면 그 애들은 나를 조금 더 존중해줄 거예요.” 그러자 우리 테이블에 앉았던 카를리뉴스가 소리쳤다. “시쿠!” 그가 왔고, 카를리뉴스는 나를 그에게 소개해줬다. 그는 놀랍게도 이렇게 말했다. “마침 어제 당신의 책을 읽었어요.”

시쿠는 아름답고 내성적이고 슬프다. 아, 그의 슬픔을 누그러뜨려줄 수 있는 말을 얼마나 찾았던지—그런데 무슨 말을 한단 말인가?

나는 아들들에게 누굴 만났는지 이야기했다. 물론 그 아이들이 나를 더 존중하지는 않았지만 입이 딱 벌어지긴 했다.

나는 아이디어가 떠올랐다. 그것이 구체화될지는 모르겠지만 그렇게 된다면 당신들에게 이야기해줄 것이다. 그러니까 우리 집에 시쿠와 카를리뉴스를 초대할 생각이다. 나는 그 두 사람을 다시 만날 것이고, 무엇보다 내 아들들이 그들을 보게 될 것이다. 내가 아들들에게 이 생각을 이야기하자 아들 중 한 명이 싫다는 의사를 표시했다. 나는 이유를 물었고 아들은 대답했다. “유명 인사니까.” 나는 아들에게 말했다. “너도 그래, 너도 중요한 사람이야, 너는 일곱 살에 이미 우리 집에 있는 베토벤 음반을 모두 들었잖아. 그리고 그의 음악을 얼마나 사랑하고 느끼고 이해

** 1934~1986. 브라질 작가 주제 카를루스 올리베이라의 애칭. 20년 넘게 브라질 일간지 〈조르나우 두 브라질〉의 칼럼니스트로 활동했다.

했는지 너는 베토벤의 다른 음악도 듣게 해달라고 졸랐었지."

그러나 나는 아들의 뜻을 존중하고 싶다. 나는 아들에게 말했다. "내가 시쿠를 초대해서 그가 온다면, 너는 그저 그와 악수만 하고 거실에서 나가도 돼."

나는 카를리뉴스도 슬퍼 보인다고 생각했다. 나는 그에게 물었다. "우리는 왜 이렇게 슬픈 거죠?" 그가 대답했다. "그냥 그런 거죠, 뭐."

그렇다. 그냥 그런 것이다.

라이노타이프* 식자공에게

오타가 너무 많아서 죄송합니다. 일단은 제가 오른손에 화상을 입었어요. 또 다른 이유는 저도 잘 모르겠습니다.

한 가지 부탁드리고 싶습니다. 교정하지 말아주세요. 구두점은 문장의 호흡입니다. 그리고 제 문장은 그런 방식으로 숨을 쉬지요. 혹시 제가 이상하다고 생각하신다고 해도 그것마저 존중해주세요. 저 역시 저를 존중할 수밖에 없었습니다.

글쓰기는 저주입니다.

* 인쇄용 활판 활자를 주조하는 기계.

1968년 2월 10일

부탁

아니, 그저 단순한 부탁이 아니야. 내가 간절히 빌게. 술을 그렇게 많이 마시지 마. 한 잔은, 알겠어, 너에게도 의지할 곳이 필요하니까, 너는 부끄러움 때문에 사람에게 의지하는 대신에 술을 택했지. 그러나 나는 사람들이 너에 대해 하는 말이 두려워. 네가 전보다 세 배는 더 많이 마신다는 것 말이야. 네 생명을 단축시키지 말아줘. 삶을 살아, 삶을 살아야 해. 어렵지, 힘든 일이야, 그렇지만 삶을 살아야 해. 나 역시 삶을 살고 있어. 수도자인 네가 신실하게 믿는 신의 이름으로, 조금만 마시길.

내 말을 믿어봐. 내게도 정말 쉽지 않은 일이었어.

신

무신론자들도 확신하지 못하는 물음이 있다. 사후에는 어떻게 될까. 무신론자들도 절망하는 순간이 있다. 신이여, 저를 도우소서. 나는 그런 순간에 신에게 도우러 와달라고 부탁한다. 신의 도움이 필요하다. 사람의 힘보다 더 필요하다. 또 나의 고유한 힘도 필요하다. 나는 강하지만 동시에 파괴자이기도 하다. 스스로를 파괴하는 자. 스스로를 파괴하는 자는 타인들도 망가뜨린다. 나는 많은 이들에게 상처를 준다. 신이 내게로 와야 한다, 내가 그에게 가지 않았으니까. 오세요, 신이시여, 오십시오. 내게 자격이 없다고 해도 와주세요. 그렇지만 어쩌면 자격이 있는 사람들은 신이 덜 필요할 수도 있다. 내게 유리한 쪽으로 말하자면, 내가 할 말은 딱 한 가지다. 나는 누구도 일부러 상처 준 적이 없다. 그리고 내가 상처를 줬다고 생각하면 가슴이 아프다. 그러나 나는 단점투성이다. 걱정이 많고, 질투하고, 거칠며, 쉽게 절망한다. 내 안에 사랑이 있다고 해도 말이다. 문제는 내가 사랑을 사용하는 법을 모른다는 것이다. 어떤 때에는 사랑이 상처 같다. 만약 내가 내 안에 그토록 많은 사랑을 받았는데 계속 걱정하고 불행해한다면 그것은 신이 나를 찾아와야 하기 때문이다. 너무 늦기 전에 오기를.

꿈

너무도 강렬한 꿈을 꿔서 몇 분 동안 현실인 줄 알았다. 나는 새해를 꿈꿨다. 눈을 떴을 때 "새해 복 많이 받으세요"라고 말하기도 했다.

나는 꿈을 전혀 이해하지 못하지만, 내 생각에 이 꿈은 삶의 변화에 대한 깊은 욕망을 의미하는 듯하다. 행복할 필요까지도 없다. 새해만으로 충분하다. 바꾸는 일은 너무 어렵다. 때로는 피를 흘려야 할 정도로.

작은 병아리

아들이 작고 노란 병아리를 샀다. 얼마나 불쌍했는지. 어미를 그리워하는 게 느껴진다. 무無에서 탄생해버린 두려움. 사고는 전혀 할 줄 모르고 감각만 있다. 병아리는 자랄까? 그럴 것처럼 보이지만 그렇게 되지 않길 바란다. 어떻게 아파트에서 수탉 혹은 암탉을 기르겠는가? 잡아먹기 위해서? 우리는 키운 것을 먹지 않는다. 그냥 기다렸다가 병아리에게 모이만 주면 된다. 병아리에게 손의 온기로 전하는 사랑만 주면 된다.

익명

많은 사람이 눈에 띄기를 원한다. 그것이 얼마나 삶에 제약을 주는지 알지 못하고. 내 작은 유명세는 내 수줍음에 상처를 낸다. 그래서 하고 싶었던 말조차 더 이상 할 수 없다. 익명은 꿈처럼 달콤하다. 내게는 그 꿈이 필요하다. 게다가 나는 더 이상 글을 쓰고 싶지 않다. 현재 나는 돈이 필요해서 글을 쓴다. 나는 입을 닫은 채 있고 싶다. 내가 절대로 쓰지 않는 것들이 있고, 나는 그것들을 쓰지 않고 죽을 것이다. 그것들은 절대 돈을 위한 것이 아니다. 내 안에는 커다란 침묵이 있다. 그 침묵은 내 언어의 샘이었다. 침묵에서 그 어느 것보다 가장 귀한 것이 나온다. 그러니까 침묵, 그 자체 말이다.

시쿠 부아르키 지 올란다

당신에게 개인적으로 말할 수도 있었지만, 감정적이 될까 봐 두려웠어요. 유명 인사를 집으로 초대하는 일은 저에게 어렵지 않지요. 그렇지만 당신이 유명 인사라 당신에게 전화했던 것은 아니에요. 내가 당신을 초대한 것은, 당신이 너무 다정한 사람인데다가 존재하는 것 중 가장 귀한 것을 가졌기 때문이에요. 바로 천진함이죠. 내 아들들도 천진함을 가졌어요. 그렇게 보이진 않지만, 저에게도 천진함이 있답니다. 감출 뿐이에요. 저의 천진함이 상처를 받았던 적이 있거든요. 저는 신에게 당신의 천진함이 절대 다치지 않고 항상 지속되기를 기도한답니다.

1968년 2월 17일

교육부 장관에게 보내는 편지

먼저 우리는 교육부의 예산을 분배한 사람이 당신인지 알고 싶습니다. 그게 아니라면 이 편지는 대통령을 향해야 합당하겠지요. 일종의 부끄러움 탓에 대통령에게는 쓰지 못하지만, 저도 학생이었던 적이 있기 때문에 더욱더 교육부 장관님께 말을 전할 권리가 있다고 생각합니다.

분명 당신은 일개 작가가 교육부 예산이라는 복잡한 주제에 대해—이 경우에는 대학에 '초과 인원'이 입학하는 것을 의미합니다—쓴다는 것을 이상하게 여기실 겁니다. 그러나 이 문제는 매우 심각하며 때로는 너무 비장해서 아이들이 대학에 들어갈 나이도 아닌 저도 충격을 받았습니다.

교육부는 정원이 제한되어 있는데 너무 많은 수험생이 몰리는 문제를 피하고자 대입 시험을 선별제로 한다는 공식 발표를 하기로 결정했어요. 그러니까 미리 정해진 인원수만큼 우수한 학생들만 받아들이겠다는 뜻이고요. 이 정책은 합격하지 못한 이들의 모든 법적 행위를 제재하고 있습니다만, 그럼에도 거부당한 자리를 요구하기 위해 거리로 나가는 학생들의 결심을 막을 수는 없습니다.

장관님 또는 대통령님, 아직 건설 중인 국가에서 어떻게 수험생 "정원 초과"를 말할 수 있습니까? 나라를 세우기 위한 인력이 다급히 필요한 것은 누구란 말입니까? 대학이 성적이 우수한 학생들만 받아들이는 것은 문제를 교묘하게 피해 가는 것입니다. 당신도 학생이셨으니 성적이 제일 우수한 학생들이 늘 제일 좋은 직업인이 되거나 실제 삶에서 일어나는 커다란 문제들을 가장 잘 해결하는 사람이 되는 것은 아니라는 사실을 알고 계시지요. 성적이 제일 우수하다고 해서, 대학의 한자리를 차지하고 있다고 해서 그가 늘 그 자리를 얻을 만한 자격을 가진 것도 아닙니다. 저 역시 학생이었고, 대학 입학시험 성적이 가장 뛰어난 학생들 중 한 명이었지만 이곳에서는 밝힐 수 없는 이유로 끝까지 학업을 마치지는 못했습니다. 사실대로 말하자면 저는 그 자리를 얻을 자격이 없었습니다.

어떠한 방식으로도 저와 상관없는 일에 개입할 수는 없을 것입니다. 그러나 이 일은 우리 모두와 관련이 있습니다. 집결한 수많은 젊은이를 대신해서 말하는 것입니다. 상징적으로는 당신이 집무실 창가에 서서 수많은 여학생과 남학생이 당신의 결정을 기다리고 있는 것을 보는 것과 같지요.

학생이 되는 것은 매우 엄숙한 일입니다. 사고가 형성되는 시기이자 브라질을 도울 방법을 가장 많이 생각하는 시기이지요. 장관님 또는 대통령님, 젊은이들의 대학 입학을 막는 것은 범죄입니다. 거친 표현을 용서해주십시오. 그러나 정확한 표현입니다.

대학의 예산이 제한되어 있어서 정원 수를 줄여야만 한다면 왜 입학시험이 있기 몇 달 전에 학생들에게 심리검사와 적성검사를 받게 하지 않는 것입니까? 그건 대학 진학을 위한 자격 요건이 될 뿐만 아니라, 학생들이 각자의 적성을 착각하지 않도록 도울 겁니다. 이 아이디어를 낸 것은 어느 학생이지요.

대부분 가정에서 한 청년의 꿈을 이뤄주기 위해, 그러니까 공부시키기 위해 치르는 희생을 당신이 아셨으면 합니다. "초과"라는 말이 나타날 때마다 얼마나 깊고 치유되기 힘든 상처를 얻는지를요. "초과"로 분류된 어느 젊은 여학생과 대화를 나눌 기회가 생겨서 그녀에게 어떤 감정을 느꼈는지 물었습니다. 그녀는 저에게 갑자기 방향을 잃은 듯한 느낌과 허무함을 느꼈다고 말했지요. 그때 그 여학생 곁에 있었던, 합격을 거부당한 다른 남학생들과 여학생들도 몸을 숨기고 역시 눈물을 흘렸다고 합니다. 그들은 시위하기 위해 저항하기 위해 길에 나올 수조차 없었습니다, 경찰들이 그들에게 폭력을 쓰리라는 것을 알고 있었으니까요.

대학 입학시험 준비를 위해 지불하는 교재 비용을 알고 계십니까? 정말 비쌉니다. 아주 힘들게 사고, 할부로 사지요. 이 모든 것이 결국 소용없는 일이라는 것입니까?

이 글이 젊은 학생들의 저항 행진을 상징하기를 바랍니다.*

* 1964년 쿠데타 이후로 정부는 표현의 자유를 제한하고 검열을 강화했으며 예술가들과 지식인들을 박해했다. 학생들의 마지막 저항 행진은 1968년 초에 일어났다. 클라리시 리스펙토르는 1966년에 있었던 행진에 모습을 드러냈다.

1968년 2월 24일

쓸모 있다고 느끼기

무심코 나라는 사람의 무용함에 대해 생각하는 시기를 통과하고 있을 무렵에 편지 한 통을 받았다. 편지에는 이름이 적혀 있었으나 이곳에서는 이니셜만 밝히겠다.

"당신이 문학에 기여한 아름다움을 마주할 때마다 저는 사랑하고, 남들에게 베풀고, 남편을 위해 존재하는 저의 커다란 능력이 더욱 커지는 걸 봅니다."

H.M.이라는 이름이 적혀 있다.

H.M., 저는 당신이 내가 문학에 기여한 아름다움을 말한 것이 썩 유쾌하지 않았습니다. 먼저 "아름다움"이라는 단어가 꾸밈처럼 들리고, 지금처럼 "아름다움"이라는 단어에 박탈감을 느껴본 적이 없기 때문입니다. "문학에 기여"라는 말 역시 마음에 들지 않습니다. 저는 정확히 지금 '문학'이라는 말만 들어도 고양이가 털을 곤두세우듯이 털을 세우는 시기를 통과하고 있거든요. 그러나 H.M. 씨, 당신의 사랑하는 능력이 더욱 강해졌다는 말에 저는 쓸모 있는 사람이 된 것 같은 느낌을 받았습니다. 그러니까 제가 당신에게 그런 것을 줬다고요? 정말 감사합니다. 사람들에게, 브라질에, 인류에 쓸모 있는 사람이 되기를 원했던, 그토록 무거운 말을 자신에게 쓰는 것에 전혀 거리낌이 없었던 저의 사춘기 시절에도 감사합니다.

또 다른 편지

카부프리우에서 온 편지다. 이니셜은 L. de A.다. 편지를 보니 그 글을 쓴 작성자는 내가 〈조르나우 두 브라질〉에 기고한 이후에 내 책을 읽은 듯하다. 그가 내 이름에 놀랐기 때문이다. 그는 내가 라리사일 수도 있었다고 말했다. 내가 이 칼럼에 썼던 어떤 글에 대한 답이었을까. 그는 이렇게 말했다. "진실한 작가란 늘 자기 자신을 고발하는 사람입니다." 그는 편지 말미에 이런 말도 했다. "당신의 은밀한 것을 지키기 위한다는 명목으로 이 칼럼을 버리지 마십시오. 누가 당신을 대신한단 말입니까?"

L. de A. 씨, 지금으로서는 이 칼럼을 그만둘 생각이 없습니다만, 저의 은밀한 것을 지키는 방법은 배울 것입니다. 실제로 제가 저 자신을 고발한다면 그것은 숙명이겠지요. 저는 제 칼럼에는 그런 내용을 쓰지 않지만 소설에는 씁니다. 저의 소설들은 자서전적인 요소가 전혀 없지만, 저는 그 소설의 독자들을 통해 제가 자신을 고발했다는 사실을 알게 됩니다.

그렇지만 역설적으로 저의 은밀한 것을 지키고 싶은 욕구만큼 신부님이 아니라 대중 앞에 자백하고 싶은 강력한 욕구도 존재합니다. 마치 우리가 아이들이 산타할아버지가 없음을 안다는 사실을 알면서도 아이들에게 말하지 않는 것처럼, 우리 모두가 알고 있는 것이나 비밀로 간직하고 있는 것을 말하고 싶은 욕구 말입니다.

그러나 L. de A. 씨, 언젠가 저는 한 사람의 가장 비밀스러운, 은밀한 것이 부끄럽게 발가벗겨지거나 노출되지 않고도 밝혀지는 소설이나 이야기를 쓸 줄 알게 될 것입니다. 그 위험이 크다는 말은 아닙니다. 인간의 은밀한 것은 아주 멀리 나아가서 그것의 마지막 걸음이 우리가 신이라 부르는 존재의 첫걸음과 뒤섞여 버립니다.

독자는 호기심 많고 이상한 인물입니다. 자기만의 독자적 반응이 있는 완전히 개인적인 존재인 그는 너무나 끔찍하게 작가에 집착하므로, 사실상 독자인 그가 작가입니다.

난해한?

나는 1967년에 『생각하는 토끼의 미스터리』라는 책으로 최우수 어린이문학상을 받았다. 물론 기뻤다. 그러나 사람들이 나를 난해한 작가라고 여긴다는 것을 알고 더 기뻤다. 어떻게 된 걸까? 내가 아이들을 위한 글을 쓰면 이해하기 쉽고, 어른들을 위한 글을 쓰면 '어려워지는' 것일까? 그러면 아이들에게 적합한 단어와 감정으로 어른들을 위해 써야 하는 것일까? 동등하게 말하면 안 되는 것일까?

그러나 신이시여, 그 모든 게 뭐가 중요하겠습니까.

1968년 3월 2일

페르소나

아니, 나는 버그먼의 영화에 대해 말할 생각이 없다. 아들은 커다란 사랑을 바치는데, 그를 미워하는 잘못을 저지른 한 여인의 고통을 느끼면서 나 역시 말을 잃었으니까. 침묵은 그녀가 자신의 과오를 살기 위해 선택한 것이다. 그녀는 말하지 않기를 원했고, 그것이 그녀의 고통을 덜어줬으나 벌을 대신해서 입을 다문 것은 절대 아니다. 간호사에 대해서도 말하고 싶지 않다. 초반에 그녀는 미래의 남편과 아이들로 보장된 삶을 사는 한편 침묵을 선택한 인물에 마음을 빼앗겨 아무것도 원하지 않으면서 동시에 모든 것을 원하는 여자로 변한다. 그런데 아무것도 아닌 것은 무엇이며 모든 것은 무엇인가? 나도 안다. 첫 번째 인간이 등장한 이후로 인류가 봇물처럼 터져 나왔다는 것을 알고 있다. 말은 내가 원치 않는 말도 하는 반면에 침묵은, 아무 말도 하지 않는다면, 적어도 거짓말은 하지 않는다는 것을 알고 있다. 버그먼이 천재라고는 말하지 않겠다. 사실상 우리가 천재적이지 못한 것일 뿐. 우리는 태어날 때 주어지는 단 하나의 것, 생명의 천재성을 내 것으로 만들 줄 몰랐다.

페르소나가 환기하는 말, '사람pessoa'에 대해 말하겠다. 내 생각에 지금 내가 하려는 이야기는 아버지로부터 배운 것이다. 우리가 누군가를 지나치게 찬양하려 들면 아버지는 진지하게, 조용히 정리하셨다. "그래, 그게 사람이지." 요즘에도 내가 승리를 쟁취한 누군가를 향해 인류에 귀속되어 있음을 자랑스럽게 여기며 최대치로 할 수 있는 말은 "그래, 그게 사람이지"다. 나는 진정으로 태어나고 살고 죽는 이들과 사람으로서 사람이 되지 못한 이들을 일찍이 구별할 수 있게 해준 아버지에게 감사한다.

페르소나. 기억이 거의 없다. 따라서 배우들이 무대에 오르기 전에 각자 자신이 표현해야 할 역할을 표정으로 말하는 가면을 썼던 것이 옛 그리스 극장이었는지 잘 모르겠다.

배우의 장점은 표정의 섬세한 변화에 있으며, 가면이 그것을 감춘다는 것을 잘 알고 있다. 그렇다면 왜 나는 배우가 진짜 얼굴을 드러내지 않고 무대에 오르는 게 그렇게 좋을까? 누가 알겠는가. 내 생각에 가면은 고통을 얼굴에 '드러내기'만큼 중요한 하나의 '드러내기'인 것 같다. 순수한 얼굴을 가진 청소년도 마찬가지로 살아가면서 자신만의 가면을 만든다. 많은 아픔을 겪으면서. 이후에 저희가 어떤 역할을 연기하게 될지 아는 것은 예상치 못한 끔찍한 일일 테니까. 그것은 존재하지 않을 끔찍한 자유다. 그리고 선택의 순간이다.

나는 여배우가 아니고 그리스 극장에 소속되어 있지도 않지만 가면을 쓴다. 사춘기가 시작될 때 앞으로 이어질 싸움에 맨몸으로 있지 않기 위해 선택한 가면과 같은 것이다. 아니다, 자신의 진짜 얼굴이 감성에 노출되는 것이 아프기 때문이 아니다. 맨얼굴이 상처를 입으면 자신을 닫고 갑자기 의도하지 않았던 끔찍한 가면을 쓰게 되니까, 스스로 한 명의 '사람'이 되는 것을 선택하는 게 덜 위험한 것이다. 자신만의 가면을 선택하는 것은 인간이 처음 자발적으로 행하는 행위다. 그리고 고독한 선택이다. 그러나 자신을 드러내기 위해 그리고 세상을 나타내기 위해 우리가 선택한 가면을 쓸 때 육체는 새로운 단단함을 얻는다, 장애물을 이겨낸 사람처럼 머리가 빳빳이 선다. 사람이 된다.

그럼에도 불구하고 말하기에 수치스러운 일이 일어나기도 한다.

몇 년 동안 가면을 쓰고 진정한 성공을 거두고 난 후에, 갑자기, 아니 갑자기보다 더 급작스럽게 삶의 전쟁을 위해 쓴 그 가면이 어느 지나가는 시선 또는 건너 들은 말 때문에 얼굴 위에서 마른 흙처럼, 텅 빈 소리를 내며 떨어지는 파편처럼 불규칙하게 갈라졌다. 자, 이제 맨얼굴이다. 성숙한, 더는 예민할 이유가 없는데 예민한 얼굴. 이제 얼굴은 죽지 않기 위해 침묵 속에서 눈물을 흘린다. 왜냐하면 이것은 나도 무자비하게 확신할 수 있는 것인데, 그 존재가 죽을 것이기 때문이다. 우리가 그에 대해서 "사람이야"라고 말할 수 있을 때까지 다시 태어난다면 모를까. 그는 사람으로서 그리스도의 길을 통과했어야 했다.

1968년 3월 9일

비명

내가 이곳에 쓰는 글은 연재나 칼럼 또는 기사로 부를 수 없다는 것을 안다. 그러나 지금 나는 그것이 비명이라는 것을 안다. 피로에 지쳐 나오는 비명. 나는 피로하다! 세상을 향한 나의 사랑이 전쟁과 죽음을 막지 못했던 것은 자명하다. 사랑하는 일은 단 한 번도 내가 마음 깊은 곳에서 피눈물을 흘리는 것을 막지 못했다. 죽음이 갈라놓은 이별도 마찬가지다. 아이들은 커다란 기쁨을 준다. 그러나 나는 매일 출산의 고통을 느낀다. 세상은 나를 위해 실패했고 나는 세상을 위해 실패했다. 그것이 내가 더 이상 사랑하지 않는 이유다. 내게 뭐가 남았는가? 자연스러운 죽음이 찾아올 때까지 자동으로 사는 것뿐. 그러나 나는 내가 자동으로 살지 못한다는 것을 안다. 나는 지지가 필요하다, 그러니까 사랑의 지지.

나는 사랑을 받았다. 성인 두 명이 내가 그들의 대모가 되어주기를 원했다. 세례로 대자를 얻기도 했다. 마리아 보노미와 안투네스 필류의 아들 카시우다. 그리고 내 사랑을 원하는 여자아이의 대모가 되어주겠다고 제안했다. 리우에 사는 그녀가 내게 편지를 보냈다. "어제는 너무 좋은 컨디션으로 잠에서 깼어요. 늘 그냥 봤지만 한 번도 제대로 보지 못했던 많은 것을 봤기 때문이죠. 저는 삶이 변하는 게 좋았어요. 눈을 떠 제대로 보게 된 날이 어떤지 아시잖아요. 너무 아름다워서 나의 오늘을 당신에게 줬어요. 이 선물은 대모님이 제게 베푼 아름다운, 정말 아름다운 인품에 비하면 초라하네요.(혼자 있을 때 얘기할게요.) 하지만 선물은 너무 예쁘고 크고 밝았어요. 오늘의 저는 늘 그렇듯이 바보 같네요. 대모에게 전화를 걸어 사랑한다고 말도 못 하니까요."

더 신기한 것은 다 자란 내 두 대녀가—그들은 서로 매우 다르다—내게 버팀목이 되어줬다는 것이다. 내가 그들에게 무엇을 줬기에 그들이 나를 대모로 원한단 말인가?

피로에 대한 이야기로 돌아와서, 나는 사람들이 나를 친절하다고 생각하는 게 피곤하다. 나는 나를 불쾌하다고 생각하는 사람들이 더 좋다, 그들과는 상통하는 점이 있으니까. 나는 나에게 깊은 불쾌감을 느낀다.

내가 뭘 해야 할까? 할 일은 거의 없다. 나는 더 이상 책을 쓰지 않겠다. 내가 글을 쓴다면 나는 내가 감당할 수 없고 타인도 감당할 수 없는 너무 힘든 진실을 말할 테니까. 존재에는 한계가 있고, 나는 그 한계에 이르렀다.

내가 받은 최고의 칭찬

나폴리에서 남편과 길을 걷고 있었다. 그런데 한 남자가 내게 들릴 정도의 큰 목소리로 다른 남자에게 말했다. "저런 여자라면 이탈리아의 재건을 맡길 수 있지." 나는 이탈리아를 재건한 적이 없다. 나는 내 가정과 내 아들들과 나를 재건하려 했지만 해내지 못했다. 어쨌든 그 이탈리아인이 감언이설을 하진 않았다. 그는 진지하게 말했다. 신이시여, 제가 꽃 한 송이라도 다시 피우게 해주십시오. 난꽃이 아니라 들판에서 꺾을 수 있는 꽃으로요. 그렇다. 내게는 비밀이 있다. 이보다 더 급할 수 없을 정도로 다급하게, 당장, 지금 이 순간 재건의 필요성을 느낀다는 것이다. 그러나 그것이 무엇인지는 말할 수 없다.

하얀 원피스

보이는 하얀 원피스를 갖고 싶다는 욕망으로 새벽에 잠에서 깼다. 투명하고 가벼운 천으로 된 원피스. 강렬하고 선명한 욕구였다. 나는 그것이 절대 그친 적 없었던 내 순수함이라고 생각했다. 나는 확실히 안다. 사람들이 내게 위험해 보인다고 말한 적도 있다. 그러나 나는 역시 순수하다. 하얀 옷을 입고 싶은 욕구가 언제나 나를 구했다. 나는 안다, 나와 몇몇 사람만 아는 거겠지만, 내 안에 위험한 것이 있다면 순수함도 있다는 것을. 그리고 그 순수함은 위험한 것을 지닌 사람에게만 위험하다는 것을. 내가 말하는 순수는 맑은 것이다. 나는 힘든 것도 받아들인다. 그것들은 베일 같은 하얀 원피스의 맛을 갖고 있다. 어쩌면 절대로 그 원피스를 가질 수 없을지도 모르지만, 몹시 부족한 것과 함께 살아가는 법을 배운다면 그것을 가진 것과 같다. 나는 검은 원피스도 갖고 싶다. 그게 나를 환하게 보이게 하고, 내 순수함을 돋보이게 하니까. 그런데 그것은 정말 순수할까? 원시적인 것은 순수하다. 즉흥적인 것도 순수하다. 악한 것은 순수할까? 알 수 없다. 내가 아는 것은, 때때로 악한 것의 뿌리가 존재할 수 없는 순수일 수도 있다는 것이다.

나는 베일 같은 하얀 원피스를 향한 강렬한 욕망으로 새벽에 잠에서 깨어 옷장 문을 열었다. 하얀 원피스는 어디에 있을까? 천이 두껍고 네크라인이 둥글게 파인 것. 두께는 순수함일까? 내가 아는 것은, 사랑은 아무리 폭력적이라도 사랑이라는 것.

나는 방금 이렇게 느닷없이 내가 순수하지 않다는 것을 알게 됐다.

1968년 3월 23일

헤이, 시쿠!

이봐요, 시쿠 부아르키, 내가 방금 히우그란지두술주의 산타마리아에서 온 편지 한 통을 받았는데, 당신과 내 이야기를 하고 있더군요. 그러니까 어느 젊은 여성이 〈포르투 알레그리〉 신문에서 내 글을 읽었대요. 아주 젊은 여성인데, 그 여성이 말하길 내가 시쿠, 당신에 대해 말한 것에 커다란 동질감을 느꼈다고 하더군요. 젊은 여성은 말했어요. "당신처럼 저도 그에게 커다란 애정을 가지고 있어요. 저는 이 애정이 (친구들이 놀리는) 제가 가진 약간의 유치함이라고 생각했어요. 어쩌면 유년기로 퇴보하는 것이라고 생각했는데, 그러나 당신의 기사를 읽으면서 그렇지 않다는 것을 깨달았어요. 그 이유는 당신이 한 말과 정확히 일치해요. 그러니까 시쿠가 매우 친절하고 천진한 사람이라는 것이요. 당신도 천진함을 간직하고 있어요, 당신의 글을 한 줄만 읽어도 알 수 있지요." 시쿠, 그녀는 당신이 내 우상이 아니란 걸 이해하지 못했어요. 내게는 우상이 없죠. 당신은 내게 고귀하고 재능이 풍부하며 선한 젊은이랍니다. 저는 그저 〈A Banda〉*를 500번째 연속해서 듣는 것이 행복할 뿐이에요. 그리고 지난번에 아들들과 함께 춤을 춘 것도요. 나의 친구여, 그게 전부예요.

* '악대'라는 뜻. 1966년 시쿠 부아르키가 작곡한 곡으로 그의 첫 번째 앨범에 수록.

그녀는 이렇게 덧붙였어요. "언젠가 당신과 시쿠를 만나면 멋질 거예요. 그래서 저는 당신께 그가 언젠가 당신 집에 온다면, 나를 초대해달라고 말하고 싶은 것이에요—제가 멀리 살긴 하지만요. 왜냐하면 당신과 제가 그에게 애정을 갖고, 그와 내가 당신에게 애정을 갖는다면 그건 성공적인 만남이 될 테니까요." 그렇지만 시쿠, 당신이 보기에는 내가 산타마리아에 "빨리 오세요, 시쿠가 내일 우리 집에 옵니다"라고 전보를 칠 것 같나요? 그녀는 감동을 받아서 비행기를 타고, 당신은 미소를 짓고 있고. 이봐요, 착한 아가씨, 당신의 편지는 매력적이고 나는 시쿠가 당신을 좋아할 거라고 확신해요. 그러지 않기는 어렵죠. 시쿠가 천진하다면, 당신이 보기에 저도 역시 천진하다면, 내 귀여운 벗이여, 당신은 우리보다 천 배는 더 천진하니까요. 키스를 보낼게요. 그리고 시쿠도 당신에게 키스를 보낼 것이라고 확신해요—아니, 기절하지는 마세요. 당신에게 키스에 대한 비밀을 하나 알려줄게요. 어느 수요일 밤 11시 반에 저는 카민색의 립스틱을 바르고 시쿠 부아르키의 양 볼에 7×4 센티미터 크기의 히피스러운 키스를 남겼지요. 내 친구 시쿠 부아르키가 집에 가서 뭐라고 설명했을지 궁금하군요.

아나 루이자, 루시아나, 그리고 문어

친구의 방문을 기다리고 있는데 초인종이 울렸다. 나는 친구가 다시 전화한다고 해놓고 그냥 왔나 보다 생각했다. 나는 문을 열었다. 친구가 아니었다. 문 앞에는 헝클어진 머리에 매력적인 목소리를 가졌고 한 손에는 〈조르나우 두 브라질〉을, 다른 손에는 매우 이상한 보따리를 들고 있는 젊은 여자가 서 있었다. 그녀는 내게 수다스럽게 말했다. "저는 소극적인 사람이지만 제 감정을 말할 수는 있어요. 당신이 오늘 아침 신문에 썼던 글이 정확히 제가 느끼는 것이에요. 저는 당신 집 맞은편에 살고 있고, 당신 집에 화재가 난 것도 봤고, 당신 집에 불이 켜진 것을 보고 당신이 잠 못 이룬다는 것도 알고 있어요. 그래서 당신을 위해 문어를 가져왔어요."

나는 어안이 벙벙했다. 그러다 다시 정신을 차리고 그녀를 집 안으로 들였다. 그 수줍음 많은 여자는 쉬지 않고 쏟아내듯 계속 말하면서 자신의 소심함을 극복했다. 그녀의 이름은 아나 루이자다. 나는 단 몇 분 만에 그녀의 삶에 대해 조금 알게 됐다. 그녀는 일곱 살 혹은 아홉 살 된 딸이 있고 세 살 된 아들이 있다. 그리고 딸 루시아나가 동물들을, 특히 토끼를 아주 사랑한다는 것과—그래서 내가 쓴 이야기 『생각하는 토끼의 미스터리』를 보내주었다—그림을 아주 잘 그린다는 것을 알게 됐다. 그녀는 비를 그리더니 이렇게 말했다. "이건 꽃 위에서 눈물을 흘리는 구름이에요." 나는 그 여자가 바로 마음에 들었다. 그런데 문어는?

요약하면 이렇다. 아나 루이자는 내가 문어를 좋아하는지 알고 싶어 했다. 나는 그걸 먹어본 지 너무 오래돼서 기억이 나지 않았다. 그녀는 내가 문어 요리를 할 줄 아는지 물었고 나는 진저리를 치며 모른다고 대답했다. 그러자 그녀는 아내가 바람을 너무 많이 피워서 수치스러운 별명을 얻은 빈민가 남자가 있는데,

그가 그녀에게 문어를 손질하는 법과 여러 방법으로 요리하는 법을 알려줬다고 했다. 그녀는 내게 어떤 문어 요리를 원하는지 물으며, 자신이 올리브 오일이나 쌀을 곁들인 요리를 해주겠다고 말했다. 나는 속으로 또 한 번 놀랐고, 결국 "쌀이요"라고 대답했다. 그녀는 말했다. "제가 문어 요리를 대접하는 일은 드물어요. 문어 요리는 좋아하지만 문어를 손질하는 것은 구역질이 나거든요. 오늘은 토요일이니까 저녁에 손질할 거예요. 일요일 내내 소금물에 담가두면 월요일 점심에 문어를 드실 수 있을 거예요."

그녀가 떠나고 나서야 나는 새로운 사실을 알았다. 향수나 꽃, 보석, 그림, 책을 선물 받은 적은 있지만 문어를 받은 적은 한 번도 없다는 사실 말이다. 일요일 아침까지 나는 약간 얼이 빠져 있었다. 그래서 이유는 알 수 없으나, 사전에서 "polvo(문어)"라는 말을 찾아보기로 했다. 그러고 그저 "빨판이 있는 다리 여덟 개의 두족류 연체동물"이 살아 있다는 사실에 두려움을 느꼈다. 사전을 조금 더 읽어 내려가다가 아나 루이자에게 딱 맞는 말을 찾았다. "polvarim(점화약)", 화약 무기를 발화하는 데 쓰이는 입자가 매우 고운 가루.

월요일이 되자 머리를 잘 정돈하고 긴 바지를 입은 아나 루이자가 우아하게 나타났다. 그녀는 우리가 상상할 수 있는 가장 먹음직스러운, 쌀을 곁들여 요리한 문어가 담긴 뜨거운 그릇을 들고 있었는데 온통 분홍색이었다. 그녀가 떠나고 우리는 식탁에 앉았지만 음식을 먹기 전에 어떤 의식을 치러야 할지 알 수 없었다. 우리는 조용히 밥을 먹었고, 때때로 의아한 눈빛을 보내다가 다음과 같은 결론을 내렸다. 아나 루이자는 문어 요리를 정말 잘 하지만 나는 빨판이 달린 것을 좋아하지 않는다는 것. 그 대신 밥은 맛있었다.

일주일 후에 그녀는 내게—그녀는 자신의 존재를 인정받길 원했던 게 아니고, 나 역시 정말로 누군가 내게 압박감을 주는 것을 좋아하지 않는다—쌀과 함께 뭔가를 요리해서 보냈는데, 해산물임을 알 수 있었다. 그렇지만 그건 너무 맛있었고 나와 내 아들들과 친구 S.M.에게는 별미였다. 아나 루이자, 나는 그녀의 주소를 잃어버렸고, 그래서 그녀의 그릇을 아직 돌려주지 못했다.

더는 할 말이 없다.

마리아가 울면서 전화하다

집 전화가 울린다. 나는 수화기를 든다. 이상한 목소리가 바꿔달라고 말한다. 이상해서 내가 여동생이라고 말하려는데 그녀가 말한다. "본인이시죠?" 당시 유일한 선택지는 나라고 인정하는 것뿐이었다. 그렇지만…… 그녀는 울고 있었다. 그게 아니면 뭐겠는가? 논쟁할 것도 없이 목소리에 눈물이 가득 차 있는데. "당신이 더는 소설을 쓰지 않겠다고 쓰셨기 때문이에요." "걱정하지 마세요. 어쩌면 두세 편 더 쓸 수도 있어요. 그렇지만 멈출 줄도 알아야 하지요. 제 글 중에 무엇을 읽어보셨나요?" "거의 다 읽었어요. 『포위당한 도시』와 『외인부대』만 빼고요." "울지 마세요. 여기 오셔서 두 권을 가져가세요." "아니에요, 저는 사서 읽을 거예요." "바보같이 굴지 말아요, 제가 사인해서 드리고 싶어요, 커피 한 잔이나 위스키 한 잔도요." "그럼 부탁 하나 드릴게요. 사인해서 당신의 형부에게 전해주시겠어요. '마리아에게'라고 써주세요." "이름은 마리아고 성은요?" "그냥 마리아라고만 써줘요." "알겠어요, 울지 말고 감기 빨리 나으세요." 이게 무슨 일인가, 이럴 수가. 그리고 형부를 통해서 마리아 B.가 산부인과 의사라는 사실을 알았다. 나중에 그녀는 세상에서 가장 아름다운 장미를 내게 보냈고 나는 그것을 H.M.이 보낸 핏빛처럼 붉은 장미와 함께 섞어놓았다. 집 안이 아름다워지고 향기가 났다. 나는 다른 사람들, 그리고 내 친구 S.M.의 도움을 받아 이 공간을 나와 내 아들들을 위한 진정한 보금자리를 만들었다는 게 기뻤다.

H.M.의 장미에 대해 말하자면, H.M.이 내게 잘 자라고 전화한 후 아주 매력적인 쪽지와 함께 장미가 도착했다. 그 쪽지에는 "이곳은 꽃집입니다. 클라리시 부인이 여행 중이 아님을 확인하기 위해서였습니다. 네, 클라리시 부인은 그 집에 있습니다. 감사합니다. 저는 이 말을 하면서 혼자서 이렇게 커다란 사랑을 한다는 것을 인정하기 어려워 얼굴이 빨개지고 말았습니다.(왜냐하면 방금 『외인부대』를 읽었거든요.) 감사합니다, 클라리시 리스펙토르. 지금은 당신만 있으면 됩니다. 감사합니다, 장미에 대한 당신의 사랑을 확인할 수 있게 해줘서 고맙습니다. 제 존재에 확신을 주셔서 고맙고요. 당신을 추억할 수 있는 한 당신에게 전화로 거짓말한 것을 후회하지 않을 겁니다. 장미를 선물하고 싶은 욕구는 제 마음이었지만 당신에게도 기쁨이 가득했으면 합

니다"라고 적혀 있었다.

고맙습니다, H.M. 나는 기쁨으로 가득 차서 당신도 그럴 것이라는 믿음이 생겼습니다. 당신에게 부탁할 게 하나 있어요. 하얀 장미 봉오리를 찾고 있어요. 며칠 전에 탄생한 아주 어린 친구에게 선물하기 위해서죠. 이름이 레치시아예요. 기쁨이란 뜻이죠. 그런 꽃을 보신다면 전화해주세요. 미리 감사드릴게요.

또 다른 순진한 마리아, 그리고 카를로타

내 가정부다. 그녀는 내게 커피를 따라주고 내 앞에 서서 나를 관찰한다. 나는 여름에는 속이 비치는 면으로 된 짧은 잠옷을 입고 맨발로 집 안을 돌아다니기 때문에 불편함을 느꼈다. "내가 너무 편하게 하고 있죠? 안 그런가요, 마리아 카를로타?" 그녀가 대답했다. "모든 부인이 그러시던걸요. 저는 남자들이 방문하면 잠옷 차림으로 맞이하는 부인 집에서 일한 적도 있어요." "그렇지만 바르게 말하자면 그 사람은 '부인'이 아니지 않나요?" "그럼 뭔가요?" "아니에요, 마리아 카를로타, 미안해요. 제가 말실수를 했네요."

1968년 3월 30일

아르만두 노게이라, 축구와 나, 나를 가엾이 여기소서!

이 제목은 더 크게 쓸 수도 있었지만 그랬다면 한 줄에 다 들어가지 않았을 것이다.

나는 아르만두 노게이라의 글을 항상 훑어보기는 해도 매일 읽지는 않는다. 왜냐하면 '내가 아는 축구'로는 모든 내용을 이해하지 못하기 때문이다. 그렇지만 아르만두의 글은 아름답다.('너무 잘 쓴다'라는 말로는 부족하다.) 때때로 그의 사설을 읽다가 기술적인 부분에 부닥치면 나는 그 글을 그저 아름다운 맛에 읽는다. 분명 내가 그냥 지나친 사설에서 로버트 케네디, 페르낭델, 아서 슐레진저, 제럴딘 채플린, 트리스탕 지 아타이지, 그리고 다른 몇몇이 쓴 문장 중에 〈코헤이우 다 마냥〉*이 인용했던 문장을 찾을 수 있었는데 누군가 내게 그것을 전화로 읽어줬다. 아르만두는 말했다 "나는 큰 대회에서 내 팀이 우승하는 것과 사설을 기꺼이 맞바꿀 수 있어요……." 그리고 놀라운 것은 그다음 말인데, 그는 이 모든 것을 축구를 주제로 내가 쓴 사설과 맞바꿀 수 있다고도 했다.

내 최초의 반응은 다정한 복수를 생각하는 것이었다. 그러니까 이곳에 말하는 것 말이다. 예를 들면 아르만두 노게이라가 인생에 대해 쓴 글과 내가 가진 많은 값진 것을 맞바꾸겠노라고 말

* 1901년부터 1974년까지 발행된 브라질 리우데자네이루의 일간지.

하는 것이다. 내 최초의 반응은 복수심 없이 계속된다. 아르만두 노게이라, 부끄러움을 벗어던지고 인생에 대해, 당신 자신에 대해—따지고 보면 같은 의미이지만—써볼 테면 써보세요.

당신이 가장 좋아하는 팀은 보타포구이니까, 농담이라도 그들의 승리와 맞바꾸겠다는 말은 용서할 수 없어요, 내가 축구에 대한 소설을 쓴다고 해도 말입니다.

이 글의 제목인 「나를 가엾이 여기소서」를 설명해주는, 나와 축구와의 관계에 대해 설명을 드리겠습니다. 저는 보타포구의 팬입니다, 그 말은 단번에 제가 증폭시키고 싶지 않은 작은 비극을 야기하죠. 저는 말의 고삐를 당기듯 저의 과장하는 경향을 늘 자제하려고 애쓰기 때문입니다. 문제는 이것입니다. 저는 축구를 볼 때 한쪽 팀을 응원할 수 없어요—어떻게 이렇게 브라질의 삶에서 동떨어져 살 수 있는 것일까요?—왜냐하면 한 아들은 보타포구를, 다른 아들은 플라멩구를 응원하기 때문입니다.* 그래서 플라멩구를 응원하는 아들을 배신하는 듯한 기분이 들어요. 분명 완전히 저의 잘못만은 아닙니다. 아들에 대해 불평하자면 할 말이 있긴 하죠. 그 녀석 역시 보타포구였는데, 어쩌면 그냥 아버지를 기쁘게 해주고 싶었던 것이었는지도 모르지만 어느 날 불쑥 플라멩구로 넘어가버렸지요. 아무리 노력해도 제가 중립을 지키기에는 이미 너무 늦어버렸어요. 저는 축구에 열정적

* 보타포구와 플라멩구는 리우데자네이루의 전통적인 라이벌 축구팀으로, 양 팀 간의 경기는 리우뿐만 아니라 브라질 전국의 주목을 받는다.

으로 무지하면서 보타포구에 완전히 열중했었거든요. 제가 "열정적으로 무지"하다고 말하는 것은 언젠가 축구를 열정적으로 이해할 수 있으리라고 느끼기 때문입니다.

이제 더 최악인 이야기를 해드릴게요. TV에서 경기를 본 것을 제외하고, 저는 인생에서 딱 한 번, 그러니까 경기장에서 직접 경기를 본 적이 있습니다. 제가 잘못된 브라질인인 것처럼 그 경기도 뭔가 잘못된 게 있었던 것 같습니다.

무슨 경기였느냐고요? 보타포구 경기였다는 건 아는데 상대팀이 기억나질 않네요. 저와 함께 있던 사람은 저처럼 경기장에서 눈을 떼지 않았습니다. 그렇지만 그는 모든 것을 이해하고 있었지요. 저는 이따금 제가 귀찮게 굴고 있다는 걸 알면서도 질문하지 않을 수 없었어요. 그는 계속 방해받는 게 싫어 저의 질문에 서둘러 짧게 대답했습니다.

제가 축구는 발레와 닮았다 말하려 한다고 상상하지는 마십시오. 제가 기억하는 축구는 글래디에이터들처럼 사느냐 죽느냐의 싸움이었습니다. 저는—다시 한번 저를 가엾이 여겨주세요—그 싸움이 규칙을 위반하지 않고 피로 물들지 않았던 것은 오직 심판이 주시하고, 그렇게 되는 것을 허용하지 않으며, 저 같은 사람처럼 경기하는 선수들을 경기장 밖으로 추방하기 때문이라고 느꼈습니다. 사실상 제가 축구를 세상에서 제일 사랑한다고 해도 제가 축구를 할 일은 절대 없을 것입니다……. 저는 확실히 발레를 더 선호하지요. 그런데 축구가 발레를 닮았다고 말한다고요? 축구는 축구만의 아름다운 움직임이 있고, 그것을 비교할 필요는 없지요.

TV에서 경기를 볼 때면 저는 보타포구를 응원하는 아들과 함께 봅니다. 제가 질문하면, 저는 무지하니까 분명 바보 같은 질문일 텐데, 아들 녀석의 대답은 너그러운 초조함에서 이내 거의 제어되지 않는 인내심으로 바뀌곤 합니다. 다른 것은 몰라도 축구만큼은 아들에게 기대야 하는 어머니를 향한 다정함에서요. 아들은 경기를 조금이라도 놓치지 않기 위해서 아주 빠르게 대답하기도 합니다. 그리고 가끔씩 제가 질문을 연속으로 하면, 그렇다고 화를 내진 않지만, 마침내 "엄마, 엄마는 정말 아무것도 몰라, 물어도 소용없어"라고 말합니다.

그 말에 수치심을 느낍니다. 모든 것을 함께하고 싶은, 특히 브라질 자체인 축구를 함께하려는 갈망을 느끼는 제가 기어코 축구를 이해할 수 없을까요? 저는 그게 브라질이든 무엇이든 제가 함께하지 못하는 모든 것을 생각하며 저의 비루함에 절망합니다. 저는 너무 야심차고 탐욕스러워서 삶을 대표하는 것에 참여하지 않는 점을 편하게 인정할 수 없습니다. 그렇지만 저는 아직 포기하지 않았다고 생각합니다. 축구에 관해서라면 언젠가는 조금 더 이해하게 될 겁니다. 제가 그때까지 살아서 느린 걸음을 걷는 늙은이가 된다고 해도요. 아니면 당신은 우리 자신의 용서할 수 없는 완전한 선입견으로 인해 이미 과거가 된 것에 관심을 둔다는 이유로 조롱받는, 이른바 모던하다고 불리는 노부인들 중 한 명이 되는 게 가치가 없다고 생각하시나요? 축구뿐만 이 아니라 다른 것도 마찬가지로 저는 과거만을 가지고 싶지는 않습니다. 저는 늘 현재 그리고 약간의 미래를 원합니다.

이제 저는 우정의 도전을 다시 이야기하겠습니다. 인생에 대해 쓰는 것이지요. 삶에서 당신에게 의미 있는 것에 대해서요.(당신이 축구 평론가가 아니었다고 해도 당신은 어쨌든 작가였을 겁니다.) 제가 요청하는 칼럼에서 당신이 축구로 문을 여신다고 해도 상관없습니다. 그렇게 하신다면 직접적으로 이야기하는 부끄러움을 극복하실 수 있으시겠지요. 무엇보다 더 수월하게 하실 수 있게 말씀드리자면, 당신에게 축구가 단지 운동이 아니라 개인적으로 어떤 의미인지를 칼럼 전체에 쓰셔도 좋습니다. 그것이 결국 당신이 인생에 대해 느끼는 것을 말해줄 테니까요. 전문 지식에 익숙한 사람에게 너무 개괄적인 주제였을까요? 그러나 제가 보기에 당신은 당신의 가능성을 모르는 것 같습니다. 당신의 글쓰기 방식은 무수히 많은 것에 대해 글을 쓸 수 있으리라는 확신을 줍니다. 내 도전을 받아들일 생각이 있다면 저에게 미리 알려주세요. 말씀드렸듯이 같은 신문에서 당신을 동료로 맞이하는 것은 진정한 기쁨이지만 제가 당신의 글을 매일 읽지는 않으니까요. 기다리고 있겠습니다.

1968년 4월 6일

은총을 받은 상태 — 단상

은총을 받은 상태를 경험해본 적 있는 사람이라면 내가 하는 말을 인정할 것이다. 나는 예술에 헌신하는 사람들에게 자주 오는 특별한 은총인 영감을 말하는 것이 아니다.

내가 말하는 은총을 받은 상태는 아무런 쓸모가 없다. 그것은 마치 우리가 실제로 존재한다는 것을 알리기 위해서 오는 것 같다. 그 상태에서는 사람과 사물을 빛내는 조용한 행복 외에 가벼운 통찰력만이 있는 듯하다. 은총 안에서는 모든 것이 너무나 가볍고 가벼우니까. 그것은 더는 추측하지 않는 통찰력이다. 노력하지 않아도 아는 것. 더도 덜도 아닌 아는 것. 무엇이냐고 묻지 말기를, 나는 아이가 답하는 방식으로 대답할 수밖에 없다. 노력 없이 아는 것이라고.

무엇과도 비교할 수 없는 육체적 지복이 있다. 육체는 신이 주신 하나의 선물로 바뀐다. 우리는 그것이 선물임을 느낀다. 물질적으로 존재하는 부정할 수 없는 선물을 원천으로부터 직접적으로 경험했기 때문이다.

은총을 받은 상태에서는 때때로 예전에는 알 수 없었던 타인의 깊은 아름다움을 보기도 한다. 게다가 모든 것이 상상할 수 없는 일종의 후광을 얻는다. 그것은 사람과 사물의 거의 수학에 가까운 복사에너지가 띤 빛에서 온다. 존재하는 모든 것은—사람이든 사물이든—희미한 빛의 에너지를 들이쉬고 내쉰다는 걸 우리는 느끼기 시작한다. 세상의 진실은 만져지지 않는다.

나는 멀리 떨어져서 성자의 은총 받은 상태를 겨우 상상한다. 나는 그런 상태를 경험한 적이 없고 그것이 무엇인지 짐작조차 하지 못한다. 그것은 기껏해야 평범하고 인간적이며 쉽게 알아볼 수 있기 때문에 갑자기 현실적이 되어버리는 평범한 사람의 은총의 상태다.

그 상태에서 한 발견은 말로 표현할 수 없으며 전달 불가능하다. 그렇기 때문에 나는 은총을 받은 상태에서는 조용히 침묵하며 앉아 있다. 그것은 수태고지와 같다. 비록 성자들의 은총받은 상태에 선행되는 천사들이 선행되지는 않지만, 마치 생명의 천사가 내게 막 그 세상을 알리기 위해 온 것과 같다.

그러고 나서 천천히, 우리는 빠져나간다. 최면 상태에 빠져 있었던 게 아니라—어떤 최면도 없다—침착하게, 세계를 있는 그대로 가졌던 사람처럼 숨을 깊게 쉬며 빠져나간다. 그것은 이미 그리움의 한숨이다. 왜냐하면 육체와 영혼과 땅을 갖는 경험을 하면서 더 많은 것을 원하게 되니까. 원하는 일은 불필요하다. 그것은 때가 되었을 때 자발적으로 찾아오니까.

이유는 알 수 없지만 동물이 인간보다 존재의 은총 상태에 더 자주 들어간다고 생각한다. 유일한 차이는 인간은 그것을 알아채지만 동물은 알지 못한다는 것뿐이다. 인간들에게는 이성과 논리, 이해 같은 장애물이 있지만 동물들에게는 그 장애물이 삶을 구속하지 않는다. 그래서 동물들은 바른 것과 곧장 나아가는 것을 잘 알아본다.

신은 자신이 무엇을 하는지 알고 있다. 나는 은총을 받은 상태가 자주 일어나지 않는 게 당연하다고 생각한다. 그렇지 않다면 우리는 완전히 삶의 '저편'으로 넘어가게 될지도 모르는데, 그곳은 분명 실재하지만 아무도 이해할 수 없을 것이다. 우리는 공동의 언어를 잃을 것이다.

은총을 받은 상태가 내가 원할 때마다 찾아오지 않는다는 것도 역시 다행이다. 행복에 익숙해져버릴 수도 있으니까—은총을 받은 상태에서는 행복하다고 말하는 것을 잊었다. 행복에 익숙해지는 것은 위험한 일이다. 더 이기적으로 될 테니까. 행복한 사람들은 이기적이고 인간의 고통에 조금 무감각하니까 우리는 도움이 필요한 사람들을 도와줄 필요를 느끼지 못할 것이다—모든 것은 우리가 은혜 안에 인생의 보상과 요약된 인생을 갖고 있기 때문이다.

아니다, 설사 그것이 내게 달린 일이라 해도 나는 너무 잦은 은총 상태를 원하지 않는다. 그것은 악습관에 빠지는 것과 같을 것이다. 악습관처럼 나를 유혹할 것이다. 나는 아편을 피우는 사람처럼 관조적이 될 것이다. 은총이 내게 자주 찾아온다면, 나는 그것을 악용할 것이 분명하다. 늘 은총 속에서 살기를 원할 것이다. 그것은 투쟁과 고통과 곤혹과 작은 기쁨들로 이뤄진 지극히 인간적인 운명 앞에서 용서할 수 없이 도주한다는 뜻일 것이다.

또한 은총을 받은 상태가 너무 오래가지 않는 것이 좋다. 그 상태가 길어지면, 거의 유치하기까지 한 내 야망을 내가 알지만, 나는 결국 자연의 신비로 들어가려 할 것이다. 게다가 그런 시도를 한다면, 분명 은총은 사라져버릴 것이다. 이미 주어졌으니까. 은총은 아무것도 요구하지 않는데, 우리가 답을 요구한다면 은총은 모습을 감춰버릴 것이다. 은총을 받은 상태라는 게 일종의 조용한 천국과 같은 지상의 작은 문일 뿐 그곳에 들어가는 수단이 아니라는 것을 잊어서는 안 된다. 은총을 받은 상태는 천국 과수원의 열매를 먹을 수 있는 권한조차 주지 않는다.

은총 받은 상태를 빠져나오면 얼굴은 매끈해지고 뜬 눈은 생각에 잠겨 있으며 미소 짓지 않아도 몸 전체가 아주 부드러운 미소를 짓는 것처럼 보인다. 그리고 들어갈 때보다 나은 창조물이 되어 나온다. 우리는 인간의 조건을 바로잡는 것처럼 보이는 경험을 했지만 그 조건의 좁은 한계가 강조됐을 뿐이었다. 왜냐하면 정확히 말해 은총 다음에는 인간의 궁핍한 빈곤 속에서 인간의 조건이 드러나기 때문인데, 그래서 우리는 더 많이 사랑하는 법을, 더 많이 용서하는 법을, 더 많이 희망하는 법을 배운다. 우리는 고통 속에서, 너무도 자주 용납할 수 없는 길에서 일종의 믿음을 갖기 시작한다.

너무도 메마르고 황량한 날들이 있어서 단 몇 분 동안의 은총의 순간과 내 인생의 몇 년을 바꿀 수도 있을 것 같다.

P.S. 나는 브라질 학생들의 비극에 몸과 마음으로 연대한다.

1968년 4월 20일

안녕, 나는 떠납니다!

저는 어쩌다 한 번씩이면 모를까, 안타깝게도 독자들의 편지에 답장할 수 없습니다. 그런데 공격성과 섬세한 단어가 뒤섞여 있는, 가차 없고 솔직하다고 말할 수 있는 편지를 받았지요. 제가 칼럼에 불친절한 사람이 되는 게 더 낫다고 썼기 때문입니다. 그 사람은 저에게 이렇게 썼어요. "저는 당신이 친절하고 기복이 심하다는 말로 저의 가벼움을 보여주고 싶지는 않습니다. 그렇지만 당신을 아름답다고 생각할 만큼 천박하지요."

그는 저를 만난 적이 있다고 말했지만, 저는 기억력이 나쁜 편이어서 그가 알려준 이름의 사람은 떠오르지 않았습니다. 그는 이렇게 말했어요. "당신의 어떤 면은 체호프의 동향인 같아요. 또 어떤 사람들을 보면 당신이 이곳 사람 같아 보여요. 크루스알타나 몬치스클라루스가 아니라 바제나 카스카두라 출신 사람 말예요" 친애하는 독자님, 저는 바제 사람이든 카스카두라 사람이든 상관없습니다. 저는 저의 글을 읽어줄 사람을 위해 글을 씁니다. 프란시스쿠, 당신은 요구하는 것이 너무 많아요. 그것들은 때로는 정당하지만 때로는 그렇지 않기도 하죠. 단 한 번도 화가 난 적은 없었어요. 저는 모든 것을 말하고 모든 것을 들을 수 있는 삶을 꾸려왔으니까요. 그렇지만 당신의 편지를 읽다 보니 저를 공격하는 것인지 칭찬하는 것인지 가늠할 수가 없었습니다.

당신은 제가 의기소침하다고 불평하셨죠. 당신 말이 맞아요,

프란시스쿠, 저는 조금 용기가 부족합니다. 저는 용기를 얻기 위해 타인을 절실히 필요로 하지요. 저의 의기소침함은 수천 명의 사람이 느끼는 바로 그것과 같아요. 그러나 전화 한 통이면 또는 좋아하는 사람 곁에서 편안함을 느끼면 저의 희망은 다시 태어나고, 힘을 되찾습니다. 아마도 당신은 제가 희망이 넘쳤던 순간에 저를 만났던 것 같습니다.

제가 그걸 어떻게 아는 줄 아십니까? 당신이 제가 아름답다고 말했기 때문이지요. 저는 아름답지 않거든요. 그렇지만 희망으로 넘칠 때면 아름답다고 말할 수 있는 무엇이 환하게 빛납니다.

당신이 제가 체호프처럼 재미있는 글을 쓰길 바라는 게 당연해요, 저는 즐거운 것을 쓰니까요. 친애하는 벗이여, 제가 체호프처럼 한 페이지라도 썼다면 지금의 저처럼 나약한 여성이 아니라 위대한 여성이었을 겁니다. 걱정하지 마세요, 즐거운 것을 말할 시간이 다가오고 있으니까요. 저는 확실히 기복이 심하지요. 머지않은 어느 날에 파도의 절정, 그 위를 걸으며 즐길 거예요. 프란시스쿠, 이제 웃을 시간이 다가오고 있어요. 저는 벌써 참기 힘드네요. 좋은 신호이기도 하죠. 이토록 커다란 잿더미 속에 희망이 소생하는 시간이 가까워졌다는 뜻이니까요. 그동안 저는 저의 기복에 따라 웃거나 울며 기다릴 거예요.

프란시스쿠, 당신은 제게 당신의 "왕국과, 말과 렌즈콩 한 접시"*를 제게 제공했어요. 당신의 왕국에 가장 겸손한 하인이 된 듯한 기분이 들었습니다. 캄캄한 어둠 속에서 당신의 말에 올라타기로 했어요, 프란시스쿠, 당신이 어둠 속에 저를 남겨두고는 빛 속에서 저를 꽃피울 최소한의 실마리도 제공해주지 않았기 때문입니다. 저에게 필요한 것은 그런 것이었는데. 그러나 당신은 선한 사람이에요. 현재 내가 잘 웃지 않는 것에 실망하셨어도 당신은 비할 데 없이 훌륭한 음식인 렌즈콩 요리를 제게 선물해주셨어요. 드디어 누군가 저의 허기를 이해한 것이지요.

그러고 나서 당신은 저 역시 특별하다고 느끼는 너무도 특별한 제안을 해주셨는데 제가 받아들이지 못한다면 그건 정말 어쩔 수 없어서 그런 것이에요. 당신은 내면이 풍부한 사람이 가진 단순함으로 저에게 다음과 같은 제안을 하셨습니다.

"홍콩이나 사후 세계가 아닌 다른 곳으로 도망칩시다."

당신의 말처럼 "신이 우리를 영원히 지켜주기를".

아멘, 프란시스쿠, 고맙습니다. 저는 당신이 저에게 주기를 원했던 모든 것을 원해요. 오랫동안 누구도 오래된 저의 허기를 달래줄 렌즈콩 요리를 선물해준 적이 없었습니다. 프란시스쿠, 당신의 말을 타고 우리 멀리 갑시다! 우리가 다시 돌아오지 못할 그곳으로. 모두, 안녕! 저는 저를 빛으로 인도해줄 아름다운 말에 올라탔거든요. 저는 마침내 저의 파사르가다**를 향해 떠납니다!

* 『창세기』 25장 34절과 야곱의 이야기를 암시하며 글쓰기의 어려운 과정과 관련된 고뇌를 언급.

** 1926년 시인 마누엘 반데이라가 "나는 파사르가다로 간다"라고 말한 것을 빗대어 표현한 것. 파사르가다는 상상의 세계, 은혜를 모르는 존재들이 우리에게 허락하지 않은 것을 꿈으로 살아볼 수 있는 곳.

최근에 받은 편지들은 저를 믿는 매우 순수한 사람들이 보낸 것입니다. 어떤 편지에 제일 감동했는지 고를 수는 없습니다. 모든 편지에 가슴이 뜨거웠고, 모두 제가 더 올라갈 수 있도록, 어떤 특정한 방식으로 거대한 세상의 풍경을 볼 수 있도록 손을 내밀어 도움을 줬으며, 모든 편지가 저를 기쁘게 했습니다. 저는 넘치는 사랑을 받는 칼럼니스트입니다. 저는 아홉 권의 책을 썼고 그 책들로 먼 곳에서 보내주신 사랑을 받았습니다. 그러나 칼럼니스트라는 존재는 제가 이해할 수 없는 신비를 품고 있지요. 적어도 리우의 칼럼니스트들만큼은 큰 사랑을 받고 있습니다. 저는 이 토요일의 칼럼을 쓰면서 더 많은 사랑을 받았고 독자들과 더 가까워진 것 같습니다. 게다가 저에게 존중이 무엇인지 알려준 신문에 기고할 수 있다는 것이 행복합니다. 칼럼을 쓰는 여성 작가들의 이름이 서너 명밖에 떠오르질 않네요. 에우시 레사, 하셰우 지 케이로스, 지나 시우베이라, 그리고 제가 있습니다. 저보다 더 오래 칼럼을 쓴 에우시에게 전화해서 내가 받은 아름다운 전화나 사람들이 주는 저릿하게 아름다운 장미, 단순하고 깊은 편지를 받으면 어떻게 해야 하는지 물어볼 예정입니다.

독자들에게 더 행복해지겠다고 약속하겠습니다. 그래서 제가 그들을 행복하게 해주겠다고, 적어도 짧은 순간만큼이라도 더 행복하게. 그러나 신이시여, 행복하다는 것은 어떤 것입니까? 저는 더 이상 카를루스 드루몽 지 안드라지*의 그 세계에서 고독을 참을 수 없습니다. 드루몽, 제가 가끔 그래왔듯이 당신에게 전화를 걸 수 있도록 더 오래 사세요. 저는 늘 진지한 용건으로 당신에게 전화를 걸었지요, 그렇지 않으면 당신의 일을 방해할 용기가 없었으니까요. 그렇지만 프란시스쿠, 오늘 저는 당신이 저를 본 그때처럼 희망으로 아름다워질 용기가 생겼습니다. 저는 드루몽과 전화 통화를 했지요. 카를리뉴스에게도 전화를 걸 뻔했어요. 그가 아무리 위대해도, 그 역시 작은 카를루스라는 것을, 그의 어머니도 그를 그렇게 부른다는 것을 잊지 않는 것이 중요하니까요. 그도 귀여움을 받아야 합니다. 저는 여기서 그만 멈추겠습니다. 프란시스쿠의 말을 타고 너무 간 것 같아요. 조심하지 않으면 소설의 첫 장이 시작되겠어요. 난처한 점은 제가 신문사에 며칠 일찍 칼럼을 보내면 마치 오븐에서 나온 뜨거운 빵처럼 토요일 정시에 기사가 나오는데, 어쩌면 하늘에는 붉은 구름이 떠 있고 초승달이 뜰지도 모르지만, 저는 극심한 기복에 따라 이미 또 다른 감정을 오븐에 넣고 돌리고 있을지도 모른다는 것이지요.

네, 오타비우 봉핑, 신문에 칼럼을 신는 일은 현재까지 계속되고 있는 엄청난 경험입니다. 예전에도 저널리스트였고, 지금도 저널리스트인 제가 말씀드리자면, 저널리스트는 대단한 직업이에요. 글로 쓴 언어를 통해 타인을 만난다는 것은 영광이지

* 1902~1987. 브라질 현대 시를 대표하는 시인. 1977년 12월 10일, 클라리스 리스펙토르가 사망한 다음 날, 〈조르나우 두 브라질〉에 「클라리시의 비전」이라는 시를 발표함.

요. 제가 말을 위해 그토록 투쟁해왔는데 누군가 저에게서 그 말을 빼앗아 간다면 저는 춤을 추거나 그림을 그려야 할 테지요. 세상과 소통할 수 있는 형식을 갖기 위해 방법을 찾을 겁니다. 글을 쓰는 일은 인간을 고귀하게 만듭니다.

책을 아홉 권이나 썼으면서 어떻게 당신들에게 "사랑한다"라는 말을 하지 않을 수 있었을까요? 저는 저와 글로 쓴 말을 통해 퍼져나가는 저의 목소리를 기다려주는 인내심 있는 이들을 좋아합니다. 갑자기 책임감이 느껴지네요. 제가 말하는 법을 안다면—때때로 더듬기는 하나—어설플지라도 여러분이 저에게 듣고 싶은 그 말을 하지 않는다면 죄를 짓는 것이나 다름없지 않겠습니까? 그런데 저에게 어떤 말을 듣고 싶으신지요? 저의 손에는 악기가 있지만 저는 아직 연주하는 법을 모릅니다. 바로 그것이 문제이지요. 절대 해결되지 않을 문제요. 용기가 부족한 것일까요? 제 사랑을 억누르려면 제가 느끼는 것을, 그러니까 타인의 사랑을 느끼지 못하는 척해야 할까요?

보름달이 뜬 이 새벽을 구하기 위해 여러분께 말합니다.

"여러분을 사랑합니다."

저는 누구에게도 빵을 주지 못합니다. 제가 줄 수 있는 것은 단어뿐이에요. 제가 이토록 가난하다는 게 고통스럽습니다. 한밤중에 거실에 앉아 있는 저를 발견합니다. 테라스에 나가 보름달을 봤지요—저는 해보다 달에 가까운 사람입니다. "사랑합니다." 제가 이 말을 쓰지 않는다면 인간이 견딜 수 있는 가장 커다란 고독, 그 고독이 저를 사로잡을 것입니다. 제가 스스로를 세상의 어머니라고 느낀다는 것을 어떻게 설명해야 할까요? 그렇지만 "당신을 사랑합니다"라고 말하는 것은 제가 감당할 수 있는 것 이상입니다! 괴롭습니다. 이토록 무기력한 사랑을 마음에 품는다는 건 무척 괴로운 일이에요. 그렇지만 저는 계속 희망합니다.

1968년 4월 27일

불필요한 소란

나는 이 이야기가 독자들의 빈축을 살 수 있다는 것을 알고 있다. 이유는 설명할 수 없지만, 여성 독자들보다 남성 독자들에게 더 빈축을 살 것 같다.

어떻게 시작해야 할까? 조금은 단도직입적일 수도 있으니 마음의 준비를 하시길. 사실 단순하다. 수상쩍다고 말하는 곳 중 하나인 성매매 업소 주인을 인터뷰했다.

자, 이야기는 시작됐다. 그러나 두려워할 필요는 없다. 내 동기는 순수했고, 나는 결백하다.

내가 지금부터 Y 부인이라고 부를 사람의 전화번호와 이름을 어떻게 알았는지는 이야기할 수 없다. 경찰과 문제가 생길 수도 있기 때문에 그녀의 신분은 노출하지 않겠다. 나는 그녀의 전화번호를 알게 됐고, 그녀에게 전화를 걸었다.

처음에 대화를 나눌 때 그녀는 잠시 살짝 경계하는 듯했다. 그녀는 내가 무엇을 원하는지 알지 못했고, 오직 신만이 그녀가 생각하는 것과 내가 원하는 것을 알고 계셨다. 그러나 얼마 지나지 않아 그녀가 내게 말했다. "알겠어요." 나는 그녀에게 개인적으로 꼭 만나고 싶다고 말했고, 그녀가 원하는 장소에서 차를 마실 수 있겠느냐고 물었다. 그녀는 내가 자신의 집으로 오기를 바랐지만 나는 거절하고 싶었다. 그녀가 왜 주제 지 알렝카르 광장의 약국 자시 앞에서 만나자고 했는지 모르겠다. 게다가 그곳은 매우 불쾌한 장소였는데. 분명 많은 남자들이 지나다니면서 거기서 있는 여자가 뭘 하고 있는지 궁금해했을 것이다.

왜 그녀를 만나고 싶었을까? 그것은 내가 우유부단하고 우왕좌왕했던 청소년 시절 "세상은 어떻습니까? 왜 이 세상은 이렇습니까?"라는 소리 없이 강렬한 질문을 품고 있었고, 살면서 많은 것을 배웠지만 그 시절의 질문은 여전히 해소되지 않고 조용히 남아 있었기 때문이다.

이 지상에서 그 질문을 위해 시야가 좁은 눈을 조금 더 크게 떠 보는 것만으로 무엇을 배웠던가? 나는 성매매가 사회적 문제라는 것을 분명히 봤다. 그러나 그 이면에는 또 다른 심각한 문제가 있다. 많은 남자가 정확히 말해 애정과 감정을 피하려고, 또 모욕하고 모욕당하려고 돈으로 사는 것을 선호한다는 것이다.

사실상 사랑 앞에서 달아나는 것이다. 사람들은 달아나기 위해 돈을 낸다. 때로는 결혼한 남자들도 아내를 구입한 물건 취급하기 위해 생활비를 감당하는 기쁨을 누리기도 한다.

자, Y 부인을 만나기로 한 날 아침 그녀에게 전화를 걸었다. 그녀는 병원에 가려던 참이라고 말했다. 나는 그녀에게 어디가 아픈지 물었다. 그녀는 성매매 업소의 주인이라면 걸릴 수밖에 없는 병, 그러니까 마음의 병이 들었다. 나는 그녀에게 나중에 전화를 걸겠다고 했다. 연락이 닿기가 어려웠다. 계속 통화 중이었다. 신은 이유를 알 것이다. 우리도 마찬가지이고. 그녀가 말했던 것처럼 "가족적"이고 매우 은밀한 곳이라서 "만남들"이 전화 통화로 이뤄지기 때문이다. 마침내 Y 부인과 연결이 됐는데 그녀는 내게 "아직도 컨디션이 좋지 않아요, 잠을 자러 가야겠어요, 4시에 다시 전화해주세요"라고 말했다. 어쨌든 내가 그녀를 만나기 전에 그녀가 죽을 일은 없겠지, 라고 생각했다.

그렇다, 그녀를 만나기로 결심하는 일은 쉽지 않았다. 그녀와 처음 통화했을 때 나는 너무 끔찍한 두통에 시달렸는데, 내가 죄를 짓고 있다는 생각에 생긴 통증이란 사실을 깨달은 후부터는 그 두통이 사라졌다. 게다가 그날 밤, 그녀가 나병에 걸렸다고 말하는 악몽을 꿨다. 나는 그녀를 만지길 거부했고 어리벙벙한 상태로 꿈에서 깼다. 왜 나는 그녀를 만나길 고집할까? 답이 없는 답을 찾아야 하기 때문이다.

나는 약국 자시 앞에서 한 시간 반을 기다리다가 집으로 돌아왔다. 그녀에게 전화를 걸었다. 그녀는 내게 30분을 기다렸다고 말했다. 흥미가 떨어졌다. 그녀에 대한 생각을 전혀 하지 않은 채로 몇 주가 지났다. 그러나 나는 원하는 것이 있으면 끝까지 가봐야 하는 사람이다. 그녀에게 다시 전화를 걸었다. 자시 약국 앞에서 만나기로 다시 약속을 정했다. 그녀는 이번에는 오전 10시에 만나자고, 오후에는 "너무 바쁘다"라고 했다.

나는 조금 기다렸다. 아침에는 장을 보는 여자들만이 지나다녔다. 그녀는 그녀가 내게 말했던 그 복장 그대로였다. 눈에 띄었다. 분명 눈에 띄어야 할 필요가 없는 나보다는 훨씬 더 눈에 띄었을 것이다.

다짜고짜 그녀는 자신의 업소가 정말 가족적인 곳이라고 설명했다. 업장을 관리하는 사람은 홀아비가 된 제부인데, 그도 그 일로만 먹고사는 것은 아니라고 했다. 나는 조금 후에 그녀에게 돈을 버는지 물었고 그녀는 아니라고 대답했다. 거짓말. 우리는 그 시각에 문을 연 찻집으로 음료를 마시러 갔다. 나는 그녀가 고른 포도 주스를 주문했다.

세상에, 얼마나 평범한 이야기를 나눴던지! 그녀에게는 무용을 배우는 딸이 있다고 한다. 대화의 소재는 금세 바닥났고, 우리는 화재에 대해 이야기했다. 그녀는 화재를 여러 번 겪었고 불이 붙은 매트리스를 창문 밖으로 던진 적이 있다고 했다.

가장 재미있는 점은 그녀가 나를 마음에 들어 했다는 사실이다. 그녀는 내게 말했다. "이제 서로 안면을 텄으니 자주 전화해서 수다를 떨어요." 나는 그럴 일은 없다고 생각했다. 그런 일에는 관심 없다.

그녀는 남자들은 딱하게도 안전한 장소를 필요로 한다고 말했다. 다행히도 망기*는 문을 닫았다. 망기는 역겨웠다. 정말이다.

무엇을 더 말할 수 있을까? 아무것도 없다. 그녀는 시간이 조금 더 있었고 나도 마찬가지였으나 나는 먼저 자리를 떴다. 나는 포도 주스 값을 계산했다. 그날 점심에는 입맛이 없었다.

나는 결국 무엇을 원했던가? 청소년 시절의 질문은 죽었던가? 세상은 평범한가? 나는 평범한가? 아니면 Y 부인은 평범한가? 모두 그럴지도 모르겠다. 하루를 망친 듯한 느낌이 들었다.

친구 중 한 명에게 내가 희망했던 만남에 대해서 말하자 그는

* 리우의 사창가. 현재는 존재하지 않는다.

감흥 없이 조용히 말했다. "바로 거기서 작가의 면모가 나오는군." 그렇지만 나는 작가가 아니라는 것을 안다, 그저 세상일에 관심이 많은 사람일 뿐. 적어도 그날은 작가가 아니었다. 식욕을 잃을 정도로.

그녀는 내게 그런 유의 일을 구하는 "여자들"은 돈을 많이 벌길 원하고, 그것이 끔찍하다고 말했다. 그렇지만 불가피한 일이다.

실패로 끝난 그 인터뷰 이야기는 여기서 멈추기로 한다. 우리는 모두 거의 매일 실패를 경험한다.

1968년 5월 11일

사랑 고백

이 글은 사랑의 고백이다. 나는 포르투갈어를 사랑한다. 쉽지 않은 언어다. 다루기 어렵다. 사유로 깊이 다루지 않으면 그 언어는 섬세함이 결여되거나 때로는 무분별하게 감정과 경계, 그리고 사랑의 언어로 바꾸려고 하는 이들에게 진짜 발길질로 대응하기도 한다. 포르투갈어는 글 쓰는 사람에게는 진정한 도전이다. 사물과 사람에게서 피상성이라는 첫 꺼풀을 벗겨내며 쓰는 사람에게는 특히 그렇다.

포르투갈어는 때때로 더 복잡한 생각 앞에서 반응한다. 또 때로는 문장의 예측 불가능을 염려한다. 나는 그 언어를 다루는 게 좋다—말에 올라타 고삐를 잡고 천천히 달리거나 질주하는 것을 좋아하는 것처럼.

포르투갈어가 최대한 내 손에 당도하길 바란다. 글을 쓰는 사람이라면 누구나 품는 열망이다. 카몽이스*, 그리고 다른 중요한 시인들도 이미 완성된 언어의 유산을 영원히 남겨주기에 충분하지 않았다. 글을 쓰는 우리는 모두 "생각의 무덤"에 생명을 불어넣는 무언가를 만든다.

* 루이스 드 카몽이스, 1524?~1580. 16세기에 활동한 포르투갈의 국민 시인. 전쟁에 참전하여 실명하고 감옥에 갇히는 등 기구한 삶을 살았다. 대서사시 『우스 루지아다스』로 유명하며, 서정시도 뛰어나다.

우리는 그 어려움을 겪는다. 그러나 나는 심화되지 않은 언어에 도전하는 기쁨을 말하는 것이 아니다. 물려받은 것으로는 부족하다.

내가 만약 말하지 못하고 글도 쓰지 못한다면, 누군가 내게 어떤 언어를 갖고 싶으냐고 물었을 때 나는 정확하고 아름다운 언어인 영어라고 대답할 것이다. 그러나 나는 언어 장애가 없고 글을 쓸 줄 알기 때문에 내가 원하는 것은 지극히 분명한 포르투갈어로 쓰는 것이다. 나는 포르투갈어에 순결하고 순수하게 접근하기 위해 다른 언어를 배우는 것조차 원하지 않았다.

세 번의 경험

내가 그것을 위해 태어났고 그것을 위해 생을 바칠 수 있다고 느끼는 게 세 가지 있다. 나는 타인을 사랑하기 위해, 글을 쓰기 위해, 내 아이들을 기르기 위해 태어났다. "타인을 사랑하기"는 범위가 아주 광대한데, 거기에는 다른 사람들과 더불어 나 자신을 용서하는 일까지 포함된다. 그 세 가지 일은 그것들을 인정하기에 너무 짧은 내 삶만큼이나 중요하다. 그러니 서둘러야 한다. 시간이 없다. 내 삶에 결정적인 순간을 단 1분도 허비할 수 없다. 타인을 사랑하는 것은 내가 아는 유일한 개인적 구원이다. 사랑을 주고 또 때로는 그 대가로 사랑을 받는다면 아무도 길을 잃지 않을 것이다.

나는 글을 쓰기 위해 태어났다. 말은 내가 세상에서 가장 잘 다룰 수 있는 것이다. 어릴 때부터 나를 열심히 유혹하는 여러 가지 사명이 있었는데 그중 하나가 글쓰기였다. 이유는 모르겠지만 나는 이 사명을 좇아왔다. 어쩌면 글쓰기를 위한 배움이란 우리와 우리 주변 사람들의 고유한 삶인 데 반해 다른 일은 오랜 견습 기간이 필요해서였는지 모르겠다. 내가 공부할 줄 모르는 것일 수도 있다. 사실 글쓰기를 위한 유일한 공부는 글을 쓰는 것이다. 나는 일곱 살 때부터 언젠가 나만의 언어를 갖기 위해 연습해왔다. 그런데도 매번 글을 쓰려고 하면 마치 처음 같았다. 나의 모든 책은 고통스럽고도 행복한 데뷔작이다. 시간의 흐름에 따라 내가 완전히 새로워지는 이 능력을 나는 삶과 글이라고 부른다.

내 아들들의 경우에는 그들의 탄생이 우연의 결실은 아니었다. 나는 어머니가 되기를 원했다. 내 두 아들은 나의 의지로 태어났다. 그 두 남자아이는 여기 내 곁에 있다. 나는 그 아이들이 자랑스럽다. 나는 그 아이들 안에서 소생한다. 나는 그 아이들의 고통과 불안에 주의를 기울이고 그 아이들에게 줄 수 있는 것을 준다. 내가 어머니가 되지 않았다면 나는 이 세상에서 혼자였을 것이다. 그렇지만 내게는 후손이 있고 그들을 위해 날마다 내 이름을 준비한다. 나는 그들이 언젠가 비행을 위해 날개를 펼칠 것을 아는데, 그러면 나는 혼자가 될 것이다. 그것은 숙명이다. 우리는 우리를 위해 아이들을 키우는 게 아니라 그들 자신을 위해 키우니까. 혼자가 되면 나는 모든 여자의 운명을 따를 것이다.

나의 사랑은 늘 남아돈다. 글을 쓰는 일은 엄청나게 강렬한 일이지만 그것은 나를 배신하거나 버릴 수도 있다. 언젠가 내 몫의 글을 썼다는 느낌을 받게 될 것이고, 멈추는 것 또한 배워야 한다는 것을 받아들이게 될 것이다. 글에 관해서는 어떤 것도 장담할 수 없다.

반면에 사랑에 관해서라면 죽을 때까지 할 수 있다. 사랑하는 일은 끝나지 않는다. 마치 세상이 나를 기다려준 것과 같다. 나는 나를 기다리는 것을 만나러 갈 것이다.

과거에 연연하지 않기를 신에게 바란다. 늘 지금 이 순간을 살기를, 착각일지라도, 미래의 무언가를 가질 수 있기를.

시간은 쏜살같이 흐르고, 시간이 짧으니 서둘러야 하겠지만, 나는 인생이 영원할 것처럼 산다. 그러면 죽음이 반짝이는 무언가의 피날레가 될 테니까. 죽는 것은 내 삶에 가장 중요한 행위가 될 것이다. 나는 죽는 게 두렵다. 어떤 모호함, 어떤 뿌연 길이 나를 기다리고 있을지 모른다. 삶과 죽음 모두를 강조하며 죽고 싶다.

내가 원하는 것은 하나다. 죽을 때 내 곁에서 손을 잡아줄 한 사람을 갖는 것. 그렇다면 이승과 저승의 경계를 넘을 때 두려움 없이 배웅받을 것이다. 나는 윤회가 있기를 바란다. 죽은 후에 다시 태어나서 새로운 사람에게 살아 있는 내 영혼을 주고 싶다. 그렇지만 신중해지고 싶다. 윤회가 정말 존재한다면 현재 내가 살아가는 삶은 완전히 내 것이 아니게 된다. 내 육체에 영혼이 주어진 것일 뿐. 나는 언제까지나 다시 태어나고 싶다. 다음 생에는 평범한 독자로서 내 책을 흥미롭게 읽을 것이다. 그 환생에서 나는 그 책이 내가 쓴 글인 줄 모를 것이다.

경고와 신호가 있다면 좋겠다. 그것은 직감처럼 찾아올까? 책을 펼치는 순간 찾아올까? 내가 음악을 들을 때 찾아올까?

내가 아는 가장 외로운 일 중 하나는 예견하지 못하는 것이다.

1968년 5월 18일

인간 학살: 아메리카 인디오들

노에우 누테우스가 내게 알려준 것을 말하기 전에 먼저 그가 누군지를 말해야겠다. 노에우는 1944년에서 1950년까지 홍카도르 싱구에 파견됐던 의사다. 그는 1951년에서 1955년까지, 주제 마리아 다 가마 마우셰르가 인디오 보호를 담당하는 부서의 책임자로 있었을 때 그곳에 파견되어 의사로 근무했다. 이후 1956년, 마우리시우 지 메데이루스가 보건부 장관이었을 때 누테우스가 공기 건강 통합 서비스를 창설했고 그것이 오늘날 국가 결핵 관리 부서가 됐는데, 그것을 그가 지금까지도 이끌고 있다. 공기 건강 통합 서비스의 목적 중 하나는 무엇보다 결핵 예방을 위한 위생 조치다. 그러한 목적으로 근무자들은 인디오 원주민들이 사는 구역을 주기적으로 방문한다. 그중에서도 먼저 싱구 국립공원을 예로 들어야 한다. 면적이 2만 2,000제곱킬로미터인 그 공원은 거의 싱구강 연안 전체를 차지한다. 이 지역에서는 약 열다섯 개 부족의 원주민들이 브라질이 처음 발견됐던 시절에 준하는 거주환경에서 살아간다. 이곳에 사는 원주민들은 투피족, 제족, 아라와크족, 카리브족이다. 공원 내부와 그 주변에서는 문명에 전혀 영향을 받지 않은, 독자적인 언어를 사용하는 다른 부족들도 만나볼 수 있다. 이곳은 인디오들을 죽이지 않는 구역이다. 혼동 장군과 비슷한 사상을 가진 빌라스보아스 형제들이 원주민들과 개인적이고 인간적인 방식으로 관계를 맺으며 공원을 이끌기 때문이다.

나는 노에우에게 그 지역에서, 특히 그 공원에서 인디오 학살이 일어나지 않았던 다른 이유가 무엇이냐고 물었다. 그는 일단 정부가 그 구역의 경계를 정해서 땅과 지하자원, 아마존의 물자를 탐내는 단체들이 통제나 규칙 없이 접근하는 것을 금지했기 때문이라고 대답했다.

그런데 왜 느닷없이 인디오 학살일까? 노에우가 대답했다. "사람들은 브라질 땅을 발견한 이후로 인디오들을 죽여왔습니다." 브라질이 발견됐을 때, 약 150만 명의 원주민이 있었다면, 이제는 낙관적 통계를 따라도 겨우 8만 명의 원주민이 부족 생활을 하며 살아가고 있다. 초창기 원주민 인구수의 일부가 사라진 것은 결국 그들을 소멸시킨 유럽 문화와의 결합 때문이었다. 인디오들은 우리 땅을 식민지화하기 위해 외부에서 온 사람들의 대규모 농장과 도시 형성에 의해 희생됐다.

우리는 브라질 헌법의 변함없는 관심사가 인디오들을 지키는 것임을 안다. 브라질 헌법을 살펴보면 인디오들이 자신들의 땅을 소유하는 것을 보장한다는 조항을 볼 수 있다. 그러니 인디오 학살이 헌법 조항 때문이라고는 믿을 수가 없으며, 정확히는 그들이 차지한 땅에 대한 탐욕이라고 해야 할 것이다. 법무부는 인디오 학살의 원인은 국토의 약 8분의 1을 팔아넘긴 해외 매각이라고 발표했는데, 그렇다면 우리는 이런 질문에 이르게 된다. 오늘날 인디오들을 죽이는 것이 예고된 행위라면 어떻게 그들을 죽일 것인가? 인디오들을 죽이는 방법은 여러 가지가 있다. 총을 쏴서 죽이는 가장 간단한 방법부터 종교, 교육을 통해 원시적 문화의 보호를 금하여 원주민들이 필연적으로 희생을 치르게 하는, 대대적 문화 개입을 통해 이뤄지는 가장 세련된 방식이 있다. 아니면 인디오들에게서 그들과 본능으로 맺어진 땅을 빼앗아 그들을 죽이는 방식도 있다.

노에우에 따르면 브라질에 남아 있는 인디오들을 구하기 위한 방법은 싱구 국립공원을 모델로 새로운 공원을 조성하고 그가 계획한 토지개혁을 서둘러 시행하는 것이다. 왜냐하면 땅이 투기 대상으로 있는 한 브라질이 위험하기 때문이다. 우리가 계속 타인의 야망의 대상이 된다면 브라질은 불쌍하고 불행한 국가가 될 것이며 우리는 인디오뿐만이 아니라 우리 자신까지도 계속 죽이게 될 것이다.

당신이 잠든 사이에

이 밤이 다른 때와 다르다는 것을 당신이 알아주기를. 새벽 3시다. 불면의 밤이다. 진짜 잠이 오지 않아서 커피를 한 잔 마셨다. 설탕을 너무 많이 넣어서 커피 맛이 끔찍했다. 해변에서 파도가 부서지는 소리가 들린다. 오늘 밤은 다르다. 당신이 잠든 사이 내가 당신과 수다를 떨고 있기 때문에. 이제 수다를 멈추고 테라스로 나갈 것이다, 거리와 해변의 끄트머리와 바다를 볼 것이다. 컴컴하다. 칠흑 같은 암흑이다. 나는 사랑하는 사람들을 생각한다. 그들은 모두 잠을 자거나 즐기고 있을 것이다. 몇몇은 위스키를 마셨을 수도 있다. 그래서 내 커피가 더 달콤하게, 더 비현실적으로 느껴진다. 어둠이 더 깊어졌다. 나는 고통 없는 슬픔에 빠진다. 기분 나쁜 감정은 아니다. 그냥 그런 것일 뿐. 내일도 분명 커다란 흥분 없이 오직 기쁨이, 기쁨의 파도만이 몰려올 것이고, 그것도 나쁘진 않을 것이다. 그렇게 됐다. 그러나 나는 이 시시한 삶과 맺은 조약을 좋아하지 않는다.

1968년 5월 25일

철저히 여성스러운

5월 17일, 누군가 내게 전해준 신문 기사에 나에 대한 불쾌한 이야기가 있었는데, 기사 제목은 「오늘 여성 작가들이 축제를 위해 리우에서 모이다」였다. 〈우 글로부〉는 축제의 참석자 명단에 클라리시 리스펙토르의 이름이 없는 것에 대해 물었는데 이레니 타바레스 지사의 비서 중 한 명은 이렇게 대답했다.

"저희도 그녀와 함께하지 못해서 유감입니다. 참석하셨다면 정말 기뻤을 텐데요. 오해가 있었던 것 같습니다. 축제에 참여해 달라고 클라리시 리스펙토르에게 간곡하게 요청하기 위해 다시 전화를 했지만 그녀는 단호하게 거절했습니다. 추호도 참여할 마음이 없다고 말씀하셨습니다."

내게는 이 이야기가 명백한 거짓말이라는 사실을 증명해줄 증인이 있다. 사실 누군가에게 전화를 받은 것은 딱 한 번뿐이다. 그들의 말처럼 두 번은 아니다. 그들이 어떤 번호로 전화했는데 누군가 나라고 장난치기로 결심한 게 아니라면 모를까.

내가 받은 전화는 한 번뿐이었고, 내 대답은 토씨 한 자 틀리지 않고 "그날은 제가 리우에 없습니다. 참석할 수 없어서 유감입니다"였다. 그러니 "단호하게 거절"이나 "추호도" 같은 말을 했다는 증거는 어디에도 없다.

그 기사의 또 다른 실수는 축제 참석자 명단에 마를리 지 올리베이라를 언급했다는 것이다. 나의 친구이기도 한 그 위대한 시인은 15일 전부터 그녀가 앞으로 몇 년 동안 지내게 될 부에노스 아이레스 축제에 참석 중이다. 그러니 이레니 부인의 비서에게 조금 더 주의를 기울일 것을 부탁하는 바이다. 자, 이것이 내가 대중에게 전하는 해명이다.

"들장미"

나는 "들장미"라는 말만 들어도 단번에 세상이 싱그러운 장미가 된 것처럼 숨을 들이마시게 된다. 내게는 가끔씩 들장미를 보내주는 친한 친구가 있다. 그 향기가 얼마나 진한지 나를 숨 쉬게 하고 살게 한다.

들장미는 시간이 갈수록 향이 더 진해지는 낯설고 섬세한 신비로움이 있다. 들장미는 노랗게 시들 때가 되어도 향이 강하고 달콤해서 헤시피의 달밤 향기를 떠오르게 한다. 결국 그 꽃이 시들면, 시들고 또 시들어버리면 대지의 요람에서 다시 태어나는 꽃처럼 향기가 나는데 나는 그것에 취해버린다. 꽃은 시들고, 보기 싫어지고, 색이 바래고 갈색을 띤다. 그렇지만 어떻게 버릴 수 있겠는가? 죽었다고 해도 영혼은 살아 있지 않을까? 나는 시든 들장미를 처리하는 방법을 찾아냈다. 향기 진한 꽃잎을 따서 속옷 서랍장에 뿌려놓는 것이다.

최근에 친구가 들장미를 보냈는데 꽃이 시들려던 차에 향기가 더 진해져서 아들에게 이렇게 말했다.

"나도 저렇게 사랑의 향기를 내뿜으며 죽고 싶구나. 살아 있는 영혼을 발산하며 죽고 싶어."

들장미가 덩굴식물이라는 것과 한 줄기에 꽃이 여러 송이 핀다는 것을 깜빡 잊고 말하지 않았다. 들장미, 너희를 사랑한다. 나는 매일 너희의 향기를 위해 죽는다.

1968년 5월 27일

사우다지

사우다지*는 허기짐과 비슷하다. 사우다지는 당신이 그 사람의 현재를 음미할 때에만 지나간다. 그러나 때로는 그리움이 너무 깊어서 현재가 아무것도 아닌 것이 되어버리기도 한다. 당신은 그 사람의 모든 것을 흡수하길 원한다. 어떤 존재가 완전한 결합을 위해 타인을 원하는 것은 삶에서 절박한 감정 중 하나다.

* Saudade. 향수, 추억, 그리움, 외로움 등이 복합적으로 어우러진 감정. 사랑하지만 부재하는 무언가 또는 누군가에 대한 우울하거나 깊은 향수를 불러일으키는 감정 상태. 종종 그리움의 대상을 다시는 만날 수 없을 것이라는 상황과 관련이 있다.

1968년 6월 1일

신비로운 문장, 낯선 꿈

가끔씩 이전에 했던 생각의 지체된 결과로 완성된 문장이 내게 찾아오기도 한다. 그 문장들은 신비롭다. 그 문장들이 도착할 때에는 더 이상 어떤 출처와도 연결되어 있지 않기 때문이다. 예를 들어 내게 찾아온, 불행한 사람들이 말했을 법한 문장이 여기 있다. "네가 배고플까 봐 빵을 주고 싶었는데 너는 금을 원했어. 너의 허기는 너의 영혼만큼 컸는데 너는 다른 사람들과 같은 수준으로 축소했어."

어째서 내가 경험한 적 없는 이런 단어였을까? 생각할 수 있는 유일한 가정은 이렇다. 한 독자가 나에 대해 꾼 꿈에서 "금"이라는 단어가 나왔기 때문에. 그녀는 내게 꿈을 이야기해줬다. 그녀의 이름은 아잘레아라고 했고, 그 이후로 우리는 절친한 친구가 됐다. 그녀는 나에게 이런 편지를 썼다.

"당황하지 마세요, 침착하세요. 해몽은 아주 긍정적인 겁니다. 꿈에 거대한 화단 같은 게 나왔습니다. 주변에는 갈아놓은 흙이 있었고요. 그 화단 옆에 무릎을 굽히고 몸을 숙이니 내가 몰랐던 수많은 사람이 보였습니다. 저는 그 장면을 가까운 곳에서 지켜봤죠. 분명한 것은 그들이 땅을 가느라 고개를 들지 않아서 제가 그들을 아는지 모르는지 말할 수가 없다는 것입니다. 클라리시, 그들은 금을 찾고 있었고 찾아냈죠. 그들 앞에 금일 수밖에 없는, 반짝이는 무더기가 점점 더 높게 쌓였어요.

환각에 빠진 사람들 사이에서 제가 잘 아는 얼굴 하나도 땅을 파고 있었어요. 바로 작가 클라리시 리스펙토르였죠. 고등학교에서 문학을 배웠을 때부터 그녀는 우리 나라 최고의 작가였고 늘 저의 눈앞에 있었죠. 저는 그 얼굴이 너무 익숙해서 가족을 바라보듯 바라봤어요. 저 역시 당신처럼 흥분해서 당신이 금을 찾고 있는 모습을 주의 깊게 살펴봤지요.

다른 사람과는 다르게 당신 앞에는 더러운 흙더미가 있었어요. 금은 없었죠. 다른 사람들은 땅을 파고 행복해하며 반짝이는 금속을 골라냈죠. 금이 계속 쌓였어요. 그렇지만 당신은 아니었죠. 당신은 매번 절망적으로 흙을 손으로 갈면서 어둡고 더럽고 끔찍한 머리카락 한 줌을 끄집어냈어요. 그러고 절망적인 얼굴로 뒤를 돌아봤는데, 제 생각에는 당신이 캐낸 것을 보여주려고 했던 것 같아요.

다시 한번 당신은 무분별하고 절망적인 작업을 시작했어요. 당신의 눈빛과 몸짓으로 당신의 손에 금이 없다는 사실을 알 수 있었어요. 금발 머리 한 가닥도 찾지 못했죠. 저는 이 모든 것이 당신이 도움을 요청하는 것처럼 느껴졌어요. 그래서 당신에게 다가가서 어깨를 만졌죠. 저는 당신에게 그곳을 떠나라고 말했어요. 당신에게 맞지 않는다고. 이상하게도 매 순간이 괴롭고 절망적이고 아팠어요. 마치 제가 클라리시 리스펙토르가 된 것처럼. 이해하셨죠. 당신은 자리에서 일어나 나와 함께 떠나려고 했죠. 열정적으로 땅을 파는 무리들을 뒤로한 채 저는 당신의 손을 잡고 이끌면서 그곳에서 멀어졌어요. 저는 당신이 아직 주저한다는 느낌을 받았어요. 당신은 뒤를 돌아보며 마치 당신의 마지막 희망이 거기 있기라도 한 것처럼 그곳을 떠나는 것을 안타까워했죠. 우리는 손을 잡고 말없이 조금 더 걸었어요. 당신은 많이 울었고, 나는 당신과 거리를 둔 채 이따금 당신의 빈손을 한참 바라보았죠. 우리는 나란히 섰어요. 그러자 당신은 울음을 터뜨렸어요. '빈손이야, 아잘레아.' 저는 다시 손을 잡았습니다. 당신이 그 미친 일을 다시 시작할까 봐 겁이 났거든요. 그때 우리 앞에 그 남자가 나타났어요. 온통 금을 휘감고 있던 남자요. 그렇지만 살아 있는 사람이었죠. 그는 걷고 있었고, 상냥하고 다정한 미소를 짓고 있었으니까요. 당신은 그를 알고 있었지만 저는 몰랐어요. 당신은 그 남자의 이름을 외치면서 그를 향해 달려갔어요. 당신과 그 사람은 서로 꼭 껴안았고, 저는 금을 두르고 있는 사람이 누군지 어느새 분간할 수 없었어요. 두 사람 모두 빛이 나고 반짝였으니까요. 모든 것을 지워버리는 강렬한 빛이었죠. 저는 울면서 꿈에서 깨어났고, 아침을 먹으면서 가족에게 꿈 이야기를 들려줬어요. 일요일이었는데 형부가 말하더군요. '클라리시 리스펙토르 글이 오늘 〈조르나우 두 브라질〉 신문에 실릴 거야. 내가 사 올게.' 그때부터 당신과 이야기하고 싶다는 마음이 생기기 시작했던 거예요. 편지로든 전화로든, 어떤 방식으로든 당신에게 말하고 싶었어요. 형부는 돌아오더니 말했죠. '토요일에 실린대.' 저는 토요일까지 기다렸어요.(다른 날에는 다른 신문을 읽거든요.) 날씨가 서늘하고 맑은 4월, 햇빛 좋은 토요일 아침에 당신의 글이 실린 신문이 여기 우리 집에 클라리시를 들어

오게 한 거죠."

아잘레아는 편지를 한 통만 보낸 것이 아니었다. 그녀는 도메니쿠라는 맑고 순수한 젊은 남자 손에 편지와 함께 하얀 덩굴장미를 보냈다. 그 장미는 매우 신비로웠다. 시간이 지나면서 장미는 시들었는데 향기는 더 진해졌던 것이다. 나는 아잘레아에게 전화를 걸어 그 장미에 대해 말했고, 그녀는 그 장미가 정말 그렇다고 말하면서 장미 덩굴이 내 삶에 향기를 더할 수 있도록 테라스 울타리 근처에 심을 수 있는 장미를 선물해주겠다고 했다.(지금 그 향기에 대해 말하니 사우다지가 너무 강렬하게 느껴져서 방에 들어가 머리카락에 랑방 스캔들 향수를 뿌렸다. 내 머리카락 색깔이 밝아서 아잘레아의 꿈처럼 금빛이 되는 상상을 해봤다.)

내게는 그녀가 꾼 꿈이 인상적이었는데, 내가 아는 것은 그 꿈에 어떤 상징이 있다는 정도다. 무속인이자 심리학자인 친구에게 금을 어떻게 풀이할 것인지, 금과 빵에 대한 내 문장은 어떻게 해석해야 할지 물어볼 것이다. 빵은 밀의 풍요라는 사실이 떠올랐고 그래서 기쁨이 넘친다.

1968년 6월 8일

그리고 내일은 일요일입니다

즐거운 일요일 보내시기를 바랍니다. 월요일은 조금 힘든 날이죠, 언제나 새로운 삶을 시작하라고 유혹하니까요. 매주 일요일에 소박한 송년회를 열어보세요. 일요일 밤 12시가 새해의 시작은 아니지만, 한 주의 시작이고, 그것은 곧 계획을 세우거나 꿈을 꿔볼 수 있다는 뜻이니까요. 이번 주 저의 계획은 드디어 저의 원고들을 정리하는 것으로 요약됩니다. 이제 정말이지 가정부를 쓰지 않을 거니깐요. 제 꿈에 관해서라면, 죄송하지만 말씀드리지 않겠습니다. 저도 비밀로 간직할 거예요. 그럴 권한이 있는 사람의 우수에 잠긴 눈빛으로 당신이 당신의 꿈을 비밀로 품은 것처럼요.

이상적인 부르주아

어떻게 무질서한 사람이 정돈된 사람으로 변할 수 있을까? 내 원고들은 뒤죽박죽이고 서랍은 정리정돈이 필요하다.(비서를 고용할 것이다. 그러지 않으면 의사는 내가 미쳐버릴 것이라고 했다.) 내 생각에는 나에게 내면의 질서가 있었더라면 그런 것은 중요하지 않았을 것이다. 그러나 외부 질서에 대해 심각한 고민을 가진 사람들이 있다면, 그것은 그들의 내면의 질서가 뒤죽박죽이어서 안전장치가 필요하기 때문이다. 나는 서랍 속의 엄격하고 단정한 질서로 표현되는 안전한 지점이 필요하다. 서랍을 정리한다는 생각만으로도 온몸이 게을러지는데, 그 게으름은 주말에 오는 게으름과 같다고 할 수 있겠다. 내가 너무 못났다고 느껴지지 않도록 몇몇 독자에게는 나의 이 게으름을 이해받을 수 있기를. 정리에 대해서 말하자면, 솔직히 누군가 질서 있는 분위기를 만들어주면 좋겠다. 사치스럽고 터무니없는 나의 이상은 내 모든 외부 활동을 책임져줄(나를 대신해 축제에도 참가해줄) 가사도우미이자 비서를 고용하는 것이다. 그리고 그 비서는 동시에 나를 좋아해야 하는데, 그러나 그녀가 드러나지 않게 나를 좋아해주기를 요구할 것이다. 왜냐하면 성급한 신격화는 자연스러움을 구속하고 속박하며, 우리가 열정적으로 기대는 선천적이고 후천적인 결함을 우리에게 허락하지 않기 때문이다—이 말은 우리의 자질뿐 아니라 결함 또한 버팀목이 되어준다는 것이다.

이 가사도우미 겸 비서는 또 무엇을 해야 할까? 그녀는 나를 너무 많이 바라보면 안 된다. 불편하니까. 말을 자연스럽게 해야 하지만, 내가 쉴 수 있게 자연스럽게 입을 다물 줄도 알아야 한다. 그리고 물론 서랍은 정돈되어 있어야 한다. 점심과 저녁 메뉴는 그녀가 결정할 것이고, 음식은 나를 위해 서프라이즈로 즐겁게 변화를 줘야 한다. 물론 내 원고는 정리되어 있을 것이다. 게다가 내 슬픔을 이해하고 그걸 표시하지 않아야 한다. 물론 편집자들의 전화를 받고 그들에게 완벽한 편지를 보낼 것이다. 아이들은 아니다. 아이들은 내가 돌볼 거니까. 그렇지만 가끔 내가 극장에 가거나 작업할 때면 엄마 역할을 대신 해주기도 할 것이다. 엄마 대행은 지나친 사랑으로 아이들을 들볶지 않는다는 장점이 있다. 아이가 자라면 엄마의 역할은 줄어야 하는데 나는 계속 그 자리를 차지하려는 경향이 있다. 이 글을 아이들이 본다면 흡족해할 텐데. 러시아 엄마들은 아이들에게 뽀뽀할 때 한 번이 아니라 마흔 번을 한다고 아들 중 한 명에게 말했더니 아들은 내가 핑계를 댄다고 했다. 사실 내가 진심으로 좋아하는 것이 아이들에게 뽀뽀하는 것이다.

1968년 6월 15일

소속감

의사인 친구가 아기는 요람에 있을 때부터 자신을 둘러싼 것을 느끼고 인간이 되기를 원한다고 확인시켜줬다. 요람에서부터 시작된다는 것이다.

나는 요람 안에서 내가 처음으로 가졌던 욕망이 소속감이라고 확신한다. 이곳에 쓰기에는 별로 중요하지 않은 이유로 나는 어느 것에도 누구에게도 속하지 않았음을 느꼈을 것이다. 나는 이유 없이 태어났다.

내가 요람에서 이 인간적인 허기를 느꼈다면, 그 허기는 마치 운명인 것처럼 사는 동안 나를 괴롭혀왔다. 신에게 속해 있는 수녀님을 보면 부러움과 욕망으로 심장이 조여올 정도였다.

정확히 말해 나는 자신을 무언가 또는 누군가에게 바치고자 하는 욕구가 너무 강했기 때문에 매우 까다로운 사람이 됐다. 나는 내가 얼마큼이나 필요한지, 얼마나 가난한지 밝히는 게 두렵다. 그렇다. 나는 매우 가난하다. 내게는 몸뚱이와 영혼뿐이다. 나는 더 많은 것을 필요로 한다. 누가 알겠는가, 어쩌면 내가 일찍 글을 쓰게 된 것은 글을 쓰면 적어도 내가 나 자신에게 속해 있다고 느끼기 때문일 수도 있다는 것을. 그것은 슬픔과 닮았다.

시간이 지날수록, 특히 최근 몇 년 동안에는 인간이 되는 법을 잊어버렸다. 인간이란 어떤 것인지 이제는 잘 모르겠다. '어느 곳에도 속하지 않는 고독'이라는 완전히 새로운 형식이 벽을 타고 올라가는 담쟁이덩굴처럼 나를 뒤덮기 시작했다.

나의 가장 오래된 욕망이 소속되는 것이었다면 나는 왜 클럽이나 단체에 가입하지 않았을까? 왜냐하면 나는 그것을 소속이라고 보지 않기 때문이다. 내가 원했으나 가질 수 없는 것은, 예를 들자면 나의 내면에서 나오는 모든 좋은 것을 내가 속해 있는 것에게 주는 것이다. 내 기쁨까지도, 때때로 그 기쁨은 외롭지만. 그러나 외로운 기쁨은 초라할 수 있다. 그것은 마치 예쁘게 포장한 선물을 손에 쥐었는데 "받으세요, 당신을 위한 것입니다. 열어보세요!"라고 말할 사람이 없는 것과 같다. 나를 비참한 상황에 몰아넣지 않으려고, 일종의 제약에 따른 비극적 어조를 피하고 싶어서 나는 감정을 포장하는 일이 거의 없다.

소속되려는 욕구는 단지 약하거나 어떤 사물이나 더 강한 사람과 하나가 되려는 마음의 산물이 아니다. 강력하게 소속되고 싶은 욕구는 내 안에서, 나의 고유한 힘에서 나온다—나는 내 힘이 무용한 것이 되지 않도록, 한 사람 또는 하나의 사물을 견고하게 만들기 위해 속해 있고 싶다.

어쨌든 내게도 기쁨이 있다. 예를 들자면 수백만 국민이 그렇듯 내가 우리 나라에 속해 있다는 사실이다. 나는 브라질에 속해 있는 브라질 사람이다. 그리고 진심으로 단 한 번도 인기를 원한 적이 없고 원하지도 않을 것이다—나는 유명인이라는 이유로 사적 영역의 침범을 견디기에는 너무 개인주의적이다. 인기를 원하지 않는 나는 그럼에도 불구하고 브라질 문학에 속해 있다는 것으로 행복감을 느낀다. 오만이나 야망이 아니다. 나는 문학과 상관없이 브라질 문학에 속해 있다는 것이 행복하다. 왜냐하면 나는 문학인도 지식인도 아니기 때문이다. 그저 '속해 있다'는 것만으로 좋다.

나는 요람에 누워 있는 내가 보이는 듯하다. 속하고 싶은 막연하되 집요한 욕구를 내 안에서 다시 일으킬 수 있을 듯하다. 어머니도 아버지도 통제할 수 없는 이유로 나는 태어났다. 그저 태어나버렸다.

그렇지만 나는 아름다운 방식으로 세상에 나오도록 이미 준비되어 있었다. 어머니는 이미 아프셨고, 아이를 낳으면 병이 낫는다는 미신이 널리 퍼져 있었다. 나는 고심 끝에 사랑과 희망으로 태어났다. 단지 어머니를 낫게 하지 못했을 뿐이다. 나는 지금도 그 실수의 무게를 느낀다. 누군가 내게 임무를 줬고, 나는 실패했다. 전쟁 중 참호에서 누군가 나를 의지했는데 내가 탈영해버린 것과 같다. 나는 부모님이 내가 헛되이 태어난 것을, 당신들의 커다란 희망을 무너뜨린 것을 용서했다는 사실을 알고 있다. 그러나 나는 나를 용서할 수 없다. 내가 바란 것은 그저 기적이었다. 나의 탄생으로 어머니를 치유하는 것. 그렇다, 나는 아버지와 어머니에게 속해 있지만, 어디에도 속해 있지 않은 이 외로움을 누군가에게 말할 수는 없다. 탈영병처럼 밝히기 부끄러운 도주를 비밀로 간직했으니까.

때때로 삶은 내가 어디에도 속하지 않아서 잃은 것을 헤아리라는 듯이 무엇인가에 속하게 한다. 그래서 나는 속해 있다는 것은 살아 있다는 것임을 알았다. 나는 그것을 사막에서 수통에 담긴 마지막 물방울을 허겁지겁 마시는 사람의 갈증처럼 느꼈다. 그러고 갈증이 다시 찾아왔다. 내가 걷고 있는 바로 그 사막에서.

1968년 6월 22일

아직 답할 수 없는 것

더는 글을 쓸 수 없다, 쓰는 법을 잊어버렸다. 그렇지만 나는 세상에서 많은 것을 봤다. 그중에 덜 고통스럽다고 말할 수 없는 하나는 무언가를 말하려다 혹은 그저 중얼중얼 내뱉으려다 실패하고야 마는 벌어진 입을 보는 것이다. 나는 때때로 그 입들이 설명하지 못한 것들을 말하고 싶다. 나는 더 이상 글을 쓸 수 없다. 문학적 행위들은 내게 점점 그 중요성을 잃어가고 있기 때문에 글을 쓰지 못하는 건 어쩌면 구체적으로 나를 문학으로부터 구원할지도 모르겠다.

그렇다면 이제 내게 중요한 것은 무엇인가? 그게 무엇이든 어쨌든 문학 덕분에 그런 것이 생겼을 것이다.

경험

도움을 청하는 것과 순수한 호의와 타인에 대한 이해로 그 도움을 받는 것은 아마도 인간적 동물적 경험 중 제일 중요한 경험일 것이다. 어쩌면 언젠가 침묵 속에서 도움을 간청하고 또 도움을 받는 경험을 하는 것만으로도 태어날 가치가 있다고 할 수 있겠다. 나는 도움을 요청한 적이 있고 사람들은 나를 거절하지 않았다.

나는 살에 화살이 박힌 위험한 호랑이가 되어 자신의 고통을 덜어줄 누군가를 찾기 위해 겁에 질린 사람들을 주시하는 듯한 기분을 느꼈다. 그때 누군가 상처 입은 호랑이는 아이만큼 무해하다는 것을 알아채고 맹수 만지기를 두려워하지 않고 다가와 아주 조심스럽게 화살을 뽑아냈다.

호랑이는 어땠느냐고? 사람도 동물도 감사할 줄 모르는 것들이 있다. 나 호랑이는 그 사람 앞에서 천천히 어슬렁대다가 내 발을 핥았다. 말이 중요한 것이 아니니까. 나는 조용히 멀어졌다.

칼럼니스트가 되는 일

나는 내가 칼럼니스트가 아니라는 것을 알지만 칼럼니스트에 대해 몇 가지 생각한 것이 있다. 사실대로 말하자면 칼럼을 발명한 후벵 브라가*와 이야기를 나눠봐야 한다. 내가 혼자 그 주제를 다룰 수 있는지, 내가 그것을 이해하고 있는지를 알아보고 싶다.

칼럼은 산문인가? 대화인가? 어떤 정신 상태의 요약인가? 나도 잘 모르겠다. 왜냐하면 나는 〈조르나우 두 브라질〉 신문에 연재를 시작하기 전까지만 해도 장편소설과 단편소설만 썼기 때문이다. 이곳에 토요일마다 글을 싣기로 했을 때 너무 두려워 죽을 것 같았다. 설득을 잘하고 다정하며 목소리가 큰 친구가 두려워하지 말라고 거의 엄명을 내리다시피 했다. 그는 내게 말했다. "떠오르는 것을 그냥 써. 별거 아닌 이야기여도 괜찮아. 심각한 것은 이미 썼잖아. 네가 주간 칼럼을 쓰는 게 정직하게 돈을 버는 수단이라는 것을 모든 독자가 이해할 거야." 그럼에도 불구하고

* 1913~1990. 브라질 작가. 칼럼니스트로 유명하다.

이 좋은 신문에 정직하기 위해 나는 쓸데없는 것을 쓸 생각은 없었다. 내가 쓴 많은 칼럼이 아마도 나도 모르게 쓴 글인 듯하다.

마찬가지로 나도 모르게 이 글을 쓰면서 너무 개인적인 이야기를 하는 듯하다. 곧 있으면 내 과거와 현재의 삶을 출간할 수도 있을 것 같은데 그건 내 계획에 없던 것이다. 또 하나 내가 깨달은 것은, 내가 쓰는 글이 정말 원하는 사람만 열어볼 수 있는 책이 아니라 모두가 쉽게 볼 수 있는 신문에 실린다는 것을 안다면, 그것을 의식하지 않더라도 글을 쓰는 방식이 바뀐다는 것이다. 그 변화가 마음에 들지 않는 것은 아니다. 오히려 좋다. 그렇지만 조금 더 깊고 내면적인 변화여서 글에도 반영되기를 바란다. 하지만 단지 칼럼이나 기사를 쓴다고 글이 바뀐다면? 독자들이 원한다고 그저 더 '가벼워진다면'? 재미있어진다면? 몇 분 동안 읽을거리가 될 수 있다면? 또 하나, 나는 내 책 속에서 나와 독자들이 더 깊은 대화를 나누기를 간절히 원한다는 것이다. 반면에 여기 이 신문에서는 독자들에게 그저 말을 건네는 것이며 그들이 만족하면 나도 만족한다. 진실을 말하자면 나는 만족하지 않는다. 후벵 브라가와 대화를 나눠봐야 할 것 같다. 혼자서는 이해할 수 없을 테니까.

1968년 6월 29일

편지

답장을 드리지 못한 모든 분께 사과드립니다. 편지를 어디에 정리해뒀는지 모르겠어요. 저는 집에서 계속 뭔가를 잃어버립니다. 그러다 어느 날 편지들을 찾았고 답장을 썼지요. F.N.M., 당신은 교활한 여우이지만 나처럼 산만한 사람에게도 꼬리를 잡힙니다. 당신의 이니셜도 거짓이겠지요. 당신이 언급한 여러 외교관으로 미루어 보면 아마도 당신은 외교관 부인인 듯합니다. 당신은 제가 전남편과 결혼 생활을 하며 우울증을 앓았다는 이야기를 들었다고 말하면서 저를 동정하는 척하셨지요. 부인, 그런 동정은 할 일 없는 당신을 위해서나 쓰세요. 당신이 진실을 알기를 원한다면 여기 당신이 전혀 생각하지 못했던 이야기를 해드리겠습니다. 제가 전남편과 헤어졌을 때, 그는 제가 돌아오기를 7년 동안 기다렸지요. 그는 아주 좋은 사람과 재혼했고 그것으로 저는 마음의 짐을 덜었습니다. 당신이 이런 것들을 이해하실 수 있다면 좋을 텐데요. 그건 정말 안도와 기쁨이었답니다. 나는 그가 좋은 배우자라는 것을 알고 있고, 그는 더 이상 혼자가 아니니 이제 제가 죄책감을 느껴야 할 이유는 없어졌으니까요. 저는 여전히 전남편의 가족과 가깝게 지내고 있습니다. 전남편뿐만이 아니라 그의 아내도 저와 사이좋게 이야기를 나누지요. F.N.M. 부인, 안타깝지만 제가 방금 당신이 쓴 소설을 무너뜨려버렸네요. 그렇지만 당신이 다른 소설을 쓰실 수 있도록 소재를 드리겠습니다. 사실 저는 정말 우울한 시기를 통과했습니다. 물론 당신에게 그 이유를 설명해서 좋을 건 하나도 없겠지요. 그럴 일도 없고요. 이 정도면 되겠죠, 그렇지 않나요?

마리아 이스테르 무소이, 당신은 당신의 글쓰기 재능을 입증하려 하셨죠.(저에게 원고를 보내지 말아주세요, 저는 그런 걸 좋아하지 않습니다.) 마리아 이스테르, 당신은 이렇게 적었어요. "당신이 케네디를 죽였을 때, 당신이 세자르상* 중 제일 큰 상을 받았을 때, 당신의 병사들이 베트남을 피와 죽음으로 뒤덮인 전쟁터로 만들었을 때, 무엇보다 요즘 당신이 가짜 문맹인 행세를 할 때, 평화를 사랑하는 흑인으로부터 살 권리, 말할 권리를 빼앗았을 때 당신의 끝은 온 거예요." 당신의 칼럼은 좋습니다. 그렇지만 나는 당신에게, 글쓰기를 시작하는 모든 이에게 문법을 지키지 않으려면 반드시 문법을 잘 알아야 한다고 말하고 싶습니다. 그렇지 않으면 그건 그냥 문법을 틀린 것이나 모르는 것이니까요. 네, 그렇습니다. 창작이라는 것은 복잡한 일이지요. 그렇지만 그럴 만한 가치가 있습니다.

카자 두 이스투단치 두 브라질 재단에 말씀드립니다. 공군학교 실내 교향악단 연주회와 합창 대회에 참석하지 못한 점을 사과하고 싶습니다. 초대장이 너무 늦게 도착하는 바람에 날짜가

* 　'프랑스의 아카데미상'으로 불리는 영화상.

지나버려서 가지 못했거든요.

주제 안토니우, 저는 당신처럼 순수한 사람을 이해하기에는 아직 부족한 사람입니다. 저는 그만큼 순수하지 않거든요. 주제 안토니우, 저는 남들과 똑같은 사람입니다. 당신은 자꾸 이렇게 말했습니다. "저는 그저 클라리시가 어떤 사람인지를 말하고 싶었습니다. 클라리시는 클라리시죠. 그렇지만 더 중요한 것은……." 제가 어떤 사람인지 짐작하지 마세요. 저 역시 지금까지도 그걸 알아내지 못했으니까요.

히우그란지두술주 산타마리아의 아르민두 트레비장 신부님, 당신은 이렇게 말씀하셨죠. "며칠 전에 〈만셰치〉 매거진에 실린 「클라리시 리스펙토르와 가능한 대화」를 읽었습니다. 축하드립니다. 계속해주세요!" 네, 저는 계속할 것입니다. 다만 그 기사는 저에게 달린 것만이 아니라 잡지의 소유권자와 대표에게 달려 있기도 합니다.

F.M. 씨, 아쉽게도 당신과 저녁을 먹을 수 없습니다. 그렇게 한다면 나쁜 버릇을 들이는 일이니까요. 그렇지만 당신의 초대에는 고마움을 전합니다.

"〈조르나우 두 브라질〉에 실린 당신의 글을 스크랩하다가 얼마 전에 쓰신 「외침」이라는 글의 서평을 써봤습니다. 저는 당신의 외침을 좋아합니다. 저를 깨우는 강렬한 외침이었지요. 제가 완전히 이해했는지는 모르겠습니다만 저를 깨우는 글이었습니다. 너무도 인간적이고, 제가 느끼기에 아주 자유로운 당신의 경험을 통해 저는 가벼워진 듯한 기분을 느꼈습니다."(에우시우 페레이라 두스 산투스)

에우시우, 세계 곳곳에서 학생들이 외치고 있습니다. 저는 그들과 함께 외칩니다.

이우리카, 전화를 받지 않으시네요. 저는 당신이 겪고 있는 이 큰 위기에 어떤 도움도 되지 못합니다. 전화 주세요.

지난 5월 24일, 페루의 리마에서 온 것인데, 이름이 잘 보이지 않습니다. 당신이 내 칼럼을 소재로 이 시를 썼다는 사실이 마음에 들었습니다. 시는 다음과 같습니다.

여기
커피가 아니라 차입니다
설탕이 없는 대신에 재스민이 들어 있는
바깥에는 바다가 아니라
두꺼운 안개뿐입니다
우리를 감싸고 우리를 붙드는……
그 어두움 속에서
나는 슬픈 것 같습니다

'보잘것없는 삶'으로부터
출구를 찾지 못하고
당신은 다른 의도가 없었다고 해도 당신의 글은
적어도 누군가에게 도움이 됐습니다. 당신에게
감사합니다.

상파울루주 캄피나스시의 셀리우 아반시니가 보낸 편지: "햇빛이 강렬한, 사랑하고 말하고 싶은, 친구가 되고 싶은, 연인이 되고 싶은, 당신 같은 사람에게 사랑받고 싶은 욕구가 강렬하게 솟는 날입니다. 클라리시, 내 밤의 수호자여, 클라리시, 불안이 앞섰네요. 후회합니다. 많은 사람이 당신의 말에서, 당신의 손바닥 안에서 위로를 원하리라 생각합니다. 그토록 무거운 부담감을 어깨에 지고 있는 당신의 인내심을 상상해봅니다. 이 모든 것은 어린아이의 손보다 무거운 게 사실이니까요. 그렇지만 제가 말한 것처럼 불안이 더 컸지만 이른 아침이면 당신의 책에서, 당신이 인식하는 세계에서, 당신이기에 가능한 아름다움에서 뜨거운 열기가 올라올 때, 저는 제 내면의 깊숙한 곳에 확실한 다리를 세웁니다. 클라리시, 당신이 쓴 모든 글에 정말 감사드립니다. 오늘 저는 매우 유명한 젊은 작가를 연기합니다. 거장 앞에서 자신의 경험과 서랍 속에 버린 자신의 습작과 외로운 밤들의 침묵과 고요 속에서 열매 맺지 못한 것들을 나누러 온 사람이지요. 클라리시, 당신이 제 글을 읽어주시면 좋겠습니다. 저에게 꼭 필요합니다. 당신은 모든 심사위원 중에서 저의 도전과 심장의 냄새를 너그러이 봐줄 수 있는 사람이니까요. 제가 너무 지나친 부탁을 하는 것일까요? 솔직히 그런 것 같습니다.(분명 그럴 것입니다.) 그렇지만 이 요구는 이미 필연적인 것이 되었습니다. 저의 편지는 이미 태어났고, 저의 책임은 거의 전무하지요. 당신은 거인이고, 제 잘못은 아니지요." 아반시니, 제가 왜 이유 없이 당신에게 특혜를 줘야 하는지 모르겠지만, 저에게 당신의 글 한 편을 보내주세요. 출판사에 보낼 수 있는지 살펴보겠습니다.

26일 수요일에 있었던 시위에 참석하지 못한 모든 분, 당신들은 사랑과 믿음과 인간의 연대, 그리고 심층적인 투쟁을 보여준 구경거리를 놓친 것입니다. 지식인으로서 참여했던 우리는 예술가들과 학생들과 함께했습니다. 우리는 리마의 흑인 총독에게 우리가 했던 말을 지켰습니다. 시민의 인권을 요구하면서도 예의를 갖춘 평화로운 시위였습니다.

리우에 사는 A 씨를 위한 특별 편지—꽃 이름을 가진 당신, 당신은 내게 아름다운 것을 알려주셨고, 당신이 알려준 아름다운 것을 심지어 보내주기도 하셨습니다. 저는 이제 브로멜리아드가 무엇인지 알게 됐습니다. 당신이 말씀하신 것처럼 그것은 개화를 기다리며 물 속에 잠겨 있지요. 당신이 보내주신 극락조화는 성요한 축제의 불꽃과 새와 꽃, 닭을 섞어놓은 것 같습니다. 그 꽃과 헤어지는 게 어찌나 힘들던지. 꽃이 질 때에도 닭이 우는 소리 같은 연약함이 있었지요. 가정부가 그걸 버릴 때까지요. 당신은 저에게 앵초를 약속하셨지요. 신이 꽂꽂하게 세운 그 구근 식물은 봄의 시작부터 꽃이 질 때까지 1년 내내 잠들어 있습니다. 9월 22일을 지켜보겠습니다. 다음 토요일에 이어서 편지를 쓰겠습니다.

1968년 7월 6일

세상의 발견

내가 전할 이야기는 인생 그 자체만큼 섬세하다. 그리고 나는 내 최후의 수단인 시골 여자의 상스러움과 나란히 내 안에 있는 섬세함을 사용할 수 있기를 바란다. 아이 때, 그러고 사춘기 때, 나는 많은 것에 있어서 조숙했다. 예를 들어 분위기 파악을 잘하고 누군가의 내밀한 기분을 잘 포착했다. 반대로 다른 중요한 문제에 있어서는 성숙과 거리가 멀었는데, 놀라울 정도로 뒤처진 편이었다. 그때뿐만 아니라 지금도 여전히 많은 것에 있어서 뒤처진다. 어쩔 수 없다. 아무래도 내 안에 절대 자라지 않는 아이가 있는 듯하다.

예를 들면 나는 열세 살 때까지 미국인들이 인생이라 말하는 모든 것에 있어서 뒤처졌다. 그러니까 남자와 여자 사이에 아이가 만들어지는, 사랑의 관계 말이다. 아니면 짐작하고 있었지만 통찰력을 흐려 내 스스로에 충격받지 않은 채 남자아이들한테 예쁘게 보이려고 줄곧 순진하게 꾸미고 다녔던 게 아닐까? 열한 살에 내가 남자아이들에게 잘 보이려고 꾸미는 일은 피부가 팽팽하게 빛날 때까지 몇 번이고 얼굴을 씻는 것이었다. 나는 준비되어 있다고 느꼈다. 나의 무지는 죄책감 없이 자꾸만 남자아이들 생각을 하고자 교활하고 무의식적으로 나 자신을 순진하게 유지하는 방법이었을까? 그런 것 같다. 나는 늘 나 자신에 대해 알고 있되 내가 그런 것을 알고 있다는 사실은 몰랐으니까.

중학교 친구들은 모든 것을 알았고 그 이야기들을 들려주기까지 했다. 나는 그 이야기들을 이해하지 못했지만 아이들에게 무지를 들켜서 무시당할까 봐 이해하는 척했다.

그사이 나는 현실을 모른 채 그저 순수한 본능으로 계속해서 마음에 드는 남자들을 만났고 그들을 생각했다. 내 본능은 내 지능보다 앞서 있었다.

열세 살이 되던 날, 충격적인 현실을 받아들일 수 있을 만큼 성숙한 체했던 나는 친구에게 내가 뭘 모르면서 아는 척을 하고 있다는 비밀을 털어놓았다. 그 애는 내가 너무 연기를 잘했기 때문에 처음에는 내 말을 믿지 않았지만 결국 진심이란 것을 알게 됐고, 길모퉁이에서 내게 인생의 비밀을 알려주겠다고 했다. 그렇다, 그 애는 아직 어린 여자애였고, 그래서 나의 감수성을 다치게 하지 않고 말하는 법을 알지 못했다. 나는 난처함과 두려움, 분노와 치명적인 상처를 입은 순수함이 뒤섞인 충격으로 그 자리에서 굳어버린 채 그녀를 바라봤다. 나는 마음속으로 말을 더듬고 있었다. 그래서 왜? 무엇을 위해서? 그 충격이 너무 커서 몇 달 동안 트라우마에 시달렸던 나는 그 길모퉁이에서 절대 결혼하지 않겠다고 굳게 다짐했다.

물론 몇 달 후 나는 다시 그 다짐을 까맣게 잊고 작은 사랑을 계속했다.

시간이 한참 지난 후, 나는 남자와 여자가 하나가 되는 방식에 불쾌함을 느끼는 대신에 그것이 완벽하고 엄청나게 섬세한 상태라고 생각하게 됐다. 젊고 성숙하고 사색할 줄 아는, 반항적이면서 적당한 야만성과 엄청난 수줍음이 뒤섞인 여성이 된 것이다.

나는 인생의 과정과 화해하기 전까지 많은 고통을 받았는데, 사실상 책임감 있는 어른이 내게 사랑이 무엇인지를 가르쳐줬더라면 피할 수 있는 고통이었다. 그 어른은 예기치 못한 일로 고통을 겪거나 삶과 삶의 비밀들을 다시 받아들이는 일을 혼자 감당해야 한다고 강요하지 않으면서도 어린 영혼을 다룰 줄 알았을 것이다.

왜냐하면 제일 놀라운 것은 뭔가 밝혀진 후에도 비밀은 고스란히 남아 있다는 것이기 때문이다. 식물에서 꽃이 탄생한다는 것을 알고 있어도 나는 여전히 자연의 비밀스러운 행보에 매번 놀란다. 만약 내가 아직도 조심스럽게 행동한다면, 부끄러워서가 아니라 그저 여성의 조심성 때문일 것이다.

그렇기 때문에 나는 장담한다, 인생은 아름다운 것이라고.

1968년 7월 13일

전자두뇌: 나는 내가 대단하지 않다는 것을 알고 있을 뿐이다

정말이지 의사를 만나서 기억력 감퇴를 치료하는 약을 달라고 해야 할 것 같다. 아니, 한 친구가 이미 기억력 감퇴에 먹는 빨간 알약 두 통을 줬는데, 정확히는 이 기억력 감퇴 탓에 약을 먹는 것을 잊어버린다. 오래된 기담처럼 보이겠지만 사실이다.

이 모든 것은 그저 내게 전자두뇌에 관해서 설명해준 사람이 기억나지 않은 것에서 시작됐다. 그렇지만 지금 내 손에는 세모 모양으로 구멍이 뚫려 있는 종이띠가 있고, 그 종이띠는 정확히 전자두뇌의 기억력을 물질화한 것이다. 전자두뇌, 그러니까 컴퓨터는 우리의 짐을 덜어준다. 사람과 사실의 데이터는 컴퓨터 언어로(카드나 띠의 구멍으로) '저장'된다. 그러고 그것은 검색되기 전까지 데이터가 보관되는 또 다른 정보기관(다른 기계), 즉 '메모리'로 넘어간다.

이 원리에서 출발하여 우리는 전자 '규정자'에게 당도한다. 기계는(혹은 두뇌는) 자성이 있는 종이 위에 그린 그림으로부터 이 그림을 물질적으로 재생산할 수 있다. 그러니까 그림이 들어가고 물건이 나온다.(인공두뇌학 등등.) '재생산'(양적으로 질적으로)에는 조형적이고 시각적이고 동시에 문학적인 경험이 있다. 그 느낌은 인간에 대한 지원이다. 오류에 대한 보상이다. 우리는 우리 자신의 뇌(와 센서)를 사용하듯이, 그러나 우리 몸 밖에서 심지어 완벽히 작동할 걸 알고서, 기계와 그것의 센서를 사용할 수 있다.

자, 나는 모든 것을 다 말했는데, 이것이 전자두뇌에 대해 내가 아는 전부다. 빠진 것은 물론이고 틀린 것도 많을 것이다. 만약 빠진 게 없다면 모든 문제를 더 명확하게 말할 수 있었을 텐데.

내가 전자두뇌의 기능을 더 잘 설명할 수 있도록 모든 전문가가 내게 편지를 보내주면 좋겠다. 그렇지만 내가 이해하고 또 그것을 독자들에게 되도록 성공적으로 전달할 수 있게 가능하면 쉬운 말을 써주길 바란다.

내가—여전히 미스터리인—전자두뇌의 미스터리에 대해 감히 떠들어댔다고 생각하면 헤시피 사람들처럼 "아이고 맙소사!"라는 말이 나올 뿐이다.

그러나 전자두뇌보다 더 미스터리한 것이 사랑일진대, 나는 이미 그 사랑에 관해서도 이야기하지 않았나. 나는 머뭇거리며 대담하게 감히 세상에 대해서 말해본다.

나만의 미스터리

나는 너무 미스터리해서 나도 나를 이해할 수 없다.

나에 대한 정신분석학자의 견해

친구였거나 친구인 이들이 우연히도 멜라니 클라인 그룹의 정신분석학자 로리바우 코임브라 박사에게 정신분석 치료를 받거나 받고 있다. 지인과 친구들은 박사에게 나에 대해 이야기했다고 말했다. 아마도 로리바우 박사는 내 이름을 지겹도록 들었을 것이다. 며칠 전에 그의 환자 중 한 명이 우리 집에 왔는데, 나 때문에 귀가 괴로웠을 그 정신분석학자에게 보상의 의미로 신간 『가족의 유대』를 보내기로 결심했다. 헌사에서 나는 화재로 망가진 오른손 때문에 엉망이 된 글씨를 사과했다.

며칠 후에 그 젊은 여성은 다시 나를 만나러 왔고, 나는 그녀에게 로리바우 박사에게 책을 전해줬는지 물었다. 그녀는 책을 전해줬고, 그가 내 헌사에 대해 언급했다고 말했다. 나는 호기심에 그가 뭐라고 말했는지 알고 싶었다. 이렇게 말했다고 한다. "클라리시는 남들에게 많은 것을 베풀면서 정작 자신이 존재해도 되는지 허락을 구하네요."

그렇습니다, 로리바우 박사님, 저는 존재해도 되는지를 겸허하게 묻습니다. 겸허하게 기쁨을, 은혜로운 행동을 애원하지요. 저는 조금 덜 고통받으며 살 수 있게 해달라고, 끔찍한 경험을 하지 않게 해달라고 부탁합니다. 저를 사랑과 존중을 받아 마땅한 인간으로 봐달라고 사람들에게 말합니다. 저는 삶의 축복을 원합니다.

1968년 7월 20일

끝내다

그녀는 어릴 때부터 주인집에서 고아로 자랐다. 그녀는 웃음기 없이 아무거나 가지고 놀면서 즐겼다. 그녀는 유쾌한 성격이 아니었고, 몸을 가누지 못하고 힘없이 걸었으며, 입을 벌리고 퀭한 눈을 뜨고 다녔다. 안주인은 화가 나면 그녀를 정신 나간 애 취급했다. 사람들은 어떤 남자든 그녀를 원하기만 한다면 가질 수 있다고 말했다. 그러다 그녀는 원했던 것은 아니지만 임신하게 됐다. 그녀의 주인들은 아이들을 남의 집에 주는 게 귀찮아서 욕을 퍼부어댔다. 폭력을 쓰지는 않았다. 원래 폭력적인 사람들은 아니었으니까. 그러나 그녀가 밥을 먹을 때면 이렇게 말했다. "맞네, 2인분을 먹네." 또 그녀가 밥을 먹지 않으면 이렇게 말했다. "맞네, 입맛을 잃었네." 그들은 그녀에게 노동을 시키면서 비꼬는 투로 이런 말을 덧붙였다. "조산하지 않도록 해! 아기를 데려갈 집과 이미 말을 다 맞춰놓았으니까." 그녀는 화를 내지 않았다. 그녀의 몸은 부었고, 거의 백인에 가까웠던 흑백 혼혈 피부색은 점점 더 누렇게 변해갔다. 그의 주인들이 그녀를 용서하지 못했던 것은 "더러운 흑인"과 그런 일을 벌였다는 것이었다. 마치 자기들이 그녀에게 덜 시커멓고 더 깨끗한 남자를 준비해두기라도 했다는 듯이. 때때로 주인 내외는 그녀가 쟁반을 들고 지나가면 호기심 가득한 눈으로 그녀를 바라보며 그 자리에 있던 손주들이 들을 수 없게 이렇게 말했다. "게다가 더러운 흑인이라니." 어느 날 그녀는 이제 잘 알겠다는 듯이 큰 소리로 말했다. "그렇지만 우리는 세 번밖에 하지 않았어요!" 아이들은 신나서 어쩔 줄을 몰랐고, 아버지, 어머니, 그리고 할아버지, 할머니는 수치심을 모르는 그 여자아이에게 머리끝까지 화가 나서 그녀를 거실에서 내쫓았는데 설상가상으로 그녀는 카펫에 발이 걸려 쟁반을 떨어트렸다. 그녀는 그 집에서 자란 다른 소녀와 달리 노예는 아니었다. 라란제이라스에 있는 그 집의 다른 소녀는 옷과 아이를 돌보기에 완벽한 사람, 더없을 노예로 판명되었다. 그러나 그녀는 노예가 아니었다. 그녀는 주인집에서 나와 독립해 살았고, 엄마처럼 얼굴이 노란 자식을 낳아 새끼 고양이처럼 나눠 줬다.

2년 후에 나는 거리에서 그녀를 만났다. 그녀는 수수하고 신중해 보이는 얼굴로 포르투갈 남자와 살고 있다고 말했다. "지금 그 남자를 기다리고 있었어요. 여기서 만나기로 했거든요."

그녀는 가로등에 몸을 기댔고, 남자는 길모퉁이에서 점차 모습을 드러냈다. 나이 들고 뚱뚱하고 걸음이 무거운 남자였다. 그리고 그것이 그녀가 임신하지 않은 이유였다. "저한테는 딱 맞는 사람이에요." 그녀는 마치 모든 것을 설명하겠다는 듯이 그렇게 말했다. 남자는 조금 떨어진 곳에서 그 말을 듣더니 걸음을 멈추고는 눈을 내리깔았는데, 그 이유는 절대 알 수 없을 것이다.

텍사스에서 열린 콘퍼런스

텍사스 대학에서 열린 콘퍼런스에 남미 작가들과 함께 초대받았다. 나는 내가 할 수 있는 최선을 다해 글을 썼는데, 먼저 문학을 말하기에 내가 가장 적합한 사람이 아니라는 것을 설명했다. "일단 제가 학문과 문학적 분석과 구체적 관찰이라는 끈기 있는 작업을 좋아하지 않는다는 것은 말할 것도 없고 무엇보다 내부적 상황에 따라 발생한 움직임과 브라질 밖에서만큼 브라질 안에서 시도된 실험들을 면밀히 살펴봤다고 말할 수는 없을 것입니다. 저는 한마디로 진정한 지식인의 삶을 살아본 적이 없습니다. 게다가 그 지식인의 삶을 스스로 금하기도 했습니다. 문학적 현상에 익숙해지거나 그것에 대해 생각해보는 것을 즐길 수도 있었지만 그것은 저의 길이 아니었습니다. 저는 줄곧 글쓰기에 매달려왔음에도 불구하고, 안타깝게도 문학을 외부에서 내부로, 즉 추상으로 보는 데 실패했습니다. 그러니까 추상적 관념이지요. 저에게 문학은 타인들이 우리가 하는 일에 대해 말할 때 쓰는 단어입니다. 지금 문학에 대해 생각하는 것은 저에게 새로운 경험이며, 이 경험이 저에게 유리한 것인지는 아직 잘 모르겠습니다. 처음에는 불편하다고 생각했습니다. 이를테면 안토니우나 마리아라는 사람에게 저 자신을 빗대어 말하는 것과 같은 것이었지요. 그다음에는 조금 덜 괴롭게 느껴졌습니다. 타인이 제게 부여해준 이름으로 자신을 부르는 건 문학의 세계에 속하라는 부름 같았지요. 제가 저를 부르는 순간부터 약간의 환희와 함께 별안간 문학의 세계에 확실히 들어왔음을 느꼈습니다. 물론 조금 당황스럽기는 했지요.

저는 다른 모든 것에도 그렇지만 저의 부족한 경험에 비추어 콘퍼런스를 위한 이 짧은 글을 쓰는 기회를 놓칠 수 없었습니다. 다만 제가 브라질 문학에 대해 한 말이 폐가 되지 않기를 바랄 뿐입니다. 그럼에도 불구하고 이 발언의 기회가 저에게는 유익하고 유쾌한 일이고, 적어도 몇몇 분에게는 유익한 점이 있으리라 생각합니다. 특정 브라질 작가에 대해 가벼운 분석 이상을 할 권한이 저에게 없다는 점은 유감이지만, 제가 제공할 정보 외에 실질적으로 이 안에서 이점을 찾는 유일한 사람이 저일 것 같습니다. 이 짧은 콘퍼런스에서 정보를 제공하는 것 외에 제가 할 일은 '열린 문 열기'라고 불리는 것입니다. 다만 저에게는 닫혀 있었을 뿐입니다……."

타인을 찾아서

내가 괜히 길을 찾는 사람들을 잘 이해하는 것이 아니다. 내가 힘들게 길을 찾기 때문이다. 그리고 이제는 감히 길에 대해 말할 수 없기 때문에 오늘처럼 열기에 들떠 격렬하게 내가 존재할 수 있는 최고의 방식, 나의 길을 찾는 것이다. 나는 대단한 길을 원했지만, 이제는 맹렬하게 확실한 걸음으로 걷는 방식을 찾는 데 매달린다. 그렇지만 시원한 그늘과 나무 사이로 빛이 반사되는 오솔길, 내가 마침내 진짜 내가 되는 그 오솔길은 찾지 못했다. 그러나 내가 아는 것이 하나 있다면, 그것은 내 길은 내가 아니라는 것이다. 그것은 타인, 다른 사람들이다. 내가 타인을 충만하게 느낄 수 있을 때 나는 위험을 벗어나며, 그곳이 나의 휴식처라고 느낄 것이다.

1968년 8월 3일

가진 것을 다루는 법

내 안에는 어떤 존재가 마치 자기 집인 것처럼 살고 있다. 실제로 그의 집이기도 하다. 그것은 털에 윤기가 흐르며 완전한 야생 흑마다—누군가의 집에서 살아본 적이 없고 말고삐나 안장을 차본 적도 없으니까. 완전히 야생마임에도 불구하고 두려움 없는 존재가 가진 다정한 본성이 있다. 그 말은 때때로 내가 손에 쥔 것을 먹는다. 그 말의 콧구멍은 축축하고 서늘하다. 나는 그 말의 이마에 입을 맞춘다. 내가 죽으면 그 흑마는 집을 잃게 되고 무척 괴로워할 것이다. 그는 다른 집을 선택하지는 않을 것이다. 다른 사람들이 야생적이면서 동시에 감미로운 것을 두려워하지 않는다면 모를까. 미리 말하는데, 그 말에게는 이름이 없지만 부르기만 하면 이름을 알아듣는다. 이름을 알아듣지 못했다면 부드럽고 단호하게 부르면 말이 온다. 몸만 자유롭다고 느끼면 말은 말없이 종종거리며 올 것이다. 미리 말하지만 울음에 놀랄 것 없다. 사람들은 우리가 쾌락과 분노로 운다고 착각하고 믿는다.

분석가를 향한 도전

물고기가 옷을 벗고 나체로 있는 꿈을 꿨다.

한 친구의 제안

"네 안에 있는 최고의 것을 더 견고하게 만들어. 남의 말에 신경 쓰지 마. 너 스스로 해. 그리고 너의 주인, 너만의 자아를 만들어. 그건 충분히 강해지면 깨어날 거고, 꿈꿔본 적 없는 것들이 네 앞에 나타날 거야."

스웨터

선물로 스웨터를 받았다. 여기까지는 모든 게 심플해 보였다. 그러나 그렇지 않았다.

내가 모르는 젊은 여성이 내게 그 스웨터를 보냈고, 그녀와 내가 함께 아는 친구를 통해 그녀가 그림을 아주 잘 그린다는 사실을 알게 됐다. 그녀는 상파울루에서 살고, 리우로 여행을 왔다가 그 친구와 저녁을 먹었다. 그녀는 정말 예쁜 스웨터를 입고 있었는데, 친구는 그 옷이 내게 잘 어울릴 것 같다고 생각해 그녀와 똑같은 스웨터를 주문했다. 그러나 그 젊은 여성은 내 독자 중 한 명이었고—내 착각인가?—그 선물을 받게 될 사람이 누구인지를 알면 자신이 직접 선물을 주고 싶다고 했고 친구는 허락했다.

자, 이렇게 갑자기 나는 인간이 만든 것 중 가장 아름다운 스웨터를 갖게 되었다. 그 옷은 밝은 빨간색으로 그 옷에도 내게도 좋은 모든 것을 포착한 듯했다. 스웨터의 영혼은 바로 그것의 색깔이다. 외출하기 전에 그 스웨터를 입고 글을 쓴다. 불꽃 같은 컬러와 결합했다. 너무도 다정하게 받은 그 옷은 내 모든 것을 감싸고, 외로움을 느끼는 사람의 추위를 사라지게 한다. 커다란 우정이 나를 어루만지는 것 같다. 오늘은 처음으로 그 스웨터를 입고 나갈 것이다. 그 옷은 내 몸에 지나치게 딱 맞으나 여성의 신체적 조건이 축복이라고 인정한다면 그편이 더 나은 것도 같다. 이 기록을 다 쓰고 나면 나의 비밀 향수를 뿌릴 것이다. 나는 비밀스러운 것을 좋아한다. 추위, 진짜 추위도 그리고 타인도 참을 준비가 됐다.

나는 멋진 여자다.

외교관 작가

외교관 엔히키 발리가 브라질과 러시아 혹은 다른 국가에서 외교관으로서 경험한 것들을 책으로 냈을 것이라고 기대하는 사람이 있다면 그것은 완전한 착각이다. 그는 함께 은어로도 대화할 수 있는, 지극히 리우데자네이루스러운 외교관이지만, 그의 글은 필요한 경우가 아니라면 외교관의 경험에 기대지 않는다. 엔히키 발리는 『일곱 개의 짧은 이야기와 조금 덜 짧은 하나의 이야기』에서—이미 제목부터 어떤 이야기인지 잘 보여준다—인물마다 섬세한 감수성을 보여줬다. 즐겁게 읽을 수 있는 단편들이다. 잘 썼을뿐더러, 엔히키를 아는 사람들에게는 작가의 개성이 생생히 반영된 글이기도 하기 때문이다. 『제2차 세계대전』, 『이웃집 여자에게 전하는 이야기』, 『아픈 어머니』, 『선택한 조각』, 『하늘 없는 밤』, 『자살 살인』, 『신의 손과 악마의 손가락』, 『클럽에서의 대화』 모두 훌륭한 작품이라 나는 왜 엔히키가 이제야 책을 냈는지 지금도 이해할 수 없다. 그 소설집에는 내가 특별히 선호하는 단편소설이 있는데, 독자들에게 영향을 주지 않기 위해서 어떤 것인지는 말하지 않겠다.

1968년 8월 17일

고래의 죽음

레미 해변에서 고래 한 마리가, 레블롱 해변에서 또 다른 한 마리가 파도에 밀려왔다는 소식이 삽시간에 퍼졌다. 그 두 마리는 다시 바다로 나가기 위해 애썼다고 한다. 새끼 고래이지만 그 크기가 엄청나다. 모두가 그 고래를 보러 갔다. 나는 아니다. 사람들은 그 고래들이 이미 여덟 시간째 죽어가고 있다고 했다. 누군가 총까지 쐈지만 완전히 죽지 못하고 계속 죽어가는 상태라고.

나는 들리는 모든 이야기가 끔찍하게 느껴졌다. 어쩌면 정확히 실제 상황은 아니었을지도 모르지만, 마침내, 마침내 일어난 놀라운 일을 두고 전설이 만들어지기 시작했다. 왜냐하면 우리는 더 나은 삶을 향한 갈증으로 제한된 우리의 삶을 구해줄 놀라운 일을 늘 기다리고 있으니까. 만약에 해변에서 여덟 시간째 죽어가고 있는 것이 한 사람이었다고 해도 우리는 불가능한 것을 믿고 싶은 욕구 때문에 그를 신격화했을 것이다.

아니다, 나는 그 고래들을 보러 가지 않았다. 나는 죽음을 싫어한다. 신이시여, 우리에게 죽음을 대신해서 무엇을 약속하시렵니까? 천국과 지옥은 이미 잘 알고 있다. 우리 각자는 비밀스럽게, 거의 꿈과 같은 식으로 이미 종말론을 살짝 경험했다. 죽음까지도.

내가 정말로 죽을 뻔했던 때를 제외하면, 나의 죽어가는 영혼은 인간의 침묵—모든 동물계가 가진 것 중 가장 심각한 것—속에서 오지 않는 죽음을 얼마나 많이 기다렸던가? 내 영혼을 피흘리게 하는 고난과 조롱에 맞설 때 더 무르익는 것은 나의 육신이었다. 마치 더 비밀스러워질 수 있도록 내 육신이 내 내면의 죽음의 구체적인 증거를 세상에 줘야 할 필요를 느끼는 것처럼. 나는 죽고 또 죽었으며 이 죽음을 비밀스럽게 지킬 것이다. 육신의 죽음이 올 때까지, 그리고 누군가 그것을 짐작하고 이렇게 말할 때까지. "이 사람은, 이 사람은 삶을 살았다."

왜냐하면 순교를 가장 많이 경험한 사람을 두고 우리는 "그는 진정 삶을 살았다"라고 말할 수 있을 테니까.

가장 이상한 것은 매번 육체만이 죽음의 문턱에 있고, 영혼은 그것을 모른다는 것이다. 가장 최근에 내 육신은 무슨 일이 일어났는지 모르고 죽음을 맞이할 뻔했는데, 그때 나는 육신은 지옥에 있는 것처럼 괴로운데 영혼은 마침내 해방되는 듯한 드문 기쁨을 느꼈다. 다 지나고 나서야 비로소 내가 사흘 내리 생사를 헤맸고 의사들이 모든 수단을 동원해보겠지만 아무것도 장담할 수 없다고 말했다는 사실을 들었다. 무슨 일이 일어났는지 아무것도 몰랐던 나는 문병을 허락하지 않는 것을 이상하게 생각했었다. 나는 누군가 병문안을 오길 바랐다. 누군가 온다면 끔찍한 고통을 잊을 수 있으리라 생각했다. "정숙"이라고 적힌 게시판을 무시하는 모든 이, 나는 고통에 신음하며 마치 파티라도 열듯 그들을 모두 부르고 싶었다. 나는 말이 많아졌고 내 목소리는 선명했으며 영혼은 가시가 사나운 선인장처럼 꽃을 피웠다. 의사가 매우 화가 나서 단호한 어조로 "한 번만 더 문병을 받으면 지금 이 상태 그대로 당신을 퇴원시킬 겁니다"라고 말하기 전까지 나는 "내 상태"를 알지 못했고 단 한 순간도 내가 죽음의 문턱에 있다는 사실을 인식하지 못했다. 견딜 수 없을 만큼 육체적 고통을 느끼곤 그것이 내가 최대한으로 살고 있다는 증거라고 막연히 느꼈을 뿐이다.

지금 나는 단번에 기억난다. 완전히 저물지 않을 것처럼 반짝이는 일몰을 바라보며 나 역시 천천히 고뇌하며 죽었고, 그러고 밤이 시작됐다. 나는 미스터리와 확실한 불면에 잠긴 나를 덮고 마침내 피로 끝에 내 죽음을 완성하는 졸음에 굴복했다. 그러고 잠에서 깼을 때 나는 천천히 놀라기 시작했다. 막 잠에서 깨던 순간 나는 우리가 죽을 때 의식이 남아 있을까 하는 생각을 했다. 몸이 자동으로 움직이는 데 익숙해져 내가 늘 하던 동작, 그러니까 머리카락 사이로 손을 넣는 동작 같은 것을 할 때까지. 그러다 갑자기 내 몸과 영혼이 살아남았다는 사실을 인식하게 됐다. 그 모든 것이 내가 죽었다는 확신이자 내가 살아 있다는 발견으로, 그것은 모두 오래가지 않았다. 내 생각에는 2초 남짓, 아니 그보다 더 짧았던 것 같다. 그러나 거짓이 아니라 내 경험을 말하자면, 적어도 2초 안에 우리는 삶과 죽음 그리고 새 인생을 살 수 있음을 알게 된다. 대략 2초 정도 되는 그 시간의 측정치는 분명 인간과 동물이 다를 것이다. 시간을 세기 단위로 계산하는 신을 따라 하자면 말이다. 누가 알겠는가, 신에게는 우리의 일생이 2초로 계산될지. 1초에 태어나고 2초에 죽고. 세상에, 어쩌면 그 사이가, 그러니까 인생이, 하나의 삶이 인간이 만든 최고의 창조물일지도 모른다. 며칠 전 한 친구가 사도들 중 한 명이 우리에게 전했던 말을 언급했던 것이 떠오른다. "당신들은 신입니다."

그렇다. 우리는 신이 분명하다. 나 역시 사는 동안 여러 번 기쁨에 죽었으니까. 내가 그 영광스럽고 기분 좋은 죽음을 통과했을 때, 나는 나를 둘러싼 세계가 계속되는 것을 보며 놀랐다. 그곳에서는 어떤 규율이 모든 것을 지배했는데, 일단 나부터가 그랬다. 내게는 이름이 있었고, 나는 루틴을 따르고 있었다. 나는 시간이 멈추어 사람들이 형을 집행하다가 갑자기 굳어버린 반면 나는 기쁨의 죽음을 경험했다고 믿었다.

나는 우리 집에서 아주 가까운 거리였음에도 불구하고 죽어가는 고래를 보러 가지 않았다. 죽음, 나는 너를 미워한다.

그사이 동네에 새로운 소식과 루머들이 돌았다. 그중 하나는 레블롱의 고래가 아직 죽지 않았지만 고래 고기가 맛이 좋아서 살을 잘라 킬로로 팔았는데 값이 저렴했다는 것, 이것이 레미에 돌았던 소문이다. 나는 그 고기를 호기심으로 먹은 사람들은 저주했고, 가난한 자의 오랜 허기짐으로 먹은 사람들은 용서했다.

또 다른 이들은 레미 고래도 살아 있든 숨을 헐떡이든 상관없이 킬로로 팔기 위해 끔찍하게 절단됐다고 말했다. 한 존재가 다른 존재를 먹기 위해 죽음을 기다리지도 않는다는 것을 어떻게 믿을 수 있을까? 나는 누군가 인간의 창조물인 삶과 죽음을 그토록 대수롭지 않게 여긴다는 것을, 아직 숨이 끊어지지도 않은 것을 단지 그것이 음식이기 때문에, 값이 저렴하기 때문에, 인간의 배고픔이 크기 때문에, 사실상 우리 역시 동물만큼 잔인하기 때문에, 우리가 새의 순수한 노래를 먹는 것처럼 고래라는 순수한 산의 한 조각을 원하기 때문에 게걸스럽게 먹는다는 것을 믿을 수 없다. 이제 나는 엄청난 공포를 느끼며 이렇게 말하고 싶다. 그렇게 살 바에는 죽는 것이 낫다고.

그러나 사실은 그렇지 않다. 나는 잔인한 인간들 사이에 있는 잔인한 존재이고, 우리 자체가 원숭이들이다. 우리는 인간이 되는 꿈을 꾸는 원숭이들이며, 그것이 우리의 위대함이기도 하다. 우리는 절대 우리 안에 있는 인간에게 이르지 못하고 계속해서 찾기 위해 노력할 것이다. 거의 닿을 수 없는 '인간'이란 단계에 닿은 사람은 바로 신성해질 것이다.

우리가 가진 동물적인 본능을 포기하는 것은 하나의 희생이니까.

1968년 8월 31일

매우 만족한 먹이

그렇다, 그녀는 선택된 학생 중 하나였다. 중학교는 남녀공학이었고, 남자애들과 여자애들을 떠올리면 마치 즉석에서 뽑은 사진 같았다. 그 즉석 사진 속 아이들은 모두 뻣뻣하고 단정했지만, 남자애의 다리와 여자애의 팔이 뒤엉켜 싸우는 정지된 모습을 보면 그녀가 파라과이전쟁을 다루는 역사 시간에 상상했던 암수가 한 쌍인 힘센 괴물이 별안간 떠올랐다. 결코 회복하지 못한 전쟁이었다. 중학교를 생각하면 파라과이의 나팔이 생각났다.

그녀는 무명작가의 선택을 받은 학생이 아니었던 것일까? 그는 어디에서 글을 쓰기로 했을까? 미술실의 화판 위다. 무질서가 판치는 그 학교에는 미술실과 화학 실험실이 있었다. 이 기하학적 데생을 하는 미술실에는 학생들이 각각 자신의 의자 앞에 커다란 이동식 화판을 가지고 있었다.

물론 처음이 있었다.

그녀는 화판 앞에 앉는 순간 한눈에 그 화판이 해독하기 어려운 글자로 덮여 있다는 사실을 눈치챘다. 그림이나 단어, 분명하고 진한 선으로 된 그 화판에는 전체적으로 어떤 질서가 있는 듯했다. 그 글자의 의미를 헤아려보기도 전에 그녀는 그것이 음란한 모욕이라는 사실을 알고 충격을 받았다. 그녀는 그 그림과 상징적으로 표현한 세부적인 것들을 이해하기도 전에 얼굴이 하얗게 질렸다. 호기심에 창백해진 것일까? 놀라서 창백해진 것일까? 거기 쓰여 있던 글에 대해 말하자면, 그녀는 그것에 대해서는 이해한 바가 거의 없었다. 기술적이고 특별한 용어들이 많아서 거의 다른 나라의 기술이나 분석적 영혼의 복잡한 편집물 같았다.

당황할 새 없이 이틀 후에 두 번째 시간이 이어졌다. 그러고 세 번째, 네 번째.

여자아이들 중에 가장 나이 많은 애가 진실을 말하기로 하고 자신이 '특별한' 화판을 가졌다고 말했다. 그러자 그 말을 듣고 있던 두 번째 아이가 자신의 화판을 흔들었다. 세 번째 여자애는 자신이 무슨 말을 했는지, 어떻게 말했는지 기억도 하지 못했다. 다만 그녀는 누가 또는 어떤 무리가 저희를 노린다는 것을 알았다. 처음 두 명은 짙은 갈색 머리 여자애들이었다. 세 번째는 금발이라는 것에 의기소침해하는 금발이었는데, 그녀에게는 그것이 능력을 가리켰다. 그런 쪽으로는 형편없다는 것을. 그녀는, 아아, 금발이 신성한 피조물에게만 주어진다고, 그래서 천사도 요정도 금발이라고 생각했다. 운명이 그녀에게 준비해놓은 것이 우유부단함 말고 또 무엇이랴? 그렇지만 그녀는 자신의 영혼이 갈색 머리라고 생각했다. 그러나 누가 그녀의 모습에서 강렬한 금발을 발견했을까? 남자애 또는 남자애들 무리가…….

그녀는 이미 중학교 3학년인데도 화판 위에 기계적인 형태로 존재하는 인생의 테크노크라시를 이해하지 못한다는 사실에 수치심을 느꼈다. 짐작만 할 뿐이었다. 그녀는 짐작했지만 그게 다였다. 그것으로는 부족했다. 차라리 그녀가 천사였다면. 그러나 그녀가 부족하다고 여겼던 것이 바로 그 느린 것, 점차적인 것, 성性의 특수한 문화였다.

그녀는 다른 애들에게 모두 이해했다고 거짓말을 했다. 진실을 말할 필요는 없었다. 이미 다 자란 성숙한 그녀가 이해하지 못하리라고 아무도 생각하지 않았다. 하지만 그녀는 이해하지 못했다. 비밀스럽게 그녀를 지탱하는 혼란스럽고 견고한 꿈으로 무지를 보상할 뿐이었다.

세 여자아이의 분노는 강렬했다. "어떻게 이런 짓을 할 수가 있어!" 그녀들은 다른 말을 찾지 못하고 계속 이 말만 반복했다. 금발 머리, 아마도 걔는 조금 더 영리했기 때문에 어떤 행동도 권하지 않았는데, 다른 두 명의 여자애는 계획도 세우지 않고 행동할 준비를 했다. 선의 길에서 마주친 걸스카우트 같았던 세 여자애는 이제 어리석은 세 탐정으로 돌변한 상태였다. 어떤 남자애가 그랬을까? 그녀들은 남자애들을 한 명씩 살폈지만 그녀들의 집요한 시선은 도발적이지 않았다. 권리에 취했기 때문이다. 그런데 정확히 무슨 권리였더라? 저희가 어떤 권리에 고취되어 있었는지 그 여자애들은 까먹었었던가?

그렇지만 반 친구들의 얼굴은 무표정했다. 오히려 이 실험에 복종했다. 사탕을 먹거나 숨어서 담배를 피우는 얼굴들을 이토록 많이 본 적은 없었다.

기하학 데생 수업은 일주일에 두 번 있었다. 그 여자애들은 미술실에 들어가기를, 이전에 있던 낙서를 지우고 그것을 단순히 변형시킨 새 낙서가 그려진 화판을 볼 수 있기를 얼마나 기다렸던지. 그것은 이를테면 신문으로, 세 여자애가 어떤 모습인지에 대한 가장 끔찍하고 충격적인 사설을 싣고 있었다. 그랬다고? 그녀들은 분노하지 않고 탐욕스럽게 읽었다—분노는 모든 글을 주의 깊게 읽은 후에 찾아왔다. 안타깝게도 사실상 그녀들은 모든 것을 이해하지 못했다. 그것은 수치스러운 것이었다. 일반적인 뜻을 그것은 담고 있었다. 일반적인 뜻은 즉흥적으로 그녀들의 떨리는 손에 그 즉시 세상을 쥐여줬다.

그렇지만 좋은 것은 오래가지 않는다. 갈색머리 여자애 둘은 자신들의 품위와 이 일이 알려지는 것이 걱정돼서 조치를 취하기로 했는데 세 번째 여자애는 한마디도 하지 않고 비웃었다. 그녀들은 함께 교무실로 신고하러 갔다. 오만하게 타락한 이 세 명의 우아한 여자애는 그토록 사랑받았고 비난받았던 여성의 세계를 대표했다. 두 명만 입을 열었다. 가장 나이가 많은 애는 남자 친구를 갖느니 최대한 빨리 정혼을 해버리겠다고 약속했다. 화판을 얻을 자격이 있었네! 금발 머리는 말했다. 거의 약혼한 사람이나 다름없었던 그녀는 당장 사랑을 둘러싼 공포를 누릴 자격이 있었다.

잘된 일이었다. 교무실에서 어떤 조치를 취하기로 했는지 모르지만, 그 화판은 영원히 사라졌다.

교무실은 사건을 덮었지만, 우리는 누가 화판에 그 낙서를 했는지 알게 됐다. 바로 그다! 부모가 그리스 이름을 지어준 남자애. 분명 스파르타인 이름이었다. 그의 눈에는 스파르타식 사랑의 잔인함과 엄격함에서 살아남은 여자애야말로 살아갈 자격이 있는 유일한 사람이자 사랑이었을 테니까. 세 명 중 누구도 그 시험에서 살아남지 못했다.

화판은 지워졌다. 그러나 끝일까, 아주 끝난 것일까? 그렇다. 신은 알고 있다. 그리스 이름을 가진 남자애는 얼굴이 잘생겼다. 유급생이라서 다른 애들보다 나이가 많고 아는 게 많았다. 그는 유급을 하면서 초연해져, 걸을 때 건방져 보였다. 그가 우리 모두를 무시한다는 게 느껴졌다. 멍청한 놈들 중에서도 멍청한 놈이었다. 그는 사탕을 빨지 않았다. 수염을 바짝 깎았고 튀어나온 눈은 음흉했으며 눈길을 오래 주지 않았고 머리카락은 단정하게 빗고 다녔다. 어떻게 그를 끔찍이 사랑하지 않을 수 있었을까? 금발머리 여자애는 그에게 눈길도 주지 않았다. 하기야 이제 그를 토할 정도로 잘 알았는데 무슨 소용이 있었겠는가. 그 스파르타 시민은 교무실에 소환된 이후로 추방된 자의 오만한 모습으로 나타났다. 그는 할 수 있는 것을 했겠지만, 우리는 그 이상도 이하도 아니었다. 더 나쁜 건 그가 손을 씻었다는 것이다. 이 장군 앞에는 커다란 미래가 기다리고 있었다.

그렇게 그날 이후로 화판에서는 컴퍼스와 자, 기하학적 그림만을 볼 수 있었고, 두 번 다시 "섬세한" 그림은 보지 못했다. 요청하는 사람도 없었다.

1968년 9월 7일

지상의 향기

재스민 향기에 대해 말한 적이 있다. 바다의 향기에 대해서도 말했었다. 지상은 향기로 가득하다. 나는 강렬한 사람이 되기 위해 향수를 뿌리기 때문에 나와 너무 다른 향수를 뿌릴 수는 없다. 향수를 뿌리는 것은 본능적인 지혜다. 모든 예술이 그러하듯, 향수를 뿌리는 데에도 자신에 대한 지식이 필요하다. 나는 이름을 밝힐 수 없는 향수를 뿌린다. 그것은 내 것이고, 나는 나 자신이다. 친구 두 명이 향수 이름을 물어서 알려준 적이 있고, 그들은 그 향수를 샀다. 그렇지만 그들은 그것을 내게 주었다. 그러니까 그 향수는 그들 자신이 아니었던 것이다. 내가 그 향수의 이름을 말하지 않는 것은 비밀의 맛 때문이기도 하다. 비밀스럽게 향수를 뿌리는 것은 달콤한 일이니까.

친밀함

조금 위험한 단계에 처했다. 나는 너무 쉽게 사람과 관계를 맺고, 그래서 늘 봉변당할 위기에 놓인다. 이 단계에서는 모두가 내 오빠이자 동생이며, 아들, 아버지, 어머니이다. 지난 일요일, 나는 '위험'에 빠지게 됐다. 나는 택시를 잡으려 했는데 일요일에는 평소에 택시를 잘 타지 않던 많은 사람이 나와서 택시를 잡기가 무척 어려웠다. 평소라면 쉽게 잡을 수 있는 곳에서 차를 한 대도 보지 못해서 정류장까지 걷기로 했다. 정류장에는 아무도 없었고 거리는 텅 비어 있었다. 나는 그곳에서 택시 한 대가 나타날 때까지 기다렸다. 한참 기다리고 있는데 이제 막 청소년기가 시작된 아이들이 왔다. 대략 열네 살 정도 된 듯했다. 여자애 두 명은 허벅지가 반이 드러나는 치마를 입고 있었고 남자애는 머리카락이 길어서 목의 반을 덮었다. 그들은 내 옆에 서서 특유의 건방지고 자유로운 체하는 말투로 떠들었다. 나는 그들이 택시를 기다리고 있고 나보다 먼저 차를 잡으리라고 생각했다. 나는 뛰지 않으니까. 뛰는 여자는 보기 흉하다고 생각한다. 나는 이런저런 생각을 하다 그들에게 물었다. "택시를 기다리니?" 그들 중 한 명이 매우 건방진 태도로 말했다. "보면 아시잖아요." 나는 "그렇지만 내가 먼저 탈 거야. 너희보다 내가 먼저 와서 기다렸으니까"라고 말했고, 그러자 머리가 긴 남자애가 듣기 싫은 목소리로 대답했다. "내가 왜……" 나는 그의 말을 끊고 말했다. "내가 말했기 때문이지. 나는 너희 엄마뻘이고 자식 같은 애들과 택시 때문에 싸우고 싶은 마음은 없어." 그들은 당황한 얼굴로 나를 바라봤고, 남자애는 갑자기 진짜 아이가 되어 완전히 순종적인 목소리로 대답했다. "네, 부인."

위험은 지나갔다.

잠자기

매그레 경감은 "pour agacer le plaisir de dormir", 즉 "잠자는 즐거움을 자극 주기 위해"라는 표현을 썼다. 그런 의미에서 나는 아주 좋은 생각이 떠올랐다. 나는 고단한 하루를 마치고 마침내 잠자리에 들 때 이런 생각을 한다. '지금 내가 약을 사러 봉수세수* 에 가야 한다면?' 그런 생각을 하면 지금 침대에 있다는 기쁨에 몸을 떤다. 또는 이런 생각도 해본다. 누군가 초인종을 눌렀는데 말 많은 사람이 찾아왔다면, 그래서 내가 옷을 입고 나가서 이야기를 들어줘야 한다면, 이야기를 듣고, 또 듣고? 그런 상상을 하면 내 침대는 더욱 소중한 것이 된다. 나는 몸을 웅크리고 침대를 가졌다는 기쁨을 자극한다—agacer**라는 말을 내가 번역했듯이.

행복한 어느 오후

얼마나 순수하고 감미로운 행복인지. 오늘 오후는 그라우벵의 집에 갈 준비를 하느라 모든 것이 미풍처럼 유쾌하고 가볍다. 나는 조금 멋을 부렸다. 오늘 오후의 자연을 조금이나마 흉내 내기 위해 아름다워지고 싶었다. 그 달콤한 화가에게 사인한 책을 두 권 가져다주려고 했는데 생각해보니 양귀비꽃을 가져가야 할 것 같았다. 가장 아름다운 것으로 골고루. 나는 그 꽃을 살 수 있었다. 꽃의 향기를 마실 수 있도록 살아 있는 나비를 사 갈 수도 있었다.

그라우벵이 누구냐고? 그녀는 늙는 게 두려운 이들의 희망이

* Bonsucesso. 리우 북부에 있는 서민 동네. 클라리시 리스펙토르의 집에서 매우 멀다.

** '자극하다', '성가시게 하다', '짜증 나게 굴다'라는 뜻의 불어.

다. 그녀의 젊음의 비결은 자신에게서 창작 행위의 가능성을 발견하는 데 있다. 그라우벵은 78세다. 매우 말랐고 너무 귀여우며, 정확하고 민첩하게 움직인다. 그녀는 젊은 여성보다도 가볍게 걷는다. 그녀의 얼굴은? 아름답다. 반점 하나 없는 피부에 즐거운 눈빛에서 건강 상태가 보이며 얼굴에는 분홍색 생기가 돈다. 그게 그녀의 본래 피부색이라면 정말 놀랍다. 립스틱을 살짝 바른다면 더 좋을 것 같다. 특별한 이유가 없어도 약간 우울한 나는 큰마음을 먹어야 웃고 미소를 짓는데 이 화가는 나의 가장 순수한 오마주였다. 나는 모든 것이 그라우벵과 어울리는 그림을 골랐다. 반은 독수리이고 반은 공작새인 커다란 파랑새, 엄청나게 큰 나비, 활짝 핀 꽃, 식물, 그리고 그녀가 그림의 바탕으로 이용하는, 기쁨의 수풀 같은 느낌을 주는 작은 점들. 우리는 둘 다 암묵적으로 서로를 알기를 바랐다. 나는 다만 이유 없이 실실 웃으면서 바보처럼 군 것을 후회했다. 그녀의 딸 에우니시 카툰다는 연주자다. 나는 이웃해 있는 그녀의 집에 들어갔고, 그녀는 나를 위해 연주했다. 나는 감동했고, 두근거리는 심장을 따라 전율을 느꼈다. 그녀의 손가락 끝에서 나오는 소리는 너무도 순수했고 울림이 있으며 맑았다. 나는 진정한 쾌락을 느꼈다. 에우니시는 카네기홀에서 이미 솔리스트로 연주한 적이 있었고 9월에는 가장 위대한 음악가들만 초청한다는 그 공연장에서 다시 연주회를 한다고 했다. "저는 아이들과 있으면 즐거워요. 아이들이 너무 영리하고 재능이 많거든요. 예를 들자면 에우니시는 전세계에서 열리는 콘서트에서 연주하는 것 외에도 다른 모든 것에 재능이 있어요. 그림을 그리면 아주 훌륭하고 요리를 하면 음식이 완벽하죠. 그 아이는 모든 걸 할 수 있어요." 그라우벵은 세상에서 일어나는 일을 아무것도 놓치지 않는다. 매우 호전적인 사람이다. 그녀의 집이 내게는 순식간에 매혹적인 숲이 된다. 축축하고 나무가 많은, 보이지 않는 투명한 녹색 잎들로 울창한 곳. 그렇게 이제 나는 그라우벵을 우리 집에 두게 됐다. 이 그림을 가져본 적 없는 사람은 자신이 무엇을 놓쳤는지 알 수 없을 것이다. 게다가 이 그림은 사람들이 살 수 있을 만한 가격이다. 그라우벵은 내 그림을 들고 있는 사진을 내게 줬다. 사진 뒷장에는—죄송합니다, 너무 기뻐서 잠시 겸손함을 잃었습니다—사진 뒷장에는 그러니까 그녀가 이런 말을 적었다. "위대한 사람 클라리시, 나를 만나러 와줘서 고마워요, 이미 소중한 당신의 친구로부터" 그리고 모든 화가 중 가장 달콤한 그 이름, 그라우벵의 사인이 있었다.

1968년 9월 14일

글쓰기

언젠가 글쓰기는 저주라고 말한 적이 있다. 내가 왜 진심을 담아 그런 말을 했는지 정확히 기억나지 않는다. 오늘 다시 그 이야기를 꺼내자면, 글쓰기는 저주이긴 하나 구원하는 저주다.

내가 신문에 기고하는 글을 두고 하는 말이 아니다. 이야기나 소설로 변형될 글을 두고 하는 말이다. 당신을 제약한다는 점에서, 당신을 고통스러운 악취미로 끌어들이되 대체할 수 있는 게 아무것도 없으므로 거기서 못 벗어난다는 점에서 글쓰기는 저주이며 구원이다.

글쓰기는 붙들린 영혼을 구하고 자신이 쓸모없다고 느끼는 사람을 구하며 우리가 살아가는 하루를 구하는데, 이것은 글을 쓰지 않는다면 절대 이해할 수 없다. 글쓰기는 이해하려고 하는 것이고 재현할 수 없는 것들을 재현하는 일이며 단지 모호하고 답답하게 남아 있는 감정들을 깊이 느껴보는 일이다. 글쓰기는 축복받지 못한 인생을 축복하는 일이기도 하다.

나는 '무언가'가 무의식적으로 찾아오는 순간에만 글을 쓸 수 있으니 얼마나 안타까운 일인가. 그래서 하늘의 뜻에 맡긴다. 진정한 글쓰기에 이르는 데에는 몇 년이 걸릴 수도 있다.

책을 쓰면서 겪었던 고통이 지금 아련하게 기억난다.

풍족과 결핍

가장 최악은 갑자기 모든 것에 지치는 것이다. 풍족해진 것 같다. 모든 것을 다 가져서 아무것도 원하는 게 없는 것 같다. 비틀스에도 지치고 다른 이들에게도 지친다. 아주 힘겹게 얻은 나의 내면의 자유도 마찬가지다. 타인을 사랑하는 일에 지쳐서 차라리 미움이 나을 것 같다. 이 풍족한 느낌으로부터—이것은 풍족함인가, 혹은 불필요한 것으로부터 자유로워지는 것인가?—나를 구원해주는 것은 무엇인가? 그것은 아마도 분노일 것이다. 애정을 품은 분노 같은 것이 아니다. 단순하고 폭력적인 분노다. 그것은 거칠수록 더 좋다. 정말 아무것도, 아무것도 모르는 이들 때문에 생긴 분노다. 또 똑똑한 사람들, 그러니까 '무언가를 말하는' 사람들 때문에 생긴 분노이며 누보시네마* 때문에 생긴 분노이기도 하다. 안 될 것 없지 않은가? 그리고 또 다른 영화 때문이기도 하다. 내가 몇몇 사람에게 느끼는 애착 때문에 생긴 분노이기도 하다, 마치 나에 대한 애착이 없는 듯이. 성공 때문에 생긴 분노일까? 성공은 실수이자 거짓 현실이다. 분노가 내 삶을 구했다. 분노가 없었다면 나는 어떻게 됐을까? 브라질에서 매일 기아로 아이들이 죽어간다고 말하는 최근 신문 기사를 어떻게 견딜 수 있을까? 분노는 누군가가 되어야 한다는 것에 대한 나의 가장 깊은 저항일까? 누군가가 되는 일은 나를 피로하

* 1969년대에서 1970년대 사이에 브라질 영화계에서 일어난 움직임. 이탈리아 신사실주의와 누벨바그의 영향을 받았다.

게 한다. 나는 이토록 많은 사랑을 느끼는 것에 몹시 분노한다. 산다는 것에 분노하며 며칠을 산다. 왜냐하면 분노는 내게 활기를 불어넣으며, 그것이 아니었다면 이렇게 경계심을 느끼지 못했을 테니까. 나는 어떻게 될지 알고 있으며 필요한 결핍이 다시 찾아온다는 것을 알고 있다. 그러면 나는 모든 것을 원할 것이다. 모든 것을! 필요를 느끼고 그것을 얻는 일은 얼마나 좋은가. 소유하기 이전의 순간은 얼마나 좋은가. 그러나 쉽게 가져서는 안 된다. 왜냐하면 그 허울뿐인 용이함은 우리를 지치게 하니까. 그렇다면 쉽게 쓰는 글도? 가슴 깊은 곳으로 글을 썼던 내가 지금은 왜 손가락 끝으로 쓰고 있는가? 나도 안다, 결핍을 원하는 것은 죄악이다. 그렇지만 내가 말하는 결핍은 이런 유의 풍족함보다는 충만에 훨씬 더 가깝다. 나는 그저 그런 것은 원하지 않는다. 잠을 잘 것이다. 오늘의 내 세상을 견딜 수 없으니까. 불필요한 것이 너무 많다. 안녕, 영원히 안녕. 다음 주 토요일까지 안녕. 내게 대답하지 말기를. 인간의 목소리는 듣고 싶지 않으니까. 작별 인사를 하는 내 목소리를 견딜 수 있는 것은 목소리가 분노를 더욱 돋우었기 때문이다.

그렇지만 축복받는 하나의 분노가 있다. 필요한 사람들의 분노다.

대화

어느 날 새벽 4시에 잠에서 깼다. 몇 분 후에 전화가 울렸다. 대중가요 작곡가이자 작사가였다. 우리는 6시까지 수다를 떨었다.

그는 나에 대해 모든 것을 알고 있었다. 바이아 사람들은 모두 그와 같을까? 그가 들은 것 중엔 나에 대한 잘못된 정보도 있었다. 나는 바로잡으려고 하지 않았다. 그가 파티에 가게 됐는데, 그가 말하길 그의 정혼자는—몇 달 후 결혼했다—그가 누구와 통화했는지만 알아도 그의 머리카락을 쥐어뜯어놓을 정도로 질투가 심하다고 했다. 그 모임에는 아나라는 여자가 있었는데, 그의 말에 의하면 나에 대해 적대적이라고 했다. 그는 모두 나를 알고 싶어 한다며 또 다른 파티에 나를 초대했지만 나는 가지 않았다.

나는 그 대신에 기마랑이스 호자가 사망하기 몇 달 전에 페드루*와 미리앙 블로시가 연 파티에 갔다. 기마랑이스 호자와 페드루는 다른 거실에 나를 붙들어뒀는데, 잠시 후에 그곳에 이보 피탕기**가 들어왔다. 기마랑이스 호자는 우울함을 느낄 때 자신이 쓴 글을 다시 읽는다고 말했다. 나는 내가 쓴 글을 다시 읽는 것을 너무 싫어한다고 말했고, 그들은 그런 내 말에 깜짝 놀랐다. 이보는 내가 작가가 아닌 척하는 게 흥미롭다고 했다. 이유는 설명할 수 없지만 어떤 면에서는 맞는 말이다. 누군가 내게 작가라고 부르면 거북하다. 그 파티에서, 세르지우 베르나르지스***가 몇 년째 나와 대화를 나누고 싶었다고 말했는데 결국

* 페드루 브로시, 1914~2004. 브라질 작가이자 의사. 그의 아내 미리앙 블로시는 클라리시 리스펙토르의 가까운 친구다.

** 1923~2016. 브라질의 유명한 성형외과 의사이자 작가.

*** 1919~2002. 리우 출신의 건축가.

우리는 대화하지 못했다. 나는 대화하는 대신에 콜라를 주문했다. 그는 우리 무리에게 내가 이해하지 못하는 이야기를 했고 나는 그 대화를 따라가지 못했다. 그래서 "나는 내가 얼마나 무식한지 알려주는 이야기를 듣는 것을 좋아합니다"라고 말하고 콜라를 한 모금 더 마셨다. 콜라 광고는 아니다. 광고료를 받은 적도 없다.

그때 기마랑이스 호자가 내게 어떤 말을 했는데 절대 잊을 수 없다. 그 순간 너무 행복했으니까. 그는 내 글을 "문학이 아니라 삶을 위해서 읽는다"라고 했다. 그는 자신이 기억하는 내 문장을 인용했는데, 나는 전혀 기억하지 못했다.

또 이른 아침부터 내게 전화하는 그 남자가 있었다. 그는 내가 사는 집 앞을 지나가다가 불이 켜진 것을 보고 전화했다고 설명했다. 세 번째, 네 번째 통화에서 그는 나에게만큼은 거짓말을 해서는 안 될 것 같다고 말하며 자기 집 뒤쪽에서 우리 집 정면이 보여 나를 밤새 지켜봤다고 말했다. 나는 그에게 해군 장교처럼 망원경이 있느냐고 물었다. 그는 아무 말도 하지 않았다. 그러다 나를 망원경으로 봤다고 고백했다. 나는 그 말에 기분이 좋지 않았다. 그도 내게 진실을 말하는 것이 불편했을 것이다. 그는 자신이 실수했던 순간을 내게 말했으므로 더는 전화하지 않겠다고 했다. 나는 일단 기록해뒀다. 그러고 주방에 가서 커피를 끓이고, 내가 커피를 마시는 구석 자리에 앉아 아주 엄숙하게 커피를 마셨다. 내 앞에 해군 대장이 앉아 있는 느낌이었다. 다행히 나는 누군가 나를 망원경으로 관찰할 수 있다는 것을 잊고 계속 자연스럽게 살았다. 당신이 보시다시피, 이 글은 칼럼이 아니라 대화에 가깝다. 여러분은 어떻게 지내십니까? 어떻게 느끼십니까? 결핍하세요, 아니면 풍족하세요?

1968년 9월 21일

페르난두 페소아의 도움을 받아

매우 불쾌한 것을 발견했다. 내 생각에 내가 지금 쓰는 이 글은 엄밀히 말해 칼럼이 아니지만, 이제 최고의 칼럼니스트들의 심정을 이해하겠다. 그들은 자신의 이름을 내걸기 때문에 스스로를 밝힐 수밖에 없다. 우리는 그들을 어느 정도는 내밀하게 알게 된다. 그러나 그게 나에 관한 것이라면 불편하다. 나는 내 책 속에서 정체를 드러내지 않고 눈에 띄지 않은 채로 있다. 그런데 이 지면에서는 어떤 부분에 있어서 나를 알릴 수밖에 없다. 나의 비밀스러운 사생활을 잃게 되는 것인가? 그러나 어쩔 것인가. 타자기의 리듬에 맞춰 쓰다 보니 나의 일부가 밝혀졌다는 것을 알게 됐는데. 내가 만약 브라질의 커피 과잉생산 문제에 대해 썼다면 나는 개인성을 지켰을 것이다. 이제 나는 곧 유명해질까? 나는 그것이 두렵다. 가능하다면 내가 무엇을 할 수 있는지 봐야겠다. 나를 달래주는 것은 내가 읽은 페르난두 페소아의 문장이다.

"말하기는 우리를 무명으로 만드는 가장 단순한 방식이다."

정상적인 삶의 기쁨

불면증이 있는 내가 저녁 8시부터 아침 6시까지 잤다. 열 시간을 연달아서. 나는 유치한 자부심을 느꼈다. 세포가 활짝 핀 듯한 몸으로 잠에서 깼다. 그러니까 정상적인 삶이란 이런 거란 말이지? 그렇다면 너무 좋다!

먹는 것에 까다롭지 않은 나는 얼마 전부터 몇 킬로그램을 빼기 위해 다이어트를 시작했다. 먹는 것에 있어서 비정상적인 생활을 하는 시련을 겪었다. 나는 남이 내 것을 먹기라도 하듯 당장이라도 화를 낼 기세였다. 그러니까 배고픔에서 나오는 분노였다. 그러다 느닷없이 먹고 싶었던 모든 것을 먹어버렸다. 먹는 것이 얼마나 좋았던지 부끄러울 정도였다! 그리고 어떤 자부심도 느꼈다. 까다로운 몸이 되었다는 자부심. 먹을 게 없는 사람들이라면 나를 용서해주길 바라지만 다행히 내 독자들 중에 그런 사람은 없다.

또 다른 정상적인 쾌락은 글을 쓸 때 찾아오는, 말하자면 '영감이 번뜩일 때'다. 생각과 감정과 함께 튀어나오는 단어에서 작은 황홀감을 느낀다. 그 순간만큼은 내가 사람이어서 얼마나 좋은지!

그리고 친구의 전화를 받고 목소리와 영혼이 완벽한 소통을 이룰 때? 전화를 끊을 땐 타인이 존재하고 그들을 만날 수 있다는 게 무척이나 큰 기쁨으로 다가온다! 나는 타인과 함께 나를 만난다. 편안한 모든 것은 정상적이다. 이상한 것은 그저 정상적인 것을 얻기 위해 투쟁해야 한다는 것이다.

그렇다고 용서해서도 안 된다

한 여성이 BBC 방송 〈여성들의 시간〉에서 인터뷰를 했다. 그녀는 전쟁 중 포로였던 자신의 경험에 대해 이야기했다.

"사람은 고통을 겪고 나면 심지어 적의 나약함, 그의 선한 점과 악한 점에도 감사할 줄 알게 됩니다. 왜 우리의 적은 완전히 나빠야 하고, 피해자는 완전히 착해야 하나요? 양쪽 다 모두 좋은 점과 나쁜 점이 있는 인간일 뿐입니다. 제 생각에는 우리가 사람들의 좋은 면에 호소하면 대부분의 경우 성공하는 듯합니다."

그녀가 무슨 말을 하고 싶었는지 알겠으나 그것은 틀렸다. 우리는 인간적 이해를 잊고, 잘못되었더라도 피해자의 편을, 또 잘못되었더라도 적에 반대한다는 입장을 취해야만 할 때가 있다. 적을 반대한다는 입장 말이다. 그리고 사람을 좋은 사람과 나쁜 사람으로 나눌 정도로 유치해져야 한다. 생존의 순간은 피해자가 잔인해져도 되는, 잔인해지고 화를 내도 되는 시간이다. 그 순간에는 타인에 대한 몰이해가 올바른 일이다.

어린아이의 가르침

열네 살밖에 안 된 아들이 나를 가르쳤다. 내가 아는 한 젊은 여성이 TV 교육 방송 채널에 나와서 연주회를 한다고 전화를 해왔다. 나는 TV를 켰지만 그 젊은 여성의 재능에 대해서는 의심이 들었다. 나는 그 여성을 개인적으로 알았는데, 매우 친절하고 어린아이 같은 목소리를 가진, 아이 같고 여성스러운 사람이었다. 나는 그녀가 피아노를 칠 힘이 있을까 궁금했다. 내가 그녀를 만났던 날은 그녀에게 매우 의미 있는 순간이었는데, 그러니까 신부의 잠옷을 고르는 날이었다. 그녀가 묻는 질문들이 너무 솔직하고 기발해서 나는 놀랐다. 그녀가 피아노를 친다고?

그녀의 연주가 시작되었다. 세상에, 그렇다. 그녀는 힘이 넘쳤다. 다른 얼굴이 되어 있었다. 거칠게 연주하는 순간에 그녀는 입술을 굳게 오므렸고, 부드럽게 연주할 때에는 자신의 모든 것을 바치면서 입술을 살짝 벌렸다. 그녀는 온화했고, 이마에서 턱까지 땀이 줄줄 흘러내렸다. 나는 이 뜻밖의 영혼을 발견한 것에 놀라 눈앞이 뿌옇게 흐려지는 것을 느꼈는데, 사실상 진짜로 눈물을 흘리고 있었다. 나는 아직 어린아이인 아들을 슬쩍 봤고, 그 애가 눈치챘다는 것을 알고 설명했다. "감정이 격해져서 진정제를 먹어야겠다." 그러자 아들이 말했다.

"엄마는 감동과 신경과민의 차이를 몰라? 지금 엄마가 느끼는 건 감동이야."

나는 이해했고, 인정했으며 아들에게 말했다.

"진정제를 먹지 않을게."

나는 겪어야 할 것을 경험했다.

1968년 9월 28일

아들이 아주 어렸을 때

아이에게 무엇을 느껴야 하나? 어떤 면에서는 전혀 알 수 없는 감정 앞에 놓이기도 한다. 무엇을 느껴야 하는가? 햇볕에 탄 얼굴을 본다. 자신이 어떤 표정을 짓고 있는지 전혀 모르는 상태에서 예쁘고 섬세하고 사나운 동물처럼 아이스크림을 핥아 먹느라 집중한 얼굴을.

초콜릿 아이스크림이다. 소년은 그것을 핥아 먹는다. 때때로 욕구를 따라가기에 너무 느려서 혀를 깨물고 찡그리는데, 그의 뜨거운 입속을 가득 채우는 아이스크림이 주는 고통스러운 행복을 전혀 자각하지 못하는 표정이다. 입이 무척 예쁘다. 나는 진한 눈빛으로 아들을 바라보지만, 그 아이는 사랑이 진하게 담긴 내 눈빛의 어리석음을 안다. 아들은 나를 보지 않고, 내가 그를 관찰하는 것에 기분 나빠 하지 않으며, 은밀하고 생명력이 넘치고, 섬세한 행위에 분주하다. 그는 아이스크림을 빨간 혀로 꼼꼼하게 계속 핥는다. 나는 아무것도 느끼지 못한다, 그저 내가 무겁고 좋은 재료, 최고급 나무를 엉성하게 다듬어 만든 하나의 토막이라는 것밖에. 내게는 어머니의 섬세함이 없다. 나는 단순하고 조용하며, 거친 침묵으로, 텅 빈 눈으로 역시 무뚝뚝한 내 아들의 얼굴을 바라본다. 그것은 무겁고 비가시적인 사랑이기 때문에 나는 아무것도 느끼지 못한다. 나는 한발 물러나 이곳에 있다. 숱한 감정으로부터 물러나.

나는 불가해한 것에 일종의 맹렬한 집착을 갖게 됐다. 불가해성은 내 이름이며, 나는 여기에, 내 본성대로 어색하게 있다. 내 얼굴은 이 나라의 말을 쓰지 않는 낯선 눈빛으로 두려워 보였을 것이다. 멍한 느낌이다. 나는 어떤 사람과도 대화하지 않았다. 내 마음은 무겁고, 완고하고, 표현하지 않으며, 모든 제안에 닫혀 있다.

나는 거기 서서 본다. 잠시 탐욕스러워지는 어린 소년의 얼굴을—그 아이는 분명 다른 곳보다 초콜릿이 더 많은 부분을 발견했을 것이다. 그의 혀는 능숙하게 그것을 감지했을 것이다. 아무도 나를 두고 말랐다고 하지 않을 것이다. 나는 뚱뚱하고, 무겁고, 크고, 손에는 굳은살이 있다. 나 때문이 아니라 내 조상들 탓이다. 나는 자신에게 휴식을 허락하는 의심 많은 사람이다. 내 아들은 지금 아이스크림을 먹고 있다. 나는 이 새로운 땅에 뿌리를 내린 이민자이며, 내 눈은 매섭고 텅 비었으며, 잘 볼 줄 안다. 내 눈은 먹는 것에 집중하는 어린아이의 얼굴을 본다.

허기

오, 주여, 제가 얼마나 비참한 궁핍에 처해 있나요. 저는 죽음 후의 영원을 살아 있는 동안의 영원으로 바꾸겠습니다.

잠의 신비

나는 잠이 들었다. 말이 안 되어 보이지만, 잠들었다는 기쁨이 느닷없고 조용히 나를 깨워 나도 조용히 놀란 눈을 뜬다. 잠에서 깬 나는 꿈의 촉수를 형성하고자 땅속에 내 뿌리를 넓게 뻗어놓은 그런 시골의 정취를 여전히 느낀다.

자신의 운명에 맡기다

그렇다, 이것은 결정론이다. 그러나 자신만의 결정론을 받아들이면 우리는 자유롭다. 감옥은 자신의 것이 아닌 운명에 순응하는 일일 것이다. 운명을 갖는 데서 오는 커다란 자유가 있다. 그것이 우리의 자유의지다.

그저 하나의 방식으로 여기며

선과 악에 따라 판단하는 것은 삶을 살아가는 방식에 불과하다. 그러나 그래봐야 그것도 하나의 방식이고 방법일 뿐임을 잊지 말아야 한다. 선도 악도 아닌 진실 속에서 길을 잃지 않기 위해서.

살아남은 자의 고통: 세르지우 포르투

나는 더 이상 누구에게도 애착을 갖지 않겠다. 그런 건 괴로운 일이니까. 지금 나는 소중한 사람의 죽음을 견딜 수 없다.

나의 세계는 나의 사람들로 이뤄졌고 나를 잃지 않고 그들을 잃는 일은 있을 수 없다.

뻔뻔하게도 눈에 눈물이 맺혔다. 나는 세르지우 포르투*의 죽음에 눈물을 흘린다. 그는 기쁨을 만들었고, 세상과 소통했고, 이 끔찍한 땅을 조금 편안하게 해줬다. 그는 우리를 웃겼고 미소 짓게 했다. 나는 왜 신이 내가 아니라 그를 데려갔나 하는 생각을 멈출 수가 없다. 사람들은 그를 그리워할 것이다. 웃음은 더 메마를 것이다. 나는 소수의 독자를 위해서만 글을 쓴다. 그럴진대 왜 내가 아니라 그가 떠나야 했을까? 사람들은 고통과 서커스를 필요로 한다.

세르지우 포르투, 당신의 글을 정말 좋아한다고 한 번도 말하지 못한 나를 용서해주세요. 당신을 찾아가서 친구로서 이야기 나누지 못한 것을 용서해주세요. 영혼이 드러나는 진짜 대화 말입니다. 당신도 웃음 뒤에 눈물이 있으니까요. 내가 살아남은 것을 용서해주세요.

* 1923~1968. 유머러스한 글을 쓰는 칼럼니스트이자('스타니슬라프 폰치 프레타'라는 필명을 쓴다) 소설가.

1968년 10월 5일

나는 봄이 무엇인지 알고 있다

봄이 완연한 지금, 나는 봄이 무엇인지 안다는 말의 덧없음을 잘 알고 있다. 하지만 때때로 나는 너무 겸손해서 다른 사람들의 시선을 끌기도 한다. 그것은 어쩌면 지나친 감사에서 오는 겸손함으로, 이는 어린애 같은 '나'와 어린애 같은 공포로 이루어져 있다. 그러나 이런 순간, 비 오는 봄이 올 때 느껴지는 기쁨에 내가 너무 겸손하다는 걸 깨닫는 이런 순간이면 나는 내게 속한 것도 남에게 속한 것도 모두 손에 넣는다.

봄이 뭔지 안다. 공기에 꽃가루 향이 퍼져 있으니까. 어쩌면 내 고유의 꽃가루일 수도 있다. 작은 새가 노래할 때면 느닷없이 소름이 돋고, 나도 모르게 삶을 환원하는 기분이 든다. 나는 살아 있으니까. 가슴에 사무치는, 맑은, 죽음이 드리운 봄은 내가 살아 있음을 말해주고, 나는 해마다 봄의 말을 들을 준비가 되어 있다. 나도 이것이 감각의 혼란임을 잘 알지만, 머리가 어지러우면 어떤가? 나는 머리 위로 떨어지는 반짝이는 봄비를 맞는다. 나는 나의 존재를, 타인들의 존재를 인정한다. 그것은 그들의 권리이고, 그들이 없다면 나는 살지 못할 것이다. 나는 최소한의 것을 위해 기도했고, 받지 못했음에도 위대한 타인이 존재할 가능성을 인정한다.

나는 삶은 피할 수 없는 것임을 느낀다. 봄에는 몇 시간이고 혼자 앉아서 담배를 피울 수 있다. 때로는 피를 흘릴 수도 있다. 그러나 피를 흘리지 않을 방법은 없다, 나는 내 피 안에서 봄을 느끼니까. 그래서 아프다. 봄은 내게 무언가를 준다. 봄은 나를 살게 해준다. 나는 어느 봄에 죽을 것이다.* 나를 찌르는 사랑과 약해진 심장으로.

공포

그에게는 너무 강렬한 빛이었다. 갑자기 세게 밀어내는 힘이 있었다. 누군가 그를 만졌지만 그는 알지 못했다. 그를 굽어보는 얼굴들에 서린 공포만이 있었을 뿐이다. 그는 아무것도 알지 못했다. 그리고 자유롭게 움직일 수도 없었다. 그들의 목소리는 천둥처럼 들렸고, 단 하나의 목소리만이 노래하는 듯했으며, 그는 그 안에서 헤엄쳤다. 그러나 곧 사람들이 그를 다시 눕혔고, 공포는 찾아왔고, 그는 창살 사이에서 울었고, 색깔을 봤으며, 나중에 그것이 푸른색이라는 것을 알았다. 푸른색은 그를 괴롭혔고 그는 울었다. 그러고 산통의 공포가 시작됐다. 누군가 그의 입을 벌리고 구역질 나는 것을 쑤셔 넣었다. 그는 그것을 삼켰다. 노래하는 듯한 목소리가 그에게 맛없는 것을 주면 조금 더 견딜 수 있었다. 그렇지만 그는 금세 다시 창살 사이에 놓였다. 커다란 그림자들이 그를 둘러쌌다. 그래서 그는 비명을 질렀다. 이 모든 일의 유일한 미광은 그가 막 태어났다는 것이었다. 그는 태

* 남반구의 봄은 9월 23일에서 12월 21일이다. 클라리시 리스펙토르는 1977년 12월 9일에 사망했다.

어난 지 5일이 됐다.

그러고 그는 이해할 수 없는 말을 들었다. "이 아이는 귀찮게 하질 않지만 태어날 때에는 큰 소리로 울고 고함을 쳤어. 다행히 이제는 키우기가 수월해졌어." 아니다, 수월하지 않다. 절대 수월하지 않을 것이다. 태어남은 하나의 존재가 두 고독한 존재로 나뉘는 죽음이었다. 이제는 수월해 보인다. 죽을 때까지 지속되는 자신만의 비밀스러운 공포를 다스리는 법을 그가 배웠으니까. 이 세상에 태어났다는 공포, 마치 하늘에 대한 향수처럼.

1968년 10월 12일

가정

마침 오늘 조금 피곤했는데 고통스러운 피로에 대해 이야기할 수 있어 기쁘다. 모든 강력한 쾌락은 고통의 수위에 이른다. 그것은 좋은 일이다. 이를테면 잠은 가벼운 졸도, 사랑의 졸도와 비슷하다.

죽음도 이와 같을 것이다. 어떤 이유로 무척 피로하여 죽음의 잠만이 그것을 해결할 것이다. 때때로 죽는다는 것은 이기주의와 비슷하다. 그러나 때때로 죽는 이는 그런 것을 필요로 한다.

죽는다는 것은 지상의 마지막 쾌락일까?

신의

나의 경우는 여전히 몬테이루 로바투*를 읽는다. 그는 내 불행한 어린 시절에 기쁨을 줬다. 내가 겪은 그 힘들었던 시간에 나는 어린아이의 절망을 느꼈고, 몬테이루 로바투는 내게 빛을 가져다줬다.

문체

나는 정화 과정처럼 늘 내 문체를 빼고 글을 쓰길 희망했다. 문체는 나의 문체일지라도 넘어야 할 장애물이다. 나는 나만의 말하

* 1882~1948. 브라질 아동문학 작가.

는 방식을 원하지 않았다. 나는 그저 말이 하고 싶었을 뿐이다. 이럴 수가, 나는 고작 말이 하고 싶었던 것이다.

내가 쓰는 글은 치명적인 고통 속에 놓인 인간의 숙명이어야 했을 것이다. 화려함, 비참함. 죽음에 대한 비통함. 굴욕과 부패는 죽음의 운명을 지닌 인간의 육신과 인간이 지구에서 꾸려나가는 비정상적인 삶의 방식의 일부이기 때문에 용서를 받는다. 내가 쓰게 될 글은 비참함 속의 즐거움이 될 것이다. 나에게 쉽지 않은 세상에 대해 가지는 기쁨의 부채다.

섬세함

내가 쓴 모든 글이 현실이 되진 않지만 하나의 시도는 되는데 그것 또한 기쁨이다. 나는 모든 것을 손에 쥐고 싶지는 않다. 때로는 그저 만져보고 싶을 뿐이다. 내가 만진 것이 때때로 꽃을 피우면 다른 사람들은 그 꽃을 두 손으로 쥘 수 있다.

그에 대한 사랑

내가 저지른 막대한 실수 덕분에—언젠가 자랑하지 않고 말할 수 있을 것이다—사랑할 수 있게 됐다. 예찬까지도 한다. 나는 무無를 사랑한다. 추락에 대한 나의 끊임없는 자각이 무를 향한 사랑으로 나를 이끌었다. 바로 이 추락으로 나는 내 삶을 살았다. 나는 나쁜 돌로 공포를 쌓았고 공포로 사랑한다. 나는 이미 태어난 나 외에 다른 것은 만들 줄 모른다. 그것 말고 내가 사랑하는 이는 무로 떨어지는 신, 당신뿐.

젠틀한 엄마

얼마 전부터 내 아들들이 나를 발견하기 시작했다. 그러니까 한 사람으로서. 내가 그 녀석들을 태어나기 전부터 잘 알았듯이 그 녀석들도 태어날 때부터 나를 엄마로서는 잘 알았을 것이다. 이 발견의 수업에서 그들이 나를 엄마로서뿐 아니라 저희와 대화를 나누는 한 사람으로서 어떻게 생각하는지 무척 알고 싶었다. 내가 욕실에 있는 거울 앞에서 머리카락을 빗으려고 하는데 아들들이 대화를 계속하기 위해 나를 따라왔다. 아들 중 하나가 무슨 일이 있는지 의심했고, 내게 솔직하게 물었다. “혹시 엄마 우리를 관찰하고 있는 거 아니야?” 나는 아니라고 대답하며 오히려 그들이 나를 관찰하고 있다고 말했다. 그들은 내게 질문을 던졌고 나는 최선을 다해 대답했다. 두 아들 중 하나가 요청했다. “내가 읽을 만한 깊이 있는 글을 쓰는 작가 이름을 알려줘.” 그게 이제는 필요하다고 느낀 것인가? 나는 기뻤고, 깊이 있는 글을 쓰는 브라질 작가의 이름을 아들에게 알려줄 수 있다는 게 더 기뻤다. 그 아이는 체호프를 읽고 좋아하던 참이었다. 제목은 『옛 러시아 단편집』으로, 내 독자들도 읽어보길 권한다. 문고판으로 볼 수 있다.

1968년 10월 19일

마치 그런 척

그녀는 다가오는 황혼 속에서 마치 푸른 공주인 척했다. 그녀는 어린 시절이 지금인 척, 은빛 장난감에 둘러싸여 있는 척, 혈관이 열리지 않은 척, 하얀 침묵 속에서 터진 피가 흐르지 않는 척, 창백하게 죽어가지 않는 척 행동하며, 죽도록 창백했지만 진짜 그런 척하고 있었다, 그런 척하는 가운데 반짝이는 녹색 눈의 허구와는 대조적으로 신비롭기에 명확하지 않은 보석의 진실을 말해야만 했다. 사랑하고 사랑받는 척했고, 그리움으로 죽을 필요가 없었던 척했다, 신의 투명한 손바닥 위에 누운 척했다, 삶은 결국 죽음에 점점 더 가까워지는 것에 지나지 않았기 때문에 살아 있고 죽지 않은 척했다, 물레를 돌리다 금실이 엉켜서 그 가늘고 차가운 실을 푸는 방법을 몰랐을 때에도 포기하지 않은 척했다, 선원들의 손목을 묶은 매듭을 풀 수 있을 만큼 현명한 척했다, 달이 무슨 색인지 보기 위해 진주 바구니를 가지고 있는 척했다, 눈을 감은 뒤에 보다 투명한 고마움으로 촉촉해진 눈을 떴을 때 사랑하는 사람들이 나타난 척했다, 가진 모든 게 가상이 아닌 척했다, 가슴에 긴장이 풀어지고 수문이 있는 고요한 숲으로 황금색 빛이 그녀를 안내하는 척했다, 그녀는 달이 아닌 척했다, 울고 있지 않은 척했다.

구인

이 신문은 훌륭하고, 또 구인구직란도 효과적이기에 굵은 글씨로 강조해서 이런 광고를 하나 내겠습니다. “저는 너무나 기쁘지만 그 기쁨을 혼자 누릴 수 없어 기쁨을 나눌 수 있게 저를 도와주는 사람을, 남녀 불문하고 찾습니다.” 보수는 아주 높습니다. 매 순간 기쁨으로 지불합니다. 급구입니다. 그 사람의 기쁨은 별똥별처럼 금세 사라져서 별이 떨어진 후에만 그것을 본 것 같은 인상을 주기도 하니까요. 밤이 오기 전에 그 사람을 빨리 찾아야 합니다. 밤은 매우 위험하고 어떠한 도움도 가능하지 않아 너무 늦어버립니다. 이 구인 광고에 응답하는 사람은 일요일의 끔찍한 악몽이 지나고 나서야 휴일을 맞을 수 있습니다. 슬픈 사람이어도 상관없습니다. 우리가 주는 기쁨은 너무 커서 그것이 비극으로 바뀌기 전에 나눠야 하니까요. 오히려 우리는 그런 사람이 오기를 간절히 바랍니다, 이유 없이 기쁜 마음으로 겸손하게 간청합니다. 우리는 무용수들의 축제 때 불을 밝히는 것처럼 불이 환하게 켜진 집도 제공할 것입니다. 다용도실과 주방과 거실을 쓰실 수 있습니다.

P.S. 경험이 없어도 좋습니다. 광고로 다른 사람을 아프게 했다면 사과드립니다. 그렇지만 저는 진지한 얼굴에도 불구하고, 나눠줄 수 있는 신성한 기쁨이 있다고 맹세합니다.

상파울루

상파울루에서 페르난다 몬치네그루가 보낸 편지를 받았다. 나는 그녀에게 전화를 걸어 편지를 공개하도록 허락해달라고 요청했고, 그녀에게 동의를 받았다.

클라리시,

저는 감동으로 이 편지를 씁니다. 당신이 쓰는 모든
것은 늘 폭발할 것 같은 고통을 함축하고 있으니까요.
대단히 여성스럽고 고통스러우며 숨 막히고 품위 있는,
절망적이고 억제된 불안입니다.
당신이 쓴 저의 이름을 읽으며 충격을 받았습니다,
자만심이 아니라 하나가 된 듯한 느낌이었죠. 저는 요즘
매우 의기소침해져 있습니다. 자주 있는 일은 아니지요.
요즘 상파울루에서는 주머니에 총을 넣고 공연을 해요.
경찰이 극장 문 앞에 있지요. 극장 사람들의 집으로
협박하는 전화가 걸려와 우리 모두를 공포에 빠뜨립니다.
이것이 우리의 세계이지요.
그렇지만 클라리시, 우리의 세계란 무엇인가요?
어쩔 수 없이 처한 환경 때문에 서로를 찌르는 정치적인
논쟁이 벌어지는 그런 세계는 아닙니다. 체호프가
우리에게 말하는, 우리가 쉬고 긴장을 풀게 되는
그런 세계이지요. 클라리시, 우리 세대는 그 세계를
보지 못할 겁니다. 저는 열다섯 살 때, 우리 세대가
이 매듭을 풀 것이라고 미친 듯이 생각했지요. 우리

세대는 실패했습니다. 19세기에 너무나 흔했던, 가사 없고 멜랑콜리한 노래처럼요. 21세기에 사랑은 사회적 정의입니다. 우리를 이해해주시는 그리스도도 우리에게 동의합니다.
우리는 사랑은 소유하는 것이라는 배움을 얻었습니다.
비참함 속에서 구원을 발견할 수는 없는 것이지요.
아무것도 없는 사람은 아무것도 주지 않습니다. 배고픈 사람에게는 존엄이 없습니다.(브레히트의 말이지요.)
클라리시, 저의 수다스러움을 용서해주세요. 그렇지만 어느 정도 세계를 지각하는 자들의 이 고통스러운 하모니를 당신과 지속할 수 있게 해주세요. 이 세계뿐만이 아니라 저 세계도, 아니 다른 세계도 모두 하나의 선으로 연결된 것처럼—지금 우리가 그렇듯이.
우리 세대는 쉼이 없음에 고통받습니다. 그렇지 않습니까, 클라리시? 우리의 싸움은 우리를 위한 것이 아니고, 그래서 우리는 우리 자신을 크게 연민하지요. 저는 당신이 칼럼에 썼던 문장 "나는 거짓말을 하기 시작했다. 내가 말한 것이 진실이라고 말하면서. 그러나 그 후로는 적절한 거짓말을 했다. 나는 내가 속여야 할 사람을 속이고, 내가 속일 수 있다는 것을 알기에 나 자신에게 엄밀한 진실을 말한다"를 저 자신에게 이렇게 설명합니다. 제가 말한 저 위에서의 싸움은 성경에 나올 법한 싸움이어야 한다고요. 모든 것을 감싸는 거대한 싸움이요.

당신이 말한 "엄격한 진실"에 대해 다시 말하자면, 저의 직업은 속이는 일이라는 게 저의 진실이지요. 네, 클라리시, 직업으로서요. 그러나 아주 특별한 저의 내면에서는 우리 세대가 틀림없이 바퀴벌레와 소통하기 시작했다고 느낍니다. 우리의 바퀴벌레요.(페르난다는 내 책 『G.H.에 따른 수난』을 암시했다.) 클라리시, 우리는 이런 일치가 무엇을 뜻하는지 알고 있습니다. 저는 결단코 바퀴벌레인 당신을 내게서 멀리하지 않을 것입니다. 그렇게 할 거예요. 이미 그래야 할 유기적 욕구를 느낍니다. 누군가 저에게 내면에 쉼이 찾아오는 순간의 고요와 빛을 요구하고 있거든요. 아주 잠시만이라도요.

진한 감동을 전하며,
페르난다

1968년 10월 26일

허세

Z.M.은 인생이 손가락 사이로 빠져나가는 것을 느꼈다. 그녀는 스스로를 낮추다가 자신이 삶과 창작의 근원임을 잊어버렸다. 그녀는 외출을 거의 하지 않았고 초대에도 응하지 않았다. 그녀는 어떤 남자가 관심을 보여도, 직접 말로 표현하면 모를까—그러면 놀라서 받아들였다—알아채지 못하는 여자였다.

어느 날 오후—봄, 봄의 첫날이었다—그녀는 친구의 집을 방문하게 됐다. 친구는 아픈 곳을 곧잘 찔렀다. 어떻게 그녀는 그렇게 아름다우면서 그토록 겸손할 수가 있는지? 어떻게 그녀는 많은 남자가 자기를 원한다는 것을 모를 수가 있는지? 그녀의 우아함을 생각하면 마땅히 애인이 있어야 하는 게 아닌지. 친구는 그녀가 거실에 들어갔더니 거기 있는 모두가 그녀를 알고 있었다고 덧붙였다. 그리고 마치 우연히도 거기 있던 사람들 중에 그녀의 수준에 맞는 사람이 아무도 없었다고. 그렇지만 그녀는 유령처럼, 고개를 숙인 사슴처럼 수줍게 들어갔다. "고개를 들고 걸어야 해. 너는 남다르니까, 너무 다르니까 괴로운 거야. 그러니까 부르주아적 삶을 살지 못한다는 것을 받아들이고 고개를 빳빳하게 들고 거실로 들어가."

그녀는 늦은 오후에 초등학교 선생님들이 방학을 맞이해서 칵테일파티를 연다는 것을 떠올렸다. 그녀는 갖추고 싶었던 새로운 태도를 떠올렸고, 동료 한두 명과 함께 칵테일파티에 가겠다는 생각을 접고 혼자 가는 것을 감행했다. 그녀는 거의 새것이나 다름없는 원피스를 입었지만 대담하지 못했다. 그래서—한참 시간이 지난 후에 그것을 이해했다—가면으로 착각할 정도로 눈과 입술을 진하게 화장했다. 그녀는 자기 얼굴에 다른 사람을 그렸다. 그 사람은 말도 안 되게 자유로웠고 허영심이 있었으며 자만심이 넘쳤고 오만했다. 그 사람은 그녀와 전혀 다른 사람이었다. 그런데 외출을 하려던 차에 그녀가 머뭇거렸다. 자기 자신에게 지나치게 많은 것을 요구하는 게 아닌가? 옷을 차려입고, 얼굴에 화장으로 가면을 쓰고—아, 페르소나, 어떻게 하면 너를 이용하지 않고 나로 존재할 수 있을까? 그녀는 낙담하여 익숙한 거실 의자에 앉았다. 그녀의 심장은 그녀에게 그곳에 가지 말라고 말했다. 그녀는 자신에게 큰 상처를 줄 것을 예견하는 듯했는데, 그녀는 마조히스트가 아니었다. 마침내 그녀는 피우던 담배를 끄고 자리에서 일어났다.

그녀는 소심한 사람의 고뇌가 단 한 번도 제대로 설명된 적이 없었다고 생각했다. 달리는 택시 안에서 그녀는 조금씩 죽어갔다.

갑자기 그녀는 커다란 거실에 있게 됐다. 많은 사람이 모여 있었지만, 그런 칵테일파티가 열리기에는 익숙하지 않게 큰 공간이라 오히려 사람이 적어 보였다.

그녀는 부자연스럽게 고개를 들고 얼마나 버틸 수 있을까? 그녀는 가면이 불편했고, 게다가 화장하지 않은 자신이 더 아름답다는 것을 알고 있었다. 그렇지만 화장하지 않으면 영혼이 발가벗겨지지 않던가? 그녀는 그 사치를 감행할 수도 가질 수도 없었다.

그녀는 미소를 지으며 누군가와 이야기를 나눴다. 그녀는 또 다른 사람에게 미소를 지으며 말했다. 그러나 모든 칵테일파티가 그렇듯이 대화를 이어나가는 건 불가능했고, 그녀가 그것을 깨달았을 때에는 다시 혼자가 됐다.

그녀는 자기 애인이었던 남자를 봤다. 그녀는 그 남자가 앞으로 누군가를 만나 사랑하겠지만 그에게 영혼과 육체를 모두 줬던 사람은 자신뿐이라고 생각했다. 두 사람은 서로를 바라보고 관찰했다. 그는 화장 때문에 놀란 듯했다. 그녀는 그에게 친구였던 사람이 맞는지, 친구가 되어줄 수 있는지 물을 수밖에 없었다. 그는 영원히 그럴 것이라고 말했다.

그녀가 고개를 똑바로 들 수 없다고 느끼는 순간까지. 그렇지만 어떻게 이 드넓은 공간을 지나 문까지 갈 수 있을까? 혼자서 도망자처럼. 그녀는 동료 중 한 명에게 자신의 비극을 넌지시 말했고, 동료는 그녀가 드넓은 공간을 지나갈 수 있게 도와줬다.

그녀는 봄밤의 어둠 속에서 불행한 여자였다. 그렇다, 그녀는 달랐다. 그렇다, 그녀는 소심했다. 그렇다, 그녀는 과민했다. 그렇다, 그녀는 과거의 애인을 봤다. 봄의 어둠과 향기. 세상의 심장이 그녀의 가슴 안에서 뛰었다. 그녀는 여전히 자연의 향기를 맡을 수 있었다. 그녀는 마침내 택시를 잡았고, 파리에서 비슷한 일 혹은 그보다 나쁜 일이 일어났던 적이 있다는 사실을 떠올리면서 거의 안도의 눈물을 흘리며 좌석에 앉았다. 그녀는 세상에서 탈출한 사람처럼 집에 돌아갔다. 진실을 숨길 필요가 없었다. 그녀가 사는 법을 모른다는 진실. 그녀는 집, 그 피난처에서 손을 씻으며 거울로 자신을 봤다. 그녀는 얼굴에 붙어 있는 페르소나를 봤고, 다시 벌거벗은 영혼을 갖게 됐다. 그녀는 수면제를 먹었다. 잠이 들기 전까지는 긴장 상태였고, 다시는 보호 장치 없이 스스로를 위험에 빠뜨리지 않겠다고 다짐했다. 수면제가 그녀를 진정시키기 시작했다. 헤아릴 길 없는 밤과 꿈이 그녀를 감쌌다.

1968년 11월 2일

지적 감수성

나를 가끔 칭찬해주고 싶어 하는 사람들이 나를 지적이라고 말한다. 그들은 지성은 내 강점이 아니고 다른 사람들과 다를 게 없다는 내 말에 놀란다. 그들은 내가 겸손하기까지 하다고 생각한다.

물론 나는 어느 정도 지적이다. 내 학력과 더불어 지성 덕분에 빠져나올 수 있었던 몇몇 상황이 그것을 증명한다. 게다가 나는 다른 많은 사람처럼 어렵다고 여겨지는 몇몇 글을 읽고 이해한다.

그렇지만 내가 지성이라고 부르는 것은 마치 눈먼 영혼처럼 자주 하찮다. 내 지성을 이야기하는 사람들은 사실상 '지성'과 지금 내가 '지적 감수성'이라고 부르는 것을 혼동한다. 그렇다. 지적 감수성이라면, 나는 종종 그것을 가져본 적 있고 지금도 갖고 있다.

나는 순수한 지성에 감탄하지만 그래도 삶을 살아가고 다른 이들을 이해하기 위해서는 지적 감수성이 더 중요하다고 생각한다. 내가 아는 거의 모든 사람은 지적이다. 게다가 감수성이 풍부하며 느끼고 감동할 수 있다. 내 생각에는 내가 글을 쓸 때와 친구 관계에서 이용하는 것이 바로 이런 유의 감수성인 것 같다. 또 마음의 상태를 즉시 포착하는 사람들과 맺는 피상적인 관계에서도 이 감수성을 이용한다.

나는 이런 유의 감수성 덕분에 우리가 감동할 뿐만 아니라 머리를 쓰지 않고도 생각할 수 있다고 가정하며, 이것이 재능이라고 생각한다. 재능의 이미지를 말하자면, 그것은 사용하지 않아서 사라져버리거나 사용함으로 완성된다. 예를 들어 내 친구는 지적일 뿐만이 아니라 지적 감수성의 재능도 있는데, 직업적으로 그 재능을 끊임없이 쓰고 있다. 그래서 결과적으로 그녀는 진짜 레이더처럼 자신을 이끌고 타인을 이끄는, 아주 수준 높은, 내가 '지적인 심장'이라고 부르는 것을 가졌다.

지식인? 아니다

다른 사람들이 이해하지 못하는 또 다른 하나는 사람들이 나를 지식인이라 부를 때 내가 그렇지 않다고 말한다는 것이다. 이번에도 겸손으로 그러는 것이 아니라, 그것이 세상에서 내가 제일 덜 상처받는 현실이기 때문이다. 지식인이 되는 것은 무엇보다 지성을 이용하는 것인데, 나는 그렇지 않다. 나는 직관과 본능을 이용한다. 지식인이 되는 것은 문화를 알아야 하는데 나는 너무 보잘것없는 독자이며, 이곳에서 부끄러움 없이 고백하자면, 진정한 문화를 잘 모른다. 인류 역사상 중요하다고 하는 작품도 읽지 않았다. 게다가 나는 매우 적게 읽는다. 열세 살에서 열다섯 살 때까지는 많이 읽었다. 탐욕스럽게 손에 잡히는 대로. 그러고 나서는 누구에게도 지도받은 적 없이 가끔씩 읽었다. 게다가 고백하자면—이번만큼은 부끄럽다—몇 년 동안 추리 소설만 읽었다. 요즘은 글 쓰는 게 자주 귀찮지만, 쓰는 것보다 읽는 게 더 귀찮을 때도 있다.

나는 문학인도 아니다. 책을 쓰는 일로 '직업'이나 '커리어'가 바뀌지 않았으니까. 나는 무의식적으로 어떤 것이 올 때, 내가 정말 원할 때에만 쓴다. 나는 아마추어 작가일까?

그렇다면 나는 무엇인가? 나는 때때로 지각하는 심장을 가진 사람이고, 어리석은 세상과 보이지 않는 세상을 단어로 말하는 사람이다. 무엇보다 인간과 동물의 삶에 대해 해야 할 말을 문장으로 완성했을 때 기쁨으로 가슴이 살짝 뛰는 사람이다.

내가 되고 싶었던 것

내게 이름은 별로 중요하지 않다. 중요한 것은 내가 되고 싶은 것이다.

나는 투사가 되고 싶다. 그러니까 타인의 안위를 위해서 싸우는 사람. 그것이 내가 어릴 때부터 원하던 것이었다. 왜 운명은 내 안에 있던 투사의 기질을 발전시키지 않고 내가 이미 쓴 그 글들을 쓰도록 이끌었을까? 내가 어렸을 때, 내 가족은 장난으로 나를 "동물 수호자"라고 불렀다. 누군가를 비난하면 내가 곧장 그를 변호했으니까. 나는 이른바 소외 계층이 당하는 엄청난 불의 앞에서 난감한 마음으로 살아갈 만큼 사회적 비극을 강렬하게 느꼈다. 헤시피에서 살 때 일요일에는 빈민촌에서 사는 가정부의 집을 찾아갔는데, 그곳에서 목격한 것이 나를 이런 일이 계속되게 둘 수 없다고 다짐하게 했다. 나는 행동하고 싶었다. 열두 살 때까지 살았던 헤시피에서 나는 종종 거리에서 사회적 비극에 대해 열정적으로 이야기하는 사람들과 그들을 따르는 군중을 봤다. 나는 온몸을 떨면서 언젠가 이 일을, 그러니까 타인의 권리를 지키는 일을 하겠다고 다짐했던 기억이 있다.

어쨌든 나는 이토록 일찍 무엇이 되었는가? 나는 결국 깊이 느끼는 것을 찾고 그것을 설명하기 위해 단어를 쓰는 사람이 됐다.

보잘것없다. 매우 보잘것없다.

1968년 11월 9일

단상

한때 내가 구상하기 시작했지만 소설에 담는 데 실패한 한 인물에 관한 이야기다. "그가 무엇인지는 실질적이고 깊게는 보이지 않았고 지각되지도 않았다. 그는 아시아의 어느 해변과 같은 방식으로 존재했다. 말하자면 당신이 이곳에 있는 지금 이 순간에도 저기 어디에 있는 해변 말이다. 그 인물 역시 자신이 존재한다는 것을 부정하지 못하면서 자신에게도 타인에게도 그것을 증명할 수는 없었다. 그가 무엇인지는 실제로 증명할 수 있을 만한 게 아니었다. 그의 삶을 아는 한 가지이자 가장 현실적이고 깊이 있는 방식은 믿는 것이다. 믿지 않았다면 결코 확신할 수 없었을 그것을 믿음이라는 행위로 받아들이는 것이다."

꿈

나는 꿈을 전혀 이해 못 하지만, 나한테 무언가를 말하려는 듯한 꿈은 적어본 적이 있다.

내가 문을 닫고 나갔는데 돌아와 보니 문은 벽에 달라붙어 있었고, 윤곽선은 이미 지워진 상태였다. 표지가 없는 벽을 더듬어 문을 찾거나 다른 입구를 파는 것 중 파는 게 덜 힘들 것 같았다. 그래서 그렇게 했다. 통로를 열어보려고. 그러나 처음 파려고 하자마자 살짝 금만 가 있었고, 누구도 그곳을 통과한 적이 없음을 알게 되었다. 그것은 누군가의 첫 번째 문이었다. 이 좁은 입구가 같은 집에 있다는 사실에도 불구하고 나는 그것을 전에는 몰랐던 것처럼 바라봤다. 내 방은 정육면체 안에 있는 것 같았다. 나는 그제야 예전에 내가 정육면체 안에서 살았다는 사실을 깨달았다.

나는 온몸이 땀에 젖어 깨어났다. 그 꿈속에서 일어난 일들이 고요해 보이기는 하나 악몽이었으니까. 나는 그 꿈이 상징하는 바가 무엇인지 몰랐다. 그렇지만 '누군가의 첫 번째 문'은 그것만으로도 악몽이라고 할 수 있을 만큼 나를 두렵게 하고 또 나를 매혹한다.

먼바다로 떠난 이야기

"……이 이야기가 빠르지 않은 건 단어가 빠르지 않기 때문이다. 한 사람에 대한 이야기이다. 그녀는 어느 집 방 하나에 세 들어 살았다. 셀 수 없이 많은 일로 쩔쩔매는 바쁜 가정이어서 세입자에게는 거의 관심이 없었다. 그녀는 때때로 그 집 아버지나 아이들 중 하나를 욕실 밖에서 마주쳐 산만한 대화를 나눴다. 시간이 흘러 그런 유의 대화는 웅얼거림으로 줄었다가 결국 침묵으로 녹아들었다. 그 사람은 중년의 여인이었다. 자신의 물건을 정성껏 가꾸고 청결을 중요시했다. 그녀의 방은 그녀를 완벽하게 반영하는 곳으로, 깨끗하고 거의 비어 있었다. 그러니까 그녀는—그녀의 깊은 생각 속으로 내려가려고 하지 않는다면 어떤 사람인지 분류할 수 없는데, 그녀가 너무도 재미없는 사람이어서 누구도 그런 생각은 하지 않는다—그러니까 묵묵히 모험을 겪었던 한 여인이었다. 이상하게도 영적인 모험을 살고 있었던 것이다."

내가 이 문장들을 쓰면서 무슨 이야기를 하려고 했는지 생각나지 않는다. 이야기여야 한다는 것은 알고 있지만, 어떤 영적 모험이어야 할까? 더 이상 생각나지 않는다. 그러니 경험이 적은, 여전히 글을 습작하며 계속 애쓰는 독자들에게 맡기겠다. 나는 배를 띄운 것에 만족한다. 이 배는 이제 먼바다로 나갔다. 그런데 뱃머리가 어디를 향하느냐고? 나침반을 잃어버렸다.

저항

사랑이 너무 커지면 불필요한 것이 된다. 그것은 더 이상 적절한 것이 아니며 사랑을 받는 쪽도 그 정도의 사랑을 받을 수 있는 역량이 되지 않는다. 사랑에도 올바른 방향과 적절한 크기가 필요하다는 것을 깨달았을 때 나는 어린아이처럼 당황했다. 감정적 삶은 대단히 부르주아적이다.

1968년 11월 16일

시간의 깊이

나는 불안하거나 문제에 대한 해답을 기다릴 때면 글을 쓸 수 없다. 그런 상황에서는 시간을 얼른 흘려보내려고 온 노력을 다하기 때문이다—글쓰기는 정반대로 시간을 깊이 파고들고 늘인다. 그래서 최근에는 강력한 필요에 이끌려, 시간이 가는지 확인하기 위해 글을 쓰면서 시간을 보내는 법을 배웠다.

먹고 또 먹기

다른 가정들은 어떤지 모르겠다. 우리 집에서는 모두가 먹는 이야기를 한다. "이 치즈 네 거야?" "아니, 이건 다 같이 먹는 거야." "옥수수 크림은 맛있어?" "정말 맛있어." "엄마, 가정부 아주머니에게 오로라 소스로 가재를 요리해달라고 해. 내가 어떻게 하는지 알려줄 거야." "너는 어떻게 알아?" "먹으면서 배운 거지." "오늘은 그냥 완두콩 수프와 정어리만 먹을 거야." "이 고기는 너무 짜." "배는 안 고픈데 후추를 사면 먹을게." "아니야, 엄마, 식당에서 먹으면 비싸고 집에서 먹는 게 낫다니까." "저녁에 먹을 거 뭐가 있어?"

아니, 우리 집에는 형이상학적인 것은 아무것도 없다. 아무도 뚱뚱하지 않지만 맛없는 요리는 용서하지 않는다. 나의 경우는 장을 보기 위해 온종일 지갑을 열고 닫는다. "엄마, 친구들과 저녁을 먹을 건데, 그래도 저녁에 내가 먹을 건 남겨둬요." 나의 경우, 가정집에서 만약을 위해 불을 지펴두는 게 정상인 것 같다. 가족이 사는 집은 사랑이 담긴 신성한 불을 지피는 곳일 뿐이 아니라 냄비를 데울 불을 켜는 곳이기도 하다. 사실은 그저 우리가 먹는 것을 좋아한다는 것이지만, 나는 내가 가정에서 음식을 담당하는 엄마라는 게 자랑스럽다. 우리는 먹는 것뿐 아니라 브라질과 세계에서 일어나는 일에 대해서도 많은 대화를 나누고 어떤 경우에는 무슨 옷을 입어야 할지도 이야기한다. 우리는 하나의 가정이다.

박물관에서 느끼는 고통

내가 박물관을 돌아다닐 때 찾아오는 이 통증에 어떤 이름을 붙여야 할지 모르겠다. 몇 걸음 걷지도 않았는데 왼쪽 어깨에 통증이 느껴진다. 늘 똑같다. 이게 무엇인지 알고 싶다. 감정 때문에 느끼는 통증일까?

마리우 킨타나와 그의 팬

신부이자 시인인 아르민두 트레비장의 편지를 받았다. 그는 내게 마리우 킨타나 이야기를 들려줬다. 예전에 "예쁘고 영리한" 여덟 살 소녀가 시인 마리우 킨타나를 꼭 만나고 싶어 했었다. 그녀는 교사에게 고집을 피웠고 교사는 마리우와 약속을 잡기로 결심했다. 마리우는 만남을 허락했다.

그날이 오자 교사와 여자아이는 킨타나가 일하는 〈코헤이우 두 포부〉 신문 편집국을 방문했다. 여자아이는 시인을 봤고 그와 인사를 하고 대화를 나눴으며 그의 이야기를 들었다.

집으로 돌아와서 교사는 킨타나에게 전화를 걸어 그 소녀 팬에 대한 인상이 어땠는지 말해줄 수 있느냐고 물었다. 킨타나는 한 아이에 대한 자신의 의견이 긍정적이든 아니든 아이는 늘 존중받아야 마땅하다고 말했다. 그러자 교사는 이렇게 말했다.

"시인님, 그 여자아이는 '그는 너무 잘생겼지만 조금 바보같이 보였어요'라고 말했어요."

내가 가장 존경하는 시인의 유쾌한 바보짓이었다.

아르민두 신부님, 가톨릭 신자로서 당시의 겸손함이 잘 나타나는 당신의 편지를 언급하도록 허락해주시겠습니까? 허락해주십시오. 저는 당신을 정말 좋아합니다, 그래서 이 단락을 옮기려는 것이고요. 당신은 저에게 이렇게 적었습니다. "당신이 괜찮으시다면, 저는 당신을 위해 기도하겠습니다. 잊지 마세요. 아니, 죄인인 저를 위해 기도해주세요. 그게 어떤 기도든 저는 당신의 기도가 필요합니다. 왜냐하면 저는 당신이 신에게 심술궂게 굴고 제가 어쩔 수 없는 많은 것과 '싸우는 것'처럼 보여도 당신이 저보다 신과 가깝다고 확신하기 때문입니다……."

아르민두 신부님, 지금은 새벽 4시입니다. 깨어 있는 모든 것은 어떤 방식으로든 기도하는 아름다운 시간이지요. 저는 세상이 당신의 눈에, 당신의 감각에 아름답기를 기도하고, 당신이 드시는 음식을 맛있다고 느끼실 수 있기를, 당신이 늘 시를 쓰시기를 기도합니다. 시를 쓰는 일은 그 자체로 구원이니까요.

당신도 저를 위해 기도해주셔야 합니다. 저는 저에게 일어난 일과 특히 일어나지 않은 일을 이해하지 못해서 길을 잃은 것 같습니다.

1968년 11월 23일

의식

자신을 꾸미는 것은 매우 엄숙한 의식이다. 옷감은 그저 단순한 천이 아니라 사물의 소재다. 그리고 나는 내 몸으로 그 천을 구체화한다. 어떻게 그 천 조각이 그토록 큰 생명력을 지닐 수 있는 것일까? 오늘 깨끗이 감고 테라스에서 햇볕에 말린 내 머리카락은 가장 오래된 비단이다. 아름답냐고? 조금도 그렇지 않다. 그러나 여성의 머리카락이다. 거울을 포함해 아무도 모르는 나의 비밀이 바로 그것, 내가 여자라는 것이다. 소문을 퍼뜨리라고? 망설여진다. 나는 섬세하고 단순한 귀만을 원한다—겸손하게도 헐벗은 것들. 더 망설여진다. 머리카락 속으로 내 귀를 감출 수 있다면 더 좋을 것 같기 때문이다. 그렇지만 나는 버티지 않는다. 머리카락을 뒤로 당겨서 귀를 내놓는다. 목이 길고 귀가 엉뚱하게 솟은 이집트 왕비처럼 엄숙하게 못생겼다. 이집트 왕비? 아니, 나는 나다. 성경 속에 등장하는 여성들처럼 치장한 나.

지진

그녀는 매우 바빴다. 막 장을 보고 왔고, 매우 어려운 통화인 배관공과의 통화를 포함해 여러 곳에 전화를 걸었고, 주방에서 아이들이 점심을 잘 먹고 있는지를 확인했다. 학교에 늦으면 안 되니까. 그녀는 여자아이의 말에 잠깐 웃다가 전화를 받았는데, 누군가 친절하게도 차를 마시러 오라고 그녀를 초대하는 전화였다. 그녀는 아이들의 간식을 준비했고, 마침내 아이들이 나가자 문을 닫았다.

그때—그때 지진의 징후라는 것을 거의 알지 못할 정도로 먼 땅의 떨림처럼 복부에서부터 느껴졌다, 단단한 탑이 흔들리는 듯한 거대한 떨림, 바로 그런 떨림이 복부에서 느껴졌다—그녀는 얼굴을 찡그렸을 뿐만 아니라 단단한 흙에서 석유를 뽑아내듯이 몸이 괴로웠다. 결국 눈물이 쏟아져 나왔다, 거의 소리 없는 눈물, 그저 무미건조하게 괴롭히는 오열 섞인 조용한 눈물, 그녀 자신에게조차 비밀스러운 눈물, 예견하지도 예상하지도 못했던 눈물. 그녀는 약한 나무보다 더 흔들리는 나무처럼 늘 흔들렸고, 마침내 심해진 울음의 굵고 짠 눈물로 인해 혈관과 힘줄이 터져버렸다. 다 지나간 후에야 그녀는 눈물 한 방울 흘리지 않았음을 깨달았다. 그것은 무미건조한 눈물로 야기된 지진이었다.

완벽함

나를 안심시키는 것은 존재하는 모든 것, 절대적으로 정확하게 존재하는 모든 것이다. 핀의 머리 크기는 밀리미터 단위를 넘지 않는다. 아주 정확하게 존재하는 모든 것. 이렇게 정확하게 존재하는 것들은 대부분 우리에게 기술적으로 비가시적이라는 사실이 안타깝다. 진실은 그 자체로는 정확하고 분명하다 할지라도 우리에게 도달하면 모호해진다. 진실은 기술적으로 비가시적이기 때문이다. 좋은 것은, 진실이 우리에게 어떤 비밀스러운 감각처럼 온다는 것이다. 그러면 우리는 혼란스럽게도 완벽을 추측해버린다.

기쁨의 탄생(단상)

기쁨이 탄생하면 가슴이 너무 아파서 낯선 기쁨보다 익숙한 고통을 더 선호하게 된다. 진정한 기쁨은 설명할 수 없고 이해할 수도 없다. 처음에는 되찾을 수 없는 상실을 닮았다. 이 완전한 혼란은 감당하기 어려울 만큼 좋다—우리는 죽음이 우리의 가장 커다란, 마지막 재산인 것처럼 생각하지만 실은 죽음이 아니라 측량할 길 없는 삶이 끝난다는 사실 때문에 죽음이 위대해 보이는 것이다. 우리는 조금씩 기쁨에 잠기도록 자신을 내맡겨야 한다. 그것이 삶의 탄생이니까. 힘없는 사람은 삶을 견디기 위해 죽음이라는 막, 보호막으로 신경 하나하나를 덮는다. 이 막은 모든 형식적인 보호 행위와 모든 종류의 침묵, 사적이고 다양한 감각의 말로도 이루어질 수 있다. 왜냐하면 기쁨은 농담할 거리가 아니기 때문이다. 기쁨은 우리다.

영혼의 협심증

적어도 이 인후염으로는 죽지 않는다. 하지만 괴로움보다는 낫지 않은가? 그렇지 않은가? 악이 올 때면 가슴이 답답하다. 예전에 영혼이라 불렀지만 이제는 이름 없는 그것에서 쉽게 식별할 수 있는 먼지 냄새가 난다. 그리고 희망 속 희망의 결핍. 굴복 없이 따른다. 자신에게 고해하지 않는다. 이유를 알지도 못하니까.

아니면 이유를 알아도 말할 수 없다, 말이 나오지 않아서. 그건 실제 자기 모습이 아니다. 우리는 실제로 자기 모습이 어떤지 모른다. 우리는 그저 우리가 존재하는 중이 아니란 것만 안다. 그러고 나서 살아 있음에 무력감이 찾아온다. 나는 지금 괴로움 그 자체, 악을 말하고 있다. 왜냐하면 어떤 괴로움은 그것의 일부이기 때문이다. 살아 있는 것은 살아 있기 때문에 움츠러든다.

내가 나였다면

나는 중요한 서류를 어디에 정리해뒀는지 모를 때, 찾는 게 의미없다는 사실을 깨달을 때 자신에게 이렇게 묻는다. "나였다면, 내가 중요한 서류를 정리한다면 어떤 장소를 골랐을까?" 가끔은 적중한다. 그런데 자주 "나였다면"으로 시작하는 문장에 놀라 서류를 찾는 일이 부차적인 것이 되기도 한다. 나는 사고하기 시작한다, 아니 느끼기 시작한다.

그러다가 불편함을 느낀다. 시도해보시라. 당신이 당신이라면 무슨 일이 일어날까. 무슨 일을 할 것인가? 처음에는 거북함을 느낀다. 우리가 편안하게 안착한 거짓말이 살짝 흔들린다. 그렇지만 갑자기 자기 자신이 되어 삶을 조금씩 완전히 바꿔나간 인물의 전기를 읽은 적이 있다. 나는 내가 정말 나였다면 거리에서 친구들이 내게 인사를 건네지 않으리라고 생각했다. 왜냐하면 내 몸도 바뀌었을 테니까. 어떻게? 나도 모른다.

내가 나였다면 내가 할 일의 절반도 당신에게 말할 수 없을 것이다. 예를 들어 나는 어떤 이유로 내가 감옥에 가리라는 것을 확신한다. 내가 나라면, 내가 가진 모든 것을 주고, 나의 미래를 미래에 맡길 것이다.

"내가 나였다면"이란 말은 우리가 사는 데 가장 위험한 것인 듯하다. 그렇지만 일단 그 축제의 광기에 들어가면 마침내 세상의 경험을 얻을 수 있을 것이다. 분명 나도 그것을 잘 알고 있다, 그것은 세상의 고통을 오롯이 경험하는 일이다. 우리의 고통, 우리가 느끼지 않도록 배우는 고통. 그러나 우리는 때때로 짐작할 수 없는 어떤 정당하고 순수한 기쁨에 도취될 것이다. 아니다, 나는 어떤 면에서 이미 짐작하고 있는 것 같다. 내 미소가 느껴지니까. 그리고 아주 어마어마한 것 앞에서 우리가 느끼는 일종의 당혹감을 느끼니까.

어떻게 글을 쓰는가?

글을 쓰지 않을 때 나는 어떻게 글을 쓰는지 전혀 알지 못한다. 최고로 진지한 이 질문이 유치하거나 가짜같이 들리지 않는다면, 친구인 작가를 한 명 골라서 물어보고 싶다. 우리는 어떻게 글을 쓰는가?

왜, 실제로 어떻게 글을 쓰는가? 무슨 말을 하는가? 어떻게 말하는가? 어떻게 시작하는가? 우리와 조용히 마주하는 흰 종이에게 무슨 짓을 하는가?

당황스럽다고 할지라도 정답은 '글을 쓰면서' 하나뿐이라는 것을 안다. 나는 글을 쓰는 일에 가장 놀라는 사람 중 하나다. 게다가 사람들이 내게 작가라 부르는 것에 아직도 익숙하지 않다.

어쩌면 글쓰기는 직업이 아닌 것일까. 그래서 견습이라고 할 게 없다. 그렇다면 무엇인가? 언젠가 내가 글쓰기가 무엇인지 말할 수 있다면 그땐 스스로를 작가라 인정할 것이다.

대화

내가 프랑스어를 배우던 시절에 썼던 교재가 내가 방금 본 교재와 같았더라면 프랑스어를 배우는 게 훨씬 더 재미있었을 것이다. 그 교재에서 아빠 개와 아들 개가 나누는 대화를 읽었다.

아빠 개: 공부 열심히 했냐?

아들 개: 네.

아빠 개: 과학?

아들 개: 아니요.

아빠 개: 지리, 철학, 역사는?

아들 개: 아니요.

아빠 개: 그러면 도대체 뭘 공부한 거냐?

아들 개: 외국어요.

아빠 개: 무슨 외국어를 배웠는데?

아들 개: 야옹!

전화 통화

나와 친한 친구 중 한 명이 나와 통화하는 동안에 내가 했던 말들을 애써 종이에 적어 나중에 그 종이를 내게 줬다. 나는 깜짝 놀라는 동시에 내가 한 말인 줄 알아봤다. 그 친구가 옮겨 적은 것은 다음과 같다. "나는 가끔 무언가를 더듬더듬 찾는 듯한 느낌이 들어. 계속 그렇게 찾고 싶어. 계속 그래야 할 것 같아. 그걸 하기 위한 용기 같은 것도 느껴. 내가 두려워하는 것은, 모든 것이 내게 아주 새롭게 느껴지지 않는 것이야. 내가 원하는 것을 찾지 못할 수도 있으니까. 그런 용기를 가질 수는 있지만 대가를 치러야 해. 큰 대가 말이야. 그래서 피곤해. 나는 늘 대가를 치렀고 갑자기 더는 원하지 않게 됐거든. 어느 쪽이든 가야 할 것 같은 기분이 들어. 아니면 포기하는 쪽으로 가든지. 정신적으로 더 겸손한 삶을 산다고 해도 무엇을 포기해야 할지 모르겠어. 일을, 달콤함을, 무언가를 어디서 찾아야 할지 모르겠어. 이런 극도의 긴장 속에서 살아가는 데 중독된 것 같아. 글을 쓰는 순간은 오직 내 것인 상황이 반영된 것이고. 내가 가장 큰 동요를 느낄 때 말이야."

1968년 12월 7일

텍사스에서 열린 콘퍼런스

텍사스의 한 대학에 초대받아서 했던 강연의 일부를 옮긴다.

……이 경험을 통해 저는 시작부터 처음으로 주의를 기울여 '아방가르드'라는 단어를 생각하게 됐습니다. 저 자신에게 더 명확하게, 정직하게 설명하기 위해 문학의 아방가르드가 의미하는 커다란 줄기를 그려봐야 했습니다. 아방가르드는 저에게 있어 당연히 실험일 것입니다……. 살짝 혼란스럽기는 한데, 모든 진정한 예술은 실험이고, 정말 안타깝지만 모든 인생 역시 실험입니다……. 그렇다면 어떤 실험이 아방가르드이고 어떤 실험이 아방가르드가 아닐까요? 아방가르드는 형태의 가치를 전복하고 동시에 형식적으로 구성된 것과 반대되는 형식을 시도하기 위한 것일까요? 그건 너무 단순합니다. 게다가 유행만큼 평면적이고요. 어쩌면 아방가르드는 새로운 미적 요소로 형식을 이용한 것일까요? 그러나 '미적 요소'라는 말이 걸립니다. 아니면 아방가르드는 침전된 세계관과 억압을 깨뜨리고 그 산산조각을 통해 또 다른 현실, 다시 말해 현실을 보는 힘을 발휘하는 데 쓰이는 새로운 형태일까요? 그게 조금 더 나은 것 같습니다. 진정한 실험은 자신을

더 잘 알려주니, 그것이 의미하는 것은 앎에 이르게 한다는 것이겠지요. 그러니까 최종 분석에 따르면 아방가르드는 앎의 도구 중 하나이자, 탐구로 나아가는 도구인 것입니다. 이 실험의 방식은 개념의 재검토, 비형식적이며 오직 암시적인 개념의 재검토로도 이어지는 가정된 형식의 갱신에서 시작됩니다. 그러나 그것은 어쩌면 새로운 개념들에 대한 우리의 인식, 아직 말로 구현되지 않은 인식에 토대하면서 고전적인 형식을 채택할 수도 있습니다—하지만 그건 엄밀한 의미로 볼 때 아방가르드에 대한 통념, 우리가 평소 이해하는 것과 모순되겠지요?

이렇게 말하고 보니 제가 이 주제를 무척 어렵게 느낀다는 것을 깨닫게 되네요. 제가 한 번도 의미 있게 생각하지 않았던 두 단어에 관련된 질문을 맞닥뜨린 거거든요. 그래서 저는 '형식'과 '본질'이라는 단어를 찾아봤습니다. 반대로 또는 나란히 사용되는 단어들인데, 어쨌든 어떤 식이든 분리된다는 뜻입니다. 저는 '형식과 본질'이라는 개념이 늘 마음에 들지 않았습니다. 그것뿐만이 아니라 '육체와 영혼', '자원과 에너지'처럼 분리된 것들은 늘 저를 불편하게 했습니다. 주제에서 크게 벗어나지 않게 이야기하자면, 저는 거의 본능적으로 말을 둘로 가르는, 모든 말이 두 개의 반쪽으로 구성되어 있다고 선언하는 방식을 거부해왔습니다. 하나의 머리카락은 두 개의 반쪽으로 되어 있지 않습니다. 이 두 개의 반쪽이 하늘에서 떨어진 게 아니라면 말입니다. 저도 본질과 형식의 구분을 이용할 줄 알고, 때때로 작업의 가정으로, 연구의 도구로 쓰기도 합니다. 제가 이 도구를 쓴다면, 아방가르드가 새로운 형식이 될까요? 그러나 '새로운 형식'은 낡은 내용 또는 선행하는 배경을 암시할 수 있을까요? 그렇지만 어떤 내용물이 형식 없이 존재할 수 없을까요? 실제 머리카락이 존재하기 전에 존재했을 머리카락이 어디 있겠습니까? 존재 이전의 존재는 무엇일까요? 저는 이 혼란 속에서 그저 조금 더 쉽게, 또 제 자신의 발전을 기대하며, 저에게 '주제'라는 말은 '본질과 형식'이라는 불가분의 단위로 치환될 수 있다고 생각해봤습니다. '주제'는 미리 존재할 수 있고, 그 자체로 이전과 도중, 이후를 말할 수 있습니다. 그러나 '본질과 형식'은 사물 '그 자체'이고, 이는 본질과 형식을 읽고 보고 듣고 경험할 때에만 알 수 있습니다. 저는 이렇게 제안하고 싶습니다. 주제와 글, 주제와 그림, 주제와 음악, 요컨대 주제와 삶. 그제야 겨우 그 말을 알아들을 수 있더군요. 무엇보다 브라질의 상황을 바라보는 방식을 더 잘 이해할 수 있었고요.

단어를 유럽식 의미로 제쳐둬야 했습니다. 예를 들자면, 우리가 모더니스트 운동이라고 명명한 1922년 운동*이 다른 나라에서 1922년에 일어났던 아방가르드라 여겨질 수 있을까 하는 생각이 들었습니다. 아방가르드적 성격이 있는 이 실험 운동을 다른 문학에서는 아방가르드로 인정할까요? 1922년 운동은 근본적인 해방을 상징합니다. 무엇보다 새롭게 보는 방식을 의미하는 해방이고요. 해방은 늘 아방가르드입니다. 1922년 운동에서도 전선에 있었던 이들은 희생되었습니다. 그러나 때때로 해방은 해방 중인 이들에게만 돌파구가 될 수 있으며 다른 사람들에게는 가치가 없을 수도 있습니다. 우리에게 1922년은 아방가르드를 의미합니다. 예를 들자면 모든 보편적 가치로부터 독립적으로 말입니다. 그것은 소유의 운동이었습니다. 어쩌면 그 시절 가장 다급했던 우리의 존재 방식, 그 존재 방식 중 하나를 철회하는 운동이었습니다. 우리가 1922년을 넘어섰다고 해도 그것은 다시 한번 아방가르드 운동임을 확언하는 것과 다름없습니다. 그 운동은 흡수되고 통합되어 그 자체를 초월해버렸고, 그것이 바로 아방가르드의 특징이며, 1922년 운동이 역사적 사건임을 고려한다면, 사실상 우리도 그 운동의 결과물인 것입니다. 마리우 지 안드라지**가 아직 살아 있었다면 그는 자신의 건전한 저항 안에 존재했던 최고의 것을 스스로 더 많이

* 근대 브라질의 정체성을 형성한 첫 번째 예술적, 문학적 혁명으로 평가받는다.

** 1893~1945. 브라질 시인, 음악 이론가이자 문학평론가.

받아들였을 겁니다. 그러고 오늘날 그 자신이 고전이 되었겠지요. 아방가르드 인간의 미래는, 내일 그와 가장 많이 닮은 사람이 그를 읽지 않으리라는 것이지요. 말하자면 연구를 향한 그들의 욕구를 가장 정확하게 이해해줄 사람들은 내일 새로운 연구를 위한 운동으로 바쁠 테니까요. 여러 아방가르드 인간을 생각하면, 그들이 조금도 우울한 마음 없이 중요한 목표를 달성하는 때는 그때뿐이라는 생각이 듭니다. 자신을 너무 많이 바치고 이용해서 내일이면 사라질 테니까요. 내일이라고 했습니다. 그렇지만 내일 이후에는—아방가르드도 지나가고 필요한 침묵도 지나가는—내일 그다음에는 다시 일어설 것입니다. 마리우 지 안드라지가 사라지지 않은 것은 명백한 사실입니다. 1922년은 어제가 아니라 그제니까요…….

1968년 12월 14일

책은 최고의 선물

지난 몇 년 동안 봤던 책 중에 가장 아름다운 책이 내 손에 있다. 페루 바스 지 카미냐의 『마누엘 1세에게 보내는 편지』다. 인쇄적인 면으로 봤을 때 하나의 걸작으로 후벵 브라가와 페르난두 사비누의 사비아 출판사에서 제작했다. 책은 상자에 담겨 있고, 그래서 선물하기에 더 좋다. 아름다운 그림은 카리베*가 그렸다. 페드루 알바레스 카브랄** 탄생 500주년을 기념하여 후벵 브라가가 편집한 책이다. 작가이자 편집자인 그의 서문을 옮겨본다. "1973년에 세아브라 다 실바가 토히두톰브 국립문서보관소에서 발견한 이 거룩한 문서는 우리의 세례 증명서처럼 소개된 적이 있었고, 아이레스 두 카자우부터 레오나르두 아호이우까지 여러 현대어 버전으로 이미 알려져 있다." 후벵은 이 서문에서 이렇게 밝혔다. "우리의 기준은 옛 언어가 가진 맛을 최대한 보존하는 것이어서, 카미냐의 표현 방식과 문장의 반복을 이해할 수 있는 선에서 존중했다. (…) 카미냐가 쓴 포르투갈식 표현을 브라질식으로 고치지 않았다.*** 어떤 경우에는 우리의 첫 번째

* 1911~1997. 아르헨티나 출신의 브라질 예술가이자 작가.

** 1467~1520. 1500년에 브라질을 발견한 포르투갈 탐험가.

*** 원문은 다음과 같다. "카미냐가 포르투갈인이 도착했을 때 à terra 대신 em terra로, vamos 대신 imos로, nenhum deles era 대신 nenhum não era로 쓴 것을 고치지 않았다."

연대기 작가의 고귀한 문장구조를 브라질 속어에서 확인하는 게 무척 즐거웠다.” 그는 자신의 유쾌하고 심플한 서문을 다음과 같은 말로 마무리했다. “(…) 북쪽과 남쪽과 서쪽을 향해 넓게 뻗은 산타크루스 땅이 브라질이 됐다. 그곳은 여전히 우리 주님, 신의 뜻에 따라 살아간다.”

태아의 걱정

오랫동안 글을 써왔기 때문에 신인 같지 않은 신인 주제 루이스 시우베이라 네투의 단편소설집 이야기다. 시우베리아 네투는 날카롭고 불안하고 깊이 있는 방식으로 자신의 이야기를 들려준다. 나는 그의 장편소설을 보고 싶다. 직업적 관점에서 보면 시우베이라 네투는 심리학자다. 『태아의 걱정』은 독특하다. 마침내 좋은 이야기꾼을 발견한 것 같다. 설령 글이 짧다고 할지라도 좋은 단편소설을 쓰는 일은 어렵다.

인류의 거대한 수수께끼

보지스 출판사의 프레젠사 두푸투루 컬렉션의 작가는 루이스 카를루스 리스보아와 호베르투 페레이라 지 안드라지다. 나는 그 책을 어릴 때 처음으로 동화책을 읽었을 때 느꼈던 탐욕으로 읽었다. 글에 어울리는 쉬운 언어로 쓴 『인류의 거대한 수수께끼』라는 글은 놀랍다. 선물로 받은 책인데, 그 책을 대충 훑어본 지인들은 내가 다 읽고 자신들의 차례가 오기만을 기다리고 있다.

책날개에서 호지 마리 무라루가 말했다. "예나 지금이나 답이 없는 수수께끼는 인간의 통찰력에 도전했다. 우리는 이 시대의 기술과 과학이 제공하는 새로운 자원 덕분에 수많은 수수께끼를 더 잘 이해할 수 있게 됐다. 그 수수께끼 중에 우리가 기억하는 하나는 다음과 같다. 아틀란티스—가장 먼 고대부터 저명한 인간들의(플라톤을 포함하여) 증언은 10만 년 전 사라진 대륙의 매우 진화된 문명의 영광을 알렸다. 오늘날 우리는 이미 아틀란티스에 대해 많은 것을 알고 있다. 그곳의 정확한 위치, 민족의 특색, 바다가 어떻게 그곳을 삼켜버렸는지 등등."

이 책은 비행접시와 "우주에서 온 방문자들", 사라진 문명들(아메리카 대륙에서 브라질의 일곱 개 도시 포함), 카브랄과 콜럼버스가(바이킹은 이미 그들은 알고 있었지만, 고대부터 페니키아인과 이집트인이 그곳에 왔었다는 사실을 몇 명이나 알고 있겠는가?) 오기 전에 어떤 민족이 살고 있었는지를 이야기한다. 미래도 있다.(미래를 밝히는 것은 현재를 사는 가장 훌륭한 방법이다.)

이 책은 두 명의 학자가 자신들이 영감을 받았던 정보의 보고를 전해주는 책으로 진지한데 아주 매력적이기까지 하다. 시간과 공간으로 떠나는 모험이다.

『프리섹스와 새로운 것』이라는 여행책은 건축가 주제 헤즈니키가 집필하고 페르가미뉴 출판사에서 출간했으며 오스카르 니에메예르가 서문을 썼다. 흥미로운 모험이 넘친다. 니에메예르의 서문은 다음과 같은 의견을 표명한다. "이 책은 전 세계에 있는 위대한 건축물에 끌린 지적이고 호기심 많은 건축가가 세계를 돌아다니는 내용뿐만 아니라, 삶의 모든 비밀을 이해하고 삶을 강렬하게 살기 원하는 감수성 예민한 한 남자의 이야기가 담겨 있다. (…) 그러나 주제 헤즈니키는 그를 둘러싸고 있는 모든 것에 자신을 조심스럽게 드러내고, 중동 여행을 생동감 넘치게, 편안하게, 서정적 표현을 써서 이야기한다. 거기에는 그의 지적 호기심도 빠지지 않는다. 확실한 신념도. 그가 이스라엘 건축 용어를 간단한 말로 정의할 때, 또 단순한 질문으로 나의 친구이자 그의 형인 다비의 특징 있고 웃긴 태도를 정의할 때 섬세한 비판 정신을 관찰할 수 있다."

헤즈니키의 서문에는 이렇게 적혀 있다. "여행 중에 쓴 일기를 모았다—먹고살기 위해 하는 일을 넘어서—몇몇 사람을 즐겁게 해주고, 유럽과 그 외의 나라들에 대한 간략한 정보를 주고, 무엇보다 예술과 건축을 시작하려는 사람들을 격려하기 위해서다. 그 사람들을 위해 내 책을 바친다." 휴가 기간에 읽기에 좋은 책이다.

1968년 12월 21일

고지

우리 집에는 이탈리아 화가 사벨리의 그림이 있다—나는 그가 바티칸의 채색 유리 작업에 초대됐다는 것을 알고 그 화가의 그림을 제대로 이해하게 됐다.

그 그림은 계속 봐도 질리지 않는다. 오히려 새롭게 느껴진다.

그림에서는 마리아가 창가에 앉아 있는데 그녀의 배를 보면 그녀가 임신했다는 것을 알 수 있다. 대천사가 그녀의 옆에 서서 그녀를 바라본다. 그리고 마리아는 자신의 운명과 인류의 운명에 대해 받은 고지를 감당하기 어렵다는 듯이 놀라고 불안한 마음에 한쪽 손으로 자기 목을 누르고 있다.

창문으로 들어온 천사는 거의 인간 같다. 유일하게 그의 긴 날개만이 그가 이동하는 데 발이 필요하지 않다는 것을 상기시킨다. 그 날개는 도톰해서 매우 인간적이고 그의 얼굴은 인간의 얼굴이다.

가장 아름다운, 세상에서 가장 아름답고 날카로운 진실이다.

모든 인간은 고지를 받는다. 그래서 영혼이 임신하고, 자기 목에 손을 가져다 대기도 하고, 놀라기도 하고 불안해하기도 하다. 인생의 어느 순간이 되면 모든 이가 수행해야 할 임무를 고지받는다.

그 임무는 쉽지 않다. 모든 사람이 전 세계에 대한 책임이 있다.

모든 여성 안에 있는 처녀

모든 여성은 자신이 임신했다는 사실을 알면 손을 목에 가져다 댄다. 여자는 결국 그리스도의 길을 따라가게 될 존재를 자신이 세상에 내보내게 되리라는 것을, 그 존재가 길에서 십자가의 무게로 자주 쓰러지리라는 것을, 피할 수 없으리라는 것을 안다.

그는 기쁠 것이다

그리스도는 자신이 세상에 세상의 고통을 보여주지 않아도 된다면 기쁠 것이다. 그는 완벽한 존재였으므로 완벽한 기쁨을 가질 수 있을 것이다.

요셉의 겸손함

성요셉은 겸손의 상징이다. 그는 아이의 아버지가 자신이 아니라는 것을 알고 있었지만 자기 아이를 가진 것처럼 임신한 처녀를 정성껏 돌봤다.

성요셉은 인간적으로 선량하다. 그는 위대한 역사적 순간에 스스로를 지웠다. 그는 인류를 지키는 사람이다.

나의 크리스마스 파티

아이들이 어려서 자정까지 깨어 있지 못하는 우리 집은 12시가 아니라 다음 날 점심에 크리스마스 파티를 하곤 했다. 나중에 아이들이 자라도 관습은 남았고. 그러니까 선물이 도착하는 것은 25일 아침이다.

25일에 파티를 하기 때문에 나는 늘 12월 24일 저녁에 한가했다. 그러나 3, 4년 전부터는 24일 저녁에 신성한 약속이 생겼다.

그 모든 것은 그때는 아직 친구가 아니었지만 지금은 아주 소중한 친구가 된 한 젊은 여성과의 대화에서 시작됐다. 나는 그녀에게 크리스마스이브에 무엇을 하는지, 누구와 보내는지 물었고 그녀는 단순하게 대답했다. "크리스마스이브마다 제가 하는 일은 수면제를 먹고 48시간 동안 잠드는 거예요." 나는 놀라고 걱정이 되어 이유를 물었다. 그녀는 크리스마스 시즌이 너무 고통스럽다고 했다. 아버지와 어머니를 어느 크리스마스이브에 잃었고, 부모님 없이 크리스마스를 보내는 게 견딜 수 없었기 때문이다. 나는 그녀에게 수면제가 얼마나 위험한지 설명했다. 48시간 동안만 잠드는 게 아니라 영원한 잠에 빠질 수도 있다고.

그러다가 이제부터 우리가 24일 저녁에 레스토랑에서 식사를 함께하면 좋겠다는 생각이 떠올랐다. 우리는 밤 8시 조금 지나 만날 것이다. 그녀는 크리스마스를 보낼 가정이 없거나 그런 상황이 되지 않아 크리스마스를 거리에서 즐겁게 축하하는 사람들로 식당이 가득 차 있는 걸 보게 될 것이다. 저녁을 먹은 후에는 그녀가 나를 차에 태워 우리 집으로 데려다주고, 그녀는 자정 미사에 함께 참석할 이모를 데리러 가는 것이다. 우리는 저녁을 반반 부담하고, 서로의 존재로 선물을 대신하기로 합의를 봤다.

그러나 어느 크리스마스에 내 친구가 우리의 협약을 깼다. 내게 종교가 없다는 것을 알고 미사 경본을 선물해준 것이다. 그것을 펼쳐 보니 그녀는 그곳에 이렇게 적어놓았다. "나를 위해 기도해줘요."

그다음 해 9월, 내 방에 불이 났다. 나를 덮친 심각한 화재였고 나는 여러 날을 생과 사의 갈림길에서 보내야 했다. 내 방은 완전히 폐허가 됐고, 벽과 천장의 회반죽이 떨어졌다. 가구는 재가 됐고 책도 마찬가지였다.

무슨 일이 있었는지 설명하려고 하지 않겠다. 그러니까 모든 것이 불에 탔지만 미사 경본만 멀쩡했던 것이다. 불에 탄 자국이 표지에 살짝 남았을 뿐.

1968년 12월 28일

사는 법 배우기

소로*는 미국의 철학자로 단순히 신문을 읽는 것으로는 단번에 소화하기 어려운 대상이지만, 우리가 더 현명하게 효율적으로, 아름답고 덜 불안한 방식으로 삶을 살 수 있도록 돕는 것들을 쓴다.

예를 들어 소로는 자신의 이웃이 먼 미래를 위해 절약하는 것을 보며 안타까워했다. 그는 어느 정도 미래를 생각하는 것은 당연한 일이나 현재를 발전시켜야 한다고 외쳤다. 그러고 "현재를 살아야 한다"라는 말을 덧붙였다. 그는 혐오감을 가지고 "그들은 지렁이들이 갉아 먹고 녹이 슬게 될, 도둑들이 훔쳐 갈 보물을 축적한다"라고 말했다.

메시지는 분명하다. 내일을 위해 오늘을 희생시키지 말라는 것. 지금 불행하다고 느낀다면 지금 조처를 취하라는 것. 당신은 연속되는 '지금' 안에만 존재하니까.

우리 각자가 양심을 살펴본다면 적어도 이미 잃어버렸고 이제는 다시 돌아오지 않을 '지금'을 떠올릴 수 있을 것이다. 살다 보면 후회가 없었던 순간, 후회하지 않았던 순간, 후회를 결심하지 않았던 순간이 있고, 살다 보면 후회가 고통만큼 깊은 순간이

* 헨리 데이비드 소로, 1817~1862. 미국의 철학자, 시인, 수필가로 『월든』의 저자.

있다.

그는 우리가 원하는 것을 당장 하기를 바랐다. 소로는 평생 각자에게 가장 중요한 것을 당장 해야 한다고 권장했고 실천했다.

예를 들어 작가가 되고 싶으나—영감을 기다리거나 공부나 일 때문에 시간이 없다고 말하면서—기회를 기다리던 젊은이들에게 당장 방으로 가서 글쓰기를 시작할 것을 권했다.

그는 공부에 많은 시간을 낭비하고 삶을 제대로 살지 못하는 이들을 보면 짜증을 내며 "우리는 모든 지식을 잃어버릴 때 비로소 알기 시작한다"라고 말했다.

그리고 그는 우리를 용기로 가득 채워주는 이런 강력한 문장을 말했다. "왜 급류가 들어오는 것을 막으려 합니까? 둑을 열지 않고 악순환이 계속되게 두시는 겁니까?" 그의 조언을 따른다는 생각만으로도 내 피에 생명력이 흐르는 것이 느껴진다. 친구들이여, 지금이야말로 우리만의 순간이다.

소로는 두려움이 우리의 현재를 망치는 원인이라고 생각했다. 또 우리가 자기 자신에게 내리는 끔찍한 평판도 마찬가지다. 그는 이렇게 말했다. "대중의 평판은 우리가 자신에게 내리는 평판에 비하면 약한 압박에 불과하다." 사실이다. 겉보기엔 자신감 있는 사람들도 마음 깊숙이에서는 겁을 먹었다고 스스로를 나쁘게 평가한다. 소로의 견해에 따르면 그것은 아주 안 좋은 것인데, 왜냐하면 "스스로에 대한 생각, 그것이 운명을 결정하거나 적어도 운명의 방향을 지시하기 때문"이다.

그는 누군가 수동적으로 절망적 삶을 끌고 나가는 것을 보면 매우 놀라며 "스스로를 불쌍히 여기세요"라고 말했다. 그는 자신에게 조금 덜 엄격해지라고 조언했다. 그는 두려움을 불필요한 비겁함이라고 여겼으며, 이런 경우 자신에 대한 판단을 완화해야 한다고 했다. 그는 이렇게 썼다. "저는 우리가 우리 자신을 훨씬 더 신뢰할 수 있다고 믿습니다. 자연은 우리의 강점만큼이나 약점에도 적응합니다." 그는 불필요하게 복잡하게 만드는 사람들에게—누가 그러지 않겠는가?—수없이 말했다. 거의 소리를 질렀다. "단순화하세요, 단순화!"

며칠 전에 신문을 펼쳤다가 아쉽게도 지금 이름이 떠오르지 않는 한 남자가 쓴 기사를 읽었다. 나는 소로를 읽은 적이 없지만 소로를 보완하는 베르나노스*의 인용문과 마주쳤다.

그 기사의 어느 결정적인 부분에(나는 그 부분만 오렸다) 작가는 베르나노스의 특징이 "자유로운 세상"의 기만을 계속해서 열정적으로 고발하는 것이라고 말한다. 게다가 그는 "위기를 통해 얻는 구원을—그것이 없다면 인생은 가치가 없는—움츠리는 게 특징인 노인들뿐 아니라 이념과 종교를 포함하여 자기 위치를 지키는 모두에게 고유한 것"으로서 추구했다.(나는 이 말을 강조한다.)

이 기사는 베르나노스에게 지상의 모든 죄 중에 가장 커다란 죄는 인색이었다고 말했고, 작가는 "인색과 권태는 세상을 지옥에 떨어지게 한다. 다시 말하자면, 그것은 이기주의의 두 분파

* 조르주 베르나노스, 1888~1948. 20세기 전반 프랑스의 소설가.

다"라고 덧붙였다.

나는 순수한 삶의 기쁨으로 다시 말한다. 구원은 위기를 통해 발견되고, 위기가 없다면 삶은 가치가 없다!

행복하고 좋은 한 해를 빌며.

1969

1969년 1월 4일

인간의 조건

내가 가진 조건은 매우 작아서 제약이 있는 것처럼 느껴진다. 더 많은 자유가 불필요할 정도로. 내 작은 조건은 이 자유를 쓰도록 허락하지 않는다. 반면 세계의 조건은 아주 커서 조건이라 부르지 않는다. 세계와 나의 간극은 그렇게 벌어져서 결국 코미디로 끝난다. 나는 세계에 맞춰 걸음을 옮길 수 없다. 세계와 나란히 발을 맞춰보려 한 적도 있었지만 우스워질 뿐이었다. 한쪽 다리가 늘 더 짧다. 역설은 절름발이라는 내 조건 역시 즐겁다는 것이다, 그것이 내 조건과 어울리니까. 그러나 내가 다시 진지하게 세상과 발을 맞춰 함께 걸으려고 하면 넘어져 당황한다. 그러나 나는 나쁘지 않은 쓴웃음을 짓고 만다. 그것은 그저 내가 가진 조건이니까. 조건은 고칠 수 없지만 조건에 대한 두려움은 고칠 수 있다.

나뭇잎의 기적

내게는 절대 기적이 일어나지 않는다. 들어본 적이 있을 뿐이고, 때때로 그것을 바라는 것만으로 만족한다. 그러나 반발할 때도 있다. 왜 나한테는 일어나지 않지? 왜 나는 기적에 대해서 듣기만 해야 하는가? 나는 기적에 대해 이런 말을 건너 들은 적도 있다. "내가 어떤 말을 하면 내가 아끼는 물건이 부서진다고 했어요." 내 물건은 가정부 손에 쉽게 부서진다. 그래서 나는 내가 이미 잘 닦인 길이 아니라 평생 자갈밭을 굴러야 하는 사람 중 하나라는 결론을 내리게 됐다. 어쨌든 잠이 들기 전에는 일시적으로 어떤 장면이 보이는데, 이것도 기적일까? 그렇지만 누군가 내게 그 현상을 부르는 이름이 있다고 침착하게 설명해줬다. 직관상. 무의식 속에 있는 이미지를 환영으로 투영할 수 있는 능력이다.

기적은 아니지만 우연은 있다. 나는 우연을 산다. 부수적인 선들이 교차하는 곳에서 산다. 그 선들은 교차하면서 순간적으로 가벼운 점을 찍는데, 너무 가볍고 순간적이며 무엇보다 신중함과 비밀로 이뤄져 있어서 뭐라도 말할라치면 이미 할 말이 없어진다.

그러나 사실은 내게도 한 가지 기적이 있다. 나뭇잎의 기적이다. 내가 길을 걸으면 바람이 불고, 내 머리카락 위에 나뭇잎이 떨어진다. 백만 장의 나뭇잎 중 한 장이 수없이 많은 사람 중 내게 오는 것이다. 내게는 그런 일이 자주 일어나는데, 그래서 결국 나는 겸손하게 자신을 나뭇잎에게 선택받은 사람으로 여기게 됐다. 비밀스러운 사람들과 함께 내 머리카락에 붙은 나뭇잎을 떼어내어 가장 소중한 것을 다루듯 가방에 넣는다. 가방을 다시 열어 푸석푸석하게 마른 죽은 나뭇잎을 발견할 때까지. 나는 그 나뭇잎을 버린다. 죽음의 마스코트는 추억으로 간직하고 싶지 않다. 게다가 또 다른 나뭇잎이 우연히 내게 오리라는 것을 알고 있으니까.

어느 날은 나뭇잎이 내 눈썹 위에 앉았다. 그래서 나는 '신'이 무척 섬세하다고 생각했다.

1969년 1월 11일

루시우 카르도주*

루시우, 한계 없이 달리던 불의 메신저, 네가 그립다.

늘 그리움이 있다. 그러나 슬픈 그리움은 두 번이 있다.

첫 번째 그리움은 건강하던 네가, 활력이 넘쳤던 네가 갑자기 아팠을 때였다. 그는 그 병으로 죽지 않았다. 그는 살아 있긴 했지만 한없이 영예로운 충동으로 글을 썼던 그가 더는 쓰지 않는 사람이 되었다. 그리고 병에 걸린 이후로는 인간의 귀로 들을 수 있는 가장 영감이 되는 것들을 나에게 말하던 그는 말을 잃었다. 오른쪽 몸이 마비된 것이다. 그 이후로 그는 왼손으로 그림을 그렸다. 창작의 능력은 그의 안에서 꺼지지 않았다.

그는 말하지 못하거나 겨우 끙끙대는 소리만 낼 수 있었지만 눈만큼은 빛났다. 그의 눈은 언제나 강렬하게 반짝거렸고 매혹적이었고 조금은 악마 같았다.

그는 병에도 미소를 잃지 않았다. 그 남자는 자신을 죽이는 것에 미소 지었다. 그는 위험을 무릅썼고, 내기의 대가를 비싸게 치렀다. 그는 (그림은 그릴 수 있지만 글은 쓸 수 없는) 왼손으로 예전에는 몰랐던 투명도와 빛, 밝음을 화폭에 옮기기 시작했고, 그런 특징들로 인해 조명을 받기 시작한 듯했다. 나는 그의 그림 중 한 점을 소유하고 있다. 아프기 전에 그린 것으로 전체적으로

* 1912~1968. 브라질 남동부 미나스제라이스 출신의 소설가, 극작가, 시인.

어두운 그림이다. 그에게 빛은 병의 암흑을 통과한 이후에 찾아왔다.

두 번째 그리움은 그가 죽기 직전이었다.

그의 친구 몇 명이 병실의 대기실에 있었고, 대부분은 혼수상태에 빠져 극도로 쇠약해진 그를 보는 고통을 감당할 마음의 준비가 아직 되어 있지 않았다.

나는 병실에 들어갔고 죽은 그리스도를 봤다. 그의 얼굴은 그레코의 인물처럼 푸르스름했다. 그의 이목구비는 아름다웠다.

예전의 그는 말을 잃었지만 적어도 내 말은 들을 수 있었다. 그러나 그 후로는 나의 청소년기 시절에 인생에서 가장 중요했던 사람이 당신이었다고 소리를 쳐도 들을 수 없게 됐다. 그때 그는 내게 가면 뒤 사람들의 모습을 어떻게 식별할 수 있는지를 알려줬고, 달을 관찰하는 가장 좋은 방법을 알려줬다. 나를 '미나스제라이스 여자'로 만든 건 루시우였다. 나는 졸업장을 받았고 미나스제라이스 사람들에게서 내가 사랑하는 '매너리즘'을 알게 됐다.

나는 장례식 전날에 가지 않았고 입관식에도, 예배에도 가지 않았다. 내 안에 너무 많은 침묵이 있었으니까. 그날들에 나는 혼자였고, 아무도 만날 수 없었다. 나는 죽음을 봤다.

기억나는 것들이 있다. 모든 게 뒤섞였다. 때로는 미래를 두려워하지 않기 위해, 안심하기 위해 그의 말을 듣는다, 나는 삶의 불꽃에 태워버린 존재였으니까. 그는 내게 삶의 불꽃을 갖는다는 것이 무엇을 의미하는지 알려줬다. 또 때로는 브라질 재활 협회에서 그를 만나는 내 자신을 그려본다. 그곳은 내 화상 입은 손을 재활 치료를 했고 루시우, 페드루, 미리앙 블로시가 그를 다시 살리려고 했던 곳이다. 우리는 재활 협회에서 서로의 품에 안겼다.

루시우와 나는 늘 서로를 있는 그대로 받아들였다. 그는 신비롭고 비밀스러운 삶으로, 나는 그가 말했던 "열정적인 인생"으로. 우리는 너무도 환상적인 존재들이어서 아마도 우리의 결혼이 불가능한 게 아니었다면 결혼했을 것이다.

엘레나 카르도주, 당신은 너무 섬세한 작가입니다. 나비의 날개를 상하지 않게 잡을 수 있는 사람이고, 루시우의 영원한 누이이지요. 그런데 왜 당신은 루시우에 대한 글을 쓰지 않으십니까? 당신은 그의 갈망과 기쁨, 깊은 불안, 신과의 싸움, 선과 악의 길에서 그가 맺었던 매우 인간적인 결실을 들려줄 수 있을 겁니다. 엘레나, 당신은 루시우와 함께 고통받았고, 그래서 그를 더욱 사랑하셨지요.

글을 쓰다가 때때로 눈을 들어 루시우가 내게 선물했던 오래된 뮤직박스를 바라본다. 〈엘리제를 위하여〉를 쳄발로처럼 연주하는 뮤직박스인데, 내가 그것을 너무 많이 들어서 스프링이 부서졌다. 뮤직박스는 이제 소리가 나지 않을까? 아니다. 루시우처럼 내 안에서 아직 죽지 않았다.

1969년 1월 18일

거의

산타 테레지냐 교회가 눈에 들어왔을 때, 나를 태운 택시는 레미 또는 코파카바나로 이어지는 터널에 진입하고 있었다. 심장이 빠르게 뛰었다. 나는 내 영혼의 육체에서 그것을 알아차렸고, 고통스럽게 느꼈다. 나는 그 교회에서 내 안식처를 찾을 수 있으리라는 것을 알아봤다.

나는 택시 기사에게 그곳에서 내려달라고 말했고, 교회의 시원한 반그늘 안으로 들어가는 나의 걸음에 겸손이 담겨 있음을 느꼈다. 나는 벤치에 앉았고 그곳에서 한동안 머물렀다. 교회는 텅 비어 있었다. 꽃향기가 나를 감쌌고, 천천히 숨이 막혀왔다. 조금씩 마음의 혼란이 우울한 체념으로 바뀌었다. 나는 아무 대가 없이 내 영혼을 줬다. 내가 느꼈던 것은 평화가 아니었으니까. 나는 내 세상이 무너졌다는 것을 느끼고 어쩔 줄 모르는 증인처럼, 숨기려는 듯이 가만히 서 있었다.

그러고 나서 고통을 잊었고 교회의 성자들을 바라보기 시작했다. 모두 순교자들이었다. 그것이 인간과 신이 가는 길이니까. 모두 더 깊고 더 상처받는 삶을 위해 큰 삶을 포기했다. 모두가 우리가 가진 유일한 삶을 '즐기지는' 않았다. 모두가 말 그대로 우둔했다. 모두가 자비를 갈망하는 마음을 위해 영원히 반복됐다. 그러나 신이시여, 지극히 당연한 우리의 욕망에 왜 그토록 커다란 희생이 필요하단 말입니까? 왜 살아 있는 것들은 시련을 겪어야 합니까? 답을 찾으며 텅 빈 교회를 바라보다가 커다란 홀에 관이 하나 있는 것을 봤다. 나는 자리에서 일어나 가까이 다가갔다. 거기, 발이 꽃으로 덮인 성녀 테레지냐가 누워 있었다. 나는 그 모습을 가만히 바라봤다.

그런데 뭔가 이상한 게 있었다. 보통 성녀 테레지냐의 모습은 젊고 손에 꽃을 들고 있어야 하는데 그 성녀 테레지냐는 너무 늙어서 주름진 양피지 같았다. 그녀의 두 눈은 감겨 있었고 하얀 두 손은 가슴에 얹혀 있었으며 발에서는 주홍색 생화들이 비명을 지르듯 꽃봉오리를 열었다.

그 상像은 자기가 아니었고 나는 그것을 바로 알아봤다. 그렇다면 무슨 소재일까? 밀랍인 듯했다. 그런데 밀랍이라면 촛불의 열기에 녹지 않았을까. 나는 성녀를 만져보면 무엇으로 만들었는지 알 수 있을 것 같았다. 내가 어렸을 때 우리 가정부 호자는 내가 하도 만져서 피부에 염증을 달고 다녔다. 그녀는 늘 이렇게 말했다. "이 어린아이는 눈이 손에 있어서 만져봐야 볼 수 있다니까."

그러니 손으로 만져야만 소재를 알 수 있었다. 그렇지만 신부가 와서 본다면 분명 못마땅하게 여길 것 같았다. 나는 주변을 살펴봤다. 교회가 텅 비어서 나는 성녀의 얼굴을 만지기 위해 슬그머니 손을 뻗었다.

중간에 손을 거둬야 했다. 교회 구석에서 젊은 여자 두 명이 나타나 관을 향해 걸음을 옮겨 내 옆에 멈춰 섰기 때문이다. 그녀들은 침울해 보였고, 우리는 한동안 침묵을 지키며 그곳에 있었다.

그중 한 명이 다른 한 명에게 이렇게 말할 때까지.

“그런데 할머니 장례식을 해야 하는데 모두 언제 도착하는 거야? 할머니가 교회에서 살 수는 없잖아!”

나는 그 말을 듣자마자 이해했다. 나는 그것이 성녀 테레지냐가 아니라 죽은 여자라는 사실을 깨닫자마자 새파랗게 질려버렸다. 죽은 여자를 손가락으로 만질 뻔했는데 거의 간발의 차이로 죽은 이의 손녀들이 도착해서 멈췄던 것이다.

사체에 손을 댈 뻔했다는 생각만으로 다리가 휘청했고 긴 의자까지 걸어가는 게 힘겨웠다. 나는 의자에 반무의식 상태로, 반쯤 실신한 사람처럼 앉았다. 심장이 있어야 할 자리가 아니라 다른 곳, 손목에서, 머리에서, 무릎에서 그리고 가슴에서 뛰는 것 같았다.

나는 립스틱 아래 내 입술이 새하얗게 질려 있다는 것을 알았다. 죽은 이를 만질 뻔했다는 게 왜 그토록 충격적인지 나조차도 이해할 수 없었다—죽음은 삶의 일부일 뿐인데. 죽음 없이는 삶을 이해할 수 없는데, 내 운명이기도 한 것을 만지다가 기절할 뻔한 것이다. 나는 교회를 빠져나와야 했지만 땅을 제대로 디딜 수가 없었다. 마침내 나는 겨우 힘을 모아 자리에서 일어나 아무것도 보지 않고 밖으로 나갔다.

내가 밖에서 본 것을 어떻게 설명해야 할까? 나는 현기증에 시달렸고, 둥그렇게 뜬 태양과 꽃에서 꿀을 빠는 꿀벌의 기쁨과 지나가는 자동차들, 살아 있는, 살아 있는—죽은 노인과 거의 죽어가는 나만 시체의 발목을 묶는 붉은 꽃의 향기를 맡으려고 코를 가져다 댔다—사람들을 보자 더 어지러워졌다.

나는 오랫동안 거리에 서서 살아 있음의 냄새를 맡았다. 살냄새, 휘발유 냄새, 바닷바람 냄새, 겨드랑이 땀 냄새가 섞여 있었다. 아직 죽지 않은 것의 냄새였다.

그러고는 택시를 잡고 연약하지만 살아 있는 장미 꽃봉오리처럼 하얗게 질려 집으로 돌아갔다.

1969년 1월 25일

해수욕

아버지는 해마다 해수욕으로 몸을 치유해야 한다고 믿었다. 그리고 나는 헤시피 부근의 올린다 해변에서 해수욕하는 계절이 제일 행복했다.

또 아버지는 해 뜨기 전에 바닷물에 들어가는 게 건강에 좋다고 믿었다. 해가 뜨기 전에 집을 나서서 아직 어둠에 잠긴 올린다까지 우리를 데려다주는 텅 빈 트램을 타는 것이 내게는 특별한 선물처럼 보였다는 것을 어떻게 설명해야 할까?

전날에는 잠을 자려고 해도 기대로 심장이 깨어 있었다. 그리고 순수한 기쁨으로 흥분해서 새벽 4시까지 눈을 말똥말똥 뜨고 있다가 나머지 가족들을 깨웠다. 우리는 서둘러 옷을 입고 아무것도 먹지 않고 집을 나섰다. 아버지가 속이 비어 있어야 한다고 믿으셨기 때문이다.

우리는 매우 어두운 거리를 따라 걷다가 새벽보다 먼저 도달한 미풍을 맞았다. 그러고 트램을 기다렸다. 멀리서 달려오는 트램 소리가 들릴 때까지. 벤치 끝에 앉으면 내 행복이 시작됐다. 어둠 속에 잠긴 도시를 횡단하는 일은 내가 한 번도 발견하지 못했던 무언가를 가져다줬다. 트램에서 날이 밝기 시작하면, 숨은 태양의 떨리는 빛 한 줄기가 우리를 적시고 세상을 적셨다.

나는 모든 것을 관찰했다. 드문드문 눈에 띄는 행인들, 시골에 가까워지자 나타나는 동물들.

"저기 봐, 진짜 돼지야! 진짜!" 내가 소리를 지르자 식구들은 그 감탄의 문장을 놀렸고 이따금씩 "저기 봐, 진짜진짜 돼지야!"라고 나를 따라 하며 웃었다.

우리는 새벽을 기다리며 서 있는 아름다운 말들 옆을 지나갔다.

나는 타인의 어린 시절에 대해서는 전혀 모른다. 그러나 그 일상의 여행은 나를 기쁨이 넘치는 어린이로 만들어줬고, 행복한 미래의 약속이 됐다. 행복할 수 있는 나의 능력이 밝혀진 것이다. 매우 불행한 어린 시절을 보냈던 나는 일상의 여행이 된 매력적인 섬에 집착하게 됐다.

트램 안에서 날이 밝기 시작했다. 올린다에 가까워지자 내 심장이 더 빠르게 뛰었다. 우리는 마침내 트램에서 내려 식물들 사이로 흩뿌려진 모래를 밟으며 탈의실을 향해 걸었다. 탈의실에서 옷을 갈아입었는데, 탈의실에서 나오면 무엇이 기다리고 있는지 알고 있었던 내 몸은 다른 어떤 것보다 환하게 피어났다.

올린다 바다는 매우 위험했다. 바닥을 딛고 몇 발짝 가다 보면 어느새 깊이가 약 2미터인 곳에 빠져 있었다.

그곳에는 해가 뜰 때 해수욕을 하면 좋다는 말을 믿는 또 다른 사람들이 있었다. 안전 요원도 있었는데, 그는 얼마 되지 않는 돈을 받고 여성들을 바다로 이끌었다. 그는 두 팔을 벌렸고, 여성들은 팔을 허우적거리면서 수영 강사에게 매달려 바다의 거친 파도에 맞섰다.

바다 냄새가 나를 감싸 안았고, 나는 취해버렸다. 해초들이 떠다녔다. 아, 나는 수평선 위로 아직 창백한 태양이 떠오르는 순수한 삶의 관점에서 식전의 해수욕이 의미하는 바를 내가 전달하고 있지 못하다는 것을 잘 알고 있다. 내가 너무 감동해서 제대로 쓸 수 없다는 것도 잘 알고 있다. 올린다 바다는 요오드 함유량이 많아서 매우 짰다. 나는 이제 늘 하던 대로 두 손을 모아 바닷물에 담그고 그 물을 조금 떠서 입으로 가져갔다. 나는 바다와 하나가 되고 싶은 간절한 마음에 매일 바닷물을 마셨다.

우리는 늑장을 부리지 않았다. 마침내 해는 완전히 떴고 아버지는 일찍 일하러 가야 했으니까. 우리는 소금기 묻은 옷을 다시 입었다. 소금이 묻은 머리카락이 머리에 달라붙었다.

우리는 바람을 맞으며 헤시피로 가는 트램이 오기를 기다렸다. 돌아가는 길에 소금으로 굳은 내 머리카락을 미풍에 말렸다. 나는 한 번씩 소금과 요오드가 묻은 팔을 핥았다.

집에 도착하고 나서야 아침을 먹었다. 나는 내일도 바다를 다시 본다고 생각하면 이런 모험을 할 수 있다는 것이 커다란 행운처럼 느껴졌다.

아버지는 바로 샤워하면 안 되고 몇 시간 동안 바닷물이 몸에 남아 있어야 한다고 했다. 그건 내 뜻과는 달랐다. 나는 바닷물이 남지 않도록 깨끗하게 샤워를 했다.

내 인생에 행복이 다시 찾아오려면 누구에게 요구해야 할까? 어떡하면 떠오르는 붉은 태양을 순수한 싱그러움으로 느낄 수 있을까? 이보다 더한 것이 있을까?

절대 없다.

절대.

1969년 2월 1일

불가피한 보호

그녀는 아버지가 기뻐할 때마다 아버지를 도저히 볼 수 없었다. 강하고 가혹했던 아버지가 그 순간만큼은 완전히 순수해졌기 때문에. 완전히 무장해제됐다. 그는 자신이 유한한 존재임을 잊고 있었다. 그리고 그는 어린아이였던 그녀에게 가장 천진하고 가장 동물적인 기쁨도 죽는다는 것을 알아야 한다는 책임의 무게를 지웠다. 자기가 죽어간다는 것을 잊는 순간에 그는 그녀를 피에타, 인간의 어머니로 만들었다.

땅의 온화함

많은 사람이 이 발견을 했는지 모르겠지만, 나는 내가 그 발견을 했다는 것을 안다. 나는 또한 "땅을 발견하는 일"은 오래전부터 흔해빠진 일이었고 그 말이 표현하는 것과 달랐다는 것을 안다. 그러나 모든 인간은 어느 순간 "땅을 발견하는 일"에 감춰진 감각을 다시 발견해야 하지 않을까.

이탈리아에서 기차 여행 중에 그런 일이 일어났다. 그곳이 이탈리아일 필요는 없었다. 자카레파구아일 수도 있었지만, 그곳은 이탈리아였다. 기차는 달렸고 나는 스웨덴어밖에 할 줄 모르는 스웨덴 사람과 한 공간에서 같이 자느라 잠을 설치며 밤을 보내고 난 후 기차역에서 맛없는 커피를 한 잔 마시다가 창문 너머로 펼쳐진 땅을 봤다. 그 땅의 온화함은 이탈리아 것이다. 봄의 시작, 3월이었다. 그것도 마찬가지로 꼭 봄일 필요는 없었다. 그저 땅이면 됐다. 우리 모두 땅을 밟고 있는데 이렇게 살아 있는 것에서 생명력을 느낀다는 것은 매우 이상하다. 프랑스인들은 예민해질 때, 자기가 qui vive* 위에 있다고 말한다. 우리는 항상 살아 있는 것 위에 있다.

그리고 우리는 땅으로 돌아간다. 왜 우리는 우리가 땅으로 돌아간다는 것을 스스로 발견하도록 가만히 두지 않는 것인가? 우리는 발견하기 전에 예고받았다. 재현을 위한 커다란 노력으로, 나는 우리가 땅으로 돌아간다는 것을 발견하게 됐다. 그것은 슬픔이 아니라 흥분이었다. 그런 생각을 하기만 해도 땅의 침묵이 나를 둘러싸는 기분이 들었다. 시간이 구체화하기 전에 우리가 먼저 보고 찾을 수 있는 그 침묵.

어떤 관점에서 보면 모든 것은 흙으로 만들어졌다. 소중한 자원이다. 흙의 풍요는 잘 느껴지지 않는다—그래서 모든 것이 흙으로 만들어졌다는 것을 느끼기 어렵다. 얼마나 완전한 하나인가! 영혼이라고 왜 아닐까? 내 영혼은 가장 고운 흙으로 짜여 있다. 꽃은 흙으로 만들어진 게 아니던가?

모든 것이 흙으로 만들어졌으니 우리는 고갈되지 않는 얼마나 커다란 미래를 갖고 있는가. 우리를 초월하는 비개인적 미래. 우리를 초월하는 종種처럼.

* 직역하면 살아서 움직이는 것 위에 있다는 뜻이지만 '경계 태세를 취하다'라는 표현으로 이용된다.

흙은 우리를 개개인으로 나누어 커다란 재능을 줬다—흙으로 만들어진 우리가 흙에 보답하는 재능. 우리는 불사조다. 그래서 나는 감동한 성숙한 시민이다.

이해하지 못한다

"이해 못 합니다." 이 말은 너무 광범위해서 모든 이해를 초과한다. 이해한다는 것은 늘 한계가 있다. 그러나 이해하지 못한다는 것은 경계가 없다. 나는 이해하지 못할 때 더 완전해지는 것을 느낀다. 내가 말하는 방식에서 이해하지 못하는 것은 하나의 재능이다. 이해하지 못한다, 그렇지만 단순한 영혼처럼은 아니다. 가장 좋은 것은 지적이면서 이해하지 못하는 것이다. 그것은 이상한 축복이며, 미치지 않고 광기에 고통받는 것과 같다. 그것은 평화로운 무심함이며, 달콤한 우둔함이다. 가끔 조금 이해하고 싶다는 고충이 찾아오기도 한다. 너무 많이는 말고, 최소한 내가 이해하지 못한다는 것을 이해할 만큼만.

1969년 2월 8일

아우세우 아모로주 리마 (1)

아우세우 교수님, 당신과 통화한다는 게 너무 기뻐서 말이 잘 나오지 않아요. 당신이 솔직하게 제게 감사를 표현했을 때 저는 최고로 인간적인 행위를 주고받는 느낌을 받았습니다. 당신에게 무엇을 물어야 할지 모르겠어요. 당신에게 배울 점이 너무 많습니다. 당신은 완벽하고 명랑하며 세상의 고통을 온몸으로 느끼는 사람입니다. 그러나 우리 사실만을 이야기해봅시다. 우리가 교황청 정의평화위원회에서 일반적으로 논의하는 것은 무엇입니까?

현재까지는 외부적인 활동보다는 내부 조직에 관한 것들이었지요. 게다가 당장 행동해야 하는 것이 아닌 정의와 평화 문제에 대한 전문가들의 회의였습니다. 이것은 브라질의 여러 국가 위원회에 맡겨질 것입니다. 서류로만 존재하는 위원회든 프랑스, 미국, 네덜란드, 독일, 베네수엘라처럼 이미 제대로 기능하고 있는 위원회든요. 로마의 중앙 위원회를 포함하여 모든 위원회의 공통된 기능은 정의와 평화에 관련된 사회병리학적 문제를 파악하고 연구하는 것이며, 위대한 사회 회칙, 특히 「민족의 발전」 회칙* 에 담긴 원칙을 양심과 법률 및 사회적 실천에 전파하는 것이지요.

피임약 문제에 대한 당신의 입장은 어떻습니까? 저는 당신이 아이

* Populorum progressio. 교황 요한 바오로 6세의 회칙.

를 기를 형편이 안 되는 가난한 사람들이 아이를 가장 많이 낳는다는 사실을 기억해주셨으면 합니다.

「인간 생명」 회칙*과 1930년의 「정결한 결혼 생활」 회칙**을 비교해보면 교회가 결혼 생활 중에 있을 수 있는 출산 문제를 타당하게 해석하며 비로소 크게 진보했음을 볼 수 있습니다. 출산은 결혼의 첫 번째 주요 목적으로 여겨졌었지요. 현재는 다행히도 서로 간의 사랑과 충실함을 중요하게 여기고 그것이 가정을 이루는 주된 목적이 되어야 한다고 여기고 있습니다. 책임 있는 부모의 원칙이 지켜지듯이 자손을 결정할 때 배우자의 양심의 우선권도 지켜집니다. 이 점은 프랑스, 북미, 독일, 네덜란드, 아마 영국 주교도 모인 주교 회의에서 명백히 결론 내린 것이며, 「민족의 발전」 회칙에서도 단호히 주장하는 바입니다. 다음 달 10월에 있을 교구회의 소집은 분명히 몇 차례 주교 회의의 결과와 대중의 의견에 대한 반응을 고려한 후에 회칙의 모호한 지점 몇 군데를 설명한다는 것과, 특히 당신이 언급하셨던 사회적 현실을 문제로 다루겠다는 것을 의미합니다. 교황 비오 12세는 오랫동안 자연의 법칙과 신의 뜻에 어긋난다는 무통분만이 도덕적 관점에서 완전히 합법적이라고 발표했습니다. 가부장제와 마찬가지로 부부가 자녀 계획을 세우는 것은 자연법칙을 따르는 것

* Humanae vitae. 1968년 교황 요한 바오로 6세가 인위적인 인공유산 방법을 단죄하기 위해 낸 회칙.

** Casti connubii. 교황 비오 11세의 혼배에 관한 회칙.

이며 잉태 그 자체만큼 존중받아야 마땅합니다. 당연히 신의 법칙은 모든 종이 자연과 조화를 이루며 번식하는 것이겠지요. 동물은 원초적으로, 양적으로, 인간은 이성적으로, 질적으로요.

1969년 2월 15일

아우세우 아모로주 리마 (2)

당신은 저개발국으로 여겨지는 브라질을 위한 즉각적인 해결책이 무엇이라고 생각하십니까?

브라질은 저개발국이자, '저개발국'이라는 표현이 충격적이라고 느끼는 사람들이 선호하는 말로 바꾸면 개발도상국이자 인구가 부족한 국가이지요. 우리에게 출산을 제한하는 문제는 주로 부유층에 영향을 미칩니다. 그들은 회칙의 문자 그대로의 제한적 해석으로 피해를 봤다고 느끼지요. 출산 제한은 중산층 혹은 부유층이 실행하는 것이지 서민들과는 관계가 없거든요. 우리의 문제는 무엇보다 경제와 보건의 관점에서 출생률을 수호한다는 것입니다. 인간의 삶을 실질적으로 보호해주는 경제, 보건 환경을 만들지 않고 출산을 장려하는 것은 감당하기 힘든 불공정한 상황을 계속 이어나가는 일입니다. 출산 장려는 우리나라에서 중요한 문제이고, 우리는 경제적 지원을 좌지우지하는 이들이 외부로부터 강요하는 산아제한에 국가적 산아 제한 정책이 영향을 받는 것을 피해야만 합니다. 어떤 상황에서도 받아들일 수 없는 것입니다.

어떤 사람들은 정신분석에 자신을 내맡기는 일이 바보 같다고, 고해성사가 더 저렴하고 더 쉽다고 말합니다. 저는 그 둘이 완전히 다른 분야라고 생각합니다. 당신의 생각은 어떠십니까?

저는 당신의 의견에 동의합니다. 그 두 분야가 특히 심리학적인 면에서 접점이 있다고 할지라도 그 둘을 분리하는 것이 그 둘을 하나로 묶는 것보다 더 중요하지요. 우리가 처음부터 고해성사를 초자연적 영역에 두지 않는다면 그것은 모든 의미를 잃게 되고 고작 싸구려, 저급한 심리 분석이 되고 말지요. 개인적으로 저는 심리 치료에는 전혀 흥미가 없습니다. 오히려 그 방식이 위험하고 지나치게 확장되었다고 생각합니다. 그러나 우리는 문제를 실용주의 영역에서 생각해야 합니다. 특정한 경우에 이 방식이 성공한다면, 그 치료법이 적용되지 않아야 할 이유가 없으며 오히려 적용해야만 하죠. 제가 유감스럽게 생각하는 것은 일반화입니다. 아프라니우 페이쇼투는 미구엘 코투처럼 지나친 약물복용에 관해서 비관적 입장을 취해 공분을 샀지요. 그러나 그는 빈정거리며 말합니다. "치료가 된다면 복용해봅시다."

정교회 신부들, 개신교 목회자들, 랍비들은 신과 인간에 대한 믿음을 잃지 않고, 고통과 드문 기쁨 속에서 신과 인간 피조물 사이의 중개자 역할을 멈추지 않고 결혼을 합니다. 그런데 왜 가톨릭 신부는 혼인하지 않습니까?

그것은 교리의 문제가 아니라 풍속의 문제입니다. 그래서 사제 독신제가 3세기, 4세기가 되어서야 가톨릭에 도입된 것이고요. 이 규칙은 언제든지 바뀔 수 있습니다. 저는 미래에는 독신의 규칙에 얽매이지 않는 세속 사제들과 완벽한 삶을 사랑하는 마음으로 본인들의 의지에 의해 결혼하지 않는 사제들로 나누어지리라고 생각합니다. 그럼에도 불구하고 니체는 기독교의 가장 커다란 힘은 결혼하지 않는 성직자라고 말했습니다. 어쨌든 결혼 그 자체는 신과 인간들 사이의 매개 역할을 하는 사제로서 임무에 어떤 커다란 족쇄가 되지는 않을 것입니다. 마찬가지로 자발적 독신, 특히 처녀성은 늘 도덕적 상승과 영혼의 정화에 있어서 탁월한 형식일 것이고요.

당신은 때때로 당신만의 생각과 가톨릭의 교리가 부딪치는 것을 느낀 적이 없으십니까?

저는 아주 힘들었던 입문의 과정을 통과해 가톨릭 신앙에 자발적으로 복종하고 나서야 진정한 자유를 느낄 수 있었습니다. 그리고 이 확언에는 어떤 언어유희도 담겨 있지 않습니다. 필요한 것은 자유를 가벼운 욕망 또는 기질적인 움직임과 헷갈리지 않아야 한다는 것입니다. 개인적으로 해석해서 마음대로 동의하지 않을 수 있는 가톨릭 교리는 생각할 수 없는 일입니다. 우리가 알다시피 교황님도 엄격한 규칙과 명시적으로 결정된 사항을 따를 때에만 과오를 범하지 않습니다. 그러나 그의 주교로서의 보편적 우월성은 가톨릭 내부에서 누리는 자유의 본질적인 요소입니다.

1969년 2월 22일

아우세우 아모로주 리마 (마지막)

신을 향한 당신의 믿음은 은총의 행위입니까? 아니면 느린 배움입니까?

은총의 행위라는 왕관을 쓴 오래된 탐구입니다. 결국 그것이 중요하지요, 그것이 오래가고요.

젊은이들이 요구하는 문제들을 해결하는 데 종교적 행위만으로도 충분하다고 생각하십니까?

아니요. 사회적 삶에서처럼 개인적 삶에서도 엄밀한 의미에서 종교적 삶을 가정의 삶과 문화적, 경제적, 정치적 삶과 구분할 수 없습니다. 정치, 경제, 문화, 가정의 삶이 이성적으로 설계되지 않는다면 건강한 종교적 삶도 살아갈 수 없습니다.

우리가 신이 만든 창조물이라면, 신이 우리를 통제한다면 인간의 자유의지는 무엇입니까?

인간의 위대함은 정확히 말해서 신을 거부할 자유를 지닌 유일한 동물이라는 것이지요. 그렇기 때문에 신을 자유롭게 알아보고, 신을 사랑하는 것입니다.

바티칸의 평신도 회의에서 당신의 역할은 무엇입니까?

내가 모르는 것을 더 잘 배우는 법을 배웠습니다.

가톨릭의 위대한 지도자와 성자의 차이는 무엇입니까? 예를 들어 성자는 청빈과 순결을 서약하고 세상의 쾌락을 포기해야 하나요?

신성함은 늘 신의 뜻을 따르는 데 있고, 무엇보다 어디에 그 뜻이 있는지를 알아야 합니다. 그렇기 때문에 이 세상에서 최소한의 신성함을 갖는 데 청빈과 순결 또는 세상의 쾌락을 포기하는 서약에 반대하는 어떤 것보다 가장 큰 장애물이 교만과 탐욕인 것입니다.

당신은 은총을 받은 상태를 느끼실 수 있나요? 겸허하게 말하자면, 저는 이미 한 번 이상 경험했습니다. 저는 그 그리운 상태를 되찾고 싶지만, 이미 너무 받아버려서 더는 아무것도 요구할 수 없습니다.

제 눈에는 인간의 것에 완전히 무관심해지는 모든 순간이 은총을 받은 상태입니다. 저는 그럴 때 신이 함께하는 것처럼 느껴집니다. 그런 것은 침묵처럼 말로 표현할 수 없고 다른 말로 옮길 수도 없습니다. 그런 이유로 은총이 충만한 날들이 있는 것이지요. 또 그런 은총이 없는 텅 빈 몇 주도 있고요. 결코 완전히, 의심할 여지 없이 가장 중요한 것은, 시인에게 영감을 주고 우리에게 시적 순간을 선사하는 자연계처럼 언제나 모두에게 예기치 않은 영적 영감을 가져다주는 은총의 도래에 창문을 열어두는 것입니다.

당신은 교수로서 어떻게 느끼시나요? 가르치는 것은 쓰는 것보다 만족감을 주나요?

저는 늘 가르치는 것을 좋아했고, 강단이 그립습니다. 그러나 저는 가르치는 것을 하나의 시적 창작 형태라고 여겼지요.

당신은 현재 이 세상에 무력감을 느끼십니까?

아니요. 저는 저항합니다, 매우 자주요.

인간이 처음으로 달에 갔을 때 어떠셨습니까?

저는 1909년, 제가 아직 청소년이었을 때, 베를린에서 블레리오가 영불해협을 비행기로 횡단했다는 기사 「첫걸음만 대가를 치른다……」를 신문에서 보며 느꼈던 것과 똑같은 감정을 되찾았습니다.

아우세우 교수님, 제가 당신을 만나고 싶다고 한 적이 있었지요. 사는 법을 배우고 싶어서였습니다. 저는 사는 법을 몰랐고 여전히 모릅니다. 당신은 저에게 특히 감동적인 말씀을 하셨지만 밝히고 싶지는 않습니다. 그리고 제가 필요하면 당신에게 다시 전화를 걸어도 좋다고 하셨습니다. 네, 저는 당신이 필요합니다. 그리고 제 책들이 저에게 무엇을 기대하는지 당신이 알려주셨으면 합니다.

클라리시, 엄밀하게 말하자면 당신은 자신의 책을 쓰지 않는 비극적인 부류의 작가에 속합니다. 그들은 '타인들에 의해' 글을 쓰지요. 당신은 당신 소설을 쓴 저자의 주인공입니다. 그리고 당신은 이 저자가 이 세계의 사람이 아니란 걸 알고 있어요.

지식인이 생각하는 저개발 국가 체제의 해결책은 무엇일까요?

침묵 속에서 고통받기 또는 끊임없이 저항하기.

교회의 위기에 대해서 어떤 말씀을 해주시겠습니까?

교회는 늘 위기를 겪어왔습니다. 그러니까 변화와 투쟁을 말하는 것이지요. 인류의 역사와 사건들을 따라서 급속한 성장을 했고, 그것은 위기 상태에서도 마찬가지였습니다. 그러니까 교회의 영적 기능의 강화 또는 약화가 자연스럽게 교회 기관에 영향을 미치는 것이지요. 그러나 모든 것은 생명력의 증거이지 쇠

퇴가 아닙니다. 교회는 지금처럼 활기가 넘쳤던 때가 없었고, 선교자들은 박해를 받으면서도 교회의 일부 구조를 바꾸는 데 몰두하게 되었습니다.

그러면 가톨릭 내부에서 일어나는 대립은요?

그것은 교회 내부에서 우리가 더 큰 자유를 누릴 수 있다는 증거입니다. 보수와 개혁 사이에 또는 우리가 일반적으로 말하는 반동주의자와 진보주의자—개인적으로 저는 마지막 부류에 해당합니다—사이에 긴장감이 있는 한 그것은 가톨릭적 삶의 활력의 증거일 것입니다. 위험한 것은 다른 쪽을 지배하고자 하고, 고유한 세계인 공동의 집 내부에 반대 또는 다름의 공존을 없애버리려고 하며 두 비탈 중 하나가 산을 자처하는 것이지요. '보편적'이지 않았더라면 교회는 가톨릭이 되는 것을 중단했을 테니까요. 내부에 자유가 없었더라면, 주어지지 않았더라면 상호간의 존중 안에서 자유로운 인간들이 하나가 되는 것이 아니라 로봇이 지배하는 전체주의적 획일성이 될 것입니다.

현재 브라질 문학에 대해 어떻게 생각하시나요?

저는 우리가 여전히 1922년 모더니즘 혁명의 영향을 받으며 살고 있다고 생각합니다. 분명 세월은 반복 없이 이어질 것입니다. 그 결과 20세기는 1830년에서 1840년까지, 그리고 1880년에서 1890년까지, 두 번의 커다란 혁명을 겪었던 19세기와 점점 멀어지지요. 첫 시기에는 고전주의에서 낭만주의로 넘어갑니다. 두 번째는 낭만주의에서 사실주의와 상징주의로 갑니다. 20세기에는 먼저 1920년대의 문학 혁명이 있었습니다. 다음 혁명은

1980년이 되기 전에 일어날까요? 그렇다면 글로 쓰는 문학에서 구전적, 시각적 문학으로 넘어가는 '시청각' 혁명일 것입니다. 1920년에 논리적 글쓰기에서 마술적 글쓰기로 넘어가는 모더니즘 혁명이 있었던 것처럼요. 1980년에는 내가 없을 테니 내 예측이 맞았는지 말해주세요…….

1969년에 출간 계획이 있으십니까?

새로운 글이 없어요. 어쨌든 흩어져 있는 것들을 한 권으로 묶을 예정입니다. 오래전에 절판된 『Estudos(공부)』 다섯 권 연작이 포함된 『Estudos literarios(문학 공부)』 2권처럼요. 거기에는 간단한 전기 『Vidas bem vividas(잘 산 인생들)』와 1967년에서 1968년까지 『Peripecias da liberdade(의외의 자유)』란 이름으로 발표한 주간 칼럼, 「민족의 발전」 회칙에 대한 논평집인 『민족의 발전 회칙』, 『폭력이냐 아니냐?』, 그리고 『가용성에 대한 작별』과 『기타 작별』이 있습니다.

당신이 살아온 평생 동안 당신이 받은 가장 커다란 찬사는 무엇입니까?

어느 비 오는 날 리우-페트로폴리스 도로의 난해한 커브 길을 운전하고 있었습니다. 교통 체증이 있었고 안개도 있었죠. 저는 위험한 운전을 했고 당시 어렸던 아이들 중 한 아이가 다른 아이에게 이렇게 말하는 것을 들었습니다. "노친네가 미쳤나 봐." 그렇지만 그건 이미 오래전의 일입니다.

1969년 3월 1일

인생의 실타래

그가 시간을 낭비했다고 하면, 다른 사람들은 그가 말한 것을 이해한다. 그러나 그는 때때로 시간을 낭비했다는 느낌을 받으면서도 아무 말도 하지 않을 때가 있다. 다른 사람들이 이해하지 못하기 때문이다. 예를 들어 하루가 막 지났다고 하면, 그는 오늘 밖에 오지 않을 생각을 그 하루 동안 생각하지 못한 것처럼 놀랐다. 오늘 그가 생각했거나 행동했던 것은 어제도 내일도 생각할 수 없거나 행동할 수 없는 것이다. 왜냐하면 장미의 시간이 있고, 멜론의 시간이 있으며, 당신은 딸기가 나오는 시기에만 딸기를 먹기 때문이다. 그는 연기할 수 없는 시간이 있음을 느꼈고, 각각의 순간에 해당하는 돌아갈 수 없는 시간이 있음을 느꼈다. 그의 모든 노력은 이런 시간을 우리가 놓칠 수 없는 고유한 시간과 연결시키는 데 목표를 두고 있었다.

한편 '시간을 낭비했다'라는 표현이 자신의 생각을 설명해주지 못한다는 것을 깨달으면서 그는 진실에 맞는 다른 표현, '젊음을 즐긴다'를 그 순간 선택했다. 그러나 그 문장은 아주 잠깐만 진실에 해당했다. '젊음을 즐긴다'는 본래의 의미로 채워지기 시작했다—그리고 그는 자신의 것이 아니었던 젊음을 자신만의 방식으로 즐기기 시작했다. 그는 이런 인생의 실타래 속에서 어떻게 자신의 젊음을 잃을 수 있었는지 설명하지 못했다. 젊음은, 그러니까 여자들인가? 나는 알 수 없다.

작가가 누구인가?

오래된 종이를 정리하면서 인용 부호 속에 영어로 몇 줄이 적힌 종이를 발견했다. 그것은 내가 이 문장을 베껴 썼다는 것을 의미한다. 그 문장이 너무 아름답다고 생각했기 때문이다. 그렇지만 작가의 이름이 없다. 용서할 수 없는 일이다. 내가 그 문장을 번역해볼 텐데, 나의 마음을 두드렸던 그것이 번역에 담길 수 있을지는 모르겠다.

"그 두 사람은 달콤한 어둠 속에, 너무 짙어서 어둠보다도 어두웠던 어둠 속에 잠시 녹아들었다. 두 사람은 잠시 동안 검은 나무보다도 어두웠고, 그러고 나서는 모든 것이 더 어두워졌다. 그래서 그녀가 그를 향해 눈을 떴을 때에는 그의 어깨 너머로 세계의 거친 파도만을 볼 수 있었는데, 그녀는 이렇게 말했다. '응, 당신이 원하면 나도 함께 갈게—어디든. 나도 당신을 사랑해.'"

1969년 3월 8일

시인이기도 한 아우구스투 호드리기스

거의 일요일마다 아우구스투 호드리기스*와 수다를 떤다. 지난 주 일요일에는 그가 말했다. "시를 몇 편 썼어요. 레두 이부**는 형편없다고 했지만 당신에게 보여줄게요." 나는 그에게 다른 사람도 그가 최근에 시를 쓴 것을 알고 있느냐고 물었고 그는 이렇게 대답했다. "레두 이부와 당신만 알아요."

그러니 이곳에 그의 시를 발표하는 것은 예술적 특종이다. 나는 그의 시들이 무척 좋았다. 그가 소묘나 회화 작가로 더 훌륭한 것은 당연하다. 그래서 레두 이부가 지나치게 엄격했던 것이 아닐까 생각한다. 나는 이 칼럼에 그의 시를 싣게 해달라고 그에게 부탁했다. 그는 무척 망설였지만 결국 이렇게 말했다. "진지하게 받아들이지 마세요. 농담처럼 여겨주세요." 나는 그 시의 제목을 물었다. 그는 고심하고 또 고심하다가 대답했다. "제목이 없어요." 시 외에도 그는 호르헤 루이스 보르헤스가 무척 좋아하는 짧은 이야기들을 쓴다.(다음 주 토요일에 아르헨티나의 위대한 시인이자 산문가가 좋아했던 글을 공개하겠습니다.) 다시 아우구스투 호드리기스 이야기로 돌아와서 그의 산문시부터 시작하

* 1913~1993. 브라질 화가이자 일러스트 작가. 1971년에 첫 번째 시집을 발표했다.

** 1924~2012. 브라질 시인, 소설가, 수필가.

자면, 그것들은 최소한의 단어로 생각을 전한다.

"그녀들 중 한 명이 떠나는 순간에 말한다. "자기야, 내가 갈까? 아니면 내가 올까?"

또 다른 이야기 하나. "그들은 선장이 불을 피웠을 때 너무 배가 고팠다! 그들은 가지를 주웠고 성냥에 불을 붙였으며 주방으로 먹을 것을 가지러 떠났다."

또 다른 이야기. "치즈는 얼마예요?" "12크루제이루요." "그거 반절은요?" "7크루제이루요." "그럼 앞의 것으로 주세요."

또 하나. "그는 땅을 휘저으면서 사랑의 씨앗을 뿌렸다. 잠을 자고 꿈을 꾸다가 깨어나 눈을 뜨니 땅의 품에서 나무와 꽃이 나오는 것을 보았다."

시:

그는 머리를 숙였다
그의 시선은 바닥에 머물렀고
칼날이 그의 목을 훑고 내려가는 것을 느꼈으나
그럼에도 불구하고 그는 산다
놀고 있던 아이
머리카락 사이로 미끄러지던 손
발가락 사이로 흐르는 냇물
정의로운 것과

쓥쓸한 인생

부족했던 빵

전차의 추락

무너지는 바닥을 말했던 그의 아버지

그들이 말한 것들에 대해

그는 아는 것이 별로 없었고

그가 말한 것 안에서 길을 찾지 못했지만

그의 귓속에

피고인은 유죄다

라는 말이 깊이 새겨질 것이다

소의 옆구리에 찍은 낙인처럼

이라는 말이 강하게 새겨질 것이다

또 다른 시:

나는 엉켜 있다

너의 가는

머리카락 사이에

너의 두 팔이

쳐놓은 올가미 속에

너의 입술이 가두어놓은 내 입술 속에

하나밖에 될 수 없는

결합된 몸속에

그러나 네가 나를 놓으면
나는 돌아올 것이다
나는 자유로우니까
자유로우니까
그저
네가 나를 가질 때에만. 네가 나를 잡을 때에만
너의 머리카락으로
촘촘하게 짠 그물 속에서

또 다른 시:

소가 바다에 들어갔다
그러고 소가 돌아왔을 때
소는 너무 커서
수평선에 숨었고
모든 해변을 차지했다.
또 다른 소가 천천히
샤갈의 그림으로 들어가서 나가지 않았다
소는 하늘색으로 덮인
그림의 푸르름 안에서 잠들었다.
그러나 소는 아무도 돌아오지 않았던
유년 시절 중 하나다
어느 아침에

소는 등에 두 날개를 달고

안녕이라 말하고 떠났다

1969년 3월 29일

새로운 책이 탄생할 것이다

여러분 모두 바우미르 아얄라를 품격 있는 산문시와 시로 잘 알고 계시지요. 그러나 저의 새로운 친구이자 런던과 파리 박물관에서 자신의 그림을 전시했던 곤충학자 루이스 오테루는 모르실 겁니다. 저는 루이스 오테루의 그림을 보고 곤충의 세계에 깜짝 놀라고 매료되었습니다. 게다가 오테루는 피아노로 쇼팽을 연주하는데 그것 또한 매력적입니다. 저는 그를 바우미르에게 소개해줬고, 그의 그림을 함께 보러 가기도 했습니다. 그들은 대화를 나눈 끝에 책을 함께 쓰기로 했고, 우리는 그 책을 탐독할 것입니다. 곤충의 비극적이고 강렬한 삶을 다룬 시집으로 루이스가 삽화를 그렸습니다.

커다란 질문

내 책을 읽은 사람들은 내가 신문에 기고하면서 흔히들 말하는 양보라는 것을 할까 봐 두려워한다. 많은 사람이 내게 말한다. "당신답게 쓰세요."

한번은 "당신답게"라는 말을 듣고 갑자기 당황스러움과 혼란을 동시에 느꼈다. 동시에 또 갑작스럽게 끔찍한 질문이 찾아왔다. '나는 누구인가? 나는 어떤 사람인가? 무슨 존재인가? 진짜 나는 누구인가? 나는 누구인가?'

그러나 그 질문들은 나보다 컸다.

행복한 남자

일전에는 택시에서 담배에 불을 붙였는데, 첫 번째 정지신호에서 택시 기사가 내게 말했다.

"성냥을 빌려주실 수 있을까요?"

나는 성냥갑을 내밀었고, 그가 성냥갑을 돌려주면서 뭐라고 말하기 전에 습관처럼 조용히 말했다.

"천만에요."

그러자 그는 말했다.

"저는 아직 고맙다고 말하지 않았는데요. 왜 저에게 '천만에요'라고 말씀하신 거죠?"

"아, 신경 쓰지 마세요."

"죄송합니다만, 신경이 쓰이네요. 당신은 '천만에요'라고 말하기 전에 제가 '정말 감사합니다'라고 말하기를 기다렸어야 해요."

"신경 쓰지 마시라니까요."

나는 조금 놀라서 다시 말했다.

그러나 사실 그것은 신경 써야 하는 일이 맞다. 그의 말투는 침범당한 자기 권리를 지키려는 사람의 그것이었다. 마치 위험한 땅에 떨어지기라도 한 것처럼. 나는 그를 더 자세히 바라봤고, 그 남자가 얼마나 자유롭지 못한지, 또 그가 예속된 느낌을 필요로 하는 것처럼 다른 사람도 그래야 한다고 믿는 것을 봤다. 그래서 말보다는 말투로 그의 기분을 풀어주려고 했다.

"보세요, 젊은이, 정말 신경 쓰지 마세요……."

그러니 그는 완고하게 고집을 피웠다.

"다음번에는 고맙다는 말을 기다리세요."

더는 덧붙일 말이 없었다. 나 역시 조금 신경질이 났다. 우리는 가는 동안 아무 말도 하지 않았다. 말 없는 침묵이 존재한다면 바로 그것이었을 것이다.

충동

나는 이른바 사람들이 말하는 충동적인 사람이다. 어떻게 설명해야 할까? 내가 보는 바는 이렇다. 나는 어떤 생각이나 감정이 찾아오면 내게 찾아온 것에 대해 생각해보는 대신에 거의 즉각적으로 행동한다. 결과는 다양하다. 때때로 확실한 직감에 따라 행동할 때도 있고 완전히 실수할 때도 있는데, 그것은 직감이 아니라 어린아이 같은 행동이었음을 증명한다.

나는 내가 계속해서 직감을 따라 행동해야 하는지 알아야 한다. 내가 그것을 어느 정도까지 통제할 수 있는지도. 거기에는 하나의 위험이 존재한다. 그러니까 너무 오래 생각하면 행동하지 않는다는 것. 뒤에 이어지는 일 대부분이 내가 행동했어야 한다는 것을 증명한다. 나는 막다른 골목에 있다. 완벽해지고 싶지만 어떻게 해야 할지 모르겠다. 나는 충동적 행동으로 이미 몇 사람을 도왔다. 그리고 내가 충동적이었다는 사실이 때때로 내게 깊은 상처를 줬다. 무엇보다 내 충동의 기원이 늘 좋지만은 않다. 예를 들어 분노에서 충동이 찾아오기도 한다. 때로는 무시해야 하는 분노가 있고, 또 다른 분노는 친구가 나에 대해서 말하며 했던 말처럼 "신성한 분노"다. 때때로 나의 "선의"는 약하고, 때때로 그 선의는 누군가에게 또는 내게 이롭다. 때때로 충동을 억누르는 것은 나를 무력하게 하고 우울하게 하며, 때때로 그것을 억누르는 것은 내면의 힘을 키우는 감각을 주기도 한다.

그러니 어떻게 해야 하는가? 맞든 틀리든 계속 체념하며 결과를 받아들여야 하는가? 아니면 충동과 싸워 더 성숙한 사람이 되어야 하는가? 그렇다면 나는 순수한 쾌락을 주는 유치한 놀이를 하는 기쁨을 잃게 될 것이다. 그리고 그 결과는 분명 다시 한 번 충동의 형태로 나타날 것이다. 나는 아직 성숙하지 못하다. 어쩌면 영원히 성숙할 수 없을지도.

1969년 4월 5일

검은 사슴

아프리카. 라이베리아의 탈라, 케베, 사스타운에 신문기자 애나 키퍼와 기장 크로켓과 기장 빌 영과 함께 있다. 선교사들은 아직 이곳에 발을 들이지 않았다. 몇몇 주민은 항공기지에서 일했던 적이 있어 마치 사투리를 쓰듯—몬로비아만 해도 스물네댓 개의 사투리가 있다—짧은 영어로 말했다. 그들은 대화 중에 말을 멈추어 정성스럽고 기쁘게 "헬로"라고 말하더니 자신이 방금 내뱉은 말의 울림을 주의 깊게 듣고 웃음을 터뜨리며 말을 이어간다. 그들은 작별 인사 하는 것을 좋아한다. 그들의 피부는 한 번도 물에 젖어본 적 없는 백조처럼 물을 밀어내는 듯한 광택 없는 단색, 검정이다. 몇몇 아이는 배꼽이 오렌지 크기만 하다. 나는 젊은 흑인에게 구석구석 면밀히 조사받고, 어떻게 해야 할지 몰라 결국 안녕을 고한다. 그가 작별 인사를 너무 좋아하니까. 청년은 기뻐하는 것처럼 보인다. 천진하고 순수한 제물의 섬세함으로 내게 부지런히 음란한 몸짓을 보낸다. 젊은 흑인 여성들은 얼굴에 황갈색 줄을 그렸고 입술 안쪽은 괴사한 것처럼 회녹색을 띤다. 그중 한 명은 내가 아이를 쓰다듬자 이렇게 말한다. "베이비 나이스. 베이비 크라이 머니." 그녀의 목소리는 너무도 선율적이어서 항아리에 물을 채우는 것 같다. 영 기장은 그녀에게 동전을 주고 그녀는 웃는 목소리로 항아리의 물을 엎지르며 요구한다."베이비 크라이 빅 머니." 그녀들은 많이 웃는다, 우울해

보이는 얼굴의 여자들조차도. 그녀들의 웃음에는 비웃음의 흔적이나 권력의 의지가 없다. 그것은 매혹과 환심을 사고 싶은 마음, 겸손함, 호기심, 즐거움이 뒤섞인 것이다. 그중 한 명이 내가 거의 불편함을 느낄 정도로 나를 뚫어지게 바라본다. 끝나지 않는 말들이 이어지는 와중에 갑자기 차분한 연설이 시작됐고, 나는 어떤 r 또는 s를 알아들을 수 없었다. 다만 l에 가까운 변주였을 뿐. 오가는 어쩌고저쩌고하는 소리들. 내가 통역자에게 도움을 요청하자 그가 요약해서 말해준다. "쉬 라이크스 유." 젊은 여자는 또 다른 말을 어쩌고저쩌고하기 시작했고, 이번에는 그녀의 빗줄기 같은 선율적인 목소리가 여러 항아리를 채운다. 통역사는 내 스카프를 말한다. 나는 내 스카프를 벗어서 그녀에게 어떻게 매는지 보여준다. 주위를 둘러보자 호리호리한 흑인 여자들이 반나체로 나를 둘러싸고 있다. 그녀들은 모두 진지하고 조용하다. 아무도 내 행동에 관심을 보이지 않고, 나는 이 검은 사슴들 속에서 어떻게 행동해야 할지 모른다. 그녀들의 까만 얼굴에 그려진 진한 줄이 나를 바라본다. 그들의 다정함이 나를 사로잡는다. 이번에는 내가 편안해지고, 온순해진다. 그녀들 중 한 명이 내게 다가온다. 가벼운 걸음으로, 마치 어떤 의식을 행하듯이—그들은 완전히 형식에 열중한다—그녀는 내 머리카락을 만지고, 쓸어내리고, 더듬고, 집중한다. 다른 여자들은 그것을 바라본다. 나는 그녀들을 놀라게 하지 않으려고 움직이지 않는다. 그녀가 동작을 마치자 다시 짧은 침묵이 이어진다. 마치 침묵이 경로를 바꾼 것처럼 갑자기 l 자가 뒤섞인 웃음과 기대치 않았던 기쁨이 튀어나온다.

글쓰기의 위험한 모험

"내 직감은 그것을 단어로 바꾸려는 노력으로 더욱 명백해진다." 이런 문장을 썼던 적이 있다. 그러나 나의 착각이었다. 글을 쓸 때 직감은 어딘가에 붙거나 고착된다. 그것은 위험한 일이다, 무엇이 나올지 모르니까—그것이 진심이라면. 단어의 힘으로 파괴되거나 자멸한다는 경고를 받을 수 있다. 수면 위로 절대 떠오르지 않길 바랐던 기억을 되찾을 수도 있다. 환경이 지옥 같아질 수도 있다. 직감이 통과하려면 심장은 순수해야 한다. 세상에, 언제 심장이 순수하다고 말할 수 있을까? 순수한 것을 정화하는 것은 어려운 일인데. 때로는 부정한 사랑 속에 몸과 영혼의 모든 순수함이 있다. 성직자가 아니라 자기 자신의 사랑으로 축복을 받는다. 이 모든 것을 보게 되는 것이 가능하다—본 것은 말로 표현할 수 없다. 직감을 가지고는 장난칠 수 없다. 쓰는 행위를 가지고는 장난칠 수 없다. 사냥감은 사냥꾼에게 치명적인 상처를 줄 수 있으니까.

1969년 4월 12일

파블로 네루다와 나눈 짧은 인터뷰

파블로 네루다와 그의 아내 마틸드가 머물 후벵 브라가의 아파트 빌딩 입구에 도착했다. 마침 차가 멈추어 두 사람의 큰 짐을 내리고 있었다. 그걸 본 후벵이 이렇게 말했다. "시인의 문학적 경륜의 크기를 보세요." 거기에 시인이 이렇게 대답했다. "저의 문학적 경륜의 무게는 약 2, 3킬로그램 정도 나올 거예요."

네루다는 아주 친절했는데, 특히 모자를 쓰고 있을 때에는 더 그랬다.(그는 내게 "나는 머리숱이 적지만 모자는 많다"라고 밝혔다.) 그렇지만 일에서는 장난치지 않는다. 그는 내게 그날 저녁에 인터뷰를 수락한다면 세 개의 질문에만 대답할 것이라고 했다. 그렇지만 다음 날 아침에 이야기하기를 원한다면 더 많은 질문에 답을 할 것이라고 했다. 그는 내가 준비한 질문을 보여 달라고 했다. 나는 자신감을 완전히 잃은 채로, 오직 신만이 무슨 말인지 알기를 바라며 내가 써놓았던 질문지를 보여줬다. 그러나 그 '무슨 말'은 위안이 됐다. 그는 내게 질문이 매우 좋다고 말하며 다음 날 나를 기다리겠다고 했다. 나는 안심하고 떠났다. 질문을 던져야 하는 나의 소심함이 시간을 벌어준 것이다. 그러나 나는 배짱 좋은 소심한 사람이며, 그런 식으로 살고 있다. 내게 좌절감을 안겨주는 모든 것은 어떤 보상을 가져다주기도 한다. '배짱 좋은 소심함'에 고통받는 이들은 내 말의 뜻을 이해할 것이다.

우리의 대화를 다시 옮기기 전에 그의 문학적 경륜에 대해 간단히 살펴보자.

그는 열아홉 살에 『황혼 일기』를 썼다. 그다음 해에는 『스무 편의 사랑의 시와 한 편의 절망의 노래』를 출간했는데, 지금까지도 사람들은 그 시집을 기억하고, 재출간하고, 읽고, 사랑한다. 그 후로 1925년에서 1931년까지 그가 초현실주의를 통과하며 쓴 시를 모은 『지상의 거처』를 출간했다. 1945년까지 쓴 시들을 엮어 『세 번째 거처』를 발표했는데, 로르카의 죽음과 그에게 깊은 충격을 줬고 정치적, 사회적 문제에 눈을 뜨게 했던 스페인 내란에 슬퍼했던 『마음속의 스페인』의 일부가 포함된 책이다. 1950년에는 라틴아메리카의 정치적, 윤리적, 사회적 문제에 접근하는 시도가 담긴 『모두의 노래』를 출간했다. 1954년에는 더 절제해 조금 더 단순한 문체를 시도했던 『일상적인 것들에 대한 송시들』을 발표했는데, 예를 들자면 「양파를 위한 송시」가 있다. 1956년에는 이전에 다루지 않았던 일상적인 주제 속에서 발견한 것들을 쓴 『일상적인 것들에 대한 새로운 송시들』을 발표했다. 1957년에는 이전의 작품과 연장선에 있는 『송시를 위한 세 번째 책』이 이어졌고, 이후로 『백 편의 사랑 소네트』(1959), 『질문의 책』(1958), 그리고 『검은 섬의 추억』(1964)을 출간했다.

다음 날 아침 나는 그를 만나러 갔다. 안타깝게도 그는 이미 내 질문에 대답해버렸다. 하나의 질문은 언제나, 거의 언제나 다른 질문을, 때로는 우리가 도달하려는 그 질문을 불러일으키기도 하니까. 그의 대답은 간결했다. 긴 질문에 짧은 답을 듣는 일은 정말 실망스럽다.

나는 그에게 인터뷰를 요청하는 데 있어 나의 부끄러움에 대해 말했고, 거기에 대해 그는 이렇게 대답했다. “바보 같긴!”

나는 그에게 자신의 책 중에서 어떤 것을 가장 아끼는지, 이유는 무엇인지를 물었다. 그는 이렇게 대답했다.

“당신도 잘 알다시피 우리가 창작한 모든 것은 우리 마음에 들죠. 왜냐하면 그건 우리 자신이니까, 당신과 내가 만든 것이니까요.”

“당신은 스스로를 칠레 시인이라고 생각하십니까? 라틴아메리카 시인이라고 생각하십니까?”

“칠레 지방 시인이자 라틴아메리카 지방 시인이에요.”

“불안이란 무엇입니까?”

내가 묻자 그는 답했다.

“나는 행복합니다.”

1969년 4월 19일

파블로 네루다와 나눈 짧은 인터뷰 (마지막)

글쓰기가 삶의 불안을 치유하나요?

물론이죠. 자연스럽게 그렇게 돼요. 당신이 당신의 일을 좋아한다면, 그 일을 하는 것이 천국이니까요. 그렇지 않으면 지옥이지요.

신은 누구입니까?

가끔은 우리 모두가 신이죠. 항상 신인 사람은 없지만요.

인간을 가능한 한 가장 완전하게 서술한다면 어떻게 표현하시겠습니까?

정치적, 시적, 물질적.

당신에게 아름다운 여성이란 어떤 여성입니까?

많은 여성으로 이뤄진 여성이요.

당신이 가장 좋아하는 시를 써주세요, 어쨌든 지금 좋아하는 시요.

지금 쓰고 있습니다. 10년을 기다려주실 수 있습니까?

칠레가 아니라면 어디에서 살고 싶으십니까?

나를 바보나 애국자라고 생각해도 좋습니다만, 얼마 전에 시에 쓴 적이 있지요.

내가 천 번을 태어나야 한다면
내가 태어나고 싶은 곳은 이곳
내가 천 번을 죽어야 한대도

내가 죽고 싶은 곳은 이곳…….

글을 쓰면서 느끼는 가장 커다란 기쁨은 무엇입니까?

내가 쓴 시를 읽는 일이요. 그리고 사막이나 칠레 북부의 광산, 염소들이 풀을 뜯는 마젤란해협, 다듬어지지 않은 더러운 양모 냄새가 나는, 고독한 창고 같은 황량한 장소에서 내가 쓴 시를 듣는 일입니다.

창작하기 전에 선행되는 감정은 불안입니까? 혹은 충만한 상태입니까?

저는 그 감정이 무엇인지 잘 모릅니다. 그렇지만 내가 무감각하다고 생각하진 말아주세요.

제가 놀랄 만한 무언가를 말해주세요.

748.

(나는 정말 놀랐다. 그렇게 조화로운 숫자를 기대하진 못했으니까.)

요즘 브라질 시를 잘 아십니까? 우리 시인들 중에서 누구를 가장 좋아하십니까?

카를루스 드루몽 지 안드라지와 비니시우스 지 모라이스, 그리고 위대한 가톨릭 시인 조르지 지 리마를 존경해요. 젊은 시인들은 잘 몰라요. 파울루 멘지스 캄푸스와 제이르 캄푸스 이후로는 모르죠. 제가 무척 좋아하는 시는 페드루 나바의 「망자」입니다. 저는 어디서든 그 시를 친구들에게 소리 내 읽어주죠.

참여문학에 대해 어떻게 생각하십니까?

모든 문학에는 참여 정신이 있습니다.

당신의 책 중에 무슨 책을 가장 좋아하십니까?

다음 책이요.

당신의 독자들이 당신을 두고 "라틴아메리카의 화산"이라고 부르는 것을 어떻게 생각하십니까?

그건 몰랐네요, 그들은 아마도 화산이 무엇인지 모르는가 봅니다.

가장 최근에 쓴 시는 무엇입니까?

「세상의 끝」입니다. 20세기에 대해 말하는 시죠.

어떤 식으로 당신 안에서 창작이 이루어지나요?

종이와 펜으로요. 어쨌든 그것이 저의 레시피입니다.

비평은 건설적인가요?

다른 사람들을 위해서는요. 창작가에게는 아니고요.

청탁을 받아 시를 쓰시기도 하나요? 해본 적이 있으시다면 지금 한 편 써주세요, 아주 짧은 것이라도.

많이 쓰죠. 그런 시들이 제일 좋아요. 이것은 시입니다.

당신은 네루다라는 이름을 선택하셨지요. 우연인가요 아니면 체코 자유 시인 얀 네루다*의 이름에서 영감을 얻으셨나요?

이제까지 그걸 확인하는 데 성공한 사람은 아무도 없었습니다.

* 파블로 네루다의 본명은 네프탈리 레예스다. 얀 네루다는 『말라스트라나 이야기』의 저자로 잘 알려졌고, 5월파의 구성원 중 한 명이다. 네루다는 체코어로 '가족에게서 나오지 않은'이란 뜻을 가졌다.

세상에서 가장 중요한 것은 무엇입니까?

특정한 사람만이 아니라 모든 인간의 삶에 가치 있는 세상을 만드는 것이요.

한 개인으로서 당신이 무엇보다 욕망하는 것은 무엇입니까?

때에 따라 다릅니다.

사랑이란 무엇입니까? 모든 유형의 사랑이요.

가장 훌륭한 정의는 '사랑은 사랑이다'일 겁니다.

사랑 때문에 아주 괴로웠던 적이 있습니까?

나는 더 고통스러울 의향이 있습니다.

브라질에는 얼마나 머무시나요?

일 년이요, 그러나 작업에 따라 달라질 것입니다.

이렇게 파블로 네루다와의 인터뷰가 끝났다. 나는 그가 조금 더 말했으면 했다. 이 대화를 거의 무한대로 이어갈 수도 있었다. 대답을 조금밖에 듣진 못했지만. 그러나 그가 도착하고 다음 날 허락해준 첫 번째 인터뷰였고 나는 인터뷰가 얼마나 피로할 수 있는지 잘 알고 있다. 그는 느닷없이 내게 『백 편의 사랑 소네트』 한 권을 줬다. 그는 내 이름을 적은 후에 사인을 하고 "당신의 친구, 파블로로부터"라고 썼다. 나 역시 상황이 허락해준다면 그가 내 친구가 될 수 있다고 생각한다. 뒤표지에 이런 문장이 있다. "순결하고 이교도적인 일종의 관능으로 표현된 전체. 그것이 인간의 소명으로서의 사랑과 그가 지닌 임무로서의 시다."

자, 머리서부터 발끝까지 파블로 네루다를 담은 초상화가 이 마지막 문장에 있다.

1969년 4월 26일

자유

어려운 대화를 마쳤다. 큰 의미가 있는 대화는 아닌 듯했지만, 너무 많은 것을 말하는 대화였다.

"엄마, 이마로 내려오는 앞머리 좀 넘겨."

"앞머리 한 가닥을 남긴 거야."

"그 스타일은 못생겨 보이는데."

"난 못생길 권리가 있어."

"없어!"

"있어!"

"내가 없다고 했잖아!"

논쟁의 분위기가 이렇게 조성됐다. 동기는 절대 하찮지 않았고 진지했다. 그러니까 한 사람, 이 경우는 내 아들이 내 자유를 방해했던 것이다. 나는 그것이 내 아들이라고 해도 참을 수 없었다. 나는 이마를 앞머리로 다 덮고 싶었다. 방으로 들어가서 문을 걸어 잠그고, 내 모습이 보기 흉할지라도 있는 그대로 내 모습이고 싶었다. 아니, '내 모습이 흉할지라도'가 아니라 진짜 흉한 모습으로 있고 싶었고, 그것은 나의 자유로울 권리를 나타내는 것이었다. 그러나 동시에 내 아들에게도 권리가 있었다. 예를 들자면 못생긴 엄마를 갖지 않을 권리. 그것은 자신의 주장을 관철하려 하는 두 사람의 충돌이었다. 그래서 결국 어떻게 됐느냐고? 그건 오직 신만이 아실 것이고, 여기서 마무리하겠다.

그리스에서

늦은 밤중에 친구에게 전화를 걸어 이렇게 말했다.

"창가에 가서 아크로폴리스 위로 빛나는 보름달을 봐."

"그녀는 졸린 듯한 목소리로 대답했다

"벌써 봤지. 아크로폴리스는 아름다워, 저기 위로 아름답게 빛나."

나는 말했다.

"이제 옆으로 돌아누워, 그러고 잘 자."

나는 달 밝은 그리스에서 생을 마감할 것이다.

허세꾼

누구나 속에 허세꾼을 가지고 있다고 한 친구가 내게 말했다. 나는 동의했다. 내 안에서 허세꾼이 나를 호시탐탐 엿보고 있는 걸 느낀다. 다만 그가 기를 못 펴는 건 먼저 그가 실제론 진짜가 아니기 때문이고, 그다음은 근본적으로 정직한 내 성향마저도 그런 나를 혐오하기 때문이다. 내 안에는 또 다른 무언가가 나를 노리고 나를 미소 짓게 한다. 그게 바로 악취미다. 아, 악취미에 굴복해야만 하는 욕망이라니. 그런데 무엇에 대해서? 분야는 무한하다. 그저 무한하다. 가장 최악의 상황에 하지 말아야 할 말을 하는 것부터 가장 아름답고 가장 진실된 말을 해서 전혀 기대하지 않았던 청자가 충격을 받고 어떻게 반응해야 할지 몰라 정적만이 흐르게 만드는 것까지. 또 다른 악취미는? 예를 들자면 옷 입는 방식이다. 꼭 문인을 연상시키는 차림은 아니다. 묘사할 수 없지만 완벽한 악취미를 과시할 수 있다. 글에서는? 그런 유혹을 강하게 느낀다. 악취미와 진실을 가르는 선은 거의 눈에 보이지 않으니까. 게다가 글쓰기에 있어서는 악취미보다 더한 것이 존재한다. 어떤 끔찍한 고상함. 때때로 순수한 즐거움 때문에, 순수하고 단순한 도발로 나는 모호한 선 위를 걷는다.

내가 어떻게 허세꾼이 될 수 있느냐고? 정말 솔직히 말하자면, 나는 내가 올바르게 행동한다고 생각하며 허세를 부렸다. 예를 들어서 나는 법을 전공했고, 따라서 스스로를 속이면서 타인을 속였다. 아니, 남들보다 나를 위한 것이었다. 그럼에도 불구하고 진지했기 때문에 법 공부를 선택했다. 브라질의 감옥을 개혁하고 싶었으니까.

허세꾼은 스스로를 밀수하는 사람이다. 내가 무슨 말을 하고 있는 것인가? 맥락을 벗어났다. 허세는 자신에게 해를 입히는가? 모르겠다. 내가 아는 것은 허세가 나를 아프게 한다는 것, 몹시 아프게 한다는 것. 허세는 가장 심각한 순간에 끼어든다. 그것은 내가 온갖 권능을 쥐고 존재하는 그 순간에 존재하지 않는 사람처럼 느끼게 해준다. 안타깝게도 나는 이 주제에 대해서 더는 말할 수 없다.

한 비평가가 기마랑이스 호자와 나를 두 거짓말쟁이, 그러니까 두 명의 허세꾼이라고 썼다고 한다. 그 비평가는 내가 이곳에서 말하는 것을 전혀 이해하지 못할 것이다. 이건 전혀 다른 것이다. 비록 이 주제에 대해 슬프게 농담을 던지고 있긴 하지만, 나는 쉽지 않아도 아주 깊은 것을 말하고 있다.

수수께끼

그녀는 가정부들이 입는 작업복인 줄무늬 옷을 입고 있으면서 안주인처럼 말했다. 그녀는 내가 짐을 들고 계단을 오르는 것을 보고—엘리베이터 두 대가 고장이었다—나를 멈춰 세워 층계에 앉혔다. 그녀는 4층에 살았고 나는 7층에 살았다. 그녀는 한 손에는 내 짐을 다른 손에는 자기가 산 우유를 들고 나와 함께 올라왔다. 5층에 올라오자 통용문으로 들어가서 우유를 자기 집에 놓고 내 짐을 들고 7층까지 함께 올라와줬다.

얼마나 미스터리한 일인가. 그녀는 안주인처럼 말했고 그녀의 얼굴은 안주인의 얼굴이었으나 가정부의 옷을 입고 있었다. 그녀는 내가 고통을 겪었던 화재에 대해 알고 있었고, 내가 느꼈을 고통을 상상하며 말했다. "아무것도 못 느끼는 것보다 고통을 느끼는 게 낫겠지요." 그러고 이렇게 덧붙였다. "어떤 사람들은 절대 우울해하지 않아요. 상실이 무엇인지 몰라서." 그녀는 내가 그것을 모른다는 듯이 우울함에 대해 많은 것을 가르쳐줬다.

그러고—맹세한다—그녀는 이렇게 결론을 내렸다. "인생을 살면서 자극이 되는 침도 맞아야 해요. 그러지 않으면 우리는 살아 있지 않은 것이지요." 그녀는 "침"이란 단어를 썼고, 나는 그것이 아주 마음에 들었다.

1969년 5월 3일

사교계 기사

부인들의 오찬이었다. 집주인도 손님들도 모든 것이 잘 진행되는 것을 보며 즐거워했다. 말 없는 웨이터와 꽃들과 고상함이라는 이 현실이 저희보다 먼저라는 사실, 그것이 까발려질 위기가 매 순간 도사리고 있는 듯했다—사회계층적 이유 때문이 아니라 그것이 저희보다 먼저라는 그 이유 때문에. 어쩌면 부인들이 아니라 그저 여자들이기 때문인지도 모르겠다. 그녀들은 그 분위기를 즐길 모든 권한을 가졌지만, 실수하는 순간을, 즉 현실이 까발려지는 순간을 두려워하는 것처럼 보였으니까.

점심 식사는 훌륭했다. 다양한 요리가 넘쳤고, 준비 현장은 손님들이 오기 전에 모두 치워져 있었다.

그래도 각자 이 점심 식사를 위해 자잘한 것들을 용서해야 하는 것은 어쩔 수 없었다. 그 부인들 중 한 명이 용서해야 할 자잘한 것은 바로 웨이터였다. 그는 그녀의 옆자리에 앉은 사람의 시중을 들 때마다 그녀의 머리를 스쳤고, 그때마다 그녀는 사고로 이어질 것만 같아서 몸을 움찔했다. 웨이터는 두 명이었다. 그녀의 웨이터는 절대 그녀의 눈에 띄지 않았다. 그는 이 부인의 얼굴을 보지 못했을 것이다. 절대 서로를 알 수 없는 상황에서 그들은 그녀의 머리카락에 주기적으로 부딪치면서 관계를 맺었다. 그러나 그는 느꼈다. 머리카락을 통해서 점점 더 미움을 받고 있음을, 그녀의 분노가 더해지고 있음을.

이 성대한 식사에서 손님들 각각은 기분이 상할 일을 만나게 되리라 예상했다. 분명 각자 짧은 순간이지만 이 위급한 상황을 눈치채고 움찔했는데, 헤어스타일이 무너지면 점심 식사가 재앙으로 치달을 수 있었던 것이다.

집주인은 자신과 비교적 잘 어울리는 권한을 행사했다. 그러나 그녀는 사람들이 자신을 지켜보고 있다는 사실을 잊고 조금 당황스러운 표정을 짓기도 했다. 다시 말하자면 흥분에서 오는 피로와 실망의 표정 말이다. 아니면 어떤 순간 그녀는—머릿속에 어떤 모호한 생각이나 불안이 지나갔을까?—잠시 넋을 놓고 바라보았는데, 그러자 오른쪽 옆자리에 있던 사람이 말을 걸었다. "저기 풍경이 정말 훌륭해요!" 그러자 집주인은 조금 걱정스럽고 몽상가 같은 달콤한 말투로 서둘러 대답했다. "그러게요…… 정말 그렇죠?"

그 점심 식사를 제일 즐긴 사람은 X 부인이었다. 주빈이자 모두에게 훌륭한 손님이었던 그녀는 우아한 제스처와 침착함으로 프랑스 코스 요리를 기쁘게 먹다가 입에 스푼을 물고 호기심 가득한 얼굴로 아이처럼 바라봤다.

그러나 다른 손님들은 본래 부자연스러운 사람들이었다. 누가 알겠는가, 그녀들이 덜 꾸몄다면 더 자연스러웠을지. 아무도 그렇게 하지 못했다. 모두가 조금씩 스스로를 염려했다. 마치 조금만 방심해도 최악의 천박한 모습을 내비칠 수 있다고 판단한 것처럼. 아니, 모두가 완벽한 점심 식사를 만들 책임이 있었다.

느닷없이 찾아오는 침묵을 인정하지 않는 한 포기할 방법이 없었다. 그것은 불가능했다. 예상치 못했거나 자연스러운 주제가 나오기라도 하면, 모두가 탐욕스럽게 달려들었고 잠시 중단해야 할 정도로 이야기가 길어졌다. 그녀들은 모두 한 방향으로만 이야기를 몰고 갔기 때문에—그녀들은 모두 같은 것을 알고 있었으니까—의견이 불일치하는 우발적인 일은 없어서 모든 주제가 침묵의 가능성을 열어젖혔다.

Z 부인은 키가 크고 건강하며 코르사주로 꾸민 50대 신혼이었다. 그녀는 늦게 결혼한 여자답게 웃음이 헤프고 들떠 있었다. 모든 것이 그녀를 우습게 보이는 데 일조하는 듯했다. 어쩌면 그런 면이 긴장을 조금 완화시켰으나 지나치게 대놓고 우스워서 그 점이 인물을 설명하는 열쇠가 될 수는 없었다—우리에게 그 열쇠를 찾도록 기회를 줬으면 좋으련만. 그러나 그녀는 그럴 새도 없이 떠들어댔다.

최악은 불어밖에 할 줄 모르는 손님이었다. 그것이 당혹스러웠던 Y 부인은 외국인이 한 문장을 말하면 대답 대신에 어조를 바꾸어 그 말을 따라 했다. 외국인이 말했다. "나쁘지 않네요." Y 부인은 더 높은 톤으로, 생각하고 발견한 것을 증명하는 사람의 놀라움과 기쁨으로 그 문장을 따라 했다. "나쁘지 않네요, 나쁘지 않네요." 외국인이 아닌 다른 손님이 다른 주제에서 "노래를 만드는 것은 톤"이라고 말했던 것이다.

회색 옷을 입은 K 부인의 경우는 언제나 듣고 대답할 준비가 되어 있었다. 그녀는 자신의 존재가 살짝 지워지는 것을 편안하게 받아들였다. 그녀는 자신이 가진 최고의 무기는 눈에 띄지 않는 것임을 알아 그 무기를 마음껏 이용했다. 그녀는 어머니처럼 인자한 눈웃음을 지으며 "내가 나에게 부여한 이 존재 방식을 아무도 없애진 못할 겁니다"라고 말했다. 그 부인은 스파이가 나오는 이야기 속에서 스파이들이 표지를 지니고 있는 것처럼 자기만의 은밀함을 나타내는 표지를 가지고 있었다. 그래서 그녀는 확실히 눈에 띄지 않는 옷을 입었고, 그녀의 액세서리들도 정말 눈에 띄지 않았다. 한편 눈에 띄지 않는 사람들은 자기들끼리 모여 있었다. 그녀들은 단번에 서로를 알아봤고, 서로의 부족한 부분을 채워주며 동시에 서로를 추켜세웠다.

처음에는 개에 대한 이야기로 대화가 시작됐다. 어떤 완벽한 원을 그리려고 했던 것인지는 모르겠지만, 점심을 다 먹고 식후주를 마실 때에도 다시 개 이야기를 했다. 다정한 집주인은 주제라고 부르는 개를 키웠다. 눈에 띄는 것을 싫어하는 사람이라면 절대 그런 이름을 짓지 않았을 것이다. 그녀들의 강아지는 렉스였다. 어쨌든 비밀스러운 말을 주고받는 순간에 그녀들은 말했다. "아들이 지어준 이름이에요." 눈에 띄지 않는 사람들의 모임에서는 종종 아이들을 집안의 사랑스러운 폭군으로 말하곤 한다. "아들이 제가 입은 드레스가 끔찍하대요." "딸이 콘서트 티켓을 샀는데 저는 가지 않을 거예요. 아빠랑 가겠죠." 일반적으로 눈에 띄지 않는 사람들 그룹에 속한 부인들은 큰 사업을 하는 남편이나 분명 유명한 법학자였던 돌아가신 아버지 때문에 초대받은 이들이다.

그녀들은 테이블에서 일어난다. 올바른 가정교육의 증거로 자리에서 일어나기 전에 냅킨을 살짝 접는 여자들도 있다. 테이블 위에 무심하게 냅킨을 두고 간 사람은 냅킨을 어째서 무심하게 두는지에 대한 나름의 논리가 있다.

커피는 무거웠던 식사의 마무리를 가볍게 해주지만 리큐어는 조금 전에 마셨던 와인과 섞여서 손님들을 숨이 가빠지는 무감각한 상태로 만든다. 담배를 피우는 사람들은 담배를 피우고 담배를 피우지 않는 사람들은 담배를 피우지 않는데 모든 부인이 담배를 피운다. 집주인은 미소를 짓고 또 짓는다, 그녀는 피곤하다. 마침내 모두가 떠난다. 다들 오후에는 아무것도 하지 못할 것이다. 몇몇 사람은 집에 돌아가서 아직 남은 오후를 보내고, 다른 이들은 멋 낸 김에 다른 곳을 들르기도 한다. 오직 신만이 알고 위로해주시는지도 모르겠다. 땅은 땅이고 우리는 먹고 죽는다는 것을.

어쨌든 완벽한 점심 식사였다. 곧 나도 초대해야 할 것이다. 아니, 제발 그럴 일 없기를.

1969년 5월 10일

저항

수술한 손의 손가락 사이에 있던 실밥을 풀었을 때 비명을 질렀다. 나는 아프고 화가 나서 소리를 질렀는데, 통증이 온전한 육체를 침해하는 것처럼 느껴졌기 때문이다. 그러나 나는 바보가 아니었다. 나는 통증을 핑계로 과거와 현재의 분노를 내질렀던 것이다. 세상에, 미래의 분노도.

1969년 5월 17일

비단실

한 친구가 헨리 제임스라는 작가가 정말 뛰어나다고 말하던데 나는 그의 글을 거의 읽어본 적이 없다. 헨리 제임스는 신비롭고 명확하다. 내가 그를 언급하면 나도 독자들에게 신비롭게 보일까? 무척 후회된다. 어떤 것을 말해야 하는데 쉽지 않다. 내가 번역한 영문 문장을 읽고 또 읽어본다.

"어떤 종류의 경험이 필요한가, 그리고 그 경험은 시작인가 끝인가? 경험은 절대 한계가 없고 절대 완성되지 않는다. 그것은 엄청난 감수성이고, 의식의 방에 걸린 가장 섬세한 비단실로 짠 커다란 거미줄이며, 거기에 공기가 데려온 모든 미립자가 걸린다. 그것은 바로 영혼의 대기다. 그 영혼에 상상력이 넘치면—특히 천재적인 사람이라면—아주 사소한 암시도 스스로 포착하고, 공기의 박동을 계시로 맞이한다."

난 천재와는 거리가 멀지만, 계시라니! 공기에 걸린 그 모든 박동. 의식의 방에 걸린 섬세한 실. 그리고 그 무의식 속에 커다란 거미가 있다. 아, 그 매력적인 거미줄로 된 인생은 얼마나 아름다운가.

내가 지나치게 개인적인 생각에 치우쳐 있는 것이라면 말해주길. 내게는 그런 경향이 있다. 그러나 나도 객관적일 수 있다. 주관적인 비단실을 객관적인 단어로 바꿀 수 있을 정도로. 게다가 모든 말은 하나의 객체이고 객관적이다. 확신하라, 영리할 필요는 없다. 거미줄은 영리하지 않으니까. 말, 말은 피할 수 없을 뿐이다. 이해하겠는가? 영리할 필요는 없다. 당신은 내가 주는 것을 그저 받기만 하면 된다. 비단실로 나를 받아주길.

허용할 수 없는 것

그녀는 노화를 느끼자마자 집에만 있으려고 했다.

내 생각에 그녀는 젊지 않은 사람이 돌아다니는 것이, 지방이 끼고 주름이 많은 더러운 몸으로 그토록 깨끗한 공기를 마신다는 것이 끔찍하다고 생각했던 것 같다. 전라의 몸을 어루만지는 듯한 바다의 빛. 다른 사람의 눈에 끔찍하다는 것이 아니었다. 모두가 타인이 늙는 것을 받아들이니까. 그녀 자신이 보기에 끔찍한 거였다. 잃어버린 몸에 대한 그 유감, 그 슬픔, 그녀의 눈에 비친 곤궁한 모습, 아—하지만 그녀의 동공은 맑았다.

또 다른 일화다. 지난번에는 사람들이 그녀의 얼굴에서 그녀가 생각하는 것을 읽을 수 없었다. 제물처럼 그 얼굴만 뚜렷이 보였다. 요즘 그녀는 우연히 자기 얼굴을 거울로 보면 겁에 질려 "이런 얼굴일 줄 몰랐어!"라고 비명을 지른다. 그 얼굴이 무엇을 생각하는지 말하는 것은 불가능하고 불필요한 만큼, 그녀 자신이 무슨 생각을 하는지 말하는 것도 불가능하고 불필요하다.

그녀를 둘러싼 생기발랄한 것들, 아직 그녀 앞에 놓인 이야기, 그리고 바람 또 바람……. 그러나 그녀의 복부는 부풀어 오르고 다리는 부었으며 그녀의 머리는 저절로 자연스럽고 수수한 스타일로 정돈되었다.

갑자기 쉬워졌다

정신적, 육체적 안락은 이상한 것이다. 음식은 맛있고 심장은 잘 뛰고. 길에서 공을 가지고 노는 소년을 만나 이렇게 말한다. "내가 지나가는데 네가 공놀이를 하지 않으면 좋겠어." 소년은 대답한다. "조심할게요." 영화를 보러 갔는데 하나도 이해되지 않았지만 모든 것을 느꼈다. 그 영화를 다시 봐야 할까? 모르겠다. 이번만큼은 쉽지 않다. 갑자기 모든 것을 이해하는 대신 아무것도 느끼지 못하는 위험을 감수할 수는 없다.

이런 친구가 있었다. 그녀는 질투심이 많았고 나는 그것을 견디지 못했다. 그녀의 질투는 심했고 그래서 나는 분명하게 말했다. 네가 평생 함께할 수 있는 우정을 망칠 수도 있다고. 그녀는 순수한 우정에 괴로워했고, 나를 포기하기로 결심했다. 그녀는 내게 진정한 우정은 포기할 줄 아는 것이라고 말했다. 그렇지만 나는 포기하지 않았다. 어느 날, 나는 그녀에게 다시 전화를 걸었다. 그사이 우리는 망가진 우정의 위기 안에서 고심했다. 우리는 만났고 이제는 잘 지내고 있다. 우리는 단순하다. 그녀는 내가 재미있다고 했고 나도 그것을 인정한다. 나는 때때로 지나치게 즉흥적이고 그 점이 나를 재미있는 사람으로 만드는 듯하다. 내 요리사가 옥수수 크림을 준비했다. 내 친구는 그 크림을 정말 좋아하는데,우리 집에 와서 그것을 맛보고 맛있다고 했지만 더 먹진 않았다.

또 아이들이 있다. 아이들과 있으면 편안하고 솔직해지며 자연스러운 사랑을 느낀다. 리우에서 살지 않는 친한 친구가 주말에 왔다. 나는 그녀가 보고 싶었고, 그녀가 휴식을 취한다는 것이 기뻤다.

오래된 친구가 있는데 그에게 일자리를 부탁했다. 그는 브라질리아에 있다. 그에게 전화하자 그의 아버지인 듯한 사람이 전화를 받았다. 나는 내 이름을 말했고 그의 아버지는 내 이름을 듣고 기뻐했다. 내 이름이 이상하다고 생각해서 입 밖으로 꺼낼 때마다 말을 더듬던 나는 그 조용한 기쁨 안에서 내 이름을 받아들였다. 나는 아침 일찍 일어나서 커피 끓이기를 받아들인다. 커피가 너무 뜨거워서 입술을 뎄지만 그것도 받아들인다.

누군가를 찾아가는 일이 거의 없는 내가 친구 집에 가기로 했다. 그렇지만 일단 바에 가서 캐슈넛 칵테일을 마셨다. 술을 마시지 않는 내가, 술을 잘 못 마시는 내가. 나는 술을 너무 빨리 마시는데, 그러면 머리가 어지럽고 금세 졸음이 쏟아진다. 그 친구네 집에서 여러 사람을 만났다. 그녀의 어머니는 아름다웠다. 내가 얼마나 편안하게 글을 쓰는지 알겠는가? 큰 의미 없이, 그러나 편안하게. 의미가 뭐가 중요한가. 내가 의미다.

막내아들이 파티에 간다. 거기서 있었던 일을 내게 이야기할 필요는 없을 것이다. 받아들인다.

돈이 필요해서 돈에 대한 이야기를 많이 했다. 그러나 택시 타는 것에 있어서만큼은 늘 알아서 잘한다. 기사와 수다도 떤다. 기사도 수다쟁이다. 자식이 아홉인 사람을 만났다. 너무 많은 게 아닌가 하고 생각했다.

그리고 나는, 내 입으로 하는 말이긴 하지만, 아직도 예쁜 편이다. 내가 이렇게 뻔뻔한 것은 몸과 마음이 편안하기 때문이다.

1969년 5월 24일

죽어가는 주제

내 안에 글로 쓸 수 있는 소재들이 많다는 것을 느낀다. 왜 아니겠는가? 무엇이 나를 막겠는가? 어쩌면 주제의 얄팍함 때문에 한 단어나 한 줄만 써도 고갈되어버릴지도 모르겠다. 때로는 원하지 않은 수천 개의 단어가 될지도 모를 단어 하나를 건드리는 일이 끔찍하게 느껴진다. 그러나 그것은 글을 쓰고 싶은 충동이기도 하다, 주제조차 없는 순수한 충동. 마치 내게 캔버스와 붓과 물감이 있는데 무언가 말할 때 필요한 해방의 외침 또는 중요한 침묵이 빠진 것 같다. 때때로 내 침묵은 그게 누구인지도 모른 채로 열쇠가 될 말을 알려줄 사람을 찾게 만든다. 그러나 그게 누구라는 말인가? 누가 나를 쓰게 하는가? 그것이야말로 미스터리다. 아무도 없는데, 그렇지만 나를 떠미는 힘이 있다.

나는 이미 한 줄이면 고갈되어버리는 것을 쓰길 원했다. 예를 들자면 혼란을 일으키는 나의 여성으로서의 경험에 대하여, 또 옛날에 개미처럼 들끓어 오르는 질서에 대한 갑작스러운 욕구에 대하여. 마치 내 집단무의식이 개미의 그것이었던 것처럼.

나는 육체적 고통이 지나가는 순간에 대해서도 두세 줄 쓰고 싶었다. 아직 심장이 뛰는 것에 감사할 줄 아는 육체가 '영혼'도 육체의 일부라는 것을 어느 정도까지 아는지에 대해서도.

그것은 마치 독감에 걸려서 몇 날 며칠을 집에서 보내고 약해진 몸으로 집 밖에 나왔을 때, 처음으로 뜨거운 태양과 거리의 사람들을 보고 느꼈던 그 감각에 대해 쓰려는 것과 같다. 또 어떻게 내가 반은 아이, 반은 어른인 사람처럼 "아, 타인은 얼마나 아름다운가"라고 했는지 말하는 일이다. 사실상 나는 어두운 곳에서 밝은 곳으로 나가며 그 밝음 또한 내 것임을 알게 됐다. 나는 팔과 다리를 움직이는, 얼굴에 표정이 있는 인간을 향해 가기 위해 고독으로부터 왔다.

고갈되지 않는 또 다른 주제는 나쁜 음주에 대한 것이다. 나는 너무 빨리 마시는데, 거기에 대한 대안은 두 가지다. 하나는 사실상 내 안에서 잠들어 머릿속에 겉도는 생각을 매우 느리게 곱씹는 것이고, 또 다른 하나는 지나치게 흥분해서는 온갖 종류의 찬란한 헛소리를 지껄이는 것이다. 하지만 어떤 땐 인생이 어떤지, 내가 어떤지, 남이 어떤지, 예술은 어때야 하는지, 추상예술은 어떤지를 아는, 너무 추상적인 것은 추상적이지 않다는 것을 단적으로 아는 순간이 있다. 다만 그 순간은 무시해도 좋다. 곧 모두 잊게 될 테니까, 거의 곧바로. 마치 신과 그런 계약이라도 맺은 양. 지식으로 벼락 맞지 않으려면 보고 잊을 것.

터무니없어 보일지 모르지만, 가끔은 이렇게 써도 아무런 문제가 없을 듯하다—어쨌거나 죽는 것 외에는 아무것도 발명되지 않았다. 나는 여기에 죽는다는 것은 자연스러운 기쁨일 것이라고 덧붙이겠다. 죽는다는 건 사람, 짐승, 식물 삶의 자연스러운 일부이고 심지어 사물도 죽으니까. 그리고 이 발견과 연관이 있기라도 한 것처럼 또 다른 명백하고 놀라운 발견이 이어진다. 그러니까 우리는 낯설고 맹목적인 그 사랑이라는 것의 다른 형태를 고안해낸 적이 없었다는 것. 우리는 각자가 자연스럽게 진정으로 사랑함으로써 완전히 독창적인 복제품을 재창조하는 방식을 추구한다. 그래서 죽음이라는 주제로 되돌아간다. 내게 떠오르는 생각은, 우리가 죽어서 가는 곳이 천국이 아니라 죽음이 천국이라는 것이다.

사실대로 말하자면, 내 진정한 소명인 그림을 그리는 데 부족한 것은 오직 재능뿐이다. 개미 떼가 걷거나 멈춘 모습을 데생 또는 회화로 특별한 의도 없이 그릴 수는 있을 것이다. 그러고는 이 작업을 완전히 구현했다고 느낄 수 있을 것이다. 아니면 서로 교차하는 선을 잔뜩 그려놓고서, 남들이 추상적이라고 하는 그 선을 실제라고 느낄 수도 있을 것이다.

나는 또 식도락에 대한 진짜 논설을 쓸 수도 있을 것이다. 먹는 것을 좋아하지만 거의 먹지 않는 내가 말이다. 그것은 결국 관능에 대한 논설이 될 텐데, 성에 대한 관능이 아니라 존재하는 것과 밀접하게 접촉하는 관능일 것이다. 먹는 일이 그 방식 중 하나이니까. 그것은 어떤 면에서 존재의 전부를 거는 방식이다.

나는 내 터무니없는 상황을 비웃는 방식으로도 글을 쓸 수 있을 것이다. 동시에 내 상황이 얼마나 품위 있는지 보여주며 다시 웃기 위해 '품위 있다'라는 단어를 쓸 것이다.

과일과 열매를 말할 수도 있을 것이다. 그러나 단어로 그것을 채색하듯 말할 것이다. 사실상 글쓰기란 단어로 채색하는 일이 아니겠는가?

아, 다룰 일 없는 주제는 넘쳐난다. 나는 어쨌든 그 안에서 산다.

1969년 5월 31일

해방에 대한 두려움

파울 클레의 〈노란 새들이 있는 풍경〉을 너무 오래 본다면 돌이킬 수 없을 것 같다. 용기와 비겁함은 매 순간 행해지는 하나의 게임이다. 우리는 어쩌면 자유를 얼핏 엿보는 숙명적인 시각을 겁내는지도 모르겠다. 감옥 창살 사이로 쳐다봐야만 하는 습관, 차가운 철창을 양손으로 붙잡는 것이 주는 편안함. 비겁함은 우리를 죽인다. 감옥을 안전으로, 철창을 손이 쉴 곳으로 여기는 사람들이 있다. 그래서 나는 자유인이 거의 없다는 것을 인정한다. 나는 〈풍경〉을 다시 보고, 비겁함과 자유의 이야기임을 다시 알아본다. 부르주아는 〈노란 새들이 있는 풍경〉을 볼 때 통째로 무너진다. 내 자유가 전적으로 가능하다는 것이 두렵다. 나는 미친 사람들 중에 미치지 않은 사람들이 있다고 생각하기 시작했다. 그 가능성은 보통의 부르주아 순응주의자들에겐 도저히 설명이 안 된다. 설명을 해줄라치면 그들은 단어에 발목이 붙들려 용기를 잃고 자유를 잃을 것이다. 〈노란 새〉는 우리에게 이해조차 요구하지 않는다. 그 단계는 한층 더 자유롭다는 의미일 것이다. 이해받지 못하는 것을 두려워하지 않는. 〈노란 새〉의 극한의 아름다움을 바라보면서 나는 내가 두려움을 완전히 잃는다면 무엇이 될까 예상해본다. 나는 부르주아 감옥의 안락함을 자주 맞닥뜨린다. 그러면 자유로워지는 법을 배우기보다는 만사를 견딘다—자유로워지지 않으려고.

지도자의 꿈을 스케치하다

지도자가 사나운 꿈을 꿨다. 그의 아내가 악몽을 꾸는 그를 흔들어 깨웠다. 그는 얼이 빠져서 일어나 물을 조금 마시고 욕실에 가서 거울 앞에 섰다. 그가 본 것은 무엇인가? 중년의 남성이었다. 그는 관자놀이 위를 덮은 머리카락을 쓸어넘기고 다시 잠을 자러 갔다. 그는 잠이 들었고 같은 꿈을 다시 꿨다. "안 돼, 안 돼!" 그는 쉰 목소리를 내질렀다.

지도자는 잠을 자려고 누우면 두려웠다. 국민이 그 지도자를 위협하는가? 아니다, 그를 지도자로 뽑은 것은 국민들이다. 국민은 지도자를 위협하는가? 아니다, 그들은 거의 피 흘리는 투쟁 중에 그를 선택했다. 국민은 지도자를 위협하는가? 아니다, 지도자는 국민을 돌보기 때문이다. 국민을 돌본다고?

그렇다, 국민은 국민의 지도자를 위협한다. 지도자는 다시 침대로 돌아간다. 그는 밤이 무섭다. 개연성 없는 악몽이라 할지라도. 밤이 되면 그 앞에 고요한 얼굴들이 하나씩 나타난다. 표정이 전혀 없는 얼굴들이다. 악몽은 오직 그것이다, 그거 말고는 아무것도 없다. 그러나 매일 저녁 그가 겨우 잠이 들면 또 다른 고요한 얼굴들이 지난번 얼굴들에 더해진다, 침묵하는 군중의 모습을 찍은 흑백사진처럼. 그 침묵은 누구 때문인가? 그 지도자 때문이다. 그것은 단 하나의 단조로운 얼굴의 반복처럼 똑같은 얼굴들의 연속이다. 그를 두렵게 하는 표정 없는 얼굴들의 사진을 끔찍하게 붙여놓은 것 같다. 이 징그러운 패널에는 표정 없는 얼굴들이 있다. 지도자는 온몸이 땀으로 뒤덮인다. 초점 없는 수천 개의 눈동자가 눈을 깜빡이지 않기 때문이다. 그들은 그를 선택했다. 그들이 마침내 지도자를 덮치기 전에 그는 외친다. "그래요, 나는 거짓말을 했습니다!"

1969년 6월 7일

가장 위험한 밤

맹세한다, 내 말을 믿어야 한다. 거실은 어둠에 잠겨 있었지만 음악이 거실 한가운데로 나를 불렀다. 거기 깨어 있는 무엇인가가 있었고, 거실은 어둠 속에서 전체가 어둑했다. 나는 암흑 속에 있었고, 거실 전체가 어두운데도 불은 켜져 있어서 두려움에 몸을 웅크렸다. 나는 한때 당신 품에서 몸을 웅크렸던 것처럼 공포 속에서 웅크렸다. 나는 무엇을 만났던가? 아무것도 없다. 어두운 거실을 환하게 밝히지 못하는 빛이 들어왔을 뿐인데, 나는 그 고달픈 빛 속에서 몸을 떨었다. 설명하기 어렵지만 내 말을 믿어주기를. 내가 완벽하고 우아한 하나의 사물이라는 것을. 나는 마치 한 번도 꽃을 본 적이 없는 것처럼 두려움에 사로잡혀서 그 꽃이 방금 죽은 누군가의 영혼이라고 생각했다. 꽃은 꽃 주변에 위험한 벌이 날아다니기라도 하는 것처럼 나를 놀라게 했다. 끔찍한 벌이 숨 막힐 정도로 우아한, 반짝이는 꽃 앞에 있다. 그리고 꽃은 어둠 속에서 꽃을 열망하는 다정한 벌 앞에 공포에 질려 얼어붙었다. 정말이지 나는 이해할 수 없다. 숙명적인 의식이 치러졌다. 거실에 침투한 미소가 가득했다. 그것은 단지 어둠의 표백이었고, 어떤 증거도 남아 있지 않았다. 나는 아무것도 당신에게 장담할 수 없다. 내가 나의 유일한 증거이니까. 그래서 나는 나를 병원에 보낸 사람들이 이해하지 못하는 것을 당신에게 설명한다. 나는 사람이 장미를 두려워할 수 있다는 것을 이해하지 못한다. 우리는 더 섬세한 바이올렛으로 실험했지만, 나는 두려웠다. 공동묘지의 꽃향기가 느껴졌기 때문이다. 꽃과 벌이 이미 나를 부르는데 어떻게 가지 않을 수 있을까. 사실대로 말하자면 가고 싶다. 그러니 내 죽음 앞에서 울지 말기를. 나는 내가 무엇을 해야 할지 이미 안다. 여기 병원에서도. 그것은 자살이 아닐 것이다. 내 사랑, 나는 삶을 너무 사랑한다, 그래서 절대 자살하지 않을 것이다. 나는 여기서 움직이는 빛이 되는 게 더 좋다. 내가 벌이 되어야 한다면 꿀의 달콤함을 느끼면서.

선의를 거절하는 방법

Y 부인은 자신의 엄청난 포괄적 지식으로 인간은 폭력적이고 단점을 지닐 수도 있다는 의미에서 인간이 되지 않는 일에 열중한다. 그녀는 타인을 이해하거나 용서하는 데 열중한다. 내 안에는 그런 심장이 없다. 그러기 위해서는 내가 감탄할 만한 사람이어야 하니까. 모두가 분쟁이 생기면 그녀에게 도움을 요청한다. 그녀는 "공식적인 위로자"다. 그녀는 이해하고 이해하고 또 이해한다. 그녀의 가장 커다란 자부심은 사람들이 길에서 그녀를 만나고 싶어 한다는 것이다.

그러나 글을 써야 하니까

무언가를 써야 한다면 적어도 행간의 말을 묵사발로 만들지 마라.

지구를 향한 사랑

테이블 위의 오렌지여, 너를 세상에 태어나게 해준 나무를 축복한다.

1969년 6월 14일

너그러운 자기비판

자기비판은 너그러워야 한다. 너무 날카로우면 다시는 글을 쓰지 못할 수도 있으니까. 언젠가는 글을 쓰고 싶다. 어쨌든 내가 글을 다시 쓴다면, 이전에 썼던 글과 다른 방식이 될 것이다. 뭐가 다르냐고? 그런 것에는 관심 없다.

나의 자기비판은 예를 들어 내가 쓰는 글에 관한 것일 때 그 글이 좋은지 나쁜지 말하는 것을 고민하지 않는다. 그러나 글이 고통과 깊은 환희가 뒤섞이는, 기쁨이 결국 고통이 되는 지점까지 이르지 못하는 것에는 고민한다. 그 지점이 인생의 가시이니까.

나는 우리가 놀라서 "아!"라고 외치는 순간에, 하나의 존재가 자기 자신과 최대한으로 만나는 일에 자주 실패한다. 때때로 자신과의 만남은 다른 존재와의 만남 덕분에 이뤄지기도 한다.

아니, 최대한을 원한다고 말하는 것이 부끄럽지 않다. 최대한에 이르러야 한다. 그리고 우리가 깊은 황홀감으로 편곡한 음악을 완벽하고 정확하게 말해야 한다. 바꾼 것이 아니다, 같은 음악이니까. 나는 내 안에 그 황홀감에 이르는 방법이 있다고 생각한다.

나는 때때로 그저 변화를 바라보는 방식으로도 그 방법을 갖게 될 것이라고 느낀다. 한번은 자비로 그 방법을 발견할 것 같았다. 영혼의 친절로 바뀌는 자비가 아니라 행위로 바뀌는 깊은 자비 말이다. 그것이 그저 단어로 행동하는 것일지라도. "신이 끊어진 선으로 반듯하게 글씨를 쓰는 것"처럼, 우리의 실수 덕분에 자비로운 사랑은 흐를 것이다.

고독과 가짜 고독

토머스 머턴을 많이 읽어보지는 않았지만, 그의 칼럼의 일부를 옮겨봤다.

"인간 사회가 본연의 역할을 다할 때, 그 사회를 구성하는 사람들은 점점 더 개인의 자유와 온전한 개인성을 강화한다. 게다가 각각의 개인은 소통할 수 없는 고유의 개성에서 나온 비밀의 원천을 발전시키고 발견한 후에 공동체의 삶에 기여할 수 있다. 언어에 침묵이 필요하고, 폐에 공기가 필요하며, 육체에 양식이 필요하듯 사회도 고독을 필요로 한다. 공동체의 구성원인 개인의 정신적 고독을 침범하고 망가뜨리려는 공동체는 영혼의 질식으로 자멸하는 형벌을 받는다."

조금 더 읽어본다. "고독은 개인에게만큼이나 사회에도 절대적으로 필요하다. 사회가 그 구성원이 내면의 삶을 발전시키는 데 충분한 고독을 보장하지 못한다면, 그들은 저항하고 가짜 고독을 찾으려 할 것이다. 가짜 고독은 인간이 될 권리를 박탈당한 개인이 자신의 개성을 파괴적인 무기로 만들어 사회에 복수하는 것이다. 사람들은 무한히 풍요로운 겸손 안에서 진정한 고독을 증명한다. 가짜 고독은 오만의 피난처이고 끝도 없이 빈곤하다. 가짜 고독의 빈곤함은 절대 소유할 수 없는 것으로 자신을 치장함으로써 개인의 자아가 다른 사람들과 다르다고 주장하는 착각에서 비롯된다. 진정한 고독은 내 모든 것을 절제한다.

그래서 그 고독은 침묵과 자비와 평화가 풍부한 것이다. 진짜 고독은 고독 속에서 타인을 위한, 마르지 않는 선의의 샘을 발견한다. 가짜 고독은 자기중심적이다. 그러나 자신의 중심에서 아무것도 찾지 못하기 때문에 다른 모든 것을 가짜 고독 쪽으로 유인하려 한다. 그러나 가짜 고독이 만진 모든 것은 그것의 속성인 허무로 곪으므로 가짜 고독은 자기 자신을 망친다. 진정한 고독은 영혼을 씻기고, 타인을 향해 자신을 활짝 연다. 가짜 고독은 모든 인간에게 문을 닫는다.

진짜든 가짜든 고독은 다수와 개인을 구별하려 한다. 진짜는 성공하고 가짜는 실패한다. 진짜 고독은 사람을 다른 사람들과 분리해 그 사람 안에 있는 선을 발전시키고, 그렇게 한 사람을 위한 그의 진정한 운명을 완수한다."

1969년 6월 28일

인생은 초자연적이다

살짝 고심 끝에 나는 생각이 죽음 후에 도래하는 이야기만큼 초자연적이라는 조금 염려스러운 확신에 이르렀다. 내가 깨달은 것을 간단히 말하면 이렇다. 생각은 자연스럽지 않다는 것. 그리고 조금 더 생각해보니 내게는 고만고만한 날들이 없다는 것을 깨닫게 됐다. 인생 만세다. 삶은 얼마나 초자연적인지.

인간이 부여하는 의미 없이

우리의 기대를 담은 의미와 인간적 시선이 없다면 사물과 사람들은 어떻게 될까? 분명 끔찍할 것이다. 비가 오면 사물들은 혼자 비를 맞고 마르고 태양에 타고 붉어지고 부스러질 것이다. 우리 인간이 의미를 부여하지 않는 세상에 나는 질겁한다. 도시를 떠나면 내리는 비와 펼쳐진 우산과 젖은 들판이 두렵다.

참을 수 없는 기다림

내가 죽음이라 부르는 것은 나를 너무도 강력히 끌어당겨서, 내가 타인들과의 연대를 통해 삶이라 부르는 것에 매달리는 방식에서만 가치를 찾을 수 있다. 다른 사람들과 달리 제시간을 기다리지 않는 것은 너무도 부도덕한 일이다. 시간을 앞당기는 것은 내 입장에서는 너무 교활한 일이며, 다른 이들보다 더 많이 아는 것은 용서할 수 없는 일이다. 바로 그런 이유로 나는 강렬한 호기심에도 불구하고 기다린다.

톱니바퀴

내 인간적 영혼은 그토록 완벽한 기계인 내 신체 기관과 처참하게 부딪치지 않을 수 있는 유일한 것이다. 내 인간적 영혼은 사리에 어긋남 없이 세상의 일반적인 영혼을 수용하도록 내게 주어진 유일한 방식이기도 하다. 톱니바퀴는 단 한 순간도 실패할 수 없다.

단상

이제 나는 나에게 유일하게 위안을 주는, 살아 있다는 불편한 진실과 더불어 살아 있음의 엄청난 충격을 안다. 살아 있다는 것—느꼈다—그것을 위해서 나는 동기와 주제를 정해야 할 것이다. 섬세한 호기심으로, 나의 허기와 욕구에 주의를 기울여, 나는 그렇게 빵 조각을 조심스럽게 먹기 시작했다.

사는 법 배우기

내가 언젠가 죄책감에 대한 논설을 쓸 수 있다면. 그것을 어떻게 말해야 할까? 용서가 안 되는 그것을, 고칠 수 없는 그것을. 그것이 느껴질 때면 나는 목에 주먹이 들어온 것처럼 육체적으로 마비되는 느낌이다. 바로 그것, 죄책감 때문에. 죄책감? 실수, 죄. 그러면 세상에는 피할 데가 없다. 어디를 가든 말할 수 없는 무거운 십자가를 짊어지게 된다.

우리가 죄책감에 대해 말해도 남들은 이해를 못 할 것이다. 어떤 사람들은 위로한답시고 "그렇지만 모두가……"라고 말할 것이다. 다른 사람들은 그저 죄책감이 있다는 것을 부정할 것이다. 비난받아 마땅하다는 것을 이해하는 사람들은 고개를 숙일 것이다. 아, 나는 성당에 들어가서 고해성사를 하고 자유롭게 나가는 사람들에 속하고 싶다. 그러나 나는 해방될 수 있는 사람이 아니다. 내 안의 실수는 너무 넓고 깊은 것이어서 그것과 함께 사는 것을 배우는 편이 낫다, 비록 죄책감에 입맛을 잃게 돼도. 멀리서도 모두가 재의 맛을 내뿜는다.

1969년 9월 6일

완벽한 예술가

『의식에 직접 주어진 것들에 대한 시론』이었는지 아닌지 확실히 기억나진 않지만, 베르그송은 위대한 예술가는 실용주의에서 해방된, 하나의 감각이 아닌 모든 감각을 가진 사람이라고 말했다. 화가에게는 다소 자유로운 시각이 있고, 음악가에게는 청각이 있다.

그러나 의례적이고 실용적인 해결책에 있어 완전히 자유로운 사람은 어떤 예술가도 보지 못한 세상을 볼 것이다. 아니, 더 나아가 그런 세상을 가질 것이다. 그러니까 완전히, 진정한 현실 속에서.

이것은 하나의 가설이 될 수 있다. 우리가 아이의 감각을 순수하고 예민하게 지키는 것을 판단 기준으로 삼아 한 어린이를 교육할 수 있거나 또는 교육할 수 없다고 가정해보자. 우리가 아이에게 사실을 주지 말고 아이가 스스로 겪어 사실을 습득하도록 한다고 해보자. 아이가 '길들여지지' 않게끔 말이다. 또 아이에게 다른 사람들과 공통분모를 갖도록, 살아가는 데 필요한 안정감을 갖도록 몇 가지 실용적 개념을 드물게 알려준다고 가정해보자. 실용적으로 실용한 것들, 그러니까 먹을 음식, 마실 음료를 말하는 것이다. 그 외의 것에 있어서는 자유를 유지한다. 이 아이가 예술가가 된다고 가정해보자.

첫 번째 문제는 이것이다. 그 아이가 예술가가 된 것은 단순히 이 교육의 효과일까? 아닐 것이다. 예술은 순수가 아닌 정화이고, 자유가 아닌 해방이니까.

그 아이는 우리에게 주어진 순수한 것들 중에 실용적인 상징이 있다는 것을 발견하는 순간부터 예술가가 된다. 그 아이는 이 불가능한 교육을 거치지 않는 예술가들과 반대의 길을 간다고 해도 예술을 할 것이다. 아이는 세상의 것들을 그들의 놀라운 무상성이 아니라 그들의 놀라운 실용성 쪽으로 통일할 것이다. 그는 해방될 것이다. 그가 그림을 그리면, 그는 분명 본질을 설명하는 어떤 '형식'에 이를 것이다. 예를 들어 하늘을 먹는 사람을 그리는 것이다. 실용주의자들인 우리는 여전히 하늘을 우리 손에 닿지 않는 곳에 두고 있다. 샤갈이 있음에도 불구하고. 그것은 우리가 아직 '이용하지 않은' 드문 것 중 하나다. 예술가가 된 그 아이는 연금술과 같은 근본적인 문제를 갖게 될 것이다.

그러나 한 사람이, 하나뿐인 사람이 예술가가 아니라면—더 커다란 현실성을 주기 위해 무언가를 바꿔놓을 필요를 느끼지 못한다면—'예술'에 대한 필요성을 못 느낀다면, 그렇다면 그가 말할 때 우리는 놀랄 것이다. 그는 벌거벗은 왕을 본 자의 순수함으로 말할 것이다. 우리는 눈멀고 귀먹은 사람들이 보고 듣고 싶어 하는 것처럼 그를 볼 것이다. 우리에게 선구자가 생길 것이다, 미래가 아니라 당장. 우리는 예술가를 얻지 못할 것이다. 우리는 순수한 사람을 얻을 것이다. 그리고 그 자체가 순수하지 않은 예술은 순수해질 것이다.

바로 이것이 아이들의 그림 전시회가 매우 아름다워도 엄격히 말해 예술 전시회가 될 수 없는 이유다. 또 아이들이 피카소처럼 그려도 아이들이 아니라 피카소가 칭송받는 이유다. 아이는 순수하고, 피카소는 순수해졌으니까.

힌데미트

힌데미트는 그의 사중주에서 자신이 발견한 테마에 어떻게 접근할까? 그는 고군분투한다. 그는 발견한 멜로디를 슬쩍 감춘다. 너무 많은 것이 도착하는 그곳에서 주변부로 나아간다. 때때로 햇빛이 들지 않는 곳에서 벽을 따라간다. 그의 성숙은 이미 또 하나의 음악이다—다른 작곡가가 이 사중주의 성숙을 음악으로 만들 수도 있을 것이다. 그는 그 성숙 이전에 있다.

멜로디는 사건이다. 그러나 우리가 잠든 사이에 아무도 없는 오솔길에서 밤을 꼬박 보내는 일은 무슨 사건인가? 조용한 어둠의 이야기, 뿌리는 그 힘을 잠재우고, 냄새에는 향기가 없다. 힌데미트의 바이올린은 무언가에 대해 말하지 않는다. 그저 펼칠 뿐이다. 그는 무겁지 않다. 그는 중력 자체다. 추상적인 것은 아무것도 없다. 그것은 들리지 않는 것의 상형이다. 그의 사중주에는 거의 살이 없다. 예를 들어 드뷔시의 음악에는 있는 투명하고 연약한 살 말이다. '신경'이란 말이 고통스러운 울림을 떠올리게 한다는 것이, '신경이 날카롭다'가 고통의 표현인 것이 안타깝다. 그렇지 않다면 신경의 사중주라 했을 것이다. '다른 것'을 말하지 않는, '주제를 바꾸지 않는' 건반이 두드리는 어두운 화음은 그것 자체이고, 있는 그대로를 내보인다. 그의 음악의 직관을 재현하기는 어려워 연구하지 않고 노래하는 것은 불가능하다. 그렇다면 이야기가 없는 것을 어떻게 연구해야 할까? 그러나 우리는 주변부에서 도래한 것을 기억하게 될 것이다. 그 첫 음악적 실재를 나누게 될 것이다. 조용한 밤의 조용한 꿈처럼, 나무 기둥에 흐르는 나뭇진처럼 미끄러질 것이다. 그러고 말할 것이다. 내가 아무것도 꿈꾸지 않았다고. 그걸로 충분한가? 그렇다. 무엇보다도 과실이 없으니까. 거짓말을 할 수 있어도 하지 않는 누군가의 감정의 음색이 느껴지니까. 충분한가? 그렇다, 충분하다.

1969년 9월 13일

실수에 대한 두려움

언젠가 우리는 스위스 사람에게 왜 스위스만의 철학 사상이 없는지를 물은 적이 있다. 우리의 대화자는 대답 대신에 자신의 나라에는 세 개의 뿌리와 네 개의 언어가 있다는 것을 우리에게 상기시켰다. 그것은 세 개 또는 네 개의 사상이 있다는 결론으로 이어진다. 그러니까 거의 완벽하게 운영되는 그 나라는 끊임없이 균형을 필요로 하고, 의견을 더하고, 다른 사람들에게 절대 상처주지 않으면서 의견을 덜어내며 거의 모두를 만족시키고 있다. 각자의 생각이 타인과의 접점에서 만나고 멈춘다. 그러나 철학적 사고는 극한까지 가는 사고다. 타협을 허용하지 않으며, 타협을 한다고 해도 경험을 마친 후다. 어떤 철학적 작품도 어느 지점에 도달해야 한다는 필요만으로는 만들어지지 않는다.

그런 점이 스위스 중립의 또 다른 측면이다. 그 중립성은 오직 외부 결론과 관련해서만 작동하는 것이 아니다. 정확히는 종의 혼합의 관점을 잃지 않으며 내부의 평화 방향을 결정하는 주요 원칙, 평화보다는 유화에 가까운 원칙이다. 중립은 주어진 상황에 대한 하나의 해결책이 아니라, 시간이 흐르면서 하나의 자세이자 선견지명이 됐다.

이 놀라운 국가는 독자적인 사회적, 정치적 조직 방식을 찾았는데 그것이 점점 생활 방식으로 확장됐다.

트렌드와 니즈needs의 혼합이 하나의 문화가 됐고, 그런 식으로 개인에게 뿌리를 내렸는데, 이 국가가 다양한 인종으로 구성되어 있지 않았다면 '인종의 특성'을 쉽게 말할 수도 있었을 것이다.

그럼에도 불구하고 국가적 특성을 말할 수는 있다. 그중 분명한 것 하나는 신중한 태도일 것이다.

우리가 스위스 사람에게서 받은 인상은 안전하게 사는 사람이라는 것과 더 나아가 안전에 불안을 느끼며 고통받는 사람이라는 것이다. 이것에 대해서는 지형적 위치라든가, 농업 생산의 어려움 같은 여러 일반적인 이유를 떠올릴 수 있을 것이다.

예측하고자 하는 이 자세는 매 순간 구체화할 이유를 찾는다. 그리고 이러한 태도는 멈추는 게 바람직한 지점까지 확장된다.

예를 들면 베른에서는 '모던한' 음악이 연주되면 청중 절반이 시작도 전에 빠져나가버리는 일이 흔하다. 때로는 스위스에서 최초로 작품이 연주되는 것인데도 말이다.

그러나 스위스 사람들은 진정으로 음악을 사랑한다, 진심으로, 어떤 속물근성 없이. 만약 그들이 그렇게 행동했다면 그것은 모던한 문학 또는 모던한 그림을, 특히 모던한 음악을 끔찍하게 싫어하기 때문일 것이다. '모던한'이란 말은 마치 스캔들처럼, 여전히 수상한 모험처럼 들린다. 그러나 더 넓게 더 깊게 보면, 스위스 사람들이 작품을 감상하는 데서 실수하는 것을 두려워하기 때문이라고 할 수 있다.

스위스 신문들의 문학 별지들은 비니*의 묻어둔 편지를 발견하고 스탈 부인**의 내밀한 생각을 짐작하며 몇 번이나 죽은 르낭***을 공격할 것이다—어떤 자기만족적인 잔혹함으로. 그리고 빅토르 위고가 그의 친구들과 반목했던 일을 용서할 것이다. 100주년을 기념할 일이 있으면 그 주제로 페이지를 가득 채울 것이다. 지구에서 100살이 넘은 사람은 현대인이 예측하는 것보다 더 많다.

취향이나 전통의 존중 때문만은 아니다. 그것은 위험을 감수하는 일에 대한 두려움 때문이기도 하다. 생존 작가는 지속적인 위험이다. 내일 형편없는 연설과 더 보잘것없는 책으로 자기 작품을 향한 찬사를 저버릴 수 있는 사람이다.

스위스 사람들은 어떤 것도 공짜로 받지 않았다. 그 나라에서는 모든 것에 고귀한 노력과 끈질긴 쟁취가 있다. 그들이 이룬 것은 하나의 평화의 상징이 됐다.

그 상위 문명을 자랑하는—"문명사회"라는 표현이 실질적으로 어떤 의미와 힘을 갖는—정부와 스위스 사람들은 어떤 희생을 치르더라도 엄격한 신중함과 단단한 정신력, 실수를 막는 조심성으로 평화를 유지할 것이다.

이것이 키르헨펠트 다리에서 말없이 뛰어내리는 많은 사람을 막지는 못하는데, 다른 사람들이 따라 할까 봐 신문들은 보도조차 하지 않는다. 그것이 안전과 평화 그리고 실수에 대한 두려움 때문에 치르는 대가다.

* 1797~1863. 알프레드 드 비니. 프랑스 시인.

** 1766~1817. 프랑스 소설가이자 혁명가.

*** 1823~1892. 프랑스의 언어학자, 종교사가, 비평가.

1969년 9월 20일

타자기 마음대로

신이시여, 세상은 늘 넓었고 나는 언젠가 죽게 될 테니까, 죽음을 기다리며 단지 순간을 살아도 되겠습니까? 아니, 내게 순간 그 이상의 것을 주십시오. 그 순간이 별거 아니어서가 아니라 희귀한 순간은 사랑으로 그 희귀함을 죽이기 때문입니다. 순간, 나는 너희를 사랑하는가? 나를 조금씩 죽이는 생이여, 내게 말해주길. 내가 순간들을 사랑하는가? 그런가? 아닌가? 나는 다른 사람들이 내가 절대 이해하지 못하는 것을 이해하길 원한다. 나는 사람들이 내게 설명이 아니라 이해를 주길 원한다. 나는 일요일이 가기를 기다리면서 평생을 살아야 하는가? 하이스다세하에 사는 저 가정부는 새벽 4시에 일어나 리우 남부에 와서 일하고 아주 늦게 하이스다세하로 돌아간다. 잠시 잠을 자기 위해서. 그러고 새벽 4시에 다시 일어나 리우 남부에 일을 하러 왔다가 다시 떠난다. 내 치명적인 비밀을 털어놓겠다. 삶은 예술이 아니다. 그런 말을 하는 자들은 거짓말쟁이들이다. 아, 모든 것이 너무도 위태로워지는 휴일이 있다. 그러나 타자기는 내 손가락보다 빨리 뛴다. 타자기는 내 안에 있다. 나는 비밀이 없고, 만약 있다고 해도 그 비밀들은 치명적인 것들이다. 고작 내 눈을 통해 나를 하나의 피조물을 만들고 죽기에 충분한 것이다. 지금 내게 일어난 일들에 대해 뭐라고 말할 수 있을까? 좋다, 모든 것은 대가를 치르게 되어 있고, 우리는 살기 위해 죽음이라는 비싼 비용을 지불해야 한다는 생각이 떠올랐다. 유령 소녀와 들판을 산책하는 일은 우리가 잃은 이와 함께 손에 손을 잡고 걷는 일이다. 끝없는 벌판은 아름답지만 우리에게 어떤 도움도 되어주지 않고, 잃고 싶지 않은 마음에 손을 더 세게 잡을 뿐이다. 유령 소녀를 죽이고 자유가 되는 일은 무엇을 진보하게 하는가? 꽃 한 송이라도 심을 생각이 없다면 드넓은 들판은 무슨 소용인가? 그게 아니라면 잔인하고 작은 유령 꽃을 심을 것인가? 잔인하다고 말한 것은 까다로운 아이이기 때문이다. 아, 나는 지나치게 현실주의자이기에 나의 유령들과 함께 나아간다.

낯선 책

나는 지금 읽을 책을 찾고 있다. 아주 특별한 책이다. 나는 그 책을 이목구비 없는 얼굴로 상상한다. 그 책의 제목도 작가도 모른다. 누가 알겠는가, 어쩌면 내가 쓰게 될 책을 찾고 있는 것인지. 나도 모르겠다. 그렇지만 나는 이미 너무 깊게 사랑하고 있는 그 낯선 책의 주제에 대해 마음껏 환상을 품는다. 그 환상 중 하나는 이것이다. 내가 그 책을 읽고 있는데 갑자기 한 문장을 읽다가 눈시울을 붉히며 고통과 해방감으로 이렇게 외치는 것이다. “세상에, 우리가 무엇이든 할 수 있다는 것을 몰랐다니!”

지식인

그는 이제 신발 가게의 지배인이다. 그가 선택한 것이 아니라, 그것이 그에게 남은 전부였기 때문이다. 그는 끊임없이 생각한다. 내가 뭘 잘못했을까? 그의 운명에 그가 저지른 실수를 말하는 것이다. 누군가 신발 가게 지배인이라는 것에서는 특별한 이유를 찾을 게 없다. 그러나 자신이 이 세계에 속하지 않는다는 듯 스스로 질문을 던지고 신발을 내미는 순간부터 조사해야 할 이유가 생겨난 것이다. 현실은 왜 그런 것일까? 예를 들어 그는 역사 과목에서 가장 훌륭한 학생이었고 고고학에도 관심이 있었다. 그러나 그는 그저 박식할 뿐 역사적, 고고학적 지식을 결핍해 이 세상에 있었던 것과 사건을 일으켰던 사람들, 자기가 걷고 있는 이 땅, 아무도 살지 않았고 자기가 먹었던 물고기들과 똑같은 것들이 양서류로 변했던 그곳에서 일어났던 일에 대한 내밀한 이해가 부족했다. 그리하여 오늘날 역시 그는 지식인처럼 신발을 소개한다—마치 이 울퉁불퉁한 땅에 닿아서 구두 굽이 닳은 게 아닌 것처럼.

1969년 9월 27일

환각에 사로잡힌 거실

내가 가장 많이 상상해본 작은 거실에 대해 이야기하겠다. 가구가 갖춰진 아파트의 거실이다. 그러나 그곳에 대해 이야기하기 전에 현실은 두려움 없이 스스로를 드러낼 때 세상에서 가장 산뜻하고 가장 실제적이라고 말해야 한다. 그것은 상상의 현실이긴 하지만 조금의 꿈도 없고 거의 미래도 없다. 매 순간이 현재이기 때문이다. 그리고 두려움이 없다. 놀라운 사실은, 두려움 없이 드러난 그 상상의 현실 속에서 부는 더 이상 추억처럼 우리 뒤에 있거나 미래의 욕망처럼 앞에 있는 게 아니라는 사실이다. 미세하게 떨리는 부는 여기 있다.

나는 간단하지 않은 것을 가능한 한 간단하게 서술해보려 한다. 그 작은 거실은 내가 말한 그대로였다. 그곳에 꾸밈이 있다면 그 꾸밈이 무의식적으로 의도한 것이었는지는 알 수 없다. 가장 그럴듯한 가정은 그곳에 살았던 첫 번째 사람이 우리가 전달하는 데 도움이 되는 의식적 목적성을 결여한 채로 그곳을 꾸몄다는 것이다. 사실상 그 작은 거실에서 풍요는 과거나 향수에 있지 않았다. 풍요는 거기 있었다. 그 방에는 적대감이랄 게 없었다. 오히려 즐거운 우아함이 넘쳐났다. 그러나 거실은 환각에 사로잡혀 있었다. 유령을 말하는 게 아니다. 거실 그 자체가 환각에 빠졌다는 것이다. 조명이 은은히 퍼졌다—조명은 진짜 조명이었다, 위에서 내려오는, 그림자와 섞이지 않은 공간 조명. 사물들은 빛에 의해 환각에 빠졌다.

편안한 구석이라고는 없다! 진짜 앉는다는 느낌을 주는 의자도 볼 수 없다. 아마도 그래서 방문객들이 미친 듯이 자리를 계속 옮기고, 일어나고, 높은 창을 통해 보고, 도주할 수 있는 곳을 찾듯이 천장을 유심히 봤던 것 같다. 그 모든 것이 보장이 없다. 이 거실에는 어떤 것도 보장된 것이 없고, 자신만의 환각에 사로잡혀 어떻게든 계시를 받아들이는 사람 또는 받아들이지 않는 사람이 있었다. 어떤 보상의 약속도 없었다.

거울이 있었다. 그 거울은 창문이 보이는 기이한 위치에 놓여 있었는데 창문 뒤에 있는 것이 아니라 창틀이 있는 허공에 있었다. 거울은 아무것도 비추지 않았고 아무것도 재현하지 않았으며 아무것도 모방하지 않았다. 거울은 벽에 걸린 네모난 조명이 됐다.

작은 거실은 어떤 것도 보장해주지 않았다. 그러나 조명 받기를 두려워하지 않는 사람, 불편한 의자에 잠시 혼자 앉는 걸 마다하지 않는 사람은 거기서 환하게 앉아 있을 수 있었다.

우리가 바라보는 방식은 참 독특했다. 우리는 샴페인처럼 들떠 있었다. 별로 좋지는 않았다. 그 거실은 조금 타버렸으니까. 짜릿함을 느낀 우리는 기포 있는 그 화려한 술을 어떻게 사용해야 할지 모르면서도 다 안다는 듯 얄팍한 웃음을 웃었다.

방문객이 적어도 거실은 가득 차 보였다. 그러나 사람이 많을 때에도 절대 번잡하지 않았다. 그 공간에 있는 특이한 물건에 대한 호기심으로 바쁜 사람들은 곧잘 왔다 갔다 했는데, 그들은 하나같이 궁금증과 장난기를 품고서 특정 지점을 향하고 있었다. 때로는 침묵이 내려앉았는데, 그럴 때면 물이 솟구치고 흐르는 소리가 들렸다. 그것은 절대 고치지 않는 주방의 수도꼭지가 새는 소리였다. 그렇게 조용한 순간에도 지루한 사람은 아무도 없었다. 모두가 예의 어린 웃음이나 짧은 기별을 억누르고 있는 듯했다. 그 작은 거실은 점점 더 빛으로 화했다.

잘 생각해보면, 그 거실에서 단 한 명의 어린이도 본 기억이 없다. 밝은 곳에서 나무를 부수기 위해 그것을 벨 준비가 된 나이 든 사람들뿐이었다. 그렇다, 나는 아이를 보지 못했다. 대신에 너무 뚱뚱해서 좁은 의자에 앉지 못하는 남자를 봤다. 그는 빛 속에서 우리의 거대한 풍뎅이가 되었다. 나는 또 비쩍 마른 부인이 들어가는 것도 봤다. 그녀는 남편과 떨어져 있었고, 눈이 돌출된 것을 보니 분명 갑상선에 문제가 있는 듯했다. 그녀가 눈을 뜨고 들어왔을 때 나는 순간적으로 눈앞이 잘 보이지 않았다. 거실은 그 여자의 것이었고, 그 여자가 거실이었다. 그 둘은 한 폭포에서 쏟아지는 물줄기처럼 서로 뒤섞였다. 눈이 튀어나온 여자는—거실도 마찬가지다—눈을 감고 잠을 잘 수 있을까? 그렇다면 잠을 자기 위해 그 환한 빛을 어디에 넣어둬야 한단 말인가? 우리가 잠시 거실의 전원을 차단할 수 있다면 무슨 일이 일어나겠는가? 죽음의 어둠으로 만든 어떤 커다란 암흑이 뒤따르겠는가.

그러나 거실은 자신의 빛을 넣어두지 못했다. 왜냐하면, 이 말을 한다는 것을 잊었는데, 그 방은 물건과 가구와 사람이 있음에도 불구하고 일종의 알몸을 드러내고 있었기 때문이다. 그 거실에서는 숨는 게 불가능했다. 사람은 노출되어 있었다.

특이한 일이 일어났다. 이제 부는 우리 뒤에 있지 않았으므로 우리는 더는 그것을 바라지 않았기 때문이다. 우리는 사춘기 소년소녀들이 아니었으므로. '오늘'이라는 말은 너무도 잘 익은 단어가 되어서 만일 이 순간이 연장된다면 썩을 것 같았다. '오늘'은 거실을 벗어나자마자 아무것도 아닌 것이 되어버렸다. 거실은 어제도 내일도 아니었다. 우리가 '오늘'이라고 말해버리면 그것은 비밀을 밝히는 것이나 다름없었다.

갑상선 거실의 엄청난 빛을 받은 사람들 사이에서 때때로 다툼이 일어났다. 하찮은 이유로 일어나는 말 없는, 빠른 다툼. 여름날에 내리치는 번개 같았다. 한번은 집주인을 위한 선물 포장지를 찾지 못했다. 그 포장지의 가치는 무엇이었을까? 그러나 비꼬는 말들이 오고 갔다. 또 한번은 바닥에 포도씨가 다이아몬드처럼 반짝이는 것을 봤다. 우리는 웃었고, 모두가 그 포도씨를 원했다. 일단 장난을 치기 위해서. 우리는 포도씨를 보석처럼 넥타이핀이나 브로치에 껴 넣었다. 그러나 순식간에 단어는 불티로, 사방에서 무미건조하고 짧게 터지는 분노로 바뀌었다. 결국 모두의 비난하는 침묵 앞에 포도씨는 내게 굴러들어 왔다. 내가 발견한 것이었으니까. 물론 거실을 나오면서 나는 포도씨를 멀리 던져버렸다. 오래된, 더러운 포도씨였다. 습기 때문에 거실의 조명을 받아 빛났던 것뿐이었다.

아, 그 거실은 유쾌함이 넘쳤다. 우리는 그곳에 초대받기 위해 최선을 다했다. 우리는 여기저기 뛰어다니다가 마침내 주인 발

밑에서 진정하는 개처럼 헐떡이며 그곳에 도착했다. 기쁜 만큼 숨은 가빴고 입은 말랐다. 눈은 튀어나오고, 호기심은 넘치고, 지친 채로. 그러나 어떤 비방도 할 수 없었다. 그 거실은 한 번도 무언가를 보장한 적도 보상을 약속한 적도 없었으니까. 그것은 기껏해야 삶이었다.

1969년 10월 4일

모험

내 직관은 글로 옮기려 할 때 더 명확해진다. 그런 의미에서 내게 글쓰기는 필수다. 한편으로 글 쓰는 일은 감정을 감추지 않는 방법이고(상상의 비의도적 변신은 다만 그것에 이르는 방식이다), 또 한편으로 나는 글 쓰는 과정 없이는 이해하지 못하기 때문에 쓴다. 내가 만약 신비로운 태도를 취한다면 그것은 감정을 감추는 게 주목적도 아닐뿐더러 감정을 감추지 않고는 그걸 명확하게 옮길 능력도 안 되기 때문이다—생각을 감추는 것은 글쓰기의 한 가지 기쁨을 없애는 것이다. 그러므로 의도적인 것은 아니지만 나는 내가 타인에게서 매우 고루하다고 생각했던 신비로운 태도를 자주 취한다. 일단 글로 쓰면, 나는 냉정하게 그것을 조금 더 명확히 밝힐 수 있을까? 어쩌면 내가 고집스러운 것인지도 모른다. 한편으로 나는 자연의 신비가 가진, 다른 명료함으로 대체될 수 없는 어떤 고유한 명료함을 존중한다. 또 흙탕물이 가라앉으면 물이 맑아지는 것처럼 시간이 지나면서 자연스럽게 명확해지는 것이 있다고 믿는다. 물이 맑아지지 않는다면 어쩔 수 없는 일이지만. 나는 위험을 감수한다. 터무니없는 자유나 무분별함 또는 교만으로 위험을 감수하는 것은 아니다. 매일 아침에 눈을 떠서 위험을 감수하는 일이 내게는 습관이 됐다. 나는 늘 모험을 깊이 지각해왔는데, 여기서 '깊이'라는 말은 '핵심적으로'란 뜻을 의미한다. 모험의 그런 의미가 나를 무질서한 삶과 글쓰기에 대해 더 넓게, 더 현실적으로 접근할 수 있게 해준다.

겸손과 기술

도달할 수 없고 이해할 수 없다는 이 무능력함은 본능적으로—무슨 본능?—내가 좀 더 빨리 이해할 수 있게 해주는 화법을 찾게 만든다. 이 방식, 이 스타일(!)은 이미 여러 이름으로 불려왔지만, 아니다, 실체는 겸손한 탐색이다. 나는 한 번도 표현에 문제가 있었던 적은 없다. 내 문제는 훨씬 더 진지하다. 바로 이해다. 내가 '겸손'을 말할 땐 기독교적 의미의 겸손을 말하는 게 아니다.(그러니까 도달할 수 있거나 없는 이상으로 보는 게 아니다.) 내가 말하는 겸손은 나 자신의 무능력을 완전히 아는 데서 오는 겸손을 말하는 것이다. 나는 기술로서의 겸손에 대해 이야기하고 있다. 세상에, 나 역시 겸손하지 못한 내 모습에 두려움을 느꼈다. 하지만 그렇지 않다. 기술로서의 겸손은 다음과 같다. 겸손한 자세로 접근해야만 우리에게서 완전히 벗어나지 않는다는 것이다. 나는 기분 좋은 자부심의 형태로 나타날 수 있는 겸손을 발견했다. 자부심은 죄가 아니다, 어쨌든 크게 문제 되는 것은 아니다. 자부심은 단것을 밝히는 것과 다름없는 유치한 잘못이다. 다만 자부심은 심각한 실수를 야기하는 커다란 단점이 있고, 이 실수는 인생의 많은 시간을 낭비하게 하며 인생을 더디게 한다.

영웅들

카뮈의 문학조차도 영웅주의를 사랑한다. 영웅이 되는 다른 방식은 없는 것인가? 이해조차도 영웅적 자질이다. 인간은 문을 열고 밖을 내다볼 수 없는 것인가?

봄의 부화

내가 자랑스럽게 여기는 한 가지는 내가 언제나 계절 변화를 미리 느낀다는 것이다. 공기 중의 무엇인가가 새로운 것이 오고 있음을 내게 알리면, 나는 이유를 알 수 없지만 무척 흥분 상태가 된다.

지난해 봄에는 친한 친구가 식물을 선물해줬다. 아주 신비한 앵초였는데, 설명할 수 없는 거룩한 존재, 바로 우주의 비밀에 대한 설명을 담고 있다 할 만큼 신비로웠다.

그 식물은 언뜻 보아서는 특별할 게 아무것도 없지만 자연의 신비를 안고 있다.

봄이 가까워지면 앵초의 잎은 죽고 그 자리에 꽃봉오리가 나온다. 꽃은 보랏빛을 띠는 붉은색과 흰색으로 활짝 피지 않아도 여성스러우면서도 남성스러운, 정신을 아찔하게 하는 향기가 난다.

꽃봉오리의 비밀은 바로 봄의 첫날에 꽃을 피워 세상에 나온다는 것이다. 어떻게 그럴 수가 있을까? 이 수수한 꽃은 어떻게 봄의 시작을 아는 것일까? 꽃은 갑자기 핀다. 그 꽃 옆에 앉아 멍하니 바라보면 그 꽃은 한가로이 조금씩 봉오리를 열어, 놀라는 우리 앞에서 새로운 계절에 자신을 바친다. 그렇게 봄이 온다. "나는 향기로운 포도나무처럼 자랐고, 내 꽃들은 영광과 풍요의 열매다."*

* 『집회서』 24:17.

1969년 10월 11일

설명하지 않는 설명

내가 어떻게, 왜 이야기 또는 소설을 썼는지 떠올리기는 쉬운 일이 아니다. 그 작업들이 나로부터 분리되면 나 역시 낯설어진다. 최면 상태에서 글을 쓴다는 말이 아니라, 글을 쓸 때 요구되는 집중이 글쓰기가 아닌 다른 모든 것에 대한 인식을 제거하는 듯하다는 얘기다. 그럼에도 불구하고 내게 물었던 것에 대한 답을 해보자면, 그럴 가치가 있다면, 무언가를 복기해볼 수는 있을 것이다.

예를 들면 「생일 축하해요, 어머니」에 대해 떠오르는 것은 여느 때와 다를 게 없었던 파티에 대한 인상이다. 그러나 그 파티는 비바람이 불던 어느 여름날에 열렸고, 나는 이 이야기에 여름을 담을 생각은 하지도 못했다. 내게 영감을 줬던 몇 줄의 추상적인 문장을 그냥 메모했을 뿐이다. 느꼈던 것들을 더 깊이 파고 들어가는 기쁨과 또 필요를 위해서 말이다. 그러다 몇 년 후 그 문장을 우연히 읽게 됐고, 모든 이야기가 빠르게 탄생했으며, 그 안에 이미 본 듯한 장면들을 옮겨놓았지만, 내가 쓴 것들은 어떤 파티에서도 실제로 일어났던 일은 아니다. 시간이 한참 지난 후에 한 친구가 내게 그 할머니는 누구인지를 물었고, 나는 다른 사람의 할머니라고 대답했다. 그러고 이틀 후 나는 곧바로 정답을 알고 나서 깜짝 놀랐다. 내가 만난 적 없는, 어릴 적 초상화로만 봤던 나의 할머니란 사실을 알게 된 것이다.

「사옹 크리스토바웅의 신비」는 내게도 신비하다. 나는 그 작품을 실패를 감듯이 천천히 썼고, 어떤 어려움에도 부닥친 적이 없었다. 내 생각에는 어려움의 부재가 이 이야기를 바라보는 관점이 되었던 것 같다. 나는 전반적으로 초연한 자세를 유지해야 했고 크게 개입하지 않아야 했다. 어려움이 없었다는 것은 내부적 기술, 섬세함이나 방심하는 척하는 접근 방식이었다고 할 수 있을 것이다.

「어느 젊은 여인의 몽상과 취기」를 쓰면서는 분명 무척 즐거웠고 글을 쓰는 기쁨을 느꼈다. 작업하는 동안에 다른 사람들은 눈치채지 못했지만 평소 나답지 않게 늘 기분이 좋았고 포르투갈어로 말했으며 그렇게 함으로써 언어적 경험을 쌓았다. 나는 젊은 포르투갈 여자에 대해 이야기하는 것이 정말 좋았다.

「가족의 유대」는 기억에 남는 게 아무것도 없다.

「사랑」에 관해서는 두 가지가 떠오른다. 하나는 내가 글을 썼을 때 느꼈던 강력함이다. 그 강력한 힘으로 나는 예상치도 못하게 이야기 속 인물과 내 계획에 없었던 식물원에 들어갔다가 나오지 못할 뻔했다. 등장인물과 나는 반쯤 최면 상태로 덩굴 속에서 빠져나오지 못했다—내 등장인물이 닫힌 문을 열기 위해 경비를 불러야 할 정도였는데, 그러지 않았다면 우리는 지금까지 그곳에 갇혀 있었을 것이다. 두 번째로 떠오르는 것은 내게 의견을 주기 위해 타자기로 친 그 이야기를 읽었던 한 친구인데, 사람, 그것도 가까운 이의 목소리로 낭독을 들으니 그제야 비로소 이야기가 태어났다는 느낌을 받았다. 그 이야기는 아이가 태어나듯 완성되었고, 그것은 최고의 순간이었다. 그러니까 내게 이야기가 주어져 내가 그것을 받았거나 아니면 내가 이야기를 줘서 그것이 받아들여졌거나, 그도 아니면 둘 다일 수도 있는데, 이러나저러나 마찬가지다.

「저녁 식사」에 대해서는 아무것도 모른다.

「닭」은 30분도 안 되어서 완성했다. 원고 청탁을 받았고, 제대로 쓸 마음 없이 쓰기 시작했으며, 완성한 후에도 그 원고를 보내지 않았다. 그러던 어느 날 그 이야기가 매끄럽다는 것을 깨달았고, 얼마나 사랑으로 썼는지 느꼈다. 나는 내가 진짜 이야기를 썼단 걸 알게 되었고, 내가 동물들에게 늘 느꼈던 즐거움이 거기에 가득하다는 것도 알게 되었다.

「재물의 시작」은 아주 가벼운 기술을 시험해보기 위해 썼고, 그것이 아주 조금 서술에 들어갔다. 나는 이 이야기를 차갑게 만들었는데, 별거 없는 호기심에 이끌린 것이었다. 무엇보다 연습을 위해서였다.

「소중한 것」은 약간 거슬린다. 나는 그 글을 그 청소년에 대한 반감을 느끼면서 마무리했고, 그 이후에 그 반감에 대해 청소년에게 사과했다. 사과하던 순간에 사과하고 싶지 않은 마음이 들었다. 나는 내 의식을 덜어내기 위해 그의 인생을 조금 더 편하게 해줬고, 애정으로 책임졌다. 그런 식으로 글을 쓸 필요는 없다. 그런 식은 당신을 잘못된 방식으로 이끌고 인내심을 잃게 한다. 내가 그 이야기를 잘 쓸 수 있었다고 해도 그것은 본질적으로 내게 아무 쓸모가 없다.

「장미를 본받아」는 태어나기 위해 여러 아버지, 어머니를 거쳐야 했다. 누군가 병에 걸렸다는 소식을 듣고 첫 번째 충격을 받았는데, 나도 이유는 알 수 없었다. 같은 날 누군가 내게 장미를 보냈고 나는 그것을 한 친구와 나눠 가졌다. 꽃으로서 장미는 모두의 인생에서 변함없는 꽃이다. 내가 알지 못하는 온갖 것이 있었는데, 그것은 모든 이야기의 배양토다. 「장미를 본받아」는 나를 매우 만족시켰던 단조로운 톤을 써볼 수 있는 기회였다. 내게 반복은 유쾌한 것으로, 같은 페달을 끊임없이 밟다 보면 결국 바닥이 깊어져 지루한 상투적 어구도 무언가를 말하게 된다.

「수학 교사의 범죄」는 먼저 「범죄」라는 제목으로 출간됐었다. 몇 년이 지난 후에 그 이야기가 제대로 써지지 않았다는 것을 알게 됐고, 그래서 제대로 썼다. 그렇지만 그것이 아직 써진 것이 아니라는 느낌을 간직하고 있다. 나는 수학 교사가 내가 말했던 인물을 알고 있으면서도 그를 아직 이해하지 못하고 있다.

「세상에서 가장 작은 여자」는 워싱턴의 봄, 어느 일요일을 떠올리게 한다. 아이가 산책하던 중에 내 품에서 잠들었고, 5월이었으며, 첫 더위가 찾아왔었다—세상에서 가장 작은 여자는(신문에서 읽었다) 세상의 요람처럼 보이는 곳, 아프리카에서 그 모든 것들을 격렬하게 만든다. 그 이야기는 아마도 내가 동물을 사랑하는 마음에서 나온 것 같다. 내게는 동물들이 신과 매우 가까운 존재인 것처럼 느껴진다. 그러니까 스스로를 발명하지 않는 실재물, 갓 태어나 아직 따뜻한 피조물, 그러면서도 곧바로 일어나 아등바등 생동하는 것, 물러서고 낭비하며 야금야금 사는 게 아니라 매 순간을 마지막처럼 사는 것.

「버펄로」는 내가 어느 여자의 집에서 또는 여러 여자의 집, 아니 어느 남자의 집, 수천 번 갔던 동물원에서 봤던 어떤 얼굴을 희미하게 떠오르게 한다. 그날은 호랑이가 나를 봤고 나도 호랑이를 봤다. 호랑이는 내 눈을 피하지 않았지만 나는 여전히 그 눈길을 피한다. 다만 이야기는 그것과 아무 상관 없다. 그 이야기는 썼다가 한쪽에 치워뒀는데 어느 날 다시 읽고는 충격을 받았다. 불편하고 끔찍했다.

1969년 11월 1일

창작 실험실

8년 전, 스페인계 이민 후손인 넬리다 피뇽*이라는 젊은 여자가 읽기에 매우 까다로운 『가브리엘 대천사의 가이드북』이라는 책을 내면서 문학을 시작했다. 이 책은 독자에게 아무것도 양보하지 않으며 사람들은 대부분 그 의미를 알지 못했다. 그녀는 같은 맥락에서 『십자가가 된 나무』라는 책을 발표했다. 그러고 3년 후 『열매의 시간』이라는 단편집을 냈는데, 훌륭한 단편들이 실린, 조금 더 다듬어진 작품이었다. 그의 소설 『푼다도르』는 월맵 대회에서 특별상을 받았고, 11월 15일쯤에 주제 알바루 출판사에서 출간될 것이다. 그녀는 계속 글을 쓴다. 이미 단편집과 희곡 한 편이 출간 예정이다. 그녀는 모든 글을 매우 특별한 문체, 넬리다 피뇽만의 문체로 쓴다.

넬리다 피뇽은 글을 쓰면서 브라질 리우데자네이루 대학에서 문예 창작을 가르친다. 그녀에게 완벽하게 어울리는 일이 아닐 수 없다. 이런 일은 정말로 넬리다처럼 지적이고 창의적인 사람만이 할 수 있을 것이다. 나는 그녀에게 그 수업에 대해 몇 가지 질문했고, 그녀는 그 질문에 서면으로 답했다.

* 1937~2022. 브라질 소설가로, 생존 당시 생존해 있는 브라질 작가들 중 가장 위대한 작가로 여겨졌다.

문예 창작 강의를 하시나요? 아니면 보편적인 창작을 가르치나요?

문학이요. 그렇지만 문학적 현상과 보편적인 창작을 구분 짓지는 않아요.

당신은 문과대의 이 문예 창작 수업이 미래의 작가들에게 유용하다고 생각하시나요? 아니면 문화적 소양을 쌓기 위한 수업인가요?

경험을 전수한다고 말하는 편이 좋겠네요. 개인이 냉장고, 자동차, 기구들을 떠받드는 소비 만능 시대에 영혼을 치유하는 사람으로서 작가가 존재해야 하는 이유에 대해 토론하는 것이 더 중요하니까요. 우리가 글을 쓴다고 해서, 또는 그 비슷한 유의 일을 한다고 해서 그 일이 반드시 엘리트가 되는 길로 이어진다고 생각하지는 않아요. 오히려 우리는 가난한 자로서 모순된 규칙과 욕심으로 살찐 공동체를 해체하는 데 더 좋은 도구를 갖출 수 있지요. 이 문학 수업이 유일하게 의도하는 것은 학생들의 창의성을 훼손하지 않으면서 현대 소설에서 말하는 단계를 불태우고 지배적인 기법과 맞서는 것입니다. 무엇보다 진실을 전하고요—진실을 들으면서 우리의 신념은 공고해집니다—그의 외침이 폐허가 된 곳에 마지막으로 기록되는 것일지라도 미로와 감춰진 것, 신호를 밝혀내고, 거짓된 공동의 기억을 무너뜨리고, 의심과 저항을 키우는 일이 작가의 몫이라는 것을요.

창의력을 더 발휘할 수 있는 과정은 무엇입니까?

창작이 견고해지는 순간 모든 과정이 그런 것 같습니다. 예를 들어 몇몇 작가는 창작하기 위해 절정의 상태에 이르러야 하고, 자신의 행위를 분석하는 것을 막는 섬망과 자신의 강력한 열정의 풍요로운 열매를 필요로 합니다. 또 다른 작가들은 질서에 도달하는 방법으로 혼돈을 말합니다. 그것은 지구에 혼돈을 일으키기 위해 순서를 뽑는 것과 같은 것이지요. 어떤 작가들은 바위의 퇴적작용을 흉내 내요. 오래된 층을 가꾸고, 이미 멀어진 시대를 살죠. 그들은 무척 끈기 있어요, 시간을 무시하죠. 영원을 믿으니까요. 그러나 작가를 대변해주는 것은 자신의 고유한 말이죠. 노예가 되지 않고 자유롭게 창작하려는 열망이요.

당신의 글쓰기 방법은 무엇인가요? 글쓰기를 시작하기 전에 구상부터 하시나요?

저는 일상에서 말하는 빈도수를 생각해요, 물리적 순서대로는 아니지만. 그 규칙적인 자세가 없으면 표현 능력이 감소하는 게 눈에 띄죠. 저는 필요한 형식에 겨우 도달해요. 하루 종일, 가장 힘겨운 시간을 거치면서 제가 경험한 것과 지구가 지속적으로 충돌하면서 필요한 것을 만들어내요. 글을 쓴다는 의식이 존재하는 한 이 행위가 지속적으로 반복되어야 하고요. 저는 아마추어리즘을 이해하지 못해요. 대신 우리의 살을 찌르는 가시가 있는, 고통스럽고 어려운 소명을 이해하죠. 그것은 우리의 왕관이자 타협하지 않으려는 도전이에요. 저의 가장 최신작 『푼다도르』의 경우, 글을 쓰기 전에 먼저 구조를 생각했어요. 저는 작법과 언어, 어떤 길을 택해야 할지 알고 있었죠. 물론 수혈처럼 예측할 수 없는 요소가—마치 우리가 공들여 쓰지 않은 것처럼 고쳐나가며 덜어내는 그 모든 일이—책 전반에 거쳐 나타날 수 있더라도요.

영감을 믿으시나요? 아니면 글쓰기에 필요한 것은 뼈를 깎는 노력뿐이라고 생각하시나요?

영감은 사춘기 시절 저의 자원이었죠. 어른이 되고 나서는 다른 것들과 직면하게 되었어요. 자연이 저에게 탁월한 재능을 주지 않았기 때문에, 저는 하나의 글이 어두운 세계에서 첫 번째 빛을 어렴풋이 발견하기까지 힘겹게 나아가는 것에 익숙해요.

1969년 11월 8일

마우라

나는 이 신문에 쓴 칼럼에 대한 편지나 전화를 자주 받는다. 조금 전에 마우라라고 하는 젊은 여성이 내게 전화를 했다. 그녀는 토요일마다 내 칼럼을 읽고 스크랩한다고 했다. 나는 내가 그녀에게 어떤 만족을 주는지 짐작할 수 없었다. 대화 중에—마우라의 목소리는 조심스러웠고 감수성이 풍부하다—그녀가 "당신의 글이 점자로 나오면 바로 읽어요"라고 말했다.

나는 잠시 그녀가 시각장애인이라는 것인가, 하는 생각에 난처하고 혼란스러웠으나 이내 그녀에게 물었다.

"시각장애인입니까?"

그녀는 태어날 때부터 그랬다고 대답했다. 그녀는 스물여섯 살이고 그녀의 가족은 미나스제라이스에 산다. 1950년 이후부터 마우라는 리우에 있는 친구의 가족들과 함께 산다. 그녀는 벤자밍 콩스탄치 맹아학교에서 공부했고, 현재 대학에서 포르투갈어, 특히 문학을 공부하고 있다. 수업 시간에 녹음기를 사용했고, 학우들이 강의 노트를 읽어주면서 도와주었다고 했다. 그녀는 내 칼럼을 점자책으로 바꿔준 사람이 시각장애인이 아니라고 했다. 그의 이름은 콩스탄치누이고, 현재 내가 지은 책 네 권을 점자로 바꿔서 묶었다고 했다. 나는 그녀에게 말했다.

"당신은 매우 용기 있는 젊은 여성이에요. 당신 앞에서 저 자신이 부끄럽게 느껴져요."

"용기요? 아닙니다. 삶을 똑바로 마주해야 하죠. 모두가 문제를 안고 살아요. 제가 실명했다는 것이 저의 주된 고민도 아니고요."

마우라는 내가 얼마나 감동했는지를 깨닫고 내게 자신을 "시력을 잃지 않은" 사람처럼 대해달라고 부탁했다. 마우라, 나는 당신처럼 용감했던 적이 별로 없었습니다. 인생을 마주하는 법도 모르고요. 마우라, 마음속 깊은 곳에서 우러나온 겸허함으로 당신의 전화에 감사드립니다. 당신은 모르셨겠지만, 제게 용기가 절실히 필요하던 순간이었거든요. 콩스탄치누에도 감사드립니다.

나는 마우라가 앞을 볼 수는 없지만 눈을 뜬 모습을 상상한다. 앞을 보지 못하기 때문에 더 날카로운 그녀의 다른 감각들도. 언젠가 어느 파티에서 여러 사람 사이에서 헬렌 켈러를 소개받은 적이 있다. 그녀는 시각, 청각 장애인이었고 쉰 목소리로 말할 때마다 음절을 더듬었다.(누군가 말하는 것을 한 번도 들어본 적이 없었으니까.) 거기 모인 사람 중에 미모가 특별히 출중한 젊은 여성이 있었다. 헬렌 켈러는 대화 중에 누군가를 "보고" 싶어 했는데, 그와 가장 가까이에 있었던 사람이 바로 그 젊은 여성이었다. 헬렌 켈러는 두 손을 내밀어 손가락으로 그 젊은 여성의 얼굴을 찬찬히, 오랫동안 만진 후에 이렇게 말했다. "당신은 정말 아름답군요."

1969년 11월 15일

백년 동안의 고독

사랑받는 작가 가브리엘 가르시아 마르케스는 『백년 동안의 고독』을 지은 베스트셀러 작가이다. 그 책은 보기 드물게 문학적 가치를 지닌 베스트셀러다. 가족 이야기를 다룬 소설로 사랑과 폭력과 광기가 가득하다. 가르시아 마르케스는 사실만을 가지고 글을 쓴다. 그의 인물들은 많은 사람들과 함께 살고 있지만 한없이 고독한데, 가르시아 마르케스는 그들의 생각을 글로 옮기지 않는다. 작가 역시 "시와 유머, 고귀하고 마법 같은 언어로, 행위의 리듬을 따라 끊임없이 움직이는 광인, 시인, 혁명가, 망나니들, 예쁜 여자들, 이 모든 족속들에게서" 넘어설 수 없는 고독감을 느꼈다. 시인 엘리아니 자구리가 훌륭한 번역을 해냈다.(포르투갈어에서 어떤 이국적 언어도 느껴지지 않는다.) 그녀는 책을 번역하는 동안 가르시아 마르케스와 편지를 주고받았다. 매순간 놀라운 책으로 366쪽에 예기치 못한 요소가 담겨 있다. 사비아 출판사에서 출간됐으며, 훌륭한 일러스트는 카리베의 작품이다.

미래와의 만남

브라질 작가 호지 마리 무라루*의 『자동화와 인간의 미래』를 읽

* 1930~2014. 브라질 사회학자, 작가로 브라질 페미니즘 운동의 선구자.

었다. 그녀는 우리가 사는 이 전자 시대에 기술적 재앙이 인간의 삶에 미치는 영향을 자주 이야기한다. 점차적인 인간의 비인간화가 무섭다. 책은 흥미진진하게 읽힌다. 호지 마리 무라루가 이 주제에 있어서 세계에서 가장 저명한 미래학자 허먼 칸이 자신의 책 『2000년을 향해』에서 말한 100가지 주요 발명품 중에 몇 가지를 열거했는데, 그것의 일부를 옮겨보겠다.

—고정식 설치를 위한 새로운 에너지 자원(열전기, 열이온, 자기유체역학 등)
—교통수단을 위한 새로운 에너지 자원(터빈 자동차, 제트기, 전자기장 등)
—세계 어디든 사람과 물품을 나르는 데 거의 무료로 이용할 수 있는 교통수단
—장기이식의 광범위한 사용
—통신에서 증폭된 레이저 빔을 매우 강력한 살상 무기로 사용
—사이보그의 일상적 사용(인간의 장기나 신체 일부가 전자 기계로 대체될 것이다)
—동식물의 새로운 종
—잠과 꿈, 몸무게, 노화를 조절하고 막아주는 새로운 미용술 발명
—일단 단기간 동면한 후 다시 장기 동면
—해저에서 살게 될 사람들과 바닷속 탐험

—밤에 넓은 표면을 밝혀주는 인공 달
—대중화된 우주여행
—자동화된 가사 노동
—매우 발전된 지능을 통제하는 기술
—시간과 기후 통제
—뇌에 주는 자극으로 직접적 소통
—모든 나라가 보유하는 저렴한 핵무기
—아이의 성별을 고르는 능력 또는 출생 전에 성별을 바꾸는 능력
—더 잘 알려진 유전적 특성 통제
—일반적으로 통용되는 합성 식품과 음료
—즉각적으로, 자동으로 가능한 종합 신용 대출
—로봇의 보편화, 다시 말해 PC 사용이 일반화됨
—레이저로 인해 국제적으로 소통하는 데 비용이 저렴해짐, 개인 TV
—성적 쾌락에 이르기 위한 새로운 방법, 지각의 한계를 바꿀 수 있는 새로운 마약
—인간을 직접적, 간접적으로 분석할 수 있는 능력을 향상시키는 화학적, 기계적 방법
—집을 짓는 데 더 합리적이고 훨씬 더 저렴한 새로운 형식과 기술(삼각형 돔, 조개껍데기 모양의 밀실 등등) 그리고 새로운 건축자재
—3D 사진술과 TV(흑백 다음에 컬러)

허먼 칸에 의하면 이 발명품들과 다른 많은 것들이 큰 변수가 없다면 2000년에 사용될 것이라고 한다. 그러니까 지금부터 30년 후다. 이것에 대한 주석은 따로 달지 않겠다.

이것이 우리 어린이들의 미래다. 나는 어린이들이 부럽다.

1969년 11월 29일

충동의 본질 또는 하나와 하나 사이 또는 컴퓨터

내가 말하고자 하는 이야기가 어렵다는 것을 안다. 하지만 그 이야기가 너무도 자연스럽게, 너무도 구체적으로 내게 찾아온 이상 무엇을 할 수 있겠는가? 그 이야기는 이렇다.

충동, 그 이상은 아니었다. 정확하게 말하자면 그것은 그저 충동이었으나 하나의 충동은 아니다. 충동이 그 여자를 유지한다고 말할 수는 없다. 유지한다는 것은 어떤 '상태'임을 암시하는데, 충동이 계속해서 그녀를 움직이니 '상태'를 이야기하는 건 불가능한 것이다. 물론 그녀는 어딘가 도달하려는 버릇이 있으므로 그 충동에 힘입어 어느 곳 또는 어느 행동에 다다를 것이다. 바로 그 점이 충동의 자동사적 성질에 반하는 아주 작은 불편함을 일으킨다. 그러나 자동사적 성질을 말했다고 해서 충동의 무상성을 말하고자 함은 절대 아니다. '매매'의 습성, 결론에 도달해야 안도의 숨을 쉬는 행위에 익숙한 우리는 결론이 나지 않는 것, 끝나지 않는 것, 흩어진 채로 있는 것, 중단된 것을 생각하기에 이른다. 사실상 충동은 늘 '어딘가로 향하게' 하는 것이었는데도 말이다. 그것은 다시 한번 거리에 대한 문제, 그러니까 멀리 가려는 것인가 가까운 곳에 가려는 것인가, 또 어디로 가려는 것인가 하는 문제를 숙고하게 만들 수 있는데, 이때 우리는 조금 전에 말했던 충동의 실행과 충동 그 자체를 혼동할 때 생기는 아주 작은 불편함으로 돌아갈 필요가 있다. 아니다, 충동의 실행이 불편을 일으킨다고 말할 수는 없다. 오히려 실행하지 않은 채로 남아 있는 충동이야말로 실질적으로 실행돼야만 해소될 수 있는 강도 높은 불편함을 한동안 일으킬 수 있다. 그러고 일단 그 강도가 줄어들면 충동의 잔재라고 말할 수 있는 것이 남는데, 사실상 그것은 잔재가 아니라 충동 그 자체라고 할 수 있다—눈물의 중량이 실리지 않은 충동(여기서 눈물은 축적을 의미하고 축적은 다량의 것이 포개진 상태를 의미한다), 위급함(시간의 리듬을 바꾸는 의미에서 위급함이다, 사실상 리듬의 변화 자체가 시간의 변화다)이 없는 충동이다.

그러나 우리를 하나의 사실이라고 간주한다면, 그러니까 우리 각자가 하나의 사실이라면—우리 자신을 하나의 사실이라고 간주하지 않는다면 어떻게 우리 자신을 필연적인 구축물로 상대할 수 있겠는가?—내가 말했듯이 우리 각자를 하나의 사실로 간주한다면, 존재하는 것을 사실로, 충동을 그것의 실행으로 변환시키려 할 것이다. 무조를 성조로 바꾸려 할 것이다. 연속된 유한한 것들을 통해 무한에 '유한'을 줄 것이다.(여기서 무한이란 양적으로 측량할 수 없음이 아니라 내재한 특성을 말한다.) 커다란 불편함은 '유한함'이 얼마나 오래 이어지는지와 상관없이 무한함의 잔류하는 특성이(사실상 잔류하는 것이 아니라 무한함 그 자체다) 고갈되지 않는다는 데서 온다. 고갈되지 않는다는 사실은 우리가 존재와 존재의 사용을 혼동하지 않는다면 어떤 불편함도 일으키지 않을 것이다. 존재의 사용은 계속되는 것 같아 보이지만 사실상 한시적이다. 그것은 모두 사용된다는 의미 안에서 계속되고, 사용이 끝나면 곧바로 다른 것으로 이어진다. 그러나 '곧바로'가 아니라 '무언가를 거쳐서'라고 말하는 편이 더 정확할 것이다. 말하자면 하나와 하나 사이도 마찬가지다. 우리가 짐작하는 것처럼 하나의 '하나'가 있다. 두 개의 하나, 그 사이의 하나는 우리가 독단적으로 두 개의 하나가 그 둘 사이의 '하나'보다 더 중요하다고 말할 때에만 잔류하게 된다. 그 '사이의 하나'는 무조다, 그것은 충동이다.

우리가 상상할 수 있듯이 생각하는 여자는 절대로 진짜 생각하고 있었던 것이 아니다. 그녀는 우리가 무언가에 빠져 있다고 말하는 상태, 그러니까 부재중이었다. 그래서 그녀는 부재한 시간(깊은 생각에 빠져 있는 것, 생각할 수도, 말할 수도 없을 만큼 깊이 빠져 있는 시간)이 어느 정도 지난 후에, 어느 순간 조금씩 정신을 차린 후에, 잠시 생각 속에서 자신을 사실화한 순간부터, 생각한다는 단어의 의미에 굴복하게 됐다. 그녀는 잠시 생각과 자신이 연결되어 있음을 느꼈고, 자유롭게 걷다가 의자에 부딪친 몽유병 환자처럼 꼼짝달싹하지 못했다. 그녀는 짧은 한숨을 내쉬었다. 한편으로는 무의식적으로 어떤 면에서 너무 강렬해진 것에 대한 부담을 덜기 위해, 또 한편으로는 의식적으로, 하나의 사실로 바뀌는 자신만의 변신을 서두르기 위해.

그녀가 변한(그녀를 한숨짓게 했던) 사실은 손에 빗자루를 쥔 여자라는 사실이었다. 그녀의 내면에서 지극히 작은 저항이 일어났다—당신이 생각하듯 손에 빗자루를 쥔 여자라는 사실 때문은 아니었다—그 지극히 작은, (움직이는 공기는 바람이므로) 거의 기쁘기까지 한, 전념해야 한다는 데 대한 저항감 때문이었다. 전념하는 것은 유도하는 것이고, 유도하는 것은 필연적으로 제한하는 것이며, 제한하는 것은 필연적으로 숫자 하나와 하나 사이에 있는 것의 몰이해다.

말했던 것처럼, 조금 유쾌한 저항감은 점점 더 즐거워진다. 자기 안에서 스스로에게 전념하며 유쾌함의 궁극에 이를 때까지—그녀는 고유의 무조로 음악이라 부르는 것이 된다, 그러니까 들을 수 있는 것 말이다. 어떤 맛이 입안에 자연스럽게 남는 것처럼 무조의 접촉에 의한 무조의 감각이 무조의 충동과 함께 자연스럽게 남는다.

결과적으로 여자는 눈으로 사실적인 표현을 한다. 그것은 암소의 표현이다. 사물들은 우리라는 사실을 구체화하는 경향이 있다.(하나의 사실이 되는 방식은 무한히 작고 빠른 방식이다.) 여자는 한 손에 빗자루를 들고 다른 한 손으로 머리카락을 정리한다. 그녀는 깨진 유리 조각을 쓸었다—사실대로 말하자면 예상치 못하고 깨진 유리 파편은 그녀에게 인위적으로 주어진 '유한'이었고, 그녀는 하나와 하나 사이의 '하나'를 향해 그 조각들을 밀어 넣었다—그녀는 매우 재빠른 동작으로 조각들을 모았다. 거실에 있던 남자는 그 생동감 넘치는 움직임을 지각했지만 그가 지각한 것이 무엇인지는 이해하지 못했다. 그러나 그는 자신의 지각 이면의 생각이 표현되지 않는다는 걸 알면서도 사실상 지각을 했기 때문에 이런 어설픈 말만 내뱉는다. "이제 바닥이 깨끗하군."

1969년 12월 6일

가증스러운 동정

그날 오후는 내가 감정적이었거나 과민한 상태가 아니었을까. 나는 종종 그렇듯이 생각에 잠겨 빠른 걸음으로 길을 걷고 있었다. 갑자기 원피스 자락이 붙들린 느낌이 들었다. 무엇인가 치마에 매달려 있었던 것이다. 내가 몸을 돌리자 까무잡잡한 남자아이가 눈에 들어왔다. 치맛자락은 아이의 손에 붙들려 더러워졌고, 아이의 피부는 체내에 도는 피로 따뜻하게 보였다. 아이는 큰 카페로 들어가는 계단에 서 있었다. 나는 그 소년의 발음이 똑바르지 못한 것보다 그의 눈빛에서 배고픔을 너무 오래 참았다는 것을 짐작할 수 있었다. 너무도 오래 참았다는 것을. 나는 소년이 하는 말의 의미를 정확히 이해하기 전에 그의 요구를 어렴풋이 눈치챘고, 내 생각을 중단시킨 것이 그 아이의 손이었는지 다시 한번 의심하며 살짝 멍해진 상태로 그를 바라봤다.

"과자 하나만, 아가씨, 과자 하나만 사주세요."

나는 정신이 번쩍 들었다. 그 소년과 마주치기 전에는 무슨 생각을 하고 있었던가? 사실 그의 요구는 빠진 것을 채우는 일과 같아서, 굵은 비 몇 방울이 절실한 이의 갈증을 해소해주듯 하나의 답이 모든 질문의 답이 될 수 있을 것 같았다.

나는 아마도 부끄러움 때문에 주위를 살피지 않은 채, 아는 사람이 아이스크림을 먹고 있을지도 모르는 카페의 테이블에 눈길도 주지 않은 채 카운터로 직진하여 오직 신만이 설명할 수 있을 법한 딱딱한 말투로 말했다.

"이 소년에게 과자를 하나 주세요."

무엇이 두려웠던가? 나는 아이를 바라보지 않았다. 그저 내게 수치스러운 순간이 빨리 끝나기를 바라는 마음으로 물었다. "무슨 과자……?"

내 말이 끝나기도 전에 소년은 손가락으로 재빨리 가리키며 말했다. "저거요. 위에 초콜릿이 올려진 거요." 난처한 순간이었다. 나는 정신을 차리고 조금 딱딱한 말투로 점원에게 과자를 달라고 했다.

"뭐 다른 거 먹고 싶은 건 없니?"

나는 까무잡잡한 소년에게 물었다.

그는 흥분한 손과 입술로 불안해하며 첫 번째 과자를 기다렸다. 소년은 말을 멈추고 잠시 나를 바라보더니 불편할 정도로 조심스럽게 치아를 드러내며 말했다.

"다른 건 됐어요."

그 아이는 나의 선의를 남용하지 않았다.

"너는 더 먹어야 해." 나는 소년에게 숨 가쁘게, 그러나 단호하게 말하며 그를 진열대 앞으로 떠밀었다. 그는 망설이다가 이렇게 말했다. "저어기, 저어 계란 노른자." 그는 양손에 과자를 하나씩 쥐고, 너무 꽉 쥐어서 으깨지는 게 두려웠는지 그 과자들을 머리 양쪽으로 들어 올렸다. 과자는 까무잡잡한 아이 위에서 좌우로 흔들렸다. 그러고 그 아이는 내게 눈길도 주지 않고 가버렸다. 더 정확히 말하자면 달아나버렸다. 점원은 그 모든 것을 지켜보고 있다가 말했다.

"드디어 베풀 줄 아는 영혼을 만났네요. 그 아이는 가게 문 앞에서 한 시간도 넘게 지나가는 온 사람의 옷자락을 당겼는데, 아무도 그 아이에게 무언가를 주려고 하지 않았어요."

나는 밖으로 나왔다. 부끄러움에 얼굴이 뜨거웠다. 정말 부끄러움이었던가? 이전의 생각으로 돌아가보려 하는 것은 불필요한 일이었다. 내 안에 사랑과 감사와 저항과 부끄러움의 감정이 넘쳐흘렀다. 태양이 더 힘차게 빛나는 것 같았다. 나는 기회를 가졌던 것이다…… 그리고 그러기 위해서 마르고 까무잡잡한 남자아이가 필요했던 것이다…… 또 그러기 위해서 다른 사람들이 그 아이에게 과자를 주어서는 안 됐던 것이다.

그렇다면 아이스크림을 먹던 사람들은? 지금 내가 자신에게 냉정히 굴며 알고 싶은 것은 다른 사람들이 나를 보는 게 두려웠던 것인지 그게 아니면 다른 사람들이 나를 보지 않는 게 두려웠었던 것인지다. 어쨌든 진실은 내가 길을 건널 때 동정심일 수 있었던 것이 다른 감정으로 무마됐다는 것이다. 그러고 다시 혼자가 된 지금, 내 사고는 천천히 이전의 상태를 되찾았는데, 다만 그건 쓸모없는 일이었다. 나는 택시를 타는 대신에 버스를 올라타 좌석에 앉았다.

"제 짐이 방해되나요?"

아이를 무릎에 앉힌 여자였다. 여자의 발아래에는 신문지에 싸인 짐이 있었다. "전혀 그렇지 않아요." 나는 대답했다. "줘, 줘!" 여자의 무릎에 있던 여자아이가 손을 뻗어 내 원피스의 소맷자락을 쥐며 말했다. “당신이 좋은가 봐요.” 여자가 웃으면서 말했고, 나도 그녀를 따라 미소를 지었다.

“오늘 아침부터 길바닥에 있었어요.” 여자가 내게 말했다. “친구들을 보러 갔는데 친구들이 집에 없는 거예요. 한 명은 점심을 먹으러 갔고 다른 한 명은 가족과 여행을 떠났다더군요.”

“딸은요?”

“남자아이예요.” 여자는 내 말을 바로잡았다. 누구한테 받은 여자아이 옷을 입혀서 그렇지 남자아이예요. 저 애는 뭘 간단히 먹었어요. 아무것도 못 먹은 건 저인걸요.”

“손자예요?”

“아들이에요. 자식이 셋 더 있어요. 보세요, 당신을 얼마나 좋아하는지……. 아가, 부인과 함께 놀렴. 우리는 복도 끄트머리 방에 사는데 집세가 얼마나 비싼지 몰라요. 지난달 집세도 아직 못 냈어요. 벌써 월말이 다가오는데, 집주인이 우리를 쫓아낼 거예요. 그렇지만 하늘이 우릴 돕는다면 모자란 2,000크루제이루를 구할 방법을 찾을 수 있겠지요. 나머지는 이미 준비되어 있거든요. 반만 낸다고 하니까 집주인이 받으려고 하질 않아요. 집주인 입장에서는 제가 반절을 내면 발 뻗고 잘 거라고 생각하는 거죠. 반은 냈으니까 반은 잊어버리자, 그렇게 생각할 거라고요.”

그 나이 든 여자는 불신하는 방법을 어찌나 잘 알고 있던지! 그 여자는 모든 것을 알고 있었다! 자기가 아는 것을 모른 척해야 한다는 사실만 빼고 말이다—그것이 바로 유능한 은행원의 사고방식이다. 여자는 의심 많은 집주인처럼 생각하고 있었고 화를 내지 않았다.

그러나 나는 불현듯 냉정하게 생각하기 시작했고 깨닫게 됐다. 여자는 계속해서 말을 이어갔다. 나는 나 자신을 끔찍하게 여기면서 가방에서 2,000크루제이루를 꺼내 그 여자에게 건넸다. 그 여자는 1초도 망설이지 않고 돈을 받아 치마와 속치마의 주름 속에 감춰진 주머니 속에 쓱 집어넣었는데, 동작이 너무 빨라서 하마터면 남자앤지 여자앤지 모를 그 아이를 떨어뜨릴 뻔했다.

"신의 가호가 있기를."

여자는 별안간 걸인처럼 기계적으로 말했다.

나는 볼이 뜨겁게 달아올랐고 팔짱을 낀 채로 꼼짝하지 않았다. 여자는 내 옆에 있었다.

그러나 우리는 더 이상 아무 말도 하지 않았다. 여자는 내 생각보다는 더 품위가 있었다. 돈을 얻고 난 후로는 내게 더 이상 할 말이 없었던 것이다. 여자아이 옷을 입힌 남자아이를 귀여워할 필요도 없었다. 모든 친절은 이제부터 내가 선불로 지불한, 내 권리의 사용권이었기 때문이다.

우리 둘 사이에 불편한 기운이 흘렀다. 그러니까 그 여자와 나 사이 말이다.

"제지뉴, 부인을 귀찮게 하지 마."

여자가 말했다.

우리는 서로의 팔꿈치가 닿지 않도록 했다. 더는 할 말이 없었고 갈 길은 멀었다. 혼란스러웠던 나는 그 여자를 슬그머니 봤다. 사물을 대하듯 말하자면 여자는 늙고 더러웠다. 그리고 내가 자기를 본다는 것을 알고 있었다.

우리 둘 사이에 분노가 솟아올랐다. 남자인지 여자인지 모를 아이만 환하게 빛나는 얼굴을 하고 감미롭고 규칙적인 소리로 오후를 가득 채웠다. “줘, 줘, 줘.”

1969년 12월 13일

접신론

정말로 접신론에 대해 알고 싶은 날은 아니었다. 그러나 나는 택시를 탔고, 추측해보자면, 그저 택시 기사가 나를 호감으로 여겼기 때문에 내게 접신론을 가르쳐준 것 같다. 누구보다 더 유물론자인 내게 그런 일은 불가능했다. 운전기사는—머리가 하얗고 외모가 눈에 띄는 멋진 남자였다—말했고 나는 듣지 않았다. 나는 그가 형제애를 말했을 때 비로소 귀를 기울였는데, 그러고 나서 조금 이상하게 반응했다. 나는 내가 세상 그 누구의 자매로도 느껴지지 않았던 것이다. 나는 혼자였다. 그렇지만 무엇인가 내 주의를 끌었다. 나는 완전한 유물론자이지만 그것은 내게도 해당하는 이야기였기 때문이다. 어떻게 설명해야 할까? 그는 이 세상에서 우리의 순환 주기는 이미 끝났고 우리는 그 끝을 맞이할 준비가 되어 있지 않으며 이미 2000년은 와버렸다고 말했다. 나는 관심을 보였다. 내게도 오늘이 2000년이니까. 설명할 수는 없지만 나는 너무도 앞서 있다, 그렇다, 표현할 수는 없지만 나는 다른 순환 주기 속에 있다. 글로 표현 못 할 존재 같다. 화성인이라고? 아니다. 상관없다. 그리고 2000년이 이미 와버린 것은 화성 때문이 아니라 지구 자체 때문에, 우리 때문에, 우리를 잡아먹는 시간에 대한 우리의 탐욕 때문이다. 다만 굶주림에 있어서는 아직 2000년에 이르지 못했다. 그러나 여러 종류의 굶주림이 있다. 나는 모든 굶주림을 말하는 것이다. 음식에 대한 굶주림이 아니라, 하도 먹어치워서 2000년을 넘겨버린 그 굶주림 말이다. 내가 택시 기사들에게 배운 것만으로도 이미 책 한 권이 나올 수 있을 정도다. 그들은 많은 것을 알고 있다. 길을 잘도 에워갈 만큼. 안토니오니에 대해서라면 나는 아마 그들이 모르는 많은 것을 알 것이다. 아니, 어쩌면 그들은 모르면서 아는 척할지도 모른다. 모르면서 아는 척하는 방법은 많다. 나는 안다. 내게도 있는 일이니까.

자유

나는 한 친구와 너무도 단순하고 또 자유로운 관계에 이르러서 가끔씩 내가 그 친구에게 전화를 걸면 그녀가 이렇게 대답하기도 한다. “말하고 싶지 않아.” 그러면 나는 친구에게 좋아, 나중에 얘기하자 인사를 하고 다른 일을 한다.

질문

삶을 낭비했다는 말은 삶을 썼다는 것일까 쓰지 않았다는 것일까? 내가 정말 알고 싶은 것은 무엇인가?

우리의 야만

우리가 피로 만든 소스로 요리한 닭고기를 게걸스럽게 먹는 쾌락을 생각하면 우리가 얼마나 야만스러운지를 깨닫게 된다. 닭 한 마리도 죽일 수 없는 나는 흉측한 목을 움직이며 애벌레를 쪼아 먹는, 살아 있는 닭을 좋아한다. 우리는 그 닭들을, 특히 피로 만든 소스로 요리한 닭은 먹지 않아야 하는 게 아닐까? 그렇지 않다. 우리가 야만인이라는 사실을 잊어서는 안 된다. 그것은 우리가 가진 폭력성을 존중하는 것이다. 그리고 누가 알겠는가, 피 소스로 요리한 닭고기를 먹지 않는다면 피 소스로 요리한 사람을 먹게 될는지. 닭 한 마리도 죽일 용기가 없는 내가 죽은 닭을 먹을 용기가 있다는 게 나를 혼란스럽게 하고 두렵게 하지만, 받아들인다. 우리의 삶은 야만적이다. 우리는 피와 함께 태어나 피와 함께 탯줄로 연결된 관계를 끊는다. 많은 사람들이 피를 흘리며 죽는다. 피를 우리 삶의 일부로 생각해야 한다. 야만, 그것은 사랑이기도 하다.

불멸의 인간

이 칼럼에서 또 다른 택시 운전기사에 대해 이야기한다면 무슨 일이 일어날까? 더 이상 다른 택시 기사들의 이야기를 듣지 않기 위해 결국 한 명의 택시 기사와 결혼하게 될 것이다. 그 택시 기사와의 일화는 이렇게 시작한다.

"내가 가진 모든 것을 다 팔고 미국에 가서 살 거예요."

나는 아무 말도 하지 않았다.

"이곳이 너무 관료주의적이라서요."

나는 아무 말도 하지 않았다.

"아니에요. 사실은 냉동되고 싶기 때문이에요."

"뭐라고요?"

"그곳에서는 사람들이 죽으면 얼렸다가 다시 해동을 시키거든요. 난 죽는 게 무서워요. 당신은 아닌가요?”

“아니요.” 나는 대답했다. 내가 무서웠던 것은 그였기 때문이다.

“누군가 당신을 해동시키면요?”

“다시 사는 거죠.”

“그렇지만 다시 죽게 될 거예요.”

“다시 얼리면 되죠.”

“그렇다면 당신은 절대 죽지 않나요?”

“네.”

1969년 12월 20일

따옴표

내가 오래된 원고를 뒤적인다면, 그것은 외적으로는 많은 먼지를, 내적으로는 나를 향해 솟아오르는 분노를 의미한다. 왜냐하면 스스로 기억력이 나쁘다는 사실을 인정하지 못하고, 글 또는 문장들을 따옴표로 묶어 인용해놓고는 어느 정도 시간이 지나도 잊지 않을 것이라고 확신하며 메모하지 않아서 누가 그 글을 썼는지 작가의 이름을 떠올리지 못하기 때문이다. 예를 들자면 이런 것이다.

"우리는 이곳에서 서로 다른 의견들이 뒤섞이는 것과 긍정적 가치를 부정적 가치의 비용으로 사는 것을 봤다. 어쩌면 가장 깊은 형이상학적 경험—존재가 절대자를 인식할 때 경험하는 것, 신성한 전율을 일으키는 것, 행복을 막연하게 예감하도록 두는 것, 초자연적인 현상에 다가가게 하는 것—어쩌면 그 경험은 철저히 무너진 영혼이 자신의 폐허에서 일어나지 못할 때 가능할 것이다."

"냉정한 분석에 들어맞지 않는 것이 때때로 마음에는 의미 있을 수 있으며, 마음은 그것을 이해한다."

"우리는 현 세계를 살아가는 데 필요한 이해의 일부를 포기하지 않고서는 다른 세계의 직관적 지식을 획득하는 방법을 알 수 없다."

절망의 순간

어딘가 뭐가 잘못된 게 틀림없다. 글을 쓰면서 암만 나를 표현하려고 해도 진짜로 표현되지가 않는 느낌이다. 그것이 너무나 유감이다 보니 표현되는 것보다 나를 표현하는 일 자체에 더 집중하고 있을 정도다. 이것이 아주 잠시 지나가는 강박이라는 것을 안다. 그러나 어쨌든 나는 일종의 침묵을 경험해보려고 한다. 글을 계속 쓰면서 침묵을 연습할 것이다. 그러다 보면 우리가 표현이라고 부르는 것이 나에게서 튀어나올지 모른다. 그것은 "나는 표현한다, 그러므로 나다"보다 "나는 나다, 그러니까 나다"일 것이다.

원시적 존재의 자원

히스테릭한 동작은 해방되고 싶어 나오는 거라고 언젠가 읽은 적이 있다. 해방자가 되는 이 구체적인 동작에 대한 무지는 동물을 히스테릭하게, 야생성에 호소하게, 행동을 제어하지 못하게 만든다. 그리고 제어 능력 상실을 의식하는 중에 나오는 어떤 동작이 결국 해방의 동작이 된다는 것이다.

그것은 내게 정말 원시적이고 감정적인 삶이 가진 해방의 특권을 생각하게 한다. 원시인은 너무 많은 모순된 감정에 의지하다 보니, 편하게 말하면 히스테릭하다 보니, 그의 무지에도 불구하고 결국 해방감이 나타난다.

형식과 내용

우리는 글쓰기에서 형식과 내용의 대립을 말한다. 우리는 내용은 좋지만 형식은 아니라고 말하기도 한다. 이럴 수가! 그러나 문제는 한쪽에 내용이 있고 다른 한쪽에 형식이 있는 것이 아니라는 것이다. 그랬다면 쉬웠을 것이다. 그것은 형식을 이용하여 이미 자유롭게 존재하는 것, 내용을 말하는 것일 테니까. 그러나 형식과 내용의 대립은 본래 생각 안에 있다. 내용은 형식을 갖기 위해 투쟁한다. 사실상 형식 없이는 어떤 내용을 생각할 수도 없다는 것이다. 오직 직관만이 내용도 형식도 필요로 하지 않고 진실에 이른다. 직관은 형체 없이 이뤄지는 가장 깊고 무의식적인 성찰인 데 비해 형식은 나타나기 전에 애쓴다. 생각이나 글을 꼭 두 국면으로 나눠야 한다면, 내가 보기에 형식은 내용이 준비된 뒤에야 나오는 듯하다. 형식의 어려움은 내용을 구성하는 방식에서, 실제로 생각을 하거나 느끼는 데서 나온다—생각도 느낌도 때로는 독창적인 적절한 형식 없이는 존재할 수 없다.

1970

1970년 2월 14일

무언의 소통

고독으로부터 우리를 구하는 것은 서로가 가진 고독이다. 때때로 두 사람이 함께 있을 때, 무슨 말을 하든 그들이 서로 나누는 것은 고독의 감정이다.

어느 도시의 추억, 어느 분수의 추억

스위스 베른에서는 게레히티히카이츠가서, 그러니까 정의의 거리에서 살았다. 집 앞에는 색색으로 칠한 저울을 든 동상이 있었고, 그 주변에는 어쩌면 사면을 요구하는 듯한, 권위를 잃은 왕들이 있었다. 겨울에는 동상이 한가운데 서 있는 작은 연못이 때때로 얇은 얼음 층으로 덮여 있었다. 봄에는 붉은색 제라늄이 피었다. 제라늄의 줄기는 물을 향해 굽으면서도 균형을 잃지 않았고, 물에서 제라늄의 붉은 그림자가 다시 나타났다. 두 개의 이미지 중 어떤 것이 진짜 제라늄의 모습일까? 같은 거리에서 특정한 관점에서 보면 완벽하게 고요하다. 거리는 중세의 모습이 남아 있는데, 나는 구도심에서 살았고, 그것이 베른의 단조로움으로부터 나를 구했다. 중세를 사는 것 같았다. 나는 눈이 녹아서 붉은 제라늄이 다시 물에 비칠 때까지 기다렸고, 이 도시에서 아들을 낳았고, 가장 인기 없었던 책 중의 한 권인 『포위당한 도시』를 썼다. 그러나 그 책을 다시 읽으면 좋아할 사람도 있을 것이다. 나는 그 책에 대해 커다란 고마움을 느낀다. 글을 쓰는 데

들였던 노력이 베른 거리의 끔찍한 침묵으로부터 나를 구원했으니까. 마지막 장을 쓰고 나서는 아기를 낳으러 병원에 갔다. 베른은 자유로운 도시인데 나는 왜 그토록 갇혀 있는 듯한, 배제된 듯한 느낌을 받았을까? 매일 오후에는 극장에 갔다. 영화는 중요하지 않았다. 가끔은 극장에서 나오다가 눈발이 날리기 시작하는 것을 봤던 기억이 있다. 그 어스름한 빛이 감싸던 순간, 성긴 눈발이 날리는 중세 도시에서 혼자가 됐을 때, 그 순간 나는 걸인보다 더 비참함을 느꼈다. 무엇을 달라고 해야 할지도 몰랐으니까.

픽션이냐 아니냐

평론의 영역에 속해 있기 때문에 내가 위험을 감수할 일이 거의 없는 분야를 다뤄보고자 한다. 그러나 사람들이 소설이냐 소설이 아니냐를 논하는 것이 조금 당황스러운 것은 사실이다. 어쨌든 그 작품을 소설로 분류하지 않는 사람들도 그 인물들에 대해 말하고, 그들의 동기를 논하며, 해결책이 있는지 없는지에 대해 분석하며, 인물들의 감정이나 생각에 동의하거나 반대한다. 픽션이란 무엇인가? 간단히 말하자면 실제로 존재하지 않지만 존재할 수도 있기에 생생하게 느껴지는 존재들과 사건들을 창조하는 것으로 나는 생각한다. 그러나 책은 소설의 정해진 형식을 따른다—음, 솔직히 je m'en fiche(그런 것 따위는 상관없지만). 내가 삶의 틀이 되는 어떤 것들을 묘사하여 소설을 더 매력적으로 만들었다면 고전적인 개념의 소설 그 이상이 될 수 있었다는 것을 안다. 그렇지만 바로 그 틀이 내가 원치 않는 것이다. 책을 매력적으로 만드는 것은 너무도 정당한 기법이지만, 나는 최소한의 기법으로 쓰는 것을 선호한다. 물론 내가 읽을 때에는 매력적인 책이 좋다. 그런 책은 덜 피곤하고, 독자인 내게 강요하는 것이 적으며, 내게 내적인 참여를 덜 요구하니까. 그러나 글을 쓸 때에는 내가 통과할 수 있는 모든 것을 통과하고 싶다. 그것이 글을 쓰는 사람에게는 가치 있는 경험이기 때문이다.

장편소설은 왜 픽션이 아닌가? 단지 그것이 플롯을 구성하는 일련의 사건을 열거하지 않아서? 그것은 자서전도 전기도 아니다. 모든 생각과 감정은 인물들에게 연결되어 있고, 인물들은 지금 우리가 말하는 그 책 안에서 생각하고 감정적으로 동요한다. 내가 픽션의 요소로 어떤 소재들을 사용한다면 그것은 절대적으로 개인적인 문제다. 나는 때때로 몇몇 사람이 이 책에 대해 "무슨 이런 인생이 있다는 말인가! 이런 것을 인생이라고 부를 수 있단 말인가!"라고 말하는 데 동의한다.

인물 내면의 궤적을 거의 다루지 않는 소설의 경우 사회소설이나 모험소설이나 그 밖의 이름으로 설명된다. 그러니 다른 종류의 소설이 나오면 사람들은 "어떠어떠한 소설" 등의 명칭을 따로 찾을 수밖에 없다. 결국은 그저 단순한 카테고리의 문제인 것이다.

그러나 『G.H.에 따른 수난』은 소설이 분명하다.

1970년 2월 21일

냉소적인 망자

이것은 세상을 떠난 냉소적인 친구의 묘비명일까? 그의 안경 너머로 선함이 보였고, 가슴 속에는 이미 병든 심장이 있었다. 그의 죽음이 살아 있는 사람들에게 문제가 됐다는 점에서 그는 냉소적인 이기주의자였다. 마치 믿음이 훈련이라는 양 사후 세계를 믿지 않던 그는 어디에 있을까? 그의 부재는 어색한 존재와 거의 마찬가지다. 그가 아직 살아 있었다면 이 역설을 얼마나 빈정거리며 읽었을까. 그는 이렇게 말했을 것이다. "게다가 각운까지?" 그렇다, 각운은 울지 않기 위해서다. 그의 생각은 어디에 있는가? 다른 이들의 머리를 아프게 한 그것은. "내 오른팔은 당신들의 삶을 위한 것이오"라고 말할 정도로 바보 같았던 그가 안타깝다. 이번에는 각운 따위 없다, 마침내 울기 위해서. 그는 우는 것을 허락하지 않았지만.

발견

개는 개 냄새가 나야 한다. 이것이 바로 어느 대낮에 한 남자에게 찾아온 계시였다. 그는 며칠째 감정의 우중충한 안개 속에 있던 차였다. 개에 관한 생각은 갑자기 그에게 깨달음을 줬고, 갑자기 찾아온 한 줄기 빛이 되었다. 남자는 커다란 기쁨을 느꼈다—아마도 그는 하던 일을 끝마쳤을 것이다. 그는 긴 투병 생활 끝에 자리를 털고 일어난 것처럼 기쁜 마음으로 모든 것을 바라봤다. 개는 개 냄새가 나야 한다. 남자는 그 생각 덕분에 자신을 있는 그대로 받아들이게 됐다, 남자에게선 남자다운 냄새가 나야 하며 남자의 삶은 꾸밈없는 삶임을 인정한다는 듯이. 그는 출근길에 걷다가 장바구니를 들고 걷는, 아무 상관없는 여자와 마주쳤다. 그는 그 여자를 보고 미소를 지었는데, 그가 알고 있는 것을 그 여자는 몰랐기 때문이다. 개는 개, 여자는 여자라는 것. 남자는 자신이 세상을 깨끗이 씻어냈다는 것에, 시원한 물이 다시 졸졸 흐른다는 것에 감동했다. 그는 은행으로 일하러 갔다. 은행은 끔찍했다. 이럴 수가. 시원한 물로 씻어도 은행은 은행일 뿐이었다.

뒤늦은 편지

X 씨에게,

『포위당한 도시』에 관한 당신의 비평을 찾았습니다. 그 글이 언제 실린 것인지는 신만이 아시겠지요. 오려낸 기사라서 날짜가 없었거든요. 당신의 비평은 예리하고 훌륭합니다. 당신은 제 안에 울림을 주는 다양한 것들을 능숙하게 잘 말씀하셨습니다—저는 오랫동안 그 글에 저 자신을 제외한, 그러나 그만큼 중요한 또 다른 진실을 덧붙일 생각을 하지 못했습니다. 당신의 잘못인지 아닌지 모르겠으나 당신은 그 다른 진실은 알지 못하고 있습니다. 저도 대다수의 독자가 실현된 것, 당연한 것만 알 수 있다는 사실을 알고 있습니다. 그러나 제가 놀랐던 것은—확실히 저에게 불리해지겠지요—평론가가 제가 쓴 책의 중요한 동기를 놓쳤다는 것입니다. 그렇다면 그것은 제가 책의 의도를 제대로 드러내지 못했다는 뜻일까요? 아니면 평론가의 눈이 제 것이 아닌 다른 동기에 흐려졌다는 뜻일까요? 사람들은 저의 '단어들'에 대해서, 저의 '문장들'에 대해서 말합니다, 아니 예전에 말했습니다. 마치 내용보다 언어에 편중한 것처럼요. 그러나 전혀 그렇지 않습니다. 정말 전혀 그렇지 않아요. 이 책에 쓰인 단어들은 그저 하나의 놀이일 뿐입니다. 단어 하나하나가 본질적으로 무언가를 말하고 싶어 했던 것이지요. 저는 계속 저의 단어들을 있는 그대로 생각합니다. 책의 '의도'에 대해서 말하자면, 저는, 비평가가 보기에, 의도가 내러티브에서 길을 잃었다고 생각하지 않습니다. 저는 그 의도가 연약하다고 할 수는 있지만, 마지막까지 하나의 끈으로 모든 페이지를 관통한다고 지각하고 있습니다. 제 생각에는 루크레시아 네비스의 모든 문제는 이 끈에 의해 결정되는 것 같습니다. 그리고 이것이 바로 제가 루크레시아를 통해서—지성의 무기는 없지만 말馬이 가진 일종의 순수한 정신을 열망하는 인물, 자신이 본 것을 '분류하지' 않고, '언어라는 정형화된 시선'이 없는, 또는 사물의 정신이 없는, 자신의 느낌을 응시하며 표현할 필요를 느끼지 못하는, 다시 말해 기적적이게도 말에 대해 인상이 전부인, 인상만이 진짜인, 인상이 곧 표현인 인물을 통해서—말하고 싶은 것이었습니다. 저는 정말로 루크레시아 네비스의 진짜 이야기가 그의 특별한 이야기에 예속되지 않았음을 암시했다고 믿었습니다. 현실에 도달하기 위한 투쟁이지요—거기에 사물의 전체적인 것을 보는 시선을 통해 존재하는 것에 충실해지려 하는 이 인물의 핵심이 거기 있습니다. 아울러 저는 어떻게 시선이—어떻게 보는 방식이, 관점이 현실을 만들면서 현실을 변질시키는지 표현하려고 노력했습니다. 집은 단지 돌과 시멘트 등으로 지어지는 것이 아닙니다. 한 사람을 바라보는 방식으로도 집을 짓습니다. 보는 방식은 현실의 양상을 나타나게 합니다. 제가 루크레시아 네비스가 상제라우두*를 건설하고 전통을 부여한다고 말한다면, 저에게는 그것이 어떤 면에서는 너무도 명백하기 때문입니다. 제가 도시가 탄생하던 시기에 각각의 시선이 새로운 땅에서 새로운 현실을 나타나게 했다고 말한다면, 저에게는 그것 또한 너무도 명백하기 때문이지요. 전통, 문화적 과거, 그게 아니라면 우리에게까지 전해 내려오는 보는 방식이란 무엇이란 말입니까?

저는 제가 루크레시아 네비스에게 고작 도시를 건설한 '사람들 중 한 명'이라는 역할만 줬다고 믿었습니다, 개성의 성립을 위한 최소한의 개성만 남기고요. 당신이 말했듯이, 루크레시아 네비스의 문제는 단지 그 집단적 건설이 발생하는 토대라고 저는 봅니다. 그 점은 저에게 명백한 것 같습니다. 정신이 가장 강력하게 열망하는 것은 외부의 현실을 정신으로 점령하는 것인데, 루크레시아는 해내지 못합니다—그녀는 이 현실에 '동조'하고, 세상에서 가장 장황한 삶을 자신만의 삶처럼 받아들입니다.

제가 볼 때 책의 이 모든 내밀한 움직임은 그것을 바라보

* 브라질 미나스제라이주의 소도시.

는—그것에 사로잡힌(당신이 "문장의 마법"이라고 불렀으니까요)—이들에게는 쉽지 않아 보입니다. 더구나 제가 첫 책을 낸 이후로 사람들은 제 '문장들'에 대해서 말하지요. 그렇지만 의심하지 마십시오. 저는 신의 보살핌으로 문장 자체를 바란 게 아니라 문장을 통한 무언가를 바랐고 또 얻어냈으니까요.

'언어 편중주의'라 불리는 것은 감정의 언어에 가능한 한 가까이 다가가고자 하는 고통스러운 의지입니다—그것이 저를 놀라게 하는 부분이고요. 그리고 그것은 저에게 주는 것과 받는 것 사이에 존재할 수 있는 거리를 보여줍니다……. 그러나 제가 준 것과 사람들이 받은 것이 무엇인지 저는 알고 있습니다. 상치아구 단타스는 처음 이 책을 읽고 놀랐었지요. 그는 저에게 실력이 떨어졌다고 말했습니다. 그러고 난 후 그는 잠이 오지 않는 밤에 한 번 더 그 책을 읽기로 했습니다. 그러고 저에게 경악하며 말했지요. "이건 당신이 쓴 최고의 책이잖아요." 그것은 아니었지만, 그가 루크레시아 네비스와 상제라우두의 말馬들을 깊이 이해했다는 점을 고맙게 생각합니다. 아니요, 당신은 그 책을 '묻어버리지' 않았습니다. 당신도 역시 그 책을 '지었지요'. 죄송하지만 상제라우두의 말들 중 한 마리처럼요.

1970년 2월 28일

일어날 것 같지 않은 미래

한 번은 떠날 것이다. 한 번은 혼자, 그때만큼은 내 영혼 없이 떠날 것이다. 정신은 가족들과 친구들에게 등기로 부쳐서 맡길 것이다. 돌보는 게 어렵지는 않을 것이다. 요구하는 것이 별로 없을 테니까. 때때로 신문을 읽으며 영양분을 얻기도 한다. 극장에 간다면 데려가는 게 어렵지 않을 것이다. 내 영혼은 두고 갈 것이다, 어느 동물이 반겨줄 것이다. 그렇게 되면 다른 풍경으로 휴가를 떠나는 것이겠지. 영혼이라 말하는 창문을 통해 바라볼 것이다, 고양이와 강아지의 눈이라는 창. 하지만 내가 좋아하는 것은 호랑이. 나는 내 몸을 데려가야 할 것이다. 그러나 그 전에 몸에게 말할 것이다. "나와 같이 가자, 하나뿐인 짐가방처럼, 강아지처럼 나를 따르라." 그러고 앞장서서 갈 것이다, 혼자서, 결국 세상의 잘못을 보지 못하고, 어쩌면 대기 속에서 나를 부서뜨릴 유성을 만날 때까지. 내가 찾는 것은 폭력성이 아니지만, 아직 범주를 분류할 수 없지만 움직이는 작은 침묵 속에 존재하기를 멈추지 않는 힘. 그 순간 피는 이미 사라질 것이다. 나는 영혼 없이, 정신 없이, 그리고 죽은 몸으로 내가 어떻게 여전히 끔찍하게 교활한 나인지 설명할 수 없을 것이다. 그러나 2에 2를 곱하면 4인데 그것은 답의 반대다. 그것은 막다른 골목이며, 그 자체로 비비 꼬인 순수한 문제다. '2에 2를 곱하면 4'로 다시 돌아오자면, 돌아와야 한다, 그리움을 연기해야 한다, 친구에게 맡겼던 정신을 되찾아야 한다, 그러고 말해야 한다. "살이 너무 쪘잖아!" 가장 사랑하는 존재들로 넘치도록 채워진다. 나는 내 영혼의 사형을 집행 중이다, 그렇다고 느낀다, 나는 그것을 느낀다…….

토요일, 토요일의 빛과 함께

일을 하다니, 어떻게? 이번 주 토요일의 좋은 점은 공기가 맑다는 것인데, 공기만? "대단한 것을 해낸 모든 이는 어떤 어려움에서 벗어나기 위해 그 일을 해냈다. 막다른 골목에서 나가기 위해." 내 인생은 글쓰기여야만 할까? 글쓰기, 글쓰기? 심도 있는 정신 수양처럼? 공중에 있는 공기를 내가 쓰는 글에 넣는다. 나는 무엇을 쓰고 싶은가? 오늘 나는 조용하고 단순한 것을 쓰고 싶다. 기억이라서 더 커 보이는 기념비적인 기억 같은 것. 그러나 나는 그 앞을 지나가길 원한다. 실제로 그 기념비를 만져보길 원한다. 이 글은 여기서 멈출 것이다. 너무도 토요일다운 토요일이니까!

마를리 지 올리베이라

그녀는 온순하디온순한 표범
그러나 누군가 보호 장치 없이
그녀를 만지려고 한다면
곧바로 그녀 안에 잠든
그 고양잇과 동물을 보게 될 거야
민첩한 검은 몸 안에

온통 상아색 이빨
그리고 온몸이
조심성 없고 격렬한
표범이 되지, 그녀의 장난기 넘치는 힘,
기다랗게 나온 발톱
섬세함 속에 숨은
맹렬한 분노의 도취, 휴식을 취하는
표범은, 만지지 않으면
소박한 모습으로 살며
혼자 흥분하지 않는다, 그러나 보기에는 다르지,
차분함 속에, 그녀가 두른
차분하고 빛나는 털 속에
살아 있는, 강렬한 보물이 있다.

『온순한 표범』*, 자랑스럽게도 이 멋진 책이 내게 헌정되었다.

* 브라질 시인 마를리 지 올리베이라가 1962년에 출간한 단편 시집으로, 시인이 클라리시 리스펙토르에게 헌정한다고 언급하였다.

1970년 3월 4일

자라는 기계

인간은 신에 의해 문제를 해결하도록 프로그래밍되어 있었다. 그러나 인간이 문제를 해결하는 대신에 문제를 만들기 시작했다. 기계는 인간에 의해 그가 만든 문제를 해결하도록 인간에 의해 프로그래밍되어 있었다. 그러나 기계 역시 인간을 혼란스럽게 삼켜버리는 문제들을 만들기 시작했다. 기계는 계속해서 자란다. 기계는 엄청나다. 어쩌면 인간이 인간적 조직체가 되는 것을 멈춰야 할 정도다. '창조된 것'의 완벽성으로 보자면 기계만이 존재하게 될 것이다. '신'은 자신을 위해 문제를 만들어냈다. 신은 결국 기계를 부수고 무지한 인간을 사과 앞에서 다시 시작하게 만들 것이다. 그러지 않는다면 인간은 기계의 슬픈 조상이 될 것이다. 훨씬 나은 낙원의 신비가.

나는 세상을 책임진다

나는 아주 바쁜 사람이다. 세상을 책임지고 있으니까. 매일 테라스에서 해변 끄트머리 바다를 본다. 어떤 날에는 물거품이 더 하얗게 보이고 또 어떤 날에는 밤사이 불안한 밀물이 들어오는데, 모래사장 위에 파도가 남긴 흔적으로 그것을 본다. 나는 집 앞 거리에 있는 아몬드 나무를 바라본다. 잠에 들어 꿈의 형태로 나타난 세상을 책임지기 전에 저녁 하늘을 주의 깊게 바라본다. 저녁 하늘에 별이 있는지 또 하늘의 색이 짙은 감청색인지 보기 위해서다. 왜냐하면 어떤 밤은 하늘의 색이 검지 않고 감청색으로 보이기 때문이다. 우주는 내게 많은 일거리를 준다. 무엇보다 우주가 신이라는 것을 내가 알고 있기 때문이다. 그 점에 있어서는 불만을 품은 채로 책임을 다하고 있다.

나는 약 열 살 정도 된 소년을 관찰한다. 누더기를 걸쳤고 너무 말랐다. 그 아이는 곧 결핵에 걸릴 것이다. 아니, 어쩌면 이미 걸렸는지도 모른다.

식물원에서는 완전히 지쳐버렸다. 수천 그루의 나무와 식물들, 특히 대귀련을 시선으로 책임져야 하니까.

내가 기분에 대해 단 한 번도 언급하지 않은 것에 주목하기를. 나는 수많은 사물과 사람 중에 내가 책임지는 몇 가지에 대해서만 통찰력 있게 말한다. 그 일은 직업이라고 할 수 없다. 돈을 버는 것도 아니니까. 나는 세상이 어떤 곳인지 알게 되는 것에 만족한다.

내가 세상을 책임지면 세상이 내게 일자리를 주는가? 그렇다. 나는 길에서 봤던, 무섭게도 표정이 없었던 한 여자의 얼굴을 기억한다. 나는 도시의 비탈길에 있는 빈민촌의 수많은 주민을 책임진다. 나는 직접 계절의 변화를 관찰한다. 나는 계절과 함께 분명하게 변화한다.

사람들은 분명 내가 왜 세상을 책임져야 하는지 물을 것이다. 그것은 내가 그 임무를 안고 태어났기 때문이다. 나는 존재하는 모든 것에 책임이 있다. 육체와 영혼을 훼손하는 전쟁과 범죄까지도. 우주적 질서의 지속적인 변화에 따라 달라지는 신 역시 내가 책임져야 한다.

나는 어릴 적부터 개미들의 행렬을 책임졌다. 개미들은 인디언들처럼 줄을 서서 작은 나뭇잎을 들고 걷는데, 반대 방향에서 오는 행렬이나 다른 개미들에게 뭔가를 말하기 위해 멈추는 행렬을 만나도 서로에게 방해가 되지 않는다.

벌을, 특히 여왕벌을 책임진 이후로 벌에 관한 유명한 책을 읽었다. 벌들은 날아다니고 꽃과 관계가 있다는 것을 확인했다.

그러나 개미들은 크기가 매우 작은데, 어떤 개미든 매우 작으며, 개미 안에는 하나의 세계가 있다. 그것을 주의 깊게 살피지 않으면 놓치고 만다. 그러니까 조직에 대한 본능적 감각, 인간의 귀가 감지하지 못하고 자애심이라는 본능적 감정이 감지하지 못하는 초음파 언어가 개미들에게는 있다. 나는 어릴 때 개미를 책임졌다. 그리고 지금은 그 개미들을 너무도 다시 보고 싶은데 단 한 마리도 만난 적이 없다. 누군가 그들을 죽인 게 아니라는 것은 알고 있다. 그랬다면 내가 알았을 테니까. 세상을 책임진다는 것은 커다란 인내심 역시 요구한다. 나를 위해 개미 한 마리가 나타나는 날을 기다려야만 하니까. 인내란 지각할 수 없을 만큼 미세하게, 천천히 피는 꽃을 관찰하는 것이다.

나는 그저 아직 그것을 깨달은 사람을 만난 적이 없다.

1970년 3월 7일

간식

두려움을 주는 상상. 마실 것도 없고 먹을 것도 없는 파티를 생각했다. 시선만 있는 단순한 파티. 의자조차도 빌려서 알팡데가길에 있는 텅 빈 3층 건물로 운반해야 할 것이다. 그것은 훌륭한 장소가 될 것이다. 나는 그 파티에 친구였던, 혹은 더는 친구가 아닌 모든 남자, 모든 여자를 초대할 것이다. 오직 그들만, 서로 아는 사이가 아니어도. 내가 경험했던 사람들, 나를 경험했던 사람들 말이다. 그러나 어떻게 대관한 장소까지 그 어두운 계단을 혼자 올라가야 할까? 그러다 밤이 찾아오면 어떻게 알팡데가길에서 돌아와야 할까? 길이 마르고 단단하리라는 것을 나는 알고 있다.

다른 상상을 하고 싶다. 나는 결국 애정과 감사, 분노를 뒤섞기 시작했다. 그러자 박쥐의 두 날개가 펼쳐졌다. 멀리서 날아와 조금씩 가까워지는 듯했다. 그러나 날개 역시 빛났다. 그것은 내가 살면서 고용했던 모든 가정부에게—일요일, 라브라지우길에서—차를 한 잔 대접하는 일일 것이다. 내가 잊고 있던 가정부들은 빈 의자로 저희의 부재를 내 안에 있는 저희의 모습에 알려줄 것이다. 다른 가정부들은 가슴에 손을 얹고 앉을 것이다. 가정부들은 말이 없다—각자가 입을 열 때까지, 부활한 자들과 좀비들이 내가 기억하는 것을 읊조릴 것이다. 마치 부인들의 티타임처럼. 차이가 있다면 가정부들에 대해 이야기하지 않는 것이겠지만.

“행복하길 바라요.” 한 명이 자리에서 일어나 말한다. “누구도 당신에게 줄 수 없었던 모든 것을 갖기를 바라요.”

다른 사람이 자리에서 일어나며 말한다. “나는 뭔가를 요구할 때마다 내가 항상 낄낄대는 바람에, 딴 사람들이 내 말은 가짜인 줄 알아요.”

“나는 사냥 영화를 좋아합니다.”(그것이 내가 한 사람에게서 간직하고 있는 모든 것이다.)

“부르주아 요리는 못해요, 사모님. 저는 가난한 사람들이 먹는 음식밖에 할 줄 몰라요.”

“내가 죽으면 몇몇 사람은 안타까워할 겁니다. 그렇지만 그게 전부이지요.”

“당신과 이야기를 나누면 눈물이 나요. 심령술인 게 분명해요.”

“너무 예쁘장한 남자여서 아프게 하고 싶었어요.”

“그거 아세요, 오늘 새벽에—이탈리아인이 내게 말했다—이곳에 왔는데, 잎사귀들이 떨어져 있었어요. 그리고 첫눈도 내렸죠. 길에 있던 남자가 저에게 말했어요. ‘금비와 은비예요.’ 나는 그 말을 못 들은 척했어요. 내가 조심하지 않으면 사람들은 나를 가지고 자기들 멋대로 하려고 드니까.”

“사모님 납셨네.” 가장 연장자가 자리에서 일어난다. 오직 씁쓸한 애정만을 줄 수 있었던, 일찍이 우리에게 사랑 안의 잔인함을 용서해주는 법을 가르쳐줬던 사람이다. “사모님께선 잘 주무셨나? 사모님은 사치를 좋아하지. 자기가 뭘 좋아하는지도 알아—이건 좋다, 저건 싫다. 사모님도 백인이니까."

"사모님, 카니발 때 3일 동안 휴가를 얻고 싶어요. 저는 순진한 처녀로 살 만큼 살았어요."

"음식은 소금이 관건이야. 음식은 소금이 관건이라고. 사모님 납시네. 난 네가 아무도 너한테 줄 수 없는 걸 갖길 바라, 하지만 내가 죽고 나서나 그러겠지. 그때 그 남자도 금이 비처럼 내릴 거라고 그랬지, 그래, 아무도 너한테 줄 수 없는 그거. 어둠 속에서 금으로 흠뻑 젖는 것만 두려워하지 말랬어, 근데 어둠 속에서 혼자 있어야 한다고. 사모님은 사치스러운 걸 좋아하지, 근데 다양하지가 못해. 낙엽이냐 첫눈이냐야. 소금 맛을 음미하고, 곱상한 사내애들한테 해 같은 거 끼치지 말고, 뭘 부탁할 땐 낄낄대지 말고, 그리고 누가 이런 말 할까 봐 못 듣는 척 좀 하지 마. 저기요, 금하고 비가 내려요. 그래."

1970년 3월 14일

펜 가는 대로 쓰기

그 표현이 기억 속에서 아른거리는데 난 그 출처도 모른다. 우선, 이제는 펜으로 글을 쓰지 않는다. 타자기로 쓰든 무엇으로 쓰든 글을 쓰는 데 기발한 방식은 없다. 아니, 난 글을 잘 쓰는 것에 관해 말하고 있는 게 아니다. 그것은 저절로 따라온다. 내가 말하고 있는 건 점점 응축되고 점점 구체화되다가 점점 표면화되는 내면의 성운을 찾는 일에 관해서다—그것이 탄생함을 알려주는 첫 단어가 나오는 일에 관해서.

산만한 남자의 변덕

그는 코에 안경을 걸쳤으면서 집안 곳곳을 다니며 안경을 찾는다. 그는 가끔 기쁘게 자신에게 말한다. 운이 너무 좋네, 오늘은 너무 잘 보여서 내 안경을 찾는 데 도움이 되겠지. 때때로 안경을 찾다가 그는 이런 생각에 이르게 된다. 이렇게 잘 보이는데 그렇다면 안경이 필요하지 않은 게 아닐까. 읽을 때에도 말이야. 그는 잠자리에 들기 전 책을 읽으려고 안경을 고쳐 쓸 때에야 안경을 쓰고 있었음을 깨닫는다. 얼굴의 또 다른 특징을 받아들이려니 낯선 기분이 든다. 그는 정말이지 아주 실망한다. 그도 그럴 것이, 이제는 안경이 필요 없다고 생각했던 것이다.

미래는 이미 시작됐다

자, 마지막으로 한 분석은 이렇다. 이미 2000년이 됐다. 우리는 사건이 서둘러 일어나길 바랐던 이 최후의 해가(다시 한번 밝혀진 시간이) 두려웠다. 어떤 기대물이 도착하기를 차마 못 기다리는지 우리는 아무리 고통스러워도 그것을 되도록 앞당겨 절망을 극복하려 한다. 이미 시작된 2000년만 절망의 해라는 것은 아니다. 그게 아니라면? 우주처럼 영원한 시간을 사는 존재의 절망은 늘 존재해왔다. 요즘 나는 8000년을 생각하는 게 두렵지 않다. 그 시간도 2000년처럼 올 것이다. 시간은 하나의 삶이 지속되는 기간이 아니다. 우리 이후의 시간은 우리 이전의 시간만큼 영원하다. 8000년에 아직 인간이 있다면, 하나의 새로운 종교가 나올 것이다—비물질적인 것을 물질로 구현하는 것을 받아들이는 종교, 죽음을 두려워하지 않는 종교, 그것은 그저 개인적인 문제이니까.

예 그리고 아니요

나는 '예'다. 나는 '아니요'다. 나는 상반되는 것의 조화를 끈기 있게 기다린다. 나는 하나의 '나'가 될 것이다. 그리고 그것은 당신을 뜻하기도 한다.

변화

시간이 지남에 따라 그녀는 더 익숙해졌다, 지구에, 달에, 태양에, 그리고 낯설고 특별하지만 화성에 점차 익숙해지듯이. 그것은 진짜 실재하는 것의 초현실성이 100만분의 1초쯤 보일 듯한 일종의 연단에 서는 거였다.

천천히 울면서

……나는 그를 갑자기 보게 됐다. 너무도 아름답고 남성적인 남자여서 창작의 기쁨을 느꼈다. 아니, 나는 그를 내 것으로 만들고 싶진 않았다. 마찬가지로 진주처럼 가볍고 차가워지는 그 밤의 달도 원하지 않았다. 마찬가지로 내가 봤던, 천사 같은 머리카락을 날리며 공을 쫓아 뛰던 아홉 살 남자아이도 원하지 않았다. 나는 그저 바라보고만 싶었다. 남자는 나를 보며 조용히 웃었다. 그는 자기가 아름답다는 것과, 내가 자기를 원하지 않는다는 것을 알고 있었다. 그가 어떤 위협도 느끼지 않았기 때문에 웃었다.(특별한 존재는 평범한 인간들보다 위험에 더 잘 노출된다.) 나는 길을 건너서 택시를 탔다. 미풍에 머리카락이 목덜미를 간지럽혔다. 가을이었지만 지친 여름도 탄생하는 꽃들의 싱그러움을 누릴 자격이 있다는 듯이 다시 봄이 오고 있음을 알리는 듯한 느낌이 들었다. 그러나 가을이었고, 아몬드 나무의 잎이 노랗게 물들었다. 나는 너무 행복했고, 택시의 뒷좌석에 몸을 웅크리고 두려워했다. 행복은 아프게 하니까. 이 모든 것이 아름다운 남자를 봐서 일어난 것이다. 나는 계속해서 그가 내 것이 되는 것을 원치 않을 것이다. 그는 어떤 면에서 서로 이해하는 사람들 사이에 짓는 암묵적 동조의 미소로 내게 많은 것을 줬다. 현대미술관 육교 근처에 도착했을 때에는 이미 더 이상 행복하지 않았

다. 가을이 나를 향한 엄청난 위협처럼 보였다. 그래서 나는 천천히 울고 싶었다.

1970년 3월 28일

자갈루*

얼마 전에 자갈루를 인터뷰했다. 그는 간단하고 차분하게 말했다.

자갈루, 당신은 월드컵을 두 번 제패했고, 리우 챔피언도 두 번 하셨지요. 저 혼자 정할 수 있는 문제이고 살다냐**를 향한 존경하는 마음이 없었다면, 저는 당신을 브라질 국가 대표팀의 감독으로 선정했을 겁니다.

"제 팔을 보세요.(그는 내게 팔을 보여줬고, 아닌 게 아니라 털이 곤두서 있었다. 그러고 그는 어린아이처럼 웃었다.) 제 팔을 보면 소름 돋은 게 보이죠. 제가 다시 경기할 수 있다면, 저는 결승전이 오늘이기를 바랄 겁니다. 그러면 브라질에서 우리가 승리를 이루는 것을 다시 경험할 수 있을 테니까요. 그리고 다시 한 번, 그때 제가 느꼈던 것처럼 브라질 국민들의 커다란 응원으로 완전히 색다른 감정을 느낄 수 있을 테니까요. 국민들은 극도로 흥분한 상태였죠. 모두가 마약에 취한 것처럼 보였어요……."

자갈루는 젊고 날씬하며 그의 다리는 다른 선수들의 다리처럼 거친 근육으로 변형되지 않았다. 그는 좋은 사람, 좋은 친구의

* 마리우 자갈루, 1931~. 펠레와 가린샤와 함께 뛰며 1958년, 1962년 브라질의 월드컵 2연패에 기여.

** 주앙 살다냐, 1917~1990. 브라질 언론인이자 축구 선수. 1970년 브라질 축구 국가 대표팀 감독을 지냄.

전형이다. 나는 그를 만나자마자 그것을 느꼈으며 그에게 내가 어떤 분야에서 일하는지 말해줬다. 그때부터 그는 내게 말을 놓았고 나를 마치 직장 동료처럼 대했다. 일은 다르지만 같은 직장 동료처럼.

우리는 보타포구 정원의 벤치에 앉아서 대화를 서둘렀다. 곧 훈련이 시작될 것 같았기 때문이다. 바람이 많이 불었고 나뭇잎이 우리 위로 떨어졌으며 메모하려고 가져온 종이들이 날아갔다. 자갈루는 웃으며 내가 그 종이를 잡도록 도와줬다. 나의 친절은 그 당시 자갈루가 대표하는 우리 국민들에 대한 다정함으로 바뀌었다.

자갈루, 브라질 대표팀을 위한 최고의 전술, 최고의 시스템은 무엇일까요?

"우리가 유럽을 상대로 경기를 한다면, 우리는 그들과 똑같은 전술을 써야 할 것입니다. 왜냐하면 우리가 확보한 선수들은 세계 최고이니까요. 애국심으로 하는 말이 아닙니다. 여행을 많이 하셨나요?"

그가 내게 물었다.

저는 외교관의 아내였어요. 그런 이유로 여행을 많이 한 정도가 아니라 세계 여러 나라에서 살았죠. 아마도 당신처럼요. 애국심으로 하는 말이 아니라 일반적으로 모든 영역에서 인적 자원만큼은 우리가 그 누구도 부럽지 않아요. 브라질은 놀라운 나라가 될 수 있습니다. 자, 다시 당신의 이야기로 돌아와서, 자갈루, 저처럼 글을 쓰는 사람과 당신처럼 운동선수 간의 차이는 당신들은 일찍 은퇴해야 한다는 것이죠. 그 점이 당신을 많이 슬프게 하나요?

"분명 그렇죠, 운동선수 생활은 한계가 있으니까. 미래를 언제나 예측할 수는 없어요. 미래를 보장할 수 없고 그래서 마음이 편하지 않죠.(나는 다시 축구 선수들을 위한 은퇴 프로젝트를 생각했다.) 선수들은 최소한의 시간 동안 최대한을 누려야만 합니다.(우리도 그래요, 자갈루, 인생은 짧고 예술은 너무 기니까.) 그리고 운이 좋아야만 해요. 우리는 그렇게 결론을 내릴 수 있었지요. 선수는 너무나 많은데 그중 소수만이 미래를 책임질 수 있을 만큼의 경제적 상황에 이를 수 있으니까요.(우리는 기존의 조르지 아마두*나 에리쿠 베리시무** 그리고 이제 주제 마우루 지 바스콘셀루스***를 제외하면 책을 써서는 먹고살 수가 없다.)"

자갈루, 이제 당신은 제가 팬인 보타포구 축구팀 감독이시죠. 그렇지만 이것이 당신이 그랬던 것처럼 골을 넣을 기회를 상쇄한다고 말하진 마세요.

"이제는 더 이상 저만의 노력에 달려 있지 않으니까 책임이 더 커졌지요. 저는 경기장에서 뛰는 선수들의 노력을 이끌고 지도하는 저의 능력에 의지해야 합니다. 책임을 지는 자리를 위해 단순 피고용인의 자리를 떠나는 것과 마찬가지죠."

또 질문할게요. 당신의 인생에서 축구는 가장 중요한 것인가요?

"저의 인생에서 가장 중요한 것은 가족입니다. 저는 결혼했고

* 브라질의 작가로 20세기 남아메리카 문학을 대표하는 대문호.

** 브라질의 소설가로 당대 가장 인기 있는 브라질 작가 중 한 명.

*** 브라질 소설가로 대표작은 『나의 라임 오렌지 나무』.

네 명의 자식이 있지요."

당신은 축구를 선택하신 건가요? 아니면 우연히 시작했는데 스타 플레이어가 되신 건가요?

"아니요, 그것은 운명의 결실입니다. 저는 학생이었고—회계 교육을 받고 있었어요—운동은 재미로 했었지요. 아니, 그건 부모님의 뜻에 반한 것이었어요. 그러다가 부모님이 제가 운동하는 것을 받아들이신 거예요. 기쁜 일이었죠. 그렇게 해서 제가 경제적으로 독립할 수 있었으니까요. 제가 후회하는 것은 이것 하나입니다. 계속 공부하지 않아 더 많은 교양을 쌓을 수 없었던 것. 그렇지만 삶의 리듬이 제가 공부하도록 내버려두질 않았죠."

책 읽을 시간이 있으세요? 책을 읽으시나요?

"책을 읽기에는 짬이 나지 않아요. 그래서 세상 돌아가는 일을 알기 위해 신문이나 잡지를 봅니다. 책을 읽을 시간은 없고요."

당신은 스페인계인가요?

"부모님은 브라질 사람이었지만 제 가계도는—이렇게 말하는 거 맞죠?—이탈리아에서 시작되었습니다. 조부모님은 이미 브라질 사람이었고요. 저는 마세이우에서 1931년 8월 9일에 태어났지만, 겨우 8개월 때 리우에 왔어요.

현재 가장 바라는 것은 무엇인가요?

"계속 건강하게 지내는 거죠. 건강이 망가지면 아무것도 하지 못하니까요."

축구를 어떻게 생각하시나요? 하나의 예술일까요? 아니면 개인의 표현일까요?

"축구는 재능입니다. 당신의 재능이 글쓰기인 것처럼요. 왜냐하면 누구도 축구하는 법을 가르쳐줄 수 없습니다. 소명을 향상시킬 수는 없지요. 가수나 작가처럼 신이 주시는 재능이에요. 그래서 신이 주신 재능과 결합하고 있기에 늘 예술이기도 한 것이죠. 당신은 작가인 것에 만족하십니까?"

그가 물었다.

아니요, 그렇지만 가장 잘하는 일이 그것이라. 펠레와 가린샤에 대해서 어떻게 생각하세요?

"아주 특별한 선수들이죠."

당신도 그래요. 사람들이 말하기를 경기장에서 당신이 경기하는 모습을 보는 것이 큰 기쁨이라고 하더군요.

"친절하게 말해주셔서 감사합니다. 당신의 질문에 대답을 조금 더 하자면, 대표팀을 지도하라고 저를 불렀다면 그 책임을 피하지 않았을 겁니다. 저는 많은 싸움과 희생이라는 값을 치르고 축구에서 성공했으니까요. 축구 감독은 어려운 자리예요, 특히 브라질 대표팀 감독은 더 그렇죠. 저를 그 자리에 불렀다면 다시 한 번 조국을 위해 일했을 거예요. 당신은 미국의 분위기에 대해서 어떻게 생각하십니까, 특히 케네디 가문의 죽음에 대해서요?"

그가 내게 물었다.

저는 그저 우연이라고 생각하지 않아요. 그들을 죽이려고 킬러를 고용한 정치인들이 있을 것 같고요. 미국에는 민주주의를 반대하는 이들의 수가 엄청나요. 어떤 관점에서 보면 미국은 우리보다 훨씬 뒤떨어져 있으니까요. 민주주의라고 하는 미국의 흑인 문제를 떠올려봐요. 자갈루, 당신에게 가장 중요한 것은 무엇인가요?

"평화요."(나도 그렇다, 그러나 그것은 무엇을 전제로 하느냐에 따라 달라진다. 예를 들어서 나는 프랑코의 군화 밑에 있는 스페인의 평화는 원하지 않는다.)

사람으로서 당신에게 가장 중요한 것은 무엇입니까?

자갈루는 오랫동안 생각에 잠겨 있었다. 그의 얼굴은 한 인간의 가장 아름다운 노력을 나타내고 있었다. 자기 자신에 대해 생각하는, 자기를 알기 위한 노력 말이다. 내가 느끼기에 그는 고통스럽고 중요한 선택을 앞둔 사람 같았다. 마침내 그는 이렇게 말했다.

"이웃의 불행을 바라지 않는 것이요."

그러나 나는 그가 다음과 같은 말을 하려고 했다고 확신한다. 갑자기 달라진 그의 표정을 보면서 나는 그의 말을 이렇게 해석했다. 그러니까 이웃을 나 자신처럼 사랑하는 것이라고.

자갈루, 사랑이란 무엇인가요?

그는 분명 대부분의 사람처럼 삶에 대해 생각하기 위해 자기 존재의 흐름을 끊어본 적이 없었을 것이다. 무엇보다 "사랑은 무엇인가"라는 이 중요한 질문을 하기 위해서 말이다. 몇 번이나 자갈루를 찾는 호출이 있었기 때문에 그가 다급했음에도 불구하고 우리는 잠시 침묵 속에 있었다. 누군가 선수들이 이미 경기장에서 그를 기다린다고 알려줬다. 그러나 그와 나는 기다릴 준비가 되어 있었다. 마침내 그가 말했다.

"주고받는 감정입니다."

1970년 4월 4일

이탈리아 여자

호자는 어릴 때 부모님을 잃었다. 호자의 형제들은 세계 곳곳으로 흩어졌고 그녀는 수도원에서 운영하는 보육원에 입소하게 됐다. 호자는 다른 아이들과 함께 검소하고 힘든 생활을 해야 했다. 겨울 동안 그 아이는 춥게 지내야 했고 노동은 끊이지 않았다. 호자는 설거지를 하고 방을 쓸고 바느질을 했다. 그사이 계절들이 이어졌다. 머리를 삭발하고, 성글게 짠 천으로 만든 긴 원피스를 입고, 손에는 때때로 빗자루를 쥐고, 호자는 창문 너머로 세상을 엿봤다. 가을은 호자가 가장 좋아하는 계절이었다. 계절을 보기 위해 굳이 밖에 나갈 필요가 없었으니까. 창 너머로 노란 낙엽들이 마당에 떨어지면 그것이 바로 가을이었다.

그 스위스 수도원은 남자가 입구에 발을 디디면 바닥을 닦고 그 위에 알코올을 뿌려서 태웠다. 그러고 다시 겨울이 오면 손은 빨갛게 트고 갈라지고, 침대는 잠을 잘 수 없을 만큼 차가워졌다. 호자는 깨어 있는 채로 꿈을 창조했다. 어두운 침실에서 이불을 덮고 눈을 뜬 채로 호자는 생각이 깜박이는 것을 봤다. 어떤 면에서 생각은 천국이었다.

호자는 스무 살이 되었을 때 왜, 어떻게 수도원을 떠나게 되었는가, 나는 그 답을 알지 못한다. 그녀도 내게 설명하지 못했다. 그러나 호자는 그곳을 떠나기로 결심했고, 모든 것을 등지기로 했다. 그것은 확고하고, 단조롭고, 수동적인 의지였다. 얼빠진 수녀들은 호자가 지옥에 갈 거라고 말했을 것이다. 그러나 호자는 그들의 주장에 조금도 개의치 않으며 자신을 지켰고, 더 강해졌다. 호자는 수도원을 떠나 닥치는 대로 일하기로 결심했다.

호자는 머리를 밀고, 치마에 구두를 신고, 작은 보따리를 들고 떠났다.

"내가 본 세상은……."

호자는 내게 설명하지 못했다.

이탈리아 남부 사람의 얼굴을 하고, 둥근 눈과 자기주장을 느리게 펼치는 태도로, 호자는 누군가 권해준 친척의 집에 살러 갔다. 호자는 거기서 거리로 나가지 않고 낮과 밤을, 몇 달을 보냈다. 호자는 내게 그 시절에는 "나가는 법을 몰랐다"라고 설명했다. 그녀의 유일한 낙원은 바깥의 경이로운 겨울이었다. 그녀는 열린 창문으로 모든 것을 엿봤는데, 누구도 호자가 행복한지 슬픈지 알 수 없었다. 호자의 얼굴은 아직 표현할 줄을 몰랐다. 호자는 팔짱을 끼고 소매 속에 두 손을 숨긴 채 세심하게 기도하는 사람의 주의력으로 창문 너머를 엿봤다.

모든 것이 너무 광대해 보였던 어느 오후—자유 시간을 가졌던 어느 오후였는데, 일을 하지 않는 것은 거의 죄를 짓는 것이나 다름없었다—호자는 더 제한적이고 더 종교적인 감정을 갖는 데 집중해야 한다고 느꼈다. 그녀는 계단을 내려가 거실로 들어가 책장에서 책 한 권을 집었다. 그러고 다시 방에 올라가 의자에 등을 기대지 않고 앉았다. 아직 즐기는 법을 배운 적이 없었기 때문이다. 호자는 경직된 자세로 책을 읽기 시작했다. 그녀의 둥근 머리에서는 벌써 짧고 뻣뻣한 머리카락이 자랐다—그녀는 머리가 붕 뜬 기분을 느꼈다. 호자는 책을 덮고 누워서 눈을 감았다.

사람들은 저녁 식사를 기다렸지만 호자는 내려오지 않았다. 누군가 그녀를 찾으러 갔다. 호자는 뜨거운 눈을 크게 뜨고 꼼짝하지 않았다. 그녀는 열이 펄펄 끓었다. 집 안주인은 호자를 간호하느라 밤을 새웠지만 할 수 있는 일은 아무것도 없었다. 호자는 투정 부리지 않았고 아무것도 요구하지 않았으며 열은 그녀를 지치게 했다. 아침이 되자 호자는 여위어 있었고, 눈을 덜 크게 뜨고 있었다. 호자는 그 상태로 그다음 날 낮과 밤을 보냈다. 그래서 사람들은 의사를 불렀다.

의사가 호자에게 무슨 일이 있었는지를 물었다. 그녀가 신경성 발열 증세를 보였기 때문이다. 호자는 아무 말도 하지 않았다. 말할 생각조차 하지 못했다. 호자에게는 익숙하지 않았던 것이다. 의사가 침대 옆 탁자에 놓여 있던 책을 보게 된 것은 우연이었다. 그는 그 책을 살펴보고 호자를 향해 몹시 놀란 시선을 건넸다. 책의 제목은 『붉은 코르셋』이었다. 그는 호자가 어떤 경우에도 그런 유의 책을 읽어서는 안 된다고, 수도원에서 막 나온 그녀의 순수함이 위협받고 있다고 했다.

호자는 대답하지 않았다. 그가 말했다.

"이런 걸 읽으면 안 됩니다. 이건 다 거짓이에요."

그제야 호자는 처음으로 눈을 살짝 떴다. 의사는 그 책이 모두 거짓이라고 맹세했다. 그는 맹세했고……

그러자 호자가 한숨을 내쉬고 미소를 짓더니 수줍게 또 슬프게 말했다.

"저는 책에 쓰인 모든 것이 진실인 줄 알았어요."

호자는 처음 만난 그 선한 사람을 무척 수줍어하며 바라봤다.

의사는 말했다—그가 어떤 어조로 말했는지 상상할 수 없을 것이다.

"그렇지만 이건 그렇지 않아요."

야위고 창백한 그녀는 잠이 들었다. 열은 떨어졌고, 그녀는 다시 일어났다. 조금씩 시간이 지나자 사람들이 말했다. "머리카락이 정말 검네요." 호자는 머리카락을 만지며 말했다. "그렇죠!"

어떻게 호자는 마흔 살에 이토록 유쾌할 수 있었을까. 나는 그것을 설명할 수 없다. 그 웃음들을. 나는 언젠가 호자가 자살하려고 했던 것 역시 알고 있다. 수도원을 떠났기 때문이 아니었다. 사랑 때문이었다. 호자는 그 당시 사랑에 대해 아무것도 몰랐다고 말했다. 그녀는 "모든 것이 정말 그렇다"라고만 알고 있었다고 했다. 뭐가 그렇다고요? 호자는 답하지 않았다. 현재 호자는 잠자리 파트너인 그의 애인보다 열 살이 더 많다. 호자는 그 숱 많은 머리카락으로 가리며 웃으며 말한다. "내가 왜 다른 계절보다 가을을 더 좋아하는지 모르겠지만, 가을에는 뭐든지 너무 쉽게 죽어서 그런 것 같아요." 그녀는 또 이렇게 말한다. "저는 그리 똑똑하지 않아요. 당신은 나보다 똑똑한 것 같군요." 그리고 또 이렇게 말한다. "당신은 이유를 모르고 바보처럼 울어본 적이 있나요? 나는 그런 적이 있어요." 그러고 호자는 웃음을 터뜨렸다.

1970년 4월 11일

한 남자

그의 지성은 정말 특별했다. 그의 지성이 너무도 엄청났기 때문에 나는 처음에 당혹스러움을 느꼈다. 대단한 지성인의 언어에 적응해야만 했던 것이다. 그는 평소 진지하지만 미소를 짓고 있다—아니, 그의 미소가 그의 얼굴 전체를 빛나게 한다고 말하진 않겠다. 그러나 어쨌든 그것은 사실이다. 그는 공공장소를 두려워하지 않는다. 우리가 말하는 중립이 그의 지성에 영감을 준다. 그 지성은 자주 궤변을 늘어놓는 데 쓰이는데, 그럴 수 있는 사람에게 그 궤변은 재치이기도 하다. 나는 그를 머리로 이해하는 것이 아니다, 그의 지적 수준에 닿지 못할 테니까. 그러나 나의 자아는 그의 모든 것을 이해한다. 게다가 그는 완전한 사람이다. 그의 까만 눈동자는 시선을 피하지 않는다. 그는 사람들과 깊이 눈 맞추는 것을 두려워하지 않는다. 그를 보고 있으면 따라 웃고 싶다. 내가 웃을 줄 안다면 말이다. 가뜩이나 나는 더 미소를 지어야 한다. 그러지 않으면 사람들이 내게 문제가 있다고 상상하니까. 그저 진지하거나 집중하는 내 표정 때문은 아니다. 그 남자 이야기로 다시 돌아오자면, 그가 "내일 봐"라고 하면 우리는 내일이 온다는 것을 안다. 그는 구입할 장식품을 고르는 데서 살짝 눈이 낮고, 그런 점이 내게 애정을 불러일으킨다. 그는 내가 자기를 이렇게 많이 본다는 사실을 인식하지 못한다. 정말 몇 번을 봤는지 모를 것이다.

1970년 4월 25일

늦은 번역

내 소설 『G.H.에 따른 수난』의 속표지 인용구로, 책을 쓰고 난 후에 예술비평가 버나드 베런슨의 문장을 고르게 됐다. 아니, 기적처럼 그것은 내게 떨어졌다. 나는 인용구로 그의 문장을 썼다. 어쩌면 책과 큰 관계는 없을지도 모르지만 그것을 옮겨 쓰고 싶은 유혹을 버텨낼 수 없었다.

그러나 실수를 저질렀다. 그 문장을 번역하지 않은 것이다. 나는 브라질 독자들이 다른 언어를 이해할 의무가 없다는 것을 잊은 채로 그 문장을 영어로 남겨뒀다. 자, 번역하자면 이렇다. "완전한 삶이란 비자아와의 동화가 너무도 충만한 나머지 마침내는 죽음에 이를 자아마저 소멸해버리는 종말일 것이다." 이 문장은 영어로 썼을 때 더 완전하고 더 아름답다.

낡아빠진 취향

언젠가 나는 상실감에 불안을 느꼈다. 깊이 생각하지 않고 충동적으로 결심했다. 나는 내 미용사인 루이스 카를루스에게 머리를 아주 짧게 잘라달라고 부탁했다. 잘린 머리카락이 바닥에 떨어졌을 때 나는 거울 속 나를 바라봤다. 내 결정에 불안해하는 내가 보였다. 그렇게 상실의 개념이 찾아온 것이다. 무엇을 상실했는가? 아, 여성이 자신의 여성성을 머리카락에서 찾기 때문에 절대 머리카락을 자르지 않았던 아득한 옛날, 선사시대로 가기 위해 길을 잃는 이 감정은 얼마나 오래된 것인가. 게다가 내 아들들은 어렸을 때 내 머리카락을 가지고 노는 걸 무척 좋아했었고, 한번은 누군가의 집에 가게 됐는데 다섯 살짜리 여자아이가 자발적으로 시간과 공을 들여서 내 헤어스타일을 다듬어주기도 했다. 그 작은 손이 머리카락을 만지며 기뻐하는 모습을 보는 것은 너무 좋았다. 나는 머리카락을 자른 것에 체념하고, 다시 길러야겠다고 내 스스로에게 약속했다. 그렇지만 그것도 집에 돌아와 그 반대의 결정을 내리는 것을 막지 못했다. 긴 머리카락은 말리는 데에도 시간이 걸리고 빗질도 많이 해줘야 하니까. 또 미용실에 가서 그 헤어드라이어 밑에서 미친 고문을 당해야 되니까. 머리가 짧으면 머리를 감고 햇볕에 잠시 서 있으면 끝이다. 그러나 나는 문득 '삼손처럼 나도 힘을 잃게 될까? 아니, 그런 힘이 아니라 어쩌면 내가 가진 여성의 힘 말이다'라고 횡설수설하고 있음을 깨닫고 놀랐다.

베트콩

아들 중 한 명이 내게 말했다. "왜 엄마는 가끔 개인적인 일들을 글로 써?" 나는 일단 아들에게 실질적으로는 내 개인적인 이야기를 쓰지 않았으며 내가 매우 비밀스러운 사람이고 친구들에게도 선을 지켜 말한다고 대답했다. 토요일마다 칼럼을 쓰면 의도하지 않아도 결국 우리의 일상과 외부 활동이 우리 안에 미치는 영향에 대해 언급하지 않을 수 없게 된다. 나는 이미 이 주제에 대해 한 유명한 칼럼니스트와 대화를 나눈 적이 있었다. 나는 내가 쓴 열한 권의 책에서는 한 번도 개인적인 이야기를 다룬 적이 없었는데 칼럼에서는 너무 개인적인 이야기를 하고 있다고 불만을 토로했고, 그는 내게 칼럼을 쓸 때에는 피할 수 없는 일이라고 말했다. 그러나 내 아들은 이렇게 말했다. "왜 베트콩에 대해서 쓰지 않아?" 나는 자신이 너무 작고 초라하게 느껴졌다. 나처럼 연약한 여자가 그토록 많은, 명예롭지 못한 죽음에 대해서, 한창인 젊은이들을 쓰러뜨린 전쟁에 대해서 학살이라 이야기하지 않으면 결국 무슨 자격으로 어떤 말을 할 수 있겠는가 생각했다. 우리는 내막을 알고 있으며, 겁에 질려 있다. 나는 아들에게 그 문제는 안토니우 칼라두가 잘 이야기할 것이라고 대답했다. 그러나 별안간 내가 무력하게, 비겁하게 느껴졌다. 자, 베트콩에 대해 내가 말할 수 있는 것은 내가 학살에 마음속 깊이 괴로워하고 있다는 것과 어쩔 줄 모르는 상태로 있다는 것이 전부다. 우리 대부분이 그럴 것이다. 분노의 무기력과 슬픔을 느낄 것이다. 그 전쟁은 우리에게 수치심을 준다.

물결을 거스르며 가다

나는 평생 몽상에 맞서 마지막 물살에 떠내려가지 않도록 싸워 왔다. 그러나 이 잔잔한 물결을 거스르며 헤엄치는 노력에 내 활력의 일부가 소진됐다. 몽상과 싸우면서 행동을 절제하는 법을 배웠고, 내면적으로는 아무것도 대체할 수 없는 존재가 가진 매우 달콤한 어떤 것을 잃었다. 그러나 언젠가는 이 물살이 나를 어디까지 데려가는지 걱정하지 말고 더 나아가야 할 것이다.

소설을 구성하던 기억

어디서부터 시작이었는지 기억나지 않는다. 내가 아는 것은 시작부터 시작하지 않았다는 것이다. 어떻게 보면 모든 것은 동시에 써졌다. 모든 것은 거기 있었다, 적어도 겉으로 보기에는 뚜껑이 열린 피아노의 시공간처럼, 동시에 울리는 피아노 건반처럼.

나는 커다란 주의를 기울이며 내 안에서 결성되고 있는 것을 찾아 글을 썼고, 원고를 다섯 번째 본 이후로 그것을 지각하기 시작했다. 나는 말해지길 원하는 것이 무엇인지 더 잘 이해하게 됐다.

내가 두려웠던 건, 내가 나를 이해하는 것이 느리다는 이유로 일어나는 짜증 때문에 때가 되기 전에 서둘러 어떤 의미를 찾으려 하는 것이었다. 나는 내가 시간을 더 들일수록 해야 하는 이야기를 혼란 없이 할 수 있으리라고 느꼈다, 아니 확신했다.

매번 모든 것은 인내심의 문제이고, 사랑이 인내를 만들며 인내가 사랑을 만든다고 생각한다.

이렇게 말할 수 있을지 모르겠지만, 책은 어떤 부분이 다른 부분보다 빨리, 아니면 다른 부분이 나타나기 전에 불쑥 나타나는 식으로 서서히 진행되다가 불현듯 태어났다. 예를 들어 10장의 문장을 끊고 2장의 것을 쓰다가, 18장을 쓰느라 그 2장을 또 몇 달 동안 중단하는 것이다. 내게는 그런 인내심이 있었다. 실현된다는 약속의 위로도 없이 뒤죽박죽 뒤섞여 있는 것의 엄청난 불편함을 감당하는 인내심이 있었던 것이다. 그렇지만 질서가 제약인 것 역시 사실이다.

늘 그렇듯이 가장 커다란 어려움은 기다림이다.("뭔가 이상한 느낌이 들어요." 여자가 의사에게 말했다. "아이를 가지셔서 그런 겁니다." 여자는 대답한다. "제가 죽어가는 줄 알았어요.") 자라나는 일그러진 영혼은 부피가 커지는데, 사람들은 그것이 무언가의 기다림이 형성되어 세상에 나오는 것임을 전혀 알지 못한다.

힘든 기다림과 더불어 즉흥적이었던 최초의 시선을 조금씩 글로 재구성하는 인내도 있다. 시선을 되찾기는 매우 어려운 일이다.

그러나 그것으로는 충분하지 않기 때문에 안타깝게도 나는 글을 쓰지 못한다. 생각을 설명하지 못하고, 하나의 생각에 단어의 옷을 입히지 못한다. 내가 쓰는 것은 과거에 했던 생각을 참조하지 않는다. 그것은 현재의 생각이다. 적합한 단어, 대체할 수 없는 단어 또는 존재하지 않는 단어로 이미 표면 위로 올라온 것 말이다.

글을 쓰면서 나는 다시 한번 역설적이고 명백한 한 가지 확신을 느낀다. 글쓰기를 방해하는 것은 단어로 써야 한다는 것. 불편한 일이다. 그것은 내가 마치 더 직접적인 소통, 사람들 사이에서 때때로 일어나는 말 없는 이해를 원하는 것과 같은 것이다. 내가 나무 위에 그린 그림이나 어린아이의 머리를 만지는 손길 또는 시골길 산책 같은 중간 단계를 통해 글을 쓸 수 있었다면, 나는 절대 단어의 길에 들어가지 않았을 것이다. 나는 글을 쓰지 않는 모든 이가 하는 것처럼 했을 것이고, 글을 쓰는 사람이 느끼는 것과 정확히 같은 기쁨과 고통을 느꼈을 것이며, 달랠 수 없는 깊은 실망을 똑같이 느꼈을 것이다. 나는 살았을 것이다. 단어를 이용하지 않았을 것이다. 나의 해결책이 될 수 있는 것이라면 그게 무엇이든 환영한다.

글쓰기

신문을 위한 글쓰기가 아주 불가능한 것은 아니다. 그런 글은 가볍다. 가벼워야 하며 피상적이어야 한다. 신문을 읽는 독자들은 깊게 읽고 싶어 하지 않고 깊이 읽을 시간도 없다. 그러나 책을 위한 글쓰기는 분명히 우리가 가진 것보다 더 커다란 힘을 요구하는 경우가 종종 있다. 나도 그렇고 다른 이들도 마찬가지겠지만, 특히 우리가 자신만의 작업 방식을 창조해야 할 때가 그렇다. 내가 열세 살에 의식적으로 글을 쓰고자 하는 의지를 인정했을 때—나는 어릴 적에 글을 썼지만 이 운명을 인정하진 않았다—쓰기 의지를 인정했을 때, 갑자기 나 자신이 텅 빈 곳에 있다는 것을 알게 됐다. 그 텅 빈 곳에서 나를 도울 수 있는 사람은 아무도 없었다.

나는 스스로 무無에서 일어서야 했다. 스스로 자신을 이해해야 했다. 결국 내 진실을 말하기 위해 스스로를 꾸며내야 했다. 나는 시작했지만 시작부터 시작한 것도 아니었다. 종이는 저희끼리 서로 부닥쳤다—의미는 서로 반박했고, 할 수 없다는 절망은 실질적으로 할 수 없게 하는 부수적인 장애물이었다. 그래서 나는 끝없는 이야기를 쓰기 시작했다.(헤르만 헤세의 『황야의 늑대』에서 영감을 많이 받았다.) 그걸 간직하지 않은 게 얼마나 안타까운지. 나는 입문자의 거의 초인적인, 자신을 알아가려는 노력을 외면해 그것을 찢어버렸다. 모든 것은 비밀리에 이뤄졌다. 누구에게도 말하지 않았고, 고통 속에서 혼자 살았다. 나는 일찌감치 한 가지를 짐작했다. 언제나 글쓰기를 시도해야 한다는 것. 글을 쓰기에 제일 좋은 순간을 기다리지 말 것, 그런 순간은 오지 않으니까. 내가 흔히 말하는 소명을 가졌다고 해도 내게 글쓰기는 늘 어려운 일이었다. 소명은 재능과는 다르다. 소명은 있어도 재능은 없을 수 있다. 그러니까 어떻게 가야 하는지 알지 못한 채 부름을 받을 수 있다는 말이다.

1970년 5월 9일

영감

넓은 가슴, 커다란 골반, 순결한 갈색의 몽환적인 눈. 가끔씩 그녀는 부르짖었다. 그녀는 즐거운 얼굴로, 괴로워하며 마치 사람들이 자신의 말을 전혀 듣지 못하기를 바라는 것처럼 재빨리 말했다—저는 작가가 될 수 없을 것 같아요, 저는 너무…… 너무 요약된 사람이에요!

그러나 어느 날, 자신도 모르게 영감을 받아 팡지아수카르산의 아름다움에 대해 가계부에 몇 문장을 적었다. 몇 단어가 전부였다. 요약이었다. 그로부터 한참 후, 어느 오후 혼자 있던 그녀는 무언가에 대해 어떤 글을 썼던 것을 생각해냈다. '코르코바두에 대해서였나? 바다였나?' 그녀는 그저 "너무도 그림 같은 아름다움"이라는 단어를 썼던 것만 기억했다. 그녀는 옛날 가계부를 찾기 시작했다. 집 안 전체를 뒤졌다. 가구마다 모두. 그녀는 자신의 영감을 잘 숨겼으리라는 기대로 신발 상자를 열었다. 그녀는 자신의 영혼을 드러내는 글을 신발 상자에 정리했던 것이다. 그것은 좋은 생각이었을 것이다. 숨이 점점 더 막혔고, 그녀는 손을 이마에 가져다 댔다—그녀가 찾는 것은 이제 더 이상 가계부가 아니었다. 그녀는 영감이 그녀에게 불러줬던 것을 찾고 있었다. 보자, 참아, 우리 다시 찾아보자. 그러니까 이 노트에 뭐가 적혀 있었지? 그녀는 그것이 그림 같은 것에 대해 쓴 매우 영적인 글이라는 것을 기억해냈다. 그녀에게 그림 같은 것은 아름다음의 극치였다. 찾아보자, 이것은 의지의 문제이고, 가서 찾으면 된다. 이 무슨 재앙인가, 그때 그녀의 감정은 그랬다. 그녀는 거실 한가운데서 꼼짝없이, 갈피를 잡지 못하고 어디를 더 뒤져야 할지 알지 못한 채로 있었다. 이 무슨 재앙인가. 오후의 집은 조용하다. 집 어딘가에 글로 쓰인 무엇이, 내밀한 생각이 있다고 그녀는 확신했다. 그녀는 볼이 뜨거웠고, 셔츠의 단추를 풀었다. 그걸 찾지 못한다는 것은 개인적인 무언가를 잃는 것이리라. 절망하지 마, 그녀는 자신에게 말했다. 편지들, 사람들이 그녀에게 보냈던 드문 소식들, 온갖 종이를 다 뒤졌다. 그녀는 논리에 맞지 않게 생각했다. 누군가 그녀에게 편지를 썼다면 어디에 뒀는지 알았을 것이다. 그러나 잘 정돈된 그녀의 삶은 바깥으로 드러나 있었고 숨기는 게 없었으며 투명했다. 딱 한 번 가계부에 표출한 이후로 유일하게 숨기는 것은 그녀의 영혼이었다. 그런데 가구가 있다는 것, 우연히 발견할 상자가 있다는 것은 얼마나 행복한 일인가.

이따금 그녀는 다시 한 번씩 찾았다. 때때로 희망이 펄쩍 뛰어오르면 그녀는 가계부를 떠올린다. 몇 년이 지나 그녀가 겸손하게 "나도 어렸을 땐 글을 썼어"라고 말하는 날까지.

작은 남자아이

"엄마, 아기 허리케인을 봤어요. 그렇지만 아직 너무 어려서 길모퉁이에 낙엽 세 장을 천천히 굴리는 방법밖에 몰랐어요."

떠나야 할 시간이 오면

"엄마도 알겠지. 이런 방식으로 평생 엄마를 사랑할 수는 없다는 걸."

오늘을 살다

나를 보채는 어떤 사건도 없이, 기다림도 없이, 오후, 오늘 오후, 나는, 학교에 다니는 아이처럼 글씨를 연습했다, 나는 바느질하는 수녀처럼, 수고하는 꿀벌처럼, 금실로 수를 놓았다. 그렇게 오늘을 산다.

1970년 5월 16일

모든 세계의 경이

아잘레이아라는 친구가 있다. 그녀는 삶을 사랑한다. 꾸밈없이 살아간다. 그녀는 육체적으로 매우 아프지만 그녀의 웃음은 맑고 변함없다. 그녀의 삶은 힘들지만 그것이 그녀의 삶이다.

지난번에는 그녀가 내게 사람마다 자신의 세계에 일곱 개의 경이를 가지고 있다고 말했다.

그게 뭐야? 사람마다 다르지. 그래서 그녀는 자기 세계에 있는 일곱 개의 경이를 분류해보겠다고 결심했다.

첫 번째, 태어났다는 것. 태어났다는 것은 하나의 재능이다. 나는 존재한다는 것은 기적이라고 생각한다.

두 번째, 육감이 다량 포함된 오감. 그 감각들로 그녀는 만지고 냄새를 맡고 듣고 말하며, 쾌락을 얻으며 고통을 느낀다.

세 번째, 사랑할 수 있는 능력. 이 능력은 우리가 생각하는 것만큼 흔하지는 않은데, 그녀는 언제나 몇몇 사람, 아니 많은 사람에게 받는 사랑으로 충만하고, 그것이 그녀의 가슴을 부풀게 한다.

네 번째, 직관. 직관은 이성이 닿을 수 없고 감각이 지각할 수 없는 것에 닿게 한다.

다섯 번째, 지적 능력. 그녀는 자신의 이해할 수 있는 능력을 특권으로 여긴다. 그의 이성은 예리하고 효율적이다.

여섯 번째, 조화. 그녀는 노력으로 조화를 이루게 됐다. 사실상 그녀는 세상 전체, 그리고 자신만의 세계에서 완벽한 조화를 이룬다.

일곱 번째, 죽음. 그녀는 신지학적으로 죽음 이후에 영혼이 환생한다는 것과 이 일곱 개의 경이의 기쁨이 모두 다시 시작된다는 것을 믿는다.

불가피한 엄격함

나는 심각한 사고를 겪고 응급실에서 첫 번째 치료를 받은 후에 파브리니 박사의 병원으로 이송됐다. 몇 번의 이식수술이 필요했기 때문이다.

파브리니 박사는 상냥한 사람이고 매우 착하고 예의 바르며 필요한 순간에 조용히 미소 지을 줄 알지만 때때로 잔인할 정도로 엄격하다.

예를 들자면 그는 내가 병원에 입원하고 처음 며칠 동안 면회를 금지했다. 그렇지만 문병하러 온 사람들은 내 끊임없는 고통을 잠시 잊게 해줬고, 나는 그들을 계속 맞이했다. 파브리니 박사는 그 사실을 알고 심각하고 엄격하게 말했다. "한 번 더 면회를 받으면 지금, 이 상태 그대로 당신이 병원에서 나가도록 퇴원 수속을 밟겠습니다."

나는 무서웠고 그의 말을 따랐다. 나는 면회를 받았던 처음 며칠 동안 생과 사의 경계에 있었다는 것과 파브리니가 나를 살리려고 했다는 것을 한참 후에나 알게 됐다.

또 다른 엄격함은 이것이었다. 나는 약 3개월 동안 누워 지낸

후에 간호사의 도움을 받아 하루에 몇 번씩 일어나 걸음을 걸으라는 지시를 받았다. 이미 유연함을 거의 모두 잃어버린 다리로는 서 있는 것만으로도 너무 지치는데 걷는 것은 말할 것도 없이 힘든 일이었고, 그래서 나는 매일 그 운동을 미루다가 하지 않겠다고 거부했다. 파브리니는 그 사실을 알고 내게 냉정하고 엄격한 말투로 말했다. "지금 걷는 법을 다시 배우지 않으면 당신은 평생 걷지 못할 겁니다." 나는 불구가 된다는 협박에 떨었고, 참을 수 없는 고통에도 불구하고 매일 몇 보를 걸었다.

겉으로만 그런 척했던 그 엄격함이 또 한 번 나를 살렸던 것이다.

허공에 뜬 이야기

찬방에서 커피를 마시다가 요리사가 세탁실에서 노래 부르는 소리를 들었다. 가사가 없고, 매우 조화로운 애가와 비슷한 아름다운 멜로디였다. 나는 요리사에게 누구의 노래인지를 물었고 요리사는 이렇게 대답했다. "제가 심심해서 불러본 거예요."

요리사는 자신이 창의적이라는 것을 알지 못했다. 세상은 무엇이 창의적인지 알지 못한다. 나는 커피를 마시다가 생각에 잠겼다. 세상은 더욱 창의적인 곳이 되어가나 자기 자신을 잘 모른다. 우리는 우리 자신과 관련해 너무도 뒤처져 있다. '창의적'이라는 말조차 쓰이지 않을 것이다. 언급되지도 않을 것이며, 모든 것은 그저 창조될 것이다. 우리가 몇천 년이나 뒤처졌다면—커피를 한 모금 마셨다—그것은 우리의 잘못이 아니다. '우리 앞에 올 몇천 년'을 생각하기만 해도 현기증이 날 것 같다. 지구가 무슨 색인지도 말하지 못할 것 같기 때문에. 후세는 존재하고, 그것이 우리의 현재를 짓밟을 것이다. 세상이 돌고 도는 것이라면 우리가 동굴로 돌아가고 모든 것이 다시 반복될 수도 있지 않을까? 내가 몇천 년 후에 세상이 어떻게 될지 전혀 알지 못한다고 생각하면 육체적 고통마저 느껴진다. 한편으로 나는 계속 생각했다. 우리가 비교적 빠른 시일 내에 네 발로 걸을 것이라고. 젊은 여자아이가 노래했던 곡조가 이 세상을 다시 지배할 것이라고. 사람들은 아무것도 모른 채로 창조할 것이라고. 그러나 지금 우리는 아직 습기가 조금 남아 있는 말린 무화과 열매처럼 메말랐다.

그사이 가정부는 빨래를 널며 가사 없는 노래를 흥얼거리고, 나는 그 멜로디 속을 헤엄친다. 가정부는 말랐고 머리가 갈색이며 그녀 안에는 하나의 '나'가 있다. 육체와 분리된 다른 육체, 그것을 우리는 '나'라고 부르는가? 자신이 머물 몸을 가졌다는 것은 이상한 일이다. 축축한 피가 멈추지 않고 흐르고, 입술은 노래하고, 눈에서는 자주 눈물이 나오는 몸을 가졌다는 것은. 그녀는 하나의 '나'다.

하나의 문장이 더 나아지기 위해서

청소년 독자를 위해 소설을 각색하여 출판하는 문고판 전문 출판사(에지오우루)가 그들의 각색자들에게 출판사에서 선호하는 문체의 샘플을 제공했다. 출판사가 옳았다. 문장들이 훨씬 더 나아졌다. 글을 쓰는 이들을 위해 문학, 편지, 보고서, 무엇이든 문체에 도움이 될 만한 몇 가지 예를 들어보려 한다.

"한번은 내가 성공했다"라는 말 대신에 "어느 날 내가 성공했다"로 쓴다. 아니, 더 확실하게 예시를 들기 위해서 문장을 쓰고 더 나은 버전의 문장을 괄호로 써보겠다. 그러니까 "한번은 내가 성공했다"(어느 날 내가 성공했다). "사느니 죽는 게 낫다"(살기보다는 죽는 것이 더 낫다). "그렇지만 그곳에는 아랍 사람이 전혀 없었다. 피크닉만 있을 뿐이었다"(그렇지만 그곳에 아랍 사람은 전혀 없었다. 피크닉만 있었을 뿐). "그것이 최소한 내가 바라는 것이다"(최소한 그것을 바란다). "나는 아주 큰 뱀을 밟고 지나갈 뻔했다"(나는 큰 뱀을 밟고 지나갈 뻔했다). "나는 모두가 잘 자고 있는지 확인했다"(나는 모두 별일 없는지 확인했다). "우리는 식사한 후에 낮잠을 자려고 누웠다"(식사를 하고 낮잠을 자려고 누웠다). "네가 죽인 것이 아니라고 하니, 그렇다면 누가 죽였단 말인가?"(네가 아니라면 누가 죽였어?). "기억해봐. 네가 만나지 않을 거라고 말했잖아"(기억해봐. 안 만난다고 약속했잖아). "나는 내 모자를 벗었다"(나는 모자를 벗었다). "어제 그 일이 일어났을 때 나는 학교에 가려고 했는데……"(어제 학교 가는 길에 그 일이 일어났는데……). "그는 그걸 하지 말라는 말을 들었다"(그는 그것을 하지 말라는 조언을 들었다). "너는 그보다 더 안 좋은 것은 없다고 말했는데……"(너는 그보다 더 안 좋은 것은 없다고 확신했는데……). "무슨 불운이 일어났는가?"(불운이었나?) "우리는 이 모든 걸 얻었는데, 게다가 8달러를 줬다"(우리는 이 모든 걸 다 얻는 데 8달러를 줬다). "매일 그 일이 우리에게 일어나니까"(그 일이 우리에게 매일 일어나니까). "믿는 일은 내게 고통을 안겨줬다"(믿는 건 고통스러웠다). "나는 축구보다는 차라리 영화가 더 낫겠다"(나는 축구보다 영화가 좋다). "그는 재수 없는 것에 대해서만 말했다"(그는 재수 없는 이야기만 했다). "언제 좋은 일이 일어나는지 안다고 좋을 게 뭐가 있겠는가?"(좋은 일이 언제 찾아오는지 아는 게 좋은 일인가?). "높이가 3미터인 벽"(3미터인 벽). "우리는 언덕을 올랐다. 정상에서 우리가 발견한 것은……"(우리는 정상에 올랐다. 위에서 우리가 발견한 것은……). "우리는 모든 재료를 챙겼다"(우리는 짐을 모두 챙겼다. 옷이나 식품 등). "몇 분 후에 천둥이 치기 시작했다"(잠시 후 천둥이 치기 시작했다). "그는 자기 아버지와 똑같았다"(그는 아버지 같았다). "등 뒤에서 쏠 것이다"(뒤에서 쏠 것이다). "의심할 여지 없이 우리는 사냥을 신나게 한판 했다"(우리는 분명 신나게 사냥을 했다). "주앙은 뒤로 물러나다가 다쳤다"(주앙은 물러나다가 다쳤다).

내 생각에는 이 정도면 충분할 것 같다. 그러나 이런 유의 교정이 갑작스러운 욕망이 되어서는 안 될 것이다. 그렇지 않으면 글을 쓰는 대신에 더 좋은 문장을 강요하기 바쁠 테니까.

1970년 5월 30일

오직 여성만을 위해서

언젠가 신문의 잡보 기사를 논평하는 글을 써달라는 청탁을 받았다. 그 논평은 여성을 위한, 여성을 향하는 글이어야 한다고 했다. 결국 다행히 그 제안은 성사되지 않았다. 다행이라고 말하는 것은 그런 논평이 남성들 또 여성들이 일반적으로 말하는 '페미닌'이란 단어의 의미를 놓고 봤을 때, 완전히 헛된 여성성을 말하는 주제로 변질될 수 있기 때문이다. 마치 여성이 예외적이고, 어떤 면에서 거리를 두고 있는 폐쇄적 공동체라는 듯이 말이다.

그러나 여성만을 이야기하는 글로 빗나갈 것 같은 내 두려움은 어느 날 젊은 여성과 문학에 대해 인터뷰를 나눴던 경험에 대한 기억에서 비롯된 것이다. 맹세하자면 나는 우리가 어떻게 최고의 아이라이너 브랜드에 대해 이야기하게 되었는지 알지 못한다. 내 잘못이었던 것 같다. 눈 화장은 분명 중요하지만, 유행이나 우리의 소중하고 덧없는 아름다움에 대해 의견을 나누는 기쁨과는 상관없이 전문 분야를 침범하고 싶은 마음은 없었다.

여성주의적 저널리즘에 대한 이야기로 돌아오자면, 신문 편집부에서 일할 때 나는 기자이자 편집자였다. 나는 사건사고와 사회 소식을 제외한 모든 일을 맡았다. 그리고 그 시절에 풀타임으로 일할 수 없어서 두 석간신문의 여성 코너를 편집했다. 그중 하나는 내 이름을 쓰지 않았다. 다른 기사는 내가 썼지만 가장 아름답고 호감을 주는 여성들 사이에서 스타였던 이우카 소아리스가 쓴 것으로 했다. 그녀의 이름이 패션과 요리, 미용 등에 대한 그녀의 의견을 알고 싶어 했던 독자들의 관심을 끌었기 때문이다.

이 모든 일이 떠오른 이유는 젊은 여성 독자가 보낸 편지 때문이다. 그 여성은 내게 어느 젊은 남자와 점심 또는 저녁 식사 데이트를 하게 되는 날을 위해 조언을 해달라고 부탁했다.

나는 그 편지가 정말 내게 온 것이 맞는지, 〈카데르누 B〉에서 여성을 위한 글을 쓰는 최고의 편집부원들을 위한 것이 아닌지 내 이름을 두 번이나 확인했는데, 내게 온 것이 맞았다. 왜 나였을까? 절대 알 수 없다. 상파울루에서 보낸 편지는 정식으로 서명이 되어 있었다. 그러나 나는 발송인을 그녀의 이니셜인 J.F.로 하겠다. 자, 이것이 나의 보잘것없는 조언이다.

당신이 우아함의 표본은 아니라고 해도, 그 남자는 옷을 잘 입는 젊은 여성과 데이트하기를 원할 것입니다. 그렇지만 팜파탈 또는 인형처럼 야하게 입거나 지나치게 꾸민 여성과 데이트를 하면서 생기는 불쾌한 일은 원치 않을 것입니다. 가장 중요한 것은 디테일에 신경을 쓰는 것입니다. 아무렇게나 한 액세서리는 당신에게도 그 남자에게도 자신을 방치하는 듯한 느낌을 줄 것이며, 방치하는 젊은 여성은 매력적인 동반자가 될 수 없을 것입니다.

데이트하기 전에 옷매무새를 정돈하세요. 그러나—이것이 중요합니다—당신의 겉모습을 잊어버리려고 노력하세요. 당신은 이미 할 수 있는 모든 것을 했어요. 이제 바람에 몸을 맡기고 자신을 돌볼 줄 아는 사람의 자연스러운 자신감을 이용하세요. 당신의 핸드백에 있는 거울을 계속 들여다보며 머리를 손질하거나 얼굴에 파운데이션을 바르거나 립스틱을 다시 바르지 마세요. 기억하세요, 당신은 '꾸미기 위해' 데이트하는 것이 아니라 데이트하는 즐거움을 위해 데이트하는 것이라는 걸. 당신은 당신을 보여주기 위해 데이트하는 게 아니라 서로 나누기 위해 데이트하는 것입니다.

그 남자가 당신에게 데이트를 신청했다면 그것은 그가 당신의 모습과 당신의 존재 방식, 당신의 외모를 좋아했기 때문입니다. 그렇게 생각하면 자신감을 느끼기에 충분하겠지요. 그게 없다면 어떻게 되겠습니까? 당신은 이 첫 번째 데이트에 당신이 아닌, 당신보다 나은 존재가 되려고 할 것입니다. 그러기 위해서 당신은 무엇을 하시겠습니까? 보기 싫은 복잡한 헤어스타일을 위해 헤어디자이너를 바꾸는 실수를 저지를 것이고요, 가공의 인물을 '빌릴' 것입니다. 당신이 생각하는, 그러나 당신과 다른 인물이요. 그리고 그 남자는 기뻐하는 대신에 아주 놀랄 겁니다. 만나기로 한 사람이 아닌 다른 사람이 나왔으니까요. 따라서 당신은 할 수 있는 만큼 이 첫 번째 데이트를 위해 잘 꾸며야 하지만, 있는 그대로의 당신이어야 합니다—그것이 두 사람 모두에게 더 편할 거예요.

만약 그 남자가 중산층이라면 그 남자의 주머니 사정을 생각해주세요. 그렇지만 직접적 혹은 간접적으로 그가 하는 지출을 걱정한다는 것을 표시 낼 필요는 없습니다. 예를 들어 식당에 밥을 먹으러 간다면 그가 식당을 정하도록 두세요. 적당한 메뉴를 고르시고요. 너무 비싼 것도 너무 싼 것도 아닌 것으로요. 그리고 제발 당신이 주문한 것을 드세요. 접시에 있는 것을 끼적대는 게 여성스러운 섬세함을 증명한다고 생각하지 마세요. 그 남자에게는 기쁘게 돈을 내고 산 것을 당신이 거부하는 것을 보는 게 매우 불쾌한 일일 겁니다. 우리 둘 다 그렇게 생각하고 있지요, J.F. 씨?

1970년 6월 6일

영원성에 대한 두려움

힘들고 극적이었던 영원과의 만남을 잊을 수 없다.

아주 어렸을 때 나는 껌을 맛본 적도 없었고, 헤시피에서는 껌에 대해 별로 들어본 적도 없었다. 나는 그것이 어떤 과자 또는 사탕 종류인지도 몰랐고, 내가 가진 돈으로는 살 수도 없었다. 게다가 그 돈이면 사탕을 몇 개나 살 수 있었으니까.

결국 언니가 돈을 모아서 껌을 샀다. 언니는 학교에 가면서 내게 말했다.

"먹지 마. 이 껌은 절대 닳아 없어지지 않으니까. 평생 간다고."

"어떻게 그럴 수가 있어? 안 없어진다고?"

나는 가던 길을 멈추고 잠시 생각에 잠겼다.

"절대 없어지지 않는다는 것만 알고 있어."

나는 너무 놀랐다. 왕자와 요정들이 나오는 이야기 속 왕국에 온 듯한 느낌이었다. 나는 긴 쾌락을 안겨줄 묘약인 납작한 분홍색 껌을 손에 쥐고 관찰했다. 나는 그 기적을 믿을 수 없었다. 다른 아이들과 다를 바 없었던 나는 사탕을 오래 먹기 위해 먹던 사탕을 뱉어서 보관하기도 했다. 그런 내가 너무도 무해하게 보이는, 막연하게 짐작했던 불가능한 세상을 가능하게 해주는 납작한 분홍색 껌을 마주하게 됐던 것이다.

나는 결국 그 껌을 조심스럽게 입안에 넣었다.

"이제 어떻게 해야지?"

나는 실수하지 않고 엄격한 의식에 따르기 위해 물었다.

"이제 껌을 빨아서 단맛을 느껴야지. 그러고 단맛이 빠지면 그걸 씹기 시작하는 거야. 너는 평생 껌을 씹을 수 있어. 네가 잃어버리지만 않는다면 말이야. 나는 몇 개나 잃어버렸어."

영원한 것을 잃어버린다고? 절대 안 잃어.

껌의 맛은 괜찮은 편이었지만 아주 훌륭하다고 할 수는 없었다. 나는 여전히 깊은 생각에 빠진 채로 학교를 향해 걸었다.

"단맛이 다 빠졌어. 이제 어떻게 해야 해?"

"이제 영원히 씹는 거지."

나는 서둘렀다. 이유는 알 수 없었다. 아무 맛도 나지 않는 그 회색 고무 덩어리를 입안에 넣고 매우 빠르게 씹기 시작했다. 그러나 난처함을 느꼈다. 솔직히 말하자면 그 맛이 싫었으니까. 영원한 사탕이라는 장점이 마치 영원 또는 무한함을 마주하게 된 사람이 느끼는 일종의 두려움이 되어 나를 가득 채웠다.

나는 내가 영원성의 수준에 맞지 않는다는 것을 인정하고 싶지 않았고, 그저 불편함과 당혹스러움만을 느끼면서도 맹목적으로, 멈추지 않고 껌을 씹었다.

더는 견딜 수 없을 때까지. 그러고 교문 문턱을 넘은 후에 모랫바닥에 껌을 뱉고 짓이겨버렸다.

"이런!"

나는 놀라는 체하며 말했다.

"이제 더는 껌을 씹을 수가 없잖아. 사탕이 없어졌다고."

"내가 말했잖아, 절대 사라지지 않지만 잃어버릴 수는 있다고.

밤에도 껌을 씹을 수 있지만 자면서 삼키면 안 되니까 침대에 껌을 붙여놓는 거야. 실망하지 마, 나중에 내가 하나 더 줄게. 그건 잃어버리면 안 돼."

나는 언니의 착한 마음에 부끄러웠고, 나도 모르게 껌이 떨어진 것이라고 거짓말한 것이 부끄러웠다.

그러나 마음이 놓였다. 영원의 무게를 덜었으니까.

1970년 6월 13일

어리석은 생각에 대한 횡설수설

우주에 대해 산발적이면서 당황스러운 생각을 해본 끝에 몇 가지 명백한 결론에 이르게 됐다.(명백함은 매우 중요하다, 명백함이 어떤 진실성을 보장해주니까.) 나는 일단 무한함이 있다는 결론에 이르렀다. 수학적인 추상적 관념을 말하는 것이 아니라, 분명히 존재하는 것으로서의 무한함 말이다. 우리는 세계를 이해하지 못한다. 유한을 바탕으로 고찰하는 우리의 머리로는 이해하지 못한다. 그다음으로 만약 우주가 유한하다면 다시 해결해야 할 문제가 있다는 생각이 떠올랐다. 유한함 다음에는 무엇이 시작된다는 말인가? 그러다가 신은 무한하다는, 나로서는 매우 겸손한 결론을 내리게 됐다. 나의 횡설수설을 따라가다 보니 내가 아는 것이 별로 없다는 사실을 깨달았고, 나는 그런 점이 기뻤다. 그것은 희망의 기쁨이었다. 나는 내가 아는 얼마 안 되는 지식으로는 세상을 이해할 수 없었고, 그러니까 내가 모르는 것에 설명이 있을 수 있고, 나는 그것을 희망하며, 그 설명을 얻게 된다면 조금 더 알게 되리라고 생각한다.

무한함의 아름다움은 그것을 정의하는 데 쓸 수 있는 형용사가 하나도 없다는 데 있다. 무한함은 존재한다. 그게 전부다. 그저 존재한다. 우리는 무의식으로 무한함과 연결된다. 우리의 무의식은 무한하다.

무한함은 억누르지 않는다. 무한함에 대해서라면 '규모'나 '약분 불가능'을 말할 수 없으니까. 우리가 할 수 있는 일은 무한함에 동조하는 것뿐이다. 나는 절대적인 것이 무엇인지 안다. 나는 존재하고, 또 나는 상대적이기 때문이다. 나의 무지는 진정으로 나의 희망이다. 나는 형용사화할 줄 모르고, 거기에 안전함이 있다. 형용사화는 질이다. 그리고 무의식은 무한함처럼 질도 양도 아니다. 나는 무한함을 들이마신다. 하늘을 바라보면서 나는 자신에게 취한다.

절대적인 것은 인간의 정신으로는 표현할 수도, 상상할 수도 없는 아름다움이다. 우리는 그 아름다움을 열망한다. 아름다움에 대한 감정은 무한함과 우리가 맺는 관계이며, 우리가 무한함에 동조하는 방식이다. 분명 흔치 않은 일이겠지만, 무한함의 존재가 너무도 강렬하게 느껴지는 순간에 우리는 현기증을 느낀다. 무한함은 다가오는 것이다. 무한함은 시간에 의해 불가분한 현재다. 무한함은 시간이다. 공간과 시간은 같은 것이다. 내가 물리와 수학을 전혀 이해하지 못한다는 것은 얼마나 안타까운 일인가. 그것들을 이해했더라면 이 의미 없는 횡설수설 대신에 제대로 숙고하고 내가 느낀 것을 전달하는 데 적합한 어휘력을 가졌을 텐데.

나는 우리가 누리는 풍요에 놀란다. 인간은 몇 세기에 걸쳐 시간을 계절로 나누게 됐다. 무한함을 날과 달, 해로 나눠보기도 한다. 무한함이라는 것이 매우 숨 막히게 하고 심장을 옥죌 수 있으니까. 불안 앞에서 우리는 무한함을 의식의 영역으로 데려가고 인간적 형태로 단순화하여 조직한다. 그 형태 또는 조직된 모든 다른 형태 없이도 우리의 의식은 광기만큼 위험한 현기증을 느낀다. 동시에 인간의 정신에 무한성의 영원함은 쾌락의 근원이고, 우리는 그 점에 동의하지 않더라도 이해한다. 동의하지 않더라도 우리는 살아간다. 우리 인생은 고작 무한함의 하나의 양식이다. 아니, 무한함은 양식이 없다. 의식이 무한함을 독식하는 데 있어서 가장 적합한 형식은 무엇인가? 이미 말했듯이 무의식은 저와 무한함과 같다는 간단한 이유로 무한함을 인정한다. 우리가 원을 그린다면 우리는 무한함을 더 잘 이해하게 될까? 내가 틀렸다. 원은 완벽한 형태이지만 우리 인간의 정신에 속해 있어 인간의 본성에 의해 제한을 받는다. 사실상 무한함에 형용사는 불필요하기 때문이다. 우리의 자연스러운 실수 중 하나는 무한함이 우리로부터 시작한다고 생각하는 것이다. 우리는 '우리'로부터 보는 관점을 취하지 않고서는 '나는 존재한다'라는 생각에 이르지 못한다.

솔직히 말하자면 나는 길을 잃었고 지금 무슨 말을 하는지 모르겠다. 맞다, 무한함에 대해 바보 같은 소리를 적는 것 말고 내가 해야 할 일이 있을 것이다. 예를 들자면 지금은 점심시간이고 가정부가 식사가 준비되어 있다고 이미 알렸다는 것. 내가 정말 멈춰야 할 순간이다.

1970년 6월 27일

움베르투 프란세스키

나는 행복하다. 갖고 싶었던 귀중한 것을 가졌으니까. 내가 그것을 얼마나 원했는지! 나는 그걸 가져야만 갖고 싶다는 욕망이 멈추리라는 것을 알고 있었다. 그걸 갖지 못했더라면 나는 유령 이야기처럼 내가 죽은 후에 내 영혼이 돌아와 움베르투 모라이스 프란세스키*에게 무서운 목소리로 "내가 원하는 것은 어디에 있지?"라고 중얼거렸을 것이다.

아니, 나는 기쁨 속에서 마음을 가다듬어야 했다. 그러지 않았다면 누구도 내가 무슨 말을 하는지 몰랐을 것이다.

어느 날 나는 공공 기관에 가게 됐다. 그들은 내가 대화를 나눠야 할 사람의 대기실로 나를 밀어 넣었고, 나는 자리에 앉았다—단 몇 분이었다. 왜냐하면 나는 내 영혼이 원하는 걸 막 봤기 때문이다. 검은색과 흰색으로 된 벽에 매우 아름다운 커다란 사진이 걸려 있었다. 아니, 아름답다는 말은 아무 의미가 없다, 너무 흔한 말이니까. 나는 차라리 그 사진이 나를 완전히 감쌌고 내 심장이 다른 리듬으로 뛰었다고 말하고 싶다. 내 심장이 비밀스럽게 가장 원하는 것을 마주하자 나는 거의 당황했고, 지나가는 계급 높은 공무원을 붙잡고 물었다. "저건 어디에서 가져온

* 1930~2014. 브라질 작가, 연구자, 수집가, 사진작가로 음향 기술 분야의 최고 권위자 중 한 명.

거죠?" 나는 '나'를 구체화하는 것에 이름을 붙이는 게 내키지 않았다. '나'는 비밀스럽고 신비스러운 말이며 그래서 다른 어떤 말로도 대체할 수 없기 때문이다. 그 남자는 내게 대답했다. "이 사진이요? 이건 움베르투 프란세스키 씨의 작품이에요. 작품명은 〈고독의 댐〉입니다." "브라질 사람이에요?" "당연히 브라질 사람이지요." 그가 대답했다. "그분의 이름과 전화번호 좀 부탁합니다." 나는 말했다. 그때만 해도 아무것도 예상하지 못했다. 나는 집에 돌아오자마자 바로 움베르투에게 전화를 걸어 그의 사진을 보며 내가 느꼈던 것을 간단하게 설명했고, 그 작품과 똑같은 것을, 가능하면 더 큰 것을 원하며, 그 풍경으로 벽 전체를 뒤덮고 싶다고 말했다.

그가 우리 집에 와서 벽을 봤다. 그는 20분 정도 있으려고 했지만 우리의 대화는 세 시간 동안 이어졌다.

나는 그가 사진으로 나를 잘 알고 있기 때문에 나머지도 다 알고 있으리라 생각하고 비밀을 털어놓았다.

움베르투 지 모라이스 프란세스키는 내게 난제였다. 어떻게 하면 그가 겸손함을 떨치고 '창작하다'라는 말이 주는 두려운 책임감을 떠올리고도 자기 자신을 창작자로 인정하게 할 수 있을까? 나는 프란세스키가 브라질 최고의 사진작가라고 생각한다. 또 그가 세계에서 가장 훌륭한 사진작가 중의 한 명이 될 수 있다는 것을 안다. 그러나 여러 번 말했지만 브라질은 화가 날 정도로 발전이 더디고, 그것이 우리의 예술가와 그들의 명성에도 영향을 미친다. 프란세스키가 위대하다는 것은 당시 내가 살던 워싱턴에서 세계 최고의 사진 전시회인 〈인간의 위대한 가족〉을 보고, 다시 보고, 또다시 볼 수 있는 큰 행운을 누렸기 때문이기도 하다. 나는 그 전시에서 카르티에 브레송의 아름다운 작품들과 다른 작가들의 카메라가 담은, 인간이 태어나서 죽을 때까지의 의미 있는 순간들을 봤고, 눈물을 흘릴 만큼 감동했다. 그러니까 나는 움베르투가 〈인간의 위대한 가족〉을 구성하는 작품을 출품한 작가 중 하나가 될 수 있다는 것을 안다.

움베르투 프란세스키의 사진 구성은—그는 브라질 사람들 중에서도 가장 브라질 사람이다.("나는 브라질이 아닌 다른 곳에서 살 수 없다, 왜냐하면 포르투갈어로 생각하기 때문이다") (그는 여행을 좋아하지만 여행과 사는 것은 다르다) (그의 아버지는 이탈리아 사람이었지만 그의 어머니는 브라질 전통 가정의 사람이었다)—너무도 신나게 샛길로 새는 바람에 문장을 다시 시작해야겠다. 프란세스키의 사진 구성은 나를 완전히 사로잡는다. 너무도 빛나서 내 집에 프란체스키의 작품을 하나 갖기 전까지는 몸과 마음이 편할 수가 없을 것 같았다. 그러다 이제 하나가 생겼다. 내가 글을 쓰는 지금 이 시각, 그 커다란 사진은 아직 구석에 놓여 있다. 그러나 그 사진은 곧 벽의 한 면을 차지할 것이다—내가 일하는 곳에서 나만의 〈고독의 댐〉을 볼 수 있으리라. 그러나 그 사진은 보는 사람의 고독을 증폭시킨다. 너무도 깊은 고독이라서 더는 고독이라고 부를 수 없는. 그것은 신과 단둘이 있는 거나 다름없다. 광대함, 깊은 고요, 우리가 사는 땅의 거대함. 그렇지만 쉬운 과장에 빠지지 않고. 자연과 땅을 향한 사랑을 담은 사진이다, 마치 인간이 아직 살지 않은 자연처럼, 새와 나뭇잎, 그 사이로 살짝 부는 바람만 존재하는 것처럼. 또 움베르투 지 모라이스 프란세스키처럼 고독을 느끼는 자연의 아들, 인간을 향한 사랑의 사진이기도 하다. 짧은 만남을 통해 나는 그가 일하면서 수많은 사람을 만나지만 여전히 고독한 존재라는 느낌을 받았다. 그의 사진은 집의 특별한 곳에 놓이게 될 것이다. 그 사진은 내 것이다! 나는 그 사진 안에서, 나의 댐에서 수영한다. 집에 프란세스키의 사진이 없는 사람은 귀중한 예술 작품 하나를 잃은 것이다. 생명의 샘을 잃는 것이다.

1970년 7월 11일

토요일

나는 토요일이 한 주의 장미라고 생각한다. 토요일 오후, 집은 바람에 커튼이 휘날리고, 누군가 테라스에 물을 뿌린다. 바람 부는 토요일은 한 주의 장미다. 토요일 아침은 정원이고, 날아다니는 꿀벌이고 바람이다. 꿀벌에 쏘인 아픔, 부은 얼굴, 피와 꿀, 내 안에서 잃어버린 침. 다른 벌들은 맴돌 것이고, 나는 다음 주 토요일 아침에 정원에 벌이 가득한지 보러 갈 것이다. 어린 시절의 정원에는 토요일이면 개미들이 줄을 지어 돌 위에 올라갔다. 길가 그늘에 앉아 말린 고기 요리와 타피오카 죽을 먹는 남자를 본 것도 토요일이었다. 우리는 이미 목욕을 한 상태였다. 오후 2시, 종이 바람에게 영화 상영 시간임을 알렸다. 또 바람 부는 토요일은 우리의 무미건조한 한 주의 장미였다. 비가 오면 나는 그것만으로도 그날이 토요일이라는 것을 알았다. 젖은 장미. 리우데자네이루에서는 지친 한 주가 죽는다는 것을 믿으면, 엄청난 금속성 굉음과 함께 분홍빛 장미가 활짝 핀다. 아틀란치카 대로에서 갑자기 날카로운 소리와 함께 차가 급브레이크를 밟으면, 겁에 질린 바람이 다시 불 엄두를 내기 전에, 나는 그날이 토요일 오후임을 느낀다. 그것은 토요일이었지만 더는 똑같은 토요일이 아니다. 나는 아무 말도 하지 않는다, 복종할 뿐이다. 그러나 나는 이미 짐가방을 챙겼고 일요일 아침을 향해 떠난다. 일요일 아침 역시 한 주의 장미다. 그렇지만 토요일이 훨씬 더 장미 같다. 그 이유는 절대 알 수 없을 것이다.

발작

그래서 그녀는 자기 인생과 전혀 상관없어 보이는 발작을 겪었다. 깊은 감수성의 발작이었다. 증상 중 하나는 타인과 그녀 자신에게 느끼는 동정심이었다. 유행하는 헤어스타일을 따라 너무도 정성스레 빗질한, 너무도 둔한 그녀의 머리는 그토록 많은 용서를 하는 것이 힘들었다. 그녀는 시립 극장의 대기실에서부터 한 테너가 경쾌하게 노래했을 때 그의 얼굴을 볼 수가 없었다—그녀는 아픈 듯한 표정으로 그를 등졌다. 견딜 수 없었다. 그녀는 그 가수의 덧없는 영광의 비장함을 견딜 수 없었다. 그녀는 거리에서 갑자기 가슴을 움켜쥐었다—동정심이 엄습했다. 그녀는 너무 괴로웠다.

바로 그 부인은 다른 이들이 홍역으로 발작하는 것처럼 감수성 때문에 발작을 일으킨다. 그 부인은 남편이 자수 놓는 여자의 집에 간 일요일을 선택한다. 필요보다는 산책 같은 것이었다. 그녀는 산책만큼은 할 줄 알았다. 마치 아직도 보도를 돌아다니는 어린 여자아이인 것처럼. 무엇보다 그 감수성의 홍역을 앓는 동안에는, 남편이 바람피우러 갔다고 느낄 때에는 매번 산책을 했다. 그러니까 그녀는 어느 일요일 아침, 자수 놓는 여자의 집에 갔다. 진흙탕 길을 거슬러 올라가야 했다. 풀어놓은 닭들이 날아다니고, 배가 통통한, 반은 발가벗은 아이들이 있는 그곳에 기어들어 간 것이다! 동정심까지 느끼면서. 자수 놓는 여자는 허기진 얼굴을 한 애들이 우글거리는 초라한 집에서 살았다. 그녀의 남편은 결핵 환자였다. 자수 놓는 여자는 수건에 자수 놓는 일을 거절하는 사치를 부렸다. 십자수를 놓는 게 싫었으니까! 부인은 분노와 당혹감을 느끼며 돌아왔다. 그녀의 기쁨 중 하나는 스스로가 늘 깨끗하다고 생각하는 것이었는데, 그녀는 아침 더위에 자신이 너무도 더럽게 느껴졌다. 그녀는 집에서 혼자 점심을 먹고 어두침침한 방 안에 누웠다. 적어도 그때만큼은 아무것도 느껴지지 않았다. 아무것도. 돈이 절실하게 필요한 자수 놓는 여자가 누린 창작의 자유 앞에서 느꼈던 당혹감을 제외하고는. 어쩌면 희망의 감정으로 누워 있는 것이 자유인가?

며칠 후 자선 모임에서 차를 한 잔 마시면서 그녀의 감수성은 아문 상처처럼 나았다. 그러고 한 달 후, 첫 번째 애인이 생겼다. 앞으로 이어질 좋은 일의 시작이었다.

1970년 8월 15일

자신에게 기부하기

피부 이식 문제와 마주하게 되면서 피부 기부 은행은 실현 가능성이 없다는 것을 알게 됐다. 왜냐하면 타인에게서 받은 피부는 이식한 몸에 오래 붙어 있지 않기 때문이다. 환자의 피부는 환자의 다른 부위에서 채취해서 원하는 곳에 바로 이식해야만 한다. 그것은 이식이 곧 자기 자신에게 기부하는 것임을 의미한다.

나는 이 이야기를 듣고 자기 자신에게 기부해야 하는 사람이 얼마나 되는지 궁금해졌다. 거기에는 고독과 부와의 싸움이 있을 것이다. 나는 결국 사람들이 타인으로부터 받길 원하는 전형적인 선의에 대해 생각했다. 그러나 때로는 우리가 자신에게 베푸는 선의만이 우리를 과오로부터 해방시켜주고 우리를 용서한다. 예를 들자면 우리가 있는 그대로 자신을 받아들이지 않는다면 타인의 허락을 받는 것은 무의미하기까지 하다. 우리의 약점은 우리 안에 있는 가장 강한 곳이며, 우리에게 용기를 주고 친절을 베푼다. 어떤 고통은, 역설적이게도, 각자 자신만의 고통을 깊이 파고들어야 가라앉힐 수 있다.

사랑은 다행히 상호 간의 기부 속에서 부가 생긴다. 분쟁이 없다는 말이 아니다. 사랑받을 권리를 기부해야 한다는 것이다. 그러나 투쟁에는 좋은 면이 있다. 난관이라는 이유만으로도 우리의 피를 뜨겁게 달구는 난관이 있고, 그런 난관은 행복을 통해 주어질 수 있다.

나는 스스로에게 주는 또 다른 기부, 예술적 창작 기부를 떠올렸다. 일단 어쨌든 필요한 곳에 이식하기 위해 자기 피부를 뜯어내려고 하는 것이니까. 일단 이식이 잘되어야 다른 사람에 대한 기부도 말할 수 있다. 또는 두 가지가 뒤섞였든지. 잘 모르겠다. 예술적 창작은 다행히 내가 풀 수 없는 미스터리다. 너무 많은 것을 알고 싶지는 않다.

다른 광기

예술 작품은 창작자의 광적인 행위다. 간단히 말해 그 광기는 광기가 아닌 것처럼 발아하고 하나의 길을 연다. 어쨌든 그 광기를 세상의 시선에 맞출 필요는 없다. 예지는 사람들의 느린 잠과 오고 있거나 오게 될 무언가를 감지하는 사람들의 혼란을 깨운다. 창작자의 광기는 정신병자의 광기와 다르다. 정신병자들은 내가 모르는 다른 이유로 무언가를 찾다가 길을 잃어버린 사람들이다. 그들은 치료가 필요한 환자들인 데 반해 창작자들은 자신만의 광적인 행위로 실현한다.

직접적인 실험

주제 알바루 출판사의 주앙 후이 메데이루스 편집자에게 어린이들을 위한 내 책의 원고를 맡기기 전에 네 명의 아이와 함께 테스트를 해봤다. 한 명은 다섯 살, 다른 한 명은 일곱 살, 또 한 명은 열 살, 네 번째는 열두 살이다. 책을 잘 읽는 친구 한 명이 아이들에게 『생각하는 토끼』 이야기를 읽어줬다. 그 이야기는 나이가 다른 네 명의 아이에게 다양한 방식으로 감동을 주었고, 낭독은 제안과 질문으로 여러 번 중단됐다. 토끼보다 더 예뻤던 다섯 살 여자아이는 동물이 어떻게 도망갔는지만 궁금해했다. 여자아이는 낭독을 중단시키고 내 친구에게 귓속말로 토끼가 힘이 세서 토끼집 금속 뚜껑을 힘차게 발로 들어 올리고 다시 닫고 나온 것이라고 비밀스럽게 말했다. 그러고 아이는 며칠 동안 토끼를 그렸다. 그림 중 하나는 너무 잘 그려서 학교 게시판에 걸리게 됐다. 일곱 살 남자아이는 그 당시 문제가 있어서 아이의 엄마가 교사로부터 아이가 말을 듣지 않는다는 메시지를 받을 정도였다. 이야기가 시작되자마자 아이는 무시하는 말투로 껴들었다. "이 토끼는 종이로 되어 있고 안경도 쓰고 있잖아." 사실 안경을 쓴 지 얼마 되지 않은 것은 그 아이였고, 토끼가 종이로 되었다는 것에서 자신이 처한 표리부동한 상황을 알아냈던 것이다. 열 살짜리 남자애는 주의 깊게 이야기를 들으면서 여러 해결책을 제안했다. 토끼가 도망칠 수 있도록 그 아이가 제안한 방법들은 모두 가능했고 명석했다. 열두 살짜리 남자애는 아무 말도 하지 않았다. 가정부의 아들이었는데, 그 아이는 생각을 표현하지 못했다. 그렇지만 아이의 눈은 빛났고, 가끔 열 살짜리 남자애와 미소를 주고받았다. 내게는 이 낭독이 어떤 사인회보다 더 중요했고 더 현실적이었다. 대화가 이뤄졌고 우리는 생각하는 토끼로, 주고받는 온기로, 두려움 없는 자유로 하나가 되었음을 느꼈다. 나는 내가 그 이야기를 썼다는 사실을 잊었고 이 놀이에 완전히 몰두했다. 그곳에 있던 다른 어른들도 마찬가지였다.

사인회도 이렇게 열려야 할 것이다.

1970년 8월 22일

'진짜' 소설

사람들이 진짜 소설이라고 부르는 것이 무엇인지 잘 알고 있다. 그러나 나는 그런 소설을 읽으면 사건과 묘사의 짜임으로 그저 지루함만을 느낀다. 내가 쓰는 글은 클래식한 소설이 아니지만 소설이긴 하다. 글을 쓸 때 나를 이끌어주는 것은 탐구와 발견의 감각뿐이다. 아니, 구문 자체를 위한 구문이 아니라 다가가는 문장, 그러니까 글을 쓰는 순간 내가 생각하는 것에 가능한 가까이 다가가는 문장. 곰곰이 생각해보면 사실 나는 언어를 선택한 적이 없었다. 내가 한 일은 고작 내게 복종하면서 나아가는 일이었을 뿐.

내게 복종하면서 나아가는 것, 사실상 글을 쓸 때 내가 하는 일이 그것이다. 지금 이 순간에도 그렇다. 나를 따라가며 나아간다. 어디로 나를 데려갈지 알지도 못하면서. 때때로 나를 따라가며 나아가기는 무척 어렵고—내 안에서 쫓고 있는 게 성운에 불과하기 때문이다—나는 결국 포기한다.

내가 쓰는 소설은 제목보다 더 멀리 가지 못하는가? 그것은 소설을 쓰는 일이 너무 어렵거나 아니면 이야기가 어떻게 진행될지 구체적인 생각을 이미 떠올리다가 그것을 쓰고자 하는 호기심을 잃기 때문일 것이다. 무슨 일이 일어날지 모를 때에만 글을 쓰는 게 좋다. 그런 방식이 너무 위험하다고 해도. 지금 이 순간, 아니 조금 전에 글을 쓰다가 전화를 받으러 일어났을 때, 이야기 또는 소설이 될 글의 제목이 떠올랐다. '산악인.' 통상적인 제목이 아니라는 것을 안다. 주제는 알고 있다. 산을 타는 사람의 이야기는 아닐 것이다. 그러나 상징적, 아니 상징적이지 않은 산의 정상, 그의 과거와 또 그가 새겨야 할 것, 그러니까 약간의 미래를 볼 수 있는 곳에 이를 때까지 평생 천천히 올라가는 사람 이야기다.

그러나 그가 봤던 것은 아름답지도, 좋지도, 나쁘지도, 추하지도 않았다. 그것은 필연적으로 인생에서 해왔던 일이고 그래서 문제가 발생했다. 그가 인생에서 했던 일과 인생이 그를 통해 했던 일을 어디까지 운명적이었다고 해야 할까? 어느 지점까지 그가 선택할 수 있었을까? 나는 그 이야기에 완전히 말려든다. 나는 그 글을 쓸 수 없을 것이다.

이미 많은 여행을 했고 더는 여행을 하고 싶지 않은 내가 여행에 대한 책을 쓰겠다는 생각을 한 번도 해본 적이 없고 앞으로도 하지 않을 것이라고 말하는 것은 무엇 때문일까? 표현을 빌려 쓰자면, 나는 내게 불가사의한 존재다. 그 불가사의에 속하면서 왜 나는 책을 많이 읽지 않는 것일까? 사람들은 내가 독서에 정말 굶주렸다고 예상할 것이다. 다른 사람들은 어떻게 쓰는지 알기 위해서라도. 그러나 나는 가능하다면, 하고 싶은 말을 분명하게 하는 책 몇 권밖에 읽지 못한다. 아니, 나도 정말 나를 이해하지 못하겠다. 나를 이해하지 않고도 천천히 내 길을 가고 있는 것은 분명 사실이다—무엇을 향해 가는지 알지 못한 채로. 일반적으로는 모두를 위한 더 커다란 사랑을 향해. '모두를 위한 더 커다란 사랑'이란 추상적이지 않은가? 그뿐만 아니라 더 큰 사랑은 아름답지 않은 것에서 아름다움을 찾아내기 위해 더 커다란 주의력을 전제한다. '인간'이라는 말이 신경에 조금 거슬려도 다양하고 허무한 의미로 가득 차 있다면 그 단어는 내 안에 남는다. 나는 더 인간적인 것을 향해 가고 있음을 느낀다. 동시에 세상의 사물들도—물건들도—점점 더 내게 중요해지고 있다. 나는 사물들과 나를 엮지 않고 바라본다. 있는 그대로 그것들을 위해 바라본다. 때로 사물들은 환상적이고 자유로워진다. 마치 사람이 사물들을 만든 게 아니라 그것들이 자연발생적으로 나타난 것처럼. 더 인간적인 것을 향한다는 것이 때때로 사물을 있는 그대로 바라볼 수 있는 내 능력을 버려야 한다는 뜻은 아니다—나는 나 자신을 변호하기 위해 궤변에 호소하고 있다—내가 인간으로서 나아갈 수 있다면, 더 나은 인간이 되겠다는데 그 능력을 버려야 할 이유가 무엇인가? 이럴 수가! 이것이야말로 궤변인 것 같다. 나는 늘 논증의 형식으로 궤변에 약간의 매력을 느껴왔는데 그것은 내 단점 중의 하나다. 설명할 수 있다, 나는 언제나 나를 변호하면서 살아야만 했으니까, 궤변 덕분에 가능한 것이다. 어쩌면 누가 알겠는가, 이제 나를 덜 변호하는 지금, 논증과 궤변을 오가는 길을 넓히게 될지. 어쩌면 이제 나를 변호하기 위한 궤변은 더 이상 필요하지 않을지도 모르겠다. 궤변은 토론이나—몇 년 전부터 나는 더 이상 토론하지 않는다—본질적으로 설명할 수 없는 내 행위를 설명해주고 나를 논쟁에서 이기게 해준다. 이제부터 나는 이렇게 나를 변호할 것이다. 내가 원해서라고. 그것이면 충분하다고.

자, 생각의 흐름에 따라 글을 썼다. 처음 시작하는 글에서 너무 멀어져 칼럼의 제목과 아무 상관 없는 글을 썼다. 어쩔 수 없다.

1970년 8월 29일

학생 노트에 적힌 질문과 답

"세상에서 가장 오래된 것은?"

"신이라고 할 수 있겠다. 신은 늘 존재했으니까."

"세상에서 가장 아름다운 것은?"

"영감을 받는 순간."

"그리고 신. 신이 우주를 창조했을 때, 가장 커다란 영감이 떠오른 순간에 만들지 않았을까?"

"우주는 늘 존재해왔다. 우주는 신이다."

"가장 위대한 것은 무엇인가?"

"가장 신비로운 사랑."

"가장 변함없는 것은 무엇인가?"

"두려움이다. '희망이다'라고 대답할 수 없다니 안타깝다."

"가장 최고의 감정은?"

"사랑하는 감정과 사랑받는 감정. 진부하긴 하지만 내가 아는 진실 중 하나다."

"가장 빠른 감정은 무엇인가?"

"가장 빠른 감정은, 섬광만큼 순식간에 일어나는 것인데, 그것은 바로 남자와 여자가 서로에게서 위대한 사랑의 약속을 느끼는 순간이다."

"가장 강력한 것은 무엇인가?"

"존재하는 순간."

“가장 하기 쉬운 것은?”

“존재하는 것. 두려움을 극복하면.”

“현실화하기 가장 어려운 것은 무엇인가?”

“자신이 누구인지를 아는 데서 오는 고유한 행복이다.”

(이다음부터는 질문이 조금 더 어려워진다.)

“작가치고 내성적인 편인가?”

“글을 쓰는 순간에는 내성적이지 않다. 오히려 반대로 나는 나를 완전히 내던진다. 사람으로서는 때때로 자제하는 편이다.”

“당신의 이야기는 어떻게 탄생하는가? 쓰기 전에 미리 계획하는가?”

“아니다. 써나가면서 만들어진다. 거의 늘 어떤 감각으로부터 탄생한다. 들었던 단어나 아직 모호한, 아무것도 아닌 것으로부터.”

“글을 쓰는 동안 무엇을 느끼는가? 책을 다 쓰고 나면 책의 운명에도 신경을 쓰는가?”

“글을 쓰는 동안에 가장 좋은 것은 때때로 나를 완전히 사로잡는 엄청난 흥분을 드러내지 않는 것이다. 작업이 너무 어려워도 나는 고통스러운 행복을 느낀다. 고통스러운 건 신경이 예민해져서다. 더는 일상의 보호막이 없다. 원고가 준비되면 편집자에게 주고, 훌리오 코르타사르*처럼 이렇게 말할 수 있다. ‘글을 쓰는 동안 활을 있는 힘껏 당기고 그 후에는 단번에 시위를 놓아버

* 1914~1984. 아르헨티나의 소설가, 수필가.

려라. 그러고 친구들과 와인을 마시러 가라.' 활은 이미 공중에 있고 땅에 떨어지거나 목표 지점에 가 닿을 것이다. 바보들만이 영원과 국제적인 명성을 겨냥하며 활의 방향을 바꾸려고 하거나 활을 조금 더 멀리 보내겠다고 활을 밀면서 쏜다."

"당신처럼 조심성이 많은 사람이 대담하게 글을 쓰면 어떤 일이 일어나는가?"

"나는 일상생활에서는 내성적이지만, 용기를 내며 활짝 핀다. 사실 어떤 때에는 수줍음이 많다. 그런 때 외에는 나의 또 다른 모습 중 하나인 겸손함이 나온다. 나는 대담하면서도 수줍다. 엄청나게 대범하게 굴고 나면 내성적인 모습을 되찾는다."

"당신의 가장 큰 단점을 알고 있는가?"

"가장 큰 단점은 말하지 않겠다. 내가 나에게 상처를 받을 테니까. 그러나 내 인생에서 저지른 가장 큰 과오는 말할 수 있다. 예를 들어 모든 것을 향한 엄청난 허기짐, 거기서 견딜 수 없는 조급함을 느끼고, 그 조급함에 피해를 본다."

"국가적인 문제를 느끼고 그것에 참여하는가?"

"브라질 사람으로서 조국의 삶을 느끼고 참여하지 않는다면 이상할 것이다. 나는 사회적 문제에 대해 쓰지 않지만 그런 문제들을 강렬하게 경험한다. 어릴 때부터 내 눈으로 직접 목격한 문제들로 인해 큰 혼란을 느껴왔다."

1970년 9월 5일

커다란 질문들

벨루오리존치에서 익명의 편지를 받았는데 답변을 요구하는 것 같다. 하지만 어떻게 답할지 모르겠다. 어쩌면 몇몇 독자는 알고 있을지도 모르겠다. 편지는 다음과 같다.

> 인간의 99퍼센트가 자신의 존재의 의미를 설명할 줄 모르면서 삶의 한 시기를 보낸다는 사실을 설명하기란 쉽고 또 가능한 일이다.
> 일상에서 무언가 정상적인 흐름을 벗어날 때—다시 말해 루틴에서 벗어날 때—이 사람들은 이런 기분을 느낀다고 가정해보자. 또한 이런 일은 그들이 즐거운 삶에서—행복하다고 생각하는 삶에서—멀어지며 잠시 생각할 시간을 가질 때 일어난다고도 할 수 있다. 그렇다면 그들은 무엇을 생각하게 될까? 그들은 그저 모든 길이 노화로 이어지며, 돌이킬 수 없는 것을 따라가다가 죽음을 맞이하게 된다는 것을 알게 된다. 어떤 사람들은 이러한 예측을 두려워하지 않고 곧장 저희의 보잘것없는 행복으로 돌아간다. 그러나—그 행복을 찾지 못한 다른 이들은 어떻게 할까? 그들은 그저 존재의 모든 의미를 잃고 이곳에서 저희가 하고 있는 일을 말해줄 논리적인 설명을 찾는 데 남은 시간을 보낸다.

아이들을 위한 더 나은 세계를 준비하라고? 무슨 그런 농담을. 우리의 부모님, 조부모님, 증조부모님, 동굴에서 살았던 우리 조상들로부터 몇천 년 동안 세대를 거쳐오며 그들은 늘 그런 이상과 함께 살아왔다, 우리는 무엇을 찾는가? 빈곤뿐이다. 선입견과 전쟁, 분쟁, 기아, 오물로 가득 찬 세계, 그 사이에서 새로운 세대들이 조금씩 존재의 허무를 발견한다. 인간은 후세를 위해 아름답고 인간적인 것을 지키는 것만이 그들의 임무인 세계, 행복만 있는 세계를 받아야 한다. 비비기만 해도 영혼 깊숙한 곳까지—그런 게 존재한다면 말이다—더러워지는 불결하고 썩은 세계를 후대에 남겨주지 않기 위해서 말이다.

때때로 무리가, 군중이 악습에 반대하기 위해 거리로 나온다—그게 무슨 소용일까? 아무 소용 없다. 변하지 않는다. 시위를 조직하고 흥분한 사람들의 정신만 있다. 나는 시위가 열매를 맺어야 한다고 말하려는 것이 아니다. 다만 내가 덧붙이고 싶은 것은 시위를 조직한 사람들은—무엇에 맞서든지 상관없이—오직 다른 사람들을 위해서 시위하는 것이 아니라, 자신들이 이미 겪었던 혹은 겪기를 두려워하는 것에 저항하기 위해 시위한 것이다. 이것은 세상일까 아니면 서커스일까? 과학의 발전이 인간에게 무슨 도움을 줄까? 아직 지구도 알려져야 할 것이 이렇게 많은데 다른 행성에 대해서

알아서 좋을 게 무언가? 과학의 발전이 육체적 고통을
덜어준 것은 분명하다. 우리 몸에 편안함과 휴식을 주고,
우리 가족들에게 즐거운 오락을 제공했다. 그러나……
무엇을 지불해야 하는가? 인류에 그토록 많은 것을
약속한 원자의 발견에 이미 얼마나 많은 목숨을 대가로
치러야 했는가? 얼마나 많은 다른 죽음이 더 필요하단
말인가? 현대 기술과 일반 과학의 발전, 인류 전체의
진화가 우리에게 아름다운 것만 가져다줬나? 아니다.
모든 진보에는 파괴의 도구가 있다. 발명과 발견에는
대부분 실질적 이득이 되는 결과가 있다고 하지만, 우리
외부 문제에 대한 해결책을 찾는 동안 우리는 우리 마음
안에 고통이 훨씬 더 커다란 세계를 만든다. 세상은 매우
인내심이 크다는 것을 잊지 말자. 몇천 년 전부터 세상은
인간의 고통을 감당해왔다. 그러나 인간은 몇천 년 동안
조금씩 거대해지는 고통을 견딜 수 있을까?
마지막으로 누군가 이 질문에 대답해주기를 바란다.
우리는 태어났고 고통과 기쁨과 꿈과 추억 속에서
살아간다—그러나 우리는 무슨 목적으로 이곳에 있는
것일까? 아니, 더 나아가 삶의 의미는 무엇일까? 우리
존재를 설명할 수 있는가?
한 번도 생각해본 적 없었을지도 모르는 이 말들을 읽고
있는 당신, 생각해보고 내게 대답해주기를.

이 질문들, 이 난감한 질문들을 많은 사람이 읽었다. 누군가는 답을 찾았는지 모르겠지만 나는 아니다. 내가 말할 수 있는 유일한 한 가지는, 인생에는 논리가 없다는 것이다. 그리고 살아가는 일의 아름다움은 역시 비논리적이다.

1970년 9월 12일

천진하다는 장점

—천진한 사람은 야망을 키우지 않아서 세상을 보고 듣고 만질 시간이 있다.

—천진한 사람은 두 시간 동안 거의 움직이지 않고 앉아 있을 수 있다. 만약 누군가 왜 아무것도 하지 않느냐고 물으면 그는 이렇게 대답한다. "하고 있어요. 생각하잖아요."

—천진한 사람은 때때로 수많은 해결책을 제시한다. 교활한 사람들은 자신들의 교활함으로 빠져나갈 궁리만 하지만, 천진한 사람은 독특해서 아이디어가 자연스럽게 나온다.

—천진한 사람은 교활한 사람들이 보지 못하는 것을 볼 기회를 얻는다.

—교활한 사람들은 타인의 간교함에 지나치게 주의를 기울이고 천진한 사람 앞에서는 긴장을 푸는데, 천진한 사람은 그들을 그저 단순한 사람으로 본다.

—천진한 사람은 자유와 삶을 살아갈 지혜를 얻는다.

—천진한 사람은 늘 운이 없는 것처럼 보이지만, 천진한 사람은 대부분은 도스토옙스키다.

—당연히 단점도 있다. 예를 들어 천진한 사람은 낯선 사람이 한 말을 믿고 중고 에어컨을 산다. 그가 날씨가 서늘한 가베아로 이사하기 때문에 파는 것이고 거의 쓰지 않은 새 에어컨이라고 말하면, 천진한 사람은 보지도 않고 산다. 그런데 에어컨이

작동하지 않는다. 천진한 사람이 부른 수리공은 에어컨이 매우 좋지 않은 상태이고 고치는 데 돈이 많이 들 것이며 차라리 새로 사는 게 낫다고 말한다.

—그러나 그 반대로, 천진한 사람은 좋은 믿음을 가진 존재이고 의심하지 않으며 그래서 평온하다는 장점이 있다. 반면에 교활한 사람은 바가지를 쓸까 봐 밤에도 잠을 잘 자지 못한다.

—교활한 사람은 위궤양을 이겨낸다. 천진한 사람은 자기가 이겨낸 것이 무엇인지도 모른다.

—주의: 천진한 것과 바보를 헷갈리지 말 것.

—단점: 천진한 사람은 자기가 생각하지도 못했던 것에 당할 수 있다. 천진한 사람이 예측하지 못한다는 것은 슬픈 일이다. 카이사르는 그 유명한 문장을 남기고 죽었다. "브루투스, 너마저?"

—천진한 사람은 요구하지 않는다. 대신에 감탄한다!

—천진한 사람들은 우스갯소리로 모두 천국에 간다.

—그리스도가 교활한 사람이었다면 십자가에서 죽지 않았을 것이다.

—천진한 사람은 너무도 착해서 교활한 사람이 천진한 척하기도 한다.

—천진한 사람은 창조적이고, 모든 창작품처럼 어렵다. 그래서 교활한 사람들이 천진한 척할 수 없는 것이다.

—교활한 사람은 타인을 희생시켜 얻는다. 대신 천진한 사람은 생을 얻는다.

—천진한 사람들에게는 복이 있나니, 그들이 안다고 아무도 의심하지 않기 때문이다. 게다가 그들은 저희가 알고 있다는 것을 우리가 안다는 데 신경 쓰지 않는다.

—천진한 사람이 되기 쉬운 장소들이 있다.(천진한 사람과 바보, 멍청이, 경박한 사람을 헷갈려서는 안 된다. 예를 들어 미나스제라이스에서는 천진한 상태로 있기에 유리하다. 아, 미나스에서 태어나지 않은 많은 사람에게는 얼마나 안타까운 일인지!

—샤갈은 천진한 사람이다. 집 위를 날아다니는 소를 그렸으니까.

—한 명의 천진한 사람이 주는 넘치는 사랑은 피할 수 없다. 왜냐하면 천진한 사람만이 넘치는 사랑을 할 수 있으니까. 사랑만이 천진함을 만드니까.

1970년 9월 26일

후대가 우리를 판단하리라

누군가 독감을 예방하는 치료법을 발견하는 날, 미래의 세대는 우리를 이해하지 못할 것이다. 독감은 회복하기 가장 어렵고 가장 오래가는 유기적 슬픔이다. 독감에 걸리면 많은 것을 배우는데, 많은 것을 배우지 않았다면 앞으로도 배울 필요는 없다. 불필요한 재앙의 경험, 비극 없는 재앙의 경험이니까. 독감에 걸린 사람만이 이해하는 맥 빠진 탄식이다. 미래의 인간들은 독감에 걸리는 게 우리 인간의 환경이었다는 걸 어떻게 이해할 수 있을까? 우리는 독감에 걸린 존재들이고, 미래에 엄격한 또는 냉소적인 평가를 받을 대상들이다.

너의 비밀

화병에 독이 든 꽃이 있다. 적갈색, 파란색, 선홍색, 꽃들이 공기를 뒤덮는다. 병원의 진정한 재산이다. 이렇게 아름답고 위험한 꽃들은 본 적이 없다. 자, 이것이 너의 비밀이다. 너의 비밀은 너를 너무도 닮아서 내가 이미 아는 것 외에 어떤 것도 밝히지 않는다. 내가 너의 수수께끼인 것처럼 나는 아는 게 거의 없다. 네가 내 것이라는 것도.

일요일

얼마나 아름다운 향기인가, 일요일 아침이다. 테라스는 깨끗하게 청소가 되어 있다. 그러니 라디오를 켜자. 늦은 점심은 생각을 부른다. 그는 웃으며 생각을 형체로 만든다. 사람들은 물을 마시지만 일요일에는 목마르지 않다. 그래서 갈증이 나지 않아도, 와인을 마시기 시작한다. 오후 4시, 국기를 게양할 것이다.(그러나 그가 정말 두려워하는 것은 행복한 일요일 저녁이다.)

열 살

"내년이면 열 살이 돼. 아홉 살의 남은 날들을 누려볼 거야."

"잠깐 정지. 슬퍼."

"엄마, 내 영혼은 열 살이 안 됐어."

"몇 살인데?"

"겨우 여덟 살인 것 같아."

"상관없어, 괜찮아."

"그렇지만 나는 우리가 영혼으로 나이를 계산해야 한다고 생각해. 그러니까 이런 식으로. '이 남자는 영혼의 나이 스무 살에 사망했다.' 사실은 몸의 나이로 일흔 살에 사망했지만."

잠시 후 아이는 노래하기 시작하더니 갑자기 노래를 멈추고 말했다.

"나는 내 행복을 노래해. 그렇지만 엄마, 나는 10년이라는 세월을 제대로 누리지 못했어."

"너는 잘 누렸어."

"아니야, 무언가를 했다고, 이것저것 했다고 잘 누렸다고 말하고 싶지 않아. 충분히 만족스럽지 않아. 왜 그래? 슬퍼?"

"아니. 가까이 오렴, 안아줄게."

"봤지? 엄마는 슬프다고 내가 말했잖아! 나를 얼마나 많이 안았는지 알아? 어떤 사람이 다른 사람을 그렇게 많이 안으면, 그건 그 사람이 슬퍼서 그런 거야."

1970년 10월 3일

신비로 가득한 왕국

9월 21일은 '나무의 날'이어서 많은 초등학생에게 숙제가 주어진다. 어린이들은 분명 나무를 주제로 글을 써야 한다. 아이들은 나무는 그늘을 만들고 열매를 준다고 지겨운 마음으로 말할 것이다.

그런데 내가 아는 바로 사람들은 식물의 날을, 아니 더 나아가 식물을 심는 날을 기념하지는 않는다. 그날은 어른과 아이들의 인간적 배움을 위해 중요하다. 식물을 심는 것은 자연을 창조하는 것이다. 창조는 다른 모든 창작과 비교할 수 없다.

어릴 때 그 기념일을 농장에서 보냈던 기억이 있다. 찬란한 하루였다. 나는 정성을 다해 기대에 한껏 부풀어서 옥수수를 심었다. 그러고 이따금 내가 창조한 생명의 소식을 물었다.

나중에 스위스에서는 커다랗고 예쁜 통조림통에 토마토를 심었다. 아직 단단한 초록색 토마토가 나오기 시작했을 때, 나는 내가 불러일으킨 그 탄생이 믿을 수 없을 정도로 신기했다. 나는 자연의 신비로 들어갔다. 매일 아침 잠에서 깨어 첫 번째로 한 일은 내 식물을 꼼꼼하게 살피러 가는 것이었다. 마치 식물이 밤의 어둠을 이용해 자라나기라도 한다는 것처럼. 익은 토마토를 몇 개 기다리는 것은 무의식이 천천히 해나가기를 기다리는 예술 작업처럼 비할 데 없이 좋은 경험인데, 다만 식물들은 그 자체로 무의식이다.

우리의 것이 아닌 이 왕국에서 식물은 태어나고 자라고 무르익고 죽는다. 어떤 본능을 만족시키겠다는 목적도 전혀 없다. 아니다, 내가 틀렸는지도 모른다. 식물의 왕국은 가장 원초적인 본능을 중재하는 게 아닐까? 내 토마토는 붉은 토마토가 나올 것 같았다, 그것이 붉어지는 것 말고 다른 결말이 없는, 유용한 존재가 되겠다는 의도가 전혀 없는 그 토마토의 의지였으니까. 식품으로서 토마토를 사용하는 것은 인간의 문제다.

인간이 경작지를 천천히 걸을 때 가장 아름답고 넉넉하고 너그러운 몸짓은 씨를 뿌리는 것이다.

토마토가 둥글고 크고 붉어지면? 수확의 시기가 온 것이다. 나는 내 책보다 더 내 것이라고 느끼는 그 토마토들이 접시 위에 올라오면 아무런 감정 없이 볼 수 없다. 그 토마토들을 먹는 것이 마치 불경한 일 같아서, 마치 자연의 법칙을 어기는 것 같아서 먹을 수 없다. 토마토는 예술 중의 예술이기 때문이다. 토마토 열매를 맺는 것 외에 어떤 다른 이익도 없는.

식물들의 리듬은 느리다. 식물들은 인내와 사랑으로 자란다.

식물 정원에 들어가는 것은 다른 왕국으로 옮겨지는 것과 같다. 자유로운 존재들이 쌓여 있는 곳. 그곳에서 마시는 공기는 푸르고 습하다. 우리를 부드럽게 취하게 하는 수액이다. 수많은 식물들에 생명의 수액이 넘친다. 바람이 불면 잎사귀들의 반투명한 목소리가 무엇인지 알 수 없는 소리와 매우 달콤하게 뒤섞여 우리를 감싼다. 저기 벤치에 앉은 사람들은 아무것도 하지 않는다. 그들은 세상이 존재하도록 그대로 두면서 가만히 앉아 있는 것에 만족한다. 식물의 왕국에는 지성이 없다. 생명의 본능뿐이다. 어쩌면 이 지성과 본능의 부족함 때문에 우리가 그 식물의 왕국 한가운데에 그토록 오래 머물 수 있는 것이 아닐까.

초등학교를 다닐 때 선생님이 학생들에게 난파, 화재, 나무의 날을 주제로 글을 쓰라는 숙제를 내줬던 것을 기억한다. 그때에도 나는 하기 싫은 마음에 힘들게 글을 썼는데, 내가 오직 나만의 영감을 따르리라는 것을 알고 있었기 때문이다. 하지만 그게 내가 어렸을 때 어쩔 수 없이 해야만 했던 글쓰기였다.

1970년 10월 10일

스위스에서 만난 봄의 추억

매우 건조한 봄이었다. 라디오는 주파수를 찾기 위해 지지직거렸고 옷들은 정전기를 일으키며 털을 곤두세웠다. 머리카락을 빗으면 정전기가 일어났다. 힘든 봄이었다. 무척 허무했다. 우리는 어디서 만나기로 했던가, 우리는 먼 곳에서 왔다. 그토록 많은 길을 본 것은 처음이었다. 거의 말을 하지 않았다. 몸은 잠이 든 것처럼 무거웠다. 커다란 눈에는 감정이 담겨 있지 않았다. 테라스에는 수족관에서 헤엄치는 물고기가 있었고, 우리는 시골 풍경을 바라보며 시원한 음료를 마셨다. 염소 꿈이 바람을 타고 들에서 살랑살랑 밀려온다. 테라스의 또 다른 테이블에는 외로운 동물들의 무리가 있었다. 우리는 음료수 잔을 바라보며 유리잔 속에서 정적인 꿈을 꾸었다. "뭐라고 말했어?" "아무 말도 안 했어." 며칠이 지났다. 그러나 비슷한 순간을 만나기만 하면 다시 한번 봄의 들쭉날쭉한 주파수를 포착했다. 염소들의 무분별한 꿈, 내장을 비운 물고기, 갑작스레 과일 서리를 하려는 충동, 왕관을 쓴 동물들과 그 외로운 도약. "뭐라고?" "아니야, 아무 말도 안 했어." 그러나 나는 땅속에서 뛰는 심장 같은 첫 웅성거림을 듣는다. 나는 조심스레 귀를 땅에 대고, 흙 속에서 여름이 길을 내고 있는 소리와 땅속의 내 심장 소리를 듣는다. 아, 아무것도 아니다, 나는 아무 말도 하지 않았다! 나는 닫혔던 땅이 속을 열어 생명을 출산하는 그 참을성 있는 잔혹함을 느꼈다. 여름이

10만 개의 오렌지를 얼마나 달콤하게 익힐지 알고 있었고, 그 오렌지가 내 것이라는 것도 알고 있었다—그저 그것이 나의 바람이었으므로.

작은 괴물

그는 반에서 1등이다. 그는 놀지 않는다.(그의 비밀은 달팽이다.) 머리는 단정하게 잘랐고, 눈은 세심하고 주의 깊다. 아홉 살인 그의 살은 부드럽고 아직 투명하다. 그는 타고나길 예의 바르다. 물건을 망가뜨리지 않고 들고, 친구들에게 책을 빌려주고, 친구들이 부탁하면 알려주고, 막대자나 직각자 때문에 화를 내지 않으며, 많은 아이가 소란을 피울 때에도 행실이 바르다.

그의 비밀은 달팽이다. 그는 그 달팽이를 한순간도 잊은 적이 없다. 그의 비밀은 자기가 냉정하게 돌보며 괴롭히는 달팽이다. 그는 그 달팽이를 신발 상자에 넣고 정성껏 돌본다. 매일 굵은 실을 꿴 바늘로 상냥하게 찌른다. 그는 달팽이를 정성스럽게 돌보며 달팽이의 죽음을 미룬다. 그의 비밀은 잠 못 이루며 정밀하게 키우는 달팽이다.

시

오늘 학교에서 너무도 아름답디아름다운 '국기의 날'*을 주제로

* 매년 11월 19일에 기념하는 국기의 날은 브라질 국기에 대한 경의를 표하는 날.

작문을 했다. 나는 의미도 잘 모르는 단어를 쓰기도 했다.

추상과 구상

미술이든 음악이든 문학이든 우리가 추상이라고 부르는 것이 내게는 단지 눈으로 보기 힘든 더 섬세하고 더 어려운 현실을 형상화한 것으로 보인다.

1970년 10월 17일

스클리아르: 30년 동안의 작품 활동

9월 15일부터 시작된 화가 스클리아르* 회고전이 10월 30일까지 국립현대미술관에서 계속된다. 일요일에는 무료 입장할 수 있어서 약 4,000명이 전시를 보러 오고, 유료인 날에는 평균 100여 명의 관람객이 방문한다. 이 전시는 다소 모순적일 수도 있는 것들이 동기가 되었다. 스클리아르는 자신의 작업이 이제부터 진짜 시작이라고 생각한다. 그는 "우리는 생각과 감정을 전달하기 위한 수단을 완전히 숙지하고 이용하는 데 삶의 일부를 보낸다. 그렇지만 생각과 감정을 전달하려면 우리가 가진 수단에 대한 확신이 있어야 하는데, 그것은 규율과 완고함에 대한 지독한 노력으로 우리 인생의 대부분을 열심히 살아나가야 한다는 것이다"라고 말했다. 스클리아르는 이제야 그 방법을 조금 알 것 같으며, 자신은 이제 겨우 쉰 살밖에 되지 않았다고 생각한다. 그렇다면 왜 이 회고전을 열었을까? 사실상 이 전시회는 화가와 관람객 들을 위한 결산 같은 것이다. 많은 사람이 그에게 등을 돌리고 작품을 제안하는 사람도 드물던 시기가 있었는데, 스클리아르는 자기가 존중하는 사람들과 자기가 잘 모르지만 그래도 존중하는 사람들에게 예술은 하루아침에 이뤄지는 것이 아님을

* 1920~2001. 브라질 화가. 다양한 분야에서 활동한 예술가다. 비니시우스 지 모라이스와 함께 오르페우스 신화를 연극으로 올렸다.

보여주는 게 중요하다고 판단했다. 전시는 정말 아름다웠다.

호베르투 폰투아우*는 『스클리아르—반영된 현실과 변형된 현실』이라는 책을 쓰고 제작했다. 카를루스 스클리아르가 지난 30년 동안 다른 몇몇 예술가와 함께 우리 예술사에 한 획을 그었기 때문에, 그는 이 책에 그의 작품들을 아름답게 복제하여 〈예술: 멀티 우주〉 컬렉션을 탄생시켰다. 호베르투 폰투아우의 작업은 사랑과 이해와 존경의 작업이다.

스클리아르에 대해 주제 파울루 모레이라 다 폰세카**는 이렇게 말했다. "우리는 가시적 세계에 경의를 표하고, 그 세계를 변형시키지 않으려는 화가와 마주하고 있다. 사라진 것은 하찮은 것들, 우연으로 이뤄진 것들이다. 자, 여기 열쇠가 있다. 스클리아르는 사물의 정수를 그리기 때문에 예술가가 매우 섬세하게 제작한 합성물이 지속적인 모습으로 불안정 너머에 있는 현실 속에서 나타난다. 그렇게 스클리아르의 작품은 우리에게 세상을 고요하게 재건해주고, 거의 수학처럼 시각적으로 엄격하고 질서 정연한 풍경과 존재의 '사전 양식', 그리고 일종의 총회를 제안한다."

바우미르 아얄라***는 이렇게 표현했다. "카를루스 스클리

* 1937~1994. 브라질 기자이자 시인. 1970년대 리우 예술계에서 가장 저명하고 활발하게 활동한 비평가 중 한 명.

** 1922~2004. 브라질 작가이자 시인, 화가, 예술비평가.

*** 1933~1991. 브라질 작가이자 시인, 문학 및 예술 평론가.

아르는 섬세한 색의 세계를 통해 선명하게 밝히는 일에 매달려 온 예술가다. 그는 마치 젊은이들에게서 밝혀야 할 모호한 지점의 영구적인 혁신을 발견한 것처럼, 그들에게서 확신을 종용하는 의심의 근원을 본 것처럼 젊은이들과의 끊임없는 토론을 추구한다. 카를루스 스클리아르는 내면에 자기 정체성을 보존하고, 감정을 아끼며, 미학적 문제 제기라는 분명한 길을 통해 자신을 드러내면서, 방문객과의 대화를 위해 피와 비극의 세계에서 무고하게 피어나는 꽃의 섬세한 숨결을 지키면서 침묵에 생기를 불어넣는 조형적 언어를 제공하는 사람이다. (…) 카를루스 스클리아르는 근거 없는 의심에서 자유롭다. 그는 불변하는 철학을 응용한 소재를 이용해 신비를 밝히는 일을 과감하게 시도한다. 내면의 성숙에서 나오는 무위가 그의 본능을 이끌고, 그의 화산은 저울 위에서 흘러내리며, 바늘은 절대 거짓을 말하지 않는다. (……)"

비니시우스 지 모라이스는 이렇게 말했다. "우리가 사는 세계만큼이나 뒤틀린 예술계에서 화가로서 스클리아르의 일관성은 존경할 만하다. 그는 쉼 없이 걸어 늘 앞으로, 더 위로 나아갔다. 자신을 객관적으로 바라볼 줄 아는 이 시인의 너무 아름다운 점은 성공과 성운이 그의 정신적 순수주의에 어떤 영향도 미치지 않았으며, 그의 타고난 절도와 검소함을 전혀 해치지 않았다는 것이다. 오늘날 그가 입고 다니는 옷은 더 좋은 옷감과 재단으로 만들어진 것이지만, 그는 여전히 그 옷을 내가 상파울루의 오스바우두 지 안드라지*의 집에서 만났던 그때 그 소년의 겸손으로 입는다."

나는 1966년에 〈만셰치〉 매거진에서 스클리아르를 인터뷰하면서 그를 오랜만에 만나게 됐다—아마도 〈시뇨르〉 매거진 이후로 처음이었을 것이다—그래서 우리는 만나자마자 처음 얼마 동안은 우정을 표현하기에 바빴다. 나는 그를 향한 커다란 존경심과 별도로 그저 스클리아르가 좋았다. 그게 전부다. 대화를 나누던 중에 스클리아르가 말했다.

"소통이 정말 중요한 것 같아요. 저는 사람을 좋아하고, 우리를 둘러싸고 있는 모든 것을 생산하고 노동하는 사람들을 신뢰하지요. 제가 가장 바라는 것은 일종의 세계어, 모두에게 희망과 힘을 줄 수 있는 그림을 그리는 것이에요."

그러고 잠시 후 그는 이렇게 말했다.

"제가 했던 모든 말에도 불구하고 제가 고독한 사람인 것은 어쩔 수 없어요. 그렇지만 저는 그것이 예술 작품을 만드는 사람이 가져야 할 고유의 조건 같아요. 또 한편으로는 같은 작품이 되풀이되고 규모가 커지면 나를 보는 사람들의 시선 속에서 내가 예측하지 못했던 것들로 변한다는 생각도 들고요."

그는 또 이렇게 말했다.

"사람은 자기가 하는 일을 완성해가는 과정에서 자신과 타인에 대한 책임을 인정해야 한다고 생각해요. 제가 낙관주의자라는 걸 당신이 알게 됐을 것 같네요. 저는 인류의 운명을 믿거든

*　1890~1954. 브라질 시인이자 소설가.

요. 너무 모호하게 들릴지 모르겠지만, 저는 제가 다른 사람들이 저를 위해 이룬 모든 것을 풍부하게 누리는 사람이라고 생각해요. 저의 책임은 그것을 인식하고 돌려주기를 희망하는 것에서부터 시작되죠. 제가 줄 수 있는 것은 작지만요. 제가 저의 작품을 보는 사람들의 생각과 감정, 알지 못하는 것들을 고무할 수 있다면 무언가를 만들 수 있을 거예요."

1970년 10월 24일

인생의 의미에 대하여

내가 9월 15일에 「커다란 질문」이라는 제목으로 썼던 글을 독자들이 읽었는지, 또 그 글을 기억하는지 모르겠다. 나는 그 글에서 인생의 의미를 설명해줄 사람이 있는지 묻는, 벨루오리존치에서 온 편지를 옮겨 적었다. 나는 그에게 난 인생의 의미를 알지 못하며, 내가 아는 것은 그저 인생에는 논리가 없으며 인생의 아름다움은 그것이 비논리적이라는 것에 있다는 사실뿐이라고 대답했다.

그 질문에 엄청난 답장이 왔는데, 모두에게 해당하는 질문이기 때문인 듯하다. 그중에서 세실리아(리우), 미리앙 이스텔리타 링스 바르보자(고베르나도르), 마리아 다 글로리아 테이셰이라 가르시아(주앙 페소아), 안토니우 마우루(리우), 주제(성은 알아볼 수 없었다) (상파울루), 카를루스 아우베르투(바이아)가 보낸 편지가 기억에 남는다. 벨루오리존치에서 온 편지에 담긴 질문의 답이 '신'이라고 말하는 편지도 많이 받았다.

그중 하나를 이곳에 옮겨보겠다. 히우그란지두술의 포르투알레그리에서 보낸 엘로이 테하 씨의 편지다.

> 당신이 〈카데르누 B〉에 실으신 편지를 읽었습니다.
> 처음 그 편지를 읽었을 때 제가 들었던 수많은 대화와
> 비슷하다고 생각했습니다. 칼럼 아래에 당신의 이름이

없었더라면 저는 그 편지를 잊어버렸을 겁니다. 그러나 저는 당신의 이름을 존중하고, 당신의 이름이 남용되는 것을 용납할 수 없었습니다. 그래서 편지를 다시 읽었습니다. 두 번째 읽으니, 몇몇 구절에 익숙해지기 시작했지요. 도시에서 몇 번씩 산책하다 보면 중심가에 익숙해지는 것처럼요. 저는 계속해서 산책하듯 편지를 읽으면서 조금씩 중심가 거리에서 조심스럽게 멀어졌습니다. 작은 길의 구석구석을 살펴봤지요. 저는 그 길들을 따라 걸었습니다. 작은 길들과 금지된 구역을 과감히 모험하면서 도시가 좋아지기 시작했습니다. 저는 많이 걸었고, 사람들이 할 수 있는 거의 모든 일과 마주쳤지만…… 사람을 만나지는 못했습니다. 고백하자면 저는 몸이 떨리면서 마음속에 작은 불안이 커져가는 것을 느꼈습니다. 아름답게 세워진 도시에 존재와 세계와 생명만큼 아름답고 강렬한 인간의 허무가 있었던 것이지요. 저는 도시의 공동묘지로 갔습니다. 제 이야기를 듣고 싶어 하지 않는 망자들을 많이 만났어요. 망자들은 저에게 자신들의 불행만을, 자신들이 어떻게 죽었는지, 어떻게 살고 싶었는지를 이야기했지요. 저는 그들의 말을 들었습니다. 암으로 죽은 사람도 있었고, 원자폭탄이 터져서 죽은 사람, 사랑 때문에 죽은 사람, 기아와 미움과 가난으로 죽은 사람도 있었습니다. 그러나 한때 삶을 누려서 죽은 사람은 아무도 없었죠. 공동묘지에는 꽃이 없었어요. 저는 그들에게 다시 말을 걸어봤지만 그들은 무심하게 물러갔지요. 그들은 무덤에 자신을 가뒀지요. 저는 아름답고 텅 빈 도시에서 다시 혼자가 되었습니다. 제 이야기를 들어줄 누군가를 찾아 돌아다니기 시작했어요. 심장이 슬픔에 옥죄어서 도시를 떠나려고 하는데, 부드러운 목소리가 들려왔습니다. 저는 고개를 돌렸지요. 제 얼굴 바로 앞에 피부가 하얀 젊은 여성의 얼굴이 있었습니다. 그녀의 미소는 감미로웠지요. 그녀는 제 입술에 키스하며 속삭였습니다. "우리는 태어났고 고통과 기쁨과 꿈과 기억을 가지고 살아갑니다. 그런데 우리가 이곳에 존재하는 목적은 무엇일까요? 보세요! 지금 길에 많은 사람이 있습니다. 예전에 당신은 그들을 보지 못했어요. 왜냐하면 당신에게는 그들은 만나야 한다는 염려가 있었으니까. 사람들은 거칠죠. 그들은 발견되길 원하지 않아요. 그들은 발견하는 것을 좋아하죠. 모순적이죠? 아니요, 친구여, 그것은 모순이 아닙니다. 그저 삶일 뿐이에요. 사람들이 얼마나 서로에게 다가가길 원하는지 보세요. 그러면서도 얼마나 겁을 내는지. 인생의 의미가 무엇이냐고 물으셨지요. 나를 보세요. 내가 아름답나요? 못생겼나요? 내가 개신교인가요? 천주교인가요? 내가 여자라고 확신하세요? 아니요, 친구여, 당신은 확신이 없어요. 당신은 그저 확신하고 싶을 뿐이에요. 그래야 당신에게 위로가 되고 또 용기를 낼 수 있으니까. 그렇지만 내 부드러운 목소리를 들었을 때, 내 얼굴을 선명히 봤을 때, 내 향기를 느꼈을 때, 내 입술이 당신의 입술에 닿았을 때 당신은 꿈이 당신을 감싸도록 가만히 있었어요. 확신이 없었다고 해도요. 내가 여자인지 알아보려면 당신은 내 옷을 벗기고 나를 만지고 나를 가져야만 하지요. 그럴 용기가 있나요? 왜 시도하지 않나요? 당신은 그렇게 당신의 존재 이유를 찾고 싶은 건가요? 당신은 정말 이기주의자예요. 지나치게 건방지고, 매우 유치하지요. 당신이 원하는 것은 내가 스스로 옷을 벗고 공짜로 나를 당신에게 바치는 것이지요. 친구여, 그렇게는 되지 않을 거예요. 보세요! 나는 당신 앞에 있습니다. 나는 당신이 마음에 들어요. 당신을 원하고요. 나는 당신을 사랑해요. 당신을 유혹하고 있지요. 내게 키스해주세요. 신이 되겠다는 신념은 버리고요. 그냥 사람이 되세요." 제가 그 젊은 여자를 향해 손을 뻗었을 때 그녀는 우아한 몸짓으로 피했습니다. 그녀는 내게 미소를 지으며 매정하게 외쳤지요. "어디 해봐요, 바보 같은 사람! 나를 가져보라고요! 나는 불쌍한 사람이나 우유부단한 사람에게 나를 맡기지 않아요. 나는 늘 전사와 용감한 자, 언젠가 나를 잃게 될 줄 알면서도 나를 가지길 두려워하지 않는 사람을 기다려왔어요. 어서 가져봐요! 바보 같은 사람! 다시 한번 해봐요!" 저는 다시 팔을 뻗었고 그녀는 또 저를 피했어요. 그녀는 제 얼굴에 돌을 던지며 저를 모욕했지요. "자는 거예요? 일어나요, 매력에 약해지지 말아요. 당신에게 아름답게 보이는 얼굴을 위해 무례를 견디지 말아요. 내 손 앞에서 그렇게 공손하게 굴지 말아요. 이 손이 당신을 아프게 했잖아요. 가만히 있을 거예요?"

저는 몸을 구부려 돌을 집었어요. 저도 그녀에게 상처 주려고 했죠. 그녀는 몸을 숙이고 천천히 제 손을 잡더니 자기 얼굴을 저의 얼굴에 가져다 대며 말했어요. "내게 상처를 줄 용기가 있어요? 내 마음을 아프게 할 용기가 있어요? 잘 생각해봐요, 내 사랑. 가만히 생각해봐요."

그러고 젊은 여자는 울었어요. 저는 너무 감동해서 애정을 가득 담아 그녀를 안고 입을 맞췄어요. 그러고 여자를 눕히고 갈구하는 입술을 내밀었죠. 제가 키스를 하자 여자는 분노하며 저를 사납게 물어뜯었어요. 그녀는 일어나서 웃음을 터뜨리며 떠났죠. "더 해달라는 거예요? 그러면 나를 잡아봐요. 뛰어요, 내가 기다리잖아. 내 안에 사랑이 넘친다고요. 손에는 돌이 있어요. 내게 와서 당신의 존재를 설명해봐요. 일어나요! 나를 잡아봐요!"

저는 입안에 피 맛과 가슴에 사랑과 미움을 가득 느끼며, 그 여자를 생각하면서 손에 돌을 쥐고, 다 식어버린 부드러운 숨결과 그 가엾은 망자들을 향한 엄청난 분노, 그리고 한 남자가 되고 싶은 욕망, 권력을 갖고 싶은, 어느 날 그 젊은 여자를 소유하고 싶은 엄청난 욕망과 함께 그 도시를 떠났습니다.

엘로이 테하 씀

1970년 10월 31일

곤충일 뿐

내가 본 것이 미묘하고 예상하지 못했던 것이라서 무엇인지 이해하기 쉽지 않았다. 나는 밝은 녹색에 다리가 긴 벌레를 봤다. 그것은 이스페란사*라는 커다란 여치로, 흔히 좋은 징조라고 하는 곤충이었다. 그 여치는 매트리스 위에서 가볍게 앞으로 나아가기 시작했다. 투명한 녹색의 몸체가 다리 위에 높이 걸쳐져 있는데, 그 모습이 꼭 몸체를 떼어내기 위해 위태로운 곳에 올라간 것 같았다. 다리는 순전히 색소로만 이루어진 것 같았고, 실처럼 가느다란 다리 안에는 아무것도 없었다. 안쪽은 너무 물러서 표면밖에 없는 듯했다. 그것을 보니 지면에서 입체감 없는 녹색 그림이 튀어나와 걸어 다니는 것 같았다. 그러나 여치는 걸었고, 몽유병자처럼 비틀거렸으며 단호했다. 몽유병자. 아주 작은 나뭇잎이 지워져버린 운명의 흔적을 따라가는 이들의 고독한 독립을 쟁취한 것 같았다. 여치는 내 눈에는 보이지 않는 흔적을 따라서 단호하게, 떨지 않고 걸었다. 녀석은 떨지 않았지만 내부 구조는 여리디여린 규칙적인 떨림이 있었다. 두 이스페란사 여치는 어떻게 사랑할까? 녹색과 녹색, 그리고 갑자기 똑같은 녹색의 등장, 녹색의 떨림이 녹색이 된다. 공기 중에 반쯤 떠다니

* 포르투갈어로 '희망'이란 뜻의 esperança라는 단어는 브라질에서 작은 녹색 여치를 뜻하기도 한다.

며 사는 고유한 구조로 인해 이미 운명처럼 정해진 사랑이다. 그렇다면 여치 내부 어디에 운명의 분비샘이 있을까, 건조한 녹색 내부의 아드레날린은 어디에 있을까? 그것은 속이 빈 존재, 접목된 잔가지, 그저 녹색 선의 단순한 선택적 끌림이었다. 나처럼? 나? 우리? 나머지 신체 부위를 깨우지도 않고서 네 가슴 위를 걸어갈, 긴 다리를 가진 그 마른 여치에게서, 비어 있을 수 없는 그 여치에게서, 그 여치에게서 비극적 결과가 없는 원자에너지가 침묵 속을 나아간다. 우리인가? 우리다.

두 가지 방법

나는 당장 눈앞의 삶이 아니라, 내게 두 가지 존재법을 제공하는 보다 심오한 삶을 살려는 것 같다. 삶에서 나는 많이 관찰한다. 나는 관찰에 있어 부지런하다. 내게는 우스꽝스러운, 기분 좋은, 빈정거리기 좋아하는 사람의 감각이 있는데, 나는 그걸 받아들인다. 글을 쓸 때 나는 '수동적' 관찰이라 부를 만한 것을 하는데, 그게 깊이 내장되어 있다 보니 심지어 의식 중인 상태에서도 관찰에서 저절로 글이 나오는 바람에 거의 과정이라고 할 만한 게 없다. 그렇기 때문에 나는 글을 쓸 때 선택하지 않는다. 나는 나를 천 배로 증식시킬 수 없고, 내 의지와 상관없이 나 자신이 무가치하게 느껴진다.

1970년 11월 7일

월드컵 전에

멕시코와의 경기에서 승리하기 전에 주앙 살다냐를 소개받았다. 자갈루가 그의 뒤를 잇기 전이다. 대화의 주제는 축구를 향한 여성들의 관심이었다. 남성적 운동이지만 경기장을 찾는 여성들의 숫자가 날마다 늘어나고 있다. 요즘 젊은 여성들은 축구를 이해하고 축구 경기 관람을 즐기는 것일까? 아니면 그 중요한 경기가 이뤄지는 경기장에서 잘하면 구혼자가 될 젊은 남자를 만나기 때문일까? 그 대화를 나눌 당시 주앙 살다냐는 이날의 최우수 선수였다.

개인적인 관점으로 말하자면, 그는 멋지고 흥미로웠고 거만하지 않았다. 그는 자신이 아닌 사람인 척하기에는 너무 바빴고, 이미 대단한 유명세를 인정하기에도 너무 바빴다.

내가 크게 놀랐던 점은 그가 대략 여덟 살 때부터 시작했던 축구에 대해 전혀 강박을 느끼지 않는다는 것이었다. 그는 스포츠에 관심이 많았다. 나는 그에게 1970년에 우리의 행운은 무엇이었는지 물었고, 그는 이렇게 대답했다. "상대 팀이 우리를 우승후보로 생각했죠. 그건 우리에게 엄청난 행운이었어요. 다시 말해 이 모험에 목숨을 걸지 않겠다는 뜻이니까요." 나는 1970년에 만났던 상대 팀 중 가장 위험한 팀은 어디였는지 물었다.(그 당시 우리는 아직 예선을 치르는 중이었다.) 그는 콜롬비아와 파라과이라고 대답했다. 우리가 예선에 통과한다면—살다냐는 확신했다—멕시코와의 경기에서는 안정적일 것이라고 했다. 어쨌든 그는 개최국인 멕시코를 제외하고도 영국과 독일, 헝가리와 아르헨티나, 이탈리아와 우루과이를 위험한 상대라고 여겼다.

내가 완벽한 챔피언이 되기 위해 무엇이 필요한지 주앙 살다냐에게 물었더니 펠레나 가린샤, 디 스테파노, 푸스카스 또는 보비 찰턴과 필적한 성공을 거두는 것이라고 했다. 내가 물었다. "브라질 사람, 특히 축구 선수들은 개인주의자들이에요. 특히 자신의 인생에서까지 드리블의 대가죠. 당신은 이런 브라질의 개성이 더 모던해진 축구, 즉 성공의 열쇠로 팀플레이와 연대를 중요하게 생각하는 축구에 어떻게 대응해야 한다고 생각하시나요?" 그는 브라질 축구 선수들이 엄청난 개인플레이를 한다는 것을 인정했지만 그것이 팀플레이를 하는 축구와 반대되는 것은 아니라고 했다. 오히려 훌륭한 개인플레이어들 또는 대단한 챔피언들과 팀플레이를 짜는 게 가능하다고 했다. 그는 이렇게 말했다. "제가 봤잖아요, 우리 선수들은 62개국을 돌아다니면서 아주 다양하고 중요한 경기들을 치렀죠. 저는 그들이 어떤 엄청난 싸움에도 떨지 않는다는 걸 알아요. 우리 선수들은 이론의 여지 없이 국제적으로 성숙했고, 그래서 다른 나라에서도 우리를 우승 후보 팀으로 뽑는 거죠." 나는 그에게 이번 월드컵에 어떤 전략을 쓸 것인지, 일반적인 4-3-4인지 물었다. 그는 4-3-4이거나 또는 5-3-3이 될 수도 있다고 대답했다. 나는 이번 월드컵에 우리가 우승할 가능성이 있는지 알고 싶었다. 3년 전, 1966년 월드컵에서 영국 감독 램지는 영국이 우승할 것이라고 확신했고 결국 영국이 우승했다. 승리의 확신은 강력한 무기다. 그 무기를 쓸 줄 알았던 사람은 처칠뿐이었는데, 그는 끊임없이 전쟁에 이길 것이라고 말하고 다녔다. 살다냐는 우리가 이길 것이라고 확신했다. 나는 그에게 가린샤의 드리블 기술이 그립지 않겠느냐고 물었다. 그는 "팀원 전체가 가린샤의 드리블을 필요로 해요. 그렇지만 자이르의 드리블 역시 훌륭해요"라고 말했다. 나는 물었다. "우리가 서포터들의 열광적인 응원 덕분에 이긴다고 생각하세요?" "그게 사실이라면 이탈리아를 이길 팀은 없을 거예요. 아무도 이탈리아만큼 소리를 지르지는 못하니까요. 이탈리아는 오페라 가수예요." 나는 그에게 그가 TV에 무심한 모습으로 나올 때마다 여성들이 열광하는 것을 아느냐고 물었다. 살다냐는 살짝 민망해하며 미소를 지었다. 그의 아내 테레자도 웃었다. 그는 축구가 아니었다면 기자가 되고 싶었을 것이라고 했다. 잘 알려진 것처럼 주앙은 조금 충동적이다. 어떤 때에는 조절이 잘되는 성마른 기질의 사람 같은데, 그는 자신이 평온한 브라질 시민이라고 생각한다. 자신을 공격할 때에만 반응하는 평범한 사람 말이다. "제가 앞장서서 뭔가를 해본 적은 없어요."

그를 열광하게 했던 축구 경기들은 38년 브라질과 체코 경기, 56년 멕시코에서 열렸던 범아메리카 챔피언십에서의 아르헨티나전, 58년 스웨덴 월드컵에서의 경기들, 62년 칠레에서 벌어진 브라질과 스페인 전, 보타포구 축구팀의 여러 경기, 특히 57년에 열렸던 플루미넨시전과 67년 아메리카 축구클럽과 겨룬 구아나

바라컵 결승전이다.

나는 그에게 자갈루와 인터뷰할 기회가 있었는데(이때는 자갈루가 살다냐를 대신하여 대표팀을 맡기 전이었다) 자갈루가 멋진 사람이라고 생각했다고 말했다. 나는 그에게 때가 되면 그를 불러도 되느냐고 물었다. 살다냐는 자갈루에 대해 큰 호감을 표하며 "그는 자신이 속한 보타포구에서 멋진 성과를 보여줬어요"라고 말했다.

우리는 두 번째 커피를 마셨고 담배를 몇 대 더 피웠다. 그다음은 모두가 아는 이야기다. 자갈루가 그의 후임이 되었고, 우리는 결국 큰 승리를 거뒀다.

1970년 11월 14일

저에게 편지를 써주시는 독자들에게 분명히 밝힙니다

저는 엄청나게 많은 편지를 받지만 안타깝게도 답장을 드릴 시간이 없습니다. 비서도 없고요. 〈조르나우 두 브라질〉에서 내게 내준 이 지면에 한두 번 답을 드린 적이 있긴 합니다. 그러나 "당신이 이 지면을 편지를 쓰는 데 활용한다면 당신이 글을 쓸 자리는 절대 없을 겁니다"라고 했던 아우베르투 지니스의 말도 옳습니다. 안타깝네요. 독자들과 직접적인 만남을 유지하는 것이 유용한데 말이에요. 그리고 저는 편지를 받는 것을 무척 좋아해서 주의 깊게 정성을 다해 읽습니다.

드루몽에게 보내는 메시지

저는 누군가 저에게 보낸 이 문학 텍스트를 발표할 수 없습니다. 저의 역량이 아닐뿐더러 제가 평론가가 아니기도 하고, 그 글을 발표하는 게 제 칼럼의 본질을 바꿀 수도 있기 때문입니다. 후회하는 일이 종종 있지만 어쩔 수 없습니다, 시루(주이스지포라).

G.O.(상파울루), 시는 아직 멀었습니다. 당신은 모든 브라질 사람이 시인이라고 말했지만요. 예외는 있습니다. 〈카데르누 B〉의 마지막 페이지에 동료 카를루스 드루몽 지 안드라지 씨의 시라면 그게 무엇이든 기쁜 마음으로 실을 것입니다. 드루몽이 저의 지면을 이용해 자신의 시를 실으려고 할까요? 그렇기 된다면 저의 지면에 영광일 것입니다.(당연히 저의 원고료를 당신께 드

릴 겁니다.) 드루몽, 진지하게 하는 말입니다.

어느 날 드루몽에게 전화를 걸어 그의 꿈을 꿨다고 말한 적이 있습니다—무슨 내용이었는지 기억이 나질 않습니다. 그는 저에게 이렇게 대답했습니다. "당신의 꿈속에 찾아갈 수 있게 허락해줘서 감사합니다." 저는 그 대답이 아름답다고 느꼈습니다.

보셨죠, 드루몽. 그 이후로도 저는 당신을 꿈속에서 두 번이나 만났습니다. 그렇지만 당신에게 전화를 걸어 꿈 이야기로 방해하면 안 된다고 생각했지요. 그러니까 계속 저를 찾아와주세요. 환영합니다. 저는 당신을 반투명한 조명 속에서, 어쩌면 번쩍이는 불빛 아래에서, 혹은 반딧불이들이 깜빡이는 캄캄한 밤에 당신을 맞이할 것이라고 약속합니다. 저의 밤을 광고하는 것은 아니지만 겸손을 잠시 접어두고, 저는 꿈을 컬러로 꾼다고 당신에게 자랑하고 싶습니다. 당신을 맞이하기 위해 열매가 풍성한 작은 숲을, 또는 가까운 곳에 있는 깊고 푸른 바다를, 또는 맛난 음식이 차려져 있는 하얀 식탁보를 준비할 거예요. 저의 꿈은 당신의 것입니다.

설명—딱 한 번만 하는 설명

나는 가끔 러시아 사람인지 브라질 사람인지 묻는 편지를 받는다. 사람들이 나를 두고 미스터리를 만드는 모양이다.

딱 한 번만 분명하게 설명하겠다. 그 신화를 설명할 미스터리가 없어서 나도 무척 아쉽다. 이야기는 다음과 같다. 나는 내 부모님의 조국인 우크라이나에서 태어났다. '체첼니크'라는 마을

인데, 너무도 작고 보잘것없어서 지도에 표기되어 있지도 않다. 어머니가 나를 배 속에 품었을 때 부모님은 이미 미국이나 브라질로 떠나는 길이었고, 어디로 가야 할지 결정을 못 한 상황에서 체첼니크에 잠시 머무르며 나를 출산한 후에 다시 길을 떠났다. 내가 브라질에 왔을 땐 겨우 2개월이었다.

나는 브라질로 귀화한 사람으로, 몇 개월만 정착이 빨랐어도 태어날 때부터 브라질 사람이었을 것이다. 나는 내면생활, 나의 가장 사적인 생각을 포르투갈어로 하고, 사랑을 말할 때에도 포르투갈어로 한다. 글을 읽고 쓸 수 있게 되었을 때부터 짧은 이야기를 썼는데 당연히 그 이야기들도 포르투갈어로 썼다. 나는 헤시피에서 자랐다. 브라질의 북부 내지 북동부에서 산다는 것은 내륙에서 다른 나라의 관습에 영향을 받지 않는 진짜 브라질적인 삶을 더 강렬하고 더 스스럼없이 산다는 의미라고 생각한다. 내 신앙은 페르남부쿠에서 얻은 것이다. 내가 가장 좋아하는 요리도 페르남부쿠 음식이다. 나는 가정부들 덕분에 그 고장의 풍부한 민속을 알게 됐다.

나는 사춘기가 되어서야 가족들과 함께 대도시 리우에 왔고, 금세 리우데자네이루 사람carioca이 됐다.

나는 'r'을 프랑스식으로 혀를 굴려 발음하기 때문에 내가 말을 하면 외국인 같아 보이는데, 그것은 그냥 발음이 좋지 않은 것이다. 그저 다른 방식으로 말할 줄 모를 뿐이다. 친구인 페드루 블로시 박사는 그 문제는 교정이 아주 쉬우며 고쳐줄 수 있다고 했는데, 나는 게으른 사람이고 내가 집에서 연습하지 않으리라는 것을 이미 알고 있다. 게다가 나의 'r' 발음이 내게는 전혀 불편하지 않다. 그러니까 또 다른 미스터리는 이렇게 밝혀졌다.

절대 밝혀지지 않을 것은 내 운명일 것이다. 내 가족이 미국을 선택했더라도 나는 작가가 되었을까? 그랬다면 자연스럽게 영어로 썼을 테지. 분명 미국인과 결혼했을 것이고, 미국인 아이를 낳았을 것이고, 그렇다면 내 인생은 완전히 달랐을 것이다. 나는 무엇에 대해 썼을까? 무엇을 좋아했을까? 어느 정당에 속해 있었을까? 어떤 친구들을 만났을까? 미스터리다.

1970년 11월 21일

결국 그날이 왔다 — 불멸을 위해

아들 한 명이 아주 어릴 때 매우 걱정스러운 얼굴로 내게 물었다.

"누가 20세기라고 하던데, 맞아?"

"맞아."

나는 초조해 보이는 아들의 얼굴을 보며 대답했다.

"세상에, 엄마, 우리 너무 뒤처졌어!"

아이는 너무 놀라서 외쳤다.

조용한 통지

내가 살면서 맞이했던 모든 손님이 도착해서 자리에 앉아 아무 말도 하지 않았다. 나는 이해했다.

헤지나라 불린 존재

헤지나는 82세로 아주 작은 아파트에서 혼자 산다. 누구도 그녀를 마담 헤지나로 부르지 않는다. 아이들도, 어른들도, 노인들도. 그녀는 그저 헤지나다. 그녀는 매일 해변에 가서 벤치에 앉아 햇볕을 쬐고 자유로운 공기를 마신다. 그녀가 작은 새 같다고 하지만 어떤 날은 심술이 나서 잠에서 깰 때도 있다. 한번은 헤지나가 벤치에 앉아 있는데 그녀의 친구인 남자아이 아우프레두가 그녀를 불렀다. "헤지나, 같이 놀래요?" 헤지나는 대답하지 않았다. 남자아이는 다시 불렀다. 그녀는 그날 처음으로 입을 떼어 작은 목소리로 조용히 웅얼거렸다. 아우프레두는 근처에 있던 엄마를 향해 고개를 돌리고 난처한 얼굴로 이렇게 말했다.
"엄마, 오늘 헤지나가 방전됐대."

헤지나는 가끔 종이에 무언가를 쓰는데 그것을 발표하거나 출간할 생각은 전혀 없다. 그녀는 일기를 쓴다. 어느 날 아침, 헤지나가 사는 건물의 이웃이 어린아이 장난감 자동차를 밀면서 해변으로 이어지는 보도를 걷다가 헤지나와 눈이 마주쳤다. 그 젊은 여자는 미소를 지었다. 헤지나는 그 젊은 여자에게 옅은 미소로 답했다.

집에 돌아온 그 젊은 여자는 누군가 문 밑으로 밀어 넣은 쪽지를 발견했다.

그 쪽지에는 이렇게 적혀 있었다.

"웃어줘서 고마워요. 헤지나."

나는 무죄를 선고받았다!

내가 아이들을 위해 쓴 글 『물고기를 죽인 여자』에 대해 여섯 장이나 쓴 편지를 받았다. 편지는 책에 나온 문장 "그녀는 죄가 없습니다. 물고기를 일부러 죽인 게 아니라 깜빡 잊어버려서 그렇게 된 것이니까요. 당신은 무죄입니다"에 대한 반응이었다.

그 편지를 보낸 사람은 이네스 코프시츠 프라셰지스로 니테로이시의 마리아바우비나포르치스길 87번지에 산다. 그녀는 편지 마지막에 자신이 열 살이라고 밝혔다.

이네스는 자신이 키웠거나 지금도 키우는 동물에 대해 말했다. 이네스는 금붕어와 민물고기를 키운 적이 있다고 했다. 그녀는 네페르치치라고 하는 암컷 고양이와 피가루라는 수컷 고양이를 키운다. 또 다른 고양이의 이름은 푸시인데 노란 얼룩이 있어서 노랑이라는 별명이 있다. 또 다른 고양이는 카사카로 그 고양이의 검은 얼룩이 마치 재킷을 걸친 것 같아 그렇게 불린다. 이네스에게는 고양이가 또 있는데 이름이 빌렌이다. 마지막 고양이는 폼퐁으로 무척 말랐고 얼룩이 있으며 아주 영악하다고 한다. 어느 날 이네스는 물에 빠진 바퀴벌레를 발견했다. "저는 바퀴벌레를 구해서 리타라는 이름을 붙여줬어요"라고 했다. 그녀는 쥐를 키워본 적이 있고, 도마뱀도 세 마리를 길렀는데 알을 많이 낳았다고 한다. 이네스가 키웠던 토끼 이름은 두두다.

"토끼가 병에 걸렸는데 사람들이 말하길 폐렴으로 죽었다고 했어요. 『생각하는 토끼』를 읽었는데 정말 좋았어요." 이네스는 오리는 키워본 적이 없고 닭만 키웠다. 첫 번째로 키웠던 닭은 그녀의 아버지가 잡아먹으려고 했지만 이네스가 싹싹 빌어서 구할 수 있었는데, 그 닭의 이름은 앨리스였다. 앨리스는 이상한 병에 걸려 죽었다. 이네스는 현재 건강한 닭 한 마리를 키우고 있고 이름은 카치타다. 키웠던 다른 닭의 이름은 수자나였다. 수자나는 두 번이나 병아리를 낳았고, 병아리들의 이름은 오루프라타, 팔라지우 그리고 키케코였다. 병아리들은 피푸라는 개에게 잡아먹혔다. 레이디라는 강아지는 어느 날 베란다에 나타나서 떠나지 않고 이네스와 함께 살았다. 이네스는 원숭이를 키운 적은 없고 선물로 거북 두 마리를 받은 적은 있다. 거북의 이름은 투세와 펠리시아였다. 이네스는 안두(이름을 제대로 알아볼 수 없었다)라는 앵무새가 있고, 암컷 앵무새도 있다. 또 다른 앵무새의 이름은 시니냐다. 네네카라고 하는 칠색황금앵무도 있다. 동물마다 붙여준 이름 외에도 그녀는 내게 일화, 동물의 존재 방식, 먹이를 이야기해줬다. 나는 거북과 거북 알이 한 무더기 있는 엽서를 샀다. 그러고 이네스에게 내 잘못이 아니라고, 내게 죄가 없다고 해줘서 고맙다고 썼다. 이네스와 나는 친구다.

1970년 11월 28일

스페인

목소리를 음악적으로 즐기는 방법이라는 점에서 그것은 노래가 아니었다. 그것은 단어를 말하려고 한다는 점에서 거의 목소리가 아니었다. 플라멩코 노래는 목소리보다 먼저 존재한다. 그것은 인간의 숨이다. 때때로 단어는 이 노래하는 침묵이 무엇으로 만들어졌는지 밝히고 달아난다. 그러니까 그것은 삶과 사랑과 죽음의 이야기. 이 무언의 세 단어에는 비탄과 변조가 산재해 있다. 호흡의 변조, 첫 단계에서 신음으로 고통을 포착하고, 그다음 신음으로 기쁨을 포착하는 첫 단계의 목소리. 그러고 외침. 그러고 또 다른 외침이 이어지는데 이 외침은 소리를 질렀다는 기쁨의 외침이다. 청중들이 어둡고 더러운 주위를 둘러싼다. 변조는 계속 이어지다가 한숨으로 끝나고 지친 무리는 가수처럼 아멘을 하듯 "올레"를 속삭인다, 궁극의 불씨처럼.

그러나 목소리만으로는 표현되지 않아 안달하는 노래도 있다. 그래서 신경질적이고 힘이 넘치는 사파테아도가 중간중간 목소리를 끊고, 매 순간 껴드는 "올레"는 더 이상 아멘이 아니다. 그것은 유도誘導다. 검은 황소다. 가수는 이를 꽉 깨물면서 목소리에 종의 맹목성을 담지만, 다른 사람들은 경련이 일어날 때까지 더 불러주기를 요청한다. 그것이 스페인이다.

나는 부재하는 노래도 들어본 적이 있다. 그 플라멩코는 청중의 외침으로 중간에 끊긴다. 침묵의 공터에서 작고 말랐고 안색이 어두운, 골반에 손을 올린, 머리를 뒤로 넘긴 작은 남자가 불꽃의 씨앗을 뿌리며, 신발 굽으로 부재하는 노래의 리듬을 끊임없이 탄다. 음악은 전혀 없다. 그것은 춤이 아니다. 사파테아도는 짜여진 춤 이전에 존재한다—반응하는 것은 몸이다. 스페인에서 통용되는 언어로 분노를 전하는 발이다.

청중은 그들만의 속성인 침묵을 지키며 발악에 집중한다. 가끔씩 집시들의 거친 도발이 있다. 숯을 뒤집어쓰고 더러운 옷을 입은 배고픈 그 집시들은 열의에 이글거리는 위협적인 존재가 된다. 그것은 공연이 아니었고, 사람들은 관람하지 않았다. 침묵 속에서 발을 구르는 사람만큼이나 듣는 사람도 중요하다. 사람들은 지칠 때까지 이 언어를 통해 몇 시간이고 소통한다. 언젠가 말들이 있었다면 몇 세기를 지나오며 그 말을 잃어버린 것이리라—아버지에서 아들로 피가 전수되듯 구전의 전통이 전수되는 것이다.

플라멩코 춤을 추는 커플을 봤다. 나는 남자와 여자 사이의 경쟁이 이토록 적나라한 춤을 본 적이 없다. 그것은 너무도 공개적으로 선포된 전쟁이다. 전략은 중요하지 않다. 어느 순간에 여자는 거의 남성성을 얻게 되고 남자는 여자를 존경의 눈빛으로 바라본다. 스페인 땅의 무어인들은 무어인이고, 무어 여자는 바스크 지방의 혹독함에 쉬운 매력을 잃어버린다. 스페인 땅의 무어 여자는 한 마리의 닭이다, 사랑이 그녀를 마하Maja로 바꿀 때까지.

이 춤에서 매혹은 어렵다. 남자 무용수가 발동작으로 집요하게 표현하는 동안 여자 무용수는 손에 부채를 들고 자기 몸의 아우라를 훑는다. 그녀는 그렇게 자화한다. 그렇게 만질 수 있는 또 만질 수 없는 존재가 될 준비를 한다. 그러나 사람들이 예상하지 못한 순간에 여자 무용수의 부츠는 앞으로 나가며 세 번 발을 구른다. 남자 무용수는 그 날것의 언어에 몸을 떨고 물러나 꼼짝하지 못한다. 춤은 잠시 침묵한다. 남자 무용수는 조심스럽게 다시 팔을 들어 올리고 두려워하며 그러나 수줍음 없이 몸짓을 시도한다. 손을 뻗어 파트너의 오만한 머리에 그늘을 드리운다. 그는 여자 무용수의 주위를 여러 번 돌다가 어느 순간 칼에 찔릴지 모를 위험을 무릅쓰고 그녀에게 거의 등을 보인다. 그가 칼에 찔리지 않았다면 그것은 여자 무용수가 그의 용기를 인정했기 때문이다. 이제 그는 그녀의 남자다. 그녀는 발을 구르고, 고개를 빳빳이 든다. 그것은 그녀의 첫 번째 사랑의 외침이다. 결국 그녀는 자신의 동반자이자 적을 만난 것이다. 두 사람을 뒤로 물러나며 털을 곤두세운다. 그들은 서로를 알아봤다. 그들은 사랑한다.

엄밀한 의미에서 춤이 시작되는 것이다. 남자는 피부가 까무잡잡하고, 작고, 고집이 세다. 여자는 엄격하고 위험하다. 머리카락을 완전히 뒤로 넘겨서 깐깐하게 보인다. 이 춤은 너무도 중요하지만 사람들은 잘 이해하지 못하는데, 인생은 춤이 끝난 후에도 계속된다. 그러니까 그 남자와 그 여자는 죽을 것이다. 또 다른 춤들은 그 용기에 대한 향수다. 이 춤은 용기다. 다른 춤들은 기쁨이다. 이 춤은 침울한 기쁨이다. 혹은 이 춤엔 기쁨이 들어설 공간이 없다. 삶의 유한한 승리는 중요하다. 두 사람은 웃지 않는다. 용서하지도 않는다. 그들은 서로를 이해할까? 그들은 서로를 이해하려 해본 적이 없다. 혼자 서 있는 깃발처럼 각자 제안한다. 승리한 자는—이 춤에서는 두 사람 모두 승리자다—복종에 연약해지지 않을 것이다. 그는 사랑과 분노로 메마른 스페인의 눈을 갖게 될 것이다. 짓밟힌 사람은—두 사람 모두 짓밟혔다—노예처럼 상대에게 술을 따를 것이다. 질투의 열정이 찾아오면 그 술잔에 죽음의 독이 들어 있다 할지라도. 살아남은 자는 복수했다는 느낌을 받을 것이다. 그러나 그는 영원히 혼자다. 그 여자만이 그의 적이었고, 그 남자만이 그녀의 적이었으니까. 그들은 춤으로 서로에게 선택받았던 것이니까.

1970년 12월 5일

가장 생산적인 '관용'

작가 지나 시우베이라 지 케이로스는 브라질 문학 아카데미의 회장 아우스트레제실루 지 아타이지에게 아카데미에 다시 지원하는 편지를 보냈다. 지난 6월 22일, 이 작가는 아카데미에 이미 지원했었지만 거절당했다. 지나 시우베이라 지 케이로스가 다시 지원하게 된 것은—문학을 궁극적 목적으로 둔 협회의 부당한 여성 차별적 성격에 대해 이전에 했던 주장 외에도—최근에 아카데미 프랑세즈에서 여성 지원자, 작가이자 저널리스트인 프랑수아즈 파르튀리에를 회원으로 인정했기 때문이었다.

지나는 브라질 문학 아카데미에서에서 수여하는 마샤두지아시스상 수상자로, 기관에서 가장 권위 있는 상이자 한 작가의 작품 전체에 수여하는 상이다. 심사 위원으로는 아니발 프레이리, 페드루 카우몽, 그리고 다른 아카데미 회원들의 이름이 올라 있었고, 수상 사유로는 "(…) 가장 독창적인 심리적 상황을 전개하는 서술적 능력과 땅의 개척자들의 야만적인 결의를 해석하는 능력을 지닌, 지나 시우베이라 지 케이로스는 개인적 예술이자 복잡한 구조의 소설을 완성하고 배경과 이미지를 훌륭하게 재구성함으로써 현대문학의 위대한 작가들 사이에서 자신의 자리를 확실히 마련했다. 이것이 그녀의 작품 『벽』에 등장했던 도시 상파울루 건립 400주년을 기념하는 1954년, 마샤두지아시스상을 그녀에게 수여하는 이유다"라고 말했다.

왜 이 주장은 지나의 아카데미 입회 자격을 증명하는 데 쓸 수 없을까?

지나는 사람들이 말하는 모든 방면에서 성공한 사람이다. 그러나 성공도 방해도 그녀에게서 고요함을 빼앗아 갈 수는 없다. 그녀는 모든 것에 주의를 기울이지만, 신체적으로도 사물들 위를 날아다니는 것처럼 보인다. 그녀의 정신상태는 늘 고요하다. 그러나 그녀는 일시적으로 갑자기 엄청난 화를 낼 수도 있다고 설명한다. 여러 혈통이 섞여 있는 그녀의 머리 위로 스페인 피 한 방울이 올라오면 그렇게 된다고 했다.

그녀는 등단 이후 그 유명한 『산의 개화』를 발표한 후, 30년째 문학에 자신을 바치고 있다. 그 이후로 그녀는 한 번도 글쓰기를 멈춰본 적이 없었다. 그녀가 쓴 칼럼도 9,000개가 넘는데……! '하지우 나시오나우' 라디오방송의 〈카페 다 마냥〉 프로그램에서 그 칼럼들을 읽었는데, 그녀가 지적하듯이 그 방송은 엄밀히 말하자면 그녀의 '문학'—『마르가리다 라 로크』, 『충실하지 못한 이들의 여름』 등등—은 아니었지만 대중의 넓은 지지를 받게 됐고 그 지지가 그녀에게 자신감을 가져다줬다. 그녀는 분명 가장 활발히 작품 활동을 하는 작가 중 한 명이다. 그러나 처음에는 끔찍한 게으름을 이겨내야만 했다고 하는데…… 태생이 게으르기 때문이다. 그녀는 처음 글을 쓰기 시작했을 때 침대에 등을 기대고 가장 게으르게 "작업했다"라고 하는데, 다른 작가들과는 상반되는 모습이다. 『벽』 이후로는 옮겨 써주는 사람을 고용하기 시작했고, 그렇게 주에 여덟 개의 칼럼을 쓸 시간을 확보할 수 있었다. 보통 1년에 책을 두 권씩 발표하고 그 외에는 여성이자 외교관으로서 사회적 의무를 다한다. 그녀는 다리우 카스트루 아우비스 대사와 결혼했다. 지나는 실패한 작가들에게 친절하다.

"이야기 속에서 조난당한 사람이 병 속에 구조 요청을 담아 바다에 던지는 것처럼 모든 작가는 자신의 메시지를 던질 방법을 찾는 존재들입니다. 대부분 이 메시지는 길을 잃고 말지요. 그러나 저는 적어도 멀리까지 소통하려 하는 이 행위를 늘 존중해야 한다고 생각합니다. 저는 한 번도 운이 없는 작가들을 비웃은 적도, 놀린 적도 없습니다. 그건 운의 문제 아닌가요? 그건 하느님 아버지의 손길일까요, 쓰고 고치고 하는 겸손함의 문제일까요? 진실은 그 메시지가 목적지에 도착할 때 우리는 구원을 받게 된다는 것입니다. 우리는 작가입니다."

장편소설과 단편소설을 쓰는 데 그녀가 이용하는 창작 과정은 실제로 경험한 것을 주제로 쓰는 것이다. 보통 그녀는 계속 누운 상태로 있는데, 사람들은 그녀가 누워 쉰다고 생각하지만 사실 그녀는 몇몇 인물과 상황을 연구 중인 것이다. 그러나 그녀는 머릿속에 모든 이야기가 "준비"되면 쓰기 시작하고, 그러면 거의 멈추지 않는다. 그녀의 책들 중 그녀가 가장 좋아하는 책은 『마르가리다 라 로크』로, 아마도 너무 괴로웠던 시기에 그 글을 썼기 때문일 것이다.

외교관과 결혼한 그녀는 여러 나라를 오가며 산다. 그녀는 기내에서 잠을 잤고, (후벵 브라가와 함께) 모로코에서 아침을 먹었으며, 크렘린에 있었다. 그녀는 흐루쇼프*와 대화를 나눴고 이어서 교황 바오로 6세와도 대화를 나눴다. 그러나 그녀는 브라질에 대한 향수로 괴로워하고, 자기 자신이 마차도 없는 집시처럼 느껴지지만, 그녀를 잘 이해해주는 남편이 그녀가 느끼는 향수를 상쇄해준다. 그녀는 칼럼을 절대 멈춘 적이 없었는데, 그녀의 칼럼은 마드리드, 모스크바, 파리, 헬싱키, 뉴욕에서 우리에게 온 것들이다. 그녀는 우리 사이에서 사회과학의 선구자로 불린다. 세계는 그녀를 알고 싶어 하지만 인간과 그녀의 새로운 철학, 그녀의 도덕성, 정의에 대한 감각, 성에 대한 이해는 시대를 앞선다. 이 모든 것은 정말 중요한데, 그녀의 호기심은 인간이 달에 갔다고 해서 끝나지 않는다. 해결되지 않은 문제가 지구에 아직 많은데 우주 경쟁에 돈을 쓰고 있다는 논쟁에 관해 그녀는 진보란 원래 거스를 수 없는 비정한 것이라고 느낀다. 콜럼버스 시절, 항해에 드는 돈을 가난한 동포에게 줘야 한다는 꿈같은 소리를 콜럼버스에게 하는 사람은 없었을 것이다. 진보의 이득은 아주 늦게 도착하기가 일쑤지만, 도착하기는 확실히 도착한다.

그녀가 소련에서 살아봤고 상상력도 풍부하기 때문에 나는 2000년에 러시아의 삶이 어떨지 물어봤다. 그녀는 이렇게 대답했다. "점점 더 서양 국가들과 비슷해질 거야."

자, 이것이 브라질에서 가장 많이 읽힌 작가의 가벼운 초상이다.

* 니키타 세르게예비치 흐루쇼프, 1894~1971. 소련의 혁명가, 노동운동가이자 정치인.

1970년 12월 12일

오직 외형적 질서만을 따르는 단어들

이탈리아에서는 il miracolo*를 밤에 잡는다. 갈고리에 심각한 상처를 입은 il miracolo는 바다에 보라색 먹물을 뿌린다. il miracolo를 잡는 사람은 해가 뜰 때 배를 탄다—그는 푸르스름한 낮빛에 책임감 넘치는 얼굴로 모래 위에서 거대한 기적의 어획물을 끈다. 그것은 il miracolo amore, 사랑의 기적이다.

milagre é lágrima**: 하나의 기적은 떨고 있는, 매끄러운, 떨어지는 나뭇잎 위로 떨어지는 하나의 눈물이다. 여기 풀 위에 반짝이는 수천 개의 milágrimas***가 있다.

the miracle에는 별의 단단하고 뾰족한 부분과 가시가 있는 은이 많이 있다.

le miracle****은 팔각형의 크리스털이어서 손바닥에 놓고 천천히 돌릴 수 있다. 그것은 손안에 있지만 보기 위한 것이다. 매우 천천히 모든 면을 다 볼 수 있다. 어떤 면에서 봐도 크리스털이다. 그러다 보면 어느 순간—물리적인 상처와 온갖 감정의 배출을 무릅쓰면—펼친 손에 들고 있는 것이 크리스털이 아니라

* 이탈리아어로 '기적'이라는 뜻.
** 포르투갈어로 '기적의 눈물'이라는 뜻.
*** 포르투갈어로 '기적'이라는 뜻.
**** 프랑스어로 '기적'이라는 뜻.

le miracle이라는 사실을 깨닫게 된다. 그때부터 우리는 아무것도 볼 수 없다. 그저 듣고 있을 뿐이다.

단어의 외형에서 의미로 가기 위해서는, 단어를 부스러기로 만드는 것부터 시작해야 한다. 불꽃이 자기 운명에 따라 공중에 터진 불꽃으로 고유한 죽음을 맞이할 때까지 불투명한 물건으로 남아 있는 것처럼. 단순한 몸에서 사랑의 감정으로 이행하는 여정에서 뒝벌도 그런 지루한 순간을 맞는다. 그러고는 죽는다.

지휘봉

자연의 왕인 우리가 두려워해야 한다면, 그 두려움에서 벗어날 수 있는 존재가 있을까? 우리는 떨리는 손톱을 세우고 권력의 지휘봉을 손에 쥔다.

주의가 산만한 사람이 되지 않기 위해

함께 걷고 있음에 살짝 취했다. 그건 입을 벌리고 감탄하다 보면 알아챌 수 있는 목이 건조한 느낌과 비슷한 기쁨이었다. 그들은 전방의 공기를 들이마시고 있었고, 물을 마시고 싶은 갈증을 느꼈다. 그들은 말하고 웃으며 길을 걷고 또 걸었다. 그들은 결합된 갈증의 기쁨, 그 살짝 취한 감정에 질감과 무게감을 주기 위해 말하고 웃었다. 그들은 차와 사람들 때문에 때때로 서로의 몸에 닿았다. 몸이 닿을 때마다—갈증은 아름다웠지만 강물은 아름다울 만큼 어두웠다—그럴 때마다 일렁대는 물은 그들 안에서도 일렁댔다. 그리고 입술은 감탄으로 조금씩 더 말랐다. 아, 함께 있다는 것은 얼마나 좋은 일인가!

모든 게 거부로 바뀔 때까지. 그들은 자신들이 느끼고 있는 그 기쁨을 가지려고 했지만 모든 것은 거부로 바뀌었다. 그래서 위대한 무용수는 실수를 저질렀고, 단어의 의식은 틀렸다. 그는 보고도 알 수 없었고, 그녀는 그가 알 수 없었다는 걸 알지 못하면서도 그 자리에 있었다. 모든 게 실수로 파멸했고, 거리에는 먼지가 날렸다. 서로가 잘못될수록 그들은 악착스럽게 원했다, 미소도 짓지 않고. 이 모든 것은 단지 그들이 너무 조심했기 때문이다. 그저 충분히 산만하지 않았기 때문이다. 그저 갑자기 엄격해지고 모질어졌기 때문이다. 이미 가졌던 것을 갖기를 원했기 때문이다. 이 모든 것은 이름을 부여하려 했기 때문이다. 이미 존재하고 있었는데 존재하기를 원했기 때문이다. 그래서 그들은 주의가 산만하지 않을 땐 전화가 울리지 않는다는 것을, 편지가 도착하려면 집을 떠나야 한다는 것을, 마침내 전화가 울릴 땐 기다림의 사막이 이미 전화선을 끊었다는 것을 배우기 시작했다. 모든 것은 그들의 주의가 더 이상 산만하지 않았기 때문이다.

1971

1971년 1월 16일

당신을 위한 선물

나를 위한 선물이기도 하다. 1970년 11월 14일에 실었던 내 글을 기억하는 독자들이 몇몇 있을지 모르겠다. 내가 카를루스 드루몽 지 안드라지에게 시 한 편을 들고 이 칼럼난에 와달라고 초대했던 글 말이다. 나는 내 원고료는 당연히 그에게 지급할 것이라고 했었다. 그렇다면 드루몽이 그 원고료를 받아들였을까? 그는 받기를 원하지 않았다. 그가 내게 준 것은 꽃 한 송이다.

오늘도 그의 시가 여기, 이 칼럼난에 찾아왔다. 그는 같은 날 그의 칼럼난에 글을 싣고, 말을 탄 기사가 숙녀를 도와주려고 자기 말에서 내려오듯이 내 칼럼난에도 자신의 글을 싣는다.

일주일째 집이 뒤숭숭하다. 모든 것이 나와 당신이 무척 사랑하는, 영원한 브라질 최고의 시인의 시를 맞이하기 위한 준비다. 나는 열다섯 명의 가정부에게 집을 광나게, 바닥이 거울처럼 반짝이게 닦으라고 지시했다. 문을 단단히 잠근 곳에 보관했던 크리스털 식기를 꺼냈고, 샴페인 잔을 윤이 나게 닦고 예리한 소리가 나는지 확인해봤다. 스코틀랜드 위스키를 들이긴 했지만 시인이 마시지는 않을 것 같다. 그래서 커피 연구소에 가서 수출용 커피를 샀다. 브라질 커피이지만 이탈리아에서만 맛볼 수 있는 커피다. 서른 개의 거실 샹들리에는 온갖 반사와 굴절, 온갖 반사광과 미광과 섬광, 빛줄기와 빛살, 믿을 수 없이 불안한 떨림으로 동요하는 거대한 빛의 방울들로 까탈을 부리고 짜증을 낸다—조명을 모두 켰다. 시인을 맞이하는 데 초라한 빛은 있을 수 없는 일이다. 거울은 매우 깨끗하고 투명해서 까딱하면 사람이 통과할 것 같다.

“꽃은?” 집 안의 모든 꽃병에 꽃이 넘친다. 화관이 서 있는 붉은 패랭이가 섞여 있고, 꽃봉오리가 살짝 열린 흰색과 노란색 장미가 열두 송이 있으며, 수북하게 핀 꽃들 중에 어떤 장미들은 너무 빨갛게 펴서 거의 먹을 수도 있을 것 같다. 나는 테라스 벽에 급히 담을 타고 올라가는, 이미 꽃이 핀 재스민을 심게 했는데, 달콤한 향기에 살짝 취한다. 거실 구석에 아주 신선한 양치류 식물 한 뭉치를 심었다. 그 식물은 자기 세계에 틀어박힌 구부러진 녹색 줄기에 작은 고사리 잎이 수천 개 달려 있다. 그 한 무더기의 식물은 고개를 박고 일렁이는 야생의 매력을 느끼고 싶게 만든다. 나는 키가 큰 유칼립투스를 골랐는데 그 유칼립투스들이 지붕을 넘어가는 바람에 나는 어두운 밤 우리 머리 위에서 별빛이 반짝이도록 그 일부를 쳐내고 지붕을 열었다. 나는 당신이 토요일 아침에 이 초대 손님이 오기를 기다린다는 것을 알고 있다. 그러나 사실상 오늘은 캄캄한 밤이고, 보름달이 떴지만 사람이 깊은 어둠 속에서 달콤하게 길을 잃기 좋게 하늘이 어둡다.

어떤 옷을 입을까? 하얀 튜닉은 어떨까. 내가 갖지 못한 순수함을 표현하기 위해서가 아니라, 하얀 튜닉이 아름다우니까. 머리를 자른 것이 후회되지만 이미 늦었다. 다시 자랄 시간이 없다.

이제 소파에 앉아 기다린다. 몇 분이 흐르고, 그는 오지 않는다. 마지막 순간에 시인이 자신의 시를 위한 더 나은 은신처를 찾은 것이 아닌지 두렵다. 나와 내 친애하는 독자들, 우리가 이 칼럼난을 가능한 한 더 아름답게 꾸민다고 해도 말이다. 이제 나는 우리가 들쭉날쭉한, 유독 힘없는 칼럼난을 만들었다고 틈틈이 자책한다. 그러나 데드라인에 맞춰 규칙적으로 쓰는 사람은 누구나 들쭉날쭉하단 걸 그 시인은 알고 있다. 그렇다면 시인은 카를루스 올리베이라의 칼럼을 선택한 것일까?

그러나 초인종이 울린다. 시인이 나와 당신을 찾아왔다. 자, 그가 여기 있다.

저마다 품은 신

내가 "나의 신이시여"라고 말할 때
나는 내 소유를 주장하는 것이다.
도시의 둥지에는
개인의 신이 천 명 있다.

내가 "나의 신이시여"라고 말할 때
나는 암묵적 동조를 만드는 것이다.
나는 가장 약한 존재이지만
형제애를 무너뜨리는 것보다 강하다.

내가 "나의 신이시여"라고 말할 때

나는 내가 고아라고 외치는 것이다,
나를 바친 왕은
내 자유를 가로챘다.

내가 "나의 신이시여"라고 말할 때
나는 불안에 눈물을 흘린다.
나는 나의 소영원小永遠 안에서
신을 어떻게 해야 할지 알지 못한다.

—카를루스 드루몽 지 안드라지

1971년 1월 23일

이론의 여지가 없는 명백한 사실

사교 모임에서 네우송 호드리기스*를 만났을 때, 그에게 몇 가지 질문을 하겠다고 말했다. 그러나 그는 다양한 면이 있는 사람이기 때문에 한 가지만 묻기로 했다. '진실'에 대해서다. 그는 곧장 수락했고 약속을 지켰다. 게다가 몇 가지 진실을 말하고 싶어 하는 것 같았다. 나 역시 마찬가지였다.

"당신은 좌파입니까, 우파입니까?"

"좌파도 우파도 되고 싶지 않습니다. 저는 자신의 고독을 맹렬히 지키는 사람입니다. 제가 이런 태도를 고집하게 된 데에는 두 가지 이유가 있습니다. 역사에서 일어난 시민전쟁을 다룬 두 권의 책을 읽으면서 이론의 여지가 없는 명백한 사실을 확인하게 됐습니다. 그러니까 양쪽 다 천박한 놈들밖에 없었다는 사실입니다. 모두가 완전히 천박한 놈들이었습니다. 저는 천박한 좌파도 천박한 우파도 되고 싶지 않습니다."

"당신은 고독을 말했습니다. 당신이 외로운 사람이라고 생각하시나요?"

"사랑하는 사람이 있느냐의 관점에서 말한다면, 저는 루시아를 만났습니다. 구체적으로 말할 필요가 있는데요, 이상적인 동행이 있어야 커다랗고 완벽한 고독을 느낄 수 있습니다. 그러나

* 1912~1980. 브라질 작가, 저널리스트, 극작가.

그 외의 세계에서 저는 완벽하게 혼자입니다. 한번은 심각한 병에 걸려서 거의 죽을 뻔한 적이 있었습니다. 3개월 동안 사경을 헤매는 동안 한 달에 한 명씩 세 명의 방문을 받았습니다. 제가 병에 걸렸다는 소식이 신문의 일면에 나왔던 사실을 떠올려주세요. 그래서 저는 뼛속 깊이, 영혼으로 받아들이기 힘든 진실을 느끼게 되었습니다. 친구는 존재하지 않는다는 것을요."

"그렇지 않아요. 친구는 존재해요, 네우송. 당신이 운이 없었던 것뿐이에요. 저도 병원에서 약 3개월을 보냈는데 문병하러 온 사람들이 있었어요. 그중에는 모르는 사람도 있었죠. 저는 사람들에게 친절한 편은 아니에요. 내가 무엇을 했기에 저 사람들이 나와 함께 있어준 것인지 스스로 묻기도 했죠. 아니요, 친구가 없다고는 생각하지 않아요. 다만 드물 뿐이죠."

"아니면 제가 너무 주는 게 없거나 제가 주는 것을 다른 사람들이 받아주지 않는 것이겠지요."

"그렇지만 당신은 성공한 사람이잖아요—성공은 타인에게 무언가를 주었을 때 찾아오는 거죠. 당신은 주고 있어요."

"저에게는 미지의 친구라 부르는 사람들이 있지요. 한 번도 본 적 없는, 길모퉁이, 화장실, 장례식에서 밤을 새우면서 마주친 사람들이죠. 한번은 죽은 동료를 보러 작은 교회에 갔어요. 새벽 2시였습니다. 젊은 여성 한 분이 손에 수첩을 쥐고 장례식장에서 나오면서 말했지요. '『있는 그대로 삶』을 쓴 작가와 악수할 수 있다면 저에게 큰 영광이겠습니다.' 그러고 사인을 요청했어요. 저는 인간의 보잘것없는 다정한 순간을 살고 있다는 느낌을 받았지요. 이것이 제가 말하고 싶은 것입니다. 좋은 친구가 있을 수는 있지만 그건 어떤 순간에 낯선 사람을 마주하는 것이에요. 그 이상은 아니죠. 우리는 그 사람을 좋아할 수 있고 그에게 사랑을 받을 수도 있어요. 우정의 비극은 함께 산다는 비통한 심연이지요."

"그렇지만 엘리우 펠레그리누는 당신의 친구잖아요. 오토 라라 헤젠지도 당신의 친구이고요."

"아니요. 제가 그 둘의 친구예요. 우리 사이에서 한쪽이 다른 한쪽을 좋아할 수 있죠. 어려운 것은(불가능하다는 것은 아니고요) 상대도 역시 나를 좋아하는 거예요. 오늘 제가 엘리우 펠레그리누와 함께 점심을 먹었는데요, 제가 의견을 몇 개 말하자 그는 교회에서 찬송가를 부르는 바리톤의 아름답고 따듯한 목소리로 이렇게 말했어요. '그건 거짓말이야, 거짓말!' 제가 현생에서도 전생에서도 엘리우 펠레그리누를 거짓말쟁이 취급하는 일은 절대 없었는데 말이죠. 그 순간 그가 지상에서 가장 절망적이고 근원적인 고독을 우리 사이에 가져다 놓은 것이죠. 우정에는 그런 공격성이 있을 수 없어요. 오토는 저에게 한 번도 전화한 적이 없죠! 저는 지금 가장 명예로운, 달랠 길 없는 씁쓸한 심정으로 말하는 거예요."

"그런 건 이유가 될 수 없어요. 오토는 제 친구인데, 그는 몇 번이나 우정을 증명했어요. 그렇지만 그가 내게 전화하는 일은 흔치 않아요. 네우송, 현생과 전생을 말씀하셨지요. 당신은 오컬티스트인가요? 접신론자인가요? 환생을 믿으세요?"

“저는 굳이 말하자면 기독교 신자입니다. 저를 똑바로 서 있게 하는 유일한 것은 영혼은 불멸한다는 확신이에요. 저는 인간을 짓밟힌 개의 우울로 깎아내리기를 거부합니다. 우리가 죽음과 함께 소멸한다면, 우리는 무시해도 좋을 존재일 거예요.”

“그렇다면 죽음 이후에 우리의 영혼은 어디로 갑니까?”

“거기에 미스터리가 있는 것이고, 미스터리는 당연히 영혼이 불멸한다는 것을 방해하지 않아요. 예전에 당신이 저에게 어떤 신문에 연재하느냐고 물으셨죠. 저는 매일 의무적인 연재를 세 개 하고 있어요.(견디기 힘든 요구에 답하기 위해 더 많은 글을 쓰긴 합니다.) 한 신문에는 칼럼 두 개를 싣고 있죠. 다른 신문에는 축구에 대한 글을 연재합니다. 소설이나 희곡을 쓰려고 하면 완전히 지쳐서 초인적 노력을 해야만 해요. 제 근무 환경은 비인간적이라고 생각합니다. 제가 실패했다고 생각하고요. 저는 꿈을 이루지 못했어요. 사람들이 꿈을 이룰 수 있다고 생각하지 않고요. 그렇지만 세상에서 가장 중요한 것은 사랑이고요, 개인에게 가장 중요한 것은 고독이지요. 저는 거의 풍자적 의미로 로맨틱한 사람이지요. 모든 사랑이 영원하다고 생각해요. 끝이 있다면 그것은 사랑이 아니었던 것이지요. 저에게 사랑은 삶과 죽음 너머에서도 계속 이어지는 것이에요. 제가 이렇게 말하면 돌이킬 수 없이 우스꽝스러운 사람이 되는 기분이지만, 이런 우스꽝스러운 모습도 저의 가장 진지한 면의 일부라고 살면서 내내 고백하고 있지요.”

“네우송, 당신도 다른 사람들처럼 많은 이와 의견을 나누셨지요. 다른 모든 대화도 지금 우리가 나눈 것과 비슷했나요?"

"아니요, 저는 지금 노력하는 중이에요. 당신을 속이지 않기 위해서 무심해지려고 노력하고 있어요."

우리가 대화를 나눈 몇 분 동안 그는 단 한 번도 미소 짓지 않았다. 심각한 진실 앞에서는 미소 짓지 않는 법이라고 그는 말하는 것 같았다.

"당신은 성공한 사람이에요. 이 성공이 당신의 개인적인 삶을 얼마만큼 방해했나요?"

"방해되지 않았어요. 루시아와 저는 우리만의 고독을 성처럼 지었으니까요."

"저와 나눈 대화가 즐거우셨나요?"

"큰 기쁨이었습니다. 삶에서 중요한 것은 고백하는 순간들이죠."

1971년 2월 6일

카니발

'운명'(!)은 너무 유명해서 소개할 필요도 없는 클로비스 보르나이*의 길과 나의 길이 만나기를 원했다. 고백하자면 나는—혹시 내가 잠시라도 그를 생각했다면—현학자 클로비스 보르나이를 경박하고 친근감 있는 사람으로 상상했다. 내가 기분 좋게 놀랐던 점은 보르나이가 대화를 나누기에 좋은 상대였다는 것이다. 그는 단순하게 자신이 하는 일에 대한 사랑을 이야기하는, 우습게 보이거나 공격받는 것을 두려워하지 않는 거의 순진하다 싶을 정도로 진실한 사람이었다.

그날은 기분이 최악이었는데 조금씩 나아졌고, 매우 놀랍게도 역사상 가장 위대한 카니발 무대감독 중 한 사람, 아니 '가장'은 아니더라도, 그의 삶을 발견하게 됐다. 가장 이상했던 점은 그가 카니발 댄스에 참여하지 않기 때문에 엄밀히 말해 그를 '카니발의 대가'라고 여길 수 없다는 것이다. 그는 카니발에서 의상을 뽐내기만 한다. 그러나 어쨌든 카니발은 카니발이고 그거면 충분하다.

보르나이는 브라질 사람이다. 부모님이 브라질 사람이지만 아버지는 프랑스 출신이고 어머니는 스페인 출신이다. 그는 태어

* 1916~2005. 브라질 박물관학자이자 배우이자 유명한 카니발 의상 제작자.

난 직후부터 여느 축제보다 강렬한 카니발에 흥미를 보이기 시작했다. 그는 아직 어머니의 품 안에 있었을 때, 가면을 쓴 무용수를 보고 무서워했던 것을 기억한다고 말했다.(그 기억은 후에 형성되었을 것이다, 보르나이가 그렇게 어릴 때의 기억을 간직할 리가 없으니까.) 보르나이의 감정은 가면을 쓴 사람들이 친구이자 즐기는 사람들이라는 것을 깨닫고는 두려움에서 애정으로 바뀌었고, 그래서 어릴 때부터 이미 변장을 하고 축제에 참여했다. 여기 리우에서는 집집마다 진짜 의상실이 열린다. 온 가족이 함께 준비한다. 나는 그에게 여자로 변장해본 적이 없느냐고 물었고, 그는 없다고 말했다. 그는 발끝까지 내려오는 이불보를 벨트로 묶어 머리에 두르고 얼굴에는 해골 가면을 썼다고 했는데, 쉽고 저렴한 변장이었다. 그러나 1937년에는 자격 조건에 맞는 나이가 되어 그의 집 창고에 버려졌던 샹들리에의 진주와 크리스털을 재활용하여 직접 만든, 힌두 공주라고 명명한 가장을 하고 시립 극장 오디션에 참가했다. 그는 그렇게 사람들 앞에 처음으로 성공적으로 등장했고, 그 성공이 34년 동안 계속 이어졌다. 그의 변장 아이디어는 전적으로 그의 것이다. 일단 인물과 자신을 동일시한 다음에야 스타일과 형태, 시대에 맞는 소재를 찾을 수 있으니까. 이 모든 작업은 반 이상 제작이 될 때까지, 장화나 단화가 필요하거나, 왕관이나 반지 또는 칼, 창 같은 무기를 위한 금은 세공술이 필요해지기 시작하는 순간까지 아주 비밀스럽게 이뤄진다. 그때가 되면 조금씩 소문이 퍼진다. 연말이 가까워지면 TV 방송 진행자들이 그에게 질문하는데, "모두 감추려 하는 것은 우아한 태도가 아니다". 그는 절대로 의상 비용을 예측하지 않는다. 자재와 인건비가 너무 비싸서 낙담할 수 있기 때문이다. 그는 수당을 받아서 생활하기 때문에 자재를 조금씩 구하고, 여러 번 나눠서 인건비를 지불한다. 그는 모아둔 돈과 하청을 받아 작업한 디자인 시안, 이미 받은 보수로 다음 해 분장 비용을 마련한다. 그는 미혼이라서 당연히 돈은 아낄 수 있다. 그는 밤에 나가지 않고, 술을 마시지 않으며, 담배도 피우지 않고 즐기지 않는다. 친구들의 조언에도 차를 사지 않고 여전히 버스로 다닌다. "리우데자네이루에 대한 그의 사랑"은 이토록 크다. 그는 그저 "이 아름다운 땅에" 자기가 할 수 있는 방식으로 이바지하려 한다. 그는 매해 세 가지 다른 변장을 발표한다.

나는 그에게 질문을 던졌다.

"저는 카니발에 어떤 변장을 하면 좋을까요?"

"잠시만요, 잠시만, 거의 생각이 났어요…… 이름을 떠올리는 중이에요! 됐어요, 생각났어요! 창공이에요. 반짝이는 별자리가 놓여 있는 검은색 레이스 튜닉이죠. 머리에는 초승달을 쓰고, 한쪽 손에는 별을 쏟아붓는 은잔을 들어요……."

그는 자신의 경쟁자인 에반드루 지 카스트루 리마를 리우데자네이루 카니발을 아름답게 하는 마법의 주문을 찾아낸 오트쿠튀르 인물로 여긴다. 그가 가장 원하는 것은 완벽함에 이르는 것이다……. 나는 그에게 아들이 있다면 명품으로 꾸미기를 바라느냐고 물었고 그는 그렇다고 했다. 왜냐하면 패션은 하나의 예술이니까. 카니발 변장 모델이 되기 위해서는 개성을 표현하는 것이 가장 중요하고 그러기 위해서는 좋은 배우여야 한다.

"천재성이 있어야 해요. 헤라클레스의 힘과, 그리스도의 선과 어린아이의 명랑함, 여성의 부드러움과 악마의 꾀바름이 있어야 하지요. 그러니까 당신은 좋은 배우여야 합니다."

그렇다고 그가 1년 내내 카니발이 열리는 사흘만을 생각하는 것은 아니다. 그가 가장 사랑하는 것은 국립 역사박물관이기 때문이다. 그는 그곳에서 박물관 학자로 일한다. 그는 그 일이 너무 재미있어서 1년 내내 몰두하고, 단 나흘 동안 광란의 휴가를 냈다가 재의 수요일*에는 이미 정신을 차리고 자신의 자리로 돌아가 있다—정신은 내가 나간 것 같다. 나는 박물관 학자가 아니니까. 내가 지금 가장 열렬하게 원하는 것은 크리스털로 별자리를 수놓은 검은색 레이스 튜닉과 별을 붓는 은잔이다.

* 가톨릭에서 지키는 절일의 하나로, 수요일에 자신의 죄를 참회하는 의미로 머리에 재를 뿌리는 의식.

1971년 2월 13일

별로 유명하지 않은 브라질 사람: 레오포우두 나시빙

그는 잘 알려지지 않았지만 브라질의 자랑이다.

브라질 최고의 수학자이자 세계 최고의 수학자 네 명 중 한 명이다. 나는 늘 그렇듯이 확신하지 못하지만, 늘 그렇듯이 레오포우두에게 수학과 물리학이 깊은 이성적 사유의 결과물은 아니며, 수학과 물리학이 너무도 완벽한 예술이라서 예를 들자면 바흐의 푸가와 견주어본다고 대담하게 말했다. 레오포우두는 수학자 장 디외도네도 나와 똑같이 생각했다고 말했고, 나는 그 말이 무척 반가웠다.

그는 페르남부카누 중학교에서 자연스럽게 자신의 자질을 발견했다. 수학을 향한 그의 열정은 수학적 논증의 일부를 자신만의 노력으로 이해했다는 지적 만족과 연관되어 있었다. 그는 혼자서 몇 개의 수학적 사실을 발견했고, 그것이 정상 가속 이론과 라플라스의 행렬식처럼 이미 알려진 결과라는 사실을 확인했을 때에는 기쁨과 슬픔이 뒤섞인 감정을 느꼈다.

그의 자질을 이유로 그의 어머니와 누이 그리고 그는 교육 환경이 더 좋았던 리우로 이사했다. 열아홉 살에는 브라질 과학 아카데미 연보에 첫 번째 논문을 실었다. 다음 해에 그는 이탈리아와 아르헨티나에서 논문을 발표했고, 그렇게 국제적 관계를 넓혀나갔다. 그는 우리 시대 가장 중요한 지식인 중 한 명으로 1945년에서 1947년까지, 브라질에서 3년을 보냈던 앙드레 베유*와 개인적 친분을 적극 활용했다. 그는 브라질에서 2년을 머물렀던 장 디외도네와의 만남으로도 많은 것을 배웠다. 레오포우두 나시빙의 분석하는 자질은 베유와 디외도네, 스톤에게 먼저 영향을 받았다. 그는 스무 살에 유명한 이탈리아 물리학자 글레브 와타긴에게 함께 연구하자는 제안을 받았지만 거절했다. 그는 자신의 정신 구조가 물리학자가 아닌 수학자에 가깝다고 생각했기 때문이다. 베유와 스톤의 영향으로 시카고에서 2년 동안 대학에 다녔다. 미국에서 영주권을 받을 수 있었지만 그는 1950년에 브라질 대학 정교수가 되는 시험을 치르기 위해 브라질로 돌아오기를 선택했다. 20년이 지났지만 정교수 부임의 문은 아직 열리지 않았다.

레오포우두는 프랑스보다 미국에서 더 오래 살았지만 그의 연구 방식은 북미식이 아니라 프랑스식에 가깝다. 그러나 수학은 보편적인 것이고 국가적 특성이 없다. 연구원들 사이에서 개인적으로 주고받는 정보가 중요하다.

오늘날 브라질에서는 외국에 정착한 우리 지식인들의 '귀환 운동'을 언급하고 있지만, 그들이 국제적 중심지에 여러 차례 단기간 방문하거나 장기 체류를 하는 것을 반드시 보장해줘야 한다. 그렇게 해야 우리의 과학 수준을 높일 수 있을 것이다.

세자르 라치스가 브라질 물리학 연구 센터를 창립했을 때 나시빙은 그곳의 교수였다. 그는 1952년에 순수수학 및 응용수학

* 1906~1998. 프랑스 수학자.

연구소 창립에 참여했는데 그 기관은 브라질에서 가장 큰 수학 센터가 됐다. 1959년에서 1960년 사이, 그는 미국에서 유명한 브랜다이스 대학에서 4개월을 보냈다. 그곳에서 그는 가중법이 적용된 근사치에 대한 이론을 발전시켰다. 1960년, 나시빙은 예루살렘 히브리 대학 국제 심포지엄에 초대받는다. 1961년에서 1963년까지는 소르본 대학 강단에 서는 동안 독일과 벨기에, 스코틀랜드, 네덜란드, 영국, 이탈리아, 폴란드, 스웨덴, 스위스 대학에서 강연을 한다. 1962년에 모이뇨산치스타상을 받고 최고의 시설을 갖추고 있는 브라질 대학 수학 센터의 첫 번째 코디네이터로 초청받는다. 1963년, 시카고 대학에서 아주 좋은 조건으로 그를 정교수로 초빙하지만 그는 브라질과 감정적으로 깊이 연결되어 있다는 이유로 거절한다. 1965년에는 그의 책 두 권이 영어로 번역되어 나왔다. 1966년, 그는 고향인 페르남부카누 대학에서 명예박사 학위를 받았다.

1970년 9월, 프랑스 니스에서 열린 국제 수학 학회에서 나시빙은 유일한 남아메리카인으로 학회 조직 위원회에 참가하고 그중 한 세션의 의장이 된다. 그 이후로 벨기에에서 열린 국제 기능적 분석(그의 전공 분야다) 심포지엄에 초청 강연자로 참석한다. 그 계기로 그는 리에주 대학 훈장을 받는데, 세계적으로 유명한 다른 세 명의 수학자, 코테 교수(독일), 요시다 교수(일본), 그리고 나이런버그(미국) 교수에게 수여된 상이다.

1971년 2월 20일

기적의 낚시

그래서 글쓰기는 단어를 미끼로 쓰는 사람, 단어로 문장보다는 행간을 낚는 사람의 특성이다. 이 비언어가 미끼에 반응하면 글은 쓰인다. 일단 행간을 낚아 올리면, 단어는 안심하고 치워버릴 수 있다. 그러나 유사성은 거기서 멈춘다. 비언어는 낚싯바늘을 물면 필수 단어를 제 가슴속에 넣는다. 그러면 구원은 무심코 찾아온다.(이보다 더 잘 설명할 수 없다. 나는 때때로 설명하지 못하고 25년이 지나고 나서야 방법을 찾는다.)

기억하다

글쓰기는 존재하지 않았던 것을 너무도 자주 기억하는 일이다.

나는 아무것도 모르는 것을 어떻게 알게 되는 것일까? 그러니까 내 기억처럼. 기억의 노력으로, 마치 내가 한 번도 태어난 적이 없었던 것처럼.

나는 한 번도 살았던 적이 없었다. 그러나 나는 기억한다. 그 기억은 생생하다.

사교적 칼럼

이 저녁 식사는 완벽하다, 완벽하다, 완벽해. 그 자리에 있던 모든 것을 옮겨도 좋겠다—테이블, 테이블을 둘러싸고 있던 사람들, 은쟁반으로 음식을 나르는 웨이터들—다른 집으로, 어쩌면 다른 나라로, 사람들이 말하는 "국경을 모르는" 예술 작품처럼.

모든 손님은 이 실수의 부재, 이 완벽함이 자기들에게 달린 것이라고 인식할까? 사교 모임은, 가장 교양 있는 사교 모임들조차, 아직 저질러지지 않은 모종의 실수에 관한 모임 아닌가? 성대한 저녁 식사의 긴장감, 완벽함에서 오는 긴장감은 점점 커지고, 북의 가죽은 팽팽해진다. 짜릿한 위험이다.

저지르지 않을 개인적 실수를 지닌 각각의 남자 또는 여자 손님들. 결국 무슨 실수인가? 그것은 초대받지 못한 손님처럼 '자아'가 갑자기 나타나는 것이다. 조심스러운 대화 속에서 각자 소리 없이 실수를 저지른다. 내가 가학적인 방식으로 고집스럽게 끌어낸 황홀한 미소에 가려진 실수. 나는 그 실수에 가까이 왔다. 악몽으로 괴로운 미소를 지으며 거의 다 왔다. 1분만 더 있으면, 조금만 더 있으면—나의 '자아'가 온다.

곧이어 코냑과 증류주와 담배 연기의 소용돌이 사이에서 기지개를 켜는 완벽함은 점점 더 희미해지고, 점점 더 희미해지고, 자아가 안도의 숨을 쉴 수 있도록 빨리 집으로 들어가는 편이 낫다. 완벽은 점점 더 희미해진다. 위험한 운동이 이보다 낫겠다.

브라질 문학 아카데미

내가 아카데미 공개 세션에 절대 참여하지 않게 된 건 무엇 때문이었을까? 동기 부족이었을까? 어쩌면 내가 아카데미를 그저 영국 신사들의 모임 정도로 생각하고 있기 때문일까. 그곳에서는 방해꾼인 여성들의 간섭 없이 무언가를 마시면서 신문을 읽고 수다를 떨기 때문일까. 브라질 문학 아카데미에는 덫처럼 작동하는 비밀스럽고 깊은 것이 있을 것이다. 그게 아니라면 한 명의 후보자가 선택받는 기쁨을 누리는 대신에 자기가 뽑히기 위해 아카데미 회원들을 개인적으로 만나 뽑아달라고 간청하는 것을 어떻게 설명하겠는가? 소심한 주앙 카브라우 지 멜루 네투*가 그곳에 복종하는 것을 어떻게 설명할 것인가? 그게 아니라면 어떻게 주앙 기마랑이스 호자 같은 사람이 3년 동안 입회를 미루다가 아카데미에 들어가 제복을 입고 심근경색이 올 만큼 감동하겠는가? 그는 그런 위험을 감수할 가치가 있었다고 생각하니 말이다. 알 수 없는 일이다.

나는 아카데미 회원이자 네 번째 회장인 아우스트레제실루 지 아타이지를 만날 기회가 있었다. 그는 11년째 회장직을 맡고 있다. 그는 친절하고 상냥했고, 나는 그를 통해 많은 것을 알게 됐다. 예를 들면 이런 것이다. 아카데미 규약에 명시된 이 기관의 주된 목적은 포르투갈 언어를 지키고 문학을 장려하는 일이라는 것.

그들은 문학상을 제정해서 문학을 장려한다. 해마다 열여섯 개의 상을 주는데, 옛 화폐로 각각 100만 크루제이루의 상금을 준다. 마샤두지아시스상은 작품 전체에 주는 상이고 상금은 옛 화폐로 1,000만 크루제이루다. 이 상에 쓰이는 예산은 브라질 메르세데스 벤츠가 창립한 유르지코브스키 재단에서 제공하는 것

* 1920~1999. 브라질 시인. 1969년에 브라질 문학 아카데미 회원이 됐다.

으로, 유르지코브스키가 사망하면서 6만 달러를 아카데미에 기부했다. 이 재단은 프란스시스쿠 아우비스* 서점 대표의 유산을 지원받아 상을 수여하기도 한다. 아카데미의 진두지휘로 사전도 편찬한다. 그 외에도 학술지인 〈아 헤비스타 브라질레이라〉와 〈지스쿠르수스 아카데미쿠스〉를 출간한다.

나는 목요일 모임에서 무슨 일이 있었는지 알고 싶었다. 차와 다과를 곁들인 후에 문학계 인물들 또는 문학 행사들을 연구하는 모임이라고 한다.

이미 고전이 되어버린 아카데미 여성 회원 입회에 관한 질문에 대해서는 그가 내게 이렇게 말했다.

"아카데미에 여성이 들어오는 것을 반대하는 것이 아니라, 이 입회를 허가하기 위해 규정을 바꿔야 하기 때문에 반대하는 것이에요. 3대에 걸친 아카데미 회원들은 기관의 기초법을 손대서는 안 된다고 간주하고 있습니다."

* 1848~1917. 포르투갈계 브라질인으로 '아우비스 서점'을 창립.

1971년 3월 6일

여성 시인

나도 내가 마를리 지 올리베이라를 대중에게 소개하기 위해 그녀의 수줍음을 어떻게 없앨 수 있었는지 잘 모르겠다. 어쩌면 모두 그녀가 어떤 사람인지 모를 것이다. 기쁜 마음으로 그녀를 소개하려 한다. 마를리 지 올리베이라는 시적으로 풍부한 우리 세대 시인들 중 최고다. 그녀는 매우 젊지만 지금보다 훨씬 더 젊었을 땐 리우 교황청 대학, 페트로폴리스 가톨릭 대학, 프리부르구 가톨릭 대학에서 이탈리아어와 이탈리아 문학 그리고 라틴아메리카 문학을 가르치는 교수였는데, 그래서 매주 고단한 여행을 해야 했다. 아우세우 아모로주 리마, 바우미르 아얄라, 주제 길레르미 메르키오르, 안토니우 오아시스, 그리고 이탈리아의 거장 시인 웅가레티가 이미 마를리에 대한 글을 쓴 적이 있다.

그런데 왜 대중들은 마를리 지 올리베이라를 모를까? 왜 사람들은 시집을 사지 않을까? 마를리가 너무 겸손한 사람이기 때문에 나는 그녀가 마침내 책의 출간을 허락했다는 사실이 놀랍다. 그러나 작가에게는 숙명적인 사이클이 존재한다. 작품은 태어나야 하는 아기처럼 잉태되고 써진다. 그런 후에 출간되고, 출간되는 순간 더는 작가의 것이 아니게 된다. 마를리의 책을 읽기만 해도 그녀를 존중하고 사랑하게 되는데, 그녀를 사랑하기 위해서는 그것이 너무도 중요하다.

그녀는 매우 아름다운 사람이다. 숱이 많은 검은 머리카락과 어른을 사랑하고 아이를 요람에 잠재우는 목소리. 마를리는 외교관 라우루 모레이라와 결혼했고 둘 사이에는 딸이 하나 있다. 시인 활동 외에도 엄청난 지식과 날카로움, 탁월한 감수성으로 문학비평을 쓴다. 마를리 지 올리베이라는 지금까지 다섯 권의 시집을 썼다. 국립 도서 연구소의 상을 받은 『봄의 포위』, 『나르시시스트의 설명』, 내게 헌정해준, 브라질문학아카데미상을 받은 『온순한 표범』이 있는데, 그녀의 말에 따르면 저 책은 온순하면서도 표범의 난폭한 가능성을 품은 나에게서 영감을 받았다고 한다. 네 번째, 다섯 번째 작품은 한 권으로 묶여 출간된 『혈관의 피』와 『자연스러운 삶』이다. 그녀는 몇 년 전부터 지금까지 부에노스아이레스에서 살고 있고 또 다른 시집을 집필하는 중이다.

이곳에 그녀가 카를루스 드루몽 지 안드라지에게 바치는 시 「접촉」을 남겨본다.

> 한바탕 추위가, 한 줄기 빛이 떨어진다
> 불안한 기도 위로, 불협화음을 내는 입술의
> 여러 헛된 희망 위로
> 그사이, 어떤 위로가 있을까
> 불행한 어긋남 속에
> 사랑 그 안에서 탄생하는 사랑의 흔적만을
> 만나는 사랑의 열망에
> 마침내 그 사랑이 마땅히 일어나야 할 일이

없어도 된다는 것을 알고자 하는 욕망에
불꽃 대신에 추위를
추운 사막의 빛을, 떠들썩한
축제 대신에, 이 소리 없는 수용을,
나를 소비하는 방어 없이,
사막이 아닌 곳에서 이런 방식으로 산다
아주 가까이에서 긴 시뮬레이션이 점화했다

이런 방식으로 나는 생각한다
덥고 습한 뜨거운 사막 위를
순환하는 수액을, 생명력 넘치는 물을
꼬리를 감춘 그림자를
사랑도 이해도 아닌 것을
들어줄, 보여줄, 그러니까 사랑해줄
준비가 되어 있는 사람들을. 감각을 아낀다.
소통의 부정확한 출처는
확고한 만큼 민감하고
감정의 힘, 발견의 힘
우리가 이해하고 행하는 것 안에서 일어나는
문제의 힘을 누릴 수 있다
신비 또는 그 이상을 생각하지 않고
조용히 부두를 산책하는 누군가의
이 행복하고 막연한 부주의 속에

탐나는 녹음,

무한을 향해 창을 여는 꿈

존재하는 것과 나 사이의 모순

손댈 수 없는 것과 완벽한 것은

밀어내지 않는다, 서로를 찾는다, 애정을 갖고

현실에서, 내가 그것을 이해하는 것처럼 늘 단단하고

어떤 면에서는 절대로 돌이킬 수 없다

이해와 이중적 지식을

혼동할 수 있는, 어쩌면 내 손이

너의 손을 만지면서, 이런 사랑

또는 접촉의 행위 안에서

추구하는 것을 이해하지 못한 채

수용하는, 이 생생한

거울의 나열에도 불구하고.

1971년 3월 13일

동물들 (1)

나는 이따금 동물들의 육체를 만지거나 그저 바라보기만 해도 소름이 돋는다. 인간이 아니지만 우리와 같은 본능을 지닌, 어쩌면 더 자유롭고 더 길들일 수 없는 그 생명체에게 어떤 두려움이나 공포를 느끼는 듯하다. 동물은 절대 다른 무엇으로 대체되지 않는다. 우리가 그래야만 하는 것처럼 절대 이상화하지 않는다. 그 생명체들은 움직인다! 동물들은 독립적으로 움직인다, 이름 없는, 생명이라는 이 이름 없는 것의 힘으로.

나는 어떤 사람에게 동물들은 웃지 않는다고 언급했는데, 그 사람은 내게 베르그송이 웃음에 관한 에세이에서 그 주제에 대해 놀라운 글을 썼다고 했다. 그렇지만 확실히 개는 웃는다. 개는 꼬리를 빠르게 흔들고 눈을 더 반짝이며, 헐떡이는 입술을 더 크게 벌리며 웃는다. 물론 고양이는 웃지 않는다. 그렇지만 놀 줄은 안다. 나는 오랫동안 고양이를 돌본 적이 있다. 어렸을 때 배수관에서 고양이를 발견한 적이 있었다. 회색에 줄무늬가 있는 고양이였는데 영리한 데다 고양이들의 의심 많고 공격적인 성향이 있었다. 내 고양이는 새끼를 많이 낳았고 매번 똑같은 비극이 벌어졌다. 내가 집에 새끼고양이들을 데려다 키워서 집을 고양이 사육장으로 만들려고 했기 때문이다. 식구들은 나 몰래 내가 모르는 사람에게 새끼 고양이를 나눠줬고, 내가 새끼 고양이들이 없어졌다고 거세게 항의하는 바람에 문제는 커졌다. 어느 날, 내가 학교 간 사이에 식구들은 내 고양이마저 누군가에게 줘버렸다. 나는 너무 충격을 받아서 고열로 앓아누웠다. 식구들은 나를 위로하기 위해 고양이 인형을 선물해줬지만 내게는 그것이 조롱처럼 느껴졌다. 어떻게 그 물컹하고 죽은 물건으로 살아 있는 고양이의 탄력성을 대체하려 한단 말인가?

살아 있는 고양이에 대해 말하자면, 고양이에 대해 더는 아무것도 알고 싶어 하지 않는 친구가 한 명 있는데, 그 친구는 발정난 고양이를 키운 이후로 고양이라면 혐오감을 느꼈다. 친구의 고양이는 본능이 너무 강하고 급해서 발정기에 애처롭게 계속 울어대서 온 동네가 시끄러웠다고 한다. 그러다가 그 고양이는 갑자기 히스테리가 심해져 높은 지붕에서 뛰어내렸고 바닥에 떨어지면서 다치고 말았다. 내가 이 이야기를 들려주자 가정부는 성호를 긋고 말했다. "Vade retro."*

돌 같은 등껍데기를 질질 끌고 걷는 느리고 먼지투성이인 거북에 대해서는 말하고 싶지 않다. 제3기의 공룡과인 그 동물에게는 관심이 전혀 없다. 거북은 너무 멍청하고, 사람과 관계를 맺지 않으며 자기 자신과도 마찬가지다. 두 거북이 사랑을 나누는 행위에는 온기도 생명도 없다. 과학자는 아니지만 나는 그 종이 몇천 년 후에 멸종될 것이라 예상한다.

닭과 닭이 서로 맺는 관계, 사람과의 관계, 무엇보다 그들이 알을 관리하는 것에 관한 것은 내가 평생 써온 글의 주제다. 그리고

* "사탄아, 물러가라!"

나는 원숭이에 대해서도 이미 말한 적이 있다.

어른이 되어서 나는 나폴리의 사람 많은 거리에서 어느 보잘것없는 여자에게 암캐를 산 적이 있다. 그 개가 나를 위해 태어났고 그 개 역시 그렇게 느낀다고 느꼈기 때문이다. 그 개는 너무도 기뻐하며 이미 전 주인에 대한 아쉬움 없이, 뒤도 돌아보지 않고 꼬리를 흔들고 혓바닥으로 핥으며 나를 따라왔다. 나폴리에서 태어나고 자랐지만 브라질 흑백 혼혈의 깡패 같은, 1900년대의 호감 가는 수다쟁이 같은 면모를 도도하게 지니고 있었기 때문에 지우에르만두라는 긴 이름을 붙여준 그 개와 내 사연은 아주 길다. 나는 그 지우에르만두에 대해서라면 할 말이 아주 많다. 우리는 매우 가까웠고 그 개의 감수성은 나의 감수성과 연결되어 있어서 내게 닥친 어려운 일을 미리 예견하고 느낄 정도였다. 내가 타자기로 글을 쓰면 그 개는 내 옆에 엎드려 있었는데 그 모습이 정확히 졸고 있는 스핑크스 같았다. 내가 무슨 일이 있어서 글쓰기를 멈추면 그 개는 귀를 쫑긋 세우고 기다리며 나를 봤다. 문제를 해결하고 다시 글을 쓰기 시작하면 그 개는 포근하게 다시 잠이 들었다. 어떤 꿈으로 가득한 잠이었을까?—동물도 꿈을 꾸는 것이다. 나는 그걸 봤다. 어떤 인간도 내가 그 개에게 전적으로 받았던 사랑만큼 내게 온전히 그 느낌을 줄 수는 없을 것이다.

내 아들들이 태어나고 자라기 시작하자 우리는 아들들에게 개 한 마리를 선물했다. 크고 아름답고, 참을성 많게도 아이가 자신의 등에 올라타는 것을 허락하는 개였다. 아무도 시킨 적이 없었는데 그 개는 집과 거리를 지나치게 잘 지켰고, 위험을 알리기 위해 짖는 바람에 밤에 이웃들을 깨우곤 했다. 나는 아들들에게 우리의 발뒤꿈치 뒤를 따라다니는 노란 병아리들을 줬다. 우리는 마치 어미 닭이 된 것처럼 걸음걸이를 조심했는데, 그 작은 존재들에게는 인간 엄마가 필요했다. 나는 아들들에게 토끼 두 마리를 주기도 했고 오리도 줬으며 원숭이도 줬다. 사람과 동물의 관계는 특별하고 어떤 것도 그 관계를 대신할 수 없기 때문이다. 동물을 키운다는 것은 생명을 경험하는 것이다. 동물과 삶을 나눠 본 적 없는 사람은 살아 있는 세상의 어떤 직관을 놓치는 것이다. 동물을 보는 것을 거부하는 사람은 자신을 두려워하는 것이다.

그러나 나는 때때로 동물을 보면서 몸을 떤다. 그렇다, 동물들 사이에 있으면 때때로 내 안에 조상으로부터 내려온 무성의 비명이 느껴지고, 누가 동물인지, 나인지 짐승인지 모르겠다. 나는 어찌할 바를 모르고, 십중팔구 억눌려 있던 내 고유한 본능을 마주하는 두려움을 느끼게 된다. 동물은 너무 엄격해서 그들 앞에서는 나도 본능을 인정하게 된다. 우리 같은 비참한 생명체가 또 무엇을 할 수 있겠는가? 나는 동물을 사람처럼 대하는 여자를 알고 있다. 그녀는 동물들과 대화하고, 그들에게 고유한 성격이 있다고 생각한다. 그러나 나는 동물을 인간처럼 대하지는 않는다. 내 생각에 그것은 공격이며—본성을 존중해야 한다—나 자신을 동물화하는 것 같다. 그건 어렵지 않다. 쉽게 된다. 저항하지 않으면 된다. 자신을 포기하면 된다.

그러나 내가 더 멀리 갈 수 있다면, 결론을 깊이 생각할 수 있다면, 자신을 완전히 버리는 것만큼 어려운 일이 없다. 이 어려움은 인간의 고통이다.

작은 새를 손에 쥐는 것은 끔찍한 일이다. 질겁한 새는 격렬하게 날갯짓을 한다. 우리는 주먹을 반쯤 쥔 손안에서 돌연 발버둥치는 천 번의 날갯짓을 쥐었다가, 갑자기 그것이 견딜 수 없어지면 새를 풀어주려고 서둘러 손을 펴거나 새장보다 더 커다란 자유를 주려고 새가 살던 곳에 서둘러 놓아주게 된다. 어쨌든 나는 새들이 나무나 내 손을 떠나 먼 곳에서 날기를 바란다. 어쩌면 어느 날, 보치카리우 해변을 걷다가 아우구스투 호드리기스의 새들을 만나면 그들과 가까워질 것이며 그들의 너무도 가벼운 존재감에 기뻐할 것이다.("그들의 너무도 가벼운 존재감에 기뻐할 것이다"라는 문장은 정확하게 말하기 위해 완전한 문장을 썼다는 느낌을 준다. 얼마나 신기한 느낌인가, 내가 맞는 건지 틀린 건지 알 수 없지만 그건 또 다른 문제다.)

올빼미를 키우겠다는 생각을 해본 적은 없다. 그렇지만 내 친구 중 한 명은 산타테레자 숲에서 바닥에 떨어져 있는 새끼 올빼미를 발견한 적이 있다. 그 올빼미는 혼자였고 어미가 없었다. 그녀는 그 올빼미를 집에 데려와서 돌봐주고 먹이를 주고 속삭여주다가 마침내 그 올빼미가 생고기를 좋아한다는 사실을 알게 됐다. 그 올빼미가 힘이 강해졌을 때 그녀는 올빼미가 곧 떠나기를 기다렸는데, 올빼미는 자기 길을 찾아 떠나기를, 그러니까 같은 종의 올빼미들을 찾아 떠나기를 한참 망설였다. 그 신기한 새가 내 친구에게 애정을 품었던 것이다. 그 올빼미는 거칠게 코로 숨을 내쉬고 조금 멀리 갔다가 금세 다시 돌아왔다. 자신과 싸우는 것처럼 털을 쥐어뜯다가 세상 깊은 곳을 향해 날아갈 때까지 말이다.

동물들 (결론)

토끼의 말 없음, 토끼가 당근을 매우 빠르게 먹는 방식, 자주 하는 만큼 빨리 하기도 하는, 콤플렉스 없는 토끼의 섹스—나는 왜 이런 토끼의 태도가 경박하다고 생각하는지 모르겠다. 뿌리가 깊다고 느껴지지 않는다. 토끼는 나를 깊은 허무에 빠지게 만든다. 이유를 간단히 말하자면, 나와 토끼는 아무 관계가 없고 우리는 서로에게 낯선 존재이며 내 종種이 토끼의 종과 어울리지 않기 때문이다. 신기한 것은 토끼를 우리 안에 넣을 수 있고 토끼도 그 안에 있는 것을 체념하고 받아들이지만 집 안에서 키울 수는 없다는 것이다. 토끼의 체념은 겉으로만 그렇게 보일 뿐이다. 사실대로 말하자면 토끼는 경박하고 겁이 많다. 토끼는 자유로운 존재이지만 그 점은 토끼의 피상적 모습과 어울리지 않는다.

말의 경우는, 이미 작은 언덕과 초원에서 자유롭게 다니는 말에 대해서 글을 쓴 적이 많은데(『포위당한 도시』), 그곳은 밤이 되면 백마가 자연의 왕이 되고 허공을 향해 영광의 울음소리를 내는 곳이다. 나는 말들과 완벽한 관계를 맺어본 적이 있다. 청소년 시절에 말의 부드러운 털을, 말의 갈기를 만졌던 기억이 있다. 그때 나는 내가 「젊은 여자와 말」처럼 느껴졌다.

수족관에 있는 물고기들은 1초도 헤엄치지 않는 순간이 없고, 나는 그 점이 걱정된다. 무엇보다 수족관의 물고기는 입체감이 없는 빈 존재라고 생각한다. 그러나 그것은 분명 나의 착각일 것이다. 물고기들은 알을 낳는 것과 같은 방식으로 먹이를 먹어치우니까. 그 모습을 보려면 살아 있는 먹이를 줘야 한다. 내가 이상하다고 느끼는 점은 적어도 수족관에 있는 물고기는 본능이 비정상적이라는 것이다. 예를 들면 그 물고기들은 배가 터질 때까지 먹고 멈출 줄을 모르며, 그러다 죽어버린다. 어릴 때 위험하고 섬뜩한 존재들이 어른 물고기가 된다. 게다가 그것들은 내게 익숙하지 않은 계界에 속하는데, 그것이 다시 한번 나를 염려스럽게 한다.

아름다운 이야기 하나를 알고 있다. 하이메 빌라세카라는 스페인 친구 한 명이 예전에 눈 덮인 피레네 골짜기의 작은 마을에서 가족과 함께 살았다. 겨울이 되면 배고픈 늑대들이 산에서 마을까지 먹이를 찾아 내려왔는데, 마을에 사는 모든 주민은 집에 틀어박혀서 거실에 양과 말, 개와 염소를 숨겼고, 그렇게 사람과 동물의 온기가 뒤섞였다. 그들은 늑대가 발톱으로 닫힌 문을 긁는 소리를 들으면서 긴장했다. 소리를 들으면서, 들으면서…….

그러나 나는 장미 이야기도 알고 있다. 동물 이야기를 하다가 장미 이야기를 하는 게 이상하게 보일 것이다. 그렇지만 이는 장미가 동물의 본능적인, 직관적인 신비를 떠올리게 하는 방식으로 행동하기 때문이다. 의사인 친구, 정신분석가이자 『잊힌 신』의 저자 아줄라이 박사는 이틀에 한 번씩 자신의 진료실에 장미 한 송이를 가져와 꽃 한 송이의 기다란 줄기만 들어갈 수 있게 만들어진 매우 가는 모양의 꽃병에 물을 담아 꽂아둔다. 이틀에 한 번씩 장미가 생기를 잃고 시들면 내 친구는 죽은 장미를 다른 장미로 바꿔준다. 그러나 어느 장미 한 송이는 달랐다. 그것은 인공색소를 쓰거나 접목하지 않은, 그 자체로 가장 세련된 장미였다. 그 장미의 아름다움은 가슴을 설레게 했다. 그것은 활짝 핀 화관이 부풀어 오른 모습과 도톰하고 부드러운 꽃잎을 자랑스럽게 여기는 것처럼 보였으며, 아름다운 오만함으로 꼿꼿하게 서려고 애쓰는 것 같았다. 왜냐하면 완전히 반듯이 서 있지는 않았기 때문이다. 장미는 끝도 없는 우아함으로 줄기 위에서 살며시 고개를 숙였다. 몸은 몹시 가늘었다. 사람과 꽃 사이에 내밀한 관계가 형성됐다. 친구는 장미에 감탄했고, 장미는 그 감탄을 즐기는 듯했다. 장미는 너무도 찬란해졌고, 그토록 많은 사랑으로 보살핌을 받아서 시간이 지나도 시들지 않았다. 장미는 활짝 핀 화관 그대로 있었고 이제 막 핀 꽃처럼 신선했다. 장미는 아름다움을 간직하며 일주일을 살았고, 그러다가 피로의 신호가 나타나더니 이내 시들었다. 내 친구는 마지못해 다른 꽃으로 교체했다. 그리고 그 장미를 절대 잊지 않았다. 신기하게도 그의 단골 환자 중 한 명이 느닷없이 물었다. "그 장미는요?" 그는 무슨 장미를 말하는 건지 묻지 않았다. 환자가 어떤 장미를 말하는지 알고 있었으니까. 사랑으로 오래 살았던 장미는 추억 속에 그대로 있었다. 환자는 의사가 장미를 바라보며 자신의 생명력을 파장으로 전달하는 것을 목격했고, 그와 장미 사이에 무슨 일이 일어나고 있음을 맹목적으로 지각했다. 그 장미는—'삶의 보석'이라고 부르고 싶어졌다—그런 자연의 본능을 갖고 있어서 의사와 장미가 동물과 인간 사이에 일어나는 것과 같은 깊은 교감을 나누며 지낼 수 있었다.

그래서 나는 지금 이 순간 갑자기 나의 개 지우에르만두가 그립다. 날카롭게 찌르는 듯한, 달랠 수 없는 그리움이다. 내가 스위스로 떠나면서 사람들이 내게 우리가 머물러야 하는 호텔이 동물을 수용하지 않는다고 잘못 알려줘서 지우에르만두가 다른 가족과 살아야 했을 때, 그 개도 나와 똑같은 마음을 느꼈으리라 생각한다. 여전히 나를 미소 짓게 하는 추억이 있다. 이탈리아에서 살았을 때, 브라질로 돌아가자마자 친구 집에 맡겨두었던 지우에르만두를 찾으러 갔다. 그사이 겨울이 왔고 나는 털 달린 외투를 입고 있었다. 개는 돌처럼 굳어서 꼼짝하지 않고 나를 바라봤다. 그러더니 조심스럽게 다가와서 내 외투 냄새를 맡았다. 아마도 그 개에게는 내가 위협적인 동물로 보였을 것이다. 개는 엄청난 혼란을 느끼며 냄새를 맡았다. 개는 몹시 염려하는 듯하다가 주변을 왔다 갔다 했다. 나는 꼼짝하지 않고 개가 내게 와서 냄새 맡기를 기다렸다. 내가 서두르면 개는 두려워할 테니까. 실내가 따뜻해지자 나는 외투를 벗었고, 긴 의자에 외투를 던졌다. 지우에르만두는 다른 냄새가 섞이지 않은 내 냄새를 맡고 갑자기 내게 달려들었다. 완전히 흥분해서 바닥에서 폴짝 뛰어 내 가슴으로 점프한 것이다. 개는 미친 듯이 좋아하고 반기며 내 팔과 얼굴을 긁었지만 나는 기쁘게 웃었고, 개가 무는 척하는 것을 보며 또 웃었다. 아프지 않았다. 그 축축함은 사랑의 물기였다.

동물로 태어나지 않았다는 것이 나의 은밀한 후회 중 하나인 것 같다. 때때로 동물들이 누대의 시간을 가로질러 울면 나의 응답은 오로지 깊은 동요뿐이다. 그것이 바로 부름인 것이다.

그림을 그리는 것은 새로운 세계를 창조하는 것이다

키가 크고 등이 조금 굽고 인자한 눈빛에 구릿빛 피부, 수도자의 금욕주의적인 모습을 한 남자가 있다. 우리 나라의 거장 화가 이베레 카마르구다. 우리는 파우메이라스길 마지막 층에 있는 그의 작업실에 있었다. 이베레가 말했듯이 테라스에 있으면 배 갑판의 열기 속에 있는 듯한 느낌이었으며 우리는 닻을 올릴 것만 같았다. 우리는 얼음물을 마셨고 다시 데운 커피를 마셨다—그의 아내 마리아, 내가 아는 가장 친절한 마리아가 와서 이탈리아의 추억을 떠올리게 하는 에스프레소를 만들어줄 때까지. 우리는 일반적인 주제에 관해 이야기를 나눴다.

"이베레, 왜 그림을 그리시나요?"

갑자기 내가 그에게 물었다.

"그 질문은 보지스 출판사에서 나온 질문지에서 이미 나왔던 질문이라는 것을 아시나요? 저는 이렇게 대답했습니다. '저는 인간으로서 제가 어떤 사람인지를 알아야 왜 그림을 그리는지 묻는 말에 답할 수 있을 것 같습니다."

"그 대답은 제가 왜 글을 쓰는지 자신에게 물을 때 써먹을 수 있겠네요. 그 전에 제 존재의 가장 깊은 곳까지 가봐야만 할 것이고요. 당신은 다른 형태의 예술을 할 수 있다고 생각하시나요?"

"제 생각에 작품은 창작될 때에만 존재하는 것 같아요. 그러니까 창작된 작품만이 그 질문에 답을 할 수 있겠죠. 그리고 그건 스스로를 잠재적 작가라고 보는 사람들의 문제를 우회합니다. 너무 많은 사람이 '내가 그랬다면', '내가 그럴 수 있었다면', '내가 시간이 있었다면'이라고 말하면서 아무것도 하지 않아요. 어쩌면 그건 사실 그들이 현실에서 해야 할 일이 아무것도 없기 때문이겠지요."

"산문 또는 시를 쓰는 작가의 창작 과정과 비교했을 때 그림을 그리는 과정은 어떨까요?"

"클라리시, 아마도 차이가 존재한다면 그것은 재료의 차이일 것입니다. 화가는 색과 그림과 선을 이용하죠. 작가는 문장을 이용하고요. 그러나 창작자로서의 숨은 같은 것이어야 합니다. 어떻게 생각하시나요? 본질이 다를까요?"

"자원은 같다고 생각해요. 그렇지만 저는 루시우 카르도주에게 무척 놀랐어요. 그는 아픈 이후로 더는 글을 쓸 수도, 불러줄 수도 없게 되었지요. 실어증에 걸렸거든요. 그렇지만 왼손으로 그림을 그렸어요. 오른손은 마비된 상태였죠. 왜 왼손으로 글을 쓰지 않았을까요? 의사가 설명하길, 제가 제대로 이해한 것이 틀리지 않는다면, 뇌에는 글, 단어가 나오는 엽이 있다고 해요. 또 다른 엽에서는 그림이 나오고요."

"그가 글을 쓰듯이 그림을 그릴까요? 아니죠. 그림을 그리는 것은 수공업이에요, 도구를 다룰 줄 알아야 하는 거죠. 단어를 가지고 창작하려고 애쓰는 작가도 마찬가지예요. 단번에 그림을 완성하는 화가는 없어요. 문학에서는 그런 게 존재하나요?"

"어쩌면 랭보는 그랬을 거예요."

우리는 잠시 침묵하며 생각에 잠겼다. 나는 그에게 물었다.

"그림을 그리기 시작하기 전에 완성작의 모습을 머릿속으로 이미 그리시나요? 아니면 그 작품의 특별한 세계를 한 발 한 발 발견해나가시나요?"

"작품을 창작하는 것은 하나의 세계를 창조하는 일입니다. 예술가는 자기 작품의 첫 번째 관객이지요. 앞선 해결책, 깨친 지식은 새 작품을 창작하는 데 쓰이지 않습니다. 저는 제가 배웠던 것을 잊으려고 할 때에만 그림을 그릴 수 있습니다. 그렇지 않다면 저는 이미 그린 그림들을 다시 그리는 데 시간을 다 썼을 것입니다. 그러니까 그건 그저 복사, 복제품에 불과하지요. 네, 클라리시, 우리가 어떤 여행에 뛰어들 때 우리는 직관으로 무언가를 찾습니다. 나아가야 할 길을 정하고 목표 지점을 선택하지만, 그것이 도착 지점에 당도해야 밝혀지는 것들을 예단하는 일은 아니지요. 1970년 10월에 사망한 심리분석가 데시우 지 소자가 저의 친구인데, 그 친구가 자주 했던 말이 '우리가 아이를 기다릴 땐 아이의 눈 색깔을 알 수 없다, 아이가 태어나야만 알 수 있다'였죠. 클라리시, 당신은 작가도 모르게 자기 생을 사는 인물을 저보다 더 잘 알고 있지요. 그런 인물은 작가를 놀라게 하죠. 그것이 『작가를 찾는 여섯 명의 등장인물』에서 피란델로가 설명하려고 했던 것이 아닐까요?"

"다른 곳보다 유독 작업이 잘되는 장소가 있다고 생각하신 적이 있나요? 그 이유로 당신은 그렇게 자주 포르투알레그리에 가시나요?"

"제가 작업이 잘될 때는…… 어떻게 말을 해야 할까요? 실내화를 신었을 때에만 잘된다고 말해야 할까요? 주변이 조용하고 제가 저의 물건들과 원고 뭉치들 속에 있을 때요. 제가 세계보건기구의 표지판에 그림을 그리려고 제네바에 갔을 때 제가 발견했던 커다란 장애물이 제네바 그 자체였다는 것을 아시나요? 제가 태어난 히우그란지두술에서는 작업이 잘됩니다. 제가 자랐던 헤스칭가 세카가 그 시절에는 촌락이었다는 것을 아시나요? 저는 네 살에 그곳을 떠났지만 제 안에 헤스칭가 세카의 풍경이 남아 있어요. 누군가 저에게 말했죠. '당신은 네 살 때 그곳을 떠났으니까 그곳을 기억할 수 없겠군요…….' 저는 이렇게 대답했어요. '제가 처음으로 공기를 들이마시고 처음으로 빛을 봤던 곳을 어떻게 잊을 수 있겠습니까?'"

"어떻게 구상을 버리고 추상화가가 되신 걸까요?"

"저는 구상을 버리지 않았어요. 그저 변형시킨 것뿐입니다. 당신의 질문이 뛰어난 화가, 이름 있는 화가가 되기 위해 애썼느냐고 묻는 것이라면, 아니요, 그렇지 않습니다. 그런 것에는 신경 쓰지 않았어요. 오히려 사람들이 저를 거장으로 여길 때마다 무척 놀라는걸요……. 당신은 어떠신가요? 이름을 알리는 게 중요한가요?"

"아니요, 그건 사회적인 문제일 뿐이에요. 실질적으로 중요한 것은 표현하는 단어를 기다리며 백지 앞에 있는 것이지요. 그때가 정말 중요한 순간이에요. 이베레, 주제를 바꿔보죠. 어떻게 실패綠牌가 당신 작품의 출발점이 되었을까요?"

"실패는 제 어릴 적 판타지이자 저의 장난감이었어요. 그것이 제가 만든 작품에 상징이 된 것은 자연스러운 일이었죠."

"인간의 얼굴에는 어떻게 관심을 두게 되셨나요?"

"화가의 관점으로 말하자면, 저는 인간의 얼굴에 특별한 관심이 없습니다. 그렇지만 사람으로서 얼굴은 그 사람을 비춰준다고 생각해요. 얼굴이 그 사람을 드러내지요. 저는 내면이 썩은 사람은 외면도 썩었다고 생각해요. 클라리시, 그게 아니라면 특수효과를 내기 위해 배우들이 분장할 필요가 없겠지요."

"색깔은 어디까지 표현할 수 있다고 생각하시나요? 색깔만으로 화가가 느끼는 것을 표현할 수 있나요? 정확히 왜 붉은색 대신에 밤색을 쓰는 것일까요?"

"저는 색이 문맥, 관계 속에서 가치 있다고 생각합니다. 고립된 색이 차갑거나 따뜻하다고 한다면, 색의 강렬함은 다른 색과 부딪치면서 그 정도가 결정되기도 해요."

"작품을 창작한 후에 어떤 상황에서 자신이 해방되었다고 느끼시나요? 작업을 잠시 중단하기도 하시나요? 혹은 즉각적으로 창작하셔야 하나요?"

이베레는 깊이 생각했다. 나는 그가 말을 꺼낼 때까지 기다렸다.

"작품 하나를, 혹은 연작을 끝내고 나면 비워냈다는 느낌이 들어요. 그러고 나서는 준비 작업이 시작되죠. 그렇게 창작 기간이 다시 시작되는 거예요. 당신도 그런 경험을 하신 적이 있나요?"

"비슷해요. 과장 하나 없이 절망이라 말할 수 있는 허무를 느껴요. 저는 더 심하죠. 새로운 작업의 발아와 준비에 몇 년이 걸리기도 하거든요. 그사이 저는 죽어 있는 거죠. 신인 화가들에게 어떤 조언을 해주고 싶나요?"

"잠시 생각을 좀 해볼게요."(그는 팔짱을 끼고 한동안 생각에 잠겨 있다가 내게 물을 한 잔 마시겠다고 말했다. 그러고 돌아와서 이 질문이 가장 어렵다고 말했다.)

나도 역시 물 한 잔을 마시고 침묵 속에서 답을 기다렸다.

"너무 어려운 질문이라는 걸 아시나요?" 이베레가 말했다. "천천히 생각해보세요." 나는 대답했다. 마침내 이베레가 입을 열었다.

"자신이 그림을 창조했다고 믿지 말 것. 당신은요? 신인 작가에게 어떤 조언을 해주고 싶나요?"

"쓸 것. 쓰고 또 쓸 것."

"야스퍼스는 새로운 세대는 손에 구멍이 나 있을 거라고 썼죠." 이베레가 말했다.

솔직히 말하자면 이베레가 인용했던 야스퍼스의 말이 무슨 의미인지는 이해하지 못했다.

1971년 4월 3일

꽃에 대하여

"야훼 여호와가 동쪽에 있는 에덴에 동산 하나를 꾸미시어, 당신께서 빚으신 사람을 거기에 두셨다."(『창세기』 2장 8절)

사전

과즙: 많은 꽃이 함유한 꿀처럼 달콤한 즙으로 곤충들이 탐욕스럽게 찾는다.

암술: 꽃의 여성생식기. 일반적으로 가운데 부분을 차지하고 씨를 품고 있다.

화분: 번식력 있는 가루. 수술에서 만들어지며 꽃밥이 들어 있다.

수술: 꽃의 남성생식기. 앞에서 말한 것처럼 꽃의 여성생식기인 암술 아래 부분의 꽃밥과 꽃실로 구성됐다.

수정: 남성생식기와 여성생식기 두 요소의 합체. 그 결과 풍요로운 열매가 열린다.

장미: 여성적인 꽃. 장미는 헌신하는 기쁨이 남아 있는 한 모든 것을 바친다. 장미의 향기는 신비롭고 여성스러우며 깊게 들이마시면 그 향기가 심장 깊숙한 곳을 건드려 몸 전체에서 그 향기가 난다. 장미가 피는 방식은 아름다운 여성과 닮았다. 장미의 꽃잎을 먹으면 입안에서 달콤한 맛이 난다. 입에 넣어보기만 해도 알 수 있다. 붉은색 장미 또는 흑태자 장미는 매혹적이다. 노

란 장미는 기쁨의 신호다. 흰색 장미는 평화다. 분홍색 장미는 일반적으로 도톰하고 색이 아름답다. 오렌지색 장미는 성적 매력이 있다.

패랭이꽃: 신경질적인 공격성이 있다. 이 꽃잎의 뾰족한 부분은 우둘투둘하고 말려 올라가 있다. 패랭이꽃의 향기에는 약간의 독성이 있다. 붉은 패랭이는 강렬한 아름다움에 울부짖는다. 흰 패랭이는 죽은 아이의 작은 관을 떠오르게 하고 그래서 흰 패랭이의 향기는 가슴을 아프게 한다.

해바라기: 태양의 큰아들이다. 커다란 화관을 어머니 쪽으로 돌리려는 본능을 이미 가지고 태어났다. 태양이 아버지인지 어머니인지는 중요하지 않다. 해바라기는 여성적인 꽃인가, 남성적인 꽃인가? 나는 남성적이라고 생각한다. 그렇지만 확실한 것 하나는 해바라기의 국적이 러시아, 분명 우크라이나라는 것이다.

제비꽃: 제비꽃은 내향적이고 자기 성찰이 깊다. 제비꽃은 우리가 말하는 겸손을 위해 숨지 않는다. 제비꽃은 자신만의 비밀을 이해하기 위해 숨는다. 제비꽃의 향기는 우아하지만 사람이 탐구해야 한다. 그 향기는 우리가 말할 수 없는 것을 말하기 때문이다. 제비꽃 한 다발은 "타인을 너 자신처럼 사랑하라"라는 말과 같다.

셈페르비붐: 영영 죽은 꽃이다. 이 꽃의 마름은 영원을 지향한다. 그리스어로 이 꽃의 이름은 '황금의 태양'을 의미한다.

데이지: 아주 유쾌한 꽃이다. 단순하다. 꽃잎이 한 겹이다. 가

운데 노란색은 어린아이의 장난 같다.

종려나무: 향기가 없다. 형태도 색깔도 거만해 보인다—거만하기 때문이다. 종려나무는 정말 남성적이다.

난: 난은 아름답다. 난은 세련됐고 반감을 일으킨다. 난은 자연스럽지 않다. 난은 유리 덮개를 원한다. 그렇지만 눈부시게 아름다운 여성이고, 사람들도 그것을 부정하지 못한다. 난이 귀족적이라는 것도 부정할 수 없다. 난은 식물의 전염병이다. 다시 말해 난은 다른 식물 위에서 자양분을 흡수하면서 태어난다. 나는 난을 정말 좋아한다고 거짓말을 한다.

튤립: 튤립은 네덜란드처럼 튤립으로 덮인 드넓은 초원에 있어야 튤립이다. 튤립 한 송이는 튤립이 아니다.

밀꽃: 밀꽃은 밀 사이에서 자란다. 그 꽃은 겸손하면서도 다양한 형태와 색깔을 대범하게 드러낸다. 밀꽃은 성서적이다. 스페인에서 그 꽃은 밀싹과 함께 아기 예수 구유를 꾸미는 데 쓰이는데 그 둘은 절대 떼려야 뗄 수 없다.

안젤리카: 안젤리카에게서는 교회의 향기가 난다. 안젤리카는 신비로운 흥분을 일으킨다. 안젤리카는 성체의 빵을 떠오르게 한다. 많은 사람이 그 꽃을 먹고 싶어 하고 진하고 성스러운 향기로 입안을 가득 채우고 싶어 한다.

재스민: 재스민은 사랑하는 연인 같다. 연인이 손에 손을 잡고 팔을 흔들며 걷다가 두 번의 작은 입맞춤을 나눌 때, 나는 그 향기를 재스민이라고 할 것이다.

극락조화과: 너무도 남성적이다. 사랑에 있어서 공격적이고

건강한 오만도 있다. 닭 볏처럼 보인다. 꼭 닭처럼 그만의 노래를 하는데, 단 여명을 기다리지는 않는다—실제로 여명을 보면, 세상이 줄곧 해돋이 중인 상태이기 때문에 시각적으로 인사를 외치는 모습을 한다.

진달래: 진달래는 영적이고 가볍다. 행복한 꽃이고 행복을 주기도 한다. 진달래는 겸허하게 아름답다. 이 꽃 이름을 따라 자기 이름을 지은 사람들은—내 친구 중 한 명이 그렇다—꽃의 장점을 얻는다. 이것은 진달래와 교감하는 순수한 기쁨이다. 진달래와 관계를 맺는 것은 순수한 기쁨이다. 나는 친구에게서 하얀 진달래꽃 한 다발을 선물 받았는데 거실 전체에 향이 퍼진다.

분꽃: 분꽃에서는 보름달 향기가 난다. 분꽃은 환상적이고 조금 무섭다. 분꽃은 그것의 취하는 향기와 함께 신비롭고 고요한 밤에만 나온다. 분꽃은 어둠에 잠긴 아무도 없는 교차로에, 불빛이 꺼지고 창문이 닫힌 집의 정원에 있다. 분꽃은 위험하다.

선인장꽃: 선인장꽃은 맛이 좋고, 때로는 크고, 향기가 진하다. 윤기가 흐르는 붉은색, 노란색 또는 흰색 꽃이다. 사막에서 자라는 식물에서 즙을 짜낸 복수다. 전제적 불모지에서 탄생한 찬란함이다.

에델바이스: 고도가 높은 곳에서만 볼 수 있고 해발 3,400미터 아래에서는 볼 수 없다. 알프스의 여왕이라고도 불리는 이 꽃은 사람이 정복했다는 상징이다. 흰색에 솜털이 있다. 보기 힘든 꽃이라 인간이 열망한다.

제라늄: 스위스와 상파울루, 그라자우의 창가에 놓인 꽃. 잎이

통통하고, 그러니까 잎에 즙이 많고 매우 향기롭다.

자이언트 수련: 리우 식물원에 있는 커다란 수련은 거의 2미터가 넘는다. 물가에서 자라며 미치게 아름답다. 브라질 수련은 크다. 수련은 변한다. 꽃이 핀 첫날에는 흰색이고, 그다음에는 분홍색 또는 진홍빛이 된다. 수련은 엄청난 편안함을 준다. 웅장하면서도 소박하다. 물가에서 살기 때문에 그늘을 만든다.

1971년 4월 10일

글로리아 마가단을 기억하십니까?

최근에 글로리아 마가단*으로부터 뜻밖의 편지를 받았다. TV에서 노벨라**로 수많은 사람을 즐겁게 해줬던 그 글로리아 마가단 말이다. 편지의 목적은 『G.H.에 따른 수난』과 잡지에 실린 내 단편집 중 하나인 『가족의 유대』 대해 베네수엘라에서 쓴 평론을 보내주기 위해서였다. 베네수엘라의 몬테 아빌라 출판사는 이 평론을 내게 보내주는 세심한 배려를 하지 못했다. 잡지에 내 단편소설을 실은 것도 불법이었다. 내게 번역 출판권 요청을 의뢰한 적이 전혀 없었고 저작권료도 지불하지 않았으니까. 『G.H.에 따른 수난』 외 다른 단편집이 베네수엘라와 계약을 맺긴 했으나, 내 저서 『가족의 유대』는 부에노스아이레스의 수다메리카나 출판사와 계약되어 있었다. 게다가 제목도 망쳐놓았다. 「장미를 본받아」 대신에 「장미로의 초대」라고 썼으니까. 내 담당 변호사 시우비우 캄펠루 박사가 이 일을 맡을 것이다.

그렇지만 글로리아 마가단을 기억하는가? 그녀는 여러 라틴아메리카 TV 방송 채널의 대본을 썼고, 그래서 계속 여행을 해

* 글로리아 마가단이라는 예명으로 더 잘 알려진 마리아 막달레나 이투리오즈 이 플라센시아(1920~2001). 브라질에 거주한 쿠바 태생의 TV 드라마 작가.

** TV 소설. 중남미 국가에서 제작되는 일일 연속극을 말한다.

왔으나 카라카스에 정착할 것이다. 그녀는 일을 심하게 많이 하며, 하루 24시간으로는 부족하다고 불평했다. 그녀의 말처럼 그녀는 하나의 기업이며 매우 활력이 넘친다. "하나의 도전을 의미했죠. 그게 열정을 낳았고요. 저는 늘 다른 사람들을 위해서 일했으니까 이제 저를 위한 일을 경험하고 싶어요."

이 편지로 글로리아 마가단을 만났던 일을 떠올리게 됐다. 노벨라에서는 말이 많은 그녀였지만 실제로는 말수가 적었다. 대화를 피한다는 의미에서 말수가 적었다는 게 아니라, 질문에 간략하게 대답했다는 뜻이다.

아직 젊었고 애교가 있는 편이었지만 지나치진 않았다. 그녀는 고급 아파트에서 살았다. TV 연속극으로 많은 돈을 벌었으니까.

우리가 만나기 전에 그녀의 비서와 수다를 떨었다. 그 비서는 사이키델릭한 무늬가 많은 붉은색 미니스커트를 입고 있었는데, 오히려 그 점이 나이 든 사람의 눈에는 요즘 젊은이들이 이상한 옷과 헤어스타일을 즐기지만 맡은 일을 매우 성실하게, 효과적으로 해낸다는 사실을 여실히 증명해줬다. 나는 비서에게 글로리아 마가단이 언제 일을 하느냐고 물었다.

"아침 5시에 일어나셔서 적어도 10시 반까지 일하세요. 저는 모든 게 정리되면 10시부터 일하고요."

"무슨 일을 하죠?"

"스페인어로 쓴 것을 포르투갈어로 번역해요. 그녀는 포르투갈어로 말하지만 글은 스페인어로 쓰거든요."

비서는 맡은 일을 잘했다. 노벨라에서 다른 언어의 흔적을 전혀 느끼지 못했으니까. 그녀는 낮에 글로리아를 위해 일했다. 나는 다시 한번 글로리아가 부러웠다. 생활을 전반적으로 돌봐줄 수 있는 비서가 필요한 것은 정작 나인데 나는 비서가 없었다.(제발, 아무도 비서를 하겠다는 사람이 없어서 일단 되는대로 친구의 도움을 받고 있는데, 그녀는 자신의 이름이 밝혀지는 것을 원하지 않는다.) 마침내 글로리아 마가단이 왔다. 그녀는 소박하고 검소해 보였다.

"글로리아, 당신이 전국적으로 유명 인사라는 사실을 아시나요?"

"아니요, 몰랐어요. 그렇지만 당신이 '전국적으로'라고 말해줘서 기쁘네요."

"당신의 노벨라에 대해 어떻게 생각하시나요?"

"솔직하게요? 대중들이 기분을 푸는 하나의 형태인 만큼 저 자신도 카타르시스를 느껴요."

"텔레비전에 노벨라가 없었더라면 당신은 놀라운 상상력을 어디에 발휘하셨을까요?"

"아! 정말 모르겠어요. 저의 상상력의 장르는 방향이 정해져 있는 것 같아요. 노벨라가 존재하지 않는다는 건 상상해본 적도 없어요."

"무척 많은 편지를 받으신다고 들었어요. 어떤 인물의 운명을 바꿔달라고 부탁하는 편지들이죠. 그런 경우, 그러니까 많은 대중의 바람이 담긴 편지라면 어떻게 하시나요?"

"바꿉니다."

"책을 읽을 시간이 있으세요?"

"제게 독서는 도착증에 가까워요. 저는 시간을 '만들죠'. 일주일에 예닐곱 권을 읽어요.(속독법을 배웠거든요.) 잠을 많이 안 자기도 하고요."

"어떤 현대문학을 읽으시나요?"

"요즘에는 밀러와 트루먼 커포티를 읽습니다."

(나는 정말로 놀랐다.)

"당신의 나라 쿠바에서는 무엇을 하셨나요?"

"똑같은 일을 했어요. 노벨라를 썼죠."

"노벨라를 몇 년 동안 쓰셨어요?"

"저를 이집트 미라라고 여기실 거예요. 20년이 되었거든요."

그녀는 전혀 미라처럼 생기지 않았을뿐더러 오히려 성숙미가 빛나는 여성이다.

"어떤 방식으로 작업하시나요? 계획을 세우나요? 아니면 점차 만들어나가시나요?"

"점차 만들어나가요. 아주 큰 계획만 세우죠. 저는 충동적으로 써요."

"당신의 시청자들에 대해 말하고 싶은데요, 그들의 수준을 조금 높이실 수는 없나요?"

"시청자들이 괴로워할 거예요."

"글로리아, 당신만의 노벨라는 무엇인가요?"

"저는 과도기에 태어난 사람이에요. 매우 급진적 변화와 급작스레 마주하게 되었죠. 중산층 출신으로 중산층이 사라진, 짓밟힌 나라에 오게 됐어요. 모든 정신적 가치가 폭력적으로 다른 것으로 바뀌었죠. 저는 조국에서 제가 이방인처럼 느껴졌어요. 다른 나라에서는 절대 이방인으로 느껴지지 않거든요. 소설 같은 경험이죠."

"〈아가디르 셰이크〉를 쓰신 분이 당신인가요?"

"네, 저예요."

"그렇군요, 고맙습니다. 몇 년 전에 화상 때문에 병원에서 약 3개월을 보냈어요. 밤에 계속되는 저의 고통을 덜어준 것이 당신의 노벨라였어요. 간호사들이 그 연속극을 보고 들으려고 저의 병실에 몰래 찾아오기도 했었죠."

"정말 고맙습니다."

1971년 4월 17일

마음 가는 대로 쓰기

세상에, 사랑이 얼마나 죽음을 방해하는지! 이해는 너무 제한적이기에 나는 내게 본능적, 직관적 삶을 살게 해준 나의 몰이해에 의지한다고 말하지만, 이 말을 통해서 내가 하고 싶은 말이 무엇인지 모르겠다. 나는 친구들을 잃었다. 그러나 죽는 것이 두렵진 않다. 나는 죽음을 이해하지 못한다. 그건 쉼일 것이다. 그러니까 마침내 요람에 들어가는 것. 나는 서두르지 않을 것이다. 마지막까지 살아낼 것이다. 나는 사람들이 내가 버지니아 울프와 비슷하다고 말하는 게 싫다.(게다가 나는 첫 책을 쓰기 전까지 그녀의 책을 읽어본 적이 없었다.) 그녀가 자살했다는 것을 나는 용서할 수 없다. 끔찍한 숙제는 끝까지 가는 것이다. 누구에게도 말하지 않고. 자기만의 현실을 사는 것이다. 진실을 발견하는 것이다. 그리고 덜 고통받기 위해서는 조금 무뎌져야 한다. 더 이상 세상의 고통을 책임질 수 없기 때문이다. 어떻게 해야 할까. 내가 다른 사람들이 무엇이며 또 무엇을 느끼는지를 온전히 느낀다면? 나는 '다른 사람들의 말에 따라' 살지만 더 이상 힘이 없다. 나는 조금은 '나를 위해' 살 것이다. 조금 더 무뎌질 것이다—내가 절대 하지 않을 말이 있다. 책에는, 신문에는 더욱이 하지 않는다. 세상 누구에게도 말하지 않을 것이다. 한 남자가 내게 말하길 탈무드는 많은 사람에게 하지 못하는, 몇몇 사람에게만 할 수 있는 말을 한다고 했다. 나는 이렇게 덧붙인다. 나는 내 자신에게도 말하고 싶지 않은 것이 있다. 나는 내가 몇 가지 진실을 알고 있다고 느낀다. 그렇지만 내가 그것을 정신적으로 이해하는지 모르겠다. 그 진실에 다가가기 위해서는 조금 더 성숙해야만 한다. 난 이미 짐작하고 있다. 그렇지만 진실에는 단어가 없다. 진실들인가 진리인가? 내가 신에 대해 말할 거라고 생각하지 말기를. 그것은 나만 아는 비밀이니까.

맑은 가을날이다. 해변에 부드러운 바람과 자유가 가득하다. 나는 혼자였다. 그때는 아무도 필요하지 않았다. 나는 아무도 필요로 하지 않는 법을 배워야 한다. 그것은 어려운 일이다. 왜냐하면 내가 느끼는 것을 누군가와 나눠야 하니까. 바다는 잠잠했고, 나도 역시 차분했다. 그러나 의심하며 경계했다. 그 고요함이 그리 오래가지 않을 것처럼. 아직도 곧 무언가 도래할 것 같다. 뜻밖의 일은 나를 매료시킨다.

나는 이미 두 사람과 너무도 강렬한 대화를 나눠서 존재하면서도 존재하기를 멈췄다. 어떻게 설명할 수 있느냐고? 우리는 서로의 눈을 바라보고 아무 말도 하지 않았다. 나는 상대였고 상대는 나였다. 그것은 말로 설명하기에 너무도 어려운 일이다. 말할 수 없는 것을 말하는 일은 너무도 어렵다. 너무도 조용하다. 두 영혼의 만남의 깊은 침묵을 어떻게 번역해야 할까? 말로 하기 너무 어렵다. 우리는 서로를 뚫어질 듯 바라봤고 한동안 그 상태로 있었다. 우리 두 사람뿐이었다. 그 순간은 내 비밀이다. 이른바 완벽한 일치 상태가 됐다. 나는 그 순간을 행복의 예민한 상태라고 말한다. 정신이 끔찍하게 맑은 데다 보다 숭고한 차원의 인간성에 다다르는 느낌인 것이다. 그것은 한 번도 경험한 적 없는 가장 고귀한 순간이었다. 다만 그런 후에…… 그러고 나서 이 사람들에게 그 순간들은 아무 의미가 없다는 사실을 깨달았다. 그 사람들은 다른 사람들로 분주했고 나는 혼자였다, 완전히 혼자였다. 그것은 깊을수록 말 없는 고통이다. 이제 나는 턴테이블을 고치러 온 사람을 맞이하기 위해 잠시 멈춰야 한다. 내가 어떤 자세로 타자기 앞에 돌아올지 모르겠다. 나는 한동안 음악을 듣지 않았다. 나를 무감각하게 만들고 싶었기 때문이다. 그러나 저번에는 영화 〈잃어버린 전주곡〉을 보면서 현행범이 되어 깜짝 놀랐다. 음악이 흐르고 내가 울고 있었던 것이다. 운다고 부끄러워할 것은 없다. 내가 울었다고 공개적으로 말하는 게 부끄러운 것이지. 나는 글을 쓰고 돈을 받는다. 그러므로 써야 한다.

자, 다시 돌아왔다. 하루는 여전히 아름답다. 그렇지만 인생은 매우 비싸다.(남자가 수리 비용으로 요구한 금액 때문에 생각한 것이다.) 나는 내가 원하는 것 또는 필요한 것을 사기 위해 일을 많이 해야 한다. 나는 더 이상 책을 쓰고 싶지 않다. 신문에 실리는 칼럼만 쓸 것이다. 하루에 몇 시간만, 그러니까 두세 시간만 일하고 싶다. 그러면 다른 사람을 상대할 수 있을 것이다. 때때로 정신이 살짝 딴 곳에 가 있긴 하지만 나는 사람을 상대하는 일을 잘한다. 그렇지만 진짜 사람과 함께하면 나 역시 진짜가 된다. 내가 쓰거나 고친 이 글을 다시 복제할 거라고 생각한다면, 당신은 틀렸다. 사물은 그것의 흐름을 따라간다. 나는 결정적인 실수들을 고치기 위해서만 글을 다시 읽어볼 것이다.

방금 떠오른 사람에 대해서 말해보자면, 그 사람은 나와 전혀 다르게 구두점을 사용한다. 나는 구두점은 문장의 호흡이라고 말한다. 이미 말한 적이 있을 것이다. 나는 내 호흡에 따라 쓴다. 내가 꽉 막혔나? 신문에는 매우 명료하게 써야 할 것 같아서인데. 나는 명료한가? 그런 고민은 해본 적이 없다.

이제 담배를 피우기 위해 잠시 멈춰야겠다. 아마도 타자기 앞으로 돌아가거나 여기서 멈출 수도 있다.

자리로 돌아왔다. 이제 거북을 생각한다. 동물에 대해서 쓸 때, 순수한 직감으로 거북이 공룡 같은 동물이라고 말했던 적이 있다. 그 말을 하고 나서 책에서 정말 그렇다는 것을 읽게 됐다. 나는 거북에 관심이 많다. 나아가 모든 생명체에 관심이 많다. 인간을 제외하고. 그들은 경탄할 만큼 소란스럽다. 우리가 빚어진 것이라면, 동물들을 만들 에너지자원이 많이 남아 있을 것이다. 신이시여, 거북은 어디에 쓰입니까? 내가 지금 쓰고 있는 것의 제목은 「마음 가는 대로 쓰기」가 되어서는 안 된다. 오히려 질문형이어야 한다. 예를 들면 「거북들은?」처럼. 내 글을 읽은 사람들은 이렇게 말할 것이다. "그러네, 거북 생각을 하지 않은 지 오래됐네." 이제 정말 마쳐야겠다. 안녕히 계세요. 다음 주 토요일에 만나요.

1971년 4월 24일

가족 나들이

가족들은 일요일이 되면 선박을 보러 부두에 갔었다. 그들은 난간 위에서 몸을 기울였다. 아버지가 지금도 살아 계셨다면 아버지의 눈앞에는 여전히 기름이 둥둥 떠 있는 물이 있었을 것이다. 그리고 그때처럼 기름 물을 지긋이 바라보았을 것이다. 딸들은 말하진 않았지만 걱정했었다. 딸들은 아버지가 더 아름다운 것을 보길 원했다. 배를 보세요, 아버지! 걱정하던 딸들은 아버지에게 배를 보여줬다.

밤이 되면 불 켜진 도시는 술집마다 높은 회전의자가 있는 대도시가 되곤 했다. 둘째는 높은 의자에 앉고 싶어 했고, 아버지는 그 모습을 보고 재미있어했다. 즐거웠다. 그래서 딸은 아버지를 재미있게 해주려고 우스꽝스러운 표정을 지었는데 그건 그다지 즐겁지 않은 일이었다. 높은 회전 스툴 때문에 모든 것이 비싸긴 했지만 그녀는 그중에서 덜 비싼 음료를 골랐다. 가족은 선 채로 쾌락의 의식을 구경했다. 행복에 대한 내성적이고 욕심 많은 호기심이었다. 둘째는 바에서 파는 오보말틴을 알고 있었지만, 그때까지 거품이 가득한 잔에 사치품이 그렇게 듬뿍 담긴 사치는, 그렇게 높고 불안한 높은 의자는, "세상 꼭대기(Top of the World)"는 알지 못했다. 모두가 둘째를 바라봤다. 처음에 둘째는 속이 울렁거리는 것을 참아야 했는데 끝까지 버텼다. 그녀가 불행한 선택을 했다는 당황스러운 책임감이 사람들이 맛있다고 하는 것을 억지로 맛있다고 여기게 했고, 그때부터 그녀의 성격이 가진 최소한의 장점에는 토끼 같은 우유부단함이 뒤섞였다. 거기에 오보말틴은 맛있는데 '진가를 모르는 건 나다'라는 두려운 의심이 더해졌다. 둘째는 맛있다고 거짓말을 했다. 모두가 서서 값비싼 행복의 경험을 구경하고 있었으니까. 그들이 더 나은 세계를 믿느냐 믿지 않느냐는 그녀에게 달려 있었던 것일까?

그러나 이 모든 것을 아버지가 지켜보고 있었고, 그녀는 가족들과 손에 손을 잡고 걷는 이 땅에서 안정감을 느꼈다. 집에 돌아와서 아버지가 말했다. "아무것도 안 했는데 돈을 많이 썼어."

어둠 속에서 침대에 누워 잠들기 전, 하얀 벽에 난 창으로 커다란 나뭇가지 그림자가 흔들렸다. 큰 나무처럼. 포석에는 작고 마른 소관목이 전부였는데. 나뭇가지가 아니라면 달의 그림자일까.

일요일은 언제나 미래의 모든 일요일을, 화물선을, 기름이 뜬 물을, 거품이 있는 우유를, 달을, 나처럼 작고 약한 나무의 거대한 그림자를 낳은 거대하고 명상적인 그 밤이 될 것이다.

여성들을 위한 백과사전

데우타 출판사의 의뢰로 여성들을 위한 백과사전을 번역 중이다. 많은 것을 배우고 있다. 간결한 문체로 쓴 정보를 번역하며 얻는 지식이 즐거움이다. 모든 여성이 한 권쯤 가져야 할 것이다.(아직 준비되진 않았지만.) 왜냐하면 이 백과사전에는 문화부터(현재까지 내가 맡은 부분인데, 화장에 관한 부분도 내게 맡겨주면 좋겠다) 화장, 에티켓, 수공예(우리 집에 자수를 놓은 식탁보가 많이 있긴 하지만 내 것은 새틴 스티치나 롱앤숏 스티치로만 한 것이다. 나는 복잡한 기술을 배울 자신이 없다) 같은 완전히 여성스러운 것까지 담겨 있기 때문이다. 마침내 여성들을 위한 시간이 왔다. 우리를 위한 백과사전까지 나올 만큼 우리가 중요해진 것이다.

상프란시스쿠강

내 친구 시쿠가 세르탕*에서 있었던 일을 이야기해줬다. 그는 상프란시스쿠강으로 여자 친구와 함께 수영하러 갔다. 그들이 막 도착하자마자—여자 친구가 치마를 벗는 2분 동안 일어난 일이다—어디서 나타났는지 모르지만 기적처럼 다섯 살에서 열다섯 살 되는 남자애들이 약 열다섯 명 정도 나타났다. "검은꼬리도요"(검은꼬리도요는 그 아이들이 상프란시스쿠강에 붙인 말이다) 아이들은 모두 흑인이었고 입을 떡 벌리고 있었다. 그들은 백인 여자를 한 번도 본 적이 없었다고 했고, 그녀를 갈레가** 취급했다. 게다가 비키니까지 입고 있지 않은가! 브라질은 엄청나게 크고 모든 것이 있으니, 자신의 무지를 벗어날 기회를 주기만 하면 된다.

* 브라질 북동부의 광대한 오지대.

** 브라질에서 백색 피부와 금발 머리를 가진 사람을 가리키는 말.

해수욕을 말하기 위해

최근 이른 아침에 해변에 갔다. 참을 수 없이 더운 3월의 어느 날이지만 해변은 여전히 텅 비어 있었는데, 적어도 그것이 나의 첫 인상이었다. 그리고 그 인상은 얼마 안 가 네 명의 수녀님에 의해 깨져버렸다. 수녀님들 중 두 명은 흑인이었고 두 명은 백인이었다. 그녀들은 모래사장에서 무언가를 줍느라 바빴다. 백인 수녀님들은 두 마리의 비둘기 같았다. 나는 호기심을 참지 못하고 그녀들 중 한 명에게 다가가서 물었다. "제가 도울 일이 있을까요? 뭘 하고 계신 건가요?" "아무것도 아니에요. 그냥 조개를 줍고 있는 거예요. 누가 우리를 데리러 올 때까지 즐기고 있는 것뿐이죠." 한 명은 리우데자네이루에서 왔고 오리엔트길에 살고 있으며 다른 세 명은 벨루오리존치에서 왔는데 치료를 받으려고 이곳에 온 것이라서 물에는 들어갈 수 없어도 매일 해변으로 나와야 했다.

네 명의 수녀님이 즐기면서 종알거리는 것을 보고 듣고 있노라니 무척 아름다웠다.

새로움과 위대함

오랫동안 보지 못했던 사람을 만날 때마다 우리는 이렇게 묻는다. 별일 없어? 대부분 대답은 다음과 같다. 없어, 평소대로야. 그러나 이번에는 뭔가 새로운 게 있다.

현대미술관에서 시작되는 움베르투 프란세스키 전시회 프리뷰에 초대를 받는 특권을 누리게 됐다. 5월 11일부터 6월 11일까지 열리지만 당장 가는 것이 좋을 것이다. 작품이 모두 팔릴 수도 있으니 말이다. 내가 고른 작품은 이미 예약되어 있다. 커다란 포맷의 컬러사진전이다. 프란세스키는 수줍음이 많아서 자기가 얼마나 대단한 사람인지 전혀 인정하려 들지 않는다. 내가 그를 알게 됐을 때, 그는 내게 자신은 그저 성공한 광고사진 작가일 뿐 아무것도 아니라며 절대 전시회를 열지 않겠다고 했었고, 나는 그에게 카르티에 브레송도 그의 사진을 좋아할 것이라고 말했다.

그렇다면 왜 지금 이 전시를 열게 되었을까? 내 해석은 다음과 같다. 그는 결국 유명 인사의 무겁고 장중한 책임을 받아들이게 된 것이다. 이 남자가 사진기로 하는 예술은 정말이지 말로 설명할 수가 없다. 그가 단지 빛만을 보여주는 색 실험 작품들이 있다. 그것은 움직임을 분절화하는 과정을 통해 완성된다. 먼저 시퀀스를 정한 다음 그 시퀀스의 분절을 고정하는 것이다. 종이, 유리, 금속이라는 세 가지 요소를 이용해 사진을 찍은 아름다운 작품도 있다. 어떻게 이토록 다양한 톤을 만들어낼 수 있을까? 그는 조명, 주파수와 이중 노출의 조합으로 해낸다.

다른 작품은 아스피린이 녹는 것을 400배 확대하여 컬러사진으로 찍은 후에 필터를 사용해 질서 정연한 조합의 대비로 변환한 것이다. 또 다른 작품은 진정한 컬러의 폭발이다. 그는 단순하게 열정을 전시하는데—삶의 열정이다—다른 작품들과 같은 작업 과정으로 시작하지만, 실제 색을 거부하고 예술가로서 자기가 선택한 컬러를 자유롭게 활용한다. 내가 확신하는데 이 작품은 지금까지 우리가 볼 수 있었던 다른 모든 작품과 다르다. 내가 본 또 다른 작품 하나는 설명할 방법이 없다. 간단히 말하자면, 창문의 한 귀퉁이와 타일로 덮인 벽인데, 벽의 일부는 어떤 시공도 하지 않은 상태 그대로 노출되어 있다. 컬러로 된 모든 것은 상상하기도 어렵다. 거의 만질 수도 있을 것 같다. 비잔틴 예술 작품을 닮은 작품도 있는데, 수준 높은 추상으로, 중국 예술을 떠올리게 하는 순수한 장식 문양이다.

한마디 덧붙이자면, 음반 하나를 선물 받았는데, 거기에 담긴 노래 중에 더 피버스*가 〈Sufferin' in the Land〉를 포르투갈어로 "미안해요, 그렇지만 어떻게 말해야 할지 모르겠어요"라고 번역한 노래가 있다. 이 문장은 큰 인기를 얻은 노래의 후렴구이기도 하다. 노래의 중반부에 이르면 이런 가사가 나온다. "우리는 클라리시가 고통받는 것을 좋아한다고 소문을 퍼뜨렸어요—미안해요, 그렇지만 어떻게 말해야 할지 모르겠어요." 나는 그게 누구든 모든 클라리시를 대표해 대답한다. 나는 고통받는 것을 전혀 좋아하지 않아요. 너무 아프니까요. 내 말을 이해했나요? 그렇지만 때로는 피할 수 없다. 프란세스키 작품에 대해 내가 하고 싶은 말은 이것이다—"미안해요, 그렇지만 어떻게 말해야 할지 모르겠어요." 여담을 마치겠다.

나처럼 초록에 갈증을 느끼는 사람은—나는 가끔 치주카 숲

* 1960년대 리우데자네이루에서 결성된 브라질 록 밴드로 1970, 1980년대에 널리 알려졌다.

에 나의 어쩔 줄 모르는 심장을 담근다—그의 작품에서 마음을 평온하게 해주는 싱그러운 초록을 볼 수 있다.

움베르투 프란세스키가 예술에서 가장 어려운, 순수한 단순함을 표현하는 데 성공한 작품이 있다. 그것은 생명을 형상화한 지상의 열매에서 가장 고요한 면을 포착해낸 정물화다. 그 작품은 살아 있는 침묵으로 집을 더 풍요롭게 만든다.

움직이는 빛을 포착한 작품도 있다.(미안하지만 어떻게 말해야 할지 모르겠다.) 다른 작품 하나는 3년 이상 된 포스터를 가지고 더 선명한 컬러 등급을 이용해 새로운 색으로 변환을 줬다. 불과 아주 희미한 연기를 찍은 사진(모든 작품이 컬러임을 잊지 말자)도 있는데, 이 미묘한 것을 거의 만질 수도 있을 것 같은 느낌이다.

그의 작품 중 하나는 정원 구석구석을 표현한 것으로, 색감이 너무 화사하고 행복해서 저절로 미소를 짓게 된다. 어떤 책이었는지 정확히 기억나지 않지만 내가 썼던 문장 "그것은 아무런 의미가 없지만, 나는 그것을 이해한다"(미안하지만 어떻게 말해야 할지 모르겠다)로 그의 작품 중 하나를 말할 수 있다.

우리가 열망하는 평화와 평안을 주는 작품도 있다. 치주카 숲의 녹음을 밝히는 오로라 같다. 또 다른 작품은—어쩌면 원근법의 문제인지도 모른다—너무도 실제 같아서 그림 속에 들어가서 걷고 싶다. 아무도 프란세스키를 막을 수 없다.

산의 웅장한 고요함이 있는, 빛나는 오렌지색이지만 흙 색깔이 섞여 있는 사진이 있다.

이 전시는 예술의 보편적인 면을 보여주기 때문에 중요하다.

나는 프란세스키의 흑백 작품을 집에 걸었는데, 거기에서 많은 영감을 받고 있으며, 화가 났을 땐 그 작품이 곤두선 신경을 진정시켜주기도 한다. 우리 집 거실에 들어온 모든 사람은 그 그림을 보자마자 놀란다. 나는 운이 좋게도 아름다운 작품 몇 점을 선물 받아 소장하고 있다. 사람들은 프란세스키 작품 앞에서 깜짝 놀라며 "저도 같은 걸 살 수 없을까요?"라고 묻는다. 나는 그 작품이 자연의 온화한 모성 안에 있는 피난처 같다. 미안하지만, 어떻게 말해야 할지 모르겠다.

또 다른 작품은 그물 모양의 그래픽에 색을 혼합한 것으로 다양한 형태를 허락하고 무한한 변주를 가능하게 한다. 내가 알기로는 세계 어디에도 그런 작품은 없다. 대가의 손이 이뤄낸 성공적 경험이다.

그는 작품을 팔려고 하지 않는다. 자기 집에 두고 싶어 한다. 그러나 나는 그에게 작품의 구상과 제작이 끝나고 나면, 팔지 않을 권리는 없다고 설명했다. 자기만의 운명을 지닌 아이들과 마찬가지다. 게다가 사람들도 그의 작품을 집에 둘 수 있는 권리를 누려야 한다.

마침내 나는 이토록 아름다운 것 앞에서 혼란스럽다. 미안하지만, 어떻게 말해야 할지 모르겠다.

1971년 5월 8일

지어낸 어머니의 날

장소: 버려진 미성년자들의 집. 식민지 시대에 지어진 오래된 건축물. 공간이 넓은 별채가 여러 개 있다. 천장 높음. 큰 창문에는 창살이 있다.

아이들 수: 600명.

아이들 연령: 다양함.

연보: 1778년에 창립됨.

창립자: 포르투갈 백만장자, 건물 소유주. 버려진 미성년자 문제에 관심이 많음.

목표: 고아 또는 부모에게서 버려진 아이들 수용, 교육, 지도.

인물: 이자베우 수녀—성빈첸시오 수도회, 흰옷을 입음, 키는 중간 정도, 통통함, 잘 웃음, 매우 창의적임, 힘이 넘치고 수다스럽지만 진지하기 때문에 엄격해질 수 있는 흥미로운 얼굴. 늘 깨끗한 흰옷을 입고 움직임이 민첩하다. 리더의 자질이 있다. 전통적인 면이 전혀 없다. 생기 넘치는 인물로 결정이 빠르다. 자신이 영리하다는 것을 모르는 듯하다. 즉흥적이다. 모든 것이 가능하다고 여기며, 일단 결정하면 실행하는 것을 망설이지 않는다. 일하는 것을 두려워하지 않는다.

사건: 최근 이자베우 수녀가 버려진 미성년자들의 집 대모, 그러니까 교장으로 임명됐다. 그녀는 조금씩 기관의 사정에 대해 알게 됐다. 그녀는 아이들에 관한 서류 600장을 읽는다. 그녀는

그 아이들이 대부분 부모를 모르는 딸들이라는 사실을 알아챈다. 그녀는 서류를 확인한다. 1965년 12월 10일에 구아나바라 정부 때 태어난 주앙 지 데우스, 흑인이고, 가족 관계란에 아무것도 없다, 텅 비었다. 그녀는 점차 아이들을 한 명씩 알아간다. 대부분 그녀에게 묻는다. 내 어머니는 누구예요? 처음에는 안아주고 주제를 바꾼다. 그렇지만 아이들은 고집한다. 내 어머니는 누구예요? 이자베우 수녀는 깊은 명상에 잠긴다. 고통도 역시 깊다. 그녀는 불가능한 해결책을 찾는다. 서류 앞에서 몇 시간 동안 생각에 잠겨 있다가 입술을 깨문다.

결과: 그녀는 결정한다. 600명이 있다는 사실을 신경 쓰지 않고 모든 서류를 하나씩 검토한다. '가족 관계'가 없는 아이들의 가족 관계란에 어머니의 이름을 지어내어 적는다. 그녀는 그 공간을 마리아, 아나, 비르지니아, 엘레나, 마달레나, 소피아 등등으로 채운다.

결론: 그녀는 가족 관계와 정보가 없는 아이들을 차례로 한 명씩 부른다. 너의 엄마 이름은 마리아야, 아나야, 소피아야, 등등. 아이들이 기뻐한다. 이제 그 아이들은 모두 어머니가 있다. 어머니가 부재중이라고 할지라도 모든 아이가 기쁨이 넘친다. 어머니가 오지 못한다는 사실을 받아들인다. 왜냐하면 이자베우가 엄마가 부재하는 이유를 잘 설명해줬기 때문이다. 지어낸 어머니는 거짓이고 상상이다. 그 어머니는 종이 위에서만 생생하고, 따뜻하고, 사랑이 넘친다.

끝: 그러니 오늘 나는 나의 글을 마쳤다고 생각한다.

1971년 5월 22일

지구에 인간이 나타나기 전에

빌라벨라 돌을 선물 받았다—그 선물을 준 사람이 누구인지, 어떻게 내게 왔는지는 말할 수 없다. 빌라벨랴는 파라나 지역으로 쿠리치바에서 폰타그로사로 가는 길에 있다. 석기시대. 3억 6,000만 년 전 마지막 빙하기의 끝. 지질학자들은 탄소로 연대를 측정하는 방식을 적용해 지각을 연구한 끝에 그런 결론을 내렸다. 화석에 그 연구 방식을 적용한 것이다. 그러니까 내 돌은 지구에 인간이 나타나기 전부터 존재했다. 나는 돌을 좋아한다. 그러니까 그 돌을 미치게 사랑한다. 오늘날 그 돌을 내 손에 쥐고 있으면 이상한 감정이 느껴진다. 친한 친구가 그 돌을 줬기 때문에 나는 그 돌을 내게 소중한 사람과 나누고 싶었다. 그렇지만 그 사람은 그 돌을 알아보지 못했다. 그걸 해낸 사람은 어느 대리석공이다. 그는 그 돌을 보며 놀라 내게 말했다. "이런 돌은 한 번도 본 적이 없습니다." 그는 그 돌에 소량의 금 조각이 있는 것을 발견했다—그 조각들은 여전히 있다—특히 돌의 붉은 부분에.

세르지우 폰타라는 스무 살쯤 된 젊은 남자가 집에 저녁을 먹으러 왔다. 그는 그 돌을 봤고, 나는 그 돌에 관해 이야기했다. 그는 돌을 손에 쥐었다. 그는 시인이다. 그날 저녁 그는 우리 집을 나서면서 영감을 받았고, 돌에 대한 시를 써서 내게 헌사했다. 큰 기쁨이다. 이것이 세르지우 폰타의 시다.

돌의 시

— 클라리시 리스펙토르에게

돌

그리고

인간성 없는 존재.

인간?

거리가 인간을 멀어지게 하고,

오랜 세월이 반죽한 것을 건넨다

늘 더 좋지.

존재하는 것과

최초가 아니라는 것

아니면 최초인 것

사물.

인간?

그리고 돌?

인간성이 없는 존재.

인간의 흔적 이전에

인간의 냄새 이전에.

돌, 인간.

돌은 오래전부터 돌이다.

과거의 우물.

돌 앞에서 한 방향으로 흐르는

다중적 시간.

너와 나

이 만물의 불안을

알지도 못하고

비명을 지르지도 않고.

최후의 만찬에서 놓친 키스

비명 그리고 도살당한 웃음

이전에

돌과 모든 비밀.

돌이킬 수 없는 비밀들.

돌과

침묵.

—1971년 3월 16일, 리우에서

미안하지만, 우리는 죽는다

기마랑이스 호자가 죽었다. 나의 친구 루신다와 주스치노 마르칭스의 아들 아름다운 카를리투도 죽었다. 주미 브라질 대사 모자르트 구르제우 발렌치, 나의 형부도 죽었다. 네비스 만타의 아들도 죽었다. 내 건물에 사는 열세 살 여자아이도 엄마를 고통 속에 남겨두고 죽었다. 쩌렁쩌렁한 목소리로 말하던 내 친구 마리누 베소셰트도 죽었다. 미안하지만 우리는 죽는다.

그러나 삶이 있다

그러나 절실히 살아내야 하는 삶이 있다, 사랑이 있다. 사랑이 있다. 마지막 한 방울까지 살아야 하는 것. 어떤 두려움도 없이. 사랑은 죽이지 않는다.

3월 28일 일요일의 폭풍우

3월 28일 일요일을 기억하시는지. 보타포구와 바스쿠의 축구 경기가 있었다. 그날은 무척 무더웠고 해변은 지옥 같았다. 낮에는 더 심했다. 나는 비가 내리기를 기도했다. 그러나 그다음에 일어난 '자연의 분노'는 이해할 수가 없었다. 한 친구와 나는 내가 소장한 프란세스키 작품을 비교해보려고 고독의 수문에서 산책을 하려고 했었는데. 갑자기 더위에 압도당해 무언가 끔찍한 일이 일어날 것을 예감했던 내가 말했다. "치주카 숲에 가고 싶지 않아." 친구는 내 말에 동의했다. 우리는 드라이브를 하러 나갔다. 레블롱에 갔고, 라고아 교회를 방문했다. 아름다웠다. 교회 말이다. 날이 어두워지기 시작했다. 하늘이 새까매졌다. 나는 말했다. "레스토랑 릭에서 샌드위치를 포장해서 집에 가자. 폭풍우가 몰아칠 것 같아."

폭풍우가 몰아쳤을 때 우리는 차에 있었다. 그런 폭풍우는 태어나서 한 번도 본 적이 없었다. 타이어가 물과 진흙탕에 반쯤 빠져버렸다. 앞이 전혀 보이지 않았다. 친구는 포기하고 싶어 했다. 나는 말했다. "길 한복판에 차를 대자. 보도까지 올라갈 일은 없을 테니까. 네 말처럼 갑자기 건물 안에 들어갈 일도 없고." 그렸지만 아무것도 보이지 않았다. 푸른 번개만이 번쩍이고 잠시 후 천둥소리가 들렸을 뿐이다. 그것은 유치원에서 "폭풍우를 묘사해보세요" 하는 숙제가 아니었다. 그 폭풍우는 한 번도 경험해본 적 없는 것이었고, 절체절명의 위기였다. 아들 하나가 마라카낭에서 축구 경기를 관람하고 있다는 걸 알고 있었다. 나는 내 가족과 친구들이 모두 집에 있기를 간절히 바랐다. 우리는 결국 도착했으니까. 내가 두려움을 드러낸 것은 한참 후의 일이고, 일단은 참았다. 몇 번 연속적으로 소름이 돋았다. 친구는 완전히 젖어서 위스키 한 잔을 마셨다. 전화가 되지 않았다.(통신사에 부탁드립니다, 해결 좀 해주세요. 저에게 이제 전화기는 끔찍한 도구입니다.)

그런데 가족이 전화를 해주어 다른 가족은 모두 집에 있다는 걸 알게 됐다. 나는 친구들에게 전화를 걸어 모두가 안전한지 묻고 싶었다. 어떻게 집에 돌아올지 모를 아들을 위해서도 기도했다. 그러다 갑자기 조용해지는 것을 느꼈다. 나는 친구에게 말했다. "너는 이제 집에 가. 나는 잘 거야, 졸려서 쓰러질 것 같아." 그녀는 떠났다. 그녀는 한 시간 걸려 보타포구를 가로질렀다. 나는 아들을 위해 메모를 남겼다. 그러고 자러 갔다. 나는 신을 믿고 있었다.

1971년 5월 29일

타자기

마침내 '자유'에 거의 이르렀음을 느낀다. 글이 필요 없을 정도다. 할 수만 있다면 이 페이지를 백지로 놔뒀을 것이다. 가장 커다란 침묵으로 채우는 것이다. 그 하얀 공간을 보는 모든 사람들은 자신의 욕망으로 그 페이지를 채울 것이다.

말하자면 진실은 이 글이 전혀 칼럼이 아니라는 것이다. 이것은 단순하다. 장르를 규정짓지 말자. 나는 더 이상 장르에 관심이 없다. 내 관심은 미스터리다. 미스터리를 위한 의식이 필요할까? 내 생각에는 필요할 것 같다. 사물들의 수학에 전념하기 위하여. 그러나 어떤 면에서 나는 이미 땅과 연결되어 있다. 나는 자연의 딸이니까. 그래서 나는 손에 쥐기를, 냄새 맡기를, 존재하기를 원한다. 이 모든 것이 전체의, 미스터리의 일부다. 나는 혼자다. 예전에는 글과 나 사이에 간극이 있었다.(간극이 없었나? 잘 모르겠다.) 지금도 마찬가지다. 나는 당신이 하나의 존재, 하나의 동등한 존재인 것을 허락한다. 두려운가? 나는 그런 것 같다. 그러나 괴롭다고 하더라도 괴로울 가치가 있는 일이다. 당신은 두려운가? 그런 것 같다. 그렇지만 그럴 가치가 있다. 고통스럽다고 해도. 처음에만 괴롭다.

이제 나를 놀라게 했던 몇 가지 진실을 말해주겠다. 동물에 관한 이야기다. 내가 아는 어떤 사람이 말하기를 우리가 게의 다리를 하나 잡으면 게는 사람에게 몸 전체가 포획되지 않기 위해 그다리를 자르고, 잃은 다리 대신에 또 다른 다리가 나온다고 한다.

내가 아는 다른 사람은 어느 집에서 유숙하다가 물을 조금 마시려고 냉장고 문을 열었다.

그리고 그것을 보았다.

그것은 흰색이었다. 매우 하얬다. 머리가 없었고, 헐떡였다. 폐처럼. 아래에서 위로, 위에서 아래로. 그 사람은 서둘러 냉장고 문을 닫고 근처에 서 있었다. 심장이 두근거렸다.

그러고 나서 그 사람은 그것이 무엇인지 알게 됐다. 집주인이 해저 낚시 챔피언이었는데, 그가 거북을 낚아서 등껍데기를 벗기고 머리를 자른 후에 다음 날 요리해서 먹을 생각으로 냉장고에 넣어뒀던 것이다.

그러나 요리가 되기 전에 머리 없이 벌거벗은 그것은 헐떡였다. 마치 숨처럼.

나는 여기서 이미 거북에 대해 말한 적이 있다. 이렇게 썼다. “돌 같은 등껍데기를 질질 끌고 걷는 느리고 먼지투성이인 거북에 대해서는 말하고 싶지 않다. 제3기의 공룡과인 그 동물에게는 관심이 전혀 없다.(‘공룡과’란 말은 맞는 말인지 틀린 말인지 모르고 쓴 것이다. 그저 짐작이었다.) 거북은 너무 멍청하고, 사람과 관계를 맺지 않으며 자기 자신과도 마찬가지다. 두 거북이 사랑을 나누는 행위에는 온기도 생명도 없다. 과학자는 아니지만 나는 그 종이 몇천 년 후에 멸종될 것이라 예상한다.”

깜빡하고 거북이 부도덕하게 느껴진다고 말하는 것을 잊었다.

누군가 거북에 대한 나의 무관심이 가짜라고 짐작하며 거북을 다룬 영문으로 된 책을 빌려줬다. 그 책의 한 단락을 번역해 봤다.

"거북은 희귀하고 오래된 파충류다. 그들의 조상은 약 2억 년 전, 공룡 이전에 처음으로 나타났다. 그 위대한 동물은 오래전에 멸종됐지만 거북은 아름다움이라고는 없는 그 이상한 형체로 생존하는 데 성공했고, 적어도 1억 5000만 년 동안 거의 변함없는 모습으로 남아 있다."

등껍데기도 없고 머리도 없이 위에서 아래로 아래에서 위로 헐떡이던 것. 생명으로.

거북을 어떻게 이해해야 할까? 신을 어떻게 이해해야 할까?

출발점은 '나는 모른다'다. 완전한 항복이다.

타자기는 계속 글을 쓴다. 예를 들자면 이런 글을 쓴다. 높은 수준의 추상에 이른 사람은 광기의 끝에서 자신을 발견한다. 유명한 수학자와 물리학자도 그렇게 말한다. 나는 추상적 인간을 알고 있는데, 그는 다른 사람들과 똑같이 행동하려고 한다. 먹고, 마시고, 아내와 아이들과 함께 자고. 결국 그는 x가 되거나 제곱근이 되기를 피한다. 내가 아직 어렸을 때, 중학생들에게 수학과 포르투갈어를 일대일로 가르쳤었는데, 지금 생각하면 그 사실을 믿을 수가 없다. 지금의 나는 제곱근 문제를 풀 수 없을 테니까. 포르투갈어는 정말 지루해하며 문법의 규칙을 가르쳤는데 그 후에는 다행히 잊어버렸다. 먼저 배우고, 그다음에는 잊어야 한다. 그래야 겨우 자유롭게 숨 쉬기 시작할 수 있다.

이제 타자기는 멈출 것이다.

다음 주 토요일에 뵙겠습니다.

1971년 6월 5일

바다 여행 (제1부)

주註: 어느 날 나는 칼럼의 창시자인 후벵 브라가에게 전화를 걸어 절망적으로 말했다. "후벵, 저는 칼럼니스트인데 제가 쓰는 글이 과하게 개인적인 이야기가 되어가고 있어요. 어떻게 해야 합니까?" 그는 내게 말했다. "개인적이지 않은 칼럼은 불가능해요." 그렇지만 나는 내 삶을 누구에게도 이야기하고 싶지 않았다. 내 인생은 경험과 살아 있는 감정들로 풍부하지만 자서전을 낼 생각은 전혀 없었다. 어쨌든 이 글은 바다로 떠난 여행의 기억이다.

살면서 여러 번 바다를 여행했다. 글을 쓰면서 그 여행들의 기억을 다시 꺼내보려 한다.

첫 번째 여행은 생후 두 달이 되기 전, 독일(함부르크)에서 헤시피까지였다. 부모님이 내가 태어났던 우크라이나에서 함부르크까지 무엇을 타고 갔는지 모르겠다. 아버지는 함부르크에서 일자리를 구했지만 우리 모두에게 다행히도 일자리를 찾지 못했다. 나는 그 이민 여행에 대해 아는 바가 하나도 없다. 우리는 모두 라자르 세갈*의 이민자 얼굴을 하고 있었을 것이다.

또 다른 바다 여행은 헤시피에서 리우데자네이루까지 영국 배

* 1889~1957. 리투아니아 태생의 브라질 화가. 브라질 모더니스트 운동에 생기를 불어넣었다.

3등석을 타고 갔던 것이다. 그때는 너무도 '익사이팅'했다. 나는 영어를 몰라 어린아이의 손가락으로 메뉴를 가리켜 골랐다. 하얀 강낭콩을 끓인 음식 말고는 아무것도 주지 않았던 것 같다. 나는 실망했지만 그것을 먹어야 했다. 불쌍하기도 하여라. 우연이 만든 불행한 선택이었다. 그런 일은 일어나곤 한다.

지금 떠오르는 것은 제노바에서 브라질까지 했던 여행이다. 나는 북부에서 ITA 선박을 탔다. 첫째 아들이 이미 태어났을 때다. 지금은 ITA 선박이 더 나은 서비스를 제공하길 바라지만, 그때는 음식이 너무 기름지고 형편없었다. 나는 8개월 된 아기가 탈 나지 않게 음식을 먹이느라 최선을 다했다.

또 뉴욕 여행도 있다. 그때 나는 임신 중이었고, 브라질을 벌써부터 몹시 그리워하고 있었다. 영국 배의 1등석은 엄청났지만, 하나도 즐기지 못했다. 너무 슬펐으니까. 도움을 받으려고 열여섯 살인 유모를 데려갔으나 그녀는 나를 도울 생각이 전혀 없었다. 그녀는 여행과 외교관의 삶에 완전히 매료되어 있었다. 영어로 된 책들과 자신에게 찾아온 행운에 정신이 없었던 아바니는 내 아들에게 눈길 한 번 주지 않았다. 그 여자아이의 운명에는 환상적인 무엇이 있었다. 나는 요리를 할 줄 모르지만 가끔씩 독창적인 발상을 할 때가 있었고, 그래서 그 아이에게 요리를 가르쳤다. 마침내 그 아이는 초콜릿 수플레를 할 수 있게 됐다.(언젠가 레시피를 공개하겠다. 상치아구 단타스가 무척 좋아했다. 초콜릿 수플레를 오븐에 넣고 끓여서 아이스크림 위에 붓고 휘저어 그릇에 담으면 된다.) 그 여자아이는 발전했다. 그녀는 나에게서—그 여자아이는 나를 부러워했고 언젠가 자신의 이름도 신문에 나올 것이라고 말하긴 했지만—옷 입는 법을, 매너를, 공부하는 법을 배웠다. 그렇지만 내 둘째 아들이 태어났을 때, 그녀는 신생아가 카페오레를 마실 거라고 믿었고, 내가 젖을 물리는 것을 보며 깜짝 놀랐다. 그다음에는 포르투갈 여자 페르난다에게 도움을 받았는데, 그녀는 미국 대령과 결혼하면서 나를 떠났다. 우리는 워싱턴에서 6년 반을 함께 보냈다. 나는 아이들과 함께 브라질로 돌아왔고 아바니는 남았다. 그녀는 영국인과 결혼했다. 내가 학회에 참여하기 위해 텍사스에 갔을 때 그녀는 매우 좋은 환경에서 살고 있었다. 나는 워싱턴에 전화를 걸었고, 그녀는 내게 "나를 보러 와주세요"라고 간청했다. 나는 그녀에게 "난 시간도 없고 돈도 없어"라고 말했고, 그녀는 소리를 지르며 대답했다. "내가 돈을 낼게요. 내가 내요!" 둘째 아들은 아바니를 아바라고 불렀다. 아이를 좋아했던 그녀는 그 이름을 받아들였고, 그때에는 여기서도 저기서도 어디에서도 아바라 불렀다.

나는 내 슬픈 뉴욕 여행에서 적도를 통과했다는 증명서를 간직하고 있다. 나는 참석하지 않았지만 배에서는 옷을 입은 사람들을 수영장으로 던지는 파티가 열렸다. 나는 차갑고 달지 않은 샴페인을 마시는 것에 만족했다.

그 외에 다른 바다 여행은 없었던 것 같다. 다른 때는 늘 내가 좋아하는 비행기를 탔다. 하늘을 나는 건 유쾌하다. 나는 위험을 무릅쓰는 게 좋다. 이제 카부프리우까지 비행기가 다닌다는 소식을 듣고 매우 기뻤다. 주말에 그 비행기를 탈 수 있길 바란다.

기차 여행

나는 분명 우크라이나에서 루마니아로, 거기에서 함부르크로 떠났을 것이다. 그러나 나는 전혀 기억하지 못한다. 막 태어난 아기였으니까.

그렇지만 기억에 남은 기차 여행이 있다. 열한 살에 헤시피에서 마세이오로 가는 길이었다. 나는 이미 조금은 성숙했다. 가는 길에—거의 꼬박 하루가 걸렸다—열여덟 살쯤 되어 보이고 무척 잘생겼으며 오렌지를 적어도 열두 개는 먹은, 녹색 눈에 속눈썹이 검고 기다란 남자애가 아버지한테 와서 나와 대화를 나눠도 되는지 허락을 구했다. 아버지는 허락했다. 나는 너무 감동해서 거의 감각이 없었다. 우리는 방심한 아버지의 시선 아래 줄곧 서로의 환심을 사려고 했다.

우리가 하루밖에 머물지 못했던 마세이오에서는 또 다른 기적이 일어났다. 아버지가 주인공이었던 파티가 열렸고, 그곳에는 조금 이상하다고 할 수 있는 열세 살짜리 남자애가 있었다. 사람들이 말하길 한번은 그 남자애가 파티가 끝난 후 어떤 부인과 집에 가려다가 그녀의 팔을 붙들었다고 했다. 그 남자애가 나한테 반했던 것이다. 그는 내게 산책을 함께 하자고 했다. 나는 너무 순진했지만 본능적으로 무언가를 느껴 거절했다. 그는 헤시피의 우리 집 주소를 받아 적었고, 나는 그에게서 사랑을 고백하는 말과 함께 미사여구 가득 적힌 엽서를 받았다. 그 엽서는 잃어버렸고 사랑도 잃었다. 추억만 남았다. 파티 다음 날 우리는 돌아갔는데—모두 기차역에 나왔고 그 이상한 남자애도 있었다—나는 마음을 흔드는 무언가를 느꼈지만 그것이 무엇인지는 기억나지 않는다.

1971년 6월 12일

낙타의 등을 타고 여행한 적이 있다:

스핑크스와 벨리댄스를 봤다 (결말)

유럽에 비행기를 타고 여행을 갔을 때, 이유는 모르겠지만 노선을 변경했다. 나는 즉흥적으로 이집트에 가서 3일을 보냈다. 먼저 밤에 피라미드를 봤다. 차를 타고 갔는데 불빛 하나 없이 캄캄한 밤이었다. 나는 차에서 내려 물었다. "피라미드는 어디에 있습니까?" 피라미드는 바로 몇 미터 앞에 있었다. 나는 무서웠다. 낮에는 덜 위험했다. 낮에는 사하라사막에 갔는데 모래가 하얀색이 아니라 크림색이었다. 그곳에는 낙타 장사꾼이 있었다. 평균적으로 빵 한 조각 값이면 낙타를 타고 한 바퀴 돌 수 있었다. 나는 두 개의 혹 사이에 앉았다. 매우 이상한 동물이다. 낙타는 계속해서 음식을 되새김질한다. 위가 두 개 있다고 들었는데, 내가 잘못 들었나? 스핑크스를 봤지만 파악이 되지 않았다. 그렇지만 스핑크스도 나를 파악하지 못했다. 우리는 서로를 마주 봤다. 스핑크스가 나를 받아들였다. 모두 자기만의 비밀이 있다.

모로코에서는 벨리댄스를 볼 기회가 있었다. 나는 아연실색했다. 당신은 정말로 무용수가 어떤 음악에 맞춰 얼마나 끔찍하게 배를 흔들었는지 짐작도 못 할 것이다. 〈엄마, 나는 원해요, 나는 젖을 빨길 원해요〉라는 브라질 카니발 행진곡이었다.

여행을 말하기 위해

텍사스에 갔을 때 호텔에 도착하자마자 전보가 올 경우를 대비해 브라질 영사에게 전화를 걸어 내가 머무는 곳을 알려줬다. 대학의 캠퍼스였다. 그는—다행히 나는 그의 이름을 잊었는데, 내가 그의 이름을 기억하고 있었다면 당연히 이곳에 그에 대해 쓰지 않았을 것이다—다른 외교관들과 달랐다. 그러나 나를 저녁 식사에 초대하는 것이 자신의 임무라 믿었다. 우리 나라를 대표하는 그가 나를 붉은색 검은색 체크무늬 식탁보가 있는 3등급 식당에 데려갔다. 미국에서는 고기가 비싸고 생선이 쌌다. 내가 먹고 싶은 것을 고르기 전에 그는 종업원에게 말해다. "부인에게는 생선을 주세요." 나는 당황했다. 게다가 그 식당의 대표 요리가 생선도 아니었다. 맹세코 그는 다음 말을 덧붙였다. "저는 비프스테이크를 살짝만 익혀 주세요." 그는 고기를 자르면서 내 입안에 침이 고이게 하더니 이혼한 남자인 자신의 역경을 이야기해줬다. 생선은 당연히 최악이었다. 그의 돈을 아끼기 위해, 내 앞에서 그를 치워버리기 위해 나는 디저트를 먹지 않았다.

나는 그 캠퍼스에 있는 아름다운 방에 머물렀다. 내장은 목재로 되어 있었고 커다란 TV와 에어컨이 있었다. 그곳에서 겨우 8일을 머물기로 되어 있었지만, 나는 사우다지와 고독을 죽을 만큼 느꼈다. 프로그램에는 토론으로 이어지는 여덟 개의 콘퍼런스가 있었다. 페미니스트들에게 미리 말하자면, 그 그룹에서 유일한 여자가 나였다. 그러나 페미니스트라는 것은 '속물적'이지 전혀 '힙'하지 않았다.(그러나 절대 '속물적'이 되려고 해서는 안 된다. 우리는 있는 그대로의 자신이어야 한다.) 내 콘퍼런스는 토요일, 마지막 날이었다. 그렇지만 나는 영리하게도 폐막식 연설이 시작되기 전에 외출 허가를 받았다. 가게들이 아직 영업 중이었고, 아들들의 장난감을 사고 싶었기 때문이다. 돌아올 때는 말 그대로 장난감에 깔려 죽을 뻔했다. 그 장난감들을 가지고 가기 위해 트렁크를 하나 사야 했으니까. 내가 돌아오자 진짜 크리스마스였다. 나는 안도했다. 텍사스에서 끔찍한 죽음을 예감했기 때문이다. 존 케네디 대통령의 죽음 말이다. 나는 그것을 예감했고, 가족들과 친구들에게 그해 여름 텍사스에서 어떤 답답하고 참혹한 분위기를 느꼈는지 이야기했다. 무슨 일이 일어날 것 같았다고. 대학의 교수들은 달랐다. 그들은 훌륭했고 미국의 전통이 그렇듯이 아침 식사에 나를 초대하기도 했다.

거기서 그레고리 라바사를 만났다. 미국인이자 포르투갈어, 스페인어 번역가로 나중에 크노프 출판사에서 나온 내 책 『어둠 속의 사과』를 번역했다. 그레고리, 당신에게 감사를 표한 적이 없군요. 나는 편지를 쓰지 않습니다. 그렇지만 당신이 애정을 담아 작업해준 그 번역물에 큰 감사를 전합니다. 한 가지 이해하지 못한 게 있었다. 그가 너무도 잘 아는 브라질 문학에 대해 쓴, 들어가는 말에 그는 내가 기마랑이스 호자의 작품과 함께 번역하기 가장 어려웠던 작가이고, 그 이유가 나의 구문 때문이라고 했다. 내가 나만의 구문構文을 가졌다고? 전혀 아니다. 이해할 수 없다. 그렇지만 받아들인다. 그레고리 라바사는 자기가 하는 말이 무슨 뜻인지 알고 있을 터이니.

문장의 구조가 어떻건, 이것이 내 충실한 여행기다. 알제, 내가 사랑했던 리스본, 파리, 폴란드를 이야기할 수도 있을 것이다. 폴란드에서는 러시아 국경 근처에 있었다. 내가 원했다면 러시아에 가볼 수도 있었을 테지만 나는 가고 싶지 않았다. 나는 문자 그대로 그 땅을 한 번도 밟아본 적이 없다. 엄마 품에 안겨 여행했을 뿐이다. 그러나 폴란드에서 어느 날 저녁, 대사관의 어느 서기관 집에서 혼자 테라스에 나갔는데, 거대한 검은 숲이 우크라이나로 향하는 가슴 뭉클한 길을 내게 보여줬다. 나는 부름을 느꼈다. 러시아도 내 일부를 붙들고 있다. 그러나 나는 브라질에 속해 있다.

그린란드에 갔다

아우지라 바르가스 아마라우 페이쇼투와 네덜란드에 갔을 때, 우리는 당연히 파리를 거쳐 갔다. 그녀는 네덜란드에서 유조선에 제툴리우 바르가스*라고 이름을 지어줬다. 미국으로 돌아올 때에는 지독히 추운 겨울이었고 눈이 멈추지 않는 바람에 비행기가 항로를 변경해야 했다. 그래서 우리는 밤 12시에 그린란드에 착륙해 안타깝게도 공항에만 머물러야 했다. 말할 수 없이 지독한 추위였다. 나는 그린란드 사람 몇몇을 관찰했다. 키가 크고 호리호리하고 밝은 금발이었다. 나는 아우지라에게 도시에 갔

* 제툴리우 바르가스(1883~1954). 브라질의 14대(1930~1945), 17대(1951~1954) 대통령.

었던 것처럼 하자고 했고 그녀는 흔쾌히 동의했다. 우리 두 사람은 서로 비밀을 지키며 그린란드를 방문했다고 말했다. 그런데 아우지라, 내가 방금 비밀을 깨버렸네…….

아프리카 볼라마에 갔다

그 이후 또 한 번 항로 변경으로 포르투갈 속령인 아프리카 볼라마에 가게 됐다. 나는 그곳에서 브랙퍼스트를 먹었고 아프리카인들을 봤다. 어쨌든 내가 본 대로 말하자면 포르투갈인들은 흑인들을 채찍으로 때렸다. 흑인들은 매우 재미있는 포르투갈어로 말했다. 나는 여덟 살쯤 된 아이에게 나이를 물었다. 아이는 이렇게 대답했다. "53세요." 나는 깜짝 놀랐다. 나는 브랙퍼스트를 나눠 먹던 포르투갈 사람에게 물었다. "당신은 이 상황을 어떻게 설명하시겠습니까?" 그는 내게 이렇게 대답했다. "저 사람들은 자신들의 나이를 몰라요. 당신이 저 노인에게 나이를 물으면 두 살이라고 대답할 겁니다." 나는 물었다. "저 사람들을 인간이 아닌 것처럼 취급해야 할 필요가 있습니까?" 그는 대답했다. "그러지 않으면 일을 하지 않아요." 나는 그 말을 듣고 생각에 잠겼다. 아프리카는 미스터리하다. 지금 이 순간에도 저기 아프리카에는 복종하지 않는 이가, 내 책을 읽는 이가 있을 것이다. 나는 아프리카를 불쌍히 여긴다. 아프리카를 위해 최소한이나마 할 수 있으면 좋겠는데 내게는 그럴 힘이 없다. 그저 말이 전부일 뿐, 때때로. 그저 가끔씩만.

1971년 6월 19일

무제

사람들은 어떻게 나한테 지금 내가 사는 게 아니라 겨우 목숨만 부지하고 있다고 말할 수 있을까? 단지 내가 무대 위를 비추는 조명에서 살짝 벗어난 삶을 영위하고 있어서일까? 정확히 말하자면, 나는 삶을 있는 그대로 받아들이며 살고 있다. 말로 표현할 수 없는 것을 자주 마주하면서. 나는 신을 깊이 열망한다. 또 다양한 삶을 산다. 내가 살아가는 타인의 삶들을 열거하고 싶지는 않지만, 나는 그 모든 삶이 숨을 쉬고 있음을 느낀다. 내게는 죽은 자들의 생이 있으며, 나는 그들에게 나의 묵상을 바친다. 나는 신비를 산다. 때때로 내 영혼 전체가 뒤틀린다. 신장결석을 앓는 친구가 있는데, 때때로 결석이 통과하면 그것이 다 지나갈 때까지 친구는 지옥을 겪는다. 나는 자주 정신적인 결석이 통과하는 것을 느끼고, 그러면 온몸을 비튼다. 결석이 지나가고 나면 다시 깨끗해진다. 도움을 받지 못한다는 말은 틀렸다. 나는 삶을 사는 한 사람의 존재만으로도 도움을 받는다. 내가 사랑했던 사람을 향한 달콤하고 고통스러운 사우다지에 도움을 받는다. 나만의 호흡에 도움을 받는다. 또 웃고 미소 짓는 순간도 있다. 그것은 가장 고귀한 기쁨이다. 어느 날 어떤 사람이 내게 이런 글을 썼다. "신을 위해 당신을 떠나겠습니다." 이해한다. 그 이후로 그 사람은 신을 위해 나를 떠나 신과 나를 맞바꿀 수 있을까? 아니면 나에게 사우다지를 느낄까? 내 생각에는 그가 신에게 사로잡혀 있는 순간에 나를 향해 사우다지를 느낄 것 같다. 내가 글을 쓸 때 나의 침묵은 순수하다. 글쓰기는 좋은 일이다. 마침내 결석이 통과한다. 이 순간에 나는 모든 것을 버리고, 나의 죽음을 소유한다. 나는 벌써부터 내가 떠날 이들에 대한 커다란 사우다지를 느낀다. 그러나 나는 너무 가볍고, 어떤 것도 나를 아프게 하지 못한다. 나는 신비를 살고 있으니까. 영원은 이전에도 있었고 앞으로도 있을 것이다. 신비의 상징은 파라나의 빌라벨랴와 파라나에 있다. 돌은 인간이 지구에 나타나기 전부터 있었다. 사람이 살지 않았던 그 시기에는 침묵이 있었을 것이다. 조용한 에너지. 늘 존재했던 시간. 시간은 영속적이다. 절대 끝나지 않을 것이다. 아름답지 않은가? 내게는 더 오래된 또 다른 돌이 하나 있다. 지질학자들은 그 돌이 지구 형성기에 만들어졌다는 결론을 내렸다. 브라질은 매우 오래된 곳이다. 브라질의 화산은 이미 꺼졌다. 나는 글을 잠시 멈추고 그 돌을 손에 쥔 채 교감을 시작한다. 또 누군가 내게 작은 다이아몬드를 준 적이 있는데, 손바닥 안에 떨어진 빛방울 같았다. 나는 강렬한 유혹과 욕망을 느끼고, 그 마음을 이겨내기 위해 사막에서 40일을 보낸다. 내 옆에는 물 한 컵이 있다. 가끔 그 물을 한 모금씩 마시고 갈증을 잠재운다. 이제 당신에게 힌두교의 평화를 찾는 방식을 알려줄 것이다. 그 방식은 장난 같지만 진실하다. 자, 하얀 장미 한 다발을 상상해보자. 그 달콤하고 향긋한 하얀색을 눈앞에 그려보자. 그리고 붉은 장미, 블랙 프린스 한 다발을 생각해보자. 그 장미는 열정을 구현한다. 그다음으로 노란 장미 한 다발을 그려본다. 내가 이미 쓴 적이 있지만, 노란 장미는 기쁜 일을 알리는 외침이다. 그런 다음 단단하고 꽃잎이 통통하며 부드러운 분홍 장미 한 다발을 떠올리자. 그러고 머릿속으로 꽃 네 다발을 커다란 통 안에 모아 담는다. 그러다 보면 결국 분홍 장미가 너무 창백하게 보여서 머릿속으로 장미 중의 장미인 그 꽃을 정원에 가지고 나가 화단에 다시 놓는다. 힌두인들은 이 과정에서 평화를 찾는다. 나는 아마 갈 일이 없을 인도를 생각한다. 그렇지만 배고픔은 누구에게도 정신성을 부여하지 않는다. 배고픔만 생각하게 된다. 비가 온다. 새벽 4시다. 바람이 테라스의 닫힌 문을 흔든다. 그러나 내 몸은 뜨겁다. 추울 줄 알았지만 나는 뜨겁게 살아 있다. 오늘 오후에는 중요한 약속에 나간다. 나는 내가 만나게 될 사람의 영혼을 깊이 존중하고, 그 사람도 나를 많이 존중해준다. 그 만남은 아마도 침묵 속에서 이뤄질 것이다. 미나스제라이스에서 온 편지를 받았는데, 내 얼굴을 그린 그림이 들어 있었다. 남자는 무언의 정열로 나를 사랑한다고 했고, 나는 그에게 모든 정열은 무언이라고 대답했다. 그리고 그 정열의 대상으로 나를 생각해줘서 고맙다고 했다. 훌륭한 그림이었다. 나는 벨루오리존치 콘퍼런스에 갔을 때 그를 개인적으로 만났던 것이 아닌가 생각했다. 그 그림은 사진보다 더 사실 같았다. 내가 담배를 들고 서 있는 모습을 그린 그림을 보내준 지우베르투는 누구인가? 지우베르투는 그림 옆에 내 책의 제목을 적었고 그 제목을 연상시키는 그림을 그렸다. 오른쪽에는 지우베르투가 매우 어려 보이는 글씨체로 적었다. "아름답다! 매력적이다! 치명적이다!" 지우베르투, 치명적인 사람은 없습니다. 그런 사람은 무성영화에나 있지요. 그림은 훌륭합니다. 당신은 나를 개인적으로 알고 있지요. 지우베르투? 미안하지만, 저는 당신을 기억하지 못합니다. 당신은 지우베르투라는 이름만 적었지 봉투에 주소를 적지 않았습니다. 그래서 여기에 대답하는 것이고요.

오후에 있을 기쁜 만남을 위해 가장 좋은 옷을 차려입고 향수를 뿌린다. 우리가 대화를 나눈다면 그 대화는 기쁨의 단어로 가득할 것이다. 무슨 향수를 뿌릴까? 뭘 뿌려야 할지 알지만, 어떤 향수를 뿌릴지는 말하지 않겠다. 그것은 내 비밀이니까. 나는 나 자신을 위해 향수를 뿌린다. 아버지가 내게 향수를 많이 뿌린다고 지적하셨던 것을 기억한다. 내 아들들도 그런다. 그것은 신이 육체에 주신 선물이다. 나는 겸손하게 신께 감사한다. 어느 날, 어쩌면 인도에 갈지도 모르겠다. 은행에서 대출을 받으면 그곳에서 일주일 정도 머물 수 있는 돈을 마련할 수 있을 것이다. 인도에 혼자 갈 수 있는 용기가 내게 있을까? 나를 안내해줄 누군가의 주소가 필요하다. 인도에 정말 가고 싶다……. 이제 이 글을 마무리하겠다. 신문의 지면은 제한되어 있으니까. 책을 조금 읽겠다. 다이아몬드에 관한 책이다. 이탈리아 잡지를 보다가 이런 문장을 읽었다. "보석 중에서 가장 아름다운 보석이자 가장 많이 찾는 보석이며 보석의 개념 그 자체다."

1971년 6월 26일

시쿠 부아르키가 찾아오다

시쿠 부아르키*라는 철자는 어느 날 저녁, 밀로르 페르난지스가 안토니우스 식당에서 지어낸 것이다. 나는 어릴 때 단어로 말장난하며 놀았던 것 같은 그 철자가 마음에 들었다. 시쿠는 두 번 미소를 짓는 게 전부였다. 한 번은 그 철자를 바꿔 쓴 게 재미있어서 미소를 지었고, 다른 한 번은 새로 불린 이름에 본래 이름이 없어진 것에 대한 기계적이고 슬픈 미소였다. 시쿠 부아르키Xico Buark가 시쿠Chico의 순수함과 약간 우수에 찬 모습과는 어울리지 않는다면, 그가 다른 사람이 부를 때 녹색 눈으로는 웃지 않고 입으로만 미소 지으며 대답하는 그의 재능과는 잘 어울린다. 소년은 아니다. 그렇지만 그가 동물계에 존재했다면, 소년이라 불리는 영원히 젊고 아름다운 생각하는 동물, 프란시스쿠 부아르키 지 올란다는 산에서 사는 동물이었을 것이다.

나는 시쿠가 너무 좋아서 우리 집에 초대했고, 그는 단순하게 초대에 응했다.

그는 오후 4시가 되기 전에 도착했다. 그 당시 시쿠는 오후 5시에 비우마 그라사에게 음악 레슨을 받았는데, 1년째 음악 이론을 배우고 있었고 그 이후로는 피아노 레슨을 받았다.

* 여기서는 시쿠 부아르키(Chico Buarque)의 철자를 시쿠 부아르키(Xico Buark)로 바꿔 쓰고 있다.

그의 인생에서 결정적인 순간들에 대해 말하자면, 그는 너무 어려서 사실상 그 순간들이 결정적이었는지, 무엇을 의미하는지 알지 못했었다. 그는 이마에 별을 달고 태어났다. 그에게는 모든 것이 쉽고 자연스럽게 주어졌고, 시골 개울에 흐르는 물처럼 모든 게 술술 풀렸다. 그에게 창작은 전혀 힘든 일이 아니었다. 때때로 무언가를 창작해보려 하고, 그것을 생각하며 잠들고 깨어나는 것, 그게 전부였다. 보통 그는 싫증이 빨랐고 쉽게 포기했으나 어느 날에는 무언가 폭발하듯 아이디어가 떠올랐다. 누구라도 그것이 거저 일어난 일, 순간에 탄생한 일이라고 생각했을 것이다. 그러나 그 폭발은 내면의 무의식적인, 어쩌면 성과가 나쁜 노력에서 나온 것이다.

시쿠는 그 문제에 흥미를 느꼈다. 그는 내 작업 방식에 대해 여러 질문을 던졌다. 나는 그에게 답했다. "당신은 대도시 출신에 박식한 집안 출신이지요. 당신은 당신의 특별한 언어로 자신을 현혹하고 동시에 다른 사람들의 마음을 사로잡는다고 느끼시죠. 당신은 성공에 익숙하십니까? 당신은 당신의 고유한 능력에 현혹된 사람 같다는 인상을 줘요. 당신은 회오리바람에 빨려 들어갔고 아직 땅을 밟지 못했죠."

시쿠는 자신이 매우 느리게 반응하는 것이 바보 같다고 생각하지만 마음 깊은 곳에선 기운이 넘친다. 그럼에도 불구하고 그는 현실에 발을 붙이는 것이 조금 불편하다. 그는 성공은 자기에게 아무것도 가져다주지 않는 외부적인 것으로 생각한다. 중요한 것은 연구하려고 하는, 찾으려고 하는 사람의 고통이다. 그는 말했다. "오늘 끔찍한 허무감을 느끼며 잠에서 깼어요. 어제 작업을 마쳤거든요."

우리는 빌라로부스*의 창작 방식에 관해 이야기했고, 그는 내게 톰 조빙**이 했던 말을 들려줬다. 어느 날 톰이 빌라로부스의 집에 작업하러 갔는데 주변에서 웅성거리는 소리가 크게 들렸다. 톰이 물었다. "선생님, 거슬리지 않으세요?" 빌라로부스가 대답했다. "외부에 달린 귀는 내면의 귀와 무관하다." 시쿠는 그 능력을 갖추고 싶어 했다. 또 그는 음악 작업에 기한이 없기를 바라고, 성공은 원하지 않는다. 사람들이 길에서 그에게 무례하게 다가오고, 사인도 해줘야만 하기 때문이다.

시쿠는 '착한 남자아이' 같아 보이고, 모든 어머니가 아들로, 사위로 원하는 상처럼 보인다. 그의 착한 남자아이 같은 인상은 좋은 기분과 멜랑콜리와 솔직함이 섞인 선함에서 나온다. 그는 남의 말을 쉽게 믿을 것처럼 보이지만, 그의 말에 의하면 그렇지 않다고 한다. 그는 그저 매우 게으를 뿐이라고 한다.

그는 물론 지휘자 이사크 카라브첸스키가 시립 극장에서 자신의 〈아 반다〉를 지휘했을 때 기뻤지만, 그의 진짜 관심은 창작이다. 어릴 때부터 그는 운문을 썼다. 나는 그를 편하게 해주려고 가벼운 노래를 만들어달라고 말하고 찬방饌房에 다녀왔는데, 몇

* 1887~1959. 에이토르 빌라로부스. 브라질 작곡가.

** 1927~1994. 안토니우 카를루스 조빙. 톰 조빙으로 더 많이 알려졌다. 브라질의 작곡가이자 연주자. 삼바와 재즈를 접목한 보사노바의 선구자.

분 후에 시쿠가 웃으면서 나를 불렀다. "클라리시의 부탁으로/ 노래를 지어봤네/ 완전히 실패했지/ 그녀가 찬방에 가버렸거든/ 그러나 그녀는 나를 곁눈질로 봤지/ 뒤에 숨은 최후의 심판의 눈으로."

나는 그에게 고독을 느낀 경험이 있는지, 그게 아니라면 그의 인생은 늘 빛나고 건강했는지를 물었다. 나는 그에게 가끔씩 혼자 있어보라고, 그러지 않으면 타인들의 지나친 사랑은 한 사람을 침수시킬 수 있기 때문에 휩쓸려 갈 수 있다고 조언해줬다. 그는 내 말에 동의하며 때때로 혼자 있는 시간을 갖는다고 했다.

건축학과에 입학하자마자 진로를 기타로 갈아탄 것은 진지한 결정은 아니었으나 그의 가족은 체념하고 받아들였다.

그는 영감을 찾는 중이었고, 전날에 곡 작업 하나를 마쳤는데 아직은 곡만 만든 것이어서 시간이 더 필요했다. 그는 언제나 새로운 곡을 만들 준비가 되어 있다. 한 인간으로서 시쿠에게 가장 중요한 것은 노력과 사랑이고, 그는 구체적으로 일하고 사랑할 자유를 원한다. 나는 장난삼아 그에게 사랑이 무엇인지를 물었다. "사랑을 정의할 수는 없어요." 그러고 그는 물었다. "당신에게 사랑은 뭐예요?" 나는 대답했다. "나도 당신의 생각과 같아요."

1971년 7월 3일

톰 조빙과 나눈 반쯤 진지한 대화 (1)

톰 조빙은 '제1회 작가 축제'에서 내 후견인이었다. 몇 년도였는지는 기억나지 않지만, 내 소설 『어둠 속의 사과』를 출간하면서였다. 대기하는 천막에서 그는 계속 장난을 쳤다. 그는 책을 손에 들고 물었다.

"이걸 누가 사요? 누가 사고 싶어 할까요?"

왜인지는 모르겠지만 실상은 전 부수 매진이었다.

얼마 전에 톰이 나를 보러 왔다. 몇 년 만에 다시 만났다. 톰은 변함이 없었다. 잘생겼고, 친절했고, 이마를 반쯤 덮는 머리카락은 순수하게 보였다. 위스키를 마시다 보니 대화가 더 진지해졌다. 나는 우리가 나눈 대화를 그대로 옮겨보려 한다.(나는 대화를 받아 적었고, 그는 내가 기록하는 것을 불편해하지 않았다.)

"톰, 당신은 성숙의 문제에 대해서 어떻게 생각하세요?"

"카를루스 드루몽 지 안드라지 시 중에 이런 구절이 있어요. '성숙, 그 끔찍한 보상…….' 클라리시, 저도 잘 모르겠어요. 할 수 있는 게 더 많아지지만 더 엄격해지죠."

"잘됐네요. 좋은 의미로 엄격해지는 것이니까."

"우리는 성숙을 통해 이전에는 보지 못했던 일련의 것에 대해 의식하기 시작하죠, 가장 본능적이었던 직감도 걸러지게 됩니다. 공간의 감시자가 존재하고, 그는 우리의 진정한 감시자이지요. 저는 음악이 누설하는 방식에 따라 달라진다는 것을 알게 됐어요. 그리고 시립 극장에 가는 게으름도요. 독서에 대해 당신에게 같은 질문을 하고 싶네요. 요즘은 TV를 보고 라디오를 듣죠. 그러니까 부적합한 미디어요. 제가 쓴 글 중 가장 학식이 풍부하고 진지한 것은 모두 서랍 속에 있어요. 오해는 하지 마세요. 제 생각에 대중음악은 매우 진지한 것이니까. 요즘 사람들도 제가 어렸을 때 책을 읽었던 것처럼 책을 침대로 가져가서 잠들기 전에 읽나요? 사실상 인류 전체가 어쩌면 시간이 부족한 것 같은 느낌이에요. 그래서 역동적인 독서를 하게 되죠. 어떻게 생각하시나요?"

"만약 그렇다면 고통스러울 것 같아요. 누군가 제 책을 역동적으로 속독한다면. 저는 애정을 담아, 조심해서, 고통스럽게 연구하며 글을 썼고, 그 보상으로 저의 책을 적어도 온전한 주의를 기울이며 읽어주기를 바라거든요. 톰, 당신의 글처럼 주의와 흥미로요. 저는 코믹한 글을 읽을 인내심이 없어요."

"당신은 당신을 부정하는군요, 클라리시!"

"아니죠, 다행히도 저의 책은 사건이 넘치질 않아요. 그렇지만 개인에게 미치는 사건의 영향을 이야기하죠. 누군가 과감하게 음악과 문학은 곧 끝날 것이라고 말했죠. 누군지 아세요? 하이너 뮐러예요. 그가 곧이라고 말한 게 300년 후인지 500년 후인지는 모르겠지만. 그러나 저는 절대 끝나지 않으리라고 생각해요."

톰은 행복한 웃음을 지으며 말했다.

"저도 그렇게 생각해요!"

"저는 음악의 음이 인간에게 필요하다고 생각해요. 말로 하는 언어와 글로 쓰는 언어는 음악과 같고, 가장 고차원적인 그 두 개가 우리를 원숭이과나 동물계로부터 분리한다고 생각하고요."

"광물과 식물도 마찬가지죠!(그는 웃었다.) 저는 단어를 믿는 뮤지션이라고 생각해요. 어제는 당신이 쓴 「버펄로」와 「장미를 본받아」를 읽었어요."

"네, 그렇지만 때로는 죽음이기도 하죠."

"죽음은 존재하지 않아요, 클라리시. 어떤 경험이 그것을 내게 알려줬어요. '나', '작은 나', '커다란 나'도 존재하지 않죠. 내가 당신에게 말할 수 없는 그 경험을 떠나서, 저는 24시간 죽음을 두려워해요. 나의 죽음을요. 정말이에요. 클라리시, 왜냐하면 저는 죽음을 봤거든요."

"환생을 믿어요?"

"모르겠어요. 힌두인들은 환생을 이해하는 사람만이 자기가 경험했던 다양한 삶을 이해한다고 말합니다. 당연히 저의 관점과는 달라요. 환생이 존재한다면 허물벗기를 통해서만 가능할 거예요."

나는 내 책에 나온 인용구를 말해줬다. 버나드 베렌슨의 문장이다. "완전한 삶이란 비자아와의 동화가 너무도 충만한 나머지 마침내는 죽음에 이를 자아마저 소멸해버리는 종말일 것이다."

"정말 아름답네요. 그것이 허물벗기지요. 저는 함정에 빠졌어요. 왜냐하면 자아가 없다면 그것은 내가 거부당하는 것이니까요. 우리가 하나의 자아에서 또 다른 자아로 건너가는 길을 부정한다면, 그것이 환생을 의미한다면, 우리는 환생을 부정하는 것이지요."

"저는 우리가 말한 것이 전혀 이해되지 않아요. 그렇지만 그것은 하나의 감각이죠. 우리가 어떻게 이해하지 못하는 것을 말할 수 있겠어요? 우리가 다음 생에 만날 수 있을지 두고 보자고요."

1971년 7월 10일

톰 조빙과 나눈 반쯤 진지한 대화 (2)

그러고 나서 우리는 산업사회가 인간의 삶을 지나치게 조직화하고 비인간화하는 것에 관해 이야기를 나눴고, 예술가들에게 세상의 기쁨만이 아니라 세계의 의식을 지키는 역할이 주어진 것은 아닌지 대화를 나눴다.

"저는 소비하는 예술에 반대해요. 클라리시, 물론 저도 소비하는 것을 좋아합니다만…… 그렇지만 규격화가 당신에게서 삶의 기쁨을 모두 앗아 간다면, 저는 산업화에 반대해요. 인간의 삶을 편리하게 해줄 기계화에는 찬성하지만 기계가 인간을 지배하는 것에는 절대 동의하지 않습니다. 물론 예술가들은 세상의 기쁨을 지켜야만 합니다. 예술이 너무 멀어져 세상에 슬픔만을 준다고 할지라도요. 그러나 예술의 역할이 세상을 비추는 것이라고 한다면, 지금 이 상황이 예술만의 잘못은 아니겠지요. 예술은 세상을 반영한 것이고, 예술은 정직하지요. 오스카르 니에메예르* 만세! 빌라로부스 만세! 클라리시 리스펙토르 만세! 안토니우 카를루스 조빙 만세! 우리의 예술은 고발하는 예술입니다. 저에게는 아직 꽃피우지 못한 교향곡과 실내악이 있죠."

* 1907~2012. 오스카르 히베이루 지 아우메이다 니에메예르 소아리스 필류. 브라질 건축가. 모더니즘의 가장 중요한 인물 중 하나로 브라질의 수도 브라질리아를 설계.

“당신이 해야 할 일은 당신의 영혼이 요구하는 음악을 하는 것이라고 생각하지 않으시나요? 당신 말에 따르면, 우리가 만든 것은 엘리트들을 향한 것이라 짐작되는데요.”

“우리를 표현하기 위해서는 당연히 엘리트 언어의 힘을 빌려야 해요. 그렇지만 브라질에는 그런 엘리트가 없죠……. 그게 카를루스 드루몽 지 안드라지와 빌라로부스의 비극이고요.”

“톰, 당신은 누구를 위해 음악을 만들고 저는 누구를 위해 글을 쓸까요?”

“저한테 그런 주제의 질문을 한 사람은 없었던 것 같네요. 우리는 특별한 주의를 기울이지 않고 음악이나 가사를 들어요. 실제로 누군가에게 배운 적도 없지요. 선택은 우리에게 달려 있지 않아요. 당신과 나는 영감을 받아 작업을 하죠. 우리의 메마른 흙으로 석고를 만들어요. 우리 눈으로 봐도 그 흙은 메말랐어요. 클라리시, 레미에 있는 이 편안한 아파트에서 제가 할 수 있는 비평은 우리는 한정된 수준까지만 자신을 바칠 수 있는 희귀한 존재들이라는 것입니다. 우리는 매 순간 구분 없이 더 전념해야 합니다. 요즘 스트라빈스키의 악보를 읽을 때면 사람들과 더 함께하고 싶다는 저항할 수 없는 욕구를 느낍니다. 사람들이 여기저기 버린 문화가 창문으로 돌아온다고 하더라도요—이 생각은 카를루스 드루몽 지 안드라지에게서 훔친 것입니다.”

“어쩌면 우리 모두가 실패한 세대에 속하는 게 아닐까요?”

“저는 그 말에는 절대 동의하지 않습니다.”

“사실 저는 우리가 열린 문의 문턱에 이르렀다고 느낍니다—두려움으로 혹은 저도 알 수 없는 다른 힘으로—우리는 이 문을 완전히 넘지 못했죠. 그러나 거기에는 이미 우리의 이름이 새겨져 있고요. 모두 자신의 이름이 새겨진 문을 하나씩 갖고 있습니다. 톰, 방황하는 사람은 자신의 문으로만 들어갈 수 있고, 찾아낼 수 있어요."

"두드려라, 그러면 열리리라."

"톰, 고백할 게 있어요. 어떤 거짓도 없이, 제가 정말 용기가 있었더라면 저의 문을 넘었을 것이라고 느껴요. 사람들이 나를 미친 사람 취급하는 것을 두려워하지 않고요. 음악처럼 글에도 새로운 언어가 존재하니까요. 우리 두 사람은 우리의 것인 좁은 문을 당당하게 대표하는 사람들이지요. 자만심이 아니라, 요약하자면, 우리는 이행해야만 하는 사명이 있습니다. 창작할 때 어떤 과정으로 음악을 만들고 완성하나요? 질문이 뒤섞이네요. 그렇지만 제 잘못은 아니에요. 당신의 잘못도 아니고요. 우리 대화가 환각을 불러일으켜서 그래요."

"음악을 만드는 것은 억제할 수 없는 어떤 힘이지요. 자유를 향한 욕망의 발산입니다."

"내면의 자유입니까, 아니면 외부의 자유입니까?"

"모든 것의 자유죠. 인간으로서 저는 순응주의자인 소시민인데요, 예술가로서 저는 사랑의 크기만큼이나 보복도 당하죠. 죄송해요, 위스키는 이제 됐어요. 더 마시고 싶어져서요. 맥주를 마셔야겠네요. 맥주는 영혼의 텅 빈 곳을 채워주죠. 혹은 갑자기 취하지 않게 해주거나. 저는 가끔씩 마시는 걸 좋아해요. 맥주를 좋아하지만 취할 정도는 아니고요."

나는 가정부를 보내 맥주를 사 오게 했다.

1971년 7월 17일

톰 조빙과 나눈 반쯤 진지한 대화 (3)

"톰, 당신처럼 아주 유명한 사람은 사실상 전혀 알려지지 않은 사람이죠. 당신의 숨겨진 면은 무엇인가요?"

"음악이요. 경쟁이 치열한 분위기였고, 생존하기 위해 동료나 친구들을 밟고 일어나야 했죠. 내게 세계적인 공연은 틀린 음으로 들려요. 어두운 방 안의 피아노는 내게 무한한 하모니의 가능성을 주죠. 그게 저의 감춰진 부분입니다. 내 의도와는 달리 나의 회피성과 수줍음이 무심코 카네기홀의 스포트라이트로 나를 이끌었죠. 클라리시, 저는 악마가 십자가를 피하듯이 늘 성공을 피했어요. 저는 언제나 무대 위에 오르지 않는 사람이 되고 싶었죠. 해변에서 돌아왔을 때, 피아노는 저에게 생각지도 않은 커다란 자유의 세상을 선물해줬어요. 모든 멜로디가 가능했고, 길이 미리 보였지요. 모든 것이 허락됐고, 제가 합류하기만 하면 어디든 갈 수 있을 것 같았어요. 소년에게 갑자기 일어나는 일처럼 커다란 사랑의 꿈이 그곳에 있었지요. 그토록 불확실했던 꿈이 확실해졌어요. 클라리시, 이해하나요? 꽃은 자기가 꽃인 줄 몰라요. 열쇠 구멍으로 가정부의 가슴을 훔쳐보며 꿈꾸는 동안 저는 패배했고, 승리했어요. 열쇠 구멍을 통해서 본 가정부의 가슴은 아름다웠죠."

"톰, 노래의 가사로 쓸 수 있는 시 한 편을 즉흥적으로 지어줄 수 있나요?"

그는 동의했고, 잠시 휴식 시간을 가진 후에 다음과 같은 시를 읊어줬다.

당신의 파란 눈은 바다보다 더 크죠.
어느 날 내가 당신보다 더 강해진다면,
나는 당신을 무시하고 우주에서 살 거예요.
아니, 어쩌면 당신을 사랑할 수도 있고요.
아, 한 번도 가져보지 못한 생의 이 모든 후회란!

"노래가 막 나오려고 할 땐 어떤 느낌이에요?"

"출산의 고통은 끔찍하죠. 벽에 머리를 박아요, 불안을 느끼고, 필요의 불필요함을 느끼고, 그것이 새 음악이 탄생할 때 나타나는 증상입니다. 음악 작업을 덜 할수록 나는 음악을 더 좋아하게 되죠. 요령을 부린 모든 흔적이 나를 두렵게 해요."

"고갱은 제가 가장 좋아하는 화가는 아니지만, 우리가 아무리 고통스럽더라도 잊어서는 안 될 말을 했어요. '당신의 오른손이 능숙해지면 왼손으로 그려라. 왼손이 능숙해지면 발로 그려라.' 이 말이 요령을 두려워하는 당신에게 답이 될까요?"

"제 생각에 능숙함은 매우 유용하지만 결정적인 순간에 요령은 불필요한 것 같아요. 창작만이 유일하게 만족을 주죠. 이 말의 진위 여부를 떠나 저는 아무 의미 없이 매끄러운 형태보다는 일그러진 형태가 더 좋아요."

"당신이 연주가나 합주자를 고르나요?"

“제가 연주자를 고를 수 있으면 그렇게 합니다. 그렇지만 삶은 우리를 재촉하죠. 저는 비니시우스, 시쿠 부아르키, 주앙 지우베르투, 니우통 멘도사 같은 친구들과 작업하는 것을 좋아해요. 당신은요?”

“저의 일은 언제나 혼자여야 해요. 연주자도 없고 협업가도 없죠. 저는 책 한 권 또는 이야기 하나를 쓸 때마다, 절망적으로, 확신을 두고 다시는 아무것도 쓰지 않을 거라고 다짐해요. 당신은 한 곡을 완성하고 나면 어떤 기분을 느끼시나요?”

“똑같아요. 출산의 고통으로 죽을 거라고 생각하죠.”

맥주가 도착했다.

“세상에서 가장 중요한 것은 사랑입니다. 개인으로서 한 사람에게 가장 중요한 것은 영혼의 온전함입니다. 겉으로 보기에는 더러워 보일지라도요. 영혼이 그렇다고 하면 그런 것이죠. 영혼이 아니라고 하면 아닌 것입니다. 영혼과 일치해야 해요. 온갖 선악을 떠나서요. 사랑의 경우에는, 사랑은 자신을 바치는 것, 자신을 바치는 것, 자신을 바치는 것이에요. 자신을 바치는 것은 자아와 합심하는 게 아니라—많은 사람이 아무것도 바치고 있지 않으면서 바친다고 생각합니다—사랑받는 자아와 합심하는 것입니다. 헌신하지 않는 것은 자기를 미워하는 것이고 자신을 거세하는 것이지요. 혼자 하는 사랑은 바보 같은 짓이에요.”

“당신의 인생에서 결정적인 순간이 있었습니까?”

“저의 인생에서 결정적인 순간이 있었습니다. 서른여섯 살에 이타마라치*의 압박에 의해 미국에 가야 했던 것도 그렇죠. 그 당시 저는 이미 줄무늬 잠옷에, 흔들의자에 앉아 구름 사이로 파란 하늘을 보고 있었거든요."

"보통 어떤 장르든 창작에서는 정반합이 나타납니다. 당신의 노래에서도 그것을 느끼십니까? 생각해보세요."

"너무 절실히 느끼지요. 저는 수학을 사랑하는 사람이고, 사랑과 수학의 결핍을 느끼는 사람입니다. 형태 없이는 아무것도 없어요. 혼란 속에도 하나의 형태가 있죠."

"작곡가 인생에서 가장 감격했던 것과 인간으로서 인생에서 가장 감격했던 것은 무엇입니까?"

"작곡가로서는 전혀 없어요. 제 삶에서는 자아와 자아가 아닌 존재를 발견하는 일이었죠."

"외국에서 성공을 거둔 브라질 음악 장르는 무엇입니까?"

"모든 장르요. 유럽과 미국 같은 구세계는 완전히 고갈되었죠. 테마도, 힘도, 생식능력도 끝을 봤어요. 브라질은 어쨌든 자유로운 영혼의 나라예요. 브라질은 창작으로 이끌죠. 브라질은 커다란 감정을 느끼기에 좋은 곳입니다."

* 브라질 외교부로 외교부가 있는 건물 이름에서 유래.

1971년 7월 24일

초심리학적 현상

어느 날 한 젊은 여성이 내게 어떤 사건을 짤막하게 들려줬다. 나는 그녀에게 내게 들려준 이야기를 문학적으로 쓰려고 하지 말고, 문체를 찾으려 하지 말고, 나를 위해 그저 메모하듯이 적어달라고 했다. 그녀가 내게 들려준 이야기를 가지고 일종의 우화를 지어볼 생각이 있었기 때문이다.

여자는 종이를 들고 와서 우리 집 거실에서 내게 반쯤 등을 돌리고 앉았다. 나는 그대로 앉아서 생각하고 느끼고 기다렸다. 종이 위를 빠르게 내달리는 그녀의 작은 손이 보였고, 나는 그사이에 머릿속으로 이야기를 만들었는데, 어느 순간 결론까지 내려버렸다.

그녀는 잠시 멈추고 내게 말했다.

"어떻게 이어가야 할지 모르겠어요."

나는 그녀가 막 적었던 것을 이미 읽어본 것처럼 가장 중요한 부분을 불러줬다.

한참 후에 여자가 말했다.

"됐어요, 큰 목소리로 읽어드릴 거예요. 저의 글씨가 엉망이어서요."

나는 듣다가 놀라 눈을 동그랗게 떴다. 그녀가 읽어준 이야기가 내가 하려던 이야기와 거의 비슷하고 그녀가 쓰는 동안 내가 마음속에 품고 있었던 글과 꼭 같지 않겠는가!

나는 그 여성의 말을 끊고 말했다.

"당신도 저처럼 썼네요, 그것도 제 고유한 언어로요! 말하자면 이야기는 완성되었어요. 어떻게 그게 가능한가요?"

그녀가 대답했다.

"제가 글을 쓰는 동안 당신이 글을 불러주는 듯한 느낌을 받았고 받아쓰기만 하면 됐어요. 정말 쉬웠죠."

그녀가 썼던 문체가 나의 영향을 받은 것이라고는 말할 수 없었다. 왜냐하면 그녀는 내 책을 겨우 몇 페이지밖에 읽어본 적이 없었으니까. 그녀는 너무 마음에 와닿아서 더는 읽을 수가 없었다고 말했다. 게다가 우리가 자주 교류한 지도 얼마 되지 않았고…….

실제로 일어난 일은, 그 젊은 여성이 내 생각을 담아내는 용기였다는 것이다.

나는 이해하지 못한 채 그 사건을 말한다. 인간관계의 신비가 나를 매료시킨다.

「시편」 4장 다윗의 시

정의로운 내 하느님, 내가 당신을 부를 때 응답하소서!

근심 중에 나를 너그럽게 하셨으니

내게 은혜를 베풀어 나의 기도를 들어주소서!

인간의 아들들아, 언제까지 나의 영광을 욕되게 할 것이냐?

언제까지 헛된 것을 사랑하며 거짓을 말하려 들 것이냐?

여호와는 그가 사랑하는 사람을 택하신 줄 너희가 알지어다.

여호와는 내가 그를 부르는 소리를 들으신다.
너희는 떨며 죄를 범하지 말지니!
자리에 누워서 마음으로 말하고 침묵을 지켜라!
신실한 마음으로 제물을 바쳐라.
여호와께 비밀을 털어놓아라.
여러 사람이
누가 우리에게 행복을 보여줄 것인가 말하니
여호와여, 우리에게 주의 빛나는 얼굴을 들어 비추소서!
주께서 내 마음에 주신 기쁨은
그들의 곡식과 새 포도주가 풍성할 때보다 더하나이다.
나는 평안히 눕고 잠에 드나니
내가 혼자일 때도 여호와가
나를 안전하게 쉬게 하시나이다.

오해

당신은 황금을 원하는데 나는 당신에게 빵을 준다. 나는 당신에게 황금을 주지만 배고픈 당신을 위한 것은 빵이다.

살다

존재한다는 감각이 있다. 너무도 깊고 선명하고 거대해서 설명할 수 없다. 존재한다는 감각은 날카롭고, 고요하며, 삶과 죽음의 고유한 대리인이 되는 순간적인 시각이다. 나는 존재한다는 감각을 잃지 않기 위해 잠들기를 거부한다.

멈춰야 한다

나는 나를 향한 사우다지를 느낀다. 호젓한 삶을 살고 있는데도 너무 많은 전화를 받는다, 빨리 쓴다, 빨리 산다. '나'는 어디에 있는가?

나는 영혼의 은둔이 필요하다. 마침내 나를 되찾기 위해서—마침내, 그러나 나 자신이 얼마나 두려운지.

1971년 7월 31일

제나루

색상과 형태 모두에서 제나루 지 카르발류*의 태피스트리와 그림은 충격적이지 않으면서도 대담하고 창의적이다. 제나루가 자기 자신에게 강요하는 엄격한 장인의 솜씨가 모든 태피스트리 작품에 나타난다. 그는 중세나 르네상스 시대에 그랬던 것처럼 오늘날 태피스트리를 만드는 제작자다. 그는 브라질 태피스트리의 선구자일 뿐 아니라 우리가 보유한 이 분야 최고의 예술가다. 제나루는 20년 넘게 자신의 métier(일)에 고요하게, 열정적으로 몰두해오면서 주제에 있어서 또 기술적인 면을 끊임없이 쇄신해왔다. "저는 한 번도 독창성만 있는 최신 작가가 되고 싶었던 적이 없었어요." 실질적으로 새로운 해결책을 찾는 일이 때때로 그를 독특한 소재로 여러 겹의 질감을 표현하는 태피스트리를 제작하게 했다.

나는 그를 사우바도르에서 만나 서로를 소개하고 대화를 나눴다.

"어떻게 태피스트리를 하게 되셨나요? 소재의 질감에 반해서인가요, 사물 그 자체에 반하셨던 건가요?"

"무엇보다 태피스트리가 아름답다고 생각했기 때문이죠. 창작한다는 것은 무엇보다 죽지 않는 것입니다. 생명을 구성하는,

* 1926~1971. 브라질에서 현대 태피스트리의 선구자로 간주.

유기적인, 없어서는 안 되는 꼭 필요한 것이고요. 그리고 일상이죠. 예술 작품을 창작하지 않았다면 저는 좋아하는 다른 어떤 것을 창작했을 거예요."

제나루가 전시 도록에 썼던 글의 발췌문을 인용해보려 한다.

> 저의 예술은 사랑의 예술입니다. 늘 그래왔습니다. 제가 예술을 하는 것은 예술이 저에게 기쁨을 주기 때문이고, 그 기쁨이 다른 사람에게도 전해지기를 바랍니다.
> 지금까지도 그런 적은 없었지만 앞으로도 밀봉된 예술을 할 생각은 없습니다. 반항이나 저항의 예술은 아니지만, 그것이 세상의 고통에 동의한다는 뜻은 아닙니다. 저는 일어나는 모든 분쟁과 사건의 배우이자 증인입니다.
> 저는 커다란 오해와 생존을 위한 싸움을 보고 느낍니다.
> 저는 오늘날의 인간들이 너무도 다양한 충격적 상황으로 자신의 존재 밑바닥까지 내려가 있다고 생각합니다.
> 그래서 쉼과 다시 힘을 회복하고 용기를 낼 수 있는 숨이 필요하고요. 저의 예술은 그런 것을 시도합니다.
> 제가 조금의 기쁨과 낙관주의에 기여할 수 있다면 저는 임무를 완수한 것입니다. 저는 '충격적인 것을 반대하는 자'이고요, '충돌에 반대하는 자'이자 '비극에 반대하는 자'입니다. 인생은 충격과 충돌과 비극으로 가득하죠.
> 왜 예술을 부를까요? 치유될 수 없는 것들도 있는데 말입니다.

"제나루, 저는 당신의 말에 완전히 동의하진 않아요. 저는 예술이 인간의 고통을 고발하면서 동시에 인간을 이해하며 위로한다고 생각해요. 저는 예술이 원칙적으로 사람들을 더 깊게 느끼고 사고하게 하는 데 쓰임이 있다고 생각하거든요. 다시 태피스트리 이야기를 하자면, 당신은 베틀 외에 어떤 것을 사용하시나요?"

"저는 베틀과 손, 붓과 캔버스, 나의 사랑과 의지를 사용합니다."

"브라질의 태피스트리 경험은 유럽의 태피스트리 경험과 다른가요?"

"제가 브라질에 돌아온 것은 필요한 일이었죠. 저는 파란 하늘을, 나뭇잎을 보기 시작했어요. 그리고 풍부한 열대 예술을 꿈꿨죠. 특히 향토색이 진한 예술이요. 클라리시, 저에 관해 말하는 것은 저에게 늘 용기를 준 아내 나이르에 관해 말하는 것이고, 제가 디 카발칸티와 미우통 다코스타 등의 그림을 좋아하는 것처럼 제가 하는 일을 좋아하는 법을 알려준, 저를 늘 지지해준 친구들에 관해 말하는 것이지요. 모든 사람이 그렇듯 저는 한 시대에 속하고, 우리 세대를 위해 해야 할 일이 있지요. 저는 태피스트리가 향토색이 짙은 작업이라고 생각합니다. 모든 장소는 때로는 몇 세기를 거슬러 올라가는 전통과 그 절차를 소유하고 있습니다. 그래서 예를 들자면, 프랑스에서 만들어진 태피스트리와 체코 또는 페르시아에서 만들어진 태피스트리는 다릅니다. 포르투갈은 이제는 유명해진 민속공예 작품을 보유하고 있습니다."

“무엇이 당신을 창작하게 하나요?”

“영감의 순간은 가장 간단한 것에서, 사소한 것에서 탄생합니다. 바람에 흔들리는 식물로부터, 벽을 타고 올라가는 담쟁이덩굴로부터요. 저는 때때로 저의 그림에서 영감을 받기도 합니다. 그렇지만 제가 기뻐야 하죠. 저는 기쁜 사람이 큰일을 해낼 수 있다고 믿습니다.”

“당신의 예술은 풍요를 비추지만, 그것은 내적 성찰로부터 나온 것이에요. 제가 틀렸나요?”

“맞아요.”

“당신이 바이아에서 살지 않았다면 당신의 태피스트리가 지금과 같았을까요? 색과 빛의 영향에 대해 묻는 거예요.”

“바이아는 저의 영원한 사랑입니다. 실제로 그곳의 색과 빛은 저를 사로잡아요. 빛나는 석양, 유연하고 살랑대는 노란 야자나무. 어쩌면 공동의 장소 또는 삼바의 언어일 수도 있겠지만, 그게 진실입니다.”

이 남자는 막 세상을 떠났다.

1971년 8월 7일

당신은 번호입니다

당신이 주의하지 않는다면, 당신은 당신 자신에게도 번호가 될 것이다. 왜냐하면 당신이 태어난 순간부터 사람들은 당신을 번호로 분류하기 때문이다. 펠릭스 파셰쿠 신원확인소에서 당신의 신분은 번호이고 당신의 호적도 번호다. 당신의 선거인 카드도 번호다. 직업적으로도 마찬가지다. 택시 기사가 되려면 면허증과 차량번호가 필요하다. 세금 신고를 할 때도 납세자는 번호로 신원이 확인된다. 당신이 사는 건물, 전화, 아파트—모두 번호다.

당신이 은행에 대출을 신청하는 사람이라면 은행에게 당신은 번호다. 당신이 재산을 소유하고 있어도 마찬가지다. 당신이 어느 클럽의 회원이라면 당신에겐 번호가 있다. 당신이 브라질 문학 아카데미의 회원이라면 당신의 의자에는 번호가 있다.

그런 이유로 나는 수학 개인 교습을 받을 것이다. 배워야 할 필요를 느낀다. 혹은 물리 수업도. 농담이 아니다. 나는 정말로 수학을 배울 것이다. 적분에 관한 것을 알아야 할 필요가 있다.

당신이 상인이라면 당신의 사업 허가증에도 번호가 있다.

당신이 이로운 일에 분담금을 냈다면, 역시 번호로 청탁을 받았을 것이다. 당신이 관광 또는 비즈니스 여행을 한다면 번호를 받는다. 비행기를 타도 번호를 받는다. 회사 주주로서 주식을 소유하고 있어도 마찬가지다. 인구조사를 할 때 당신은 당연히 번호다. 당신이 기독교 신자라면 당신은 세례 번호를 받는다. 호적이나 신도 등록증에도 번호가 있다. 법인체를 갖고 있어도 마찬가지다. 사람들이 죽을 때 무덤에는 번호가 있다.

우린 아무것도 아닌가? 나는 항의한다. 사실 항의하는 것은 소용없다. 당신은 내 항의가 번호에 불과하다는 걸 알게 될 것이다.

한 친구에게 들은 이야기다. 페르남부쿠의 알투세르탕에서 한 여자가 탈수증에 걸린 아이를 데리고 보건소에 갔다. 그곳에서 그녀는 번호표 10번을 받았고, 의사의 진료 시간 때문에 아이가 검진을 받지 못했다. 그 의사는 9번에서 진료를 마쳤기 때문이다. 아이는 번호 때문에 사망했다. 우리는 유죄다.

전쟁이 나면, 내가 틀리지 않는다면, 당신은 번호가 새겨진 금속판이 달린 팔찌나 금속으로 된 목걸이를 감고 있을 것이다.

우리는 맞서 싸울 것이다. 모든 사람은 번호 없는 고유한 하나다. 자기 자신은 오직 자기 자신이다.

신은 번호가 아니다.

제발 사람이 되자. 이 사회는 우리를 건조하게, 건조한 번호처럼 만든다. 마치 햇볕에 노출되어 마른 하얀 뼈처럼. 내 은밀한 번호는 9다. 그게 전부다. 8이다. 그게 전부다. 7이다. 그게 전부다. 이 숫자들은 더할 필요도 없고 987로 바꿀 필요도 없다. 나는 나를 번호로 구별하는가? 아니다. 나의 내면이 그것을 허락하지 않는다. 나는 살면서 번호를 갖지 않기 위해 여러 번 시도했지만 피할 수 없었다. 그래서 우리에게는 많은 애정과 고유한 이름과 진실성이 필요하다. 우리는 사랑할 것이다. 사랑에는 번호가 없으니까. 아니, 있던가?

신비로움: 하늘

아버지를 따라서 언제 카샹부에 갔었는지 생각나지 않는다. 어느 밤에 말이 많지 않은 어느 여자 친구와 함께 허허벌판에 나갔다. 그곳에서 나는 몸을 살짝 뒤로 젖히고 하늘을 봤다. 시골 하늘은 짙은 감색이었고, 수없이 많은 크리스털 같은 별들을 봤다. 하늘을 보면서 나는 아득해졌다.

어떻게?! 어떻게 인간은 이토록 대단할 수 있는지. 어떻게 사람들은 플라네타리움을 고안해냈단 말인가?

1971년 7월 25일, 나는 플라네타리움으로 하늘을 보러 갔다. 일요일이었다. 그날은 사람들이 특별히 목성을 보여주려고 했다. 하늘은 광적이거나 천재적이다. 나는 태양을 본 것에 매우 만족했다. 내 별자리였던 사수좌의 날이었다. 목성은 모든 행성 중에서 가장 강력하다. 목성에는 여러 개의 위성이 있다.

8월 15일 이후에 화성을 볼 것이다. 지구 외에 생명체가 살 수 있는 행성이라고 했던가? 우리에게는 특권이 있다. 우리에게는 너무도 많은 자원이 있고, 동물들, 호랑이처럼 순수한 동물과 이름을 쓰고 싶지 않을 만큼 끔찍한 동물도 있다.

우리는 더 하나가 되어야 할 것이다. 우주는 너무도 거대해서 모든 지평선을 넘으니까. 우리가 서로 사랑하지 않는다면 우리는 길을 잃게 될 것이다. 신 안에서 서로를 만나는 게 좋을 것이다.

1971년 8월 14일

나는 질문이다

누가 첫 번째 질문을 던졌는가?

누가 세상을 만들었는가?

그게 신이라면, 신을 만든 것은 누구인가?

왜 2 곱하기 2는 4인가?

누가 최초의 단어를 말했는가?

누가 처음으로 울었는가?

왜 태양은 그토록 뜨거운가?

왜 달은 차가운가?

왜 폐는 숨 쉬는가?

왜 우리는 죽는가?

왜 우리는 사랑하는가?

왜 우리는 미워하는가?

누가 최초의 의자를 만들었는가?

왜 우리는 빨래를 하는가?

왜 우리는 가슴이 있는가?

왜 우리는 젖이 나오는가?

왜 소리가 있는가?

왜 침묵이 있는가?

왜 시간이 있는가?

왜 공간이 있는가?

왜 무한대가 있는가?

왜 나는 존재하는가?

왜 너는 존재하는가?

왜 정액이 있는가?

왜 난자가 있는가?

왜 표범은 눈이 있는가?

왜 실수가 있는가?

왜 우리는 읽는가?

왜 제곱근이 있는가?

왜 꽃이 있는가?

왜 땅이 있는가?

왜 우리는 자고 싶은가?

왜 나는 담배에 불을 붙였는가?

왜 불이 있는가?

왜 강이 있는가?

왜 중력이 있는가?

왜 누가 안경을 개발했는가?

왜 병이 있는가?

왜 건강이 있는가?

왜 나는 질문하는가?

왜 답이 없는가?

왜 내 책을 읽는 이는 어쩔 줄을 모르는가?

왜 스웨덴어는 이토록 다정한가?

왜 나는 스웨덴 대사 집에서 열린 칵테일파티에 갔는가?
왜 스웨덴 문화 담당관의 첫 번째 이름이 Si인가?
왜 나는 살아 있는가?
왜 내 글을 읽는 이는 살아 있는가?
왜 나는 졸린가?
왜 우리는 사람들에게 상을 주는가?
왜 여자는 남자를 원하는가?
왜 남자는 여자를 원할 힘을 갖고 있는가?
왜 적분이 있는가?
왜 나는 글을 쓰는가?
왜 그리스도는 십자가에서 죽었는가?
왜 나는 거짓말을 하는가?
왜 나는 진실을 말하는가?
왜 문어는 존재하는가?
왜 출판사는 존재하는가?
왜 돈이 있는가?
왜 나는 유리 화병을 불투명한 검은색으로 칠했는가?
왜 성적 행위가 있는가?
왜 나는 무언가를 찾고 그것을 찾지 못하는가?
왜 익명은 존재하는가?
왜 성자들은 존재하는가?
왜 우리는 기도하는가?
왜 우리는 늙는가?

왜 암은 존재하는가?

왜 사람들은 저녁을 먹기 위해 모이는가?

왜 이탈리아어는 그토록 사랑스러운가?

왜 사람은 노래하는가?

왜 흑인은 존재하는가?

왜 나는 흑인이 아닌가?

왜 사람은 다른 사람을 죽이는가?

왜 이 순간에도 아이들이 태어나고 있는가?

왜 유대인은 선택받은 인종인가?

왜 그리스도는 유대인인가?

왜 내 두 번째 이름은 다이아몬드처럼 단단하게 보이는가?

왜 오늘은 토요일인가?

왜 나는 두 아들이 있는가?

왜 나는 무한히 왜를 물어볼 수 있는가?

왜 간은 간의 맛이 나는가?

왜 내 가정부는 애인이 있는가?

왜 초심리학은 과학인가?

왜 나는 수학을 공부할 것인가?

왜 물컹한 것이 있고 단단한 것이 있는가?

왜 나는 배고픈가?

왜 북동부에는 기아가 있는가?

왜 하나의 단어는 다른 단어를 부르는가?

왜 정치인들은 연설을 하는가?

왜 기계는 이토록 중요해졌는가?

왜 나는 질문을 멈춰야 하는가?

왜 짙은 녹색이 존재하는가?

왜?

때문이니까.

그러나 왜 사람들은 내게 그것을 진작 말해주지 않았는가?

왜 헤어져야 하는가?

왜 다음 주 토요일에 만나는가?

왜?

1971년 8월 21일

사과, 해명, 다정함

내가 8월 7일 토요일에 이곳에 쓴 글 「당신은 번호입니다」에 대해 쓰려고 한다. 우연히 실수로 그 글을 마주했을 독자와 당장 마주할 수 있게 서둘러 그 글에 대해 다시 이야기하겠다.

나는 그런 글로 내가 얼마나 다른 사람들의 기분을 상하게 했는지 느꼈다—정말로 느꼈다. 나는 스스로를 모욕했고 다른 이들을 모욕했다는 것을 알았다. 아니다. 당신들은 번호가 아니다. 나 역시 번호가 아니다.

왜냐하면 말로 표할 수 없는 것이 있기 때문이다. 사랑은 번호가 아니다. 우정도 마찬가지다. 친절도 그렇다. 우아함은 왔다 갔다 한다. 그리고 만약 신이 번호라면—나도 모르겠다. 희망에도 번호가 없다. 무언가를 잃는 것은 말로 표현할 수 없다. 나는 그것을 어디에 두었는지 절대 알지 못한다. 그 외에 잃어버리지 말자고 적어놓은 것도 잃어버린다. 죽음은 말로 표현할 수 없는 것이다. 그렇지만 삶도 마찬가지다. 실은 존재도 이해가 안 될 만큼 일시적이다. 평판도. 창조성도.

요즘 내가 쓰는 모든 글은 미로 같지만 커다란 문과 출구가 있다. 덧붙여 말하자면, 클라리시라고 불리는 여자아이가 녹색 미로를 표현한 아주 아름다운 그림을 내게 줬다. 이 모든 게 말로 표현할 수 없는 것이다. 일요일에는 사람의 목소리를 흉내 내도록 배운 녹색 앵무새—회색앵무—를 봤다. 이 모든 것이 말로 표현할 수 없는 것이다. 내가 「미로」라고 이름 붙인 이야기를 막 끝낸 것도 말로 표현할 수 없다. 클라리시와 클라리시는 서로 통한다.

내가 왜 수학 수업에 관해 이야기하고 싶어 하는지 설명하겠다. 왜냐하면 모든 게 너무도 해결 불가능하기 때문이다. 그래서 해결책을 찾는 방법을 발견해보고자 한다. 나는 정말 해결책이 필요하다. 이렇게 완전한 불완전 속에 있을 수는 없다. 8월 10일에 받았던 편지에 대해 고맙다고 말하고 싶다. 그 편지를 이곳에 그대로 옮겨보겠다.

> 괜찮으시다면, 당신이 1971년 8월 7일, 토요일, 〈조르나우 두 브라질〉에 실었던 「당신은 번호입니다」라는 칼럼에 답신을 보내고 싶습니다. 저는 그 칼럼을 읽으면서 번호에 맞서고 싶은 감정을 느꼈습니다. 당신이 이해해주시길 바랍니다. 숨기고 싶은 마음은 없습니다. 제가 쓴 글을 읽어주세요.

편지는 여기서 잠시 멈췄다가 다시 이어진다.

> 당신은 왜 그토록 번호에 신경을 쓰시나요? 당신은 호적 번호에 따라 살지 않을 겁니다. 설사 그게 필요하다고 할지라도요. 당신은 말과 생각을 따라 삽니다. 당신은 당신의 단어를 측정하지 않고, 당시의 생각을 이야기하지

않습니다. 덧셈을 할 수 없는 혈액이 당신의 혈관 속에
흐릅니다. 수학은 필수 불가결한 것은 아니죠. 당신은
수학이 필요하지 않습니다. 당신은 수학보다 더 많은 것을
알고 있으니까요. 당신은 아름다운 것을 좋아하니까요.
그리고 아름다운 것은 나누기가 되지 않습니다. 아름다운
것은 다양한 형태로 존재하지만 완전합니다.
당신은 탁 트인 밝은 들판을 걸으며 만져지지 않는 것을
느낍니다. 그런데 왜 당신은 아무것도 가져다주지 않는
번호를 생각합니까?
번호는 내버려둡시다. 번호의 존재에 입 맞추지 마세요,
그것이 당신에게 영혼의 양식은 아니니까요.

편지는 타자기로 친 것으로, 이름이 적혀 있었지만 여기서 언급할 수는 없다. 밝히길 바라지 않는 사람의 이름이니까. 절대 편지 같은 것을 쓸 사람이 아니기 때문이다. 내 말을 이해했을까?

진심으로 사과한다. 유머러스함을 잃지 않기 위해 다음 말을 이어가겠다. 당신의 타자기는 내 타자기만큼 청소가 필요한 것 같습니다. 뭐라고 썼는지 잘 알아볼 수 없으니까요.

계속해보자면, 익명의 독자님, 저는 지금 곧 출간될 책을 정리하는 중입니다. 다이아몬드처럼 단단한 책이지요. 어떤 때에는 반짝이기도 합니다. 저는 마지막 몇 페이지에 이르러서야 다정함과 저항, 수용의 힘을 빌리지요.

『라우라의 삶』이라는 제목으로—그것은 닭의 이름이기도 하

다—아이들을 위한 동화책을 쓸 생각이기 때문에, 조금 쉬면서 지나치게 반짝이는 것과 울퉁불퉁한 것을 다듬어야 한다. 아이들에게 말을 건넬 때에는 사실상 약간 이상의 다정함이 필요하니까. 그러니까 나는 그냥 쉴 것이다. 천천히 말할 것이다. 나와 닭의 고유한 이야기를 조급해하지 않고 전할 것이다. 이 이야기에는 기쁨과 슬픔과 서프라이즈가 있다. 벌써 내가 다정해진 것 같지 않은가?

네 번이 된 세 번의 만남

그 만남은 슬펐다. 오랫동안 보지 못했던 사람이었다. 나는 놀랐다. 그녀의 영혼이 시들어서 괴로움조차 없이 무기력하게 매달려 있었기 때문이다. 나는 물에 빠진 사람에게 하듯 그녀에게 숨을 불어넣으려고 했지만 그녀는 구조받는 것을 원하지 않았다. 그녀는 여전히 친절하고 흠 없는 성격이었지만 자신을 잃어버렸다. 무엇보다 자기 자신을 찾는 것이 시급해 보였다. 그녀가 감정을 느끼기 시작할 수만 있다면.

두 번째 만남은 아주 짧게 이뤄졌다. 엘리베이터 안이었으니까. 나는 한동안 아무도 만나지 않았는데, 지쳤지만 생기 넘치는 사람을 보니 좋았다.

세 번째 만남은—사실상 셋이 아니라 넷인 『삼총사』처럼—두 번이었다. 나는 알루이지우와 솔랑지 마갈량이스의 두 딸을 다시 만났다. 한 명은 내 이름을 따라 이름을 지었는데, 함께 이야기하는 게 즐거웠다. 완벽한 대화를 나눈 기분이었다. 그녀는 내게 자신이 그린 그림 두 장을 줬고, 그중 하나에 이렇게 적었다. “클라리시가 클라리시에게.” 카롤리나에게는 네 번째 근위병이 있었다. 그녀들은 아이 같았다. 투명하고 순수했으며 창의력이 넘쳤고, 정이 많고 자연스러웠다. 행복한 만남이었다.

1971년 8월 28일

덧없는 순간

사람이 많은 거리를 걷고 있었는데 반대편에서 어떤 히피가 나를 향해 걸어왔다. 그는 처음에 나를 멍하니 바라봤고 이내 놀란 얼굴로 나를 뚫어지게 봤다. 그는 내게 미소를 지어 나 역시 그에게 미소를 건넸다. 그는 잠깐 걸음을 멈춰보자는 사인을 보냈지만, 나는 지켜야 할 약속 시간이 있었고, 넓은 의미에서 내가 가야 할 길이었으므로 멈추지 않았다. 그렇지만 우리는 멀리서 서로를 얼핏 봤다가 거리가 점점 좁혀졌고, 결국 서로를 제대로 보게 되었다. 매우 깊은 만남이었다.

우리는 무엇에 웃었던가? 그 기쁜 만남에 웃었고, 또 세상의 어리석음에 웃었다.

나는 내가 가던 길을 멈추고 "안녕" 인사하는 모습을 상상한다. 그도 "안녕!"이라고 답했을 것이다. 아니면 그는 외국 히피였으니까 영어로 "Hi"라고 했을까. 그가 내게 "Who are you?"라고 물으면 나는 "I am" 하고 대답했을 것이다. 그는 내게 이름과 전화번호를 물을 것이고, 나는 내 번호를 알려주면서 나는 클라리시인데 당신의 이름은 무엇이냐고 되물을 것이다. 그는 내게 자신의 이름을 알려줄 것이다. 그의 이름은 분명 존일 것이다. 그렇게 생겼으니까.

존, 몇 년이 흘러도 당신을 잊지 않을 겁니다. 왜냐하면 형제여, 우리는 그 순간 영원했으니까요. 순간이었지만 세상을, 우리 자신을 말했으니까요.

나는 존이 마리화나를 피우지 않는다고 확신한다. 그는 나처럼 흥분하는 능력을 가졌을 테니까. 자기 안에 이미 LSD를 지닌 사람들이 있다. 그런 사람들은 LSD를 복용하지 않아도 된다. 존, 당신도 나처럼 한 가정에서 나왔지요. 당신도 나처럼 세상에서 당신의 가족을 만들어야 했고요. 그런데 왜 나를 보고 놀랐나요, 존? 내가 존재한다는 것을 알았을 텐데. 당신이 원했던 것처럼 걸음을 멈추지 않았던 것은 미안해요. 그럴 수 없었어요, 내 말을 믿어줘요.

일전에 내게 일어났던 일과 정말 달랐다. 나는 택시를 타고 있었다. 빨간불에 택시가 정차했고 다른 택시가 내 택시 옆에 멈춰 섰는데, 택시 기사는 서른 살쯤 되어 보였으며 승객 한 사람이 타고 있었다. 나는 사람을 보고 있다는 의식조차 못 하고 그를 멍하니 바라봤다. 그 사람은 나를 뚫어지게 바라보더니 이내 윙크를 했다. 나는 시선을 돌렸다. 정말로 진부한 무성영화의 한 장면 같았다.(무성영화 자체는 그렇지 않다.) 그 택시 기사가 나를 모욕한 것은 아니었지만, 부적절한 일이었다. 그는 나까지 부적절하게 만들고 싶어 했다. 나는 그런 일을 절대 허락할 수 없다.

반면에 존은 충만하고 유익하다는 느낌을 줬다.

존, 당신은 어디에서 잡니까? 나는 아직 그토록 자유롭지 않습니다. 나는 집과 잠을 청할 수 있는 침대가 필요합니다. 남의 집에서는 자지 못합니다. 내 집이나 호텔에서만 잡니다. 여행할 돈은 있습니까? 내 생각에는 그러신 것 같습니다. 당신은 멋진 히피 옷을 입고 있었거든요. 그런 옷은 비싸죠.

존, 절망적인 순간에 나는 하느님께 나를 도와달라고 말합니다. 그러면 도움이 오죠. 내가 알지 못하는 남자가 내게 전화를 했습니다. 그래서 전화기를 붙잡고 울었지요. 그가 말했습니다. 울지 마세요. 울면 약해집니다. 나는 말했습니다. 그렇지만 때때로 눈물은 긴 가뭄 끝에 모든 게 말랐을 때 내리는 비와 같은 것이라고. 나는 그에게 오후 6시에 전화를 해달라고 했습니다. 그는 그럴 수 없다고 말했지만 정확히 6시가 되자 전화가 울렸습니다. 나는 이미 절망을 떨쳐낸 후였고 우리는 함께 웃었습니다. 다음 날 그가 내게 다시 전화를 했습니다. 우리는 수다를 떨었지요. 그는 시키지도 않았는데 자신이 나를 안다는 사실을 누구에게도 말하지 않겠다고 맹세했습니다. 나는 대답했습니다. 당신이 말하고 싶으면 말하세요. 약속을 지킬 필요는 없습니다. 그는 말했지요. 아닙니다, 약속해요. 이런 일은 너무도 신성하니까요.

존, 불안은 자유의 현기증이라는 글을 읽었습니다. 그러나 그 현기증은 불안을 안고 있지 않습니다. 그것을 어떻게 설명해야 할까요? 나는 진지합니다. 그러나 속으로는 미소를 짓고 있지요. 무엇에 미소를 짓는 건지 모르겠습니다. 사는 것이 나를 미소 짓게 하니까요. 신비로운 미소입니다. 내면의 숲에서, 호수에서, 수문에서, 산에서, 하늘에서 새어 나오는 미소이고요. 나는 정말 신비합니다, 존. 당신은 나보다 더 명확하죠. 당신은 웃음이자 놀란 눈빛입니다. 언제까지나.

1971년 9월 4일

엘리우 펠레그리누라 불리는 남자에게

나는 엘리우 펠레그리누가 내가 아는 사람들 중에 가장 성숙한 사람이라고 생각한다. 그의 특징은 무엇인가? 그 자신은 거의 인식하지 못하고 베푸는 사랑, 우정과 관용의 의미로의 사랑이다. 그러나 그 특징이 이 남자의 상냥함을 의미하진 않는다. 오히려 그는 누구 못지않게 단호하고, 거친 토론에 참여할 수 있으며, 자기가 중요하다고 생각하는 것은 단념하지 않는다. 그러나 그는 이런 열의로 매우 객관적으로 어떤 상황을 평가하거나 훌륭한 통찰력으로 문학비평을 할 줄 안다. 그는 시인으로서도 탁월하고, 또 사람들에 말에 의하면 정신분석가로서도 훌륭하다고 한다. 그러나 다행히도 그는 완벽한 존재는 아니다. 오히려 날마다 자신을 갈고닦는 사람이다.

엘리우는 함께 시간을 보내기에 좋은 사람이다. 우리는 서로를 이해하고, 그가 명랑할 줄 알기 때문에 우리는 즐거우며, 그가 깊이 있는 사람이기에 우리는 깊은 것을 느낀다. 그는 함께 웃음을 나누기에 좋지만, 그의 곁에서 눈물을 흘리는 것 역시 좋으리라 생각한다. 나는 엘리우 펠레그리누와 함께 있을 때, 내가 사람으로서 가치 있게 느껴진다. 나는 그에게 많은 질문을 던지는데, 어떤 질문은 어린애 같을 때도 있지만, 그와 함께 있으면 많은 것을 배울 수 있다. 적어도 나는 많은 것을 배웠다.

"엘리우, 사는 게 즐겁죠, 아닌가요? 당신을 보면 그런 느낌을 받아요." 나는 언젠가 그에게 말했다.

"산다는 것은 어려운 기쁨이죠. 산다는 것은 하나의 게임입니다. 위험이 있죠. 게임하는 사람은 이길 수도 있고 질 수도 있어요. 지혜의 시작은 지는 것도 게임의 일부라는 사실을 인정하는 것부터입니다. 그런 일이 일어나면 우리는 정말 귀중한 것을 얻게 되지요. 이길 수 있는 가능성이요. 질 줄 알면 이길 줄도 알아요. 질 줄 모르면 아무것도 얻을 수 없습니다. 늘 빈손이지요. 질 줄 모르는 사람은 눈에 녹이 슬면서 앞을 볼 수 없게 됩니다. 원망으로 눈이 멀게 되는 것이지요. 우리가 진짜 깊은 겸손으로 중요한 게임의 규칙을 받아들일 수 있게 되면 사는 것이 조금 더 나아집니다. 사는 것이 매력적으로 느껴지죠. 잘 사는 것은 소진하는 것이에요. 우리를 만든 시간의 석탄을 연소하는 것이지요. 우리는 시간으로 만들어졌고 그 말은 우리가 지나가는 사람, 멈춤 없는 움직임, 유한한 존재라는 의미입니다. 우리에게 돌아오는 영원의 할당량은 시간에 들어 있습니다. 우리의 입술에서 황금의 맛이 반짝일 수 있도록 끊임없이 용기를 가지고 주의 깊게 시간을 통과해야 하죠. 그렇게 된다면 우리는 행복하고 좋고, 우리의 인생은 의미를 갖게 됩니다."

한번은 그에게 왜 글을 산발적으로 쓰며, 작가나 창작자로서의 역할을 인정하려 들지 않는지 그 이유를 물었다. 그는 오히려 책을 출간하는 것보다 글을 덜 산발적으로 쓰고 있으며, 글을 쓰는 것과 창작하는 것이 그에게는 탄생의 근원적인 경험이라고 대답했다. 그는 카프카의 일기에서 발췌한 짧은 글을 삶의 규칙으로 삼아 지키길 원한다. "인간에게는 두 가지 커다란 죄가 있는데, 그로부터 다른 모든 죄가 흘러나온다. 바로 참을성 없음과 게으름이다. 참을성 없음은 인간을 낙원에서 추방시켰고, 게으름은 그들이 낙원으로 돌아가는 것을 방해한다. 그러나 어쩌면 정말 중요한 죄는 하나, 바로 참을성 없음일 것이다. 참을성 없음은 인간을 몰아내고, 인간이 돌아가는 것을 막는다."

나는 그에게 여러 생을 사는 불가능한 꿈을 꾼다고 말했다. 하나의 생에서는 오직 어머니이고, 다른 생에서는 글만 쓰며, 또 다른 생에서는 사랑만 하고 싶다고. 그는 자신이 다양한 사랑을 해본 사람이라고 말했다. 사랑을 통해 많은 것을 얻었고, 사랑이 아주 긴 데 비해 인생은 너무 짧다고 했다. 사는 동안 그 모든 가능성을 다 소진한 사람은 아무도 없을 것이라고. 그에게 여러 생이 주어진다면 그가 되고 싶은 것 첫 번째는 철학자, 두 번째는 소설가, 세 번째는 늘 깨어 있는, 다정한 관심으로 자기를 바치는 클라리시 리스펙토르의 남편이 되고 싶으며, 네 번째는 트럭 운전기사, 다섯 번째는 보우피의 그림 속에서 나온, 창가에서 턱을 괴고 있는 슬픈 소녀를 사랑하는 헤젠지의 주민, 여섯 번째는 음유시인 시쿠 부아르키의 음악을 노래하는 가수라고 했다.

엘리우에게 세상에서 가장 중요한 것은 강렬하게 주고받는 고요하고 강인한 사랑 안에서 타인과 함께할 수 있다는 가능성이다. 타인은 다른 무엇보다 중요하고, 사랑은 뜻밖의 일이자 빛나는 두려움이며 세상의 발견이다. 사랑은 재능이자 넘치는 것이고 봉헌이다. "타인에게 나를 주고, 그의 타자성에 나를 열고, 그를 매개로 나를 바쳐 자아와 존재의 은총을 받는 것이다."

어느 날 나는 엘리우에게 물었다.

"당신은 나를 잘 아는 정신분석가이시죠. 입에 발린 말은 하지 말고, 당신이 누구인지 말해주셨으니까 이제 내가 누구인지 말해주세요. 저는 남성과 여성을 알아야 하거든요."

그가 대답했다.

"당신은 완전하고 온전한 존재의 극적인 소명을 가진 사람입니다. 당신은 열정적으로 당신의 자아—힘이 모여지고 퍼져나가는 핵 발전소죠—를 찾죠. 그 일은 당신을 소진시키고 괴롭혀요. 당신은 당신 안에서 빛과 그늘, 낮과 밤, 태양과 달을 결합하려고 하죠. 당신이 그것을 이루게 되면—평생 해야 하는 일입니다—당신은 당신 안에서 남성성과 여성성, 오목과 볼록, 앞면과 뒷면, 시간과 영원, 유한과 무한, 양과 음을 도의 조화(일체) 안에서 발견할 수 있을 것입니다. 그러면 남성과 여성을, 당신과 나를, 그러니까 우리를 알게 될 것입니다.

1971년 9월 11일

사랑

오래전 어느 날, 줄을 서다가 친구를 만났다. 한창 수다를 떨고 있는데 친구가 놀란 표정을 지으며 내게 말했다. "저기 봐, 너무 이상해." 나는 뒤돌아봤고, 길모퉁이에서 한 남자가 편안하게 목줄을 맨 강아지와 함께 우리를 향해 다가오는 모습이 눈에 들어왔다.

그렇다, 그런데 그건 강아지가 아니었다. 강아지처럼 보였고 강아지를 끌고 오는 사람처럼 보였지만 강아지는 아니었다. 그것은 주둥이가 길어서 깊은 잔에 담긴 것도 마실 수 있을 것 같았고, 꼬리가 길었지만 뻣뻣했다—종의 개별적 변이일 수 있다는 것만큼은 확실했지만, 그것은 가능성이 희박한 일이었다. 친구는 코아티*일 거라고 했지만, 내 생각에는 코아티라고 하기에는 걸음걸이가 너무 개와 비슷한 것 같았다. 혹은 내가 한 번도 본 적 없는, 운명에 체념한, 혹사당하는 코아티였다. 그사이 남자는 조용히 다가왔다. 아니, 조용히는 아니었다. 그에게는 어떤 긴장감이 느껴졌으니까. 그것은 싸움을 받아들인 사람의 고요였다. 그에게는 타고난 도발적인 느낌이 있었다. 사람이 특이하다는 것이 아니라, 이상한 동물을 데리고 사람들 앞을 활보하는 용기에서 비롯된 것이었다. 내 친구는 이름을 기억하지 못하는 다른

* 긴코너구리.

동물일 것이라 추측했지만 내게는 그 어떤 것도 설득력이 없었다. 나는 그제야 내가 느끼는 이 혼란이 엄밀히 말해 내가 아니라 자신이 무엇인지 모르는 그 동물에 기인하며, 그렇기 때문에 그 동물이 내게 어떤 분명한 상像을 전달하지 못한다는 사실을 깨달았다.

그 남자는 우리 옆을 지나갈 때까지 무표정한 얼굴로 등을 곧게 세우고 거만한 표정을 지었다. 아니다. 늘 더 많은 것을 요구하며 늘어서는 사람들에게 평가받는 일은 쉽지 않았을 것이다. 그는 동경심 또는 동정심 따위는 필요 없는 척했다. 그러나 우리는 어떤 꿈을 지키는 이가 겪는 수난을 알아봤다.

"그 동물은 뭐죠?"

호기심에 찬 나는 그에게 상처를 주지 않기 위해 본능적인 다정한 말투로 물었다. 내가 그에게 물은 것은 동물이었지만, 내 질문의 어조에는 어쩌면 '왜 그런 짓을 하는 거죠?'라는 뜻이 담겨 있었을 수도 있다. 뭐가 문제여서 개 비슷한 것을 데리고 다니는 거죠? 왜 진짜 개를 데리고 다니지 않나요? 엄연히 개들이 존재하는데! 아니면 목줄 말고 다른 우아한 방법으로 이 동물을 소유할 수는 없나요? 우리가 지나친 애정으로 장미를 손에 쥐면 장미는 으깨져버릴 수 있다. 나는 말투와 말이 불가분하다는 것을 알고 있지만, 침묵을 말로 무너뜨리는 것이 내가 침묵을 사랑하는 어리숙한 방식이란 것을 알고 있다. 나는 말보다 침묵을 더 잘 알고 있음에도—놀라워라—침묵을 깨면서 내가 이해하는 것을 무너뜨린다.

남자는 걸음을 멈추지 않고 거슬림 없이 짧게 대답했다.

코아티가 맞았다. 우리는 코아티를 바라봤다. 내 친구도 나도 웃지 않았다. 그것이 말투였고, 그것이 직관이었다. 우리는 코아티를 바라봤다.

개처럼 구는 코아티였다. 코아티는 때때로 개의 몸짓으로 냄새를 맡기 위해 걸음을 늦췄다—그래서 줄이 팽팽하게 당겨졌고, 인간과 개처럼 나란히 걷던 걸음이 살짝 어긋났다. 나는 자신이 코아티인 줄 모르는 코아티를 봤다. 만약 남자가 코아티가 놀 수 있도록 광장으로 데려간다면 코아티에게 난처한 순간이 찾아오리라고 생각했다. '예수님, 왜 개들이 나를 보면서 사납게 짖는 건가요?' 나는 코아티가 완벽한 개의 하루를 보내고 별들을 바라보며 우울하게 말하는 것을 상상했다. '나 왜 이러지? 뭐가 부족한 거지? 나는 다른 개들만큼 행복한데, 나는 왜 이런 허무함과 향수를 느끼는 것이지? 마치 내가 알지 못하는 것에만 끌리는 듯한 이 강렬한 느낌은 무엇이지?' 코아티를 질문으로부터 해방시킬 수 있는 유일한 남자는 절대 아무 말도 하지 않을 것이다. 코아티를 영원히 잃지 않기 위해서.

나는 코아티가 곧 품게 될 증오 역시 생각한다. 그는 남자에게 사랑과 감사를 느끼지만, 그렇다고 진실이 사라지는 것은 아니다. 코아티는 그저 자기가 혼란스럽기 때문에 자기가 그 남자를 미워하는 것도 알아채지 못한다.

그러나 갑자기 코아티가 자신의 진짜 본성의 비밀을 밝혀낸다면? 나는 이 코아티가 동족을 만나 동족을 보고 스스로를 깨닫는다면, '나…… 우리……'라는 기쁜 수치심이 쇄도하는 걸 느낀다면 그 뒤엔 어떻게 될지 생각하니 몸이 떨린다. 나는 코아티가 자신이 누구인지를 알게 되는 날, 한 존재가 다른 존재에게 느끼는 가장 끔찍한 증오로 남자를 때려눕힐 권리가 있다는 것을 알고 있다. 자기를 이용하려고 본질을 속였으니까. 나는 이 동물의 편, 잘못된 사랑에 희생된 편의 손을 들겠다. 그러나 코아티에게 남자를 용서해달라고, 커다란 사랑으로 용서해달라고 빌겠다. 코아티가 그를 버리기 전에.

1971년 9월 18일

단상

가장 어려운 것은 아무것도 하지 않는 것이다. 우주를 마주한 채 혼자 남아 있는 것이다. 노동은 고통이다. 아무것도 하지 않고 있는 것은 마지막 치부를 드러내는 것이다. 어떤 사람들은 그걸 견디지 못하고 그래서 그들은 기분 전환을 한다. 나는 지금 이른 아침에 글을 쓰고 있다. 어쩌면 세상을 혼자 마주하고 싶지 않은 것인지도 모르겠다. 그러나 나는 어떤 식으로든 누군가와 함께 하고 있다. 설명할 수는 없지만, 그건 참 좋다.

누군가 내게 말해주기를 TV 드라마에서 손 씻는 물(미지근한 물이 담긴 작은 찻잔으로 레몬 몇 방울이 떨어져 있다. 예를 들면 식사 후에 손가락을 씻기 위해서—손으로 밥을 먹진 않아도)이 어디에 쓰이는지 모르는 남자가 나왔다고 했다. 나는 꾸밈(!?)을 좋아했던 시절에는 집사에게 찻잔마다 꽃잎을 띄운 손 씻는 물을 모든 손님을 위해 준비하라고 시켰다. 그게 좋은 의식이었을까? 이제는 그렇게 하지 않을 것이다. 그렇게 하고 싶어도 손 씻는 물그릇이 어디에 있는지도 모른다. 시간이 흐르면서 사라졌다. 어쩌면 누가 훔쳐 갔는지도 모른다. 그런 기억이 있다.

나는 쉽게, 유려하게 쓰고 있다. 주의하라.

워싱턴에서 그곳으로 파견된 외교관 부인들을 쥐고 흔들었던 한 대사 부인을 기억한다. 그녀는 폭력적으로 명령했다. 예를 들어 대사관의 한 서기관 부인에게 이렇게 말했다. “그런 싸구려 옷을 입고 리셉션 파티에 오지 마세요." 내게는 상스러운 말을 단 한 마디도 한 적이 없었다—이유는 잘 모르지만 그녀는 나를 존중했다. 때때로 그녀는 불안을 느끼면 내게 전화해 나를 만나러 와도 되느냐고 물었다. 나는 그러라고 했다. 언젠가 그녀가 와 집에 있는 소파에 앉아 있다가 내게 좋아하지 않는 사람이 있다고 비밀을 털어놓았던 기억이 있다. 나는 놀랐다. 왜냐하면 내가 그 사람과 똑같았기 때문이다. 그녀는 그걸 알지 못했다. 그녀는 나를 모르거나 아니면 일부만 알고 있었던 것이다.

나는 배려하는 마음으로—그녀를 곤란하게 하지 않기 위해서—내가 어떤 사람인지 그녀에게 들려주진 않았다. 내가 어떤 사람인지 말했다면 그녀는 매우 곤란했을 것이며, 내게 사과를 해야 했을 것이다. 나는 입을 다물고 그녀가 하는 이야기를 들었다. 그 후로 그녀는 과부가 되어 리우에 왔다. 그녀가 내게 전화를 걸었다. 그녀는 내게 줄 선물이 있으니 자신을 보러 와달라고 했지만 나는 가지 않았다. 나의 친절(?)도 한계가 있다. 나를 공격하는 이를 보호해줄 수는 없다. 아니면 보호해줄 수 있을까? 나는 많이 용서해야 했다.

***

다음 시즌 의상을 선보이는 유명 디자이너의 패션쇼에 초청을 받았다. 나는 자신에게 묻는다. 왜 이 초청인가? 나는 왜 이 칼럼에서 이 초대에 대해 말하려 하는가? 내가 '우아'하거나 '많이 사는 사람'이었다면 이해하겠지만, 나는 소박하다. 물건을 잘 사지 않는다. 물론 패션쇼에는 가지 않을 것이다. 게다가 저녁에 열리기 때문에 차라리 잠을 자는 편이 낫겠다. 패션쇼를 보고 싶기는 하지만. 그 패션쇼들은 얼마나 터무니없는가. 그러나 나는 새 옷을 좋아한다. 디자이너는 내 이름에 S를 두 개 썼다. 가끔 그런 일이 있을 때도 있지만, 내 이름은 C를 쓴다. 내가 패션쇼에 가게 될까? 그것이 문제로다.

***

어느 일요일 오후, 집에 혼자 있는데 몸이 반으로 접히더니—출산의 고통처럼—내 안에 있던 작은 여자아이가 죽어가는 것이 느껴졌다. 그 일요일은 절대 잊지 못할 것이다. 상처가 아무는 데 며칠이 걸렸다. 그러고 지금, 나는 여기 있다. 단단하고, 조용하고, 영웅이 됐다. 내 안의 여자아이는 죽고.

***

오늘 아침 날이 밝으면 해변에 갈 것이다. 물에 들어갈 것이다. 너무 시원하다. 아, 이 모든 게 선물이다! 이를테면 살아 있는 것, 바닷물에 들어갈 수 있는 것 말이다. 해변에서 돌아와 샤워를 하지 않을 때도 있다. 나는 소금이 피부에 침투하도록 내버려둔다. 아버지는 그게 건강에 좋다고 했다. 솔직히 말하자면 나는 어떤 병도 없다. 그러나 병은 예측할 수 없다. 아버지는 한창때에 돌아가셨다. 충격적인 일이었다. 나는 어쩔 줄 모르는 상태였다. 그러나 어떤 관점에서 보면 사람은 영원하다. 내 책을 읽는 독자들도 그렇다.

***

며칠 전에 책을 세 권이나 받았다. 그래서 스페인 사람이자 장인인 친구 하이메 빌라세카에게 책장을 만들어달라고 부탁했다. 내게는 무척 아름다운 책장이었다. 나는 그가 작업하는 것을 봤다. 그는 자기 작품에 무척 만족했고 스페인 노래를 콧노래로 부르기 시작했다. 나는 그와 그의 아내 지우다에게 콜라를 줬다. 문학에도 인플레이션이 있다. 사람들이 너무 많이 쓴다. 그러나 나는 히피처럼 보였던 편집자를 찾아냈다. 나는 그에게 마리화나를 피우느냐고 물었다. 그는 미소를 지었고, 곧바로 이렇게 답했다. "그렇지만 중독은 아닙니다."

***

후벵 브라가가 내가 책은 잘 쓰지만 칼럼은 못 쓴다고 말했다는 것을 들었다. 정말인가요, 후벵? 후벵, 나는 내가 할 수 있는 걸 해요. 당신이 더 잘할 수 있다고 해도 다른 사람에게 그것을 강요해서는 안 됩니다. 저는 겸손하게 글을 써요, 후벵. 큰 포부는 없습니다. 그렇지만 제가 쓰는 칼럼을 좋아하는 독자들이 편지를 보내주곤 한답니다. 저는 편지 받는 것을 좋아하지요.

1971년 9월 25일

진노의 날

이것은—남자는 전쟁터로 떠나는 것처럼 스스로에게 말한다—악마에 들린 나의 기도다. 나는 정념의 지옥을 알고 있다. 나를 엄습한 것 혹은 내가 탐욕스럽게 움켜쥐고 있는 것을 정열 외에 무엇이라 이름을 붙여줘야 할지 모르겠다. 내가 나에게 관용을 요구하게 하는 너무도 폭력적인 그것은 무엇인가? 그것은 파괴의 의지다. 마치 나는 이 파괴의 순간을 위해 태어난 것 같다. 오거나 오지 않는 순간. 내 선택은 내 능력에, 또는 내 말을 듣지 않는 데 달렸다. 신은 듣는다. 그러나 나는 듣는가? 파괴의 힘은 아직 내 안에 잠시 있다. 나는 아무도, 아무것도 파괴할 수 없다. 내게는 분노만큼 강한 동정심이 있으니까. 그래서 나는 나를 파괴한다—정열의 근원인 나를. 나는 나를 달래는 신에게 요구하고 싶지 않다. 나는 신을 너무도 사랑해서 나의 요구로 그를 건드리는 게 두렵다. 나의 요구는 뜨겁다. 나의 기도는 뜨거울수록 위험하고, 다시 구하고 싶은, 내 안에 있는 신의 모습을 파괴할 수 있다. 그러나 나는 오직 그에게는 불에 타는 위험을 감수하고 내 몸에 손을 얹어달라고 부탁할 수 있다. 내 기도를 들어주지 마시기를. 내 요구는 너무도 사나워서 나를 지치게 하니까. 그러나 만약 내가 인간들에게서 멀어진다면—이토록 빠르게 지나가버리는 소강상태에서—누구에게 물어야 하는가? 나는 인간들과 멀어졌다. 나는 타격을 받을 때마다 내 온화한 본성을 닫았고,

거절당한 온화함은 어둠 속에서 닫힌 구름처럼 검게 변하며 폭풍 아래 고개를 숙였다. 나의 분노가 온 힘을 다해 나의 눈을 멀게 하는 것이라면 신의 분노는 어떤 것일까? 그 분노가 오직 나만을 파괴한다면. 그러나 나는 타인들을 보호해야만 한다—타인들은 나의 희망의 근원이었다. 나를 사로잡는 이 전능을 다 써버리지 않으려면 어떻게 해야 할까? 나는 무슨 말을 해야 할까? 진실 말고는 없다. 진실 말고는. 나는 나를 폭력으로 몰아넣는 이 의지만큼 총체적이고 눈멀고 강력한 것을 딱 하나 알고 있는데, 바로 다정한 연민이다. 그것이 이제부터 내가 저울에 올려놓을 수 있는 전부다—왜냐하면 저울의 첫 번째 접시에는 피 그리고 고통스러운 피의 증오가 있으니까. 내가 원하는 것은 무엇인가? 나는 오늘날 나의 각각의 고통이 곧바로 분노의 행위로 이어지길 원한다.

그러나 나는 내 고통이 무엇이었는지 알고 있다. 분노를 보여주기는 쉽다. 그러나 나는 고통이 부끄럽다. 왜냐하면 나의 고통은 내가 다른 죄악들을 행복하게 떨쳐내지 못한 데서 나오기 때문이다. 살아 있는 육체를 가진 나의 폭력성은 이 살아 있는 육체만을 목초지로 원한다. 이 폭력성은 다른 중요한 폭력성이 짓밟힌 데서 나온다. 죄악에 빠진 나의 다른 폭력성은 내가 부여한 권리와 너무도 닮았다. 처음에 그 폭력성은 나의 온화함과 너무도 닮았었다. 나는 그냥 태어났고, 그저 나를 위해 내가 원했던 것을 갖길 원했다. 그리고 매번 가질 수 없었고 매번 금지됐으며 매번 어떤 거절이 나를 막았고, 그래서 나는 미소를 지었다. 그 미소가 체념의 미소라고 생각했다. 그러나 그것은 선의 가면을 쓴 고통이었다. 나는 그것이 신의 눈에는 기만적인 고통이라는 것을 알고 있었고, 내 눈에는 그보다 더 최악이었다—내가 누구든. 매번 내 죄가 고통을 쓸어 가지 않으면 나는 괴로울 자격이 없다고 생각하면서 괴로워했고, 감춰야 했다—감춰야 하는 것은 고통만이 아니었다. 내 안에서 제자리걸음을 하는 것은 무엇인가? 예전의 진실 안에서, 무엇이 내 안에서 제자리걸음을 하는가? 바로 대죄大罪이다.

내 안의 대죄는 생을 더 요구한다. 염치없게 요구한다. 내 안의 대죄는 살아갈 권한을 요구한다. 세상을 탐식하는 자, 나는 세상을 먹어버리길 원했고, 나와 함께 태어난 모유를 향한 굶주림을 원했다—그 굶주림은 세상에 퍼지길 원했고, 세상은 먹히기를 거부했다. 분명 세계는 식용이 되고 싶었을 것이다—그러나 그러기 위해서 세상은 자신을 바친 것과 같은 겸손으로 내게 세상을 먹으라고 요구했다. 그러나 사나운 굶주림은 엄격하고 오만하다. 우리가 오만과 엄격함을 보여주면 세상은 씹기에 딱딱해지고 영혼에 모질어진다. 세상은 단순한 자들에게만 자신을 내어주니, 나는 내 힘과 이미 오늘의 나를 요약하는 이 분노로 세계를 먹으러 갔다. 내가 씹자 빵이 돌이 되고 금이 됐을 때, 나는 오만으로 아프지 않은 척했고, 힘 있는 척하는 게 한 사람의 고귀한 길이며 자기만의 힘으로 나아가는 길이라고 믿었다. 나는 힘이 세계를 구성하는 질료이고, 그 질료를 통해 세계로 나아가리라 생각했다. 그러고 난 후에는 세계를 향한 사랑이 나를 붙잡았다. 그때부터는 작은 굶주림이 아니라 점점 자라는 굶주림이었다. 그것은 커다란 삶의 기쁨이었다—나는 그 기쁨 자체가 자유롭다고 믿었다. 그런데 나는 어떻게 아무 느낌 없이 삶의 기쁨을 살아 있는 자의 커다란 음욕으로 맞바꿀 수 있었던가? 그렇지만 처음에 그것은 그저 즐거웠을 뿐이며 또 죄도 아니었다. 그것은 하늘과 땅에 동이 틀 때, 온화한 눈빛으로 바라볼 줄 알 때, 세상을 향한 사랑이었다. 그러나 내 본능은 느닷없이 나를 죽였고, 더는 세계를 향한 달콤한 사랑이 아니라 세계를 향한 음탕한 갈망이 됐다. 그렇게 세계는 다시 움츠러들었고, 나는 그것을 배신으로 여겼다. 살아 있는 자의 음욕은 불면 속에서 나를 불안하게 했고, 나는 세계의 밤과 인생의 밤이 너무 달콤해서 잠이 드는 것을 이해하지 못했다. 세상에, 어떻게 잠이 든단 말인가. 그리고 물—내 삶의 음욕 안에서—물은 입술에 닿기 전에 내 손가락 사이로 흘러내렸다. 나는 기쁨으로 구원하고 구원받기를 원하는 이의 음욕으로 다른 존재를 좋아했다. 나는 타협이 대죄는 아니라는 사실을 알지 못했다. 나는 타협이 부끄러웠다. 죄가 죽을 수밖에 없는 것은 신이 그것을 죽이기 때문이 아니라 내가 죽기 때문이다. 내가 대죄와 싸우지 못했기 때문이다. 내가 대죄에서 얻어내지 못한 것이 오늘날 나를 모독한다. 나는 무엇에 폭력적으로 대답해야 하는가. 내 어리숙한 방식이 나를 땅에도 하늘에도 닿을 수 없게 해 나는 분노에 사로잡힌다. 아, 그러나 내 분노가 전념하는 것이 타인의 잘못이 아니라 나의 잘못이라는 것을 잠시나마 이해한다면, 그 분노는 내 손안에서 꽃으로 바뀔 것이다. 꽃으로, 다른 무언가로, 사랑으로. 나는 아직 내 증오를 다스리지 못하지만 내 증오가 이뤄지지 않은 사랑이며, 내 분노가 아직 한 번도 살아본 적 없는 순간을 위한 삶이라는 것을 이미 알고 있다. 왜냐하면 나는 모든 것을 경험했기 때문이다—삶을 제외하고. 그리고 그것이야말로 내가 나를 용서하지 못하는 부분이며, 나는 내가 나를 용서하지 못하는 것을 견딜 수 없기 때문에 다른 사람들도 용서하지 못한다. 나는 이 지경에 이르렀다. 삶을 얻지 못하고, 삶을 죽였기 때문이다. 내 분노는—분노가 아니라면 요구인가?—내 분노는—나는 이것이 흔치 않은 선택의 순간임을 틀림없이 안다—내 분노는 내 사랑의 이면이다. 내가 결국 오만 없는 달콤한 세상에 나를 내던지길 선택한다면 나는 내 분노를 사랑이라고 부르리라. 나는 감히 입 밖으로 꺼낼 수 없는 그 첫마디(사랑)로 나 자신을 영원히 속일까 너무 두려워 폭력 속에, 음욕의 피를 주입한 눈동자 안에 숨는다. 당신의 발과 늘 당신을 나타냈던 익명의 '타인'의 발에 내가 굴복하는 것이 두려워 모든 것을, 정말 모든 것을 숨겼다. 자신을 굽히지 않는 나는 어떤 왕인가? 나는 오만의 균열과 무지와 달콤함을 오가는 사랑의 흐름 사이에서 선택해야 한다. 나의 오래된 진실이 아직 쓸모가 있을까? 신은 완벽을 요구하기 위해서가 아니라, 우리를, 남들과 마찬가지로 '그'에게 속하지 않으려고 하고 남들에게도 속하지 않으려고 하는 나를 불쌍히 여기셔서 일곱 개의 죄를 금하셨다. 나는 타인이 '그'라는 것을 알고 있다. 그리고 그걸 아는 순간, 사랑과 증오 사이에서 선택해야만 한다. 나는 사랑이 더 느리고, 위급함이 나를 소진한다는 사실을 알고 있다. 당신의 사랑이 부디 나의 분노를 덮기를, 나의 분노가 그저 사랑하지 않음이라는 것을 알고 있으니까. 나의 분노는 잡초가 되지 못한 것에 대한 견디기 힘든 책임감으로 애쓰는 것이다. 나는 전능하다고 느끼는 깜짝 놀란 잡초다. 나에게서 파괴적인 거짓 전능함을 없애주시길. 이 선택의 순간에 상처를 주는 사람도 나와 같은 죄에 빠져 있다는 것을 내가 깨닫게 해주시길, 바로 분노를 불러일으키는 교만함 속에서 단지 그가 믿지 않는다는 이유로 내가 상처를 주고 싶어 하는 것처럼 그도 상처를 주기에. 그가 단지 신뢰하지 않는다는 이유만으로. 단지 자신이 약탈당한 왕처럼 느껴진다는 이유만으로 말입니다. 분노로 고통받는 자들을 도와주러 오시기를. 그들에게 필요한 것은 오로지 당신에게 자신을 바치는 것이니까. 그러나 당신의 위대함을 나는 이해할 수 없으니, 내 앞에 내가 이해할 수 있는 형태로 나타나주시기를. 아버지 또는 어머니로, 친구로, 형제로, 애인으로, 아들로. 분노여, 내 안에서 용서로 변하기를, 너는 사랑하지 않는다는 고통이니까.

1971년 10월 2일

마리아 보노미에 대한 편지

친구여,

제 말을 들어봐요, 할 말이 있거든요. 저는 당신에게 설명하고 싶어요—당신은 놀랐을 테니까요—왜 제가 마리아 보노미의 판화 전시 폐막식에 가지 않았는지 설명하길 원합니다. 마리아가 여러 작품 중에 공포를 다룬 인상주의 연작을 전시했고, 이 경우 전시 제목을 공포라 부를 수도 있겠지만 저는 〈독수리전〉이라고 이름 붙이고 싶습니다.

이 전시는 진실이 필요한 군중을 사로잡았습니다. 그들은 포만감을 느낄 때까지 전시에 푹 빠져들었지요. 마리아의 판화는 구체적이지만 베일처럼 말로 표현할 수 없는 것을 발산합니다. 마리아는 리우 현대미술관에서도 즉흥적으로 작업실을 만들었고, 관람객들 앞에서 판을 만들어 조각했습니다. 창작 작업은 무척 신비해서 사람들이 구상 과정을 볼 수 있어도 그 과정은 신비로움을 보존하지요.

저는 전시 마지막 날에 가지 못했습니다. 피곤했거든요. 너무 피곤해서 침대에서 자는 것 말고는 다른 일을 할 수 없었어요. 저는 잠을 위해 이를테면 일주일 동안 리우를 떠나야 한다고 결론을 내렸지요. 잠재의식이 너무 흔들렸고, 과중한 책임을 짊어지면서 완전히 지쳐버렸거든요. 창작의 돌풍이라고 하는 것을 맞닥뜨리게 됐어요—그런 것을 유발한 적은 없었는데. 저는 글쓰기를 멈출 수가 없었어요. 절단된 혈관에서 피가 뿜어져 나오듯이 쓰고 쓰고 또 썼습니다. 저는 상처 입기도 했어요. 저의 독수리 주둥이가 부러졌지요. 회복이 되면 일어나서 어쩌면 제가 원했던 독수리가 되어 새롭게 비상하려고 했었지요.

마리아 보노미의 작품 속 그 독수리가 저를 사로잡았습니다.

커다란 날개를 펼치고 아이보리색의 길게 휜 부리를 가진 독수리가—그게 제가 그녀의 추상화에서 본 것이니까요—잠시 부동의 상태로 있더군요. 마리아는 잠깐이면 그 웅장한 모습을 포착해 특별히 고급스러운 원재료인 단단하고 두꺼운 목재에 상을 투사할 수 있습니다.

저는 마리아가 작업실에서 인간의 가장 원시적 도구, 손을 움직이는 모습을 상상해봅니다. 강하고 아름다운 그녀의 손이 도구를 잡고 영혼에서 나온 영웅적 인간의 힘을 찍어내고, 자르고, 갈고, 파는 거죠. 그렇게 조금씩 마리아의 잠든 꿈이 나무로 만든 형상으로 변하게 됩니다. 그 사물들은 만질 수 있고, 그래서 소름이 끼칩니다. 그것들은 파괴될 수 있는 활력을 지녔다는 점에서 섬세합니다. 때때로 신의 이름으로 설명할 수 없는 죽음이 존재하기 때문에 고통스러운 우리의 환경에 맞서 주장하고 저항하는 기이한 사물들이죠.

친구여, 마리아 보노미와 저의 사이는 매우 위로가 되고 편안한 관계입니다. 쌍둥이처럼 그녀는 나이고 나는 그녀이며 다시 그녀는 나라고 할 수 있어요. 어쩌면 출간이 되지 않을지도 모르지만 제가 쓰려고 했던 책은 어떤 면에서 그녀의 목판술과 평행하는 이야기가 전개됩니다. 한편 그녀가 나이고 내가 그녀이고 그녀가 나인 것은 제가 그녀의 아들 카시우의 대모이기 때문에 정식으로 또 공개적으로 기록됐고 봉인되어 있습니다. 마리아는 저의 책을 쓰고 저는 서투르게 나무를 깎죠. 그녀도 형태와 색과 단어가 갑자기 나타나는 창작의 폭풍우—선의 심연과 악의 심연에 깊게 들어갈 수 있어요.

저는 판을 봤습니다. 그리스도의 십자가가 마리아 보노미가 썼던 단단하고 밀도 높고 불투명하며 실존하는 나무를 깎아서 만든 것이라면 분명 무거웠을 거예요. 저는 판화가 탄생하기까지 마리아의 내면과 정신에서 어떤 일이 일어났는지 알지 못하지만, 제가 토요일에 쓰는 칼럼보다 더 진지한 글, 더 뜻깊고 더 진지한 글을 쓸 때 제 안에서 일어나는 과정과 비슷하지 않을까 생각합니다. 그렇지만 그것은 어떤 과정일까요? 답은 미스터리입니다.

마리아는 저를 위해 판화를 골랐다고 말했습니다. 순진했던 저는 곧바로 최고의 것을 요구했지요. 판화가 아니라 판을 요구했던 것입니다. 독수리를 골랐지요. 나중에 제가 요구했던 것이 얼마나 큰 것인지를 깨닫고 저의 대담함에 스스로 놀랐습니다. 어떻게 감히 그 아름답고 귀한, 커다랗고 무거운 나무를 원할 수 있었을까요? 저는 곧바로 후회했습니다. 저는 제가 거실에서 그토록 엄청난 에너지를 소유할 자격이 없다는 사실을 깨달았습니다. 그렇지만 마리아는 제가 이미 표현했던 야망 넘치는 욕망을 채워주려고 했지요. 저는 그녀에게 적어도 그 예술품은 그녀가 간직해야 한다고 부탁했습니다. 제가 그 판을 기꺼이 벽에 걸어 둘 준비가 됐다고 느껴질 때까지 말입니다. 그렇게 되면 그 독수리에 경의를 표하기 위해 사람들을 초대할 것입니다.

그러나 저는 잠을 자러 갔던 곳에서 돌아왔을 때 거실에 독수리가 있는 것을 보고 깜짝 놀랐습니다. 그 웅장함에 충격을 받았습니다. 그 독수리를 아직 가질 자격이 없는데 그게 거기 있었던 것이지요. 제가 생각했던 것만큼 아름다웠고요. 어쩌면 가장 자격 없는 이들이 가장 가난한 사람들일 겁니다.

그 크고 무거운 판은 거실에 자유를 줬습니다! 마리아 보노미는 독수리의 단순한 외적 모습이 아니라 은밀하고 생명력 넘치는 현실을 깎은 것입니다.

저는 지체 없이 친구들에게 와서 보라고 했습니다. 그 작품은 거실 입구에, 어둡고 자성을 띤 나무의 입체감이 잘 드러나도록 설치한 특별한 조명 아래 있습니다. 마치 내 집에서 마리아의 지속적이고 주관적인 존재감을 느끼는 것과 같죠. 정말 행복했습니다.

당신의 클라리시

1971년 10월 9일

사랑, 코아티, 개, 남성성과 여성성

지난 9월 11일에 내가 이곳에 기고했던 「사랑」이라는 제목의 글을 아직 기억하시는 독자가 있을 것이다. 그 글이 내가 목격했던, 코아티를 개처럼 목줄을 채워 데리고 다니던 한 남자와 자신의 종이 무엇인지 모르는 코아티에 관한 이야기라는 것도 기억하실지 모르겠다. 나는 코아티가 다른 코아티를 만났더라면 자기가 누구인지 알게 됐을 것이라고도 말했다. 나는 코아티에게 일종의 당부를 했었다. 코아티 자신에게 부과된 본성으로부터 자유를 얻었으니 그 남자를 심판하지 말아달라고 말이다. 코아티는 그렇게 했다. 사랑이 모자랐으니까. 그렇다, 그를 버리기 전에, 그것은 명백하다. 사실상 자신의 존재를 알게 된 존재는 더 이상 물러나지 않는다.

한 독자가 코아티와 남자를 다룬 또 다른 이야기를 구성했다. 예기치 못한 일들이 많이 일어나는 서사로 어떤 사건은 터무니없고 또 어떤 사건은 깊이가 있다. 아이가 잠들기 전에 다 이해하지 못해도 눈을 크게 뜨고 듣는 이야기 같다. 이야기의 작가는 나를 C.L.이라고 불렀고 자신은 이니셜 하나만 남겼는데 뭐라고 썼는지 읽을 수가 없다. 이곳에 그 코아티의 모험 전문을 옮겨보겠다.

코아티 주인은 그 동물이 다른 주인을 찾았다고 생각했다.

그는 후회와 코아티의 주인으로서 느끼는 특별한 고통을
느꼈지만 '걱정하지는 않았다'. 얼마 후, 사라졌던
코아티가 첫 번째 주인의 집으로 돌아왔다. 코아티의
목에는 목줄을 착용했던 자국이 선명하게 남아 있었지만,
코아티가 짊어져야 할 개의 운명에 두 번째 주인이
있었다고는 확신할 수 없었다.
"좋아, 이제부터는 짖어야 해." 남자가 말했다. 그는
코아티가 절대 짖을 수 없다는 것을 알고 있었다. 그
동물은 지쳐서 그에게 익숙했던 방석 위에 쓰러졌다. 이틀
동안 코아티 주인은 장미 한 송이만 돌봤고, 물컵에 장미를
담아두려고 했으나 장미는 죽었다. 그러고 나서 그는
코아티에게 자신을 따라다니기를, 목줄이 없어도 개처럼
행동하기를 강요했다. 그 동물은 거부했고, 그래서 코아티
주인은 코아티가 자유롭게 죽을 수 있도록 먼 숲으로
데려가 놓아주겠다고 생각했지만, 사실 마음속으로는 그
동물을 사랑하고 있었다. 개나 코아티로서가 아니라 마치
사람처럼 사랑했던 것이다. 코아티의 주인은 진짜 사람을
좋아할 줄 몰랐으니까. 그 이유는 마지막에 밝히겠다.
먼저 코아티가 어렸을 때 이야기부터 시작하겠다.
코아티의 아버지는 선의로 사냥한다고 말하지만 사실은
건강하고 자유로운 모든 동물을 증오하는 사냥꾼에 의해
갑작스럽게, 비참하게 살해당했다. 코아티의 엄마는
자신과 같은 종의 동물을 찾지 못해 개와 함께 지내는 것을

받아들이기로 했다. 처음으로 코아티의 본질을 속이려고 했던 것이 바로 그 개다. 그렇지만 분명히 말하자면, 코아티로 태어난 동물은 커다란 개가 가진 위엄을 절대 가질 수 없었고, 초라하고 평범한 코아티일 수밖에 없었다. 새아빠인 커다란 개는 아이가 없었고, 작은 코아티는 생기 넘치는 눈빛을 가진 아름다운 표본이었다. 어쩌면 그게 이 모든 것의 설명이 될지도 모르겠다. 삶을 하나도 이해하지 못했던 아들 코아티는 사랑하는 아버지의 모습을 절대 잊지 못했지만, 개가 되기를 꿈꾸기 시작했다. 그에게 아버지처럼 목줄을 걸어줄 누군가를 찾는 일은 어렵지 않았다. 이 이야기에서 주의를 끌 만한 것은 코아티의 주인이 된 인간을 키운 것이 개이고, 그가 개의 젖을 먹고 자랐다는 것이다.

코아티 주인은 절대로 고아는 아니었으나 그의 아버지는 어머니의 남편이 되기 전까지 양육의 책임을 인정하지 않았다. 여자는 포기하고 어느 장사꾼 가정의 노예가 되어 고향에서 멀리 떨어진 곳으로 가게 됐다. 아이가 태어났을 때, 모유가 잘 나오지 않았다. 그 시절에는 아직 분유가 없었고, 우유의 힘을 빌리지 않았다. 아이가 노예의 자식인 걸 감안하면 유모를 쓰는 것도 언감생심이었다. 그런데 그 이상한 사람들이 사는 집에 이상한 일이 일어났다. 같은 시기에 한 여자가 개가 되었고 예쁜 아기를 낳은 것이다. 개가 된 그 여자의 젖은 노예의 아들을 먹이기에도 충분했다.

그 아기가 건강한 개의 젖을 무는 동안에(누가 좋아하지 않았겠는가), 이미 덩치가 컸던 다른 아기는 노예의 젖을 먹었다. 사람들의 영혼이 그런 일을 마주했을 때 느끼는 혼란을 짐작할 수 있겠는가? 노예의 아들은 사람과 개를 향한 감정적인 문제를 안고 자랐고, 자기 어머니의 젖을 먹고 자란 그 입양 형제에게 늘 질투를 느꼈다. 어느 날 그는 코아티를 개인 것처럼 입양했고, 코아티를 사람인 것처럼 사랑하려고 했다. 노예의 아들은 완전한 인간의 사랑이 자신에게는 불가능하다는 것을 알았지만, 잠재적 사랑이 그에게 해롭지는 않으리라고 생각했다. 사랑은, 그것이 사랑이라면 절대 해로울 수 없다. 그것이 해롭다면 증오가 변장한 것이리라.

이 이야기에 나오는 모든 인물과 우리 모두에게 가장 어려운 일은 잃어버린 본성을 찾는 것, 온전해지는 것, 총체성의 실현이다. 그 일이 바로 영혼이다.

1971년 10월 16일

남자의 나체를 피하는 법

누구에게도 충격을 줄 수 없는 영화에 관한 이야기다. 브라질에서는 상영이 금지됐지만 아이러니하게도 국제 시장에 필름을 파는 것은 허가를 받았다. 콘도르 영화사에서 제작한 영화로 네우송 페레이라 두스 산투스* 감독이 각본을 쓰고 연출까지 했다.

내 마음에 들지 않는 한 가지는 제목—〈내 프랑스인은 얼마나 맛있었나〉—이다. 전혀 웃긴 내용이 아닌데 코믹 영화 같은 느낌을 주기 때문이다.

배경은 16세기, 프랑스 남극**이다. 사형선고를 받은 장(아르두이누 콜라산치)은 적의 영토(브라질) 한가운데에 고립된 포르투갈인 무리를 만난다. 포르투갈 사람들은 이 프랑스인을 가두고 그에게 명령을 내리면 인디언들을 향해 쏘라고 작은 대포 두 개를 줬다. 그런데 인디언들이 갑자기 공격을 개시하면서 장은 붙들리고, 인디언들은 전투하는 동안 장이 대포를 가지고 있었다는 이유로 포르투갈의 권력자로 여긴다. 장은 투피족 인디언들의 수장 쿠냠베비(에두아르두 임바사이)의 노예가 되고, 그 수장은 포병의 기술을 배워 포르투갈에 맞설 더 큰 힘을 얻은 후

* 1928-2018. 브라질 영화감독이자 영화제작자.

** 1555년에서 1567년 사이에 현재 브라질의 리우데자네이루에 존재했던 프랑스 식민지.

에 장을 잡아먹을 계획을 세운다.

투피족 마을에서는 젊은 미망인 세보이페피(아나 마리아 마갈량이스)가 포로를 감시하는데, 그녀는 장이 처형되는 날까지 그의 아내로 살아야 한다. 달이 몇 번 바뀌고 장은 조금씩 인디언들의 언어와 관습을 이해하게 되며 그들의 풍습을 받아들인다. 그는 대포에 쓸 가루를 구해 인디언 친구들과 포르투갈인들(그러니까 투피족들의 적)의 전쟁에 쓴다. 그는 해방되기를 바라는 순간, 쿠냠베비가 성대한 축제에서 자신을 잡아먹기 위해 자기를 전사로 이용했다는 사실을 깨닫는다.

5년 동안의 준비 작업과 연구가 필요한 영화였고, 연구에 쓰인 자료들은 국립도서관, 인디언 박물관, 인디언 보호 협회, 파리 인류 박물관처럼 출처가 명확한 곳에서 나온 것이었다.

참고한 도서들은 그 당시(16세기)의 여러 연대기 외에 알프레드 메트로의 『투피-과라니 부족의 물질문명』, 한스 스타덴의 『브라질 여행』, 장 드 레리의 『투피족』, 플로레스탕 페르난지스의 『투피족 문명』이 있다.

투피-과라니어로 된 대화는 움베르투 마우루가 기록했고 16세기 프랑스어는(매우 아름답다) 프랑스어 전문가들이 썼다. 촬영은 4개월 동안 집중적으로 이뤄졌고, 모두 파라치와 앙그라두스헤이스 사이의 숲과 해변에서 찍었다.

그 영화는—매우 아름답고 브라질의 근원을 말하기 때문에 무척 흥미롭다—76만 크루제이루(약 15만 달러)가 들었다.

진짜처럼 보이기 위해 오두막을 짓고, 포르투갈인과 프랑스인

인물들의 의상을 재현했을 뿐 아니라 인디언들이 실제로 집 안에서 썼던 물건과 장식품, 그림 들과 일치하도록 소품을 연구했다. 영화에는 500명의 보조 출연자가 등장한다. 영화는 브라질 육군, 파라치시, 국립 원주민 재단, 리우데자네이루 군사 경찰 박물관, 상주앙 요새의 협조로 촬영됐다.

모든 출연진은 인디언 부족의 특성에 맞춰 몸 전체를 왁싱했고, 아주 세심한 연구를 통해 바디페인팅이 이뤄졌다.

이 영화는 국내에서는 상영이 금지됐지만 수출은 가능(!)하다. 이 영화가 미풍양속을 해친다는 이유이지만, 사실상 남성의 나체가 검열 기관의 심의에 걸린 것이다. 기관은 토론 끝에 인디언들의 나체는 되지만 백인 남성의 나체는(인디언들 사이에서 살았던 프랑스인은 그들의 생활 방식을 받아들였다) 어떤 경우에도 허락하지 않는다는 결론을 내렸다…….

내가 너무 순진한 것인지 모르겠지만, 인디언의 나체와 백인의 나체가 뭐가 다르다는 건가?

나는 그 영화를 사설 상영관에서 다른 사람들과 함께 봤고, 그중 두 사람은 교회에서 높은 지위에 있는 수녀였다. 그들은 무척 아름다운 영화이고 대단히 "순수하며" 영화 속에서 이뤄지는 고증과 재현은 평가할 수 없을 만큼 귀중한 역사적 가치가 있다는 의견을 내놓았다. 또 영화가 시적이라고 말했다. 실질적으로 유일하게 음란한 장면은 프랑스 상인이 인디언들의 보물 앞에서 강한 물욕을 드러낸 장면이라고, 그 장면에서 현 문명의 얼굴을 볼 수 있었다고 말했다.

우리는 이 영화가 국내에서도 상영될 수 있기를 바란다—정말로 간절히 바란다. 우리가 없는 곳에서 외국인들만이 우리의 것을 즐기는 건 공정하지 못하다. 영화 전체에 외설스러운 행위와 의도가 전혀 없고, 자극적인 암시가 조금도 없다는 것에 희망을 걸어본다. 그리고 장담하건대, 아르두이누 콜라산치의 나체는 순수하다. 여기서 어린 백인 소년이 발가벗고 있다고 충격받을 사람이 누가 있을까? 왜 남자아이는 괜찮고 어른은 안 되는가? 상파울루의 주제 아우구스투가 내게 보낸 4행시가 떠오른다.

> 나는 나체로 거리로 나갔고
> 사람들은 나를 이해하지 못했다.
> 나는 슈트 한 벌을 입고
> 넥타이를 맬 것이다.

여하튼 투피족에게는 슈트를 입히고 넥타이를 매주는 것이 나을 것이다.

지성의 용도

내 인생에서 가장 많이 노력했던 일이다. 나는 나의 무식과 감정을 이해하기 위해 지적인 사람이 되어야 했다.(사람들은 무지를 이해하기 위해 지성을 이용한다. 그런 후에는 놀이에서 벗어나 지성을 계속해서 도구로만 쓰고, 무언가를 곧바로 원천에서 직접 두 손으로 건져 올릴 수 없게 된다.)

가장 커다란 경험

나는 먼저 내가 아닌 존재를 이해하기 위해 타인이 되기를 원했다. 그래서 내가 이미 타인이었음을 이해하게 됐고, 그것은 쉬웠다. 나의 가장 커다란 경험은 타인의 가장 깊은 곳에 있는 것이었다. 타인의 가장 깊은 곳은 나였다.

거짓말하기, 생각하기

거짓말에서 가장 최악은 거짓 진실을 만들어내는 것이다.(아니, 그것은 보기보다 뻔하지 않다. 그것은 자명한 이치가 아니다. 나는 무언가를 말하지만, 그것을 정확하게 말하는 법을 모른다는 사실을 알고 있다. 바로 모든 것이 '정확한 방식'이어야 한다는 게, 너무도 한정적인 의무가 나를 화나게 한다.) 나는 정확하게 무엇을 생각하려고 했던가? 어쩌면 이것인지도 모르겠다. 거짓말은 진실의 부정일 뿐이며, 부정으로 진실을 증명하는 하나의 방식이라는 것. 그러나 가장 최악의 거짓말은 '창조적' 거짓말이다.(의심할 여지가 없다. 생각은 나를 화나게 한다. 생각하기를 시작하기 전에, 내가 알고 있는 것이 무엇인지 이미 잘 알고 있으니까.)

1971년 11월 20일

런던 다리

런던을 떠올릴 때마다 다리들이 생각난다. 영국에 있을 때는 그곳에 있는 게 자연스러웠는데, 이제 내가 거기서 살았다는 것을 생각하면 마음에 감사가 넘친다. 나는 런던에서 낯설고 생명력 넘치는 회색 땅을 봤다—모든 것이 내게는 신비롭게 떨리는 회색이었고, 모든 색이 회색에 길든 것 같았다.

나는 영국인의 추함을 봤고 그 모습은 영국에서 가장 매력적이었다. 그것은 매우 특별하고 아름다운 추함이었다—그냥 하는 말이 아니다. 날씨가 매우 추웠고, 바람에 얼굴과 손이 빨개져서 모든 사람이 극도로 현실적으로 보였다. 여자들은 바구니를 들고 장을 봤고, 시티 보이들은 중산모자를 썼다. 템스강은 더러운 진흙탕이었다. 오래전에 런던에 페스트가 돌았다. 한번은 화재가 도시 전체를 휩쓸었다. 페스트와 화재는 내가 런던에 머무는 동안에도 존재했다.

사람들은 큰 컵에 담긴 끔찍한 커피를 마시는데, 커피에서 김이 올라온다. 섬 전체에서 연기가 올라오고, 검은 다리는 걷히지 않는 안개 속에서 모습을 드러난다. 바닥의 돌에서 안개가 올라와 다리를 감싼다.

런던의 다리는 매우 감동적이다. 어떤 다리는 단단하면서도 위협적이다. 또 어떤 다리는 뼈대만 남았다. 영국인들은 지적인 편이 아니지만, 영국은 세계에서 가장 지적인 국가 중 하나다.

우리는 차를 타고 다녔다. 도시 사이에 영국의 작은 마을이 있고, 가는 빗방울이 자동차 유리창 위로 떨어졌다. 거리에는 재단이 너무나 엉망이라 결국 아름다운 스타일이 되어버린 옷을 입은 사람들이 있었다. 그들의 옷은 비를 잘 막아준다. 나는 어두운 케이프에 커다란 양말과 귀 아래까지 모자를 뒤집어쓴 어린아이를 봤다. 활기찬 얼굴에 마른 편이었고 눈은 장난꾸러기처럼 보였으며 양 볼은 불그스름했다—질문하는 듯한, 또 오만한 영국인 특유의 어조가 있었다.

나는 이제야 분노에 찬 내 눈에서 눈물 나게 했던, 피부를 자극해 비명을 지르게 했던 영국의 바람을 내가 얼마나 좋아했는지 깨닫는다.

거기에는 도로와 다른 시골과는 다른 영국 시골이 있다. 나는 키가 큰 나무들을 기억한다.

또 거기에는 여행하고 싶어 하는 모든 영국인의 욕망이 있다—멀리 가닿은 초조한 충동이.

영국 극장에서는 중요한 일이 일어난다. 바로 추위와 감정에 떠는 것이다. 영국 배우는 영국에서 가장 진지한 사람이다. 배우는 몇 시간 동안 사람들이 일상에서 잃어버린 중요한 것을 전달한다. 극장에서 나오면 비가 떨어지고 거리가 젖고, 영국의 오래된 길에 위험한 밤이 찾아온다. 사람들은 저녁을 먹으러 간다. 전형적인 영국 음식을 하는 식당은 맛없는 음식으로 당신을 짜증 나게 한다. 그러나 음식이 맛있는 식당에 갈 수도 있다. 런던에도 외국 식당은 있으니까.

영국에 중세가 있었다는 사실이 떠올랐는데, 탑을 보면 알 수 있다. 몇몇 영국인의 담대함이 매우 재미있을 때도 있다. 그들은 길에서 빨리 걷는다. 전투적인 민족이다. 세상이 이렇게 고통스럽지 않았다면 생존을 위한 영국인들의 싸움은 볼만했을 것이다.

그리고 세상을 떠난 작가들에 대한 아쉬움이 있다. 나는 로런스가 무척이나 아쉽다.

여왕은 상냥하고, 언론은 촌스러운 구석이 있으며, 영국인들은 아름다우면 놀라울 정도로 아름답다. 영국 아이들은 늘 예쁜데, 그 아이들이 말하려고 입을 열면 너무 예쁘다.

이 모든 것이 사우다지다. 나는 이 글을 쓰면서 기억 속의 런던을 되찾아보려 한다. 이것은 감정이 지워지기 전에 되도록 서둘러 기록한 글일 뿐이다.

1971년 11월 27일

옛날 귀부인

그녀는 상클레멘치길에 있는 복지시설에서 살았다. 체격이 좋고 식탁에 반만 익혀 올라온 닭고기 냄새가 났으며 치아는 다섯 개이고 입술은 늘 건조해서 갈라졌다.

그녀가 과거에 누렸던 명성은 지어낸 게 아니었다. 그녀는 기회만 되면 대화 상대가 포르투갈어로 말할지라도 불어로 말했고, 자신의 발음을 부끄러워하지 않으려고 했다. 그녀는 침이 잘 마르기 때문에 말을 많이 하지 않고 참았다. 그녀의 커다란 덩치와 남자 같은 발, 치아 다섯 개의 강력한 힘, 미풍만 불어도 날리는, 포니테일로 묶은 숱 없는 머리카락에는 위엄과 절대적인 힘이 있었다.

어느 월요일 아침, 그녀는 작은 방에서 나오는 대신에 거리에 있었다. 그녀는 말끔했다. 목덜미도 깨끗했고 닭고기 냄새도 전혀 나지 않았다. 지난밤에 아들의 집에서 자고 일요일을 보내고 나오는 길이라고 했다. 색이 바랜 검은색 새틴 원피스를 입고 있었다. 그녀는 집에 가서 싸구려 면 원피스로 옷을 갈아입고 시설의 방에서 혼자 사는 보잘것없는 사람이 되는 대신에 일요일을 연장하여 공용 거실에 앉아 가족이 사회의 기반이라고 말했다. 그러다 어느 순간에 며느리의 아늑한 욕조에서 목욕을 했다고 지나가듯이 말했다—냄새가 나지 않고 목이 깨끗해진 이유가 거기 있었다. 그녀는 아직 잠옷과 로브를 걸치고 있던 재원자들을 불편하게 만들며 몇 시간 동안 거실의 꽃병 옆에 앉아 가상의 거실에서나 어울릴 이야기를 늘어놓았다.

오후가 되자 그녀의 부츠가 발을 너무 조이는 것 같아 보였다. 그녀는 계속해서 선지자처럼 의기양양하게 고개를 들고 거실에서 귀부인을 연기했다.

그러나 그녀가 아들의 집에서 먹었던 훌륭한 저녁 식사를 자랑하는 순간, 구토가 나오고 눈이 감겼다. 그녀는 욕실로 뛰어 들어갔고, 구역질하는 소리가 들렸다. 누군가 그녀의 방문을 두드렸으나 그녀는 도움을 거절했다.

저녁 시간에 나타난 그녀는 차 한 잔만 마셨다. 그녀는 눈 밑이 거뭇했고, 브래지어와 코르셋도 입지 않은 채 나뭇가지 무늬가 있는 펑퍼짐한 원피스를 입고 있었다. 이상한 점은 그녀의 피부가 더 깨끗해졌다는 것이었다. 몇몇 재원자는 그녀를 보지 않으려고 피했다—그녀가 당혹스러워하는 모습을 피한 것이다. 그녀는 리어왕처럼 누구와도 말하지 않았다. 그녀는 조용했고, 컸고, 머리가 헝클어져 있었고, 깨끗했다. 그녀는 공연히 행복했다.

백조

그의 기다랗고 어리숙한 팔은 비행으로 설명됐다. 그러니까 그것은 날개였다. 눈은 조금 멍청해 보였고, 그 멍청한 시선은 충만한 생각의 너비와 어울렸다. 그는 어설프게 걸었지만 날 수 있었다. 너무 멋지게 날아서 생명을 담보로 거는 것처럼 보였고, 그것은 하나의 사치였다. 그 못생긴 오리는 걸었다, 우습게, 조심스럽게. 육지에서 그는 수형자였다.

일요일 오후

정원이 빗물에 잠겼다. 빗방울이 얼마나 굵던지. 공기가 빛났다. 붉은 장미의 화관만 불투명하게 남아 있었다. 돌멩이들이 젖었고, 거실의 유리창에 빗물이 흘러내렸다. 공중에는 나뭇잎들이 있었고 장미의 모든 가시와 도도한 꽃들이 진창으로 떨었다. 여름의 폭풍우가 더 심해졌다. 나는 창가에서 혼자 멍하니 궁금해했다. '경마장에 가봐야 별로 재미없었으려나.'

영리한 사람의 실수

영리한 사람들의 실수는 더 심각하다. 그들에게는 증명할 논거가 있으니까.

1971년 12월 4일

서커스단을 따르다

파울루 아우트랑은 20년 넘게 무대에 올랐다. 파울루 아우트랑의 이름이 곧 훌륭한 연극이란 뜻이다. 20년 넘게 얼마나 많은 경험이 쌓였겠는가. 매일 쌓아온 그 경험의 열매로 그는 최고의 배우가 됐고, 인간으로서 역시 더 성숙해진 것이라고 확신한다. 그는 특출나게 멋진 젊은 남자이며 타인을 이해하는 사람이다. 무대 밖에서 스타처럼 굴지 않는다. 그는 그런 사람이다.

파울루 아우트랑은 예명이 아니라 진짜 그의 이름이다. 어떤 외국인이 이토록 조화롭고, 많은 것을 약속하는, 위대한 배우가 되겠다는 목표를 완수한 사람과 딱 어울리는 이름을 가졌단 말인가. 우리는 몇 년 전부터 서로 알고 지냈다. 어느 날 대화 중에 나는 그에게 〈세베리누의 죽음과 삶〉*을 어느 정도까지 연기할 것인지 물었다. 그는 내게 주앙 카브라우가 개발도상국을 연출했고 그의 연극이 근본적으로 브라질을 말하고 있지만 주제가 전 세계에 적용되는 한 보편적인 연극이라고 말했다.

"우리가 '개발도상국'이라고 부르는 나라와 인간이 놓인 상황, 사회적 정의의 결핍에서 비롯된 일들을 참고했나요?"

"주앙 카브라우의 시는 적대적인 자연에 맞서 자신을 방어할 수 없는 인간과 불행한 사회적 환경을 보여줍니다. 그것은 모든

* 주앙 카브라우 지 멜루 네투의 동명의 극시가 원작.

인간적, 사회적 의미에서 저개발이지요."

아우트랑은 브라질의 여러 주를 돌면서 뮤지컬 〈자유, 자유〉, 소포클레스의 〈오이디푸스 왕〉, 몰리에르의 〈서민 귀족〉, 〈세베리누의 죽음과 삶〉을 공연했다.

상파울루 가톨릭 대학의 극단에서 〈세베리누의 죽음과 삶〉을 공연하는 모습을 보고 크게 감동했던 날이 떠오른다. 게다가 나는 주앙 카브라우와 매우 친하다. 파울루 아우트랑은 편지로만이 아니라 그를 개인적으로 알고 싶어 했으나 주앙 카브라우가 리우에 들렀을 때, 아우트랑은 남부에서 바로 〈세베리누의 죽음과 삶〉을 공연 중이었다.

아우트랑은 '장래가 촉망되는' 변호사였다. 그는 이미 돈을 어느 정도 벌었지만, 그 직업에 완전히 염증을 느꼈고 짜증이 났으며, 그 일을 벗어나 다른 일에 몰두하고 싶었다. 그는 취미로 아마추어 연극을 시작했고, 토니아 카헤루*를 만나 직업 연극인이 되었다.

"그건 하나의 발견이었어요. 행운이었죠."

그의 커리어에서 가장 큰 영향을 준 연출가이자 그에게 기본적인 테크닉과 이론을 알려준 사람은 아돌푸 셀리다. 그는 지엠빙스키와 루치아누 사우시, 시우베이라 삼파이우, 플라비우 항제우 등에게도 많은 것을 배웠다.

아우트랑은 연극에 흥미를 느끼는, 예민하고 지적인 사람들

* 1922-2018. 브라질 여배우.

을 브라질 전국에서 만날 수 있으며, 가장 최고의 관객이 어느 도시에 있었는지는 말할 수 없다고 했다. 그가 특히 좋아했던 역할은 〈오셀로〉와 〈닫힌 방〉, 〈리베르다지, 리베르다지〉, 헨리 밀러의 〈추락 이후〉의 역할이라고 했다. 파울루 아우트랑은 지방을 돌면서 리우나 상파울루 시민들뿐만 아니라 브라질 국민 전체에게 좋은 연극을 관람할 수 있는 기회를 제공한다. 그는 한 번도 희곡을 쓴다는 생각은 해본 적이 없었다. 아름다운 목소리를 가졌고, 극장 어느 구석에서도 그가 발음하는 모든 음절이 들린다. 그는 발성과 어조의 변화는 많이 연구했지만 발음을 연습하진 않았다. 발음은 그에게 자연스러운 것이다. 다행히도 그는 연극만으로 적당한 생계를 유지하고 있는데, 이는 인생에서 부자가 되고 싶었던 적이 더 이상 없었기 때문이다.

나는 그의 순회공연을 이야기하며, 떠돌이 서커스단의 광대로 어떻게 살았는지 물었다.

“네, 서커스예요. 그 말이 맞죠, 좋아하는 말이고요. 저는 그걸 좋아해요. 어쩌면 제가 모든 아이가 꿈꾸는 ‘서커스단을 따라 도망가기’를 실현하고 있기 때문인지도 몰라요.”

파울루 아우트랑은 약 100편의 연극을 공연한 것으로 추정한다. 그는 20세기는 분명 브레히트의 세기가 되리라고 생각한다. 그는 신인 배우들 중에서 아우베이와 주제 비센치—〈강도〉의 작가—플리니우 마르쿠스 외 몇몇 배우를 조금 더 좋아한다.

1971년 12월 18일

옷장 연구

문이 있으니까 들어갈 수 있을 것 같다. 문을 열면 들어가지 못하고 머뭇거리게 된다. 내부에도 닫힌 문처럼 나무로 된 표면이 있으니까. 기능: 옷을 어둠 속에 보관한다. 본성: 사물들의 불가침성. 사람들과의 관계: 사람들은 거울에 자신을 비춰 보는데, 그때 들어오는 빛이 늘 호의적이지만은 않다. 왜냐하면 옷장은 절대 적절한 장소가 아니니까. 말하자면 부자연스럽다. 옷장은 어색하게 서 있고, 언제나 크고, 튀어나와 있고, 수줍고, 눈에 띄지 않게 있는 법을 모른다. 옷장은 거대하고, 불청객 같으며, 슬프고, 너그럽다. 그러나 거울 달린 문을 닫으면 그 동작으로 유리병과 유리병 사이에서 일시적으로 반짝이는 빛이 그늘에 잠긴 방을 비추면서 방의 배치가 새로워 보인다.(옷장의 재빠른 장난, 방에 기여, 이중적 삶의 징후, 세계에 미치는 영향, 흑막, 내막에 감춰진 진정한 힘.)

어느 귀족 부인의 역사적 재현

루아르 포소니에르 성에서 태어났다. 가슴 바로 아래 허리 위로 올라오는 접힌 자국, 거의 감지 않는 긴 머리카락. 그녀는 아마 섬유를 짰다. 성의 작은 숲. 함정 같은 녹색 달. 밤꾀꼬리와 우물. 노래하는 그녀의 목소리는 가늘디가늘다. 커다란 영토는 군사지역으로 나뉘었다. 바람에 붉어진 얼굴, 시종이 머리를 빗겨줬다. 쇠로 된 커다란 열쇠. 바람이 불었다. 알코브의 그늘 속 하얀 침대. 안마당의 개. 그레이하운드 열다섯 마리가 짖는다. 제철공과 대장간, 풀무와 작업대, 망치질 소리. 말이 달려오는 소리가 가까워졌고, 사람들이 땅을 밟았다. 우물 주위로 루아르 바람이 불고, 데이지가 화환 모양으로 폈다. 구리와 은이 많다. 주교 삼촌. 금으로 된 잔. 영혼의 지도자의 주기적 방문. 가슴 위에 손을 모은다. 그녀의 시대가 그의 삶이다. 1513년에 사망. 숲속 작은 교회에 묻혔다. 100년 후 유물들이 옮겨졌고 그 후로 다시 한번 옮겨졌다. 그녀는 자신이 살았던 성과 아름다운 루아르 지방에 남았다. 그녀가 색을 칠한 '16세기 작품, 작가 미상'의 도자기가 그 시대의 장식 예술을 연구할 수 있도록 박물관에 양도됐다.

어느 사퇴한 남자에 대한 기억

그는 가장 높은 자리에서 물러나는 자신의 행위를 어디까지 용인했을까? 나는 그의 고독한 와해를 상상하기 힘들다. 비이성적인 행위가 끔찍한 반향을 일으킬 때, 남자는 분명 자신의 비명이 야기한 것을 마주하며 거의 결백하다고 느꼈을 것이다. 떨림에서 떨림으로, 점점 더 커지는 붕괴. 그의 사퇴의 진실은 그 자신도 모르고 어쩌면 앞으로도 절대 알지 못할 것이다. 왜냐하면 그는 이미 핑계와 해명에 빠졌기 때문이다. 그는 '개인주의적'이고, 그 점은 공인에게 범죄다. 리더 또는 성자 또는 예술가의 희생은—그들은 처음부터 매우 개인주의적이었기 때문에 철저히 자신들이 아는 바에 이르렀다—그들의 희생은 그들이 더는 개인

주의적이지 않음을 뜻한다. 그들의 고난은 자신의 삶을 잊어버리는 것이다. 이런 희생 속에서 인간을 인간답게 만드는, 본질적으로 가장 인간적인 일이 일어난다. 개인적 고통은 다른 모든 사람을 위한 피난처를 찾고 이해하는 광대한 차원으로 더 커진다. 개인적 고통을 거부하는 것에는 사랑이 있기 때문에 다 죽어가는 이들이 일어난다. 그리스도의 진정한 의미는 그리스도의 모방일 것이다. 그러나 그리스도 자신도 그리스도의 모방이었다.

브라질 전체는 이 사람 덕분에, 그가 자신의 두려움과 야망을 알고 있었기 때문에 일어날 수 있었다. 그는 자신을 알았다. 그는 자신의 괴상한 성향을 알고 있었을 것이다. 그 덕분에 우리는 성장할 수 있었다. 살인 의지의 초월이—심연을 알기에—다른 사람들이 스스로를 죽이는 것을 막는 것처럼 말이다. 그러나 그 공인은 자신을 그저 자신으로 제한했다. 그는 인간의 위대한 결함으로 초라한 결함을 만들었다. 보잘것없는 일에 죄를 지은 범죄자였다. 이끄는 사람이 아니라 이끌려 가는 사람이었다. 그가 그것을 증명했다. 우리가 약하다는 것을 기억하는 것 외에 그를 용서할 방법은 없다.

1971년 12월 24일

오늘 한 아이가 태어났다

구유에 담긴 그는 조용하고 순했다.

늦은 오후였고, 목동의 별은 아직 보이지 않았다. 그 순간만큼은 탄생의 고요한 기쁨이었다—세상을 항상 새롭게 하고 처음으로 시작하게 하는—그 순간만큼은 한 유대인 가족에게만 속했던 달콤한 기쁨이었다. 사람들은 이 땅에 무슨 일이 일어났다는 것을 느꼈지만 정확하게 무엇인지 본 사람, 아는 사람은 없었다.

어둠이 점점 짙어졌고 염소처럼 부드러운 금색 지푸라기 위에서 우리의 아들 같은 어린아이가 반짝였다.

아주 가까이서 소의 얼굴과 당나귀의 얼굴이 쳐다보고 있다. 그들은 숨과 몸으로 공기를 데웠다.

아기가 태어난 직후였다. 축축한 곳에서 아기가 쉬었고, 축축하고 후덥지근한 곳에서 아기가 숨을 쉬었다.

마리아는 지친 몸으로 휴식을 취했다—세상과 사람들과 신 앞에서 그녀가 해야 할 일은 운명을 완수하는 것이었고, 이제 그녀는 휴식을 취하면서 아이를 바라봤다.

긴 수염의 요셉은 지팡이를 짚고 그녀 곁에 앉아 생각에 잠겼다. 그의 운명은 이해하는 것이었고, 그것은 이뤄졌다.

아이의 운명은 태어나는 것이었다.

사람들은 고요한 한밤중처럼 모두가 이미 들어본 적 있는, 침묵이 만든 공기 중의 음악을 들을 수 있었다. 음악은 감미로웠고 멜로디가 없었지만 멜로디라고 할 수 있는 소리들이 엮여 있었다. 끊임없이 흔들리는 소리. 1만 5000개의 별들의 소리. 단란한 가족은 공기 중의 가장 최소한의 소리의 떨림을 포착했다—침묵이 말하고 있는 듯했다.

위대한 신의 침묵이 말했다. 날카롭고 감미롭게, 지속적이고 거침없이, 수평적 소리와 비스듬한 소리를 뚫고. 수천 개 공명의 깊이와 강도가 같고 똑같이 서두르지 않는 행복한 밤, 신성한 밤이었다.

거기서 동물들의 운명이 만들어지고 또 만들어졌다. 사랑하는지 모르면서 사랑하는 운명 말이다. 온화한 동물들은 아이들의 순수함을 이해했다. 왕 이전에는 동물들이 저희가 가진 것을 아이들에게 선물했다. 저희가 가진 시선과 저희 배의 미적지근함을.

모든 아이가 태어날 때마다 다시 태어나는 그 아이는 우리가 처한 환경에서, 신 앞에서 형제이기를 원하게 될 것이다. 아이는 한 남자가 되어 말을 하게 될 것이다.

오늘도 세계 곳곳에서 아이가 태어난다.

1972

1972년 1월8일

두서없는 대화: 1972

석양을 못 본 지 얼마나 됐을까? 우연히 봤던 석양은 행복했다. 자신에게 도취되지 않고—한낮에 화살처럼 찔러대는 자신의 사나운 빛에 도취되지 않고 스스로 누그러지는 태양을 보러 해변에 가본 적 없었다는 사실에 나는 어쩐지 조금 부끄러운 느낌이다. 하지만 일몰 때 스러지는 태양은 마냥 포근하다. 우리가 사는 지구의 일부가 당신을 흔들어 재우는 어둠의 요람으로 바뀐다.

점차 찾아오는 어둠은 그것의 감시에 놓인 나 같은 동물을 두려움에 떨게 한다. 어둠? 무서워 질겁한다. 밤 안에서 죽는 낮은 자연의 커다란 신비다.

자연이란 무엇인가? 대답하기 어려운 질문이다. 우리도 자연의 일부이기에 충분한 거리를 두고 생각해볼 수 없다. 자연은 나의 가장 깊은 곳에서 활짝 피고, 씨앗은 땅을 무너뜨린다. 자연, 어떻게 그것의 독특하고 총체적인 의미를 설명하겠는가? 어떻게 그 단순한 수수께끼를 이해하겠는가? 나는 어떻게, 언제 그 단어를 배웠고 읽게 됐는지 기억나지 않는다—아무도 내게 설명해주지 않았지만 나는 이해했다. 알지 못하는 이는 절대로 알 수 없을 것이다. 배울 수 없는 것이 있다.

나는 신이라는 이 세계에서 자연에 당황했다. 사막의 모래에서도 생명이 나오는 행성에서 말이다.

연말이라 기력이 더 없어진 나는 사막을 이야기하겠다. 이미 시작했으니까. 한번은 피라미드 넘어 사하라 국경에 가게 됐다. 끝도 없이 펼쳐진 사막이었다. 사방에 아무것도 없었다. 지구의 지평선이 휘었기 때문에 그 광대한 곳의 시야가 가려졌다. 사막은 바다처럼 지평선이 있고 바다처럼 매우 깊기 때문이다.

나는 사막을 보며 두려움을 느꼈고 빨리 그곳을 통과해 건너편으로 가고 싶었다. 예전에 사하라 하늘을 날 때에도 그런 두려움에 심장에 무리가 왔다. 세상에, 길도 끝도 없는 사막에서 혼자 남겨지는 것을 상상했다. 나는 살려달라고 소용없는 비명을 지를 것이다.

누군가에게 불안을 주지 않기 위해 여기서 글을 멈추겠다. 우리가 원하는 것은 지나친 불안 없는 1972년이니까. 1973년까지 우리를 편안하게 안내해줄 우아하고 가벼운 긴 다리가 뻗기를.

나는 불안에 대해 이야기했다. 불안이란 무엇인가? 솔직히 말해 나는 어떤 의미를 묻고 찾는 경향이 있고, 그것 자체가 이미 불안이다. 그 불안은 삶과 함께 시작됐다. 우리는 탯줄을 자르고 분리의 고통을 느낀다. 결국 나는 삶을 사는 일에 눈물을 흘린다.

삶을 사는 것? 삶을 사는 것은 농담이 아니라 매우 진지한 일이다. 지금 내가 새해에 대해 농담 같은 글을 쓰고 있을지라도 말이다. 나는 본격적으로 내 삶을 이끌고 세상에 직면하며 나아간다. '지금' 이 순간에도. 나는 너무나도 가볍게 살고 있어서 이 페이지를 간신히 벗어난다. 겨우겨우 회피하는 중이니 아무도 나를 붙잡지 못한다. 내가 배워야만 했던 일이다.

때로는 불안을 두려워하지 않아도 된다. 불안은 풍요롭고 기뻠과 순수의 열매를 줄 수 있으니까. 그러나 "창작하는 것을 두려워할 필요는 없다." 몇 년 전에 내가 쓴 글인데, 내가 쓴 문장을 인용하니 기분이 이상하다.

창작은 비밀스러운 것이고 모호한 자연에서 나온다. 존재의 어느 지점에서 스트라빈스키의 〈불새〉가 탄생한단 말인가? 당연히 영혼일 것이다. 그렇다면 존재의 영혼은 어디에 있는가?

나는 '영혼'에 대한 글은 상상해본 적도 없다. 그러나 나의 주제가 다른 주제로 이어져 이 기록에 육체와 영혼이 존재하게 됐다. 존재의 어딘가에 있는 본질이라 불리는 것. 삶의 본질은 무엇인가?

아, 내가 모르는 것이 나를 초월한다. 진실이 너무도 커다란 인내와 다정함으로 나를 초월한다.

1972년에는 나를 초월하고 싶다. 나 자신을 앞질러 나아가고 싶다. 고통 없이. 아니면 오직 새로운 것을 탄생케 하는 출산의 고통으로. 우리는 자신을 초월해 자기 밖으로 나가 '타인'에게 떨어지니까. 타인은 언제나 중요하다.

내 심장에 여름이 자리를 잡았다.

그리고 모든 것이 고립되었고 느슨하며 설명 없이 내게 다가온 이 마지막 문장으로 끝을 맺어야겠다. 우리도 그러한가? 불가해한가?

우리도 그렇다면, 아멘.

1972년? 아멘.

나는 기정사실이기를 거부한다.

지금은 나태하게 생각 속을 헤엄친다. 안녕.

1972년 1월 15일

이렇게 되기까지

사랑의 말과 분노의 말, 말들 이후로 둘 사이의 관계는 한 문장으로 완성되는, 또는 분명한 현실이 되는 모든 가능성을 조금씩 잃어갔다.

아주 오래전부터 결혼 생활을 해왔으므로, 그들 사이에 대립과 의심, 어떤 경쟁이 있다고 할지라도 그들은 서로 합의한 것처럼 절대 겉으로 드러내지 않았다. 그런 상태는 오히려 공격과 방어를 방해했고, 그래서 그들은 최소한의 설명도 하지 않았다. 그들은 그렇게 우리가 말하는 평범한 부부가 됐다.

노트

"대단한 일을 해낸 사람들은 모두 난관과 막다른 골목에서 벗어나기 위해 그 일을 해낸 것이다."

불어로 된 이 문장을 옮겨봤다. 옛날 노트에서 발견한 문장이다. 누가 썼을까? 언제? 그건 중요하지 않다. 이것은 삶의 진실이라서 많은 사람이 이 문장을 쓸 수 있었을 테니까.

연습

소수의 독자를 위해 '내 글'을 써왔는데, 더 많은 독자를 위해 더 가볍게 쓰는 이 느낌이 신기하다. 유쾌하게 느껴진다. 게다가 최근에는 많은 사람이 나를 만나는데, 모두 내가 감당할 만한 사람이며 때로는 함께하기에 괜찮은 사람이라는 사실을 발견하고 놀랐다.

뭐, 늘 그렇진 않지만.

사실을 가정해보자

도시 전체에서 전화가 고장이라고 가정해보자—그건 사실이다. 내가 어떤 번호에 전화를 걸었는데 통화 중이라고 가정해보자—그건 사실이다. 갑자기 통화 연결음이 전화벨로 바뀐다고 가정해보자—그건 사실이다. 아무도 전화를 받지 않는다고 가정해보자—그건 사실이다. 내가 누른 번호를 얻는 대신에 다른 전화와 연결됐다고 가정해보자—그건 사실이다. 그저 단순한 호기심으로 남자와 여자의 대화를 듣기 시작했다고 가정해보자—그건 사실이다. 그 문장이 "신이 당신을 축복해"였다고 가정해보자—그건 사실이다. 그래서 내가 축복을 받았음을 느낀다고 가정해보자, 그 문장은 나를 향한 것이었으니까—그건 사실이다. 그렇다, 그 문장은 나를 향한 것이었다. 나는 더 이상 가정하지 않는다. 나는 그저 세상에 "네"라고 말할 뿐이다.

사실이 아닌 것을 가정해보자

내가 강한 창조물이라고 가정해보자—그건 사실이 아니다. 내가 해답을 가지고 있다고, 그것을 쥐고 있다고 가정해보자—그건 사실이 아니다. 언젠가 내가 인간의 영혼을 살짝 발가벗기는 글을 쓸 것이라고 가정해보자—그건 사실이 아니다. 내가 늘 진지한 얼굴을 하고 있고, 손을 씻다가 거울로 그 얼굴을 봤다고 가정해보자—그건 사실이 아니다. 내가 좋아하는 사람들이 행복하다고 가정해보자—그건 사실이 아니다. 내가 가진 심각한 결점이 덜하다고 가정해보자—그건 사실이 아니다. 나를 빛나게 하려면 아름다운 꽃 한 송이면 충분하다고 가정해보자—그건 사실이 아니다. 마침내 내가 미소를 짓는다고 가정해보자, 웃고 싶지 않은 오늘 같은 날에—그건 사실이 아니다. 내 결점 중에 장점이 많다고 가정해보자—그건 사실이 아니다. 내가 거짓말을 절대로 하지 않는다고 가정해보자—그건 사실이 아니다. 어느 날 내가 다른 사람이 될 수 있고 내가 존재하는 방식을 바꿀 수 있다고 가정해보자—그건 사실이 아니다.

1972년 1월 22일

섬세한 것들을 묘사하려는 시도

힌두 무용수는 엄숙하고 정확한 동작을 하고 멈춘다. 잠시 멈추는 것은 이 움직임 없는 무용의 일부이기 때문이다. 움직임은 사물들을 움직이지 못하게 한다. 나는 무용수가 부동의 자세에서 다른 부동의 자세로 넘어가는 동안 경악한다. 대개 그 갑작스러운 부동성은 무용수가 이전에 했던 도약의 공명이다. 그는 움직이지 않는 것처럼 보이지만 그의 모든 몸짓의 떨림이 그 안에 담겨 있다. 이제 무용수는 완전히 굳어버렸다. 존재하는 일은 마치 우리가 삶의 집행자에 불과하다는 듯 신성해진다.

이것이 숫자와 높이의 과학을 가진, 가장 커다란 격렬함이 허락된 남자의 춤이다.

힌두 여자는 놀라지 않고, 나를 놀라게 하지도 않는다. 그녀의 움직임은 잔잔하게 흐르는 강의 정적처럼 지속적이고 감탄스럽다. 그녀의 몸은 고대의 여성들처럼 기다란 곡선이다. 골반은 지나치게 넓어서 생각의 가능성을 줄인다. 냉혹함이 없는 여성들이다. 그녀는 무성의 춤 안에서 우아함에 대한 원초적 감각을 일신한다. 관능조차도 조금 덜 강렬할 뿐 여전히 우아하다.

몇 세기 전부터 단조롭게 춰온 춤이기 때문에 관객이 감당하기 어렵다. 그것은 동양에 대해 우리가 느끼는 불편함을 감출 수 없기 때문이기도 할 것이다. 그들의 춤은 삶을 아는 또 다른 방식이다. 그러고 나면 또 다른 불편함이 든다. 그들이 우리를 믿지 않는다는 느낌. 그래서 무용수의 어떤 움직임은 서양 전체를 낙담하게 한다. 그들은 가면을 믿고, 더 고차원적인 사랑을 믿는데, 그런 것들은 옛것들이며 지나치게 평온하다.

내가 대충 훑어보고 있던 이 끝나지 않는 프로그램이 이제 세 명의 여성이 "모든 여성적 매력을 발산하며" 춤을 춘다고 알린다. 어찌나 실망스럽던지. 등장한 세 명의 여성은 거의 움직이지 않는다. 사람들은 "여성적 매력"을 찾고, 여자 셋은 이 정도면 충분하다는 듯이 천천히 움직인다. 더 최악은 어느 순간 그걸로 충분하다는 것이다. 그녀들은 우리에게 흔한 오렌지를 내미는데, 이것이 가장 희귀한 열매라고 말하는 듯하다. 놀랍다. 나는 오렌지가 희귀한 것들 중에서 가장 희귀하다는 사실을 이해한다.

넘치도록 과한 것을 추구하는 경향이 있는 나는 그들이 우리에게 보여주는 이 간소한 공연에 놀란다. 뚱뚱하고 하얀 우리는 의자에 앉아 동방박사가 바치는 제물을 기다린다. 그러나 그들은 암묵적으로 허기는 단순한 것이라 여기며 우리의 가난에 풍요를 돌려준다. 그들은 악의 없이 춤을 추고 우리의 독침을 향해 그들의 등을 내민다. 이렇게 되자 우리는 우리가 더 많은 것을—그건 아니지만, 아니 많다, 훨씬 더 많은 것을 가졌다—가졌다는 것을 그들에게 밝히는 게 부끄럽다. 우리는 난처한 미소를 지으며, 꿩고기를 먹는 것에 감사하는 척하며 그 보잘것없는 연회를 즐기려고 애쓴다. 불편한 우리는 그들이 우리의 신발을 벗기고 우리의 몸에 기름을 바르도록 내버려둔다. 그들은 미소를 지으며 순수하게 자신을 낮추지 않고 그 일을 한다. 우리도 그들의 새까만 발에 기름을 발라줘야 하는가, 그것이 오랜 관습인가? 그래야 할 것 같다. 그러나 그들은 우리 쪽에서 어떤 행동을 취하기를 전혀 기다리지 않고, 그런 점이 나를 화나게 한다.

춤은 너무나 고요해서 조금씩 조금씩 시간을 이어간다. 프로그램은 과연 끝날 것인가? 극장에 있다는 사실에 사로잡혀, 그들은 서두르지 않고 어떻게 맨발이 맨손만큼 중대한 의미를 가질 수 있는지, 어떻게 어두운 피부색이 가장 확실한 색인지를 보여주면서, 어떻게 신앙이 없이도 성경 뒤에서 그토록 위대하게 살았는지를 보여주면서 나를 괴롭히고, 나는 같은 진실의 철저한 반복에 매료된다. 향신료와 갤리언선과 계피의 향기를 이해하게 될 때까지 계속 바라보면서. 강의 중요함이 밝혀진다. 도시는 물가에 세워진다. 심벌즈는 내가 '순례자'라 부르는 소리를 낸다. 순수한 영혼은 심벌즈로만 부를 수 있다. 발목과 손목을 감싸는 방울은 가벼운 떨림으로 몸의 가장 섬세한 의도를 밝힌다.

무용수의 이름은 여물었고 달콤하다. 입에 잘 붙는다. 미리날리니, 우샤, 아니루다, 아르주나. 조금은 자극적인 부드러움, 신기하게도 식별이 가능하다. 내가 이 열매를 먹어본 적이 있었던가, 없었던가? 다른 나무들의 열매를 맛보고 다니던 따분한 이브 때가 아니고서야.

뮤지션들은 무대에 요가 수행자처럼 양반다리로 앉았다. 음악은 탄식하는 듯한 모놀로그이며, 그 소리는 조금 두렵게 느껴지는 순간 바람처럼 울린다. 조바꿈이 없는 노래로 비교적 넓은 공간인 극장에 맞게 볼륨을 조정했는데, 참을성 있게 우리를 포위하는 시골의 야생동물 같다. 뮤지션들 중에 매우 마른 사람이 노래를 한다. 그의 노래는 가볍고, 오직 목에서만 나오는 소리 같다.

의자에 앉은 나는 천천히 잠이 든다. 천천히 뱀에게 정신을 빼앗긴다.

태반처럼 살아 있는 젤리

그 꿈은 일종의 슬픈 강박이었다. 꿈은 중간부터 시작됐다. 살아 있는 젤리가 있었다. 그것이 젤리의 감정이었다. 고요했다. 살아 있는 고요한 젤리는 힘겹게 테이블 위를 굴러다녔다. 내려가고, 올라가고, 천천히, 넓게 퍼지지 않고. 누가 그 젤리를 잡을까? 아무도 그럴 용기가 없었다. 내가 젤리를 봤을 때, 나는 내 얼굴이 반사되어 젤리의 삶 속으로 천천히 들어가는 것을 봤다. 나의 변형은 중요했다. 나는 녹지 않고 형태만 변했다. 나도 기껏해야 숨만 쉬고 있었을 뿐이었다. 공포 속에 욱여넣어진 나는 내 사본으로부터—원초적 젤리로부터—달아나려고 했고, 테라스로 나가 마지막 층에서 뛰어내리려고 했다. 캄캄한 밤이었고, 테라스에서 보이는 것은 어둠이 전부였다. 나는 끝이 다가왔다는 두려움에 이성을 잃었다. 너무 강렬한 모든 것이 끝에 가까워진 것처럼 보였다. 그러나 테라스에서 뛰어내리기 전에 립스틱을 칠하기로 했다. 그런데 립스틱이 이상하게 물컹하게 느껴졌고, 그 립스틱이 살아 있는 젤리로 만들어졌다는 사실을 깨달았다. 나는 어두운 테라스에 있었고, 축축한 입술은 살아 있는 어떤 것이었다.

내가 어둠의 눈을 봤을 때 내 다리는 이미 발코니 바깥에 있었다. '어둠 속의 눈'이 아니라 어둠의 눈이다. 어둠이 두 눈을 부릅뜨고 나를 살폈다. 그러니까 어둠 역시 살아 있었던 것이다. 그렇다면 죽음은 어디서 찾아야 할까? 죽음은 살아 있는 젤리였고, 나는 그걸 알고 있었다. 모든 것이 살아 있었다. 모든 것이 살아 있었고, 최초였고, 느렸다. 최초에는 모든 것이 불멸이었다.

나는 진창에서 빠져나오기 위해 내가 내 머리채를 잡아 끌어당기듯 하여, 거의 극복할 수 없는 시련과 함께 혼자서 깨어나는데 성공했다.

나는 눈을 떴다. 방은 어두웠지만 형체는 알아볼 수 있는 어둠이었다. 내가 간신히 빠져나왔던 깊은 어둠은 아니었다. 나는 더 편안함을 느꼈다. 모든 것이 다 꿈이었다. 그러나 나는 팔 한쪽이 침대보 밑에 있다는 사실을 깨달았다. 나는 재빨리 그 팔 하나를 다시 덮었다. 적어도 내가 나를 구하고 싶다면 나의 어떤 것도 드러나서는 안 됐다. 나는 나를 구하길 원했던가? 그랬던 것 같다. 왜냐하면 잠에서 완전히 깨기 위해 나이트 스탠드를 켰으니까. 나는 방에서 아무 일도 일어나지 않았음을 확인했다. 우리는 살아 있는 젤리를 벽에, 그 살아 있는 것을 천장에 단단하게 붙였다. 우리는 죽음보다 더 나쁜 것, 그러니까 순수한 삶, 살아 있는 젤리로부터 달아나면서 우리 주변에 죽음의 평화를 회복시키려고 애쓰며 죽일 수 있는 모든 것을 죽였다. 나는 힘을 잃었다. 갑자기 닭이 울었다. 아파트 건물에서 닭이? 목이 쉰 닭이었다. 벽에 하얀 석회를 바른 건물 안에 살아 있는 닭이 있었다. 비명은 집 밖에서 들리는 것일까? 집 안일까? 책은 이렇게 말했다. 바깥은 깨끗한, 결정적인 죽음이라고. 그러나 안은 발육부전 상태로 살아 있는 젤리였다.

그것이 최초의 밤에 내가 알게 된 것이다.

1972년 2월 5일

위험한 통찰력

너무도 대단한 명료함이 현재, 평범한 삶을 사는 사람인 나를 죽이고 있다는 것을 느낀다. 공허한 통찰력이다. 어떻게 설명할까? 모든 것은 꼭 필요하진 않지만 완벽한 수학적 계산 같다. 말하자면 나는 선명하게 공허를 본다. 내가 이해하는 것이 무엇인지도 이해하지 못한다. 왜냐하면 나는 나 자신보다 무한히 크기에 나에게 도달하지 못하기 때문이다. 이 통찰력으로 무엇을 하겠는가? 나는 내가 가진 이 통찰력이 인간의 지옥이 될 수 있다는 것 또한 알고 있다—그 일은 이미 일어났다. 왜냐하면 나는 현실에 대한 이 통찰력이 위험하다는 것을 알고 있기 때문이다—비현실성을 포기하고 감수하는 일상적이고 지속적인 적응의 끝에서. 그러니까 내 불꽃은 꺼진다. 신이시여, 이 불꽃은 매일을 사는 데 도움이 되지 않습니다. 가능한 방식 안에 있게 도와주시옵소서. 그 안에 있기를, 그 안에 있기를, 아멘.

어떻게 잠을 잘까

불면의 밤을 보내던 나는 수면을 위한 유치한 방법을 개발해냈다. 나 자신에게 낮은 목소리로 말을 걸면 효과가 있었던 것이다. 기억해보자면 이런 식이다. 나는 퇴행해서 어린아이가 된다. 나는 잠을 자고 있고 모두가 나와 함께 잔다. 나쁜 일은 일어나지 않는다. 모든 것이 좋고 감미롭다. 영혼은 영원하다. 어떤 사람도 죽지 않는다. 아이가 되는 기쁨은 크고 달콤하다. 신은 내 몸 안에서 퍼져나간다. 몸 전체가 이 달콤함을 궁궐처럼 맛본다. 맛있다, 맛있다. 신은 나의 모든 것을 환하게 비추지만, 그의 빛은 나를 깨우지 않는 미광이다. 나는 한 명의 어린아이다. 의무는 없고 권리만 있다. 살아 있다는 즐거움은 잠을 자는 즐거움이다. 나는 이 느린 삶을 팔과 다리로 풍미처럼 느낀다. 내 영혼이 마침내 스스로를 버린다. 나는 되돌려놓을 게 아무것도 없다. 더는 아무것도 나를 붙잡지 않는다. 나는 간다. 완전한 행복을 향해 간다. 완전한 행복은 나를 이끌고, 손짓으로 나를 안내한다. 삶의 완전한 행복으로.

쾌락을 찾으러

우리가 그토록 많은 고통을 느끼는 것은 때때로 우리가 자기도 모르는 사이에 쾌락을 찾고 있기 때문이다. 나는 쾌락이 저절로 올 때까지 기다릴 줄 모른다. 그건 너무 극적이다. 빛이 반쯤 들어오는 나이트클럽에서 타인들을 바라보기만 하면 된다. 쾌락을 찾는 것은 내게 더러운 물과 같았다. 입을 대면 녹슨 수도꼭지 맛이 느껴지고, 미지근한 물방울 두 개가 흐르는데, 그것은 마른 물이다. 아니다, 그것은 강요된 쾌락보다는 정당한 고통에 가깝다.

나는 적응할 것이다

내가 사는 세계가 인간이 사는 세상이 아니라고 해도 내 자리는 있을 것이다. 나는 본능과 다정함과 잔혹함을 퍼트리는 얼룩이었을 것이다. 평화와 분쟁의 떨리는 발산이었을 것이다. 세계가 사람이 사는 곳이 아니었다면, 나는 동물이 되는 것에 적응했을 것이다. 잠시 인생에서 인간적인 면을 무시하고, 동물의 삶의 조용한 영혼을 경험한다. 좋다, 맞다, 그 영혼은 곧 인간이 되는 자의 씨앗이다.

타자기도?

타자기를 고쳤다. 롤러에(그것을 뭐라고 불러야 하나) 종이를 넣다가, 타자기 수리공이 타자기가 제대로 작동하는지 보려고 무언가를 타이핑했던 종이를 찾았다. 종이에는 이렇게 적혀 있었다.

sdfgçlkjaev하느님께 찬양을poy3c

1972년 2월 19일

피아니스트

그는 작고 말랐다. 그는 몸이 걸리적거리지 않는 것처럼 가볍게 걷는다. 카테치 기숙사 수위의 딸은 그에 대해 열광하며 말한다. “그가 음악으로 감정을 표현하는 능력은 경이로워요.”

그는 저녁에 손님들이 거실을 떠나면 연주한다. 그는 과거에 분명 기술적인 면에서 꽤 잘 치는 편이었겠지만 ‘감정’은 음악으로 표현할 수 없었다. 다만 어떤 때에는 피아니시모로 또 어떤 때에는 포르티시모로, 기초적인 두 개의 변주로만 표현될 수 있었다. 그는 이쪽에서 저쪽으로 예고 없이 넘어갔는데, 사실은 그것이 수위의 딸에게 원초적 감정을 일으켰던 것이다. 그의 감정은 어떤가 하면, 그 두 개의 변주로 보건대 메말랐거나 단조롭거나였다. 그의 신체적 특징을 말하자면 그의 슈트가 실수로 다른 방에 갔던 적이 있는데, 마치 옷걸이에 그의 몸 전체가 걸려 있는 듯했다. 한쪽 어깨가 다른 쪽보다 더 올라갔고, 좁지 않은 어깨지만 비밀스럽고 수줍어 보였다. 그 슈트가 그의 것이 아니라는 사실을 알아채기는 그리 어렵진 않았다. “이방인의 것인가?” 사람들은 물었다. “그는 이방인인가?” 사람들은 질문으로 대답했다. 그는 이방인이 아니었다.

깜빡 잊고 그가 백색증에 걸렸다는 것을 말하지 않았다. 그는 근시이고, 그래서 매우 섬세하거나 매우 힘차게, 그렇게 아주 대조적으로만 연주할 수 있었던 게 아닐까. 나는 그를 알고 있었다. 그는 자살할 뻔한 사람이었지만 목숨을 끊진 않았다. 어쩌면 피아니시모와 포르티시모 사이에서 자기만의 방법을 찾았는지도 모르겠다. 사람들 대부분이 그런 것처럼.

왜?

어느 날 한 남자가 길모퉁이에서 자기 애인이 두 친구와 수다 떠는 모습을 보게 됐다. 왜 그는 마치 그 여자가 거짓말이라도 한 것처럼, 인제 와서야 그 거짓의 증거를 잡은 것처럼 불편함을 느꼈을까? 사실 그녀는 자기가 외출하지 않는다고, 웃지 않는다고, 수다를 떨지 않는다고 그에게 한 번도 단언한 적이 없었는데, 그가 목격한 새로운 광경으로 인해 그가 그녀에 대해 가졌던 생각은 배신을 당했다. 친구들과 함께 있는 그녀는 다른 사람 같았다.

최악은 그가 그녀를 봤다는 말을 하자 그녀가 불편함을 느꼈다는 것이다. 그녀는 많은 것을 물었다. 예를 들자면 내가 어땠어? 무슨 옷을 입고 있었어? 내가 웃었어? 같은 질문들. 그는 스스로 납득할 만한 설명이 가능했다면, 그럴 수는 없겠지만, 자기가 그녀더러 친구들을 만나지 못하게 했으리라는 것을 깨달았다. 그녀는 질투라고 받아들일 테지만 그게 아니었다. 그녀가 어리석게도 상황을 자신에게 유리한 쪽으로 상상할 거라는, 자신이 질투의 대상이 되었다고 상상할 거라는 생각은 그로 하여금 그녀를 동정하게 만들었고, 그래서 그는 그녀를 터무니없다고 느꼈다.

어쨌든 그녀가 길모퉁이에서 수다를 떠는 새로운 모습을 본 이후로, 그는 어떤 면에서 그녀를 의심했다. 그는 자신이 그런 생각을 하는 이유를 알지 못했기 때문에, 그녀가 접시를 닦은 후에 손이 벌게진 채로 길모퉁이로 떠들러 가는 하녀처럼 보인다고 비난했다. 그렇지만 그건 사실이 아니었다. 그는 자신의 주장을 스스로 납득할 수 없었다. 이제 그는 그녀가 지난밤 꿈 이야기를 하면 차갑게 굴었다. 그는 다정하지 않게 눈을 크게 뜨고 그녀를 바라봤다. 마치 "나를 속일 수 있을 것 같아? 당신은 다른 사람이야. 나는 당신이 길모퉁이에서 떠들어대는 것을 봤다고"라고 말하듯이. 그는 그녀를 멍하니 냉담하게 응시했다.

그들은 다시는 잘 지내지 못했고, 사랑은 오래가지 못했다. 사랑은 그리움도 남기지 않고 차갑게 끝났다.

여전히 불가능한

나는 언젠가는 "옛날 옛적에……"로 시작하는 글을 정말 쓰고 싶다고 대답했다. 아이들을 위한 글이요? 누군가 내게 물었다. 아니요, 어른들을 위한 글이요. 일곱 살에 썼던, "옛날 옛적에"로 시작되는 나의 첫 이야기들을 떠올리며 건성으로 대답했다. 나는 그 이야기들을 헤시피 신문이 목요일마다 어린이들을 위해 마련한 기사란에 보냈는데 단 한 번도 실린 적이 없었다. 이유를 파악하는 것은 어렵지 않았다. 내가 쓴 이야기는 어떤 것도 이야기에 필요한 사건들로 구성되어 있지 않았기 때문이다. 신문에 실린 이야기들을 읽어보면 모두 사건을 이야기하고 있었다. 그러나 그들은 고집이 셌고 나 역시 마찬가지였다.

그 시절 이후로 나는 많이 변했고, 어쩌면 이번에는 "옛날 옛적에"를 쓸 준비가 되어 있는지도 모르겠다. 나는 곧장 자신에게 물었다. 왜 나는 바로 시작하지 않지? 아주 간단한 것이라고 느꼈다.

그래서 시작했지만, 첫 문장을 쓰자마자 여전히 불가능하다는 사실을 깨달았다. 나는 이렇게 썼다. "옛날 옛적에 새가 있었다, 세상에."

1972년 3월 4일

여름 무도회

뚱뚱한 여자는 부채를 들고 무언가를 생각한다. 그녀는 부채를 생각하고 부채로 부채질을 한다. 그녀의 생각은 부채의 '탁' 소리와 함께 닫히고, 그녀는 허무한 미소를 지으며 꽉 조이는 코르셋 때문에 빳빳해진 몸으로 멍한 상태가 된다. 부채는 무료함을 달래주고 그녀의 가슴을 열어준다. "나도 알아. 그녀들은 곧 결혼하게 될 거야." 그녀는 살롱에 초대받은 손님처럼 고개를 까닥까닥하지만, 억누른 흥분에 사로잡혀 참새 천 마리의 날갯짓 같은 부채질을 한다.

이탈리아의 어느 산골 마을

남자들은 입술이 빨갛고 자식을 낳는다. 여자들은 젖을 주느라 몸이 변했다. 노인들은 흥분하지 않는다. 노동은 고되다. 밤은 조용하다. 극장은 없다. 대문 앞의 아름다운 여자들이 어둠 속에서 있다. 삶은 산속에 있어야 하는 어떤 생명처럼 슬프고 장황하다.

치주카 안뜰

북부에서 뜨거운 바람, 열풍이 분다. 안뜰에는 다섯 명의 백인 여자가 벌써 오후의 목욕을 마치고 열풍에 머리카락을 말린다. 그들의 눈은 검고, 팔은 통통하고, 입술은 창백하다. 여자아이들이다. 왜 입을 여는가? 앉아서 기타나 치시게. 그들에게 하고 싶은 말은 없다. 구하고 싶은 것도 없다. 모든 것이 무언가를 상징하는 것은 아닌데, 이 사실은 그 반대만큼이나 중요하다. 그들은 그저 내가 안뜰에 두고 온, 입술이 창백한 다섯 명의 여자아이일 뿐이다. 그 여자아이들은 그곳에 머문다. 머물고 싶지 않았더라면 그녀들은 나갔을 것이다. 다섯 명의 백인 여자아이는 다섯 명의 백인 여자아이를 상징한다. 나는 창백한 입술을 가진 하렘의 여자들을 그렇게 바라본다, 매정하지 않게, 자연선택에 대한 사랑 없이. 나는 정치화하지 않고, 시화詩化하지 않으며, 참인지 거짓인지 알려고 하지 않는다. 그녀들은 그저 그녀들 자체일 뿐이다.

그러나 열풍은 사막에서 머리카락과 모래를 가져온다.

행복한 요리사

그녀는 글을 읽을 줄 모른다. 나는 그녀를 위해 큰 소리로 편지를 읽어준다. "테레지냐, 내 사랑, 당신은 늘 내 마음속에 있어. 내가 마음속에 당신을 담아둔 순간부터 나는 당신의 매력에 빠져 노예가 됐어. 너무 달콤하고 아름다운 당신을 보면 내 영혼이 떨리는 게 느껴져. 여태까지 허무하고 슬펐던 내 삶이 빛으로 가득해졌고, 희망이 내 가슴속에 사랑의 불을 지폈어. 내 안에 사랑이 깨어난 거야. 테레지냐, 내 사랑, 당신의 순수함으로 내 심장에 환한 불이 켜졌어. 내 심장 안에서 커다란 진심을 찾아봐주길. 언젠가 우리는 삶의 달콤함과 괴로움 속에서 형제가 된 우리 안에서 하나가 되어 뛰는 심장과 우리를 위로하는 다정한 마음과 우리가 꿈꿨던 사랑스러운 여인이 부르는 사랑 노래로 우리를 천국으로 인도하는, 우리를 사랑하는 순수한 영혼 안에서 어떤 행복을 발견할 수 있을까. 영원한 당신의 사랑 에드가. 테레지냐, 답장을 주세요. 내 주소는 산타크루스 상루이스길 30-C입니다.

예전에는 완벽했다

출산은 내 건강을 망쳤다.

이면공작

나는 내 안에서 스스로에게 이면공작을 펼쳤고, 사람들이 어떻게 생각하는지 스스로 깨달은 이후로는 다른 사람의 생각을 절대 믿을 수 없게 됐다.

신중한 태도

신은 그에게 작은 재능을 줬지만, 그는 겸손을 모르는 완벽한 사람이 되는 것이 두려워 그 재능을 쓰지도 발전시키지도 않았다.

1972년 4월 1일

다음에 펼쳐질 나의 흥미진진한 세계 여행

내일 유럽으로 떠난다. 나는 그곳에서 이 신문에 실릴 원고를 보낼 것이다.

런던을 거점으로 삼아 여행을 계획할 것이다. 예를 들어 벌써부터 그리운 〈모나리자〉를 보러 파리에 다시 갈 것이다. 향수도 사고. 무엇보다 메종 카르벵에 가서 투정을 부릴 것이다. 왜 내 향수를 더 이상 만들지 않는지 묻고 싶다. 베르에블랑 향수가 내게 가장 잘 어울렸는데. 극장에도 가고 리브 고슈*도 갈 것이다.

그러고 나서 런던으로 돌아와 1, 2주 더 머무를 예정이다. 사랑하는 이탈리아를 보러 갈 건데, 먼저 로마에 갔다가 피렌체에 갈 것이다.

로마에서는 지인의 소개로 오나시스와 연락할 것이고, 그러면 지중해 크루즈 여행을 계획할 수 있을 것이다.

나는 지나가면서 보기만 했던 그리스에 갈 것이다. 나는 아크로폴리스를 실제로 보고 싶다.

또 피라미드와 스핑크스도 다시 봐야 한다. 스핑크스는 내게 궁금증을 자아냈기에 다시 한번 열린 태도, 솔직한 마음으로 마주하고 싶다. 누가 누구를 집어삼키는지 봐야겠다. 아마 아무 일 없을 것이다. 왜냐하면 인간 역시 스핑크스이고, 스핑크스는 인

* 파리 좌안.

간을 해독할 줄 모르기 때문이다. 아니면 스스로를 해독할 줄 모르거나. 우리가 우리 자신을 알게 된다면, 우리는 인생의 열쇠를 쥐는 것이다.

나는 비아리츠 바다에서 해수욕을 하고 싶다—그곳에서 가장 높은 파도를, 가장 밀도가 높고 가장 푸르며 가장 거친 바다를 봤기 때문이다. 그 바다는 웅장했다. 산세바스티안은 다시 보고 싶지 않다.

그렇지만 톨레도와 코르도바에는 다시 가고 싶다. 톨레도에서 엘 그레코를 만날 것이다.

유럽에서 봄을 붙잡을 것이다. 그것으로도 유럽에 가야 할 이유가 충분하다. 이스라엘에 갈 것이다. 가장 오래된, 가장 새로운 공동체를 보면서 사람들이 다른 어떤 표본을 따라 살아가는지 보고 싶다.

포르투갈은? 리스본과 카스카이스로 돌아가야 한다. 리스본에는 친구를 만나러 가는데, 시인 나테르시아 프레이리다. 나는 그녀가 리스본 신문 〈디아리우 드 노티시아스〉의 부록 「문학과 예술」에 협업을 부탁했던 것에 대한 답변으로 내 글을 줄 것이다. 시아두에 갈 것이다. 다시 한번 에사 지 케이로스를 생각할 것이다. 그의 작품을 다시 읽으면 또 한 번 에사의 맛깔나는 문체에 빠지게 될 것이다—마치 처음 읽는 것처럼.

런던으로 돌아가서 2주 동안 극장과 펍을 돌아다니며 쉴 것이다.

거기서 라이베리아와 몬로비아로 건너갈 것이다. 라이베리아에 들른 적이 있었는데 수도는 잘 모른다.

내가 스포츠 로또라도 당첨됐다고 생각한다면 그건 틀렸다. 이 이야기에서 가장 좋은 것은 내가 돈을 한 푼도 쓰지 않고 여행하리라는 것이다. 나는 물건을 사는 데에만 돈을 쓸 것이다. 나중에 어떻게 해낼 수 있었는지 알려주겠다. 내가 큰 노력 없이 해낸 것을 보면 불가능한 것은 아니다. 아니, 내가 유혹해서가 아니다. 내가 유혹했다면 그것은 부지불식간에, 의도치 않게 그냥 벌어졌을 뿐이다. 유혹 말이다.

더는 브라질에 대한 그리움으로 견딜 수 없는 순간이 오면, 나는 뉴욕을 거쳐 돌아올 것이다. 뉴욕에서 사람들 사이에서 길을 잃으며 2주 동안 머무를 것이다. 뉴욕의 인파는 고독을 누리는 가장 쉬운 방법이다. 너무 외롭게 느껴지면 영사관을 방문할 것이다. 브라질을 다시 보기 위해, 어려운 우리 말로 다시 말하기 위해. 어렵지만 아름다운 언어. 특히 글로 쓸 때 아름답다. 포르투갈어로 쓰는 일은 확실히 어렵다. 그것은 사고와 결과에 의해 작동하는 언어가 아니다. 인간의 섬세한 상태를 설명하기 위해 축약된 순응적 언어다.

그러다가—마침내—리우로 돌아올 것이다. 그전에 프란시스쿠 파울루 멘지스와 베네지투 누니스(주소가 뭐였더라? 부탁이니 내게 편지를 써주기를)와 다른 중요한 친구들을 만나기 위해 벨렝에 갈 것이다. 그들은 분명 나를 잊었을 것이다. 나는 그들을 잊지 않았지만. 벨렝에서 매우 행복하게 6개월을 보낸 적이 있다. 나는 그 도시에 감사한다.

친구들과 작별하고 일단 리우로 돌아오면 카부프리우로 가서 페드루와 미리앙 블로시네 집에서 일주일을 머무를 것이다. 그러고 리우로 되돌아와 완전히 다시 시작할 것이다. 새로워진 나는 영광도 수수께끼도 없는 일상의 싸움을 완전히 다시 시작할 것이다.

그렇다. 이 모든 것을.

다만 사실이라면…….

사실상 오늘은 4월 1일이고, 어릴 적부터 나는 그날에 누구도 속인 적이 없었다. 안타깝게도 나는 이 여행을 돈 없이 할 방법을 알지 못한다. 오나시스는 이 4월 1일에 완벽한 밀항자처럼 들어왔다. 솔직히 말하자면 나는 그를 알고 싶은 마음이 별로 없다.

장난친 것을 사과한다. 그렇지만 참을 수 없었다.

1972년 4월 8일

이유 없는 행위

이유 없이 즉흥적으로 하는 행위가 자주 나를 구원한다. 이유 없는 행위, 이유가 있다면, 그것은 미지의 것이다. 결과가 있다면, 그것은 예측할 수 없는 것이다.

이유 없는 행위는 삶을 위해 하는 행위와 삶 속에서 투쟁하는 행위의 반대다. 그것은 우리가 좇는 돈과 일과 사랑과 쾌락과 택시와 버스, 한마디로 우리 일상의—완전히 유료인 것, 그러니까 값이 있는 것의—반대다.

맑고 푸른 하늘에 작은 하얀 구름이 떠 있던 어느 오후, 나는 타자기로 글을 쓰는 중이었다—내 안에서 무언가 일어났을 때였다.

그것은 투쟁에서 오는 깊은 피로였다.

나는 갈망한다는 것을 깨달았다. 자유를 향한 갈증이 나를 깨웠다. 나는 그저 아파트에서 사는 생활에 지쳤고 나 자신으로부터 생각을 끌어내는 것에 지쳤으며 타자기 소리에 지쳤던 것이다. 낯설고 깊은 갈증을 느꼈다. 내게는 자유로운 행위가 필요했다—당장 필요했다. 자신 안에 존재하는 행위 말이다. 나, 나였던 것으로부터 비밀스럽게 벗어나 표현하는 행위. 나는 '대가를 지불할' 필요가 없는 행위의 필요성을 느꼈다. '돈을 내는' 행위를 말하는 게 아니라, 그보다 넓은 의미에서, 살면서 치러야 할 고비용을 말하는 것이다.

갈증이 나를 이끌었다. 여름 어느 날 오후 2시에 나는 하던 일을 멈췄다. 나는 옷을 서둘러 갈아입고 내려와 지나가는 택시를 잡아탄 후 기사에게 말했다. "식물원에 가주세요." "어느 길 말씀하시는 거죠?" 그가 내게 물었다. "당신은 나를 이해하지 못하는군요." 나는 그에게 설명했다. "동네가 아니라 식물원에 가려는 거예요." 나는 왜 그가 나를 한동안 뚫어지게 봤는지 알지 못한다.

빠르게 달리는 차의 창문을 열어뒀다. 세게 부는 바람이 머리카락을 헝클고 감사한 표정을 짓는 내 얼굴을 때려, 행복에 눈이 반쯤 감기는 것을 받아들였다.

식물원에 갈 것이다. 왜냐고? 그저 보기 위해서다. 그저 보기 위해서. 그저 느끼기 위해서. 그저 살아보기 위해서.

나는 택시에서 뛰어내려 커다란 문을 통과했다. 곧장 그늘이 나를 반겼고 나는 멈춰 섰다. 거기 녹색 생명이 넓게 펼쳐져 있었다. 그곳에서 인색한 것은 아무것도 없었다. 모든 것이 바람에, 공기에, 삶에 온전히 자신을 맡겼다. 모든 것이 하늘을 향해 몸을 곧게 세웠고 더욱 신비로워 보였다.

신비로움이 나를 감쌌다. 나는 싱싱한 소관목을 봤다. 기둥이 어둡고 마디가 굵은 나무였는데, 너무 굵어서 양팔로 감싸도 품에 다 들어오지 않았다. 바위가 많은 이 숲에서, 맹수의 발톱처럼 단단하고 무거운 뿌리 안에서—수액은, 만질 수도 없는 생명인 그것은 어떻게 흐르는가? 우리 몸에 피가 흐르듯이 모든 나무에 수액이 흘렀다.

나는 일부러 내가 본 것을 묘사하지 않았다. 각자 스스로 발견해야 하는 것이니까. 내가 기억하는 것은 단지 흔들리는, 비밀스러운 그림자가 있었다는 것이다. 나는 새의 자유에 대해 가볍게 이야기할 것이다. 그리고 나의 자유에 대해서도. 그러나 그게 전부다. 나머지는 나의 낯선 뿌리로 내 안에 올라오는 축축한 풀이다. 나는 걷고 또 걸었다. 때로는 멈춰 서기도 했다. 나는 이미 문에서 너무 멀어졌고, 더는 문이 보이지 않았다. 좁은 길을 따라 걸었기 때문이다. 나는 기분 좋은 두려움을, 길을 잃을 것 같은 기분 좋은 두려움을 느꼈고—간신히 감지할 수 있는 영혼의 전율처럼—그렇지만 절대로, 절대로 길을 잃어서는 안 됐다! 나가는 문을 찾아야 했다.

그 좁은 길에는 계속 물이 흐르는 분수가 있었다. 석상의 입술에서 물이 뿜어져 나왔다. 나는 물을 마셨다. 완전히 젖어버렸으나 젖었다는 게 거슬리지 않았다. 이런 과함이 정원의 풍요와 어울렸다.

바닥의 곳곳에 작고 동그란 열매들이 떨어져 있었다. 우리 어린 시절에 길에 무수히 많이 떨어져 있던 그 열매들처럼, 이유는 알 수 없지만 그 열매들을 발로 짓이기는 게 무척 재미있었다. 나는 다시 그 열매들을 짓이겨봤다. 이상한 쾌감을 느꼈다.

만족스러운 피로를 느꼈다. 집에 돌아갈 시간이었다. 이미 태양이 살짝 기울어져 있었다.

언젠가 비가 많이 오는 날에 그곳에 돌아갈 것이다—빗물이 흘러 물에 잠긴 정원을 보기 위해서라도.

주: 시각장애인들을 위해 내 글을 점자로 옮기시는 분께 이 글을 옮기지 말아달라고 정중하게 부탁드리고 싶다. 보이지 않는 사람들에게 상처를 주고 싶진 않다.

1972년 4월 15일

둘의 심계증

친구가 나와 통화하던 중에 작은 새 한 마리가 거실에 들어왔다고 말했다. 친구는 새의 종을 알아봤는데, 붉은배개똥지빠귀였다. 가정부는 당황했고, 내 친구는 놀랐다. 새는 거실이라는 감옥에서 벗어나 창문으로 탈출할 수 있게 길을 찾아야 했다. 새는 이리저리 파닥거린 후에 내 친구 머리 위쪽에 있던 그림에 앉았다. 친구는 계속해서 전화 통화를 했지만 말보다 개똥지빠귀에게 주의를 더 기울였다.

그때 친구는 벗은 등에 무언가 있는 것을 느꼈다—여름이었고, 친구는 깊이 파인 잠옷을 입고 있었다. 새는 친구의 몸 위에 앉았고, 편안해 보이기까지 했다. 친구는 부드럽게 말했다. 자신이 급작스럽게 움직이면 새가 죽을 만큼 겁에 질리리라 생각했던 것이다. 친구는 전화를 끊었다.

친구는 꽃잎의 화관을 망가뜨리지 않고 잡을 수 있을 정도로 손짓과 몸짓이 가벼워서 새를 가볍게 잡을 수 있었고, 새는 친구에게 가만히 몸을 맡겼다.

친구는 새를 손에 쥐게 됐다. 붉은배개똥지빠귀의 심장이 너무 빠르게 뛰었다. 최악은 친구 역시 똑같은 심계증을 느꼈다는 것이다. 그래서 그 둘은 속으로 함께 떨기 시작했다. 친구는 심장이 쿵쾅거리는 것을 느꼈고, 손안에 있는 새의 심장이 뛰는 소리가 점점 더 빨라지고 불규칙적으로 변하는 것도 느꼈다.

친구는 손에 쥐고 있는 생명이 흥분하지 않도록 천천히 일어나서 창가로 갔다. 새는 상황을 이해했다. 친구는 손을 펼쳤고, 새는 손바닥에서 잠시 머물렀다가 갑자기 하늘로 날았다. 모든 자유로움이 그렇듯 아름다운 비행이었다.

너무하다

택시가 출발하려고 하는데 숱 없는 머리가 벌써 하얗게 센 어떤 젊은 남자가 택시 창문 안으로 고개를 밀어 넣으며 내게 말했다.

"어디로 가는지 말해주실 수 있으세요?"

나는 그에게 코파카바나에 간다고 대답했다. 그는 내게 간절하게 물었다.

"동승하게 해주세요. 당신이 내리기 전에 내릴게요. 이 시간에 택시를 잡기가 너무 힘들어서요."

나는 그에게 타라고 했고 그는 기사 옆자리에 앉았다. 그는 뒤를 돌아보며 자신은 결혼했고, 행복하게 살고 있으며, 아내를 사랑하기 때문에 아내가 나이를 먹는 게 싫지 않으며 아내의 생일이 아니지만 장미를 보냈다고 말했다. 나는 이 남자가 아내 몰래 실컷 바람을 피웠으리라고 생각했다.

나는 이미 너무도 많은 부부애에 신물이 났는데, 이유를 꼬집어 말할 수는 없지만 그것은 거짓말을 하는 것 같은 가볍고 비뚤어진 말투 때문이기도 했다. 동승한 사람이 "다 왔어요"라고 말하자 택시가 멈췄고 그가 내렸다. 그는 창문으로 다시 머리를 밀어 넣고 나를 보며 말했다.

"부인은 완벽한 젠틀맨이에요." 놀랍고 불쾌했다.

1972년 4월 22일

은신처

내 안에 있는 아름다운 장면을 안다. 나는 그것을 매 순간 원하고, 그것을 갖고 있으며, 매 순간 그 장면이 찾아와 내 앞에 온전히 나타난다. 바로 숲이다. 커다란 나무들에 둘러싸여 반쯤 어둠에 잠겨 있는 푸른빛의 숲. 그 아름다운 어둠 한가운데에 천 마리의 나비가 날고, 노란 털의 사자가 앉아 있고, 나는 자수를 놓으면서 땅바닥에 앉아 있다. 세월처럼 시간이 흐르고 실제로 세월도 흐른다. 나비는 알록달록한 날개를 활짝 펴고, 노란 사자도 무늬가 있다—그러나 그 무늬는 사자가 노란색이란 걸 보여주기 위해서만 존재하고, 얼룩 덕분에 사자가 노란색이 아니었다면 어땠을지 알 수 있다. 그것을 통해 내가 보는 광경이 얼마나 구체적인지를 알 수 있다. 이 이미지의 좋은 점은 내 시력의 역량 이상의 것을 요구하지 않는다는 것과 내 시야를 초월하지 않는 미광을 띤다는 것이다. 나는 그곳에 나비들과 사자와 함께 있다. 그 숲속의 빈터에는 유색 광석이 몇 개 있다. 유일하게 존재하는 위협은 그 이미지 밖에서 내가 길을 잃으리라는 것을 불안스레 아는 것이다. 왜냐하면 숲이 존재하지 않을 테니까.(사랑으로 미리 안다.) 텅 빈 시골 풍경일 것이다(두려움으로 미리 안다)—너무 텅 비어서 여기저기 돌아다니게 될 것이고, 비포장에 색깔도 없는 광활한 사막이 펼쳐져 있을 것이며, 그곳에서는 나를 위한 어떤 동물도 발견하지 못할 것이다. 나는 두려움을 잠시 제쳐두고, 기운을 차리기 위해 숨을 쉬고 사자와 나비들과 은밀한 시간을 음미한다. 우리 중 누구도 생각하지 않는다. 음미하는 것으로 만족한다. 나 역시 그 광경 속에 숨는다. 나는 흑백이 아니다. 나를 보지 않아도 내가 그들에게 컬러로 보인다는 것을 알고 있다. 그럼에도 그들이 불안할 정도로 시력을 초월하지는 않는다. 나는 파란 얼룩과 녹색 얼룩이 있고, 그것이 내가 파란색도 녹색도 아니라는 것을 보여준다—그러니 내가 아닌 것을 보기를! 희미한 빛은 어둡고 축축한 녹색이고, 이미 말했지만 행복을 위해 다시 말하겠다, 나는 똑같은 것을 원하고 또 원한다. 내가 느꼈고 말했던 것처럼 우리는 여기 있다. 우리는 아주 잘 지낸다. 솔직히 말하자면, 나는 한 번도 잘 지냈던 적이 없다. 왜냐고? 이유를 알고 싶지 않다. 우리 각자 자신의 자리가 있다. 나는 평화로운 나의 장소에 기꺼이 복종한다. 나는 내가 눈으로 본 것조차도 조금씩 새롭게 바꾼다. 왜냐하면 그 광경은 계속해서 더 나아지니까. 평화로운 노란 사자와 고요 속을 나는 나비들, 나는 바닥에 앉아서 수를 놓고 있으며 우리는 그렇게 빛이 드는 녹색 숲에서 기쁨으로 가득 차 있다. 우리는 행복하다.

문체

"뭘 쓰고 있어?"

"탄원서를 타이핑하고 있어."

"내가 읽어 볼게. 네가 쓴 거야? '아래 서명자 ○○○, ……를 간청합니다.' 세상에, 이렇게 기품 있는 글을 쓴 적이 없었잖아!"

한 단계 위: 침묵

말하자면 나는 지금까지 사람들이 글을 쓰지 않는 게 가능한 줄 몰랐다. 점차적으로, 점차적으로, 그러다 갑자기, 나는 수줍은 발견을 했다. 아마 나도 쓰지 않는 게 가능할지 몰라. 이것은 엄청나게 더 야심찬 일이다. 이루기가 거의 불가능할 만큼.

1972년 5월 6일

낯선 사람과의 대화

"다 말해도 될까요?"

"네."

"당신이 이해할 수 있을까요?"

"네. 나는 아는 게 별로 없어요. 그렇지만 내가 유리한 점은, 아는 게 하나도 없다는 점이죠—처녀지라는 거예요—선입견이 없다는 겁니다. 내가 모르는 모든 것은 나의 가장 커다란 부분이고 가장 최고의 것이지요. 나의 덕德이니까요. 나는 그러한 무지로 모든 것을 이해할 수 있습니다. 나의 진실은 내가 모르는 모든 것으로 이루어집니다.

1972년 5월 13일

어머니의 날

시립 극장의 발레 무용수가 내게 말했다.

"한번은 임신한 줄도 모르고 춤을 췄어요. 너무 후회했죠. 그렇지만 힘들지 않은 느린 춤이었어요. 그러고 나서 의심이 들어 테스트를 해봤죠. 어떤 남자가 '양성'이라는 글씨가 써진 종이를 내밀었을 때 내가 느꼈던 감정을 당신은 상상도 할 수 없을 거예요. 내 기쁨은 너무도 강렬해서 광기 같았죠. 저는 병원의 남자에게 키스했고, 그는 당황했죠. 저는 그에게 말했어요. '정말 고맙습니다!' 상상해보세요. 마치 낯선 사람이 아버지가 된 것 같았다니까요."

무용수가 내게 이야기를 들려줬을 때 해가 지기 시작했다. 그녀는 매우 약했고 어린아이 같은 여성의 상체와 뼈만 남은 상태였다.

"그렇지만 의사는 바로 제가 유산할 수도 있다고 경고했죠. 왜냐하면 자궁이 너무 작았거든요. 저는 불임은 아니었지만 임신할 수는 없었어요. 태아가 자랄 자리가 없었던 거죠. 그래서 몇 달 동안 이렇게 하면 아이를 잃지 않을 거다 싶어서 침대에만 누워 있었죠. 저는 누워서 제 안에 있던 작은 동물에게 말을 걸었어요. 이렇게 말했죠. '작은 동물아, 들어봐. 우리 둘은 이겨내야만 해. 너는 태어날 거야. 그래야 해. 태어나는 건 힘든 일이야.' 그 작은 동물이 제 말을 듣고 이렇게 대답하는 것 같았죠. '힘들어.'

저는 그 작은 동물이 우는 것을 너무 듣고 싶었어요…… 생명에 대한 대답의 형태로요. 살려달라고 우는 것은 대답이니까요. 우리는 몇 시간 동안 수다를 떨었어요. 누구도 저를 사로잡은 고통스러운 황홀을 이해하지 못했죠. 아무도 이해하지 못했어요."

우리는 침묵을 지켰다. 그녀는 진홍색 카펫 위에 아주 가볍게, 부처처럼 가부좌를 틀고 앉았다. 그렇지만 그녀의 등은 발레 자세 덕분에 사랑스럽게 반듯했고 엄숙했다.

"하혈하기 시작했어요. 믿을 수가 없었죠. 믿고 싶지 않았어요. 피가 점점 퍼져나갈수록 절망했어요. 돌이킬 수 없을 때까지 피를 흘렸죠. 아기를 잃었어요. 남자아이였죠. 그 아기를 볼 수 있었어요. 보여달라고 했죠. 아기는 팔다리를 웅크리고 있었어요. 저는 예전에 본 적 있었던 새로 태어난 새를 떠올렸어요. 몸이 투명할 정도로 작고 커다란 부리가 있었죠. 제가 세상에 작은 새를 내보낸 것 같았어요. 저는 울기 시작했어요. 낙담해서 울었던 게 아니었어요. 아기의 죽음이 슬퍼서 울었던 거죠. 모두가 말했어요. '그렇지만 지젤, 아직 아기가 아니었어. 그건 그저 태아였잖아…….' 저처럼 작은 여자에게는 태아가 아이란 걸 아무도 이해하지 못했어요. 제가 아버지에게 아기를 정원에 묻어달라고 했을 때에는 더 이해하지 못했죠. 저는 나의 작은 동물이 쓰레기처럼 버려지는 것을 원하지 않았거든요. 태아를 공동묘지에 묻는 것은 불법이라고 하더군요. 그러나 아버지는 저의 상태를 보고 허락해주셨죠. 아버지는 저의 아들을 정원에 있는 커다란 사군자과 식물 밑에 묻어주셨어요. 식물에서 노란 꽃이 피던 시기였죠."

나는 그녀가 이야기하는 동안 연약한 팔다리를 감싸 안아 웅크린 존재가 정원의 흙 속에서 말라 죽어가는, 말라 죽는 모습을 상상했다. 나는 침묵을 지켰다.

"제가 말했던 것처럼 최악은 제가 잘못했다는 느낌이었어요. 상상해보세요. 그 상태로 춤을 췄으니! 그렇지만 때로는 더 분명하게 이치를 따져 설명할 수 있었어요. 네 잘못이 아니라고 말했죠. 어린아이처럼 작은 신체 구조 때문이지 죽음의 원인이 춤은 아니었다고. 그렇지만 아기를 위해 최선을 다하지 않았다고, 어쩌면 무언가를 놓쳤다고 생각했어요."

이미 땅거미가 지고 있었다. 우리는 희미한 빛 속에 있었지만 나는 램프를 켜지 않았다.

"그렇지만 저는 포기하지 않아요."

그녀가 낮은 목소리로 말했다.

"무엇을 포기하지 않아요?"

"아이를 갖는 거요. 의사는 제가 또 유산할 수도 있다고 말했어요. 그렇지만 두 번째로 유산한다고 해도 포기하지 않을 거예요. 저는 몇 번씩 임신할 거고 유산의 위험을 감수할 거예요. 언젠가, 네, 언젠가 조심하고 또 조심한 끝에 아홉 달 동안 아기를 품고 있을 수 있을 때까지요. 그동안 좋은 것을 많이 먹어서 아기가 제 피를 먹고 마시게 해야죠. 태어날 때까지요. 그리고 그것은 우리의 승리가 될 거예요. 저와 아기의 승리요. 태어나는 일이 정말 어렵다는 것을 알고 있으니까요."

나는 어둠 속에서 그녀를 바라봤다. 고통스럽고, 상처 입었고, 용감한 그녀를. 그렇다. 드가의 무용수, 그녀는 어머니였다.

1972년 5월 20일

예고 없이

내가 모르는 것이 너무 많다. 예를 들어 3시의 저 단단한 태양에 대해서 누구도 내게 말해준 적이 없었다. 이토록 메마른 삶의 리듬이나 이 먼지 두드리는 소리에 대해서도 아무도 내게 미리 말해주지 않았다. 사람들은 누가 아프게 할지 막연하게 알려줬다. 그러나 나의 희망을 향해 수평선에서 오는 것이 내게 다가와 내 위에서 독수리 날개를 활짝 펴며 정체를 밝힐 때, 나는 그것을 알지 못했다. 나는 위협적으로 펼친 커다란 날개로, 나를 향해 날카롭게 내밀어 나를 쪼는 부리로 침울해지는 것이 무엇인지 몰랐다. 사춘기 때 찍었던 사진들의 앨범 속에서 나는 오만하게도 사랑을 믿지 않는다고 대답했지만, 그때가 내가 가장 사랑했던 때였고, 나는 그것을 혼자 깨달아야 했다. 거짓말의 대가가 무엇인지도 알지 못했다. 나는 조심하기 위해 거짓말하기 시작했고 누구도 내게 이런 신중함이 위험하다는 것을 알려주지 않았다. 그 이후로도 거짓말은 나에게서 절대 떨어지지 않았으니까. 나는 거짓말을 너무 많이 해서 내가 한 거짓말에 대한 거짓말을 하기 시작할 정도였고, 내게는 그것이—이미 얼빠진 짓이라고 느꼈다—진실을 말하는 일이었다. 나는 결국 내가 한 거짓말이 꾸밈없고, 짧고, 단순한 것이라고 할 정도로 타락했다. 나는 그 거짓말이 폭력적인 진실이라고 말했다.

1972년 5월 27일

사람들이 요구하는 작은 것

"나는 내가 인생을 좋아한다는 것을 안다." 나는 영원히 잃은 것을 서술하고자 하는 잔인한 욕망에 사로잡혀 말을 계속했다. "이런 아름다운 집과는 아무 관계가 없어…… 방 세 개에 주방 하나면 충분할 거야…… 그렇지만 내 짐들은…… 거울처럼 깨끗한…… 고요하고…… 일요일에는 둘이서 산책하고…… 함께 먹고, 함께 자고…… 지누, 생각해봐, 얼마나 좋을지!"(알베르토 모라비아, 『로마의 여자』)

모라비아

모라비아를 말하자니 그가 여기, 리우에서 머물렀던 때가 떠오른다. 제1회 작가 축제가 열렸을 때였다. 그는 부스 중 하나를 지키고 있었다. 누군가 내게 그를 소개했고, 친구들, 지인들과 함께 식당에 가야 했던 모라비아는 내게 자기들과 함께 가자고 제안했다. 나는 저녁 식사를 하는 동안 그의 옆자리에 앉아 있었다. 그렇지만 그게 무슨 대화였는지. 거의 불가능했다. 그는 씁쓸하고 끔찍할 정도로 빈정거리기를 좋아하는 남자였고, 다른 사람들뿐만이 아니라 자기 자신도 무시했다. 그는 포크로 장난을 치면서 내게 계속 질문했다. 기분 나쁜 저녁 식사였다. 나는 화가 난 상태로 식사를 마쳤다. "대답에 관심도 없으면서 왜 그렇게 많은 질문을 하세요? 내 말을 듣고 있지 않으시잖아요." 그러자 그는 처음으로 쏘아붙이는 듯한 빈정거리는 말투를 버리고 예상치 못했던 부드러운 목소리로 대답했다. "다 듣고 있어요." 나는 미안했다.

그러나 그의 아내는 괴짜였다. 그녀는 빈정거리거나 무시하는 말투 없이 질문을 던졌지만 너무도 무뚝뚝했다. 그녀는 허영심으로 궁핍했지만, 자신의 가치를 지나치게 의식했다. 그녀는 직선적이었고, 상대를 취조하듯 뚫어지게 쳐다보면서 자기 관심 밖의 대답을 하면 못 하게 가로막았다. 대화자는 이 무뚝뚝한 방해에 놀라면서 갈피를 잡지 못했다. 내 기억이 틀리지 않다면 그녀의 이름은 엘사다. 훌륭한 작가라고 했고, 어떤 사람들은 그녀가 모라비아보다 낫다고 했지만 나는 한 번도 읽어본 적이 없었다. 내가 아는 것은 그 두 사람이 까다로운 커플이었다는 것이 전부다. 무슨 그런 저녁 식사가 다 있을까. 나는 입맛을 잃었고, 그 점을 용서할 수 없다.

작가에 대해 이야기하기 위해 나는 기꺼이 안토니우 칼라두의 『쿠아루피』를 다시 읽고 있다. 정말로, 정말로 훌륭하다. 그의 책은 첫 페이지에서 마지막 페이지까지 당신을 사로잡을 것이다. 예민한 여성 독자들은 읽지 말라고 말하고 싶다. 너무도 직설적이고, 사건을 설명하기 위해 돌려 말하지 않기 때문이다. 그렇지만 나는 그 반대로 하기로 결심했다. 예민한 여성 독자들 역시 덜 예민해지기 위해, 더 강해지기 위해 이 책을 읽어야 한다. 인생은 인생이다. 도망치는 것은 아무 도움도 되지 못한다. 도망치면 사람이 당신 뒤를 쫓는다. 삶을 마주하러 가는 편이 나을 것이다. 사람은 그래야 성숙해진다.

1972년 6월 3일

낯선 것에 대한 두려움(단상)

그러니까 그것은 행복이었다. 먼저 그녀는 허무를 느꼈다. 그러고 눈앞이 흐려졌다. 행복이란 이런 것이었지, 하지만, 아, 나는 어찌나 유한한가, 이 세상에 대한 사랑은 나를 이토록 초월하는가! 이 유한한 삶을 향한 사랑이 행복을 천천히, 조금씩 죽인다. 행복하면 무엇을 하나? 행복으로 무엇을 하나? 엄청난 침묵처럼, 불안처럼 나를 이미 아프게 하는 이 이상하고 예리한 평화로 무엇을 하나? 내 행복을 누구에게 주나, 누가 나를 조금씩 찢기 시작하며 나를 두렵게 만드나? 아니다, 그녀는 행복하고 싶지 않았다. 그녀는 낯선 땅에 들어가는 것을 두려워했다. 그녀는 자기가 잘 아는 시시한 삶을 선호했다. 그녀는 그 치명적이고 끔찍한 선택을 감추기 위해 웃으려고 노력한다. 그녀는 거짓된 표정을 지으며 농담을 했다. "행복이라고? 신이 이가 없는 사람들에게 호두를 주다니." 그러나 그녀는 그 농담이 재미있지 않았다. 그녀는 슬펐고, 생각에 잠겼다. 그녀는 매일의 죽음으로 돌아가려고 했다.

글 쓰는 행위에 관하여

나는 때때로 그저 강력한 호기심에 글을 쓰는 것이 아닐까 생각한다. 글을 쓰면서 가장 예상치 못했던 놀라운 것을 자신에게 주기 때문이다. 나는 글을 쓰는 순간에 줄곧 사물을 인식한다. 이

전에는 인식하지 않았으니까. 이전에는 내가 사물들을 안다는 것을 알지 못했다.

1972년 6월 10일

브라질의 핵에너지

내가 헤시피에서 살던 어린 시절부터 나의 우상이었던 사람 중 한 명을 어느 날 만나게 되리라고 누가 상상이나 했겠나. 아인슈타인은 그에 대해 "당신은 내 뒤를 이을 유일한 사람"이라고 했다.

나는 일곱 살이었고 마리우 셴버그는 이미 성인이었다. 내가 자란 도시 헤시피에서 그의 유명세는 누구에게도 뒤지지 않았다. 나는 그가 언제 커다란 날개를 활짝 펴고 세계를 정복하러 떠났는지, 그러니까 상파울루로 떠났는지 말할 수 없었다. 이제 그는 물리학자로, 응용 연구팀에도 이미 합류한 적이 있긴 하지만 주로 이론 연구가로 활동한다. 1968년 내가 그에게 연락했을 때 그는 브라질과 일본이 협업하는 우주선 연구에 참여하면서 전자기학과 중력에 대한 연구 논문을 쓰는 중이었다. 그는 상파울루 대학의 철학, 과학 및 문학 학부의 물리학과에서 수리, 천체 및 고등 역학을 가르쳤다. 그 전해에는 리우데자네이루의 브라질 물리학 연구 센터 대학원 수업을 담당하기도 했다.

우리 대부분이 이 주제에 접근해본 적이 없어서 미지의 영역으로 남아 있다. 내가 이해하게 된 것은 비범한 아름다움에 대한 생각이었다. 실내악을 연상시키는 어떤 것 말이다. 중학교에서 수학과 물리학을 배울 때 선생님들은 추론 능력이 중요하다고 했지만, 나는 인간의 지식을 다루는 이 두 영역에서 지배적 역할을 하는 것이 직관이라는 사실을 깨달았다. 물론 추론은 정말 중요하지만, 수학과 물리학에서 직관이 어떤 역할을 한다는 것 또한 자명하다. 나는 직관이 어느 영역에서나 존재하는 예술의 한 형태로 중요한 역할을 한다고 생각한다. 물리학과 수학에는 아주 높은 수준의 시학이 있어서 빛에 흠뻑 적셔져 있다. 나는 그 두 영역이 너무도 완벽해서 그것을 바흐와 비교한다. 다행히도 장 디외도네(프랑스 수학자)도 나와 똑같은 생각을 했다.

마리우 솅버그는 로마의 제왕들을 떠올리게 하는 아름다운 얼굴을 가진 사람이다. 그는 말할 때 오랫동안 눈을 감는다.

상파울루 대학의 철학, 과학 및 문학 학부가 설립된 1934년 이래 브라질에서 핵과 원자력 그리고 입자 물리학에 대한 연구가 진행됐다. 그 당시 글레브 와타긴은 이 대학에서 물리학과를 설립했다. 제1차 세계대전 이후로 핵에너지 사용에 관한 연구가 상파울루와 구아나바라 그리고 훗날에 벨루오리존치와 헤시피, 전국 여러 곳에서 이뤄진다. 핵에너지 사용에 관한 연구를 하는 주요 센터는 마르셀루 다미 지 소자 단타스 교수가 세운 상파울루의 원자력 센터로 핵에너지 국가 위원회에 소속되어 있다.

그러나 브라질에서는 원자력 연구가 충분하지 않았다. 우리가 보유한 연구원 인력과 설비는 작업을 실행하기에 부적합했다. 나는 마리우에게 세계가 핵연쇄반응을 두려워해야 하는지 물었다. 그는 핵연쇄반응이 인간의 제어 능력을 벗어나서 퍼져나갈 거란 두려움이 있었지만 근거 없는 두려움이었다고 대답했다. 인류는 핵전쟁으로는 파괴될 수 있지만 그런 방식으로는 파괴되지 않는다고 했다. 평화에 대해 말하자면, 원자력은 머지않은 미래에 인류가 보유하는 주요 에너지자원이 될 것이라고 한다. 수십 세기 이후에 비축해둔 화석연료와 석유, 석탄이 분명히 고갈될 것이고, 원자력과 태양열이, 특히 원자력이 주요 에너지가 될 것이다. 개발도상국의 경우, 대규모 토목공사와 광산 개발, 석유와 가스 생산에 원자 폭발물을 적용하는 것이 매우 중요해질 것이다. 인공방사성 동위원소(원자로나 핵 장치에서 인공적으로 생성되는 물질)는 산업, 농업, 의학, 기술 연구 전반에서 매우 중요한, 수많은 응용 분야가 있다. 주요 식량 생산국인 브라질은 방사선을 이용해 멸균 공정으로 식품을 오랫동안 보존하는데, 이 중요한 적용 사례를 언급하는 것만으로도 충분하다.

1972년 6월 17일

조각 수업

언젠가 조각가 마리우 크라부는 전시 도록에 전시회 타이틀을 〈철의 세 가지 상태〉로 적었다. 색다르고 약하며 동시에 거칠고 민감한 재료, 철에 대해 16년 동안 숙고한 결과였다. 여기서 말하는 상태는 조각상의 다양한 표면 처리다. 그는 철의 첫 번째 상태가 무엇인지 설명하는데, 솔질을 하거나 살짝 연마한 후에 무색의 합성 유약을 가볍게 발라 녹슬거나 광택을 잃는 것을 방지한 조각상에서 볼 수 있다. 마리우 크라부에 의하면 두 번째 상태는 크기가 작은 조각상에서 볼 수 있다. 광택이 나는 노란색으로, 붉은 철 표면에 놋쇠를 섞어서 바른 것이다. "어떤 경우에는 코팅 처리를 할 때 구리를 첨가하는데 살짝 분홍빛이 도는 색감으로 사람들이 구리의 존재를 알아차린다." 마지막 세 번째 상태는 조각가를 소재와 마주하게 하는 산화된 조각이다. "전체적으로 붉은 밤색으로, 이것이 산화철의 특징이다. 표면이 두꺼운 것은 전기용접의 파편 때문이다." 크라부는 이렇게 덧붙인다. "마침내 철은 고요한 녹청색, 산화를 작품 자체에 내재하는 가치로 받아들이는 데 몇 해가 걸린 조각가에 주는 선물을 드러낸다."

마리우 크라부는 커다란 작업실에서 작업하는데, 커다란 주택의 지하실 전체를 쓴다. 그는 한 사람을 예술가로 만드는 것은 우선적으로 완전한 인간이 되는 것이라고 여긴다. 그다음은 평균보다 조금 더 예민한 감수성을 가져야 하고, 세 번째는 내면의 힘을 건설적인 방법으로 제어하고 방향을 결정할 줄 아는 것이며, 네 번째는 다른 모든 사람이 그래야 하는 것처럼 세상을 바꾸고 그 세상에 자신의 흔적을 남기는 것이라고 말한다.

그의 첫 번째 스승은 바이아 출신의 나이 든 성상 조각가로 계보의 마지막을 잇는 페드루 페레이라다. 페드루 페레이라는 목재 조각에 쓰는 전통 기술을 그에게 전수했다. 이어서 리우데자네이루에서 움베르투 코자가 점토로 조형물을 만드는 기술을 그에게 전수했다. 그의 마지막 스승은 유고슬라비아인 이반 메스트로빅이었고, 그에게서 돌과 대리석 조각을 배웠다. 그러나 그것은 특정한 근본적 특색을 강화하는 사람만이 배울 수 있는 것이다. 예를 들자면 자신의 손을 쓰는 데 반감을 느끼는 사람은 그 기술을 흡수하는 데 덜 적합할 것이다. 인내심이 필요하고 지속성이 있어야 하며 힘이 있어야 한다. 감각과 지식으로부터 만들어지는 게 조각이지만 몸동작과도 관계가 깊다. '나'의 일부가 전달되니까. 그럴 때 '나'는 인간이 존재하는 데 기여한다는 의미에서 건설적이다. 크라부는 예술 작업이 외부적으로 어떤 형태를 취하든 윤리적 책임을 지고 있다고 굳게 믿는다. 예술은 사람이 사람을 위해 만든다. 그 외의 것은 개인적 관심사 또는 이데올로기적인 타협에 따라 다른 주제로 구성될 뿐이다. 그의 의견에 따르면 우리 시대에 가장 위대한 조각가들은 마리노 마리니와 세자르다. 데이비드 스미스 역시 훌륭한 조각가다. 브라질에서는 과거에 수사 아고스치뉴 다 피에다지와 "카브라"라 불리는 프란시스쿠 샤가스, 그리고 당연히 "알레이자지뉴"라 불리는 안토니우 프란시스쿠 리스보아가 있었다. 현대 작가 중에서는 브루누 지오르지와 프란츠 바이스만이 있다.

그는 비구상 작품을 만들 때에도 자신이 구상파 조각가라고 생각한다. 그가 만든 가장 순수하고 가장 간결한 형태는 유기적 세계와 연관이 있다. 그러니까 씨이고 발아이고 배젖이자 배란이며 성장하는 것으로, 인간 또는 동물의 형상으로 표현하지 않아도 모든 요소가 본질적으로 구상인 것이다. 그의 관심은 바이아의 세계를 그것의 원칙 안에서 구조적으로 경제적으로 통합하는 것이다. 그의 작업은 인간을 표현하는 형상에서 현재의 형태로 이행하는 과정이다. 모든 탄생은 잉태가 선행되어야 하니까. 그렇다고 그것이 인간의 형상을 다시 만들지 않겠다는 뜻은 아니다. 그는 예술과 인간의 문제를 구상과 비구상이라는 협소한 범주로 제한하는 것을 거부하듯 이원성을 거부한다. 그는 육체의 디테일한 부분을 작업할 때에는 조각의 대상으로서 인간의 얼굴을 흥미롭게 여긴다. 위대한 예술가가 만든 엄지발가락은 조각에 몰두한 한가한 부잣집 부인이 만든 젊은 여성의 아름다운 얼굴보다 더 풍부한 표현일 수 있다.

마리우 크라부는 작품 활동으로만 생활한다. 그는 바이아의 사우바도르에서 태어나 살고 일하는 브라질 조각가치고 작품이 잘 팔리는 편이다. 다른 곳에서 살기를 원했더라면 그는 이미 그곳에 가 있었을 것이다. 그는 자신을 둘러싼 환경에 동화된 사람이고, 어른이 되어서 작업하는 데 이상적인 장소를 바이아에서 이미 발견했다. 그에게는 선택의 여지가 있었으니까, 그곳이 아니었다면 리우나 상파울루, 샌프란시스코 등에 있었을 것이다.

그는 모델을 보며 작업한다. 안 될 게 뭐 있나? 그의 모델들은 그의 집 주변에서 흙을 뚫고 자라는 식물들과 새, 자연, 신, 관습과 신화를 가진 사람들 등등이다.

1972년 7월 1일

베네수엘라의 장미: 산장미

신과 호베르투 부를리 마르스는 풍경을 만든다. 위대한 예술가의 조경은 자연에 상처를 주지 않는다. 하나가 다른 하나를 해치지 않는 것이다. 그의 식물은 물에 잠긴, 때때로 바다 깊은 곳에서 사는 동물의 촉수처럼 끌어당기는 물살이 굽이치는 풍경을 떠올리게 한다. 또 그의 조경은 때로는 그냥 흙에서 나온 열매처럼 보인다. 그가 창조하는 풍경은 매우 섬세하지만 실재한다. 그러니까 그 조경은 식물들이 가진 폭력성과 독특함을 이해하는 것이다.

그는 자연을 모방할 의도가 전혀 없었다. 그가 추구했던 것은 자기의 내면의 욕구에 따라 요소들을 정리하는 것이었다. 부를리 마르스에게 정원을 만드는 것은 미적 법칙과 구성의 법칙에 따라 정리하고 질서를 세우는 것이다. 그는 입체감과 질감과 색이 조화를 이루거나 충격을 주기 위해 색의 대비와 대조를 이용하고, 다른 식물들이 소리 없이 자라는 동안 때로는 식물을 극화하기도 한다.

어느 날 나는 호베르투에게 식물의 이름 몇 개를 물어보고 기록했는데, 어떤 식물들은 매력적이었다. 그는 화려한 에스테르아지아와 히마나에아 코르바리우, 산에서 사는 장미인 베네수엘라 장미, 잎이 나오면서 높이 30미터까지 자라는 엘리자베스 프린세피, 마리미 그란지, 그리고 화관이 커다란 클루지아에 대해서 말했다.

그는 거의 매일 먼저 종이에 상상 속 풍경을 그린다. 프로젝트의 대부분은 건축과 긴밀한 관계가 있다. 조경은 언제나 예술 작품이어야 하고 개인 또는 공동체를 위해 고안해야 한다. 예술적 퀄리티는 한결같아야 한다. 그러나 호베르투는 여럿이 사는 도시를 위한 정원을 고안하는 것에 더 큰 기쁨을 느낀다.

그의 세계에서 만들어진 창작품에는 수학적인 것이 있고, 수학은 언제나 배열 방식과 연결되어 있다. 정원을 스케치한 것에는 자연 그 자체처럼 헤아릴 수 없는 면이 존재한다. 그는 자연처럼 살아 있고 성장하며 어쩔 수 없이 죽음으로 끝나는, 소멸하기 마련인 요소들로 작업한다. 살아 있는 요소들로 창작하겠다는 생각은 식물을 향한 그의 사랑에서 비롯된 것으로, 모든 요소가 색깔과 꽃이 피는 리듬을 따라 각각의 방식으로 그에게 자신을 드러낸다. 식물들은 꽃을 피우거나 지게 하는 빛의 작용을 감내한다. 예를 들어 브라질리아의 빛은 수많은 공장이 있지만 아직 안개, 스모그를 형성하지 못하는 리우와 다르고, 또 그 고도에서 자라는 식물 역시 모양이 확실히 다르다.

식물을 향한 그의 커다란 사랑은 어린 시절부터 시작됐다. 그는 장미를 자르던 어머니를 기억한다. 그렇지만 브라질 식물군은 베를린에 있는 식물 정원 달렘을 여러 번 방문하면서 알게 됐다. 그는 그 식물군을 이용하고 싶었다. 나중에 그가 히베이다코스타(루시우 코스타*의 삼촌 이름을 딴 것이다)길에 살았을 때에는, 보라색과 밤색 잎의 콜레우스 옆에 하얀 칼라디움을 심는 식물 연작 실험을 했다. 그 작품을 본 루시우 코스타가 그에게 현대식 주택의 정원을 구상해보라고 권유했고, 그의 권유로 정원을 만들게 됐다.

다른 예술가들처럼 그의 문제는 쉬운 공식에 빠지지 않는다는 것이다. 좁은 문을 찾는 게 어려운 만큼 우리는 삶에서 이미 만들어진 것을 모방하거나 수용하려는 경향이 있다. 부를리 마르스는 자신의 작업을 최고의 것, 정원뿐만이 아니라 문학이나 음악과 비교하기도 한다.

우리는 동물에 대해서만큼은 지식과 직관이 있다. 우리도 동물이기 때문이다. 그러나 식물과 풍경의 진실에 관해서는 우리 안의 무엇이 그것들을 좋아하고 이해하게 만드는 것일까? 그것은 식물이 열매가 되는 생명의 주기다. 열매에는 씨앗과 뿌리와 줄기와 잎이 되는 요소가 있다.

부를리 마르스는 협업자들과 늘 대화를 나눈다. 공동체에 쓸모 있는 사람이 되고자 하는 그의 의도를 이해시키려고 하는 그의 의지는 그에게 일종의 계승 욕구다. 그는 자신의 경험이 다음 세대에게 유용하길 바란다.

그는 작업 과정에서 자신이 원하는 것을 정확히 설명하지 못할 때에는 다음 작품에서 그것을 해낸다. 회화는 그의 예술적 신념과 밀착되어 있다. 게다가 그는 그림을 그리고 보석과 태피스트리, 표지판 페인팅, 벽화를 시작했다. 그는 음악과 연극, 문학

* 1902-1998. 브라질 건축가이자 도시계획가.

역시 좋아한다. 그러나 좋아하는 것을 모두 하기에 인생은 너무 짧다. 적당한 포기도 필요하다.

1972년 7월 8일

선물

……사랑은 서로가 각자의 고독을 선물하는 것일까? 왜냐하면 우리가 자신에게 줄 수 있는 가장 궁극적인 것이 고독이니까.

먹는다

음식이 형편없었지만 차라리 잘됐다. 언제가 될지 모르지만 다음 식사 시간에는 음식이 완전히 새로워질 테니까.

블랑케트 드 보. 우리는 오직 먹기 위해서 식당에 갔다. 대화는 때맞춰 할 말이 있다면 할 생각이었고. 지배인이 "블랑케트 드 보를 준비했습니다"라고 말했을 때, 때때로 현명한 직감을 가진 내 몸이, 또 현자만큼 지혜로운 내 몸이 거절해야 한다고 내게 말했다. 나는 "하얀 소스는 맛있는지 모르겠어요"라는 논리를 펼쳤다. 맛있는 음식을 좋아하는 내 친구가 내게 하얀 소스에 비밀이 담겨 있다고 설명했다. 우리는 반쯤 위험을 감수하기로 했고, 블랑케트와 와인 소스로 만든 투르느도를 시켜서 나눠 먹었다.

나는 요리를 한입 먹었을 때 느껴지는 것을 받아들이는 데 조금 망설였다. 내 미각이 나를 속이는 게 두려웠기 때문이다. 그렇지만 나는 이렇게 말했다. "뭔가 탄 맛이 느껴지지 않아? 완전히 탄 건 아니고 살짝 탄 맛 말이야." 나는 너무 배가 고팠고 입안에서 모든 맛이 뒤섞인 탓에 그게 무엇인지 아직 알아채지 못했다. 친구는 조용히 말했다. "냄비 바닥에 쌀이 붙었어."

블랑케트에 대해 말해보자. 지나치게 세련된 요리가 우리를 구역질 나게 할 때가 있다. 과한 섬세함이 불쾌감을 일으키는 것인데, 이 음식은 그 수위를 넘었다. 좋은 음식은 그 안에 거친 면이 있어야 하는 것이다.

투르느도는 두 번째 실수였다. 그러니까 고기는 씹히는 맛이 조금 있어야 하지 않는가! 안심이 버터처럼 잘릴 때 단번에 알아봤다. 적어도 나는 그런데, 사람들은 이해하지 못했다.

그래서 나는 먹는 것에 커다란 실망을 느꼈다. 그 무엇도 내 영혼을 건드린 이 미각적 실패의 감각을 거둬낼 수는 없었다. 화가 나서 절대로 아무것도 먹지 않으리라고 생각했다. 빼앗긴 쾌락을 감당할 만큼 나는 성숙하지 못하니까. "이제 잘 먹는 건 끝났어. 나와 맞지 않아." 나는 씁쓸함을 감추지 못하고 친구에게 말했다. "생각이 달라질 거야." 그녀는 현명하고 현실적인 여성의 훌륭한 후예처럼 조용히 대답했다. 그녀의 어머니는 너무도 현실적이어서 가족 중 누군가가 아프면 곧바로 중요한 두 가지 일을 했다고 한다. 하나는 약을 주는 것이고, 다른 하나는 곧바로 방에 들어가 기도하는 것이었다. 그러면 모든 게 해결됐다.

그러나 그건 이 이야기와 전혀 상관이 없다. 첫 번째 이야기를 마무리하자면, 나의 식욕은 결국 돌아왔다. 그러나 블랑케트 드 보는 절대 다시 먹지 않을 것이다. 농담이 아니다.

무릎 꿇은 남자

좋다. 무엇보다 여자는 그것이 그에게 좋다는 것을 알고 있으니까. 그는 고된 하루를 보내고 고된 싸움 끝에 마침내 여자 앞에서 무릎을 꿇어야 할 필요를 느꼈다. 무릎을 꿇고 나자 좋았다. 남자의 머리가 여자의 무릎과 손 가까이, 가장 따뜻한 부위인 가슴 위에 있었으니까. 그녀는 최선의 몸짓을 베풀 수 있었다. 때로는 가볍게 떨리는 단단한 손으로 그와 그녀의 열매인 머리를 보듬었으니까.

마침내 헌신하다

쾌락은 손을 펼쳐 악착스럽게 붙들고 있던 공허와 충만을 탐욕 없이 흘러가게 두는 것이다. 그러다 갑자기 놀라며 "내가 손바닥을 펼치고 마음을 열었는데도 아무것도 잃지 않았구나!"라고 말하며 "정신 차려, 심장이 해방될 수도 있어"라고 두려워하는 것이다.

그 풍요 속에 존재의 매우 위험한 쾌락이 있다는 것을 알아차릴 때까지. 그러나 이상한 안심이 찾아온다. 우리에게는 늘 소비할 수 있는 무엇이 있는 것이다. 그러니까 이 공허와 충만에 인색하지 말자. 써버리자.

1972년 7월 15일

잊지 않아야 할 이름: 라라

그랬다. 그룹 B 갤러리(파우메이라스길 19번지)에서 보낸 초대장을 받았다. 한 번도 들어본 적 없는 라라의 전시회였다. 그러나 봉투를 열면서 행복한 충격을 받았다. 그 봉투 안에는 나를 매료시킨 그림의 복제품이 들어 있었고, 그것이 곧바로 내게 말을 걸었다.

데생 화가 라라의 작품을 묘사하진 않겠다. 그녀의 관능적인 힘과 선명한 구조에서 나오는 생명력 넘치는 매력, 다른 곡선에 유기적으로 연결된 곡선에 대해서 말하고 싶지 않다. 라라의 화풍은 디디에 모로를 어렴풋이 떠오르게 한다. 디디에 모로의 작품이 조금 더 강렬하고 내가 자발적 자유라 부르는 것에 덜 의지한다는 점을 제외하면 말이다.(라라는 모로의 작업을 모른다. 그에 대해 한 번도 들어본 적이 없다고 한다.) 모로는 매우 에로틱한 상을 그린다. 그러나 라라의 작품에서 에로티시즘—살아 있는 것, 공기, 바다, 식물, 그리고 우리에게 내재된 것—은 선의 격렬함으로 발산되고, 누드나 음란성을 암시하는 움직임이 있다. 그것은 견고한 나무 기둥과 살아 있는 땅을 파고드는 뿌리가 가진 생명력이자 영혼의 에너지다. 그리고 그 모든 것이 완전히 환상적이다. 환상은 우리에게 속한 비밀스러운 진실, 꿈의 진실이다. 내 심장이 필요로 하는 예술이 거기 그대로 있다.

그의 형식은 끊임없이 변모하는 듯하다—움직일 준비가 된 것처럼, 새로운 구성을 만들 준비가 된 것처럼.(주: 나는 요즘 특히 글이 잘 안 써지는 것 같다—이 막다른 골목을 뛰어넘을 수 있기를—그래서 독학자인 라라, 이 용기 있는 사람의 작품을 설명할 적절한 말을 찾지 못하고 있다.) 그의 선은 정교하면서도 순수하고, 그렇지만 전체적으로 자유로운 꿈과 커다란 현실의 발가벗은 노골성이 있다. 그의 화풍은 금기를 무시하는 듯하다. 넘치는 듯 충만한 그 예술은 어떤 면에서 우리를 자유롭게 한다. 그의 작업은 모두 직관적이다. 나는 그가 아무것도 예견하지 않는다고 확신하는데, 그의 형식은 그 자체로 이어지는 다른 형식에 영감을 준다.

이 초대에는 네우송 샤비에르의 시가 함께 소개됐는데, 그것은 내가 설명하고자 하는 것을 더 잘 설명해주는 시로 너무도 아름다운 진실이기에 이곳에 옮겨본다.

창작은 우리 정체성의
생존 행위다
나는 이 언어와
유일한 증언인
나 자신의 이미지 말고는
아무것도 없다
인류의 바늘
검증된 자료 나는 묻는다
내가 어둠 속으로

들어가는 것인지
정체를 알 수 없는
3도 또는 4도 세상에서 우리의 오늘
그래서
미스터리처럼
우주에서 참고 자료를
펼치고 해독한다
선을 그을 때마다
새로 만들어지는 코드 안에서
나의 정체성을 좇는 걸음

맹목적인 고통이 따른다
고통은 내가 모르는 것을 아는 것 같다 그러나 나는
이 추적 속에서 생존한다
또 다른 마법이 거울 또는 저울을 던지는데
창작은 나를 살아 있게 할까?

이 수수께끼를 제안하는 것이 나를 살린다
스핑크스의 형刑으로부터

아 붉은 것에 몸을 담근 매음굴처럼 나는 말랐다
경찰은 cogito ergo sum(나는 생각한다, 그러므로 나는
존재한다)을 외치고

내가 가진 모든 것은 내 공포를 외칠 이 언어뿐
아 나는 공표할 것이 아무것도 없다
진실은 완성됐고
나는 폐허 사이를 떠돌아다닌다
그러나 풀은 이미 자랐고

공포를 낳고 또 낳고
사랑을 낳고 아
광기에 대한 두려움을 물리쳤다면
추방당한 마법처럼
추방당한
아기를 낳을 때 다리를 벌리는 것처럼 모든 문이 열린다
모든 꽃은
코를 골며 꿈을 꾸고
웃는 강물로
떠나는 길로 독을 나른다
입의 벌려 그들의 세상을 내놓으면
진실의 카니발에서
광기는 새로운 꽃이 핀 세상을
잊힌 세상을 줄 것이다
괴물들과 내장이 따뜻한 빛의 꿀이고
삶이 우리가 먹는
향긋한 빵인 세상을

1972년 7월 29일

악마 같은 상상

우주 저 높은 곳을 가로지르는 매우 고요한 음악적 파장이 있다. 고요함의 광기. 풍경은? 공기와 녹색 줄기, 드넓은 바다, 일요일 아침의 침묵뿐이다. 날씬한 남자가 한쪽 발로 서 있다. 투명하고 커다란 눈이 이마 한가운데에 있다. 여성성을 가진 존재가 네 발로 다가가 다른 시간에서 온 목소리, 저음의 부자연스러운, 행복감에 젖은 목소리로 말한다. "차 마실래요?" 습관이다. 전생의 습관. 그녀는 가느다란 황금색 이삭을 주워서—어쩌면 밀인가—치아가 없는 잇몸 사이에 넣으며 네 발로 멀어진다. 커다란 눈을 뜨고. 눈은 코처럼 움직이지 않는다. 그녀는 목이 없다. 그녀는 사물을 응시하기 위해서 뼈 없는 머리 전체를 움직여야 한다. 사물? 무슨 사물? 사물은 존재하지 않는데. 마른 남자는 한 발로 잠들었다. 눈을 감지 않은 채 잠들었다. 잠자는 것은 의지의 문제다. 혹은 보지 않으려는 의지이든가. 그는 보지 않을 때 잔다. 그의 고요한 눈이 고원과 무지개를 비춘다. 그것은 눈 또는 곤충의 날개다. 어떤 허공 위는 환상적이다. 음악적인 파장이 다시 시작된다. 누군가 손톱을 검사한다. 멀리서 누가 부르는 소리가 들린다. 어이! ……그러나 한 발로 선 남자는 누군가 자기를 부른다고 절대로 상상할 수 없다. 그것은 진동 없이 음악적 파장을 통과하는 우회적인 소리의 시작으로, 물방울이 바위에 구멍을 낼 때까지 반복하듯 반복된다. 그것은 장식음이 없는 고음이다. 즐거운 애가인가? 진동으로만 낼 수 있는 가장 높고 가장 행복한 음. 지상의 어떤 사람도 미치지 않고는 그 소리를 들을 수 없으며 미소를 지을 수도 없다. 그러나 한 발로 선 남자는 반듯하게 잔다. 치아가 없는 여성은 기어서 해변에 누워 허공을 생각한다. 새로운 인물이 다리를 절면서 사막을 건너 사라진다. 이봐! 이봐! 그러나 대답하는 이는 아무도 없다. 누구를 부르는가? 누가 누구를 부르는가?

칼럼 쓰기와 책 쓰기

헤밍웨이와 카뮈는 그들의 문학으로 속단하지 않아도 좋은 저널리스트였다. 정도를 잘 지키는 것, 그것이 호흡이 달리지 않는다면 내가 갈망하는 것이다.

그러나 나는 두렵다. 많이 쓰면 보통 말이 망가지기 마련이니까. 신발을 팔거나 만드는 게 말을 지키는 데에는 더 나을 것이다. 말은 아무런 타격을 받지 않은 채로 남아 있을 테니까. 신발을 만들 줄 모르는 게 안타까울 뿐이다.

또 다른 문제는 신문에 실릴 글을 쓸 때 절대 독자를 잊어서는 안 된다는 것이다. 그렇지만 책을 쓸 때에는 곧바로 사람들과 타협하지 않고 훨씬 더 자유롭게 말할 수 있다.

벨루오리존치의 어느 저널리스트는 신기한 사실을 검증했다고 말했다. 어떤 사람들은 내 책이 어렵다고 생각하지만, 내가 더 복잡한 글을 실어도 신문에 실린 글은 완벽하게 이해한다는 것이다. 내가 쓴 글 중에 은총을 받은 상태에 관해 쓴 것이 있는

데 주제 자체가 이해하기 어려운데도 불구하고 어느 미사 경본에 실렸다는 것을 알고 깜짝 놀란 적이 있었다.

나는 저널리스트에게 독자들의 이해는 텍스트에 접근하는 독자의 태도와 경향, 선입관의 여부에 따라 많이 달라진다고 대답했다. 어려움 없이 읽는 것에 익숙한 신문 독자들은 모든 것을 다 이해하려는 경향이 있다. '신문은 이해하기 위해 만들어지기' 때문이다. 그럼에도 불구하고 내가 신문에 쓰는 글보다 책에 쓰는 글에 더 가치를 두는 것은 명백한 사실이다—신문 독자들을 위해 글을 쓰는 기쁨을, 그런 글을 끊임없이 사랑하면서 말이다.

1972년 8월 12일

더는 미치지 않기 위해

—불에 소금이 있다는 것, 또는 문 뒤에 숨겨진 빗자루가 갑자기 문을 열고 나가는 손님의 발을 다치게 할 수 있다는 것을 모르는 사람은 아무도 없다.

—환자의 몸에 진홍색 리본을 붙이면 단독丹毒의 진행을 막을 수 있다는 것을 모르는 사람은 아무도 없다.

—반대로 침실에 빨간 천을 걸면 홍역의 간지럼증이 심해진다.

—딸꾹질이 날 때 숨을 참으면서 물을 아홉 번 마시는 것보다 더 나은 방법은 없다. 혹은 소매를 걷어 올리거나. 아이가 딸꾹질할 때에는 이마에 젖은 솜 조각을 붙여주길 권한다.

—이른 아침에 머리끈을 묶으면 사마귀가 떨어진다.

—누군가 테이블에 설탕을 쏟으면 한 꼬집 집어서 가슴에 뿌리기만 해도 돈이 생긴다.

—소금을 엎으면 나쁜 소식이 들린다. 그 소금을 조금 집어서 왼쪽 어깨에 뿌리면 괜찮다.

—나무를 만지는 것은 저주를 음모하기 위해서라는 것을 모두가 알고 있다.

—완전한 침묵 속에서 털을 뽑아야 오리고기가 맛있다. 닭고기를 부드럽게 요리하려면 냄비에 병아리콩 세 개를 넣거나 못을 넣어야 한다.

—모두 알다시피 두 개의 칼이 부딪치면 결투가 시작된다. 같은 이유로 테이블에서는 소금을 건네지 않는다.

—깨진 얼음은 바다에 버린다.

—침대에 모자를 두지 않고 의자 위에는 신발을 두지 않는다.

—왼쪽 신발을 신기 전에 오른쪽부터 신는 게 좋다.

—신부 드레스 장식 밑단에 머리카락 한 가닥을 숨겨야 한다.

—어떤 장소에서 나갈 때에는 절대 들어왔던 문으로 나가서는 안 된다.

—밤에 먼지를 쓸어서 밖으로 내보내는 사람은 행운도 함께 내보내는 것이다.

—우연히 드레스의 밑단을 뒤집어 봤다면, 또 다른 드레스를 선물로 받기 위해 밑단을 깨무는 것이 좋다.

—노란색은 윤년의 색이다.

—어린아이들의 건강을 위해서는 도마뱀 꼬리가 가득 담긴 작은 가방을 아이들 가슴에 매달아주면 좋다.

—성앙투안의 그림을 훔치면 늙고 낙담한 여자와 결혼하게 된다.

—오른쪽 손바닥을 간지럽히면 돈이 들어온다.

—손수건이나 칼을 선물로 받으면 동전 하나를 줘야 한다.

—사시가 되지 않는 방법은 차가운 물에 소금 세 꼬집을 넣는 것이다.

—술에 전 술꾼을 말라 죽게 하는 시선이 있다.

—무언가를 잃는다면 의자의 팔걸이와 테이블 다리, 꽃병, 램

프, 어디든 리본이나 끈을 매어놓고 잃어버린 것이 나타날 때까지 그 매달아놓은 부적을 그대로 둔다.

—신발 바닥에 분필로 십자가 표시를 해두면 삑삑거리는 소리가 없어진다.

—프라이팬에 코르크 마개 하나를 넣으면 튀김이 노릇노릇해진다.

—집 안에서는 우산을 펴지 않는다.

—창문으로 들어온 작고 검은 새는 슬픈 일이 온다는 징조다.

—집 대문의 오른편에 산세비에리아를 두면 좋다.

자, 여기까지 하니, 특히 위의 가르침을 전부 실천하고 나니 내 뇌야말로 노릇노릇해졌다.

1972년 9월 23일

치명적인 멍

너는 부러진 날개를 질질 끌고 더러운 지붕 위로 날아오른다. 교회 위로 종소리의 파동이 숨이 차오르는 너를 해변의 모래사장까지 내던진다. 너는 더는 위로의 포옹을 견딜 수 없다. 사랑이 아픈 날개를 꽉 조이니까. 너는 공포에 휩싸인 대기 속으로 비명을 지르며 다시 떠나고 지붕에는 피가 뚝뚝 떨어진다. 너는 달아난다. 고독의 공포를 향해 달아난다. 바위 위에서 쉬기를. 너의 몸 안에서 웅크리고 있는 상처받은 존재를 펼치기를. 가장 순수한 너의 날개가 다쳤으니까. 그러나 도시는 너를 매혹한다. 너는 가장 소중한 것이 되어버린, 고통이라는 너의 짐을 지고 하얗게 질린 침울한 얼굴로 고집한다. 너는 단련된 검은 독수리처럼 지붕 위를 난다. 밤을 짓누르는 창백한 날개는 하얗게 질린 두려움 속으로 내려간다. 너는 고집스럽게 견고해진, 어두워진 도시 위를 난다—교회, 다리, 공동묘지, 문 닫은 가게, 인적 없는 공원, 잠든 숲, 잊힌 길 위에서 바람에 펄럭이는 신문지. 네모난 탑은 이토록 고요하고. 너는 접근할 수 없는 요새를 살핀다. 아니다, 내려오지 마라. 고통이 지나간 척하지 마라—부러진 날개를 부정할 필요는 없다. 쇠약한 대천사, 너는 어디에 내려앉아야 할지 모른다. 달아나라, 두려움으로부터 달아나라, 아직은 슬픈 날개를 펼쳐야 할 때. 달아나라, 상처에 그것의 진가를 보여줘라. 너의 날개를 바다에 빠트려라.

하얀 장미

표면을 돋보이게 하는 높은 화관. 유리로 된 대성당, 접근할 수 없는 표면의 표면. 줄기를 통해 3도, 5도, 9도로 코러스 음을 뽑는다—지혜로운 아이들은 아침에 입을 벌리고 영혼을 노래한다, 가벼운 표면의 영혼, 만질 수 없는 표면의 장미.

나는 더 약하고 더 섬세한 왼손을 뻗는다. 수줍음에 미소를 지으며 곧바로 빼는 어두운 손이다. 나는 너를 만질 수 없다. 나의 거친 생각은 얼음과 영광에 대한 너의 이해를 노래하고 싶어 했을 것이다.

나는 기억에서 벗어나, 오로라가 너를 보듯, 의자가 너를 보듯, 다른 꽃이 너를 보듯 너를 이해하려고 한다.(두려워하지 말기를, 나는 너를 소유하고 싶지 않다.)

나는 기어오른다. 벌써 향이 짙은 너의 표면을 향해 기어오른다. 나는 나만의 경지, 나만의 모습에 이를 때까지 기어오른다—나는 이 두렵고 섬세한 구역에서 창백해지고, 너의 신성한 표면에 거의 다다른다…… 우스운 추락, 나는 떨어졌다.

나는 불만스러운 머리를 숙이지 않는다. 나는 적어도 너의 조화와 너의 기쁨의 천사 같은 고통으로 너의 승리를 견디고 싶다. 그러나 고통은 남자를 향한 사랑처럼 거친 심장을 옥죄고, 너무 커다란 손은 부끄러운 말을 내뱉는다.

1972년 9월 30일

부서진 온도계 축제

집에서 온도계를 부순 날은 내게 언제나 축제였고 앞으로도 축제일 것이다. 걸쭉한 액체와 은색 수은의 내용물을 해방시키면 바닥 위로 흐르다가 그대로 멈춘다. 나는 얇은 종이를 밑으로 넣어서 그것을 조심스럽게 잡아보려고 하지만 수은은 잡을 수 없다. 내가 잡았다고 생각하는 순간 내 손가락 사이로 소리 없는 불꽃놀이처럼, 사람들이 말하는 죽음 이후에 우리 앞에 펼쳐지는 장면처럼—살아 있는 영혼은 에너지가 되어 흩어져 공기로, 우주로 퍼져나간다—말없이 떨어진다. 그 민감한 액체 방울을 잡는 것은 불가능하다. 그 액체 방울은 무수히 많은 작은 방울들로 널리 퍼져 분산되지만 잡히는 것을 허락하지 않고 온전한 상태를 지킨다. 그러나 작은 방울들은 완전한, 별도로 구별된 존재다. 그러나 액체 방울 하나를 살짝 밀기만 해도 재빨리 가장 가까이에 있는 다른 액체 방울과 합쳐져 더 꽉 찬 하나의 구를 이룬다. 오늘 어릴 때처럼 온도계를 부수는 꿈을 꾼다. 수천 개의 부서진 온도계와 밀도가 높고 달 같은, 차가운 수은 덩어리들이 퍼져나가는 것을 꿈꾼다. 나는 매우 진지하게 집중해서 놀기 시작한 것이다. 나는 엄청나게 많은 은색 금속을 가지고 논다. 목욕하듯 온도계에서 빠져나온 수은 속에 몸을 담그는 상상을 한다. 내가 몸을 담그면 수천 개의 작은 방울이 해방될 것이다. 방울들은 모두 크고 태연하다. 수은은 면제받은 물질이다. 무엇을 면제

받았는가? 아무것도 설명하지 않겠다. 설명하기를 거부한다. 추론되기를 거부한다. 수은은 면제받았다. 그것이 전부다. 수은은 반응을 통제하는 냉철한 뇌를 가진 것 같다. 수은과 비교하면 나는 수은을 좋아하는 것 같고 수은은 나에게서 아무것도 느끼지 않으며 심지어 사물로서도 복종할 생각이 없는 것 같다. 수은은 고유한 생명력이 있는 사물이다. 수은과의 관계를 보면, 대체할 수 없는 경험이다. 수은은 누구도 따르지 않는다. 누구도 수은에 손댈 수 없다. 그것의 정신은 육체를 수단으로 사용하고, 삶에 오염되도록 두지 않는다. 그 작고 반짝이는 핵은 인간의 궁극의 피난처다. 야수들도 이 빛나는 핵을 가지고 있기에 온전하고 길들여지지 않으며 생명력을 유지할 수 있다.

이야기가 수은에서 야수의 신비함으로 빠진 것 같다. 그것은 수은이—달을 구성하는 물질—저마다 내면에 품고 있는 순수하고 완전한 핵을 발견하도록 우리를 명상하게 하고, 나를 하나의 진실에서 다른 진실로 인도하기 때문이다. 누군가? 부서진 온도계를 가지고 놀아본 적 없는 사람은 누군가?

빌라이자베우에서 브라질로

누군가 하이문두*가 아닌 내게 전화를 걸어 내가 칼럼을 싣는

* "세상, 이 넓은 세상에서/ 내가 하이문두라고 불렸다면/ 그것은 해결책이 아니라 운율이었을 것이다"라는 행이 있는 시 「일곱 개의 얼굴의 시」(카를루스 드루몽 지 안드라지)에서 따온 것이다.

〈카데르누 B〉에 공식적으로 창립한 지 얼마 되지 않은 새로운 단체 '전국 시 클럽'을 세상에 알려달라고 부탁했다.

나는 클럽화된 시를 믿지 않는다. 다른 모든 창작과 마찬가지로 클럽을 만들 수 없다고 생각한다. 시는 그저 때때로 반응하는 낯선 독자와 사는 일에 지친 마음을 따뜻하게 데워주는 순간이 만나는 외로운 종파일 뿐이다.

그러나 나는 내게 전화한, 빌라이자베우라는 교외에 사는 열여섯 살 남자아이를 깊이 생각해보지 않은 불분명한 방식으로 믿고 있다. 그 아이는 돌려 말하지 않고 내 칼럼에서 그 중요한 사건을 알려달라고 요구했다. 어쨌든 그에게는 중요한 일이었으니까. 그 덕분에 나는 시를 토대로 하는 민족적 결합을 믿는 빌라이자베우에 사는 한 존재에 대한 약간의 다정함을 내 안에서 찾고 있다.

그리하여 나는 그 수줍은 소년의 갑작스럽고 과감한 태도를 알린다. 사람들은 시를 위한 기관을 세웠다. 일단 국가적 클럽이라면 세계적인 것은 아닐 것이다. 그런 대담함은 두려울 테니까. 아마도 우리가 말하는 '소비사회'의 기계화에 대한 단말마적 응답으로서 시 클럽을 창시했을 것이다. 나는 시인이다, 그것이 내게 남은 각오이자 내 투쟁의 결과다—소년은 그렇게 말하는 듯하다. 그는 열여섯 살의 나이에 이미 풍부한 경험을 하고 직접 단체를 창립하는 데 그치지 않고, 선의와 완전한 순진함에서 나온 외침으로 브라질 전체에 관여한다.(언젠가 나는 카를루스 드루몽 지 안드라지 앞에서 너무 순진하다고 비난받은 적이 있었다.

그는 순진함은 단점이 아니라고 나를 위로했다. 들었죠, 청년? 모욕당했다고 생각하지 말아요.) 그 소년에게는 건강하고 호감 가는 무엇이 있었다. 나는 시 클럽의 효용성을 한 번도 믿어본 적 없다는 것이 부끄러웠다. 처음에 발뺌했던 것을 후회하며 웃으며 동참할 수 있기를 바란다. 우리의 고통에 대한 유일한 답으로 국가적인 시적 움직임을 만들어보자. 빌라이자베우의 청년이 발표한 시로, 로봇으로 바뀐 빽빽한 군중 속에서 자신을 개별화하려는 사람들의 외로움에 대한 치료제로 사랑을 확립해보자. 그 소년의 의지로 우리는 자유로워졌다. 완벽하다. 나는 새로운 자유를 수용한다.

1972년 10월 7일

브라질리아의 어제와 오늘

브라질리아에서 살았고 일했던 건축가 부부 파울루와 지젤라 마갈량이스와 대화를 나눴다. 나는 두 사람에게 수도인 브라질리아에서 했던 일과 몇 년째 가보지 못한 브라질리아에 대해 전반적으로 이야기해달라고 부탁했다.

"오늘날 전 세계에서 건축의 역할이 아름답고 동시에 시급한 장소를 꼽자면 그것은 브라질리아예요. 도시의 절반 이상이 아직 건설되지 않았으니까요." 파울루 마갈량이스가 말했다.

"몇 년 전에 그곳에 갔을 때, 사람들이 버린 도시처럼 느껴졌어요." 나는 대답했다.

"그렇지만 이제는 다양한 공동체가 충분히 있어요. 주민이 더 많아졌을 뿐 아니라, 브라질의 다양한 지역 사람들로 도시가 형성되었기 때문이죠. 특히 북동부 지방에서 온 사람들로요."

"제가 처음 받았던 인상은 이미 오래전이에요. 브라질리아 건설 초반이었으니까요. 술집과 총격전이 펼쳐지는 영화 속 와일드 웨스트 마을의 분위기가 느껴졌어요."

"브라질리아 도시를 세우던 초기에는 그런 현상이 실제로 존재했어요."

"지젤라, 당신은 무엇을 지었나요?"

"버려진 아이들을 위한 수용 시설이요."

"두 분께 묻고 싶어요. 도시 주민들의 이상향은 무엇인가요?

다시 말하자면 그들은 무엇을 원하죠?"

"브라질리아 시민들 대부분은 투지에 불타는 정신을 갖고 있죠. 그들은 행동의 영역 안에서 비평하고 해내려고 해요." 지젤라가 말했다.

"리우데자네이루처럼 도시적 사고방식을 갖기 시작하고 있죠." 파울루가 대답했다.

"위성도시들은요?"

"그 도시들은 대부분 지방에서 온 노동자들로 구성되어 있어요."

"저도 그래요. 위성도시에서 일했죠. 위성도시들은 진정한 도전이에요. 유일하게 중요한 일이 건축업이거든요. 브라질리아에는 교육적인 면에서 가장 최신 프로세스를 개발하고 실험하는 교육처가 있어요. 그러니까 통합 교육이죠. 그러나 이중 잣대가 존재해요. 위성도시들은 자원이 부족하거든요."

"파울루, 브라질리아가 당신의 작업에 영향을 줬나요?"

"그곳에서 일하기 시작하면서, 특히 플라나우치나 위성도시의 도시계획을 구상하는 동안 현대사회, 특히 우리 같은 개발도상국에서의 건축가의 역할을 더 분명하게, 객관적으로 깨달을 수 있었어요."

"인간으로서 당신의 개인적 삶에 도시가 영향을 줬다고 느끼시나요?"

"진실은 우리가 계속 변화한다는 것이에요. 이 풍경도, 이 360도 지평선도 어떤 면에서 우리를 변화시키죠. 우리는 외롭지만 동시에 더 많이 볼 수 있기 때문에 덜 외로워요. 그러니까 보는 법을 배우는 거죠." 지젤라가 말했다.

"브라질리아에 있는 공간이 개인적으로 가장 큰 여유를 줬어요." 파울루가 말했다.

"아쉬웠던 것은, 바다요……." 지젤라가 말했다.

"이 도시는 더 편안하면서도 더 생산적인 삶이 가능하게 해줬어요. 사실상 저는 더 이상 저라는 사람만을 생각하진 않거든요. 생각이 더 깊어졌죠. 성숙한 거예요."

마갈량이스 부부는 다섯 명의 아이가 있다.

"아이들이 브라질리아에서 어떤 반응을 보였는지 알고 싶어요?"

"우리 아이들은 예를 들자면 도시를 좋아했어요. 그들은 우리와 행복한 삶을 살았죠." 지젤라가 대답했다.

"그곳에서는 아이들이 자신의 인생을 부모들과 더 많이 나눌 수 있어요. 도시 도면이 도시를 커다란 운동장으로 바꿨지요. 너무 잘 만들어진, 공간이 매우 적절하게 분배된 도시라서, '인위적인 것'에 대한 두려움이 평화로 바뀌었어요."

1972년 10월 14일

부끄러움

사는 것이 부끄러운 사람들이 있다. 그들은 소심한데 그들 중 하나가 바로 나다. 나는 혼자 있고 싶다! 소심한 영혼의 비명은 고독 속에서만 나온다. 역설적으로 영혼은 사람들의 따뜻한 위로를 원한다. "자, 카를루스, 인생에서 왼손잡이가 될 거야."(내가 드루몽의 시를 제대로 인용했는지 모르겠다. 외워서 쓰는 것이다.)

그리고 월급 인상을 요구하는 것은—고문이다. 어떻게 해야 할까? 자신이 돈으로 얼마의 가치가 있는지 아는 사람처럼 자신감이 있는 척 자기를 드러내야 할까—아니면 어설프고 과한 겸손으로 있는 그대로의 모습을 보인다면?

무엇을 해야 할까? 소심한 사람들의 대범함이 있다. 갑자기 대범해져서 공격하는 듯한 단호한 어조로 월급 인상을 요청하다가 금세 당황해 불편함을 느끼고, 월급 인상은 과분하다고 생각하면서 매우 불행해지는 것이다.

나는 늘 대담하면서도 소심한 사람이었다. 몇 년 전 기억나는 사건이 있었다. 대농장으로 휴가를 떠났다. 사람들이 아무도 없는 작은 기차역까지 기차를 탔다. 누군가 거기서 한 시간 반 거리에 있는 대농장에 전화를 걸었고, 우리는 매우 위험하고 고되며 사고가 많은 길, 벼랑으로 둘러싸인 좁고 진흙투성이 길로 농장에 갔다. 나는 대농장에 전화를 걸었고, 그쪽에서는 내게 차나 말을 원하는지 물었다. 나는 곧바로 말이라고 대답했다. 나는 단 한 번도 말을 타본 적이 없었다.

진짜 끔찍했다. 비바람이 무섭게 몰아쳤고 갑자기 밤이 됐다. 나는 아름다운 말에 올라탔고, 앞은 전혀 보이지 않았다. 그러나 번개는 진짜 나락을 알려줬다. 말은 발굽이 젖어서 미끄러져버렸다. 수프처럼 완전히 젖은 나는 두려움에 죽을 것 같았다. 목숨이 위험하다는 것을 알았다. 마침내 대농장에 도착했을 때 나는 땅에 발을 디딜 힘도 남아 있지 않았다. 나는 거의 농장주의 품에 쓰러져버렸다.

숙박객을 맞이하는 그 대농장은 많은 동물이 있어서 아름다웠는데 나는 끔찍하게 괴로웠다. 나는 사흘이 지나서야 다른 숙박객들과 대화도 나누고 식사 시간에 긴장도 풀게 됐는데, 낯선 사람 앞에서 밥을 먹는 게 부끄러웠기 때문이다—그러나 나는 식욕이 넘쳤다.

거기 있던 일본 사람 한 명이 내게 체스를 하느냐고 물었다. 나는 대담하게 그에게 가르쳐달라고, 나는 빨리 배우니까 그와 함께 체스를 둘 수 있을 것이라고 했다. 나는 갑자기 수많은 규칙을 마주하게 됐고 미리 배우지 않은 것이 부끄러워졌다. 그러나 나는 금세 피상적으로나마 체스 두는 법을 배웠다. 그러나 한 번 내가 우연히 일본인을 결정적으로 공격했는데, 그러자 그는 나와 더 이상 체스를 두려고 하지 않았다. 나는 불행하다고 느꼈고 그 일본인이 나를 용서하지 않을 것이며 나를 싫어한다고 생각했다. 나는 그 앞에서 매우 소심한 모습을 보였다. 그래서 작별의 시간이 되었을 때, 간접적으로만 칭찬하는 더없이 동양적인 예의로 그가 내뱉은 이 말에 나는 엄청나게 놀랐다—사실 다른 종류의 말이었다면 내 수줍은 자아는 견디기 어려웠을 것이다. "당신을 낳아준 당신의 부모님께 감사합니다."

우리가 헤시피에서 리우로 영국 배를 타고 이사 왔을 때, 나는 열두세 살이었다. 나는 아직 영어를 할 줄 몰랐지만 가장 복잡한 이름을 가진 음식을 힘들게 골랐다. 예를 들자면 내가 소금물에 삶은 흰콩을 먹어야 하는 나 자신을 보게 되었다. 내 소심한 자유분방함에 대한 벌이었다.

어렸을 때 헤시피에서 나의 신중함은 길에 나가 맨발의 불량한 아이들에게 "나랑 같이 놀래?"라고 말하는 것을 막지 못했다. 때때로 그 아이들은 어렸던 나를 여자애라고 무시했다.

일곱 살에는 목요일마다 나오는 일간지 어린이 섹션에 이야기를 보내고 또 보냈으나 한 번도 채택되지 않았다. 그러나 고집 센 나는 계속 글을 썼다.

아홉 살에 3막으로 된 네 페이지 분량의 희곡을 썼다. 사랑에 관해 쓴 희곡이었기 때문에 나는 그 희곡을 계단 뒤에 숨겨놓았고, 밤에 누가 발견해서 나를 간파하는 게 무서워서 안타깝게도 찢어버렸다. 안타깝다고 말하는 것은 아홉 살이라는 이른 나이에 내가 사랑에 대해 어떻게 생각했는지 궁금해서다.

게으름

누군가 게으름뱅이에게 물었다.

"게으름뱅이, 죽 먹을래?"

그는 천천히 대답했다.

"으으응. 먹고 시퍼어어어."

"내가 가져올게."

"나아아는 먹기이이이 시러어어.

비 오는 날은 게을러진다. 글을 거의 쓸 수 없다. 지난번에는 주말을 보내러 프리부르구에 갔다. 비가 왔고 여기서처럼 게으름뱅이들을 봤다. 내게는 지나친 모습이었고, 그걸 보니 잠을 자고 싶어졌다…… 완전히 젖은 게으름뱅이들이었다. 그들은 꼼짝하지 않았고 게으름에 죽어갔다. 그들에게서 동물의 냄새가 났다. 거의 무색에 가까운 돌 색깔이었다.

프리부르구는 멋지다. 우리가 머물렀던 집에는 모든 것이 있었다. 말, 닭, 자보치카바, 데이지, 레몬, 장미 같은 것들. 빵을 굽는 오븐도 있었다. 진짜 농장이었다. 도시는 달라 보였다. 나는 버스 터미널에 가서 〈조르나우 두 브라질〉을 사서 드루몽의 글을 읽었다. 후추로 양념한 수제 스테이크를 먹었는데, 돼지고기 어깨 살로 만든 것이었다. 이 모든 것이 토요일에 있었던 일로, 그날은 나를 위한 날이었다. 나는 금요일에서 토요일로 넘어가는 밤에 너무도 현실적인 꿈을 꿨고, 일어나서 옷을 입고 화장을 했다. 그게 꿈이라는 것을 알았을 때, 너무 배고파서 밥을 먹고 다시 잠을 잤다. 내가 꿈꿨던 것은 어떤 남자와 나였던 여자였다. 꿈속에서 나는 약속이 있었고 약속에 늦고 싶지 않았다. 지금 내가 내 꿈을 거의 다 이야기하고 있다는 사실을 깨닫는다. 꿈을 말할 수는 없다. 그건 너무 개인적인 것이니까.

나는 소와 닭을 봤다. 아침에는 계란과 베이컨을 먹었다. 프리부르구는 매혹적이다. 분홍색 집, 파란색 집이 있다. 비가 오는 자연의 풍경이 얼마나 평온한지!

같은 장소에 꼼짝하지 않고 비에 젖은 채로 있었던 게으름뱅이들을 기억한다. 그들은 절대 움직이지 않았고 나도 마찬가지였다. 오늘은 게으름을 피우는 날이지만, 잠을 자고 싶진 않다. 나는 농장과 동물들을 보며 즐기고 싶다. 이곳에서는 시간이 멈춘 것 같다. 나는 오븐을 작동해서 빵을 만들 수 있길 바랐다. 커피머신을 봤고, 그래서 커피를 마셨다. 세상은 미쳤다. 나는 미친 세상을 〈조르나우 두 브라질〉에서 읽었다. 나는 프리부르구 때문에 구세군 자선 파티를 놓쳤다. 이 집에 개가 있다고 말하는 것을 깜빡했다. 그레이하운드와 잡종견을 교배한 종으로 매우 순하고 발랄하다. 커피를 마시기 위해 글을 잠시 멈추려 한다. 금방 돌아오겠다.

자, 다시 왔다. 내 라디오에서는 모차르트의 즐거운 음악이 흐른다. 발가벗은 하얀 말을 봤다. 비는 멈췄다. 일할 시간이다. 그러나 할 말이 아무것도 없다. 신이시여, 무슨 말을 해야 합니까? 데이지를 따서 검은색 가죽점퍼에 붙인 이야기를 해야겠다. 나는 내가 아름답다고 느꼈다. 나는 게으름뱅이들을 다시 보고 싶다, 그들의 미지근한 냄새를 맡고 싶다. 지금은 10월, 특징 없는 달이다. 9월은 5월처럼 즐거운 달이다. 말은 잠을 잘 때에만 집에 오고 나도 그렇다. 점심을 먹은 후에 잠을 자려고 마음먹었다. 잠을 자면 기분이 좋다—게으름뱅이들을 보시길. 점심에는 밥을 먹고 필립 로스의 『포트노이의 불평』을 읽을 것이다. 용감한 책이다. 읽다가 잠들었다.

자고 일어난 후에는 다시 도시로 돌아갈 것이다. 문과대학을 방문하고 싶었다. 그러나 불가능했다. 나는 그 대학 그리고 마릴리—유명한 시인이자 내가 아는 사람들 중에 가장 유식한 사람—와 인연이 있다. 도시로 가고 싶은데 잠이 온다. 잠을 깨기 위해 코카콜라를 마시고 싶다. 주앙 엔히키가 코카콜라를 커피와 함께 마시면 잠이 깬다고 알려줬다. 그는 그것이 트럭 운전사들이 쓰는 방법이라고 했다. 주앙 엔히키는 내게 많은 것을 알려줬고, 나는 그에게 고마움을 느낀다. 지금은 미리앙 블로시가 똑같은 말을 한다.

나는 도시로 갔다. 사람들이 많이 모여 있었고 나는 무슨 일인지 물었다. 누군가 내게 여섯 여자의 배를 갈라 죽이고 언덕 위로 달아난 살인마를 찾고 있다고 했다. 나는 무서웠다. 죽고 싶지 않았다. 죽는 일은 끔찍하다.

이유는 모르겠지만 문과대학에 갔다. 도서관은 방문하고 싶지 않았다. 나는 박식하지 않다. 내가 믿었던 종교는 내게 아무것도 알려주지 않았다. 예술사 수업이 있었지만 듣고 싶지 않았다. 내가 예술가인데 예술이라면 지겨웠다. 작가라는 게 부끄럽다—'잘 안된다'. 그 일은 직관적이기보다는 너무나 지적이다.

프리부르구의 황혼은 아름답다. 카샤사*를 팔고 남자들에게 유흥을 제공하는 작은 술집에서 삼바 음악이 들려왔다. 칼부림을 제외하면 이곳은 모든 게 즐겁다. 경찰은 여자들을 죽인 살인마를 붙잡았는가? 그랬기를 바란다.

자연은 모두 게으르다. 말은 계속 먹다가 지금은 운다. 귀뚜라미 소리도 들린다. 달콤한 플루트 소리도 들리는데 바흐인지 비발디인지 모르겠다. 지금은 새벽 4시, 조용하다. 이제야 두꺼비들이 우는 소리가 들린다. 나는 이미 커피를 마셨고, 담배를 피운다. 이 집에는 그림이 없다. 카부프리우에는 예를 들어 스클리아르, 주앙 엔히키, 주제 지 도미 같은 사람이 있었다. 스클리아르는 황토색을 좋아하고 주앙 엔히키는 초록색을, 주제 지 도미는 노란색을 좋아한다. 그러나 여기에는 아름다운 수프 그릇이 있다. 내 타자기가 그립다. 나는 타자기를 두 개 소유하고 있다. 하나는 올리베티이고 다른 하나는 올림피아인데, 나는 올리베티를 선호한다. 그 타자기가 타자감이 더 단단하고 빽빽하기 때문이다. 나만 빼고 모두 잠이 들었다. 이곳에는 행운을 가져다주는 말굽이 있다. 배고픈 새들이 지저귄다. 여기 있는 것이 이토록 좋다는 게 믿어지지 않는다. 내게는 심농—내가 미치게 좋아하는 작가다—의 책이 한 권 있는데 프랑스어로 읽는 게 더 좋지만 이곳에는 포르투갈어로 된 번역본밖에 없다. 한 문장을 인용해보겠다. "커다란 빛줄기가 방을 가로지르면서 가느다란 먼지들을 밝힌다. 마치 공기의 은밀한 삶을 드러내듯이." 아름답지 않은가?

* 사탕수수 원액을 발효시켜 만든 브라질 증류주.

1972년 11월 4일

대문의 침묵

가스탕 마노에우 엔히키*의 그림에서 그가 이제 대칭도 두려워하지 않기 시작했다는 것을 보고 놀랐다. 대칭을 다시 강조하기 위해서는 경험 또는 용기가 필요한데, 눈에 띄는 가장 일반적인 방법 중 하나인 '가짜 비대칭'을 쉽게 흉내 낼 수도 있다. 가스탕 마노에우 엔히키의 대칭은 성공적이고 집중적이지만 전혀 독단적이지 않다. 그 대칭은 두 개의 비대칭이 대칭으로 합쳐지리라는 희망처럼 머뭇거리는 면도 있다. 여기 제3의 해결책을 제시한다. 바로 합성이다. 거기에는 어쩌면 그의 자유로운 모습과 경험하고 또 재경험한 것의 섬세함은 있을 테지만, 아무것도 모르는 사람들의 분노 같은 것은 없다. 정확히 말해 그의 작품에서 볼 수 있는 것은 고요함이 아니다.

부식되었지만 똑바로 서 있는 사물의 힘겨운 싸움이 있다. 가장 밀도 높은 색채 안에 비스듬히 기울어진 채로 서 있는 것의 창백함이 있다. 십자가는 몇 세기의 고행으로 휘었다. 그것은 제단인가? 적어도 침묵의 제단이기는 하다. 대문의 침묵. 녹綠은 삶과 죽음 사이를 떠다니는 무언가의 빛깔을 띤다. 강렬한 황혼의 빛깔.

가라앉은 색깔들 안에는 청동과 강철이 있다. 길에서 마주치

* 1933-. 브라질 조각가, 화가.

는 사물의 침묵으로 모든 것은 증폭됐다. 그림의 안식처에 이르기까지 먼 길과 먼지가 느껴진다. 그것은 어떤 면에서 환영해주는 곳, 안식처다. 가스탕 마노에우 엔히키의 대문은 열리지 않는다고 해도. 혹은 그것은 이미 교회의 문일까. 교회의 대문, 우리는 그 앞에 이미 도착한 것인가?

가스탕 마노에우 엔히키의 작품에서는 아직 문턱을 넘지 않기 위한 싸움이 존재한다. 어떤 그림도 우리에게 교회라고 말하지 않는다. 그것은 그리스도가 부재한 벽이지만 벽은 거기 있다. 모든 것을 만질 수 있을 것 같다. 우리의 손 역시 교회를 본다. 가스탕 마노에우 엔히키는 그림을 그리기 전에 먼저 소재부터 창조한다. 목재는 그의 그림에 있어 절대적인 것이 되어서 목재 조각가라고 해도 될 것 같다. 창조된 소재는 종교적이다. 수도원 들보에서 느껴지는 무게가 있다. 그것은 닫힌 문처럼 밀도가 높고 단단하다. 그러나 열리는 순간, 마치 손톱에 긁힌 것처럼 벗겨진다. 우리는 그 틈을 이용해서 합성물 내부에 있는 것을 본다. 거칠게 응고된 고난의 색은 종교적 대칭의 침묵을 감당하는 들보다.

베라 민들링*의 거울들

하나의 거울이란 무엇인가? '거울'이란 말은 존재하지 않는다. '거울들'만 존재한다. 왜냐하면 하나의 거울은 무한성이기 때문이다. 세상 어딘가에 거울을 위한 표정이 있을까? 반짝이는, 몽

* 1920-1985. 브라질의 화가, 시각예술가.

유병 환자 같은 표정을 짓기 위해 거울이 많이 필요할 것 같진 않다. 둘이면 충분하다. 하나는 다른 하나가 비춘 상을 비출 것이다. ad infinitum(무한대를 향하여)이라는 고집스럽고 격렬한 메시지를 전하는 떨리는 상, 그 액체 같은 상에 매혹당한 손을 찔러 넣으면 여러 개의 상이 주렁주렁 매달려 그 단단한 물에서 손을 빼게 된다. 거울이란 무엇인가? 예언자의 수정 구슬처럼, 거울은 예언자에게는 명상의 장이요, 나에게는 침묵의 장인 그 허공을 향해 나를 끌어당긴다.

결정화된 그 허공은 누군가 절대 멈추지 않고 나아갈 수 있는 공간을 제 안에 가둔다. 하나의 거울은 가장 깊은 공간이다. 그것은 마법이다. 거울 한 조각으로 우리는 사막에서 할 법한 명상을 할 수 있다. 또한 우리는 거기서 투명하게 계몽된 채로, 빈 채로 돌아와 거울만큼이나 생생한 침묵을 나누게 될 것이다. 거울의 형태는 중요하지 않다. 어떤 형태도 거울을 한정할 수 없고, 대체할 수 없다. 네모나거나 둥근 거울은 존재하지 않는다. 어떤 작은 조각도 언제나 거울 전체다. 거울을 틀에 넣지 않는다면 거울은 물처럼 흐를 것이다. 거울은 무엇인가? 발명된 물질 중 유일하게 완벽히 자연스러운 물질이다. 누가 거울을 보면서 동시에 부재할 수 있는가? 자신을 보지 않고 볼 수 있는 사람은 누구인가? 누가 거울의 깊이가 허공임을 이해하고, 누가 투명한 거울의 공간에 자신의 고유한 상을 남기지 않고 나아갈 수 있는가? 그 사람은 자신의 미스터리를 이해한 사람이다. 그러려면 우리는 텅 빈 방에 혼자 걸려 있는 거울을 놀랍게 받아들여야 한다, 거울 앞에 놓인 아무리 가는 바늘도 단순한 바늘의 상으로 바뀔 수 있다는 사실을 잊지 말고.

베라 민들링은 자신의 상을 강요하지 않기 위해 그녀만의 섬세함이 필요했다. 내가 나를 보는 거울은 나 자신이지만 빈 거울은 살아 있는 거울이니까. 매우 섬세한 사람만이 빈 거울이 있는 텅 빈 방에 들어갈 수 있다. 깃털처럼 가볍게, 스스로 부재하기에 상이 찍히지 않고. 그 섬세한 사람은 사물의 침범할 수 없는 비밀에 들어가는 것이다. 그녀는 거울 안에서 거울을 보게 될 것이다.

그녀는 이런저런 커다란 얼음덩어리로 가로막힌 얼어붙은 커다란 공간이 자신 안에 있음을 발견했다. 아주 흔치 않은 또 다른 순간—그 순간을 포착하기 위해서는 밤낮으로 망을 보고 스스로 단식해야 한다—그 순간에 거울 속에서 이어지는 어둠을 놀래키는 데 성공했다. 그다음에 베라는 흑과 백만을 이용해 무지개 색깔의 떨리는 빛을 다시 포착했다. 또 그녀는 똑같이 흑과 백만을 이용해 온몸이 떨리는 추위 속에서 가장 난해한 진실 중 하나도 다시 포착했다. 그러니까 거울의 얼어붙은, 무색의 침묵. 거울의 이 폭력적인 색의 무색성을 이해해야만 폭력적인 무색성을 재창조할 수 있다. 물의 폭력적인 무미성을 재창조하듯이.

1972년 11월 11일

두 명의 어린 남자아이

"이제 다른 걸 해보자. 네가 똑똑한지 알고 싶어. 이 그림은 구체적이야, 추상적이야?"

"추상적."

"그래, 넌 미련하구나. 이건 구체적이야. 내가 그렸어. 내 감정을 그린 거야. 내 감정은 구체적이야."

"그래, 그렇지만 넌 전혀 구체적이지 않아."

"아니거든!"

"맞거든! 넌 전혀 구체적이지 않아. 네 두려움은 구체적이지 않으니까. 넌 완전히 구체적이지 않아. 조금 구체적일 뿐이지."

"나는 천재고, 모든 것이 구체적이라고 생각해."

"아, 네가 그렇게 유명한 화가인 줄 몰랐네."

"응, 난 베르그만이거든. 마우리시우 베르그만. 스웨덴 사람이고 천재지. 사람들은 내 모습에서 천재성을 봐. 봐, 내가 숨 쉬는 것을! 지금 내가 알고 싶은 건 네가 그림에 대해서 조금 아느냐는 거야. 이 그림은 구체적이니?"

"물론이지. 선을 보면 지도라는 걸 바로 알겠는걸."

"아, 그래? 저건?"

"추상적인가."

"틀렸어! 저것도 구체적이야. 선이 있잖아."

"구체적인 게 무엇인지 설명해줄게. 그건……"

"네가 틀렸어."

"왜?"

"내가 이해를 못 하니까. 내가 이해를 못 한다는 건 네가 틀렸다는 거지. 이제 말해봐, 이건 '구제적'인지."

"'구체적'이라고 말하고 싶은 거겠지."

"아니. 이건 '구제적'이 맞아. 난 천재고 모든 천재는 적어도 무언가를 발명해내니까. 나는 '구제적'이라는 단어를 발명했어. 음악은 '구제적'이니?"

"응. 음악은 들으면 귀로 느껴지니까."

"아, 하지만 그림 그릴 줄은 모른다는 거군!"

"천장은 구체적이라고 생각해?"

"응."

"그렇지만 내가 이 벽을 돌리면, 이 벽을 천장 위치에 놓으면 이건 벽천장이 되잖아. 그러면 이 벽천장은 구체적이야?"

"아마도. 유령은 구체적이니?"

"어떤 유령? 이불보 뒤집어쓴 유령?"

"아니, 진짜로 존재하는 유령."

"그건…… 그건…… 구체적일 거 같은데."

"엄마는 구체적이게, 추상적이게?"

"당연히 구체적이지, 이 바보야!"

옆방에서는 어머니가 바느질을 멈추고는 손을 무릎 위에 꼼짝없이 포갰는데, 그녀의 심장은 완벽하게 구체적으로 뛰고 있었다.

1972년 11월 18일

글쓰기

문장은 만드는 것이 아니다. 문장은 탄생한다.

일하는 즐거움

"나는 힘들게 일한 것을 자랑하는 사람들을 싫어해. 당신의 일이 그렇게 힘들었다면, 다른 일을 하는 것이 더 나을 거야. 우리의 일이 우리에게 주는 만족이 우리가 그것을 잘 선택했다는 신호야."

소비하는 시간

나조차도 내가 써야 할 시간을 계산해보면 깜짝 놀란다. 내가 생각하는 것보다 실제로 더 많은 시간이 주어진다고 나는 확신한다—이것은 내가 상상한 것보다 더 산다는 것을 뜻한다. 하루, 한 주, 한 달, 한 해란 단지 시간을 쌓아나가기만 하면 된다. 한 영국인이 그 계산을 했는데, 그의 이름은 모른다.

1년은 365일이고, 8,760시간이다.

하루에 수면 시간 여덟 시간을 빼자. 이제 일주일에 5일, 하루에 여덟 시간씩 49주 동안 일한다.(최소 휴가 기간 2주에 약 7일의 휴일을 빼야 하니까.) 직장이 멀리 있는 사람들은 하루에 이동하는 데 필요한 두 시간을 빼자.

그렇게 계산하다 보면, 1년에 1930시간이 남는다. 우리가 원하는 것을, 혹은 할 수 있는 것을 하기 위한 1930시간. 인생은 우리가 하는 일보다 더 길다. 매 순간이 중요하다.

습관 바꾸기

오래된 종잇조각에서 영어로 된 문장을 발견했다. 하필 작가의 이름을 적어두는 걸 잊었다. 번역하자면 이렇다.

"위대한 사람들이 당신을 위해 당신의 삶을 좌지우지할 수는 없습니다. 당신은 당신의 시간을 위해 새로운 점검이 필요합니다. 해볼 가치가 있는 일과 그저 시간 죽이기인 일을 더 엄격하게 구분해야 합니다. 나쁜 습관을 바꾸는 것만큼이나 좋은 습관을 자주 바꾸는 것도 중요하다는 것을 이해해야 합니다. 모든 습관은 의심해봐야 합니다."

1972년 11월 25일

산토끼를 고양이라고 생각하다

"산토끼를 고양이라고 생각해본 적 있어?"

누군가 조금 멍한 내 얼굴을 보고 물었다.

나는 대답했다.

"나는 매 순간 고양이를 산토끼라고 생각해. 실수로, 심심풀이로, 무지로. 때로는 섬세함으로도. 누군가 내게 고양이를 줬는데, 가짜 산토끼를 줘서 고맙다고 했어. 산토끼가 야옹 울 때 나는 못 들은 척했어. 왜냐하면 나를 즐겁게 해주려고 거짓말했다는 걸 알거든. 그렇지만 나는 동기가 잘못된 믿음을 따를 때 용서하지 않아."

그러나 다양한 주제를 다루려면 백과사전이 필요할 것이다. 예를 들어 고양이가 자신을 산토끼라고 생각하는 경우가 있다. 고양이가 자신의 환경에 깊이 불만을 품고 있기 때문이다. 그래서 산토끼와 싸우려 드는 것이다. 산토끼가 되고 싶어 하는 것은 고양이의 권한이니까.

고양이가 정말 고양이가 되고 싶으면서도 노블레스 오블리주로서 산토끼답게 행동해야 한다고 느낄 때가 있다. 그것은 무척 피곤한 일이다.

자기들이 좋아하는 것이 고양이라는 것을 인정하고 싶지 않아서 우리에게 산토끼로 여기길 강요하는 사람도 있는데, 우리가 용납하는 것은 유서 깊은 관습에 따라 평화롭게 먹기 위해서다.

이 주제를 다룬 개론에서 어느 멜랑콜리한 교수는 이미 산토끼를 평범한 고양이로 여긴 적이 있다고 할 것이다. 짜증 난 교수는 이곳에 쓸 수 없는 말을 할 것이다.

나는 자기를 고양이라고 생각하는 산토끼를 내가 받아들이지 않을 때 정말 부끄럽다.(친구에게 속는 것이 친구를 의심하는 것보다 낫다는 속담이 있다.) 그것이 의심의 대가다.

그러나 솔직히 말해 내가 고양이를 산토끼로 받아들이고 산토끼로 인정할 때, 진짜 문제는 그 고양이를 내게 준 사람이다. 왜냐하면 내 실수는 쉽게 믿었다는 것이 전부이니까.

나는 이런 이야기를 쓰는 게 좋다. 사실상 많은 산토끼가 야옹야옹 울며 지붕 위를 돌아다녔고 나는 그들에게 대답하기 위해 방금 야옹야옹 울어봤다. 고양이도 공수병이 있다.

불안이란 무엇인가?

어떤 젊은 남자가 내게 대답하기 힘든 저 질문을 던졌다. 대답이 불안을 느끼는 사람에게 달려 있기 때문에 답을 하기가 어렵다. 게다가 어떤 태평한 사람들은 불안이라는 단어를 내뱉으면 수준이 올라간다는 양 자랑스럽게 그 단어를 내뱉는다—그것도 역시 불안의 한 형태다.

불안은 희망 속에서 희망을 품지 못하는 것일지도 모른다. 혹은 체념하지 않고 상황에 굴복하는 것일지도 모른다. 혹은 자기 자신에게 충분히 고백하지 못하는 것일지도. 혹은 지금도 앞으로도 자신의 진짜 모습으로 존재하지 못하는 것일지도. 불안은 어쩌면 살아 있다는 완전한 고독일 것이다. 어쩌면 그것은 불안을 느낄 용기가 없는 것일 수도 있다—도망은 또 다른 불안이다. 그러나 불안은 우리의 일부다. 살아 있는 것은 살아 있기 때문에 위축된다.

그 젊은 남자는 내게 물었다. 모든 것에 침울한 허무가 있다고 생각하지 않으십니까? 물론이다. 우리가 마음이 이해하길 기다리는 동안에는.

라부아지에*는 더 잘 설명한다

사물과 존재의 상하기 쉬움. 그러나 존재하는 사물의 상하기 쉬움은 또 다른 사물의 상하기 쉬움으로 대체되고 그것은 다시 또 다른 사물의 상하기 쉬움으로 대체된다—이 변함없는 사실을 우리는, 뭐랄까, 상하기 쉬움의 영원성이라고 불러도 되겠다. 그것은 우리의 힘이 미치는 만큼의 영원성이다. 그런데 라부아지에는 그것을 더 잘 설명했다.

* 앙투안 로랑 드 라부아지에, 1743~1794. 프랑스 화학자이자 공직자. 연소에 관한 새로운 이론을 주장, 플로지스톤설을 폐기하면서 화학을 크게 발전시킴.

1972년 12월 16일

미안하지만 나는 깊이가 없습니다

에리쿠 베리시무는 내가 아는 사람들 중에 가장 기분 좋은 사람이다. 너무도 너그러운 마음을 가졌다. 나는 워싱턴에서 그와 그의 아내 마파우다를 만났다. 에리쿠는 미주기구에서 일했다. 나는 늘 그들의 집, 그들의 인생에 끼어들었다. 에리쿠가 워싱턴에서 살았을 때 그가 간직했던 최고의 기억은 우리 집에서 보낸 시간이었다고 말했다. 에리쿠는 3년 동안 관료로서의 삶을 살면서 글을 단 한 줄도 쓰지 못했다고 말했다.

그는 자신을 중요한 작가, 혁신적인 작가 또는 지적인 작가라고 생각하지 않는다. 그는 자신이 잘 활용하는 몇 개의 재능을 갖고 있긴 하지만, 예를 들면 이야기꾼처럼 평론의 인정을 받지 못한다고 생각한다. 그는 자신에게 대중적인 인기를 안겨준 『들에 핀 백합을 보라』 같은 작품을 시시한 소설이라고 여긴다. 초창기 작품 이후에는 더 좋아졌지만, 성급한 평론은 낡고 피상적인 의견을 재고하려 하지 않았다. 오늘날 브라질의 여러 평론가는 특히 『시간과 바람』을 출간한 이후로 그를 중요하게 생각하고 있지만, 그는 이미 평단에 인정받는 것보다 대중에게 사랑받는 것이 더 좋다고 생각한다. 그는 자신을 좋아하는 독자를 자신에게 유리한 평론과 바꾸지 않는다. 또 '파벌'도 있다. 좌파는 그를 '순응주의자'라 여기고, 우파는 그를 '공산주의자'라고 여긴다.

그의 인물 중 가장 중요한 인물은 아마도 호드리구 대위일 것이다. 그다음으로 그는 플로리노를 뽑는데, 그와 영혼의 닮은꼴이다. 그는 자신이 창조한 인물들 중에서 비비아나와 마리아 발레리아처럼 『시간과 바람』의 여자들이 가장 중요하다고 말하고 싶어 한다. 몇몇 비평가가 그에게 깊이가 없다고 말할 때 그는 프랑스 작가의 말 "요강도 깊이가 있다"로 응대한다. 그렇지만 그 역시 평론에 동의한다. "나는 깊이가 없습니다. 당신이 양해해주기를 바랍니다."

그는 학교에서 어릴 때부터 작문을 하면서 글을 쓰기 시작했다. 그가 첫 번째 이야기를 썼을 때, 그는 크루스아우타에 있는 약국 계산대 뒤에 있었다. 그 시절에 그는 자신이 여전히 화가가 될 수 있다고 생각했었다.

그는 사업에는 영 소질이 없고, 계약서에 대해 의논하는 것을 싫어하며, 그 일을 해야 할 때에는 언제나 손해를 본다.

에리쿠의 명성은 엄청나다. 관광버스가 베리시무 가족들이 사는 집 앞을 지나갈 정도다—그것이 프로그램의 일부다. 에리쿠는 유명세를 타인들과 교류하는 감각이라 여기며 긍정적으로 생각한다. 그의 유명세는 작가와 그가 만든 인물들로 생긴 것만이 아니라, 일종의 신화적인 인물에서 나온 것이기도 하다. 버스 일화는 그를 많이 괴롭혔지만, 그것을 통해 인내심을 배웠다. 그는 자기를 만나러 오는 사람들을, 살아 있는 자기를 보러 오는 사람들을 실망시키고 싶어 하지 않는다. 그의 집 대문은 늘 열려 있다. 어느 저녁에는 열 명에서 스무 명의 방문객이 베리시무를 찾아온다. 매주 약 열 명의 학생이 그와 인터뷰하기를 원하는데 나이층이 초등학생에서 대학생까지다. 감정적 문제가 있는 사람들도 그에게 토로하기 위해 찾아온다. 그는 그들의 말을 듣고 그들에게 다정한 관심을 준다. 때로는 어떤 '환자'들을 돕기도 하고, 그런 일을 기뻐한다.

그는 작가로서 기쁨이 넘친다. 사람으로서 그의 가장 큰 기쁨은 아이들, 손자들이다.

영감에 대해 말하자면, 적절한 말을 찾지 못했다. 그는 영감이 어디서 오는지 알지 못하고, 그래서 보통은 주제에 대해 고심한다.

에리쿠는 브라질 문학 아카데미에 가입하지 않은 것으로 알고 있다. 그는 그 기관을 존중하고 존경할 만한 사람이 많다고 생각하지만 그 유명한 단체에 속하고 싶은 마음은 전혀 없다. 그것은 성향의 문제다.

에리쿠는 초기에 이야기를 쓸 때 작업 계획을 짜긴 했지만, 자기가 그린 도식을 정확하게 지키는 법이 없었다. 그는 소설이 무의식의 "예술"이라고 말하고, 자기 자신을 차라리 수공업자라고 일컫는다—아마도 그래서 평론이 그를 깊이가 없다고 여기는 듯하다.

그는 마파우다와 함께 세계 곳곳을 누볐다. 마파우다는 그를 이해하고 돕고 함께하며 가끔씩 그도 모르게 그를 이끌면서 언제나 그를 놀라게 한다. 에리쿠는 노새를 부렸던 할아버지에게 여행을 사랑하는 마음을 물려받았다. 그는 늘 멀리 가기를 원한다. 마파우다는 차분한 영혼이라는 표현이 가장 적합하겠다. 그녀는 곧바로 자리를 잡고 정착하길 바라지만 에리쿠는 기차로 버스로 비행기로 그녀를 데리고 다니고, 그렇게 그들은 떠난다. 그는 특별히 유럽의 라틴 국가들, 그러니까 프랑스, 이탈리아, 스페인, 포르투갈을 좋아한다. 그는 지중해 연안에 매료되었다. 그리스와 이스라엘이 그를 매료했다.

그는 다시 어린아이들을 위한 글을 쓰고 싶어 한다. 아이들이 슈퍼맨과 배트맨에서 벗어날 필요가 있으니까. 그러나 역사상 이렇게 혼란스러운 시기에 어떤 이야기를 들려줘야 할까? 논의해봐야 할 주제다. 그는 어린이들을 위한 우리 문학이 아직 너무 빈약하다고 생각한다.

그가 세상에서 가장 좋아하는 것은 무엇인가? 일단 사람들이다. 자신의 사람들. 자신의 가족, 친구들. 그다음은 음악, 책, 그림, 여행이다. 그는 자신을 대단하다고 생각하진 않지만, 자신을 사랑한다는 사실은 부정하지 않는다.

1973

1973년 1월 20일

대성당의 비물질화

매주 일요일 저녁마다(토요일 저녁도 마찬가지일 것 같다) 단단하고 순수한 고딕 양식의 대성당을 둘러싼 수천 개의 전구가 켜졌다. 그때 멀리서 보면 꺼칠꺼칠한 돌이었던 모든 것이 화려한 빛의 그림으로 바뀌어 있었다. 빛이 촘촘한 돌을 비물질화한 것이다. 초롱초롱한 눈이 단단한 벽을 아무리 계속 보고 싶어 한들 빛은 벽을 관통하는 듯이 느껴졌다. 투명성으로 인해 다른 무엇을 달성하는 게 아니라 투명성 자체를 달성하느라. 그것은 우리가 상상하는 크리스마스이브의 투명성을 닮았다.

사랑은 무엇으로 이르는가

"(사랑한다)"

"(그러니까 그게 나야?)"

"(너는 내가 너를 향해 느끼는 사랑이야)"

"(나도 내가 보이는 것 같아…… 거의 보인다……조금만 더하면 되는데)"

"(사랑해)"

"(아, 그래, 이제는 내가 보여. 그러니까 저게 나로군. 머리끝에서 발끝까지 대단한 초상이네)

입적

발걸음 소리가 더 선명해진다. 더 가까워진다. 현재 아주 가까이에서 울린다. 더 가까이. 이보다 더 가깝다고 할 수 없을 만큼 내게 가까워졌다. 그러나 계속 다가온다. 이제는 더 다가오지 않는다, 걸음은 내 안에 있다. 걸음은 나를 지나쳐서 계속 나아갈 것인가? 그것은 나의 바람이자 나의 경의다. 거리를 어떤 감각으로 지각해야 할지 모르겠다. 걸음이 가깝지 않고 무거운 것을 보아하니 이제 걸음은 내 안에만 있는 것이 아니다. 나는 그 걸음과 함께 걷는다. 나는 가담했다.

과정에 복종

삶의 과정은 실수—대부분 중요한 실수들이다—용기와 게으름, 식물 같은 주목을 끌기 위한 희망과 절망, 아무 곳도 아무것도 아닌 데로 이끌리는 지속적인 감정(생각이 아니다)으로 만들어지는데, 그러다 느닷없이 '아무것도' 아닌 것이라고 믿었던 것이 삶의 성역과의 두렵고 고유한 접점이 된다—그 인식의 순간(깨달음과 같다)을 우리는 가장 커다란 순수함으로, 우리를 이루는 순수함으로 받아들여야 한다. 과정은 어려운 것인가? 그러나 그것은 꽃이 만들어지는 매우 까다롭고 자연스러운 방식을 어렵다고 말하는 것과 마찬가지일 것이다.(엄마, 소년이 말했다. 바다는 아름답고, 파란색에 녹색이 섞여 있으며 파도가 있어요! 바다는 모두 저절로 만들어졌어요! 누구도 바다를 만든 적은 없어요!) 엄청난 조바심은(식물이 자라는 걸 옆에서 지켜보다가 아무런 변화도 보지 못했을 때의 조바심은) 식물과 관계된 것이 아니라 나 자신의 창피한 인내심과 관계된 것이다.(식물은 밤에 자란다.) 우리가 "이렇게는 1분도 못 참겠어" 또는 "저 시계공의 인내심이 나를 짜증 나게 해"라고 말하는 것과 마찬가지다. 이것은 참을성 없는 참을성이다. 그러나 식물의 참을성, 쟁기를 끄는 소의 참을성은 더할 나위 없이 우직하다.

1973년 1월 27일

싸울 것 같은 두 친구

나는 카를리뉴스, 아니 주제 카를루스 올리베이라와 몇 년째 친구다. 내 아들들이 어렸을 때, 그와 나는 우리 집에서 TV로 축구경기를 함께 봤다. 그와 내가 나눴던 대화를 옮겨보려 한다. 이 대화는 '썩어빠졌고'(내가 이 끔찍한 단어를 쓰게 될 줄은 절대 상상도 하지 못했다), 공개적으로 실을 수 없는 욕설로 부패했다. 그러나 독자들은 욕설로 빠진 부분을 가장 적합한 말들로 채울 수 있을 것이다.

"당신은 누구인가요 카를루스? 또 나는 누구인가요?"

"당신은 클라리시 같군요. 그렇지만 저는 제가 누구인지 모르겠어요. 세상은 완전히 (욕설) 출구가 없죠. 그러나 당신도 나도 세상과는 아무 상관이 없어요."

"당신은 아이가 없어서 그렇게 말하는 거예요. 내 말은 내 아들들만을 말하는 게 아니라 인류의 아이들이요."

"인류의 아이들이 인간을 만들죠. 400만 년(?) 전부터 그들은 죽음으로 내몰렸어요. 그들의 문제죠. 그러니까 그 문제에 대해 내가 할 수 있는 게 없다는 뜻입니다. 아이들이 말하는 것처럼 모든 것이 폭력이고 불공정인가요? 그렇다면 불행이고 불운이고 우스운 일이죠."

"카를리뉴스, 우리 두 사람은 글을 쓰죠. 엄밀히 말해 우리가 선택한 것은 아니에요. 그러나 그 일은 우리에게 주어졌고, 저는 후회해요. 우리의 모든 단어가 우리의 빵을 말하기 위해 쓰여야 하니까요."

"모순적이죠. 예를 들면 내가 (욕설)이라고 말하면 아무도 그것을 싣지 않죠. 우리는 단어의 일정 부분만 언어로 간직하는 형벌을 받은 거예요. 우리는 바보죠. 당신과 나 말이에요. 나머지는 문학이죠. 이제는 묻고 싶어요."

1) 클라리시, 왜 글을 써요?
2) 클라리시, 왜 글을 쓰지 않죠?

"저는 입을 닫은 채로 있을 수만은 없어서 글을 써요. 근본적으로 말이 없고 복잡한 사람이라 글을 쓰지 않고요."

"이봐요, 점잔빼는 소리는 집어치워요."

"내가 너무 진지하게 말하면 당신은 견디지 못해요. 도망가죠. 그것을 맞받아치지 않아요."

"당신이 진지하게 말하면, 그것은 당신이 진지하게 말하는 게 어떤 가치가 있다고 생각하는 것이지요. 그건 제 생각과는 달라요. 삶을 이해하지 못하는 사람들은 인생이 성공으로 이뤄진다고 생각하죠. 그 사람들은 귀를 잘랐다고 반 고흐를 좋아해요. 툴루즈 로트레크는 난쟁이였다고 좋아하고, 모딜리아니는 결핵이었다고 좋아하고, 렘브란트는 배가 고파서 죽었다고 좋아하고, 제임스 딘은 길에서 죽어서 좋아하고, 매릴린 먼로는 자살해서 좋아하고. 그 사람들은 후대를 믿어요, 자기들이 후대라고 생각하니까요. 좋아요, 그렇다면 나는 (욕설) 후세의 머리 꼭대기에 있죠."

"우리는 서로 이해하지 못하고 있어요. 글쓰기는 성공을 의미하지 않아요. 당신을 보니 문학이 사회의 미소라고 말했던 사람이 떠오르는군요. 저는 지금 인생을 둘로 나눠 어느 한쪽에서 피가 흐르는 것을 보는 일에 관해서 얘기하는 거예요. 카를리뉴스, 우리는 서로를 좋아하지만 서로 다른 말을 하고 있어요."

"우리는 서로 다른 언어를 가졌죠. 그건 맞아요. 저는 인생을 둘로 나누느니 길바닥에서 행복한 게 나을 것 같아요."

"저는 다 좋아요, 알겠어요? 저는 아무것도 잃고 싶지 않아요, 선택하고 싶지도 않고."

"당신은 어쨌든 위대한 작가가 되기를 원하죠. 그러나 나는 오래전에 그 헛된 마음을 버렸어요. 나는 먹고 마시고 사랑하다가 죽고 싶어요. 내가 문학을 책임진다고 생각하지 않아요."

"저도 그렇지 않아요. 우리가 우정으로 다투게 되는 순간이 곧 올 것 같군요. 사는 게 마시는 거라면 너무 보잘것없네요. 저는 더 많은 것을 원해요. 왜냐하면 나의 갈증은 당신의 갈증보다 크니까요."

"당연하죠. 모든 것이 우리를 모욕하죠. 아무도 우리를 믿지 않아요. 모든 것이 그들을 위해 보장되어 있지만 그들은 우리에게 바보 같은 것들만 요구해요. 그 나머지가 문학이고요."

두 친구에게 다가올 다툼은 전혀 위협적이지 않았다. 카를리뉴스의 씁쓸함 속에서 내가 본 것은 그의 깊은 선함과 저항이었으니까.

우리는 죽음에 관해 이야기했다.

"비니시우스 지 모라이스—작은 시인*이 말해도 된다고 특별히 허락해줬다—와 나는 모든 게 끝나면 화장하기를 원해요. 시인들은 모두 밀실 공포증이 있고, 저는 화장이 더 깨끗하다고 하거든요. 그러나 상파울루에서만 화장을 할 수 있으니까, 우리는 상파울루로 가는 비행기를 타기 전에 죽어야 한다는 게 두렵죠."

그는 잠시 후에 이렇게 덧붙였다.

"저는 실존주의자예요, 클라리시. 저는 모든 순간을 마지막처럼 받아들이죠. 그 결과 저는 끊임없는 비극이 되었어요. 매 순간 심장을 확인하고, 그 결과에 따라 움직이죠."

* 톰 조빙이 그에게 붙여준 별명이다.

1973년 2월 17일

그룹

일전에 유쾌하고 쓸쓸한 점심 식사를 했다. 국립대 법학부에서 함께했던 옛 동료 세 명과 모인 자리였다. 우리가 나눴던 비밀들을 제외하고 그날의 분위기는 책이자 영화 〈그룹〉*을 떠올리게 했다. 재회는 매우 유쾌했다. 우리는 서로를 좋아했고 음식은 맛있었고 배는 고팠으니까. 쓸쓸한 점은 삶이 우리를 많이 바꿔놓았고, 우리가 그곳에서 걱정 없이 미소를 짓고 있었다는 것이다. 또 우리 중에 누구도 변호사가 되지 않았다는 것도 쓸쓸한 점이었다. 세상에, 변호사라니! 말도 안 된다. 아주 간단한 행정 서류를 처리할 때에도 당황하는 내가 무슨.

쓸쓸한 것은 얻는 것도 없이 그토록 오랜 세월을 공부하는 데 바쳤다는 것이다. 공부라고? 우리 중에 제대로 공부한 사람은 딱 한 명, 유명한 법학자의 딸뿐이었다. 내 경우는 대학을 선택한 것이 실수였다. 나는 진로를 정하지 못 했었고, 교도소에 관한 책을 읽고는 오직 한 가지, 브라질 교도소의 개혁만을 바랐다. 언젠가 상치아구 단타스는 호기심을 이기지 못하고 마침내 내게 법학 수업을 들으러 가서 뭘 했느냐고 물은 적이 있었다. 내가 그에게 형법에 관심이 있었다고 대답하니 그가 맞받아쳤다.

* 배서 칼리지를 졸업한 여덟 여자의 삶을 그린 메리 매카시의 1963년 동명 소설을 원작으로 한 시드니 루멧 감독의 1966년 미국 영화.

"그래요, 그럴 줄 알았어요. 당신은 법의 문학적인 부분에 관심이 있었군요. 진짜 법학자는 상법을 좋아하죠." 아! 상치아구가 얼마나 그리운지.

다시 그룹 이야기로 돌아와서, 우리는 유쾌하게 헤어졌던가? 슬프게 헤어졌던가? 모르겠다. 내 안에는 불필요한 과거의 일부를 갖는 것에 대한 어떤 금욕주의가 있었다. 하지만 한편으로 나는 다른 불필요한 일을 얼마나 많이 저질러왔던가? 인생은 짧다. 하지만 죽은 조각들을 잘라내면 인생은 더욱 짧아진다. 그러면 단 며칠뿐인 삶으로 바뀔까? 좋다, 그러나 불필요한 부분도 그 순간에는 엄청난 열정으로 살았다는 사실을 잊어서는 안 된다.(형법을 위해.) 그것이 어떤 면에서는 고통을 보상해준다.

나는 오후 3시의 햇빛을 받으며 친구네 집을 나와서 내가 갈 일이 별로 없는 동네 우르카에 갔다. 갑자기 조금 더 길을 잃은 것처럼 느껴졌다. 모든 것이 낯설게 느껴졌고, 그 느낌에는 나도 포함되어 있었다. 순간 내 모습을 보게 됐다. 그 모습이 마음에 들었던가? 아니었던가? 나는 그저 받아들였다. 집까지 데려다 줄 택시를 탔다. 나는 씁쓸한 마음 없이, 우리의 인생에서 무용한 것들은 그 택시처럼 필요한 지점에서 다른 필요한 지점으로 우리를 옮겨놓는 데 쓰인다고 생각했다. 나는 택시 기사와 수다를 떨고 싶지도 않았다.

1973년 2월 24일

우리 인생의 첫 번째 책

한번은 누군가 내게 인생의 첫 번째 책이 무엇이냐고 물었다. 나는 인생의 순간들에 있어서 각각 첫 번째 책이 무엇이었는지를 말하고 싶다. 기억을 되짚어보면 그 보물을 손에 들고 있었던 감각이 거의 느껴질 정도다. 미운 오리 새끼 이야기와 알라딘의 램프 이야기가 담긴 매우 얇은 책이었다. 나는 그 두 이야기를 읽고 또 읽었다. 아이는 책을 한 번만 읽는 것으로 만족하지 않는다. 아이는 거의 외울 때까지 읽는다. 아니, 아예 달달 외우고, 처음 읽는 것과 똑같은 흥분으로 다시 읽는다. 예쁜 오리들 사이에서 자란 미운 오리 새끼 이야기는 나중에 자라면서 비밀이 밝혀진다. 오리 새끼는 오리가 아니고 사실은 아름다운 백조였던 것이다. 나는 그 이야기를 읽고 많은 생각을 했고, 미운 오리 새끼의 고통에 나를 동일시했다—어쩌면 나는 백조였던가?

알라딘의 경우에는 내가 믿었던 불가능한 세상의 끝을 향해 상상의 나래를 펼칠 수 있었다. 그 시절에 불가능은 내가 닿을 수 있는 곳에 있었고, "원하는 것을 말하세요. 나는 당신의 노예입니다"라고 말하는 지니를 상상하면서 꿈에 빠져들었다. 나는 나만의 공간에서 조용히 어느 날 지니가 내게 이렇게 말하는 상상을 했다. "원하는 것을 말하세요." 그러나 이후로 나는 내가 원하는 것을 얻으려면, 원하는 것에 도달하려면 자신이 가진 것을 써야만 하는 사람들 중의 한 명이란 사실을 분명히 깨닫게 됐다.

나는 여러 인생을 살았다. 내 인생들 중 하나는 아주 비싸서 빌려 봐야 했던 책 『작은 코의 장난』*의 인생이었다. 나는 이미 내가 겪어야 했던 굴욕과 인내를 어디선가 이야기한 적 있다.** 나는 몬테이루 로바투를 읽고 싶어 했는데 아빠가 서점을 하시는 어떤 여자애가 그 두꺼운 책을 가지고 있었던 것이다. 붉은 주근깨가 있고 땅딸막했던 그 여자애는 사디스트가 되어 복수를 꿈꿨고, 놀이를 지어냈다. "내일 우리 집에 와. 내가 빌려줄게." 그 애의 집에 갔을 때, 나는 말 그대로 심장이 기쁨으로 쿵쾅거렸다. 그 아이는 내게 말했다. "오늘은 빌려줄 수 없어. 내일 와." "내일 와"라는 말을 들은 지 거의 한 달이 지났고, 기쁨에 들떴던 나는 그 여자애가 희망을 싹둑 잘라버릴까 두려운 마음에 고분고분 받아들였다. 내 인생에서 처음이었던 그 작은 악마의 어머니는 무슨 일이 있었는지를 눈치채고 딸의 행동에 조금 당황해서 내게 당장 책을 빌려주라고 딸에게 명령했다. 나는 그 책을 단숨에 읽어내리지 않고 조금씩, 보물을 낭비하지 않기 위해 몇 페이지씩 아껴 읽었다.

아마도 그 책이 내 인생에서 가장 큰 기쁨을 주지 않았을까 생각한다.

내가 살았던 또 다른 인생에서 나는 대출이 가능한 유명한 도

* 브라질 작가 몬테이루 로바투의 판타지 및 아동 도서로 브라질 아동문학의 고전.

** 단편소설 「불법적인 행복」.

서관의 회원이었다. 나는 안내 없이 제목만 보고 책들을 골랐다. 그러다 어느 날 헤르만 헤세의 『황야의 늑대』라는 제목의 책을 고르게 됐다. 제목이 마음에 들었고, 잭 런던 스타일의 모험소설인 줄 알았기 때문이다. 뒤로 갈수록 더더욱 경이로움에 감탄하며 읽었던 그 책은 모험 이야기이되 꽤나 다른 모험이었다. 열세 살에서 열네 살 사이에 짧은 이야기들을 이미 써봤던 나는 헤르만 헤세에게 가르침을 받았다. 그를 따라 하며 긴 이야기를 쓰기 시작했으니까. 내면의 여행이 나를 사로잡았다. 커다란 문학을 만났던 것이다.

열다섯 살에 내가 경험했던 인생에서 나는 일을 해서 처음으로 번 돈을 들고, 돈이 있으니까 자랑스럽게 서점에 들어갔다. 서점은 내가 살고 싶은 세계였다. 나는 서점에 진열된 거의 모든 책을 뒤적였는데, 몇 줄을 읽어보다가 또 다른 책을 펼치곤 했다. 그러다 갑자기 그 책들 중 하나를 펼쳤는데 거기엔 너무도 다른 문장이 적혀 있었고, 그래서 그 책에 매료되어 그 자리에서 읽기 시작했다. 나는 감동하여 말했다. 이 책은 나잖아! 깊은 감동으로 몸이 떨리는 것을 억누르면서 그 책을 샀다. 그러고 난 후에 그 작가가 아주 무명이기는커녕 그 시대 최고의 작가로 꼽히는 캐서린 맨스필드라는 것을 알게 됐다.

1973년 3월 3일

단상

그는 자기가 살았던 세상에 의해 완전히 망가졌다. 그는 패배감으로 사람들과 멀어졌다. 다른 사람들 역시 망가졌다고 느꼈기 때문이다. 예를 들자면 그는 부자가 가난한 사람들을 괴롭히는 세상에 속해 있고 싶지 않았다. 그는 있는 삶 그 자체를 짓밟는 것과 맞서는 사람들에게 합류하는 게 더 로맨틱하다고 생각했기 때문에 개인주의 속에 스스로를 가뒀는데, 그가 조심하지 않았더라면 히스테릭한 고독 또는 그저 관조적인 고독으로 변질됐을 수도 있었다. 그는 더 나은 것이 보이지 않는 한, 두 고독을 해친, 그리고 어떤 면에서는 자기 자신을 해친 일종의 뒤틀린 사랑을 통해 다른 패자들과 관계를 맺으려 했다.

마리우 크라부

사우바도르에 갔을 때, 우리 나라에서 유명한 조각가 중 한 명인 마리우 크라부를 인터뷰했다. 나는 그에게 예술가로서, 특히 조각가로서 자신을 어떻게 생각하는지 물었다. 그는 이렇게 대답했다.

"일단 저의 소명을 처음 발견한 근원적 시기를 간단히 말씀드려야 할 것 같습니다. 대략 5년에서 8년 정도 되는 기간이었죠. 그 연구하는 시기가 저의 성향과 존재 방식을 대략 결정했지요. 그 사이클이 직업적으로 이미 활동하기 시작했던, 더 강력하고 활동적인 두 번째 단계에 어떤 요소들을 제공했어요. 그 두 번째 단계가 10년이 걸렸어요. 마지막으로 예술가로서 저의 스타일이 결정된 기간이 제 삶의 남은 시간을 차지하죠. 단계마다 대답이 있어요. 왜냐하면 저는 전통적인 '예술가'가 무엇인지 모르니까요. 저의 첫 번째 경험은 창작하는 제 능력을 발견하는 시기였는데, 다시 말하자면 입체적으로 대상을 만드는 것이죠. 짧은 시간이지만 강렬한 느낌이었어요. 창작하는 행위가 일상적으로 하는 실무에 조금씩 녹아들었으니까요. 제 안에 있는 조각가는 처음에는 자연적인 소재로, 그다음에는 인공적인 소재로 감각 훈련을 하면서 유지됐어요. 커뮤니케이션 도구가 될 소재와 접촉해야 한다는 특별한 필요성을 느꼈고요. 결과물이 어떤 메시지 형태가 되기 전에 조각가와 소재 사이에 대화가 오고 가야 하거든요."

1973년 3월 17일

다레우와 정신분석

다레우*의 그림을 봤다. 그의 꿈이—진짜 꿈, 잠자다 꾸는 꿈 말이다—화폭에 옮겨진 것 같다. 그가 창조한 존재하지 않는 도시들은 황량하게 보이고, 인간들은 기계에 짓눌렸다—그 모든 게 꿈의 미광 속에 있다. 마치 우리의 꿈인 것처럼 인식하게 되는 리얼리즘이다. 아름다움과 악몽은 다레우의 작품에서 눈에 띈다. 그 두 단어를 어떻게 함께 쓸 수 있을까? 꿈을 꾸고 실현하는 것은 인간의 이상이다. 다레우의 세계에는 충만한 인간의 총체성에 대한 관심이 있다. 기계와 함께 무력해진 개인의 충격. 몇몇 창문에 불이 켜진 어두운 도시들은 누군가 살고 있다는 것을 증명한다. 정신분석적으로 해석을 하든 않든 그는 대단한 예술가이고, 나는 그의 작품의 빛나는 미스터리를 말해야 한다.

인간으로서 다레우는 자기실현을 이룬 사람의 고요한 기쁨을 발산하는 젊은 남자다.

나는 그가 정신분석을 받았다는 것과 그것에 대해 말하는 데 거부감이 없다는 것을 알고 있었다. 나를 포함해서 많은 사람이 그런 주제에 관심이 많다는 것을 알고 있기 때문에, 이곳에 우리가 그 주제에 대해 나눴던 대화를 옮겨본다.

* 다레우 발렝사 린스, 1924-2017. 브라질 화가. 다우통 트레비상 또는 그라실리아누 하무스 같은 작가들의 삽화를 그리기도 했다.

나는 그에게 왜 정신분석가에게 도움을 요청했는지 물었다. 그는 내게 두통 때문에 괴로웠고, 전반적으로 자신의 몸이 자신을 괴롭혔다고 대답했다. 요약하자면 그는 심기증 환자였다. 그는 자신이 커다랗고 중요한 문제에 사로잡혀 있다고 생각했다. 예를 들자면 깊은 불안 같은 것 말이다. 그래서 그는 정신분석에 의한 처방의 힘을 빌렸다.

한동안 정신분석 치료를 받고 그는 가족과 새로운 관계를 맺게 되었을 뿐 아니라 모든 사람과 더 매끄러운 관계를 맺게 됐으며 무엇보다 자기 내면의 메커니즘을 더 잘 이해하게 됐다.

"지금 저에게 세상에서 가장 중요한 것은 예술가로서 완전한 자기실현을 이루는 것이지요. 물론 반고흐주의에 빠지지 않고요. 사랑의 종류는 무한해요. 한 가지 형태의 사랑만을 알고 있는 사람은 한정된 지식을 가진 것이지요."

"정신분석에 기대하는 것은 무엇인가요?"

"마음속으로 한 가지를 기대했는데, 또 다른 한 가지를 찾았어요. 저는 정신분석이 제 문제를 해결해주기를 기대했고 지금은 혼자서 해결할 수 있다고 믿고 있죠."

"다레우, 정신분석을 하면서 이미 고통스러운 것들을 헤집어 놓으면 너무 고통스럽지 않나요?"

"정신분석가는 고통스러운 것을 헤집지 않아요. 정신분석에서 개인은 하나의 커다란 상처일 뿐이죠. 정신분석은 거울처럼 우리가 알지 못하는 상을 비추기만 할 뿐이에요."

"사람들은 정신분석이 특히 성을 다룬다고 생각해요."

예술가든 아니든 사람에게 필요 이상의 고통을 주죠."

"몇몇 사람이 말하는 것처럼 모든 예술가가 신경증을 앓는다고 생각하세요?"

"아니요."

"정상이란 것은 어떤 것일까요?"

"정상적인 형태는 없는 것 같아요. 제국을 짓는 사람들을 아는데, 분명 그들은 신경증을 단단히 앓고 있을 확률이 높죠. 당신의 질문이 나를 조금 혼란스럽게 하네요. 한 개인의 건강한 부분이 그의 병든 부분과, 창작 행위와 정말 구별되는지 모르겠어요. 저는 아닌 것 같아요."

1973년 4월 7일

택시 기사와 나눈 짧은 대화

택시 기사는 소명으로 되는가? 일반적으로 그들은 너무도 편안해 보여서 때때로 그런 생각이 든다. 그들은 갑자기 침묵을 깨고 담배에 불을 붙이면서 내게 묻는다. 담배 한 대 드릴까요? 나는 절대 거절하지 않는다. 택시 기사들은 자식이 얼마나 많은지! 그렇지만 그들은 돈 문제는 없다고 말한다. 그들은 조심성 없는 질문을 내게 묻는다. 나는 거의 모든 질문에 대답하지만 때때로 기분이 좋지 않을 때에는 어떤 질문에도 대답하지 않는다. 재미있는 점은 택시 기사와 지적장애인에 대해 대화를 나눌 일이 절대 없다는 것이다. 아직도 이유는 모르겠다. 그렇지만 내 손 때문인지 대부분 화재에 대해 말한다. 내 경험에 의하면 택시 기사들은 모두 조금씩 화상을 입어본 적이 있거나 화상에 대해서 잘 아는 사람이다. 그들은 내게 말한다. "정말 아프죠. 알아요." 게다가 나는 화재가 난 이후로 화재를 겪은 사람들을 많이 만난다. 습관적이라는 생각이 들 정도로.

바다와 아침

바다. 나는 게으름 때문에 바다에 가는 것을 포기했다. 그것은 동시에 매번 겪는 일, 그러니까 텐트, 피부에 달라붙는 모래에 대한 짜증 때문이기도 하다. 나는 머리카락이 젖지 않고 바다에 들어가는 법을 모른다. 집에 돌아오려면 소금을 털어내야 한다.

그러나 언젠가 바다에 대해 더 잘 이야기할 수 있을 것이다. 한편으로는 지금부터 조금씩 시작해볼 생각이다. 때때로 나를 취하게 했던 바다의 냄새에 대해 말할 것이다.

북부에 사는 사람을 알고 있는데, 그렇다고 그것이 바다에 들어가본 적이 없다는 것에 대한 이유가 될 수는 없다. 그 사람이 그 말을 했을 때 나는 놀랐다. 나는 그 사람에게 우리 집에 놀러 오면 아침 6시에 바다에 들어가게 해주겠다고 약속했다. 왜냐고? 그 시간이 바다가 가장 외로울 때니까. 바다가 어머니의 요람인 것을 어떻게 설명하겠는가, 바다의 냄새는 너무도 남성적인데. 그렇지만 어머니의 요람이 아닌가? 어쩌면 남성성과 여성성이 완벽하게 섞여 있는지도 모른다. 아침 6시에는 물거품이 더 하얗다.

재스민

곧 바다로 돌아갈 것이다. 아주 돌아갈 것이다. 그러나 나는 향기에 대해 말했다. 재스민을 떠올렸다. 재스민은 밤에 핀다. 재스민은 나를 천천히 죽이고, 나는 저항하다가 포기한다. 향기가 나보다 더 강하다고 느끼니까. 나는 죽는다. 잠에서 깨어나면 나는 입문자가 된다.

1973년 4월 21일

열세 명의 저녁 손님

형이상학파를 대표하는 조르조 데 키리코*는 고고학자인 아내와 일찍 결혼했다. 어느 날 저녁, 그의 집에서 있었던 식사 자리에서 그들은 식탁 주변에 열세 명의 손님이 둘러 있음을 알아차렸다. 열네 번째 손님이 도착하기 전까지 키리코는 앉고 싶어 하지 않았다.

그의 아내는 결국 마지막 순간에 합류할 친구를 찾아내는 데 성공했다. 그렇지만 그 열네 번째 손님은 키리코가 요구하는 모든 조건을 충족해야 했다. 그녀는 이상적인 여자가 틀림없었다. 식사가 끝난 후에도 화가의 집을 절대 떠나지 않았던 것이다. 떠난 것은 고고학자의 아내였다. 키리코가 그 열네 번째 손님과 살게 되면서. 그것도 매우 행복하게.

* 1888-1978. 이탈리아 화가이자 작가. 초현실주의 초기 단계 중 하나인 형이상학파를 대표하는 인물.

1973년 4월 28일

부조리의 통찰력

밀로르 페르난지스를 굳이 소개하진 않겠다. 그를 아는 사람들은 에너지가 넘치고 다양한 재능이 있는 그 사람을 말하기 위해서는 몇 페이지가 필요하다는 것을 알 테니까. 우리는 오래된 친구다.

우리가 가장 최근에 나눈 대화는, 최근이라고 해도 이미 시간이 조금 흘렀는데, 서로의 말을 오해하는 일 없어 순조롭게 이뤄졌다. 서로를 향한 믿음이 있었던 것이다.

대화의 내용은 대충 이러했다.

"밀로르, 어떻게 지냈어? 마음 깊숙한 곳의 이야기를 해봐."

"나는 늘 똑같아. 다르게 지낼 줄을 모르지. 값을 치르는 거야."

"때로는 그 값이 너무 비싸기도 하잖아. 몇 년 전에 어떻게 〈남자는 처음부터 끝까지〉를 올릴 생각을 한 거야? 정말 감동적이고 대단한 공연이었잖아. 나는 그 공연을 같은 감정으로 다시 보고 싶어. 그렇지만 그 공연은 새롭게 연출할 수 있고, 또 그래야만 하겠지."

"페르난다 몬치네그루라는 놀라운 친구의 요청이었어. 나는 인간주의적 관점에 매달렸지. 그게 내 작업에서 가장 중요한 장점이니까."

"배우로서 너의 경험에 대해 이야기해줄 수 있어?"

"박진감 넘치고 무용해. 박진감 넘치는 것은 의사소통의 온전한 가능성을 지각함으로써 얻게 되는 확신 때문인데, 그게 감동적이지. 무용한 것은 그 경험의 결과로 할 수 있는 게 아무것도 없다는 거야. 내가 추구하는 의사소통은 완전히 달라. 내밀하고 결정적인 것이지."

"밀로르, 사람들은 은총이라고 말하지만 사실은 은총이 아니라 매우 평범한 것을 느껴본 적이 있어? 세상의 사물을 현실에 있는 그대로 바라보는 즉각적인 시선 말이야."

"누군가 은총이라 부른다면 나는 그렇다고 인정해. 내 눈에는 그런 것만 보이거든. 내가 보는 것 중에 아무것도 평범한 것은 없어. 나는 있는 그대로의 세상의 사물에 대한 모든 개념이 부족해. 그러나 당신이 말하는 일종의 이 통찰력, 부조리한 통찰력을 가장 커다란 열정으로 심장에서 느끼고 있어. 나는 언젠가 내가 통찰력으로 터져버릴 것 같아. 그러니까 미쳐버리는 거지."

"어린 시절은 어땠어?"

"힘들었어, 힘들었지! 아름다웠고, 아름다웠어! 그 시절 메이에르 동네는 거의 시골이었어. 나는 개구리가 우글거리는 못에서 수영을 배웠지. 정원에서 여자애들과 흙으로 작은 상을 만들면서 좋아하는 법을 배웠어. 열 살까지 그 어린 시절이 계속됐지. 그러던 어느 날 어머니가 돌아가셨고, 침대 밑에서 몇 시간 동안 울고 난 후에 회의주의적인 평화를 찾았지. 내가 열 살 때였어. 맞아."

"어떤 방식으로 영감을 얻어?"

"정확히는 모든 방식으로 얻는 것 같아. 그렇지만 그것이 정말 무의식적인 것이라고는 생각하지 않아. 무의식인 것 같아도 영감의 핵심에는 어딘가에서 경험한 것이 있지. 하나의 장면, 소리, 고통, 불안을 일단 비축해두었다가 느닷없이 어떤 동기, 외부의 자극으로 인해 다시 나타나는 거야. 그러나 내 경우는 조금 특별해. 나는 작가가 아니라 글쓰기를 직업으로 삼고 있는 사람이지."

우리는 여러 인물에 대해 이야기했다. 나는 그에게 단도직입적으로 물었다.

"누구를 존경하고 그 이유는 뭐야?"

"질문의 시공간을 한정해볼게. 내가 사는 세상의 사람을 선택하는 용기를 내고 싶거든. 비니시우스 지 모라이스야. 우리가 가진 모든 공통점과 그와 나를 가르는 거대함을 이유로, 삶의 본질을 보는 대가로서 그 작은 시인을 골랐어."

우리의 대화는 두서없이 이어지다가 이유는 모르겠지만 죽음을 말하게 됐다.

"당신에게 죽음은 늘 존재하는 문제야?"

내가 그에게 물었다.

"나는 죽음에 관한 문제가 매력적이라고 생각해. 어쩌면 내가 죽음 가까이에 있지 않기 때문이겠지. 그냥 하는 말이 아니라, 살기 위해 죽어보고 싶어. 그 경험을 해보고 싶어. 다시 돌아와 어땠는지 이야기할 수 있다는 조건으로."

우리는 다시 삶을 이야기했고, 우리에게 가장 중요한 모든 것에 대해 말했다. 밀로르는 말했다.

"인간관계, 사랑, 열정이 중요하지. 남자와 남자가, 여자와 여자가 '운명처럼 품는' 뜨거운 사랑도. 내가 사회가 말하는 '건강하고' '정상적'인 삶을 살고 있어서 '비정상적'인 열정에 내가 할 수 있는 가장 커다란 존중을 표하고 싶어."

"작가가 아니었다면 무엇이었을 것 같아?"

"운동선수. 나는 사실상 욕구불만이 많은 운동선수야. 이건 내가 극도로 힘들었던 열 살에서 열일곱 살까지의 청소년기부터 가지고 있었던 유일한 욕구불만이지.

"글쓰기 실력이 늘었다는 게 느껴져?"

"그런 것 같아. 특히 무엇보다 처음과 지금을 비교하면 그렇게 느껴지지만, 그렇다고 자랑할 건 없어. 나는 열세 살에 신문에 글을 쓰기 시작했으니까 실력이 늘지 않았다면 바보인 거지. 나는 계속해서 새로워지려고 노력해. 새로운 형식과 시선을 찾는 걸 좋아하니까. 그건 내가 아직까지 간직하고 있는 취향이야."

"삶에서, 삶의 방식에서 경험에서 나온 성장이 느껴져?"

"나는 그런 것 같아. 그렇지만 다른 사람들도 똑같이 생각할까? 어떤 것도 더는 놀라울 게 없어. 예를 들어, 누가 나한테 '공격적'이라고 말한다고 해도 마찬가지지. 그래도 나는 인간의 다정함을 꽃처럼 느껴. 그렇지만 과연 나도 그럴까? 어쨌든 내 의식 저 밑바닥에는 인간의 천재성은 선에 있다는 확신이 있어. 내가 추구하는 것이 그것이고."

나는 선에 있어서 그의 말에 동의했다.

1973년 5월 19일

결혼한 사람들을 위해

현재 영국에서 이혼을 신청한 사람 수가 1947년에 비해—이혼율로 기록을 세웠던 해다—거의 반도 되지 않는다. 우리는 확실히 이 새로운 문제 상태가 20년 전에 설립된 결혼 상담 위원회의 영향인지 살펴볼 필요가 있다. 결혼 상담 위원회는 자원자들에 의해 세워진 단체로 국내에 80개의 지점이 흩어져 있고, 부부 사이에 갈등을 겪는 모든 이에게 조언해줄 준비가 되어 있는 700명의 결혼 상담원이 있다. 상담원은 지도를 요청한 배우자가 상황에 대한 책임의 일부를 인정하게 돕는다. 아내는 원한다면 30분 동안 속내를 말할 수 있다. 어떤 사람들은 어쩌면 태어나서 처음으로 자기 이야기를 참을성 있게 들어주는, 누구의 편을 들지 않고 있는 그대로 인정해주는 사람을 만나는 것이다. 몇 번의 인터뷰를 거쳐, 아내는 그 상황이 전적으로 남편의 책임만이 아니라, 어쩌면 자기도 남편의 행동에 어느 정도 책임이 있음을 깨닫게 된다. 회복할 수 없는 상황도, 바뀌지 않는 사람도 없다는 게 결혼 상담 위원회의 이론이다. 해마다 1만 1,000건 중에 반이 상담을 통해 도움을 받는다. 모든 조언자는 기혼자여야 하며, 그들 중에는 의사도 있고 정신병 전문의도 있다. 모두 훈련 기간과 실습 기간 1년을 거친다.

비밀

때때로 나의 무지는 누락의 느낌이 없어지고, 거의 만질 수 있는 것이 된다. 어둠처럼, 때로는 잡을 수 있을 것처럼. 무지가 누락처럼 느껴질 때에는 불편한 느낌, 사실을 알지 못한다는 느낌을 줄 수 있다. 어쨌든 무지 자체가 그렇다. 무지가 어둠처럼 거의 만질 수 있는 것이 되면, 무지는 나를 공격한다. 최근 나를 공격했던 것은—내 잘못이 아니기 때문에 공격이 맞다. 그것은 내게 강요된 무지다—최근에 나를 공격했던 것은 여러 나라의 과학자들이 내보는 방식, 삶의 방식, 앎의 방식에 혁신을 일으킬 비밀들을 간직하고 있다는 느낌이었다. 왜 그들은 비밀을 밝히지 않는가? 새로운 것을 만들기 위해 비밀이 필요하기 때문이다. 또 비밀을 밝혀서 혼란을 일으킬까 두렵고, 아직은 때가 아니기 때문이다.

그래서 나는 오늘 중세를 사는 듯한 기분을 느낀다. 나는 나만의 시대를 도둑맞았다. 그렇지만 비밀을 밝힌다고 해서 내가 그것을 이해할까? 비밀과 접촉할 방법이 있을 것이다.

한편으로 나는 비밀이 감춘 것에 대한 희망으로 충만하다. 그들은 우리를 적절한 시기가 오기 전에 진실로 겁을 줘서는 안 되는 어린아이로 여긴다. 그러나 어린아이는 진실이 오는 것을 느낀다. 어린아이는 어디서 오는지 모르는 소문처럼 진실을 느낀다. 나는 곧 다가올 중얼거림을 느낀다. 어쨌든 나는 비밀이 있음을 알고, 물리적 세계, 어떤 면에서 완전히 새로운 물리적 세계를—적어도 내가 알았다면—볼 수 있다. 나는 '내가 알았다면'이라는 조건이 붙은 최소한의 기쁨에 충실해야 한다. 기쁨에 대해서는 겸손해야 한다. 기쁨은 가냘플수록 붙잡기 어렵고 귀하다—더 좋아할수록 결국은 알게 되리라는, 거의 보이지 않는 희망의 끈을 붙잡게 되니까.

청소년 C. J.

그는 키가 크고 어깨가 넓다. 살짝 등을 구부리고 걷지만, 그건 곧 지나갈 것이다. 그것은 청소년의 무게이니까. 그는 느리고 깊다. 그는 천천히 씨를 뿌린다. 그의 농부 같은 거친 얼굴에는 말이 없는 농부의 깊이가 있다. 그는 여자와 자게 될 것이다. 그가 과중한 망설임으로 넓고 깊은 물에 들어가지 않는다면 말이다. 그는 조용하고, 사람들이 일상적으로 하는 말을 할 줄 모른다. 그렇기 때문에 아무 말도 하지 않는다. 그는 자기 다리가 반듯한지, 무거운지, 아름다운지 모른다. 한번은 그가 말했다. "직업을 갖고 싶어요. 뭐든지 상관없어요. 내가 먹고살 수 있는 것이면 돼요. 왜냐하면 그래야 '구체적이고 매우 객관적인' 무언가를 할 수 있는 시간이 있으니까요." 그는 어리숙하고, 일부러 그런 것은 아니지만 물건들을 잘 부서뜨리는데, 그러면 그는 겁을 잔뜩 먹고 미소를 살짝 지으면서 사과한다. 그와 있으려면 인내심이 필요하다. 그처럼 커다란 사람과 있으려면 인내심이 필요하다. 커다란 인내심이. 평생 조용한 어리숙함이 그에게 계속될 수 있으니까, 그에게 남아 있을 수 있으니까. 가장 위험한 유형의 청소년이다. 그러니까 너무 일찍부터 등이 살짝 굽은 데다 자기 안에 말 없는 커다란 것이 있음을 느끼는 청소년.

예술을 하지 않는 예술가들

B. D.는 하나의 이미지는 절대 두 번 오지 않는다는 것을 아는 날카로운 포토그래퍼의 시선을 갖고 있다. 그가 추구하는 것은 예술을 하는 것이 아니다. 그는 자기가 본 것을 절대 이야기하지 않는 사람처럼 찾는다. 게다가 그가 보는 유의 것들은 이야기하기가 어렵다. 그는 자신이 느낀 것과 본 것을 전체적으로 잘 정리하지 못한다. 그런 일은 그를 예술가로 존재하지 못하게 하기 때문이다. 그러나 정신의 생존을 위해서라도 모든 사람은 이런 유의 비예술가여야 한다.

위협적인 오후

일단 하늘과 공기가 무거웠다. 납색의 낮은 하늘은 땅과 가까워졌다. 안개에 둘러싸인 숲속의 빈터, 불안한 늪, 폭우로 지워진 수평선, 곧 나뭇잎들이 비에 젖어 무거워질 것이다. 검고 푸르스름한 토지. 나는 창백해지는 것을 느끼지만, 두려움은 아니다. 나 역시 시작되는 폭풍우에 영향을 받은 것이다. 세상이 불안하다. 새들이 달아난다.

희망에는 어떤 이름을 붙여줘야 할까?

그러나 온갖 것에 희망이 있다면 그 일은 성취된다. 그러나 희망은 내일을 위한 것이 아니다. 희망은 이 순간이다. 어떤 희망에는 다른 이름을 줘야 한다. 왜냐하면 그 말은 무엇보다 기다림을 의미하니까. 희망은 이미 여기 있다. 내가 말하고자 하는 것을 의미하는 단어가 있을 것이다.

표현의 어려움

표현이 가능하도록 어쨌거나 거기 있는 뭔가를 찾는 어려움은 맹목적이라는 인상을 준다. 그래서 커피를 요구하는 것이다. 커피는 말을 찾는 데 도움을 주진 않지만 감정적 해방 행위를 상징하기는 한다. 그것으로써 내가 무상으로 해방된다는 뜻이다.

1973년 6월 23일

교훈

지난번에는 택시를 탈 때 평소와 다르게 택시 기사가 나를 인터뷰했다. 그는 내게 조심성 없는 질문 몇 개를 던졌고, 그중에는 "여성이 다른 사람들과 동등하다고 생각하세요?"라는 이상한 질문도 있었다. 나는 정확히 뭐라고 대답해야 할지 몰라서 "그런 것 같아요" "글쎄요, 저는" 같은 말을 했다. 그는 이어서 "저는 다른 사람들과 동등한 것 같아요. 부인, 제가 걸인이었던 적이 있었거든요. 지금은 택시 기사잖아요. 저는 걸인이긴 했지만 다른 사람들과 동등하다고 느껴요. 그래서 당신에게 도덕적 교훈을 주는 것입니다"라고 말했다. 내가 도덕적 교훈이 필요했던가? 나는 우리가 왜 진심으로 인사를 나누고 서로의 행복을 빌어주며 헤어졌는지 모르겠다. 틀림없이 우리에게 그것이 필요했던 것이리라.

내가 아는 지인 중 한 명에게 이 이야기를 들려줬더니 매우 놀랐다. 그녀는 언제나 누군가 사회적으로 가장 낮은 신분인 거지가 되면 다시는 돌이킬 수 없다고 믿어왔기 때문이다. 그러나 그 운전기사는 걸인에서 벗어나 대출로 산 자동차로 돈을 잘 벌고 있다. 그는 구걸하는 신세에서 벗어났을 뿐 아니라, 아무도 요구한 적 없는 도덕적 교훈을 어떤 여자에게 줄 수 있게 된 것이다. 나는 도덕적 교훈을 싫어한다. 대화를 나누다가 도덕적 교훈에 빠지게 되면—도덕주의자들은 "도달한다"라고 말할 것이다—나의 모든 존재가 일그러지고 어색한 침묵이 나를 감싼다. 나는 저항하려고 애쓴다. 어떻게 보면 그게 더 나쁘다.

저는 모릅니다

당신의 관심을 끄는 것이나 내가 다뤄줬으면 하는 것을 말해주시길. 모든 요구를 만족시킨다고 약속할 수는 없지만. 주제가 내 안에 들어와야만 하고, 주제가 내게서 기대하는 것을 찾을 수 있어야 하니까. 또 당신이 제안해준 주제에 맞는 글을 내가 쓸 수 없을지도 모른다. 나에게는 “저는 모릅니다”라고 말할 권리가 있다.

한번은 누군가 이스피리투산투주의 비토리아 대학에서 특강을 해달라고 고집을 부렸다. 나는 결국 받아들이게 됐다. 나를 초대한 사람에게 설득된 것이다. 나는 특강이 아니라는 조건으로 초대에 응했다—학생들을 좋아하니까. “저는 모릅니다”라고 대답할 권리를 확보해두면서 질의응답과 대화의 시간을 제안했다. 모든 게 잘 진행됐다.

그런데 너무도 공격적인 학생이 한 명이 있었다. 강당의 앞줄에도 자리가 있는데 굳이 마지막 줄에 혼자 앉아 있었던 것도 그랬지만, 말도 내가 들을 수 없을 정도로 낮은 목소리로 기계처럼 말했다. 내가 목소리를 키워달라고 부탁하자 아니나 다를까 그는 큰 목소리를 갖고 있었다. 그는 결국 자리를 바꿔 앉으면서 내가 쓴 글을 하나도 이해하지 못했다고 분명하게 말했다. 그러나 결국에는 그 학생과도 잘 넘어갔다. 비토리아는 아름다운 도시다.

비토리아 이야기가 나온 김에 철학과를 다니던 한 학생에게 사과하고 싶다. 그 학생이 나를 초대해 사인회를 열고 싶다고 전화를 했고 내가 가겠다고 약속했었다. 하지만 그날 낮에는 다른 약속이 있었고, 저녁에 이스피리투산투로 가는 비행기가 없었다. 나는 그 학생에게 가지 못한다고 말하려고 전화를 걸었는데, 그가 전화를 받지 않아서 메시지를 남겼다. 아마도 그는 메시지를 받지 못한 것 같다. 비토리아 공항에서 학생들이 나를 기다렸다는 이야기를 들은 것이다. 내가 그 젊은이에게 전한 메시지는 이렇다. "나는 당신이 원한다면 언제든지 사인회를 할 준비가 되어 있습니다."

1973년 6월 30일

소설가

마르키스 헤벨루*는 내가 그를 알았던 시절과 똑같이 짧게 자른 헤어스타일을 하고, 눈빛이 민첩하고 장난꾸러기 같았다. 그러나 그의 얼굴에 새로운 모습이 보였다. 전보다 선해진 것이다. 분명 삶이 그에게 가르쳐준 것일 테다. 그는 누구도 피해 갈 수 없는 신랄한 언어를 가진 것으로 유명했지만, 세월과 경험 그리고 자연스럽게 느끼는 피로로 유해지기도 했다. 마르키스 헤벨루는 그의 '전쟁명'이다. 그의 본명은 에디 지아스 다 크루스인데, 전혀 다른 사람인 것 같은 이름이다. 마르키스 헤벨루는 문학적 이름을 위해 듣기 좋은 음조가 필요하다고 판단해 스스로 다시 이름을 붙였다. 그는 모두가 자기 이름을 다시 지어야 한다고 생각한다. 두 이름이 서로 뒤섞이다가 하나만 남았다. 그는 유년기를 벗어나자마자 글을 쓰기 시작했다. 그는 글을 썼지만 자신과도 소통되지 않는다고 느껴 종이를 찢어버렸다. 열아홉 살에 〈안트로포파지아〉와 〈베르지〉 같은 모더니즘 잡지에 시를 발표했지만, 시를 썼던 자신의 과거를 부정한다. 스물한 살, 군복무 중에 『오스카리나』를 쓰고 만족했다. 그 이후로는 『세 개의 길』, 『마라파』, 『떠오르는 별』, 『스텔라가 내게 문을 열어줬다』를 썼고, 오랫동안 소설을 멀리한 이후에 단상으로 이뤄진, 브라

* 1907-1973. 모더니스트 운동에 깊게 관여했던 브라질 작가.

질의 삶을 하나의 프레스코화로 그리려는 시도를 보여줬던 『깨진 거울』을 집필했다. 그것은 인내심과 거의 고집의 산물이다. 그는 영감을 기다리지 않고, 규율에 따라 작업한다. 그는 서른 번씩 버리고 다시 쓸지언정 글쓰기를 멈추지 않는다. 그에게는 다시 쓰는 것이 쓰는 것보다 더 중요하다.

아침은 가장 좋은 순간이다. 침묵이 부추긴다. 그는 낮에 일해야 했던 젊은 시절에 밤을 발견했다.

그가 쓰고 싶어 하고, 그를 가득 채워주는 문학책은 야콥센의 『닐스 리네』다. 그는 그 책을 열정적이라고 생각한다.

그는 새로운 작가들에 대해서는 여전히 배를 끌고 나가는 것은 옛사람들이고 아직 젊은 작가들은 자신들의 능력을 입증하지 못했으며 열린 지평을 두려워하는 것 같다고 평가한다. 그는 좋건 나쁘건 자신의 메시지를 전했다고 생각한다. 그는 브라질에서 가장 리우데자네이루다운 작가이지만 그것은 장점이 아니라 상황이 만든 열매라고 생각한다.

누군가 그에게 브라질 문학 아카데미에서 무엇을 했느냐고 물으면 그는 미소를 지으며 무덤 앞에서 제자리걸음을 했다고 대답한다. 그는 비평에 불평하지 않고 때때로 자기 자신에 대해 불평한다. 그의 인생에서 가장 결정적인 순간은 분명 작가가 되기로 결심했던 순간이었다.

그는 늘 문학적이지 않은 일을 하며 검소하게 살았기 때문에 읽고 쓰는 데 시간을 할애할 수 있었다. 그는 다독가다. 그는 글쓰기를 가치 있는 일이라고 보며 자신의 자유의 은신처로 여긴다. 글쓰기를 제외하고 그가 가장 좋아하는 것은 진짜 삶을 사는 것이다. 그에 따르면 문학으로는 친구가 생기지 않고 고작 친절한 적들만이 생긴다고 한다. 그는 문학을 하면서는 매우 외롭다고 느끼지만 인생은 충분히 즐기고 있다. 그는 빌라이자베우에서 태어났고 치주카, 보타포구, 라란제이라스에서 살았는데 각각의 동네는 고유한 특징이 있다. 리우는 여러 도시를 감싸고 있는 도시다. 그의 축구 클럽은? 그의 인생에서 유일하게 열광하는 대상인 아메리카다. 그 팀은 그를 미치게 만든다. 아메리카가 항상 지기는 해도……. 그는 영화를 좋아하지만 연극을 선호한다. 우리가 인생에서 지불하는 비싼 값을 그는 정당하다고 여긴다.

1973년 8월 25일

드자니라

어떻게 드자니라를 좋아하지 않을 수 있을까? 그녀를 개인적으로 알지 못한다고 해도 말이다. 나는 그녀의 작업을 정말 좋아했다. 그렇지만 그녀의 집 대문이 열리고 그녀를 보자—나는 꼼짝없이 얼어붙어 그녀에게 말했다. "조금만 기다리세요." 나는 알았다—정말로 알았다—그녀가 내 친구가 될 것이라는 것을. 그녀의 눈에는 신비를 간단한 것으로 믿게 하는 무엇이 있었다. 그녀는 내가 그녀를 가만히 바라보다가 마침내 "좋아요, 이제는 당신을 알겠어요. 들어갈 수 있어요"라고 말해도 놀라지 않았다.

드자니라는 얼굴과 미소에 선량함을 지니고 있는데, 미적지근하거나 공격적이지는 않은 선량함이다. 그녀는 자기 작업에 불어넣는 것을 자기 안에 지니고 있다. 이를테면 전부를. 그것은 인간이 노동 행위라는 심오한 단순성으로 자신의 존엄성을 되찾는 모습을 보여준다. 우리는 앉았고, 나는 그녀에게서 눈을 떼지 않았고, 그녀는 내게 어떤 불편함도 주지 않고 친절하게 나를 관찰했다. 우리가 그녀의 남편 모치냐를 부르자 그가 들어왔다. 내가 여기에 옮기는 글은 내가 완벽하게 기억하기 때문에 글자 그대로 옮기는 말들이다.(그곳을 떠나자마자 개인적인 용도로 여러 말을 기록해뒀다.)

1. 우리는 사람들이 왜 사랑하는지 모르면서 사랑하듯, 왜 그

리는지 모르면서 그림을 그립니다.

2. 나의 어린 시절은 매우 불행해서 말할 것도 없고 기억할 것도 없습니다.

3. 나는 브라질 남부, 파라나와 산타카타리나 사이에서 자랐습니다. 나는 주로 작은 도시, 포르투우니앙, 우니앙다비토리아에서 자랐는데 그 도시들은 파라나주와 산타카타리나주의 경계에 반씩 걸쳐 있었어요. 아버지는 치과를 하셨습니다. 아주 어릴 때 부모님이 헤어지셨고, 나는 스무 살이 넘을 때까지 아버지를 보지 못했습니다. 어느 날 〈노이치〉라는 신문에 아버지를 찾는다는 작은 광고를 냈습니다. 아버지를 아는 어떤 치과 의사에게서 연락이 왔고, 그것이 내가 처음으로 들은 아버지 소식이었습니다. 그는 떠돌아다니는 치과 의사여서 매우 유명했습니다. 절대 한곳에 머물지 않았고, 도시를 옮겨 다니며 사람들의 치아를 치료했지요. 그는 떠날 때 내게 이렇게 말했습니다. "나는 여행을 떠나는 거야, 나중에 드자니라를 찾으러 올 거야." 그는 돌아오지 않았습니다. 그래서 어떤 가족이 나를 보살폈지만, 제대로 된 돌봄이 아니었고 노동을 해야만 했습니다. 나는 스물여덟 살에 그림을 그리기 시작했고, 그림을 만난 것은 내게 커다란 행복이었습니다. 내가 결핵을 치료하려고 요양소에 머무는 동안 농담처럼 찾아왔죠. 비서실에 있는 그림을 보고 그것보다 잘 그릴 수 있다고 생각했거든요. 나는 그리스도를 그렸습니다. 그렇게

관심을 갖게 됐죠. 리우로 떠났을 때에는 그림을 점점 더 많이 그렸고, 멈추지 않았습니다. 나는 닥치는 대로 모든 것을 그렸습니다. 나를 발굴하고 나의 선생님이 되어준 마르시에르를 알게 될 때까지. 그때 나는 완전히 새로운 세상에 있는 나를 보게 된 것이지요.

우리는 오랫동안 침묵을 지킨 채로 있었다. 분명 우리는 각자의 삶을 생각하고 있었을 것이다. 독자들을 우리의 깊은 침묵으로 안내할 수 없기 때문에 드자니라의 시를 옮기는 것으로 대신하려 한다. 제목은 「여행」이다.

> 나는 상아색에서
> 인도에서 온
> 야생 코끼리를 봤다
> 코끼리는 내게 길을 알려줬다
> 위험하게 눈을 감고 떠날 수 있는, 떠날 수 있는……
> 그러나 그것은 죄였고
> 나는 죄 안에서 여행했다
> 무한을 여행했다
> 그러고 시간 속에서 길을 잃었다
> 그것은 죄였으니까

4. 누군가 자기 자신을 창조할 때에는 자기 안에 평범한 삶에

굴복하지 않는 무엇이 있기 때문이 아니겠습니까? 당신은 생존하기 위해서라고 말했지만요. 원하는 방식으로 생존하기 위해서입니다. 내가 처한 어려움에도 불구하고 모든 것을 독학한 나 같은 사람, 우리가 사는 이 사회에서 인생 전체가 존재의 진부함을 벗어나기 위한 시도에 불과한 나 같은 사람에게 직업을 갖기 위한 방법을 찾는 일은 하나의 소명입니다. 우리가 하는 모든 일이, 내가 하는 일이 아무것도 되지 않기 때문입니다. 내가 닿고자 했던 것은 우리 안에 있는 헤아릴 수 없는 어떤 것입니다. 나는 우리가 결국 우리가 찾는 것을 발견하리라고 믿습니다. 어느 날, 우리가 자기가 만든 것에 스스로 만족하게 된다면, 그것은 끝이지요. 예술에서 발전은 매우 느립니다. 정신적인 모든 것은 느린 것입니다.(나: 당신은 이 연구가 평생 걸리는 것이라고 말하고 싶은 건가요?)

5. 그렇습니다. 우리가 사는 시대는 역동적입니다. 우리는 이미 달에도 갔죠. 존재했던 미스터리는 더 이상 미스터리가 아닙니다.(나: 드자니라, 나는 그렇게 생각하지 않아요. 인간이 아무리 달에 가서 산다고 해도 절대 미스터리를 깨뜨릴 수 없어요.)

6. 오늘날 모든 과학적 발견으로 우리가 보게 된 것은 엄청난 불만 속에서 살아가는 활기찬 세계입니다. 전쟁 이야기만 들리지요. 인간들은 정치적으로 서로를 이해하지 못해요. 네, 당신 말이 맞습니다. 인간은 발견했지만 미스터리를 발견하지는 못

했어요.(나: 작업을 구상하기 위해 어떻게 하시나요?)

7. 제 그림은 브라질로 가득해요. 그것이 적어도 저의 바람이지요. 그래서 국내 여행을 많이 해요.

P.S. 이 이야기를 잊은 것 같다. 드자니라가 쇄골이 부서졌을 때, 그녀는 그림을 그리지 못할 것이라고 생각하고 절망했다. 그러나 그녀는 갑자기 비명을 질렀고, 그 소리에 남편이 뛰어왔다. 그녀는 그림에 대한 절망적인 의지로 왼손을 써봤고, 놀랍게도 자신이 완벽하게 양손잡이라는 사실을 발견하고 커다란 기쁨을 느꼈던 것이다.

1973년 9월 29일

소명의 여정

이사크 카랍첸스키*가 무대를 지휘하면 그 울림이 너무도 강렬하여 가장 무관심한 관객도 열광한다. 청각적으로 중요한 경험일 뿐만이 아니라 그가 지휘하는 모습을 보는 것 자체가 아름다운 공연이다. 그는 자신의 모든 것을 바친다. 사람들은 그가 다른 세계에 가서 자신을 내던지고 악보 속을 강렬하게 살고 있음을 지각한다. 공연을 마치고 나면, 그는 땀과 피로로 지쳐서 걸레가 된 듯한 느낌을 받지만, 그가 원하는 대로 모두 이뤄지면 세상에서 가장 행복한 사람이 된다.

그런 일이 일어날 수 있다는 게 믿을 수 없다. 중학교에서 했던 음악 공부는 그를 지루하게 했으니까. 음표와 오선지만으로 자신의 소명을 구체화하고 예술가의 미래를 정하게 될 줄 그는 절대 생각지도 못했다. 그러나 그는 그 시간 동안 바흐의 푸가를 듣는 게 좋았고, 동시에 새로운 음절과 목소리를 창조했다. 그러니까 그는 매우 이른 나이에 가장 촘촘하고 복잡하게 만든 대위법 때문에 다성음악을 좋아했던 것이다. 또한 음악을 막 시작했던 그 시기에 음악을 전체로, 여러 목소리와 악기의 반향으로 보며, 솔로곡에는 관심을 두지 않는 그의 성향이 만들어졌다. 그러나 그 시절에 음악은, 친구도 별로 없고 오락거리도 별로 없으며 열

* 1934-. 러시아계 유대인 브라질 지휘자.

다섯 살에 어린이용 물품을 파는 가게에서 판매원으로 일하며 가족들을 도와야 했던 청소년기의 슬픔을 견디는 하나의 자극제였을 뿐이었다. 짐작하겠지만 그는 허술한 판매원이었다. 예를 들어 손님에게 흰 원피스를 팔면서 그는 이런 주장을 펼쳤다. "이건 색깔이 변하지 않아요." 그러나 깨달음 없이 자라는 식물처럼 그의 안에서는 음악에 대한 무한한 사랑이 자랐다. 그래서 그는 다니던 중학교에서 합창단을 만들고 음표를 읽을 줄도 모르면서 귀로 듣고 합주를 지휘했다. 그는 테너와 베이스와 소프라노를 즉석에서 만들었고, 연습마다 새로운 발견을 했다. 그는 연단이 없어서 의자 위에 서서 지휘하며 첫 번째 콘서트를 이끌었다.

그는 열일곱 살에 이스라엘의 키부츠에서 살기로 결심했다. 그곳에서 그는 농부로서의 미래를 준비했다. 그 후 그는 미래에 도움이 될 수 있는 직업을 골랐다. 전기기술자 말이다. 그는 상파울루 매켄지 대학에서 용접과 녹은 철, 용적계, 전류계, 수많은 숫자와 계산을 공부하면서 점점 더 자신을 지배하는 욕구불만과 싸웠다. 그때쯤 콘솔라상 공동묘지 뒤에 프로아르치 자유음악학교가 창립됐다. 교장은 독일인 퀼로이터로, 12음 테크닉에 관한 복잡한 체계, 12음 기법을 권했다. 그래서 그는 음악을 하기로 돌이킬 수 없는 결심을 했다.

그는 집중적으로 확고하게 공부에 전념했다. 아침에서 저녁까지 쉬지 않고 공부하면서 보통은 10년을 해야 이르는 수준에 5년 만에 이르렀다. 그는 새로운 환경이 필요했고, 오래된 전통을 느끼고 경험해야 할 필요를 느꼈다. 그래서 그는 1958년에 유럽으로 떠났다. 브라질 음악 풍경에 한 획을 그은 마드리가우 헤나센치스타 합창단을 설립하고 나서 2년 후였다.

그의 삶은 이곳에서, 외국에서 끊임없는 공연의 연속이었지만 그는 꿈을 이룬 것과는 거리가 멀다고 여겼다. 그는 오직 한 가지만 알았다. 자신이 바위에 붙어 있는 굴처럼 음악과 유기적으로 연결되어 있다는 것 말이다.

어느 날 그는 아도우푸 블로시와 교양 있는 음악을 접하지 못한 다양한 계층에 교향악단을 소개하는 프로젝트에 대해 논의하기 위해 〈만셰치〉 매거진에 갔다. 아도우푸 블로시는 이렇게 대답했다. "우리는 3만 명에게 가닿을 수 있는데 왜 3,000명을 생각하죠?"

그는 자기 스태프들을 모으고 브라질 교향악단과 세 팀의 군악단, 대포와 종과 함께 제2차 세계대전 전몰자 기념비가 있는 공원에서 공연을 계획했는데, 메인 곡은 차이콥스키의 〈1812년 서곡〉이었다. 카랍첸스키는 처음에는 그 공연의 성공을 믿지 않았고, 음악을 듣기 위해 모인 사람들, 군중들을 늘 두려워했다. 그러나 러시아 제국 국가가 연주되는 〈1812년 서곡〉의 결말부에서 그는 자신을 향해 달려오는 사람들을 봤다. 거의 울고 있는 아도우푸 블로시가 앞장서서 달려오고 있었다.

카랍첸스키는 브라질이 음악적 성숙함에 도달하려면 음악교육에 완전하고 근본적인 재정비가 필요하다고 생각한다. 전문 음악인을 양성하겠다는 의도가 아니라, 다음 세대가 음악을 즐겁게 진솔하게 듣도록 가르치겠다는 것이다.

그는 대중음악가 시쿠 부아르키 작품이 포함된 공연에서 무척 비난을 받았다. 몇몇 순수주의자가 반발했던 것이다. 카랍첸스키는 대중음악과 클래식 음악을 공존하게 하려는 의도는 없었지만 새로운 가치에 목이 마른 젊은이들을 유인할 수 있는 동기를 부여하고 싶었다. 시쿠의 공연은 하나의 시도였고, 하나의 길을 여는 것이었다.

1973년 11월 17일

페드루 블로시가 내게 말했던 것

1. 사람들이 말하는 나의 선함은 어쩌면 나와 세상의 조화인지도 모른다. 나는 집단적이다. 내 안에는 세상이 있다. 나는 모든 인간이 하나뿐인, 대체할 수 없는 보편적 차원을 가지고 있다고 생각한다. 세계 곳곳에 있는 모든 인간에 대한 존중으로, 사람들을 사랑하기 때문에, 사람들을 사랑하는 것을 사랑한다. 나는 각 개인에게서 우주의 반영을 발견하기 때문이다. 미안하지만 나는 나를 싫어하는 사람들도 사랑한다. 그러나 나는 사랑하는 이들도 사랑한다.

2. 당신의 말처럼 내가 대단한 의사인지는 모르겠다. 나는 유명한 극작가다. 왜냐하면 통계가 그것을 증명하니까. 그러나 대단하든 별 볼 일 없든 나는 대단한 것처럼 행동한다. 나는 환자를 검진할 때, 내가 할 수 있는 한 최고가 되려고 한다. 내가 희곡을 쓸 때에는, 내가 세상에서 가장 중요한 것을 한다고 믿는다. 그렇지만 나는 완전하지 않다. 완전함은 실현됨을 상기시킨다. 실현됨은 끝난 것이다. 끝난 것은 세상에서 삶의 매 순간 쇄신하지 않는 것이다. 나는 타인에게서 나를 보완해나가지만, 그러나 여전히 한 조각이 모자란다.

3. 세상은 우리 모두다. 우리 하나하나가, 우리가 세상에 한 일

을 책임지는 것이다. 내가 나를 다시 세워야 세상을 다시 세울 권리를 느끼게 될 것이다.

4. 아이들이 말하는 수많은 아름다운 것을 포착하기 위해서는 아이들의 말에 귀 기울이기만 하면 된다. 나는 '아이들에게 말할 줄 아는 남자'임을 자랑한다고 고백한다. 아이들은 나와 파장이 같다. 아무리 나이 차이가 나도 나에게 영향을 미치지 않는다. 그래서 『아이들은 올바른 소리만 한다』 모음집에 "장미는 붉고 (…) 그렇지만 매우 천천히", "불쌍한 설탕빵 기차 (…) 자기가 비행기인 줄 알아", "고양이가 죽었다. (…) 왜냐하면 고양이는 고양이에게서 나오고 고양이의 몸만 남았기 때문이다" 같은 유의 성찰을 담은 것이다. 현자들은 아직 알지 못하는 것을 아이들과 함께 배운다.

5. 나는 목소리를 되살리는 교황이 아니다. 폭넓은 지식이 있고 지속적인 정보가 있는 이 세상에서 어쨌든 그 누구도 교황은 아니다. 교황 자신만을 제외하고. 나는 영원성과 커다란 책임감을 느끼기 때문에 매일 아침 5시에 공부를, 의심하기를, 조금 더 아는 사람에게 배우려는 시도를 다시 시작한다.

6. 그렇다, 약 서른 편 정도 되는 내 희곡들은 전부 무대에 올려졌다. 나는 내 희곡이 한날 세계 곳곳에서 공연되었다는 기쁜 소식을 들었다.

7. 사랑에 대해 무슨 생각을 하겠는가? 아무 생각도 없다. 나는 사랑한다. 나는 미리앙을 찾았다. 사람들은 사랑을 고유한 사랑이라고 부른다. 그들은 성에 사랑의 이름을 붙인다. 그들은 사랑이 아닌 많은 것을 사랑이라 부른다. 인류가 사랑에 대해 정의를 내리지 않는다면 사랑이 소유와 자기중심주의와 계획성, 잃는 것에 대한 두려움, 되돌려 받아야 할 필요성과 아무 관계 없음을 지각하지 못할 것이며, 사랑이 사랑이지 않을 것이다. 세상을 건설적 방향으로 움직이게 하는 것은 바로 진실이다. 그것이 잠정적인 것일지라도, 진실이 귀결이 아니라 여정에 더 가깝다고 해도 말이다. 말은 사랑, 진실, 세상, 모든 것을 잠기게 한다. 사람이 자기 자신을 제대로 만나지 않는다면, 그는 변형된 프리즘을 통해 세상을 볼 것이고 달이 우선인 세계, 밝은 달이 아니라 달처럼 황량한 세계를 세울 것이다.

8. 내가 관찰한바, 사람들은 기억을 잃기 시작했을 때 기억을 쓰겠다고 결심한다. 내 기억은 아직 멀쩡하다. 일기를 말하자면, 나는 텅 비어 있고, 내가 좋아하는 많은 사람으로 가득 차 있을 것이다. 그래서 나는 일기가 아니라 그들에 대해서 쓰는 것을 좋아한다.

9. 한번은 계시를 받았다고 생각한 삶의 레시피를 만들었다. 산다는 것은 활짝 피는 것이고 밝게 빛나는 것이다. 산다는 것은 사람과 세상 사이에 있는 장벽을 무너뜨리는 것이다. 이해하는

것. 자주 우리를 가두는 것은 스스로 해방되는 대신에 창살에 윤을 내는 데 시간을 쏟는 우리 자신이라는 것을 아는 것이다. 나는 타인에게서 그의 보편적이고 하나뿐인 차원을 발견하려 한다. 우리는 항상 대단한 순간을 살 수는 없지만 기대를 가꿀 수는 있다. 우리는 우리가 타인에게 하는 행동일 뿐이다. 우리는 우리 행위의 결과다. 어쩌면 인생에서 가장 중요한 것은 살면서 이기지 않는 것일지도 모른다. 자기실현을 이루지 않는 것 말이다. 사람은 자기실현을 하면서 살아야 하지만, 실현은 마침표를 찍는다. 나는 인간을 깊이 존중한다. 삶을 무척 존중한다. 나는 사람을 믿는다. 약장수 같은 사람들도. 나는 인류와 나를 동일시하는 감각을 발달시키려 한다. 나는 바다가 있으면 수영장에서 수영하지 않는다. 나는 사랑을 사랑한다. 나는 나를 지치게 하지 않는다. 나는 선보다 진실을 믿는다. 내 생각에는 진실이 선의 본질, 장기적인 선 같다. 내게는 단점이 있지만 내 방식대로 단점들을 잊으려고 한다. "Saber olvidar lo malo también es tener memoria.(나쁜 일을 잊을 수 있다는 것은 기억이 있다는 뜻이기도 하다.)"

10. 기적을 믿냐고? 나는 기적만 믿는다. 현실의 매 순간만큼 기적적인 것이 없다. 나는 초자연적인 것을 더 이상 믿지 않는다. 자연이 설명할 수 있는 것이라면, 초자연적인 것은 제대로 설명되지 않는 자연이다. 지우베르투 아마두는 내가 썼던 이 문장을 지적했다. 그녀가 옳을 것이다.

11. 미리앙을 사랑하는 것은 찬양받을 만한 일이 아니다. 왜냐하면 그녀 안에 세상의 모든 여자가 있으니까. 그녀는 언제나 나와 함께한다. 일할 때—목소리를 재건하는 데 나의 최고의 협업자다—인생에서, 모든 것에서. 그녀는 이기적인 구석이 너무 없어서 비인간적인 수준에 이르렀다. 미리앙의 몸짓, 말, 태도에서 그녀가 타인을 배려하지 않는 것을 한 번도 본 적이 없다. 나는 그녀를 알게 된 그 순간 그녀와 결혼하고 싶었다. 그러나 이제는 그녀를 더 알게 됐고 매일 그녀와 다시 결혼하고 싶다.

12. 내 희곡들은 일단 경험하고 나서 쓴 것들이다. 그러고 구축한 것이다. 건축가는 마지막에 나타난다. 나는 내가 직접 경험하고 느끼고 고통받은 것을 쓰기도 하고, 내 문제들이 지나갔어도 사람들의 삶에 몸을 담그며 쓰기도 한다. 진실은 늘 가장 커다란 저항이다.

13. 나는 모두를 사랑한다고 말할 수 있다. 나조차도.

1973년 12월 15일

영매의 분석

마리아 아우구스타라는 사람을 새로 알게 됐다. 그녀는 영매로 일할 때에는 에바라는 이름을 쓴다. 그녀는 영매이고 나는 그 주제에 대해서는 아무것도 모른다.

에바는 내 친구와 함께 우리 집에 왔다. 그녀는 나만 쓰는 거실의 한 귀퉁이에 흐트러져 있는, 정리되지 않은 종이들을 천천히 봤다. 우리는 대화를 나눴고 그녀는 내게 "야생마처럼 규율을 따르지 않는 사람"이라고 말했다. 나는 그녀에게 이 길들여지지 않는 말을 데리고 어떻게 행동해야 하는지 물었다. 그녀는 첫 번째 조심할 것은 고삐를 매는 것이라고 했는데, 나는 그 말이 마음에 들지 않았다. 나는 그녀에게 다른 모든 방법이 그것보다 쉬울 것이라고 말했다.

에바는 삶과 죽음에 엄청난 경험을 가지고 있었기 때문에 나는 그녀가 하는 말을 주의 깊게 들었는데, 내가 평화를 찾는 데 필요한 첫 번째 조건은 다른 사람들이 그렇듯 내가 가진 수많은 결점을 받아들이는 것이라고 했다.

에바는 내가 다시 옮길 수 없는 아름다운 표현으로 말했다. 그녀는 이 결점들에도 불구하고 내가 "앞으로 나아갈" 수 있다고 했다. 그녀는 내가 매우 다감한 사람이라고 말했다. "당신은 차가운 정신과 뜨거운 심장을 가졌을 거예요. 당신은 조금 난폭하고 충동적인 내면의 활기를 갖고 있어요. 당신은 훌륭한 것을 해낼 수 있지만 당신이 바로 그것들을 파괴해버리죠." 그녀는 하나의 법칙, 원인과 결과의 관계만이 존재한다고 덧붙였다.

우리는 이 모든 이야기를 진지하게 나눴고, 나는 호기심에 차 있었고, 그녀는 평화로웠고, 촉촉한 눈은 맑았다.

그녀는 사람들이 다른 사람들과 같아지기 위해 자기만의 에너지를 너무도 많이 소비한다고 덧붙였다. 아멘. 그녀는 나의 '아멘'을 좋아했다.

그녀는 다른 사람들 때문에 내가 짜증을 낸다고 했다. 나는 에바에게 내가 나를 이해하지 못하는 사람들에게 관대하지 못하다는 것을 설명하려 했다. 왜냐하면 사실상 나는 이해하기 쉬운 사람이니까. 그러니까 내가 느끼기에는 그렇다는 것이다.

어머니의 일탈

그녀는 잠깐의 쉼도 없이 아이들이 요구하는 어머니로서 최고의 위엄을 가져야만 한다는 것을 잘 알고 있었다. 그녀는 물론 그 이름에 합당한 어머니였다.

그러나 때때로 그녀는 에바가 말한 것처럼 야생마였고 "일탈"을 하기도 했다.

그녀의 마지막 "일탈"은 다음과 같았다. 그녀는 길에 혼자 있었고, 팝콘을 파는 남자를 봤다. 그녀는 팝콘 한 봉지를 사서 길을 걸으면서 팝콘을 먹었다. 그것은 분명 "그녀다운 태도"가 아니었다. 그녀가 어머니일 뿐 아니라 그녀 자신이기도 하다는 것을 어떻게 아이들에게 설명할 수 있을까? 길에서 팝콘을 먹는 자유를 가진 사람 말이다. 아멘.(오늘은 아멘의 축제다. 그런 것 같다.)

무료 광고

거의 쉬지 않고 글을 쓰면 타자기가 아주 중요해진다. 나는 이 협업자에게 화를 내기도 하고, 내가 느낀 것을 재현해주는 그의 역할에 고마움을 느끼기도 한다. 나는 타자기를 의인화한다.

오래전에 직업 저널리스트로 일하기 시작했을 때, 내게는 반휴대용 언더우드 타자기가 있었다. 나는 그 타자기를 정말 좋아했다. 그 타자기로 일곱 권의 책을 썼다. 예를 들어 내 책 중 한 권은 타자기로 400페이지를 타이핑한 것이다. 나는 내가 하고 싶은 말이 무엇인지 스스로 분명히 파악하기 위해 그 원고를 옮기고 또 옮기며 열한 번을 옮겨 적었다. 타자기에게는 스무 번째 책이나 다름없는 일곱 번째 책을 쓸 때 타자기는 일종의 류머티즘을 앓기 시작했고, 그래서 휴대용 올림피아를 샀다. 그 타자기로 책 다섯 권과 그 외의 원고들을 썼다. 그 타자기는 이따금 지쳐 보이더니 병에 걸렸다. 계속 쓰기 위해서는 기술자가 필요했다. 타자기는 계속 쓸 수 있었지만 나는 그것이 너무 작아서 질렸다.

그다음에는 휴대용 레밍턴을 가졌다. 그러나 그 타자기를 칠 때면 오래된 통조림에서 나는 소리가 났는데 그것이 나를 피로하게 했다. 나는 그 타자기를 타치 지 모라이스와 같이 가서 소리가 아름다운 올리베티와 바꿨다. 묵직하면서 가볍고 조용한 소리였다. 그 타자기는 밤에 타자를 쳐도 아무도 깨우지 않았다.

다른 타자기들에서 나는 날카로운 소리가 나지 않았다. 앞으로는 이 타자기만 쓸 것 같다. 이 타자기가 낡으면 같은 모델을 또 살 것이다. 타자기는 사람을 닮았고 때로는 순수한 피로로 고장이 나기도 해서 비상용으로 다른 올리베티를 사는 것이 이상적일 것이다. 글을 멈추는 사치를 부릴 수는 없으니까. 타자기들, 당신들은 내게 미스터리입니다. 나는 당신들의 미스터리를 존중합니다.

이유는 모르겠지만 나는 나의 오래된 휴대용 올림피아로 돌아왔다. 나는 타자기에 있어서만큼은 변덕이 심하다.

1973년 12월 29일

주둥이가 깨진 주전자 때문에

들었던 바에 의하면 오래전에 있었던 일이라고 한다. 실화라고 들었다.

이야기는 다음과 같다.

제인은 스물여덟 살이고 밥 더글라스는 서른두 살이다. 그들은 4년 전에 결혼했고 런던의 소호 거리에서 행복하다고 할 만한 삶을 살고 있다.

어느 오후 제인이 두 사람을 위해 차를 따르는데 밥이 분노했다.

"매일 이 주둥이가 깨진 낡은 주전자를 보면 미칠 것 같아. 견딜 수가 없다고!"

평소에는 침착한 제인이지만 이번만큼은 그녀 역시 화를 내며 답했다.

"돈이 있으면 당신이 나가서 예쁜 주전자를 사 와!"

밥은—그것이 그들 사이에서 일어난 첫 번째 '부부 싸움'이었다—문을 '쾅' 닫고 나갔다. 사람들은 그를 술집에서 봤고, 그는 분명 진정하기 위해 그곳에 갔겠지만, 그것이 마지막이었다. 그는 그길로 사라졌다. 제인은 놀라서 입을 다물 수 없었다.

훗날 제인은 저희의 지인으로부터 파리의 어느 술집에서 밥을 봤다는 이야기를 들었다. 밥은 5년 동안 외인부대에 입대했고, 그 지인은 방법이 있다면 밥의 파리 주소를 찾아내주기로 약속했다.

크리스마스 선물처럼 제인은 밥이 어디 사는지 알아냈고, 감동에 젖어 편지를 썼다. 그녀는 답장을 받았다.

밥은 그에게 편지를 쓰지 않았던 것을 후회했다.

“여보, 정신을 차렸을 때, 외인부대에 입대하지 않으려고 할 수 있는 모든 것을 했어. 여보, 나를 도와줘, 어쨌든 나를 보러 와줘. 나는 당신과 함께 있기만을 원해. 당신이 너무도 그리워.”

제인은 미친 듯이 일했다—하루에 열다섯 시간씩—낮에는 술집에서 서빙을 했고 밤에는 나이트클럽의 옷과 휴대품 보관실에서 일했다.

파리에 갈 수 있을 만큼 돈을 모을 때까지. 그러나 그녀의 노력은(적게 먹는 것도 거기에 포함됐다) 아무 소용이 없었다. 밥은 이미 북아프리카로 발령이 났다. 제인은 케도르세 외인부대 장교들에게 사정했다. 그녀는 눈물을 흘렸다. 그녀는 비극적이지 않은 이유를 설명하는 것이 부끄러워서도 울었다. 고작 주둥이 깨진 주전자 때문이라니.

그러나 누가 그걸 믿겠는가? 사람들은 정중히 귀를 기울였고, 그녀에게 규정에 따라 5년 후에 남편을 집에서 만나게 될 것이라고 말했다.

그 작은 영국 여자는 런던으로 돌아가서 일하고 또 일하며 돈을 절약해서 시디벨아베스로 가는 배를 탈 경비를 마련하는 것 외에는 아무것도 할 수 있는 게 없었다.

제인이 밥의 또 다른 편지를 받았을 때 은행 계좌는 이미 불어나고 있었다.

“여보, 나는 절망의 심연 속에 있어. 나를 인도차이나로 보내겠대.”

너무나 큰 두려움과 절망에 빠진 밥은 병에 걸렸고 병원에 입원하게 됐다. 그의 동료들은 그를 빼고 떠났고, 대부분이 디엔비엔푸에서 사망했다. 제인은 국제 적십자사나 상선 해병에 들어가려 했으나 실패했다.

한 달 후 회복된 밥은 인도차이나로 보내졌다. 선박이 수에즈 운하를 통과할 때 그와 이탈리아인 네 명은 바다에 몸을 던졌다.

이집트 경찰이 불법 입국으로 그들을 붙잡았다. 제인은 런던 외무부에 남편을 그 소동에서 나오게 해달라고 빌고 또 빌었다. 그녀는 농담 같지만 농담이 아닌 진실을 말하게 됐다.

“이 모든 일이 부끄럽지만 주둥이가 깨진 주전자 때문이에요.” 그녀는 설명했다.

나는 이 이야기의 결말을 알지 못해서 화가 난다. 아마 당신도 그럴 것이라고 짐작한다.

우 조르나우

O Jornal

1946–1947

1946년 12월 29일

집

거실에는 의자 네 개가 있다. 어두운 색깔의 의자 네 개는 작은 테이블을 둘러싼다. 테이블 가운데에는 화분이 있다. 테라스에는 밤바람에 말리려고 내놓은 식탁보가 있다. 광장의 시계탑이 울린다. 한 번. 두 번. 네 번. 열한 번째 종소리가 버려진 다리까지 퍼져나간다. 거실 구석에는 네모난 가구가 있다—그림자인가? 가구인가? —거기에 작은 담배가 놓여 있다. 꺼진 담배, 빈 잔, 기념비처럼 놓여 있는 신경통을 위한 약병. 복도에는 차가운 리놀륨이 깔려 있다. 복도는 길다. 식당의 테이블은 비어 있다. 광택이 나는 접시는 쌓여 있고, 열린 창문으로 바람이 들어온다. 얼마나 위험한지. 마른 보도 아래로 나무들이 곡선으로 이어진다. 찬장에는 찻잔이 있다. 굳은 케이크 두 조각. 갇힌 파리는 유리창에 기대어 잠들어 있다. 아니 죽은 것인가. 얼마나 위험한지. 천장의 등불이 위에서 기뻐 날뛴다. 주방은……. 커피포트에 식은 커피가 있다. 식은 쓰레기 냄새, 덧창 사이로 바람이 분다. 닭의 머리, 얼마나 위험한지. 가스레인지는 비어 있다—무엇을 떠올리게 하는가? 개수대 수도꼭지에서 떨어지는 물. 가로등 불빛이 냄비를 비춘다, 아. 물방울. 주방 식탁 위에 있는 것은 아스피린인가? 엉망진창이다, 엉망진창. 어두운 욕실에는 치약이. 환상적으로 어두운 욕조. 얼마나 위험한가. 빨랫줄에 걸린 바지? 빛나는 금속 손잡이가 달린 큰 컵 두 개, 작은 컵은 바닥에서 굴러다닌다. 복도의 곰과 방 안의 인형…… 이 아찔한 평화 속에서 가족들은 잔다. 광장의 종탑이 울린다. 하나. 둘. 다섯. 아홉. 열두 번. 나는 침묵 속에서 떠난다. 조심스레 닫힌 창문을 통과한다. 여자는 한숨을 쉰다. 밝은 달은 얼마나 위험한가. 아.

성모마리아의 춤

포동포동함. 꽉 다문 둥근 입술과 관능적인 근엄함. 맨발.

"그녀는 정말 놀라워요, 때로는 지루함에 눈물을 흘리고요."

겸손한 어머니는 이 귀한 진주에 대해 말한다.

그러나 변덕으로 울지 않을 것이다, 그것은 뭐랄까, 엄청난 괴팍함, 폭넓은 전개, 깊이 잠든 들판을 벗어날 것이고 비와 같을 것이다. 비인가. 어쩌면 그녀는 게으르거나 잔인할 수도 있다. 누가 알겠는가. 나는 모른다. 그녀는 조금 우스꽝스럽다—그러나 그것이 그녀를 이해하는 유일한 방식이다. 그녀는 무표정한 얼굴로 지붕을 바라보면서 사람들이 자기에 대해 말하는 것을 듣는다. 우리는 방문객들이다. 다른 여자들이 있는 데서 그녀는, 아, 전적으로 진심인 조용한 경멸을 꾸며댄다. 그러더니 거대하고 달콤한 무자비함으로 우리를 쳐다보고는 기다린다. 그녀는 기다린다. 그녀는 기다린다. 얼마나 우울한가. 얼마나 위풍당당한가. 얼마나 따뜻한가. 이제 그녀는 하얀 손을 뻗어 파리를 죽인다! 힘차고 날 선 스페인의 마지막 자파테아도*다. 우리가 겁

* 스페인 안달루시아 지방의 춤.

에 질려 한동안 그녀를 바라보자 그녀는 더 이상 자제하지 않는다—아이 같은, 자비 없는, 마돈나의 우아함이 넘치는 미소 속에서 그녀의 하얗고 뾰족한 치아가 경쾌하게 드러난다. 그 순간, 가슴을 찌르는, 가슴을 에는 그녀는 우스꽝스럽다.

현자의 방종

이 일은 일어나지 않았다.

아이가 정원에서 노는데 창문에 크림으로 뒤덮인 비통한 얼굴이 나타났다. 어머니는 소리를 질렀다. 카타리나! 말이 없고 까다로운 아이. 카타리나!—그건 단지 순간이었다. 창가에 있던 현자는 생각했다. 내가 카타리나인가? 카타리나는 소용돌이치는 바람 속에서 놀았다. 한 발 한 발 내디딜 때마다 현자는 카타리나가 되어 집 안으로 달려 들어가서 얼굴이 크림으로 뒤덮인 채로 누워 있는 여자를 발견하고 그녀를 향해 몸을 기울였다. 그는 그녀의 냄새에 숨이 막혔고, 쾌락과 역겨움이 그를 춤추게 했다. 그는 투박한 외투의 늘어진 옷자락을 들고 춤췄다. 긴 의자 위에 있던 여자가 움직였다. 그는 잠시 멈췄다가 안경을 고쳐 쓰며 숨을 내쉬었다. 그는 생각하고, 달리고, 생각했다, 엄청난 바람이다! 그는 아이의 방, 종이 벽으로 된 왕국으로 향했다. 인형이 사람과 왈츠를 추었고, 인형의 다리가 또 다른 스텝을 밟았다. 인형의 찢어진 발에서 소리가 새어 나왔다. 그는 발끝을 들고 돌아와 그를 고통스럽게 바라보는 크림 바른 여자 위로 헐떡이는 숨을 내쉬며 아름다움을 기다렸다. 그는 더 진지해졌다. 그는 생각에 잠겨 초조함으로 한숨을 내쉬는 여자의 가느다란 손가락을 가지고 놀기 시작했다. 그는 여자의 새끼손가락을 잡더니 좋은 기분과 슬픔으로 그 손가락을 부드럽게 만졌다. 갑자기 창가에서 부르는 소리가 들렸다. "카타리나!" 주의 깊은 아이는 뒤돌아보기를 멈췄다. 그는 몸을 떨면서 테이블 위에 펼쳐진 책을 놀란 눈으로 봤다. 진짜 카타리나는 가벼운 그림자처럼 집을 향해 뛰었다. 여자는 굳은 표정으로, 잔뜩 화가 나서 창가에 있었다. 헤아릴 수 없는 고결한 모습으로. 현자는 다정한 웃음으로 고개를 가로저으면서 지긋지긋하다는, 다 안다는 투로 말했다. 아, 당신이군요.

고통

날아갈 것 같은 더러운 지붕
너는 부서진 날개를 질질 끌며 난다
교회 위로 울려 퍼지는 종의 파동
너는 헐떡이며 모래 위로 너를 내던진다
너는 포옹을 더는 견딜 수 없고
사랑은 고통받는 날개를 수축시킨다
너는 공포의 비명을 지르며 공간으로 나가고
굴뚝으로 흐르는 피는
놀라운 고독을 향해 달아나고 또 달아난다
바위에 걸터앉아
네 육체에 둥지를 튼 상처 입은 존재를 펼친다

가장 순수한 너의 날개는 상처받았다.

그러나 도시는 너를 매료한다.

너는 하얗게 침울한 고집을 부리고

가장 값진 것을 걸치고

검은 독수리가 맴도는 지붕 위를 난다

저무는 밤 속에 무게를 더하는 창백한 날개

두려움에 창백해진 날개

너는 계속해서 견고해진 어두운 도시 위를 난다

교회 다리 공동묘지 문 닫은 가게

죽은 공원 잠든 숲.

잊힌 길 위를 날아다니는 신문지.

네모난 탑은 어찌나 조용한지.

너는 누구의 손도 타지 않은 요새를 염탐한다.

내려오지 마라

더는 고통받지 않는 척하지 마라

다친 날개를 부정할 필요는 없다

쓰러진 대천사, 너는 쉴 곳이 없다

달아나라, 경악하라, 아직 늦지 않았다

너의 괴로운 날개를 힘껏 펼쳐라

달아나라! 너의 상처의 진가를 발휘하라

너의 날개가 바다에 빠진다.

1947년 2월 2일

어린아이

귀 너머에 소리가 존재한다
시선 끝에 하나의 광경
지친 숨 끝에 공기
손가락 끝에 하나의 사물
그곳이 내가 갈 곳이다.

연필심 끝에 선.

생각이 끝나는 곳에 아이디어가
기쁨의 마지막 숨결에 기쁨이
종소리 끝에 침묵이
지팡이 끝에 마법이
그곳이 내가 갈 곳이다.

발끝에 도약이.

어린아이의 이야기 같다
돌아오지 않고 떠나기.
그곳이 내가 갈 곳이다.

기쁜 노부인

노부인은 옷을 잘 차려입었고, 눈에 띄지 않게 보석을 착용했다. 노부인의 주름 사이로 나이에 가려진 코의 순수한 모양과 예전에는 통통하고 예민했을 입술이 보인다. 사람은 어느 시기에 이른다—이전에 무엇이었든 중요하지 않다. 새로운 종의 시작이다. 노부인은 소통할 수 없다. 그래서 그녀는 열차 객실의 중앙에 자리가 있어도 옆쪽에 있는 자리에 앉았다. 위협을 받거나 위협적이다. 굳은 채 외면당한다. 기차가 흔들리기 시작하자 노부인은 조금 놀란다. 기차가 그 방향으로 가는지 몰랐던 노부인은 역방향으로 앉아 있었다. 나는 노부인이 동요하는 모습을 봤고 그래서 물었다.

“부인, 저와 자리를 바꾸시겠어요?”

그녀는 나의 배려심에 놀라고 또 고마움을 느끼지만 싫다고 한다. 노부인에게는 어느 자리든 마찬가지다. 그러나 혼란스러워 보이긴 한다. 노부인은 내면에서 미세한 무엇이 이제 객실에 넓게 퍼진 불빛처럼 바뀌었다는 것을 느꼈다. 그녀는 브로치 위에 손을 얹고, 그것을 떼어서 모자 위에 붙였다가 다시 뗀다. 무뚝뚝하다. 난처한 것인가? 그녀는 마침내 나의 편의를 위해 바꾸고 싶은 것이냐고 내게 묻는다. 나는 아니라고 답하면서 놀란다. 그녀도 같은 이유로 놀란다—조그만 노부인에게 배려를 기대하는 사람은 없으니까. 그녀는 약간 과하게 미소를 짓는다. 파우더로 덮인 입술에는 마른 주름이 깊다. 그녀는 만족한다. 그리고 조금 흥분해 있다.

"너무 친절하시네요." 그녀가 말한다. "너무 상냥하시기도 하고." 그녀는 계속 웃는다.

"너무 친절하세요." 그녀는 반복해서 말한다.

그녀는 재빨리 자세를 바로잡고 가방 위에 손을 포갠다. 그녀가 웃었을 때, 그녀의 주름은 하나의 의미를 가졌는데, 본뜰 수 없는 새로운 얼굴에 포개진 그 주름들은 이제 다시 이해할 수 없는 것이 됐다. 그렇지만 나는 그녀의 평온함을 빼앗아 갔다. 매 순간 그녀가 미소 짓는 것이 보였고, 그것이 나의 평온함 또한 흔들었다. 나는 신경질적인 젊은 여자들이 이렇게 말하는 것을 자주 봤다. 내가 조금만 더 웃으면 모든 게 망가질 거예요. 우스울 것이고요. 멈춰야 하는데—불가능해요. 이런 상황은 너무 슬프다. 나는 노부인을 경계했었다. 이제 그녀는 자신은 늘 늦는다 믿는 듯한, 약속에 늦었다고 믿는 듯한 노부인 중 하나가 됐다. 잠시 후 노부인은 더는 참지 않고 자리에서 일어나 창문을 살필 것이다. 마치 앉아 있는 자세를 견딜 수 없다는 듯이.

"부인, 유리창을 올려드릴까요?"

젊은 남자가 다가오며 노부인에게 말했다.

"아!"

노부인은 겁에 질려 외쳤다.

안 돼, 안 돼. 나는 모든 것이 나빠졌다고 생각했다. 젊은 남자는 절대 그런 말을 해서는 안 됐다. 과했다. 노부인을 다시 건드리면 안 됐었는데, 하고 나는 그녀를 주의 깊게 바라보며 생각했다. 왜냐하면 노부인은 자신의 삶의 이유였던 태도를, 자신의 쓰라린 감정을 잃게 될 지경이 됐으니까. 그녀는 미소와 완벽한 환희 사이에서 몸을 떨었다.

"아니요, 아니요, 아니요."

그녀는 권위 있는 척 대답했지만 사실은 전혀 그렇지 않았다.

"고마워요. 그냥 보려던 것뿐이에요."

그녀는 마치 우리의 세심함이 감시인 것처럼 곧바로 자리에 앉았다. 그러나 노부인은 이상하게 불안해하며 미소를 지었다. 노부인은 약해진 것 같았다. 노부인의 미소는 작고 늙은 치아를 드러냈다. 무례하고 잔인해 보이는 치아였다. 젊은 남자는 사라졌다. 노부인은 눈꺼풀을 떴다 감았다. 갑자기 노부인이 손가락으로 재빨리 무척 가볍게 내 다리를 두드렸다.

"오늘은 모두가 정말로, 정말로 친절하네요! 이렇게 상냥하다니! 이렇게 상냥하다니! 이렇게!"

나는 웃었다. 노부인은 그녀의 깊고 공허한 눈으로 내 눈을 바라보며 미소를 유지했다. 갑시다, 갑시다, 사람들은 노부인을 사방에서 채찍질했고, 노부인은 마치 자기가 선택해야 하는 것처럼 여기저기를 살폈다. 갑시다, 갑시다! 사람들은 사방에서 웃으면서 그녀를 격려했고, 들뜬, 고상한 노부인은 전율했다.

"이 기차 안에는 모두 친절한 사람들뿐이네요."

노부인이 말했다.

갑자기 노부인은 정신을 차리려고 했다. 목소리를 가다듬는 시늉을 했으며 자세를 바로잡았다. 쉽지 않은 일이었을 것이다. 노부인은 멈출 수 없는 상황에 이를까 봐 두려웠다. 노부인은 진지한 태도로 온몸을 떨면서 치아가 많은 그 입을 다물었다. 그러나 지나치게 굴 수는 없었다. 노부인의 얼굴에는 그녀의 얼굴을 바라보는 시선을 불안하게 하는 희망으로 가득 차 있었다. 내가 아는 친구는 그런 상황을 부끄러워했을 것이다. 그러나 노부인은 더는 누구에게도 의지하지 않았다. 사람들이 자기를 감동시키고 사라지자—노부인은 수척한 모습으로 혼자 앉아 있었다. 노부인은 여전히 무언가를 더 말하고 싶었고 친절한 고갯짓, 과거의 우아한 제스처를 벌써부터 준비 중이었다. 나는 그녀가 자신을 표현할 줄 아는지 궁금했다. 노부인은 생각하고 또 생각하는 듯했고, 자신이 느낀 것을 그럭저럭 담아낼 수 있는 안성맞춤의 생각을 천천히 찾은 듯했다. 그녀는 옛날 사람의 조심성과 지혜로, 마치 노인처럼 말하기 위해서는 그런 모습을 보여야 할 필요가 있다는 듯이 말했다.

"청년들. 친절한 청년들……."

노부인은 약간 억지로 웃는 듯한 웃음을 보였다. 노부인은 곧 신경 발작을 일으킬까? 왜냐하면 너무 이상하게 처신 중이었으니까. 그러나 노부인은 근엄하게 다시 목소리를 가다듬고, 마치 오케스트라에 새로운 곡을 연주해달라고 주문하듯이 자신의 의자를 손가락 끝으로 톡톡 두드렸다. 노부인은 가방을 열고 네 번 접힌 신문을 꺼냈고, 지난주 날짜가 찍힌 평범하고 커다란 신문을 펼쳤다. 노부인은 신문을 읽기 시작했다.

기차에서 뛰어내리려 할 때 나는 두 개의 여행 가방 틈으로 그녀가 거기에 있는 것을 보았다. 짐꾼의 모자와 젊은 여자의 코 사이에서 그녀는 꼿꼿이 잠들어 있었다, 고개를 똑바로 한 채, 한 손은 신문을 그러쥔 채. 꽃 모양의 저 브로치. 나는 기차에서 내렸다.

당연히 이 이야기는 전혀 중요하지 않다. 늘 자책하는 경향의 사람이 있는데, 이는 죄책감을 느끼는 어떤 본성의 특징이다. 그렇지만 몇 시간 동안 그 새로운 도시에서 나는 잠에서 깬 그 노부인의 모습을 하릴없이 상상하고 있었다—내 자리가 비어 있는 것을 보고 놀란 노부인의 얼굴이 아른거려 혼란스러운 채로 있었다. 그 노부인이 나를 믿고서 결국 잠이 들었는지 누가 알겠는가.

완전한 행복 가까이에서

우리가 무언가를 볼 때, 본다는 행위는 형태가 없다—우리가 보는 것이 형태가 있는 것이다. 어떤 고차원적인 생각도 마찬가지다. 그 생각은—생각하는 행위로서의 생각은—형태가 없다. 그것은 생각 자체를 생각하는 진정한 생각으로, 생각하는 행위 자체로 목적을 달성한다. 그것, '고차원적 생각'의 경우, 막연히 근거 없이 생각한다는 뜻이 아니다. 원시적 생각은—생각하는 행위는—이미 하나의 형태가 있어서 생각 자체에, 나아가 생각하는 사람에게 더 쉽게 전달 가능하다. 그런 이유로 (형태가 있는) 그 생각은 범위가 한정적이다. 반면에 '고차원적'이라고 말하는 생각은 순수한 생각의 산물처럼 자유롭다.(그 점이 '막연함'이나 '근거 없음'과 다르다.) 그 생각은 자유로워서 생각하는 사람에게 이 생각은 저자가 없는 것처럼 보일 정도로 자유롭다. 완전한 행복도 이와 특징이 같다. 아니, 그보다는 자유롭고 고차원적인 생각이 완전한 행복으로 이끈다. 완전한 행복은 생각하는 행위가 형식의 필요성에서 해방될 때 시작된다. 완전한 행복은 생각할 필요가 있다는 저자의 욕구를 생각이 넘어설 때, 저자가 자기 자신을 '무의 위대함'에 가까워졌다고 볼 때 시작된다. 우리는 만물에 대해 말할 수 있다. 그러나 '만물'은 양적인 것이다. 양적인 것은 처음 시작할 때부터 제한적이다. '만물'에 대한 관찰은 정의된 대상에 관한 생각으로 이끌린다. 즉, 진짜로 위대한 것은 경계가 없어서 인간이 생각을 확장해갈 수 있는 '무'라는 것. 끝도 없이 자신의 생각을 펼치라, 인간이 자신의 고유한 생각—시선, 바라보는 시선—앞에 놓이게 될 때까지. 그것은 눈으로 보지 않고도 보는 것이다. 인간이 자신의 고유한 생각 앞에 하나의 '대상'으로 놓이게 될 때까지, '생각할 수 없을' 때까지 생각을 펼치라. 무를 마주하는 이 완전한 행복은 신 앞에서야 동일하게 말할 수 있다. 신은 생각의 어느 지점에서 시작한다. 이 주장은 그 자체로 반종교적이지도 종교적이지도 않다. 신비주의자라면 알아볼 수 있을 것이다. 이 모든 것은 엄밀하게 말하자면 신과 아무런 상관이 없다. 우리는 인간의 생각을 이야기하는 것이고, 그 생각이 의사소통이 불가능한 극단적인 단계에 이르는 방식을 이야기하는 것이다—동시에 그 방식은 당사자에게 보다 큰 소통을 가능하게 만드는 요점이기도 하다.

(수면은 우리를 그 생각에 더 가까이 다가가게 한다. 생각의

원시적 형태인 꿈을 말하는 것이 아니다. '수면'에 대해 말하는 것이다. 수면은 어떤 면에서 추상화다.)

시뇨르

Senhor

1961–1962

1961년 12월

먹보가 되지 않는 기술

"Moi, madam, j'aime manger juste avant la faim. Ça fait plus distingué.(부인, 저는 배가 고프기 직전에 먹는 걸 좋아합니다. 더 고상해지거든요.)"

고요한 밤, 거룩한 밤

히우그란지두노르치의 주도 나타우에서 한밤중에 잠이 깼다. 고요했다. 마치 고요한 불면에서 깨어난 것 같았다. 나는 예전에 한 번 들어본 적 있었던 공기의 노래를 들었다. 그 노래는 매우 감미로웠고, 멜로디는 없었지만 멜로디를 구성한다고 할 수 있을 만한 소리로 구성되어 있었다. 그 노래는 가볍게 떠 있는 것 같았고 쉼이 없었다. 1만 5,000개의 별이 내는 소리 같았다. 나는 침묵이 말하는 것 같은 공기의 가장 원초적인 떨림을 포착한 것이라고 확신했다. 침묵이 말했다. 달콤한, 일정한, 끊임없는, 수평적인, 비스듬한 소리를 모두 가로지르는 고음이었다. 같은 높이와 같은 강도, 조급함이 없는 수천 개의 똑같은 울림, 행복한 밤이다. 그것은 빛과 그림자의 변주만 있는, 가끔은 두께의 변주도 있는(바람을 안으면 겹으로 포개어지는) 긴 장막 같은 소리다. 그것은 침묵인 말은 존재하지 않기 때문에 묘사할 수 없는, 믿을 수 없는 아름다움이다. 작곡가의 존재는 느껴지지 않는다. 셀 수 없이 많은 천사, 천사 같은 비인간적인 존재, 천사처럼 이름 없는 존재인가. 침묵이 나타날 때, 침묵은 말하지 않는다. 침묵은 침묵으로 나타난다. 우리가 이렇게 묻듯이. "1357217이 무슨 숫자야?" 그러면 숫자는 앞으로 나와 스스로를 1357217로 현현한다. 그것이 침묵할 수 있는 최선이었다. 스스로를 드러내는 것. 그래서 호텔방은 스스로를 드러내는 침묵의 합창으로 가득 찼다. 그렇게 나는 축복받았다. 그러나 다시는 원하지 않는다.

1962년 8월

느끼려는 시도

소젖은 우리를 위해 나오는 것이 아니지만 우리는 소젖을 마신다. 꽃은 우리가 바라보고 향기를 맡으라고 피는 것이 아니지만 우리는 꽃을 보고 향기를 맡는다. 은하수는 우리가 알아야 하기 때문에 존재하는 것이 아니지만 우리는 은하수를 안다. 그리고 우리는 신을 안다. 또 우리에게 부족한 것을 신에게서 얻어낸다.(신이라 부르는 것이 무엇인지 모르지만 그는 그렇게 불려도 된다.) 우리가 신에 대해 거의 아는 게 없다면 그것은 알 필요가 별로 없기 때문이다. 우리는 신으로부터 필연적으로 우리를 만족시키는 것만을, 우리의 능력에 맞는 것만을 가져왔다.(우리는 우리에게 없는 신을 그리워하는 게 아니라 우리에게 충분치 않은 우리 자신을 그리워한다. 우리는 우리의 불가능한 위대함을 그리워한다—영영 도달할 수 없는 나의 미래가 나의 잃어버린 낙원이다.) 우리는 크게 굶주리지 않음에 괴로워한다. 비록 그 빈약한 굶주림으로도 우리는 더 커다란 굶주림을 느꼈더라면 얻었을 쾌락의 심오한 결핍을 느끼기에 충분하지만. 우리는 우리 몸에 충분한 양만큼만 우유를 마시고, 쉽게 싫증을 내는 우리의 눈이 담을 수 있을 만큼만 꽃을 감상한다. 우리가 원하면 원할수록 더 많은 신이 존재한다. 우리가 감당해낼 능력이 크면 클수록 더 많은 신이 존재할 것이다. 그는 가만히 둘 것이다.(그는 우리를 위해 태어나지 않았고, 우리도 그를 위해 태어난 것이 아니며, 우리와 그는 동시에 있다.) 그는 다른 모든 사물이 그렇듯이 멈추지 않고 존재하느라 쉴 틈이 없지만, 우리가 그에게 합류하는 것을, 우리가 그와 함께 삶과 같은 유동적이고 지속적인 교류를 나누며 존재하는 일에 전념하는 것을 금지하지 않는다. 예를 들어 그의 욕구는 절대적으로 무한한데, 그가 필요로 하는 것이 우리 안에 전혀 없기 때문에 그는 우리를 전적으로 이용한다. 그는 우리를 이용하지만, 우리가 그를 이용하는 것도 막지 않는다. 땅속에 있는 광물은 채굴되지 않는 것에 대한 책임이 없다. 우리는 매우 뒤처져 있고, 이런 교류를 통해 신으로부터 어떤 혜택을 받을 수 있는지 전혀 모른다—마치 우유를 마실 수 있다는 것을 아직 몰랐던 때처럼. 몇 세기 후 또는 몇 분 후에 우리는 놀라서 이렇게 외치게 될지도 모른다. 신이 항상 존재했었다니! 거의 존재하지 않았던 사람은 나였다니! 마치 우리가 석유를 채굴하는 방법을 알고 나서야 석유가 필요하다고 말하는 것처럼, 언젠가 치료제가 나온 다음에야 암으로 죽은 사람들을 안타까워할 것처럼.(확실히 우리는 아직 암으로 죽을 필요는 없다.) 모든 것은 존재한다.(아마도 다른 행성인들은 이런 것을 이미 알고 있고 신과의 교류를 자연스럽게 여기며 살지도 모른다. 반면에 그 교류는 아직 우리에게 '신성한 것'이며, 우리의 삶을 뒤흔드는 것이다.)

우리는 소젖을 마신다. 소가 그것을 거부하면 우리는 폭력을 행사한다.(삶과 죽음에서 모든 일은 합법적이다). 신에게 향하는 길도 폭력으로 열 수 있다. 신도 우리 중 누군가 특별히 필요해지면 우리를 선택하고, 우리에게 폭력을 가한다. 다만 신에게 행사하는 폭력은 나 자신에게 행사되어야 한다는 차이가 있다. 나는 더 많은 것을 필요로 하도록 내게 폭력을 가해야 한다. 나 자신이 공허함과 궁핍함을 느낄 때, 더 필사적으로 위대해지도록 말이다. 나는 그렇게 욕구의 근원을 만질 것이다. 내 안의 커다란 공허는 내가 존재하는 장소일 것이다. 나의 극단의 가난은 위대한 의지일 것이다. 나는 아무것도 가지지 않을 때까지, 모든 것을 갈구하게 될 때까지 나 자신에게 폭력을 가해야 한다. 나는 필요하면 가질 것이다. 더 많이 요구하는 자에게 더 많이 돌아가는 게 정의라는 것을 아니까. 내 욕망은 나의 크기이고, 나의 공허는 나의 척도다. 우리는 분노로 가득 찬 사랑을 통해 신에게 직접적인 폭력을 행사할 수도 있다. 그는 분노로 가득 찬 살인적인 우리의 탐욕이 사실상 생명이 걸린 경건한 분노임을, 자신을 난폭하게 뛰어넘으려는 우리의 시도임을, 우리의 허기짐을 인위적으로 늘리기 위해 우리가 먹을 수 있는 양보다 더 많이 먹으려는 시도임을—생명의 요구에 있어서 모든 것은 합법적이다. 인위적인 것은 때로 본질을 얻기 위해 우리가 할 수 있는 커다란 희생이다—이해할 것이다. 그러나 우리는 작고, 따라서 조금만 있으면 충분한데 왜 우리는 작은 것에 만족하지 못하는가? 왜냐하면 우리는 쾌락을 짐작하기 때문이다. 눈먼 자가 손으로 더듬듯이 우리는 삶의 강렬한 쾌락을 예감한다. 우리가 쾌락을 예감한다면, 그것은 신에게 이용당하고 있음을 불안하게 느끼기 때문이다. 강렬하고 끝없는 쾌락으로 우리가 이용당하고 있음을 불안하게 느끼기 때문이다. 게다가 이 단계에서 우리의 구원은 우리가 최소한 쓰임을 받는다는 데, 우리가 쓸모없는 존재가 아니며 신에게 심하게 이용당하고 있다는 데 있다. 육신과 영혼과 생명은 암묵적인 교류를 위해, 누군가의 도취를 위해 있는 것이다. 불안한 우리는 매 순간 이용당하고 있다—그러나 그것은 매번 우리 안에서 우리도 마찬가지로 이용하고 싶은 불안한 욕망을 깨운다. 신은 그것을 허락할 뿐만이 아니라 이용되어야 할 필요도 느낀다. 이용되는 것은 이해받는 하나의 방식이다.(모든 종교에서 신은 자신을 사랑하기를 요구한다.) 갖기 위해서, 우리는 욕구를 느끼면 된다. 욕구를 느끼는 순간이 언제나 최고의 순간이다. 그렇게 남자와 여자 사이에서 일어나는 가장 위험한 쾌락은 욕구가 커진 나머지 공포에 질려 "너 없이 살 수 없어"라는 외침이 터져 나올 때다. 사랑의 폭로는 동시에 결핍의 폭로이기도 하다—마음이 가난한 자는 복이 있나니, 찢어진 생명의 왕국이 그들의 것이니라.

1962년 11월

힘들었던 여름의 기억

불면은 어슴푸레하게 불이 켜진 도시를 떠다니게 했다. 어떤 문도 닫혀 있지 않았고, 창문마다 따뜻한 불빛이 있었다. 벌레들이 가로등 주위를 날았다. 강가에는 테이블, 드문드문 나누는 지친 대화, 품에 안겨 잠든 아이들이 있었다. 밤에 깨어 있는 가벼움은 우리를 잠자리에 들게 하지 않았다. 우리는 방랑자들처럼 천천히 길을 걸었다. 우리는 가로등이 누렇게 변하는 상가의 밤샘, 날개 있는 곤충, 매달려 있는 둥근 봉우리, 천상의 모든 궁륭을 지키는 자의 일부였다. 우리는 옛날에 이 강물을 천천히 마셨던 막대한 곤충들처럼 그 안에서, 그 자체로서 우주 전체를 이루는 커다란 기다림의 일부였다.

그러나 존재하는 방식이었던 그 완전한 기다림 속에서 나는 멈추기를 요구했다. 8월의 그 여름밤은 짜임새가 더 섬세했고, 절대 찢기지 않는 기다림의 밤이었다. 나는 밤이 마침내 미세한 경련으로 떨기를, 임종을 시작해서 나도 잠을 잘 수 있기를 바랐다. 그러나 여름밤은 스스로 올을 풀지 않으며 오로라에도 지지 않는다는 것을 알고 있었다. 밤은 오로라의 미지근한 열기 속에서 땀을 흘리게 할 뿐이다. 밤이 눈꺼풀이 없는 눈처럼 있는 동안 잠을 자러 갔던 것은 늘 나였고, 임종을 맞이하는 것도 늘 나였다. 깨어 있는 세상의 커다란 눈 아래에서 나는 내 티끌만큼의 불면증을, 내게 할당된 다이아몬드를 미라처럼 천 겹으로 포장하며 잠을 준비했다. 나는 모퉁이에 있었고, 아무것도 임종을 맞이하지 않으리라는 것을 알았다. 그것은 영원한 세계다. 나는 내가 죽어야 한다는 것을 알았다.

그러나 혼자서는 아니었다. 나는 나에게 필요한 곳과 닮은 공간을 원했다. 나는 사람들이 나의 피할 수 없는 임종을 받아주길 원했다. 나의 망자들은 슬픔으로 죽은 것이 아니다—세상에게 망자들은 숨을 들이마시고 내뱉는 방식이고, 생명의 이어짐은 무한한 기다림의 호흡이며, 하나의 세상이라고 할 수 있는 나 자신도 내 임종의 리듬이 필요하다. 그러나 만약 내가 세상처럼 내 죽음에 전적으로 찬성한다면, 내게는 내 죽은 몸뚱이를 받아줄 연민의 손이 필요하다. 기다림을 통한 내 구원의 희망인 나는, 나와 내 핏속의 영혼을 구원해줄 연민이 필요하다. 그 피는 내 샌들의 검은 먼지처럼 너무 시커멓고, 내 이마는 열매처럼 모기에 둘러싸여 있다. 나는 어디에 은신해야 하며, 자신의 위대함으로 나를 굴복시키는 이 떨리는 여름밤으로부터 어디로 달아날 수 있는가? 나의 작은 다이아몬드는 나보다 훨씬 커졌고, 나는 별들도 단단해져 반짝이는 것을 본다. 나는 썩어서 떨어지는 열매가 되어야 한다. 그 열매를 훼손시켜야 한다.

나는 베른의 대성당이 우뚝 서 있는 것을 본다.

그러나 대성당 역시 뜨겁고 깨어 있다. 벌 떼가 웽웽거린다.

점진적인 접근

내 인생에 제목을 달아준다면 '똑같은 것을 찾아서'일 것이다.

1962년 12월

역행

몰개성화는 불필요한 사람을 제거하는 것과 같다—잃을 수 있는 모든 것을 잃는 것, 존재하는 그 상태 자체도. 고통을 느끼지 않을 만큼 매우 조심스러운 노력 안에서 조금씩 자기 자신을 없애는 것, 자신을 없애는 것, 마치 피부를 벗어버리듯이, 자기만의 특색인 이목구비가 망가지는데도. 내가 남들과 달라 보이는 모든 것은 나를 다른 사람들의 눈에 더 쉽게 띄게 하는, 결국 나 자신을 피상적으로 알아볼 수 있게 하는 방식일 뿐이다. 어느 순간 M이 자신의 소가 소 중의 소라는 것을 알아차리는 자기 안에서 남자 중의 남자를 만나기를 원하는 것처럼. 몰개성화는 자아의 커다란 객관화와 같으며, 도달할 수 있는 가장 커다란 외재화다. 몰개성화를 통해 자신에게 다다른 사람은 변장한 타인을 알아볼 것이다. 타인을 향한 첫 번째 걸음은 자기 자신을, 인간 중의 인간을 찾아내는 것이다. 모든 여자는 여자 중의 여자이고 모든 남자는 남자 중의 남자다. 그들 각각은 알맞다 생각되는 곳이면 자신을 인간으로서 드러낼 수 있다. 하지만 우리 안에서 자신을 인식하는 지점에 도달하는 사람은 소수에 불과하기 때문에, 그것은 내재적인 상태에서만 가능하다. 그들은 그저 존재하는 것만으로 우리의 존재를 드러낸다.

살아지는 그것—이름이 없으므로 소리 없이 표현되는 것—그것에서 나는 나로 존재하기를 멈추는 후한 인심을 통해 그것에 접근한다. 내가 그 이름의 이름을 찾아서 만져지지 않는 것을 구체적인 것으로 만들고자 하기 때문이 아니다—만질 수 없는 것은 만질 수 없다고 지적하고자 함이다. 내 호흡은 양초의 불꽃처럼 고조된다.

점차적인 탈영웅화는 명백한 노동 아래 이뤄지는 진짜 노동이며, 삶은 비밀 임무다. 진짜 인생은 너무도 비밀스러워 죽어가는 나조차도 비밀번호를 말할 수 없다. 나는 이유를 알지 못하고 죽는다. 이 비밀은 내 임무를 완수해야 비로소 내가 태어날 때부터 그런 임무가 주어졌음을 한눈에 알아차리게 된다. 내 자신의 탈영웅화는 나의 뜻과 상관없이 모른 체했던 소명 같은 것을 완수하면서 나의 업적을 은밀하게 무너뜨린다. 마침내 내 안의 생명이 내 이름이 아니라는 것이 드러날 때까지.

나 역시 이름 없음이 내 이름이다. 왜냐하면 더는 이름을 갖지 못할 때까지 나를 몰개성화했기 때문이다. 나는 매번 누군가 말할 때마다 '나'라고 대답한다.

탈영웅화는 인생의 큰 실패를 초래한다. 모든 사람이 실패에 이르는 것은 아니다. 그것은 너무 피곤한 일이니까. 일단 그 전에 떨어질 수 있는 높이까지 힘겹게 올라가야 한다—내가 만약 예전에 온전한 목소리를 구축했다면, 무언의 몰개성화에 이를 수 없다. 정확히는 자기 목소리의 실패를 통해 처음으로 자신의 무언과 타인의 무언을 듣게 되고, 그것을 가능한 언어로 받아들이게 된다. 그래야만 고통이 우리에게 일어나는 일이 아니라 우리 자신이라는 것을 내 본성이 끔찍한 괴로움 속에서 인정하게 되는 것이다. 우리의 조건이 유일하게 가능한 조건으로 인정받는 건 그것 말고 다른 조건은 존재하지 않기 때문이다. 그 조건을 살아내는 것이 우리의 열정이다. 인간의 조건은 그리스도의 수난이다.

아, 그러나 무언에 이르기 위해서는 얼마나 많은 목소리의 노력이 필요한가. 내 목소리는 내가 현실을 찾는 방식이다. 현실은 내 언어 이전에 생각이 아닌 생각으로 존재하고, 나는 어찌할 수 없이 생각이 무엇을 생각하는지 알아야 할 필요를 느낀다. 현실은 그것을 찾는 목소리보다 앞선다. 그러나 나무보다 선행하는 흙처럼, 사람보다 선행하는 세계처럼 바다의 광경보다 선행하는 바다처럼, 사랑보다 선행하는 삶처럼, 몸보다 선행하는 몸의 구성 물질처럼, 언젠가 제 차례가 되면 언어는 침묵의 도래보다 선행할 것이다. 나는 사물에 이름을 지음에 따라 소유한다. 이것이 바로 언어가 주는 황홀함이다. 하지만 사물에 이름을 짓지 못하는 한 더 많이 소유한다. 현실은 원료이고, 언어는 그 원료를 찾으러 가는 방식이다—그리고 그것을 찾지 않는 방식이기도 하다. 그러나 내가 알지는 못해도 일시적 인식이 태어나는 건 추구를 통해서이지 발견을 통해서가 아니다. 언어는 내 인간적인 노력이다. 나는 운명적으로 그것을 찾기 시작해야 하고, 운명적으로 빈손으로 돌아와야 한다. 그러나—나는 말로 표현할 수 없는 것을 가지고 돌아온다. 말로 표현할 수 없는 것은 내 언어의 실패를 통해서만 내게 주어진다. 말을 실수했을 때에만 말이 얻지 못한 것을 내가 얻는다.

지름길을 찾아봐야 소용없고, 목소리는 할 말이 별로 없다는 것을 미리 알아봐야, 처음부터 우리 자신을 몰개성화해봐야 소용없다. 왜냐하면 경로라는 것이 존재하고, 경로는 하나의 방법만이 아니기 때문이다. 우리 자신이 경로다. 삶에 있어서 우리는 절대 먼저 도착할 수 없다. Via Crucis(십자가의 길)는 우회로가 아니라 유일무이한 길이다. 그 길을 통하지 않으면, 그 길이 없으면 우리는 도착할 수 없다. 고집은 우리의 노력이고, 포기는 대가다. 우리는 목소리의 힘을 증명했을 때에만 이를 수 있고, 그 힘을 좋아해도 우리는 포기하기를 택한다. 포기는 하나의 선택이어야만 한다. 포기는 인생에서 가장 성스러운 선택이다. 포기는 인간적인 순간이기도 하다. 거기에만 내 조건에 맞는 영광이 있다.

포기는 하나의 새로운 발견이다.

나는 포기한다. 나는 인간적인 인간이 되었을 것이다—내 조건이 최악일 때에만 그것은 내 운명이 된다. 존재하는 것은 내게 힘을 갖지 않는 커다란 희생을 요구한다. 나는 포기한다. 자, 내 가여운 손이 세상을 붙들고 있다. 나는 포기한다. 그러자 거기서 내 인간적 가난에 허용되는 유일한 행복이 용솟음친다. 나는 안다, 그래서 몸을 떤다—삶은 내게 너무도 깊은 감명을 주고, 나에게서 잠을 없앤다. 나는 떨어질 수 있는 높이에 이른다. 나는 선택한다, 몸을 떤다, 포기한다, 그러고 결국 나의 추락을 바친다, 좌천된 채로, 자신만의 목소리가 없는 채로, 결국은 내가 없는 채로—내게 없는 모든 것은 내 것이 아니다. 나는 포기한다,

내가 적을수록 더 많이 산다, 내 이름을 더 많이 잃을수록 사람들은 나를 더 많이 부른다, 내 비밀스러운 임무는 내 조건이다, 나는 포기한다, 그리고 내 비밀번호를 모를수록 내 비밀을 더 잘 지킨다, 내가 덜 알수록 내 운명이 더 달콤한 심연이 된다. 그래서 나는 열렬히 사랑할 수 있다.

조이아

Joia

1968–1969

1968년 5월

배신하지 않으려는 번역

타치 모라이스와 내가 릴리언 헬먼의 희곡을 토니아 카헤루에게 주기 위해 번역했다. 우리는 정말 기쁘게 번역했고, 처음부터 나는 일에 관해서든 아니든 여러 분야에서 나의 엄격한 단장인 타치에게 꾸중을 들어야 했다. 토니아, 당신은 희곡 한 편을 번역하는 데 요구되는 정성에 담긴 노력을 상상하지 못할 것이다. 아니, 현명한 제안을 한 당신은 잘 알지도 모르겠다. 먼저, 번역은 절대 끝내지 못할 위험을 떠안는 것이다. 다시 읽으면 읽을수록, 다시 대사로 돌아가고 또 돌아가게 된다. 작가가 쓴 원문에 대한 충실성의 필요는 말할 것도 없지만, 몇몇 전형적인 미국식 표현을 포르투갈어로 쉽게 번역할 수 없기 때문에 더 자유로운 각색이 요구된다.

대사가 어떤 소리를 내는지 듣기 위해 대본을 큰 소리로 낭독해야 하는가? 언어는 자연스러워야 한다. 상황에 따라 어떤 때에는 다소 격식을 갖춰야 하고 어떤 때에는 다소 느슨해야 한다.

모든 인물은 이것으로는 충분하지 않다는 듯이 저마다 '억양'을 가지고 있으며, 그렇기 때문에 적절한 단어와 음색이 필요하다. 억양에 대해서 말하자면, 우리가 번역하는 동안 유쾌하지 않은 일이 일어났다. 미국인 인물들을 자주 보게 되면서 완전히 미국식 어조를 갖게 된 것이다. 나는 미국인이 포르투갈어를 말하듯이 단어를 노래하기 시작해 타치에게 불평을 늘어놓았다. 내 목소리에 질렸기 때문이다. 타치는 완벽하게 비꼬는 말투로 내게 대답했다. "네가 타고난 배우라면 그건 네 잘못 아니냐?" 그러나 나는 모든 작가가 타고난 배우라고 믿는다. 무엇보다 작가는 자신의 역할을 깊이 연기한다.

작가는 스스로를 아주 피곤하게 하는 존재이고, 자신과의 내적 만남이 너무 길어지면서 자신에 대해 어느 정도 혐오감을 느끼게 되는 존재다.

토니아를 위한 이 연극 대본은 번역하기에 아름다웠다. 그러나—우리가 체호프의 희곡을 손에 넣게 되었을 때에는? 오히려 낙담하는 나를 발견하는 순간이었다. 그러고 나서 나는 타치가 친구들에게 내가 주인공과 자주 만나는 게 좋은 일인지 물었다는 것을 알게 됐다. 내가 그 인물을 너무 닮았기 때문이다. 그들은 내가 반드시 이 작업을 해야 한다는 결론을 내렸다. 연기를 하는 것이 내게 유익하고, 거울을 보듯 내 얼굴을 보는 것이 나에게 좋을 것이라고 생각했기 때문이다. 삶을 비관하다가 스스로를 절망으로 몰아가고 마는 인물을 다뤄보는 것이 내게 좋으리란 것이다. 우리는 체호프를 번역했고, 나는 힘겨운 노력을 기울였다. 나를 묘사하는 것 같았기 때문이다. 그러고 나서 이상한 이유로 그 희곡은 다른 사람의 손에서 사라져버렸고, 우리는 그 희곡을 다시 보지 못했다. 그 이상한 이유 중 하나는 연출가가 우리의 번역에 너무 많이 개입하길 원했다는 것이다. 우리는 너무도 자주 설명하려 하는 연출가의 정당한 개입에 특별한 감정은 없었지만, 우리의 갈등은 너무도 첨예했다. 그중에 하나는, 연출가가 '번민'이라는 말 대신에 '도랑에 빠지다'라는 말을 써야 한다고 해서 우리가 동의할 수 없었던 것이다. 그는 러시아 인물이고, 게다가 그 시대에 그 상황에서 '도랑에 빠지다'라고는 말하지 않을 것 같았다. 그 인물은 불안과 사람을 피폐하게 하는 지루함을 말했을 것이다.

그러나 사실을 말하면 현재 쓰는 말로는 '도랑에 빠지다'가 맞는다.

우리는 그 작품 대신에 〈헤다 가블레르〉를 번역했는데, 곧바로 상파울루에서 무대에 올려졌을 뿐 아니라, 그해 최고의 번역상을 받아서 직업적 자부심을 느꼈다. 메달이라니, 세상에!

나는 브라질 〈리더스 다이제스트〉의 책임자 치토 레이치의 주문으로 애거사 크리스티의 작품을 요약한 책을 번역하며 유쾌한 기쁨을 느꼈다. 나는 늘 그랬듯이 먼저 원문을 읽는 대신에 번역을 하면서 글을 읽었다. 추리소설이었고, 나는 누가 범죄자인지 몰랐으며, 내 호기심의 압박을 견딜 수 없어서 전속력으로 글을 옮겼다. 책은 매우 빠르게 절판됐다.

나는 번역한다, 그렇다. 그러나 내 책의 번역본을 읽는 것을 매우 두려워한다. 내 글을 다시 읽는 극심한 지루함은 차치하고, 번역가가 내 글에 무슨 짓을 했을까 두렵다. 내 책 두 권의 독일어 번역본은 전혀 문제가 없었다. 독일어는 한마디도 하지 못하지만, 그저 안도감만 들었다. 같은 이유로 출판사가 내게 보내주는 비평과 논평도 전혀 읽지 못한다. 그러나 내 책 중에 한 권이 미국에서 영어로 번역되어 크노프에서 나왔을 때에는—책의 물성도 아름다웠고 촉감도 좋았다—다른 문제가 있었다. 그 책의 번역가 그레고리 라바사가 최고라는 것을 알고 있었고—그는 미국에서 전미도서상을 받았다—나는 영어로 그 책을 읽을 수 있었다. 나는 전력을 다해 내 글을 읽기 시작했다. 훌륭한 번역이라고 생각했지만 읽기를 중단하고 말았다. 내 글을 다시 읽는 것에 대한 혐오감이 더 컸기 때문이다. 번역가이자 대학에서 포르투갈, 브라질 문학을 가르치는 교수인 그는 브라질 문학에 대한 긴 서문을 썼다. 그는 나의 구문 구성 때문에 내가 기마랑이스 호자보다 번역하기가 더 어렵다는 이상한 결론을 내렸다. 겁내지 마시길. 이 칼럼에서 나는 내게 친숙하고 당연한 구문 구성을 사용하지 않으려고 노력했으니까. 한 점 부끄러움 없이 말하자면, 나는 이미 구문 구성이란 말의 의미를 잊어버렸다. 나는 친구에게 구문 구성이 무엇인지 설명해달라고 했고 그는 이렇게 설명해줬다. 구문 구성은 어느 시기에 어떤 문장을 넣는 방식이라고. 나는 더 알려고 하지 않았고, 그 말의 뜻이 단지 그것은 아니리라 의심했다. 구문 구성처럼 진지한 말이 그저 그런 것을 뜻하지는 않을 것이라고. 나는 문법을 더 존중하고, 의식적으로 문법과 대립할 마음이 조금도 없다. 올바르게 쓰기에 대해 말하자면, 항상 옳은 것이 더 좋게 들리기 때문에 나는 귀와 직관에 따라 어느 정도 올바르게 글을 쓰려고 한다.

1968년 6월

영원한 젖먹이

노인들을 위한 시설들 중 존재하는 곳은 아직 다수가 이용하지 않은 곳이다. 현재 내가 아는 바로는 빈곤자들을 위한 자선 병동, 또는 사람들 말을 따르면 비용이 드는 고급 호스피스 병동으로 선택이 제한된다. 그렇지만 소시민 계급 노인들에게 적합한 것은 무엇일까? 늙는다는 것은 일생 동안 농축된 두세 가지 습관을 갖는 것인데, 나는 특정 방식으로 자신을 만든, 또는 특정 방식으로 자신을 만들었던 누가 어떻게 새로운 것에 자신을 열 수 있을까 이해되지 않는다. 예를 들어 삶에서 자기가 해온 것을 다시 갈고닦는 것 외에 아무것도 바라지 않는 단정한 노인이 거리에서 대단한 모험가였던 노인들 사이에 있게 되면 평범한 이야기가 그를 혼란스럽게 할 수 있다. 노화가 시작되면 더는 충고를 들을 시간이 아닌 것이다. 다른 진실은 이미 너무 늦었다. 그러나 소시민 계급 노인들이 극빈자를 위한 보호시설에 가면 그런 일이 일어날 것이다.

그렇다면 고급 호스피스 병동은 어떨까? 반짝이는 장신구로 목을 빳빳하게 세운 노인들이 어릴 때 마셨던 차를 마시는 곳이라면? 노인이 된다는 것은 굴욕을 당하는 시간이 아니며, 에티켓과 죽기 직전의 발악 사이에서 혼란스러워하는 시간도 아니다. 우리의 노인은 항상 실수를 하면서, 먹을 때 소리를 내면서, 난처한 일에 아주 행복해하면서 자신을 서투른 어린아이처럼 느낄 것이다.

노인들을 위한 요양 시설을 다양화할 필요가 있다.

아직 힘이 넘칠 때 한 시설을 방문해 그곳에서 주말을 보내며 서로서로 친해지면 좋을 것이다. 힘이 넘칠 때에는 우리가 어떤 노인이 될지 알 수 없기 때문이다. 지금 아직 젊다고 해서 누군가를 부를 수 있는 벨과 지팡이가 있어야 마음이 편해지는 노인이 되지 않는다고 누가 장담하겠는가? 지금 자신의 의무를 완수하고 질서를 지키는 평온한 여자라고 해서 노화가 얄궂은 자유를, 남자들의 호기심을 불러일으키는 웃는 모습을 주지 않는다고, 머리도 안 빗는, 입술에 담배를 문 노인이 되지 않는다고, 새로 얻게 된 지혜로 온 가족을 불편하게 만들지 않을 거라고 누가 장담하겠는가?

오늘 근엄한 신사가 사는 즐거움을 지키기 위해 저질스러운 농담의 욕구를 느끼게 되지 않는다고 누가 장담하겠는가?

노화는 거의 언제나 비밀스럽게 지켜왔던 영감을 예상치 못한 방식으로 마음껏 펼칠 마지막 기회를 선사한다. 그래서 아무도 어떤 종류의 기관이 맞을지 알 수 없다.

잘 선별한 기관에도 예상치 못한 일들이 많다는 것은 차치하고라도 말이다. 10년 동안 노년을 살기 위해 짐을 꾸린다고 해도 1년 뒤면 더는 필요하지 않을지도 모른다.

또는 언젠가 누군가 내게 말해줬던 어느 노부인처럼 그 반대일 수도 있다. 노부인은 107세에 극빈자 호스피스 병동에 들어갔다. 시간이 흘렀다. 그녀는 시간을 때우며 살았다. 노부인은 더 이상 할 일이 없었다. 오늘날 노부인은 아직도 그곳에 있다—노부인은 115세다. 점점 더 작아지고, 점점 더 줄어들고 있다. 115세는 너무 많은 나이다. “노부인이 착각한 것은 아닌가, 아니면 거짓말하는 게 아닌가, 정신이 온전한가?” 내가 물었더니 누군가 자기도 그런 의심을 안 해본 것은 아니지만, 비록 문서화된 증거는 없다고 하더라도 확실히 그 나이가 맞는다는 것을 보증한다고 했다. 그 증거 중 하나가 같은 호스피스 병동에 있는 115세 노부인의 동향인 82세 노인의 존재다. 노부인이 그에게 젖을 먹였다고 한다…… 노인의 어머니가 젖이 나오지 않아서, 젊고 건강했던 그 노부인이 젖을 먹였던 것이다. 그 호스피스 병동에는 의심을 거둬준 젖먹이가 있다.

노화가 유아기로 돌아가는 것이라면, 적어도 이 경우는 진짜 출발점으로 돌아간 것이다. 82세 노인이 그 만남에 행복해했는지 우리는 알 수 없다. 115세인 노부인이 사소한 일로 그 노인을 혼내면서 자기가 획득한 권리를 행사한다는 말을 들었기 때문이다. 82세 노인은 극빈자 호스피스 시설에서 예기치 않은 방식으로 가족 관계를 맺게 된 것이다. 그가 원했던 가족인지는 아직 모르는 일이지만. 누가 알겠는가? 고독하고 고립된 노년이 그의 이상향이었는지. 누가 알겠는가? 그가—일평생 젖먹이이자 피지배자였던 그가—작은 자유와 말 없는 불평과 공원 벤치에 걸터앉은 참새 같은 삶을 원했을지?

1968년 7월

시간이 흐르는 대로, 타자기 마음대로

거짓말을 시작했던 내가 이것에 관해서는 진실을 말한다. 그렇지만 거짓을 말하기에 절대 늦지 않았다. 내가 속여야 할 사람을 속이고, 내가 속이고 있다는 사실을 알아챘을 때, 나는 나 자신에게 힘든 진실을 말한다. 나는 아이들을 보호하기 위해 필요한 거짓말이 아니라면 그들을 속이지 않는다. 보호하기 위해 필요한 거짓말은 진실만큼의 가치가 있다. 다른 사람들도 나를 속인다. 또는 그냥 거짓말을 한다. 또는 약속하고 잊는다. 한 친구가 내게 우리가 둘 다 아는, 세상을 떠난 친구의 흉상을 주기로 약속했다. 그 친구는 잊을 것이다. 그것도 거짓을 말하는 하나의 방식이다. 아닌가? 아니다.

어느 토요일, 에우시 레사가 자기 집에서 바타파*를 만들었다. 나는 내 의도와는 상관없는 이유로 늦었고, 사람들 대부분이 이미 떠났지만, 그래도 바타파를 먹었다. 그다음은 내 요리사가 만들 줄 모르는 쿠스쿠스여서 거절할 수 없었다. 그렇게 삶은 흐르고, 하루하루가 정신없이 지나간다.

또 한 친구가 페르난다 몬치네그루를 보기 위해 나를 기다리고 있어서 빨리 출발했다. 그 사람은 존재하지 않는 것을 무대에

* 빵에 캐슈넛 밀크와 쌀을 넣고 만드는, 아프리카에서 유래한 브라질 요리.

서 소개하는 것 외에는 아무것도 하지 않는다. 그 사람은 거짓말 하지 않는다. 극장에 함께 갔던 내 친구도 거짓말을 하지 않는다. 이제 나는 왜 내가 거짓과 진실에 이토록 끌리는지 알고 싶다.

나는 그 연극에 깜짝 놀랐다. 그 연극의 제목은 해럴드 핀터의 〈귀향〉이었다. 내가 절대 말하지 않는, 말할 줄 모르는 욕설에는 감흥이 없었다. 그러나 나는 내 안에서 너무도 망가져서 첫 번째 중간 휴식 시간에 머리를 다시 빗어야 할 필요성을 느꼈다. 누가 그러는데 남자들이 여자들보다 이 연극의 줄거리를 따라가기가 더 힘들다고 한다. 그러나 이 연극은 호의를 베푸는 데 너그러운 여자가 답답한 귀향을 하는 내용일 뿐이다. 공연을 볼 때에는 다시 볼 용기가 있을까 싶었다. 나는 충격을 받고 자러 갔다. 그러고 집에 있다는 행복감에 잠에서 깼다.

마지막에 박수갈채는 섬찟했다. 한 남자가 참지 못하고 공연 중간에 일어났다고 한다. 그러자 그의 아내는 화가 나서 그에게 소리쳤다. "그럴 거면 밖에서 기다려요." 그리고 그 여자는 남아 있었다. 왜 오늘 내가 이렇게 강렬한 것을 쓰려고 하는지 모르겠지만, 나는 힘이 없고, 쇠약하다고 느낀다. 나는 아침에 쓴다. 오늘은 진짜 토요일이다. 점심을 먹고 잠을 잘 것이다. 타자기를 따라 써지는 대로 쓴다. 한 친구가 나와 점심을 먹으러 왔다. 나는 재미있는 사람이 아닌데 그녀는 내가 하는 말마다 재미있다고 한다. 오늘 코코넛이 있다는 걸 알면 그녀가 좋아할 것이다. 코코넛이 어떤 요리로 나올지는 알 수 없다. 내 요리사는 나를 놀라게 하고 싶어 한다. 그렇게 하루하루가 지난다. 오늘 나의 힘은 어디에 있는가? 밥을 먹고 잠을 자면서 꾸게 될 꿈에서 나올까? 나는 꿈에 매우 강하다. 이것은 칼럼도 비평도 아니라는 것을 나도 잘 알고 있다. 이번만큼은 그런 게 중요하지 않다. 시간이 흐르고 타자기가 움직인다. 그렇지만 나는 칼럼 하나만 맡고 있기 때문에 주제가 없진 않다.

나의 동료 칼럼니스트는 매우 온화한 사람이고 어떨 때에는 부드럽다. 어떤 면에서는 온화하고 부드럽되 또 어떤 면에서는 극단적으로 강경하다. 그가 나를 에우시 레사 집까지 데려다주고 그다음엔 극장에 함께 갔던 친구네 집에 내려줄 예정이었다. 나는 그에게 서두르라고 했다. 그가 내게 말을 너무 많이 하면 위스키를 한 잔 더 마셔서 지각하게 만들 거라고 경고할 정도였다. 나는 웃었다. 그는 나를 속이지 않았고, 우리는 별로 늦지 않았다. 게다가 내게 조언해주는 사람이 그다. 나는 어떤 결정을 내려야 할지 모르면 그에게 전화를 걸고, 그러면 그가 내게 말해준다. 그는 늘 옳다. 마지막으로 그에게 요구했던 조건은 외국 출판사와의 계약에 관한 것이었다. 아마도 그는 내가 아는 시인 중 유일하게 생활 감각이 있을 것이다.

내가 받게 될 혹은 내가 받지 못하게 될 세상을 떠난 친구의 흉상은 세스키아치*의 작품이다. 베른에 있을 때 우리가 그를 집으로 초대했는데, 그는 내 두상을 '만들려고' 했다. 나는 포즈를 취하면서 무척 즐거웠는데, 내가 그에게 두상 뒤통수에 다른 여

* 아우프레두 세스키아치, 1918-1989. 브라질 조각가.

성을 조각해달라고 요구했기 때문이다. 그러나 세스키아치는 그가 만든 내 두상을 좋아하지 않았다. 그는 자기 작업에 만족감을 느껴야 하는 사람 중의 하나다.

스위스의 우리 집 테라스에는 전기 난방을 쓰지 않는 집에서 연료로 쓰는 숯을 보관하는 곳이 있었는데, 세스키아치는 그곳의 검은 숯더미에 내 두상을 버렸다. 반으로 갈라진 그 두상이 숯 조각들 사이에서 아름다운 효과를 냈기 때문에 나는 그를 용서했다. 그 두상은 조각상의 눈으로 하늘을 바라보며 오랫동안 그곳에 있었다. 그러다 함박눈이 내렸고, 우리는 검은 숯과 깨끗한 눈과 갈라진 머리를 볼 수 있었다. 그 장면은 여전히 내게 남아 있다. 세스키아치, 당신이 원하지 않았던 그 두상과 검고 꺼칠꺼칠한 숯과 조용히 떨어지던 눈에 감사합니다. 그 셋 중에 어떤 것이 더 좋았는지 모르겠다. 하늘에서 떨어지는 눈을 응시하던 두상의 갈라진 머리인가. 아니다, 검고 어둡고 부서지기 쉬운 숯이었던 것 같다. 부서지기 쉬운 것도 강세가 있던가? 그랬던 것 같다.

연극을 본 토요일에 이어 일요일에 철학과 교수 주제 아메리쿠 페사뉴가 잠시 집에 들렀다. 그의 학생 중 한 명이 내게 질문지 두 장을 전해달라고 부탁했다고 한다. 나도 나 자신에 대해 잘 모르는데, 게다가 나는 나가려던 참인데 왜 사람들은 질문을 하는가? 왜 알고 싶어 하는가? 예를 들어, 나는 더 이상 알고 싶지 않다.

여기서 글을 끝내려 한다. 오늘은 토요일이니까. 이미 말했듯이 기운이 없다. 약한 것은 나쁜 것이 아니다. 사람들이 이 칼럼에 대해 많이 하는 나쁜 말처럼. 그러나 그런 것은 정말로 중요하지 않다. 타인의 의견을 무시하겠다는 것이 아니다. 어쩌면 토요일 아침에는 모든 것이 매우 상대적인 의미를 갖는지도 모른다는 것이다.

1968년 8월

산을 올라가야 한다

비행소녀

그녀는 어리다. 대학에 다닌다. 성을 말하진 않겠지만 아마도 앙젤라 같은 이름이었을 것이다. 사람들은 그녀가 못생긴 편이라고 했다. 그녀의 아버지는 그녀가 귀엽다고 했다. 나는 그녀의 모습을 설명할 수 있다. 요즘 우리가 귀엽다고 말하는 모던하게 못생긴 외모다. 어쨌든 그녀는 이상해 보였다. 그녀의 부모님이 정신이 나갈 정도로 술을 많이 마신 그녀를 목격할 때까지, 그녀의 방에서 반쯤 비워진 카샤사를 발견할 때까지 그녀는 술을 마셨다. 왜냐고? 이유는 없다. 그녀는 때때로 너무 흥분하는데, 그것이 그녀가 마약을 하고 있음을 암시한다. 앙젤라와 교양 있는 사람들인 부모님 사이에 대화는 필요하지 않았다. 그녀는 마셨다. 누군가 그녀에게서 카샤사를 빼앗으면 그녀는 약국에서 파는 알코올을 마셨다.

어느 날 그녀의 아버지는 퇴근길에 그녀가 완전히 취해 있는 것을 보게 됐다. 그는 이성을 잃고 절망에 빠져 딸을 '거의 죽일 정도로' 때렸다. 그러고 그 자신도 깜짝 놀라 이렇게 말했다. "그 애는 너무 연약하고 너무 말랐는데."

그녀를 정신병 전문의에게 데려갔고, 의사는 중독 치료를 위해 입원할 것을 제안했다. 그들의 딸은 제안을 받아들였다. 그녀는 병원에서 입으려고 잠옷을 살 때가 되어서야 아빠와 엄마가 더는 아무것도 해줄 수 없는 세상에서 완전히 혼자가 된다는 공포에 휩싸였다. “누가 나와 함께 병원에 있어줄 거야?” 그녀가 물었고, 그녀의 어머니는 고통스럽게 말했다. “의사 선생님이 네가 가족과 떨어져 혼자 있어야 한다고 하셨어.”

입원을 기다리며 상황이 이렇게 전개됐다. 그녀는 의사에게 감금하지 말아달라고 간청했고, 그는 그녀가 더 이성적으로 행동한다는 조건으로 받아들였다. 우리 역시 더 이성적으로 되어야 한다. 탈선은 올바른 길에서 벗어남을 의미한다. 비행소년, 비행소녀 들은 어떤 길에서 벗어나길 원하는 것일까? 당연히 지금의 세상이, 자신들의 부모가 제공한 길일 것이다. 누가 그들을 비난할 수 있겠는가? 그들이 바라는 건 초감각이다. 그냥 감각으로는 충분하지 않다. 오늘만이 아니라 사람들은 늘 초감각을 열망해왔고, 인간의 모험심은 흥분과 타락을 동경한다. 그러나 주위 사람들, 가족의 통제가 있었다. 이제 어떻게 청소년을 통제할 것인가? 우리에게도 보헤미안의 영혼이 있다. 사실상 우리는 보헤미안이 아니지만 그렇게 되기를 원한다. 우리의 편안함과 평화를 위해, 부르주아 아이들을 위해.

테야르의 고백

앙리 드 몽프레는 오랫동안 단독으로 연구할 가치가 있는 작가이자 모험가다. 그는 여행 중에 테야르 드 샤르댕이 사는 시골을 여러 번 가게 됐으며, 에티오피아에서 여러 번 테야르를 만났다.

그러나 그는 샤르댕이 그에게 말했던 여러 비밀을 누설하지 않고 간직했다. "나는 그걸 말할 수가 없습니다. 말하지 않겠다고 그에게 약속했으니까요."

그러나 비밀을 묻는 사람에게 압박감을 느꼈던 몽프레는 자기가 전할 수 있는 것이 하나 있다고 했다. 한번은 테야르가 소리 내 생각했기 때문이다. 테야르는 자기가 했던 말에 다음과 같은 말을 덧붙였다.

"나는 신과 대화를 나눴어. 사람들에게는 말하지 않았지. 오늘날 내가 생각하는 것들이 대중에게 알려지면 안 되니까. 인류는 그 생각들을 받아들일 만큼 아직 충분히 성숙하지 않았거든. 나는 산의 정상에 올랐고, 이제 지평선을 보고 있네. 내 뒤에서 올라오고 있는 다른 사람들은 보지 못하지. 내가 본 것을 그들에게 알려주면 그들은 달릴 것이고, 지금 그들을 지탱해주고 내가 올랐던 산을 오르게 해주는 단순하고 진심 어린 믿음을 잃을 수도 있어. 그래서 내 생각을 말하지 않는 거야. 인류가 충분히 성숙해지면 그 생각들이 빛을 볼 수 있게 말이야."

동사와 시간

누군가 지금 내가 이용하는 은행인 미나스제라이스 국립은행의 한 지점에서 위우송 아우바렝가 보르지스를 소개해줬다. 나는 은행에 대해서 하나도 모르지만, 위우송의 경우 은행에서 지위가 높은 책임자로 매우 정확하게 처신하는 것 같았다. 은행에서 일하면서 시인이 된다고? 그러니까 완벽하게 가능하다. 위우송 아우바렝가 보르지스는 가장 상냥한 사람 중의 하나이며 교육을 잘 받았고, 모든 것이, 내게 말할 때의 그 수줍음 역시 그의 영혼에서 나오는 것 같았다.(그는 일터에서, 내가 그의 모습을 관찰한다는 것을 모를 때에는 전혀 수줍어하지 않았다.) 그의 집에 가서 그의 아내 욜란다와 함께 저녁을 먹었던 기억이 있다. 그들은 작은 새와 꽃을 키웠고, 모든 것이 그곳에 수줍게, 두려움이 아닌 섬세한 수줍음으로 있었다. 바우미르 아얄라가 그 저녁에 함께 참석했는데, 그때는 오늘날 그의 트레이드 마크이자 선구자 같은 느낌을 주는 수염이 없었다.

나는 포르타 다 리브라리아 출판사에서 나온 위우송의 신작 시집 『동사와 시제』를 막 받았고, 이곳에 그의 시 한 편을 남기고 싶다.

시간이 지나는 길을 따라가며, 내 얼굴은
내 안에 각인될
침묵의 형태를 구성해 온다
내 생각을 정화하는 선명한 이미지를 위해.
내가 맡은바 책임을 다할 수 있도록
나의 모든 노력을 시간에 쏟고
이 모든 조화가 나의 동사를
더 분명하게 한다, 나의 고마운 오성 안에서.
나는 몇 시간 동안 삶을
다시 생각했다, 매일 연장되는

싸움에서 얻어낸 모든 시간.

안내자처럼 나를 사랑으로 인도한

침묵에서 태어나 길러진

이 여명을 정복하게 하기를.

1968년 9월

한 친구를 위한 꽃처럼

내게는 친구가 몇 있다. 몇 명 되진 않지만 서로 너무 다르다. 그들의 다양한 개성이 나를 즐겁게 하고 나를 풍부하게 한다. 그들은 다른 장점들을 가졌지만 공통점이 하나 있다. 예를 들면 올바름과 솔직함이다. 거의 모두에게 나는 이미 이해를 받았고, 형제애와 용서를 받았다.

그러나 나는 어떤가? 나는 그들에게 무엇을 줬던가? 모르겠다. 계산할 수 없을 것 같다. 그래도 나 역시 대가로 그들에게 분명 무언가를 줬으리라 생각한다. 내가 그렇게 생각하는 것은 우정은 주고받는 것임을 알기 때문이다. 그렇지만 나는 부지불식간에 친구들 중 한 명에게 실수를 저질렀다는 것을 알고 있다. 그 친구가 내게 전화를 걸었을 때였다. "네가 내게 많은 것을 줬다는 걸 알고 있지만, 너에게 부탁할 게 있어." 그녀는 어린 여자애처럼 서투르게, 나를 추억할 수 있게 자기만을 위한 글을 몇 줄 써줄 수 있느냐고 물으며 누구에게도 보여주지 않겠다고 했다. 나를 놀라게 했던 것은 창피해하는 그녀의 말투였는데, 내게 책에 사인을 해달라고 요청하는 몇몇 어린아이의 말투 같았다. 우리는 너무 친해서 그런 말투로 말할 필요가 없었는데 말이다. 그녀는 말을 내뱉은 직후에 매우 진지하게 후회했고, 괴로운 목소리로 자기의 부탁을 물리고 싶다고 했다. 그러나 나는 그럴 필요 없다고 대답했다. 부탁은 이미 받아들여졌고 그녀에게 무언가를 줄 수 있어 기쁘다고 했다. 그녀는 말썽을 피운 아이처럼 전화를 끊었다. 너를 위해 글을 써달라고 했지, 호자? 친구로서 네가 나를 늘 도와줬다고 한 번도 말한 적이 없었네. 내가 너를 필요로 할 때 나는 늘 너의 편지를 받았고, 네가 곁에 있어줬고, 네가 나를 위로해줬고, 네게서 우정을 받았어—너는 아무 대가도 없이 이 모든 걸 줬지. 나는 그저 받았던 거야. 너를 위해서 글을 몇 줄 써달라고 했지? 그런데 나는 너의 어린아이 같은 면에 너무 기뻤어. 절대 부끄러워할 필요 없는 네가 사인을 요청하는 수줍은 사람의 말투로 말해서 말이야. 너에게 개인적으로 몇 줄을 쓰는 대신에 공개적으로 쓰는 것을 나쁘게 받아들이지 말아줘. 안 될 게 뭐가 있겠어, 네가 나에 대한 추억을 간직하고 싶어 하는 건 너무 당연한 일인데. 그래서 호자, 너에게 꽃을 보내듯 오직 너를 위해 이 글을 보내. 꽃처럼 아름답지 않은 것은 유감이지만 말이야. 그래도 마음은 여기 있어. 우정도.

1968년 10월

브라질식 커피 의식. 인물 창조하기

이 제목은 지나치다. 그러나 어떻게 이 대화에서 "브라질식 커피 의식"이란 표현을 지울 수 있을까? 찻잔에 차를 따르는 방식을 신비롭게 만드는 중국인들처럼 우리가 어떤 의식을 가지고 있음을 자랑스럽게 여긴다면? 우리는 중국처럼 오래된 문명은 없지만 우리만의 방식이 있다.

이것은 한 잔의 커피 없이는 창작은커녕 글쓰기 자체가 반 페이지도 불가능하다고 아주 길게 에둘러 말하는 글이다. 내가 관찰한 결과 많은 예술가와 지식인이 마찬가지다. 그러나 여전히 사람들은 더 어려운 일에 몰두할 때마다, 그 일이 꼭 창조적인 일이 아니어도 아주 뜨거운 커피를 준비한다. 또 우리는 어떤 일을 완수하고 피로감을 느끼면서 '보상'으로 커피 한 잔을 천천히 마시기도 한다.

어느 날 로마 한 대학의 교수들과 대화를 나눴다. 그들은 전쟁 동안에 자기들이 고통받았던 것은 생필품의 부족이 아니라 커피와 그 뒤에 이어오는 담배가 없었기 때문이라고 했다. 왜? 그 평범한 음료 안에 어떤 특별한, 꼭 필요한 것이 들어 있을까?

사실 나는 커피에 거부감을 느꼈었다. 모든 브랜드의 커피를 다 마셔봤지만 어떤 것도 내가 기대했던 정신적 '자극'을 주는 것은 없었다. 안타깝게도 나는 충동적인 사람이고, 그런 점은 이익이 될 때도 있고 아닐 때도 있다. 정확한 이유는 모르겠지만,

나는 격분해서 브라질 커피 기관에 전화를 했다. 누군가 친절하게 마리아 엘레나 운제르 부인과 통화할 수 있게 연결해줬는데, 그녀는 내 불만을 듣고 감미로운 목소리로 내게 물었다. "부인은 커피를 만들 줄 아시나요?" 나는 조금 당황했지만 자연스러운 척하며 말했다. "다른 사람들만큼 해요." 그러자 그녀는 말했다. "제가 사람을 보내서 커피의 장점을 가장 잘 끌어내는 방법을 알려드릴게요."

다음 날 9시에 초인종이 울렸고, 문 앞에 완벽하게 우아한 리넨 재킷을 입은 교양 있고 아름다운 사람이 서 있었는데, 나는 아직 잠옷 차림이어서 당황했다. 주제 바르보자 지 올리베이라 씨로 그에겐 두 개의 별명이 있는데 "제 씨" 또는 "제 장군"이다. 장군이라는 별명은 그가 국제박람회에서 커피 만드는 방법을 설명할 때, 또는 왕들과 높은 사람들에게 커피를 대접할 때 그가 입은 옷 때문에 붙여진 것으로, 그 옷은 어깨에 금장식이 있는 재킷 또는 턱시도였다. 완벽한 맵시였을 것이라 상상한다. 그래서 그는 장군이다. 그는 외국으로 여행을 가고 국제박람회에 참석하며 우리처럼 커피를 좋아하는 외국인들이 미치게 좋아하는 커피를 만든다. 그는 스웨덴의 왕과 페루의 대통령, 린든 존슨 대통령과, 엘사 맥스웰 같은 유명한 사람들에게 커피를 대접한 적이 있으며, 그래서 커피 칵테일을 개발해냈다.

커피를 만드는 법은 너무 간단해서 그걸 몰랐다는 게 부끄러울 정도다.

물 1리터에 커피를 큰 스푼으로 네 스푼을 가득 담는다.(커피가 너무 까맣게 보이면, 그러니까 너무 탔으면 양을 줄인다.) 물이 끓을 동안 컵과 여과기를 다른 끓는 물로 데운다. 물이 끓으면 커피를 한 스푼 가득 거기에 넣고 계속 젓는데 너무 팔팔 끓이면 안 된다. 살짝 끓는 정도여야 한다. 컵과 여과기 데운 물을 버리고 커피를 여과기에 부은 뒤 여과기에서 컵에 담는다.

그러고 마신다. 살고, 느끼고 생각하고, 계산하고, 쉬고, 우리가 하고 있는 것을 정확히 하는 것을 좋아하기 위한 자극이 부활했다—맛있게 만든 커피를 마시면서.

"장군"은 내게 특별히—그렇지만 내가 그에게 요청하자 무상으로 공개를 허락해줬다—커피 칵테일 만드는 법을 알려줬다. 그 칵테일은 이탈리아 바텐더 대회의 경쟁에서 "타의 추종을 불허"한다고 여겨졌는데, 그것은 정말로 의미심장하다. 이탈리아 바텐더들이 창조적이고 빠르고 영리하기 때문이다.

그 칵테일의 레시피는 다음과 같다.

보드카 1/4컵. 체리 브랜디 1/4컵, 마티니 1/4컵, 진한 커피 1/8컵. 기호에 따라서 설탕과 올리브, 얼음을 함께 담는다.

고맙습니다, 장군. 고맙습니다, 마리아 엘레나 운제르. 이제부터 내가 걸작을 쓸 것이라고 말할 수는 없지만, 분명 맛있는 커피 한 잔을 마시는 데 부끄럽지 않은 글을 쓸 것이라고는 말할 수 있어요.

인간 영혼의 미스터리

내가 할 이야기는 내게도 아직 미스터리다. 내가 아는 것은 그 일이 일어나야 할 일이라 일어났다는 것뿐이다. 지금도 여전히 이해되지 않는다.

나는 심각한 화재 사고의 피해자였다. 화상을 입은 부위가 넓어서 사흘 동안 생과 사를 오가야 했다. 고통은 간호사가 말한 대로다. "고통이 너무 심해서 모르핀을 투여하는 게 합당하지만, 당신은 중독되면 안 되니까 거의 약물의 도움 없이 견뎌야 할 거예요." 이런 상황에서 전화가 울렸고 간호사가 받아서 X 부인과 통화할 수 있느냐고 내게 물었다. 나는 그럴 힘이 없었지만 X 부인이 간호사가 내게 묻는 것을 분명히 들었기 때문에 통화하고 싶지 않다고 말할 수 없었다. 간호사는 수화기를 내 귀 가까이에 가져다주었고—내 손에도 역시 붕대에 감겨 있었다—나는 X 부인에게 "여보세요"라고 말했다.

그 뒤에 일어난 일은 내 말문을 막히게 했다. 내게 늘 특별히 친절했던 그 부인이 정말로 자기 목소리인 것 같지 않은 목소리로 곧바로 소리를 지르며 울부짖는 목소리로 말했다.

"나는 당신이 다른 사람에게만 불을 지르는 줄 알았는데! 당신이 당신한테 불을 붙일 줄은 몰랐어요! 잘 들으세요. 많이 탔기를 바랍니다."

경악할 일이지만 나는 나도 모르게 침착하게 마치 불을 끄듯 그녀에게 대답했다.

"안심하세요. 많이 탔어요."

그 말이 정말로 X 부인을 진정시킨 듯했다. 그녀는 마치 내가 고통받는 것에 안도했다는 듯이 어조를 바꿔 자연스럽게 그녀의 남편이 안부를 전한다고 말했고, 나의 빠른 회복을 빈다고 말했다. 나는 예의 바르게 감사를 표했다.

그러나 나는 당황한 채로 있었다. 왜 어떤 예감의 그림자도 없었던 깊은 증오를 표명했을까? 분명 무의식중의 증오였을 것이다. 그녀는 자신이 나를 증오한다는 사실조차 모를 것이다. 그녀가 나를 초대했을 때, 내가 온 것이 좋다고 말했었으니까.

나는 인간의 영혼을 잘 아는 사람에게 그 통화에 대해 말했고, 그는 갑자기 불행이 닥쳤을 때, 사람에게 최선인 면과 최악인 면이 나타나는 것은 드문 일이 아니라고 설명했다. 나는 진심으로 X 부인을 용서했다. 선의에서가 아니라, 자기가 무슨 짓을 했는지 모르는 사람을 용서하듯이 한 것이다.

그러나 절대 내 고통을 바라던 그 끔찍한 목소리는 잊을 수 없을 것이다. 그렇지만 그 목소리 역시 인간의 목소리였다…….

헌정

어린이들을 위한 달이다. 나는 이달을 장애를 가진 아들을 용감하게 키우면서 모든 아이에게 필요한 사랑을 모두 주는, 내가 아는 한 어머니에게 헌정한다. 나는 때때로 어린이의 날이 어머니의 날도 되어야 하지 않을까 생각한다.

나의 비서

나는 글을 쓸 때 전혀 게으름을 피우지 않는다. 그러나 옮겨 쓰는 일은 내가 쓴 것이라도 참기 힘들다. 내가 글을 쓰는 동안, 분량과 상관없이 나는 완전히 몰입해서 허리가 아픈 것도 느끼지 못하는데, 옮겨 써야 할 때에는 너무 지루해서 허리 통증이 시작된다. 글을 쓸 때에는 타자기를 쳐도 거의 틀리는 게 없는데, 옮겨 쓸 때에는 별의별 실수를 다 한다.

최근에는 업무에 너무도 짓눌려서 더는 할 수 없었고, 그래서 이렇게 하기로 결심했다. 〈조르나우 두 브라질〉에 작가를 위해 일해줄 비서 구인 광고를 싣는 것이다. 그 일은 학생들에게 이상적인 직업이다. 나와 함께하는 시간은 별로 없고, 공부하고 수업을 듣고 연애하는 데 대부분의 시간을 보낼 수 있으니까.

한편으로는 놀라기도 할 것이다. 내가 제시하는 급여를 보고 '가난한' 직업이라고 할 수도 있을 테니까. 그러나 전화는 끊임없이 울렸고 내가 제시하는 금액을 잘 알고 있으면서도 눈빛으로, 말로 일할 수 있기를 간청하는 40여 명 젊은이의 연락을 받아야 했다. 나는 끔찍한 오전과 오후를 보냈다. 선발은 매우 어려웠다. 40여 명의 후보는 모두 능력이 있었고, 영리했고, 활동적이었으니까. 아, 어떻게 뽑아야 하나?

나는 결국 별명이 테테인 마리아 테레자를 선택했다. 왜 테테를 골랐느냐고? 일단 그녀가 다른 사람들처럼 능력이 있었고, 이미 내 소설을 읽은 적이 있어서 나의 글쓰기 스타일에 익숙했으며, 내가 요구하는 것을 하리라는 확신이 있었기 때문이다. 그러니까 옮겨 쓸 때 아무것도 덧붙이지 않고, 내가 찍은 구두점을 존중하는 것 말이다. 왜냐하면 내 안에는 어떤 리듬이란 것이 있고, 나는 그 리듬에 따라 호흡해야 하며, 리듬은 구두점으로 옮겨지기 때문이다. 그 비서가 해야 할 일은 사전에 내게 묻지 않고 쉼표를 건드리지 않는 것이었다.

테테를 선택한 세 번째 이유는 그녀가 미니스커트를 입고 와서 요즘의 젊음을 잘 드러냈기 때문이다. 그녀는 유일하게 미니스커트를 입고 온 사람이었다.

네 번째는 그녀의 목소리가 마음에 들었기 때문이다. 말 그대로 나를 지치게 하는 목소리가 있다. 나의 테테는 기분 좋은 목소리를 가졌다.

마침내 거실이 텅 비게 되자 테테와 단둘이 남게 됐고, 나는 몹시 지치고 당황하여 의자에 주저앉아버렸다. 나는 테테에게 말했다.

"왜 당신들은 이런 보잘것없는 일자리를 위해 악착스럽게 싸우는 거죠?"

테테는 일자리 부족이 심각하고 거의 모든 학생들이 일하기를 원한다고 대답했다. 그녀는 자신이 뽑혔다는 사실에 놀라 그토록 능력 있고 똑똑한 여러 젊은이들 사이에서 왜 자신이 뽑혔는지 다시 물었다. 나는 테테에게 미니스커트에 대해서는 이야기하지 않았고, 테테가 영리하다는 것에 대해서도, 목소리에 대해서도, 그녀가 나를 너무도 다정하게 "클라리시, 안녕하세요?"라고 불렀던 것에 대해서도 말하지 않았다.

어쨌든 테테는 나와 함께 일하기 시작했다. 사실상 그녀는 아침 시간에만 일한다. 그녀는 전반적으로 아직 실무 경험이 없고, 특히 내 작업에는 익숙하지 않다. 그렇지만 나는 업무가 용이해지도록 그녀에게 일을 참을성 있게 가르칠 것이다. 그래서 내 첫 번째, 두 번째 수정 작업을 수월하게 할 수 있게 만들 것이다. 현재 그녀는, 예를 들자면, 내가 쉼표와 구두점을 얼마나 중요하게 생각하는지 모른다. 내가 그녀에게 말했듯이 쉼표는 내 문장의 호흡이라는 것을 말이다.

테테는 성실했다. 첫째 날은 서로 더 알기 위해 우리 가족과 함께 저녁을 먹자고 초대했다. 그녀는 조금 긴장했지만 내 목소리에 조금 편해졌고, 직업의 안정감에 안심했다. 나는 다른 후보자들에게 테테의 업무 능력을 테스트해볼 것이니 사흘 후에 내가 그 젊은 여성과 계속 일하는지 안 하는지 전화를 해보라고 말했었다. 나는 테테에게 사흘 동안이 아니라 이제부터 정식으로 고용되었다고 말했고 테테는 안심했다. 내가 그들에게 작은 희망 '한 스푼'을 준 것은 그저 일자리가 없고 돈이 없는 그들을 완전히 되돌려 보낼 힘이 없어 거짓말을 한 것이라고 테테에게 설명했다.

나는 테테와 함께 일할 것이고, 내가 능력이 된다면 그녀가 결혼한 후에도(그녀는 약혼자가 있고 곧 결혼할 것이다) 함께 일하려고 한다.

내 아들들은 아무 말도 하지 않았지만 테테가 이곳에 들어왔을 때 그녀의 미니스커트와 우아함이 한 줄기 햇살 같았기 때문에 그녀를 좋아하지 않을 수 없다. 게다가 그 아이들은 청소년기라서 집에 누가 드나드는지를 잘 관찰한다. 집안일을 봐주는 두 사람은 내 비서와 말을 놓고는 그녀를 테테라고 부르며, 불편하지 않으면 가끔 함께 커피를 마시기도 한다. 그녀는 리우 국립대학에서 철학을 공부하고, 학교에서 장애 아동들을 가르치는 교사로 일한 적이 있다. 그녀는 업무 수행을 하며 나를 기쁘게 해주고 싶은 열망을 드러낸다.

테테를 고용한 날 저녁 우연히 카를루스 올리베이라를 안토니우스 바에서 만났다. 나는 그에게 실업자들이 얼마나 많은지 말하며 온갖 것을 털어놓았고 그 주제를 다룬 칼럼을 쓰고 싶은지 물었다. 그러나 그는 그 주제가 내 것이라고 말했다.

그래서 나는 40여 명의 학생을 만나면서 느꼈던 것을 이곳에 이야기하려 한다.

나는 그저 브라질의 희망을 느꼈고, 젊고 열정적이며 섬세하고 완고한 얼굴들을 절대 잊지 않을 것이다. 그들은 아주 가까운 미래에 브라질 남자, 브라질 여자라 불릴 것이다. 그것은 사실이다. 브라질은 순수하고 용감한 이 젊음을 필요로 한다. 그러나 이 청춘들이 가치 있는 사람들로 발전하고 완전히 무르익기 위해서는 브라질이 더 성장해서 그들을 보호해야 한다. 나는 내 조국을 믿는다. 현재는 정말로 개발도상국이지만 언젠가 우리가 사랑하고 원하는 브라질로 변모할 때까지 성장할 것이다. 나는 브라질이 가난과 죽음에서 빠져나와 국가의 진가를 발휘하는 모습을 보고 싶다. 나는 내가 세상을 이해하고 사랑할 수 있게 도와주는 더 강한 브라질을 필요로 한다. 내게는 브라질 외에는 희망이 없다. 나는 얼마 전까지 외교관의 아내로 다른 나라에서 살며 그것을 경험했다. 나는 브라질이 아닌 다른 곳에서 살 수 없다고 확신한다. 브라질은 글을 쓰기에 아름다운 포르투갈어의 재능을 나에게 줬다. 과거에 위대한 작가들이 있었지만, 이 언어는 여전히 불모지와 같아서 누군가 장악하여 더 유연하게 만들어 주기를 기다린다.

카를루스 올리베이라, 고맙습니다. 이 주제는 내 것이 맞네요. 나도 당신처럼 브라질의 청춘을 사랑하고 존중합니다. 테테, 나는 당신의 유쾌함이 필요해요. 나는 조금 슬픈 사람이니까요. 잠 못 이루는 밤을 보내고 나서 아침 7시에 테테를 만나면 너무 좋다. 테테가 없다면 얼마나 많은 시간을 낭비했을까. 그녀와 함께면 나는 즐거움을 되찾는다. 사는 것이 좋다, 사랑하는 것이 좋다.

……이런. 나는 실제로 이 칼럼에 푹 빠져 있었다. 나는 글을 썼고, 테테도 곁에 있었다. 그러다 두 가지 사건이 일어났다. 이 일을 하는 데 필요한 최소한의 연습도 하지 않았던 그녀는 내 원고들을 내가 썼던 것보다 훨씬 더 엉망으로 만들었다. 나는 다른 사람을 고용하기로 결심했지만 테테에게 통보할 필요조차 없었다. 그녀가 내 원고 더미를 보고 겁에 질려 도망쳤으니까.

이제 나는 진짜 비서가 있다. 내가 찾던, 인간적으로 함께하기에 좋은 사람이자 무척 경쟁력 있는 사람이다. 그녀는 내가 이곳에 자신의 이름을 밝히길 원하지 않는다. 나는 그녀의 뜻을 존중한다.

1969년 1월

편지

미나스제라이스 지방 대학 세인트 우르술라 칼리지의 마리아 샤비에르 수녀님, 당신의 학교에서 열린 백일장에 제가 참여한 것에 대해 감사할 필요는 없습니다. 당신을 위한 것이었어요. 글의 발췌문을 실을 수 있게 허락해달라던 당신의 정중한 요청만으로도 일이라고 생각하지 않기로 했거든요. 보통 다른 사람들은 저에게 묻지 않고 제 책을 전부 복사하면서도 거리낌이 없으니까요. 다만 당신의 학생들에게 주어진 주제가 조금 추상적이라고 생각했습니다. "눈물"과 "구름"을 주제로 글을 쓰기는 쉽지 않거든요.

브라질 테야르 드 샤르댕 학회를 진행하셨던 진행자분께 당신의 수업에 나를 초대해주셔서 감사하다는 인사를 전합니다. 요즘은 참여할 수 없지만, 테야르 드 샤르댕은 늘 저를 매료합니다. 제가 당신의 수업을 들어야 할 것 같습니다. 구아나바라, 리우, 치주카, 카스카타길 191번지, 세베리누 솜브라 회장님께.

미국 워싱턴 D.C. N.W. 19번가 H길에서 인터미트 봉투가 도착했는데, 봉투 안에 편지를 넣는 것을 잊어버려서 인장만 찍힌 텅 빈 봉투가 왔습니다.

"정신분석에서 개인은 한 사람 전체이죠. 당연히 성적인 부분도 다룹니다."

"정신분석을 받고 나서 완전한 사람이 됐다고 생각하셨나요, 아니면 삶을 살아갈 준비가 됐다고 생각하셨나요?"

"정신분석은 절대 끝이 없어요. 정신분석가가 필요 없어지면 스스로 분석적 정신을 갖게 된 것이고, 작은 차이로 싸움은 계속되지만, 인생이 불편한 모험이 되는 것을 멈춰요."

"모두가 정신분석을 해야 할까요?"

"아니요, 정신분석가 없이 자기들의 문제를 해결하는 지각 능력을 갖춘 사람들이 있어요."

다레우는 이어서 자기가 경험한 정신분석의 시작을 이야기했다. 그는 모두와 불편한 관계를 맺고 있었다. 1년 8개월 후에, 그의 정서적 능력은 향상됐다. 정신분석 초기의 기능장애 기간이 이미 상당한 갈등을 겪고 있던 어떤 관계들을 걷잡을 수 없이 망가트렸을 수도 있지만, 현실은 그가 달리 사는 법을 몰랐다는 것이다.

"정신분석을 받으시면서 창작자로서 능력을 잃지는 않을까 두렵지는 않으셨나요?"

"아니요, 신경증이 있다고 해도 사실상 창작은 누군가의 건강한 부분에서 나오는 것이니까요."

"예술가들 대부분이 지고 있는 십자가에서 벗어나기 위해 정신분석을 권하시겠어요?"

"예술가들은 십자가를 지고 있지 않아요. 그렇지만 신경증은 여성 매거진 〈지아리우 지 노치시아스〉의 티파티에 갈 수 없었습니다. 즐거웠을 텐데, 예의 바르지 못한 저는 뭐라고 할 말이 없어서 예전에 했던 약속 때문에 가지 못한다고 미리 알릴 생각도 못 했습니다.

'0세인 사람' 배지를 보내줘서 고맙습니다. "겨울이든 여름이든 나는 사자를 제일 좋아해"라고 적혀 있네요. 불행히도 그 배지는 내 옷과 하나도 어울리지 않습니다.

〈서민 귀족〉의 초연에 내가 너무 아끼는 친구 파울루 아우트랑과 저를 초대해주신 프랑스 대사관 문화 참사관에게 감사드립니다. 그러나 저로서는 도저히 갈 수가 없었습니다.

레옹 일리아샤르가 오전에 해변가에서 열리는 사인회에 나를 초대했다. 레옹, 나는 당신을 무척 사랑합니다만 사인회가 열린 그날 아침에 리우에 있지 않았습니다. 햇빛만으로도 무척 좋았을 텐데 너무 안타깝습니다.

리우에서 주제 누니스가 말했다. "오늘 당신의 칼럼이 정말 좋았습니다…… 저는 당신이 쓴 글에 늘 감동했어요…… 당신이 '보름달이 뜬 이 밤을 구하기 위해 나는 당신에게 사랑한다고 말합니다'라고 말했을 때, 당신의 눈에는 눈물이 가득 고여 있었지요. 나도 당신에게 '사랑합니다'라고 말합니다." 여기에서 당신에게 내 책의 리스트를 드릴 수는 없습니다. 이곳은 광고하는 곳이 아니니까요. 당신의 주소를 주세요.

'루시아누', 당신은 당신의 이름 전체를 공개하지 말라고 요구하셨지요. 그리고 특별히 당신의 성과 주소를 알려주셨어요. 그러나 저는 너무 바빠서 개인적으로 대답할 수 없습니다. 당신은 제가 많은 편지를 받을 것이라고 했지요.(많은 편지를 받습니다.) 당신의 편지가 달랐으면 한다고 하셨어요. 당신은 제가 "내가 어떤 학생에게 편지를 받았는데……"라고 말하길 원하지만 "성공하지 못할 것 같다"라고 말씀하셨죠. 당신은 성공했습니다. 루시아누, 아시겠지요? 의대 시험에 합격하셨기를 바랍니다. 아니요, 당신은 철자를 틀리지 않았어요. 장담하지만, 제가 당신에게 일자리를 찾아줄 수는 없을 겁니다. 제안을 하죠. 〈조르나우 두 브라질〉의 광고를 보세요, 당신을 위한 무엇이 있을 수도 있습니다. 당신이 키스와 함께 보내주기로 한 꽃에 감사드립니다.

이스피리투산투 비토리아에서 아레오바우두 코스타 올리베이라, 당신은 언젠가 드루몽과 나와 함께할 것이라는 희망으로 수많은 좋은 것을 포기하셨다고 했지요. 당신은 우리 둘이 슬프다면서 우리의 "슬픔"과 "세상의 광기"를 체념하고 받아들인다고 하셨습니다. 그러고 미리 "당신의 로켓에 드루몽을 위한 자리와 내 자리를 남겨주세요. 나는 당신들 두 사람과 여행하고 싶습니다"라고 요구하셨습니다. 그렇지만 아레오바우두, 무슨 로켓을 말하시는 겁니까? 저는 지상에서 사는 동물입니다. 당신은 저에게 대단한 선물을 주셨어요. "페냐 수도원의 상쾌한 공기와 멀리 바다로 떨어지던 별똥별을 보는 기쁨이요. 클라리시, 당신이 거절해도 되지만 나 혼자만 간직하고 있을 수는 없어요…… 당신을 위해 시를 썼습니다. 나는 여기서 당신이 전하는 몇 마디를 기다릴 겁니다." 답장이 늦어져서 죄송합니다. 저는 바다로 떨어지는 별똥별뿐만이 아니라 당신의 시도 원합니다. 저는 달의 자매이니까 두려워하지 마세요. 저는 초원에서 비명을 지르지 않습니다. 저에게 로켓이 생기면 당신과 드루몽에게 말할 겁니다. 저를 좋아해줘서 고맙습니다. 당신은 무척 친절하고, 드루몽도 당신의 글을 읽으면 당신이 상냥하다고 생각할 겁니다.

카부프리우의 L. de A., 당신이 내게 편지를 보낸 게 처음은 아니시지요. 당신은 정말 편지를 잘 쓰십니다. 저는 매우 불성실한 편지 교환자라는 이유로 당신에게 답장을 보내지 못했습니다. 두 번째 이유는, 아니 아마도 첫 번째인 것 같은데, 아이가 다섯인, 장교인 남편이 5년째 카부프리우에서 엔지니어로 근무하기 때문에 그곳에 정착하러 떠나지만 삶을 살아갈 이유를 충분히 찾지 못해 절망에 빠진, 이토록 생기발랄한 여자에게 어떻게 희망을 줘야 할지 모르기 때문이었습니다. L., 당신이 소유한 모든 것을 생각해보세요. 당신이 갖지 못한 것, 삶에 대한 설명은 누구도 갖고 있지 않습니다. 라파엘로의 〈마돈나〉 복제본은 감사합니다. 뒷면에 당신의 친구인 우크라이나 여성의 시를 인쇄해준 것도요. 그 기도문은 정말 아름다워요. L., 삶을 감당해보세요. 우리는 그러기 위해서 태어났으니까요. 카부프리우처럼 아름다운 장소에 예기치 않게 살게 되는 일이 누구에게나 주어지는 것은 아닐 겁니다.

수녀님의 편지도 있다. 그녀는 "타인들을 사랑하기 위해 태어난" 사람으로, 그러기 위해 수도원에 들어갈 것이다. "저는 가족이 아무리 많다고 하더라도 한 가족에만 만족할 수 없을 것입니다." "저를 바칠 때마다 새로워지는 것 같습니다. 새로워지는 나는 말할 수 없는 기쁨을 주고 사람들에게 나눠줄 무한한 사랑을 갖게 해요." 그녀는 내 책 몇 권의 제목을 물어보며 내 사진을 달라면서 편지를 마쳤다. 내 책들은, 그녀가 서점에 가서 보는 것이 더 나을 것이다. 그리고 최근에 찍은 내 사진이 전혀 없다는 것을 믿어주시길. 고맙습니다. 내가 그렇듯이 당신도 행복하세요. 저는 정말, 정말 행복해지는 법을 알고 있어요. 나의 다정한 수녀님!

그리고 이 익명의 편지는 어째서 나를 사랑하는 게 쉽다고 말하는가? 나를 알지도 못하면서! 대답은 침묵이다, 익명으로.

또 다른 편지는 내 친구 에우시우 페레이라 두스 산투스가 보낸 것으로, "토요일에 도착하기를 얼마나 기다리고 있는지"라고 말할 수 있는 기쁨을 준다. 그리고 그에게 "사람들을 이렇게 행복하게 해줄 줄 알다니, 신이 당신에게 얼마나 아름다운 재능을 주셨는지 모릅니다"라고 쓰는 기쁨을 준다.

그는 내 온몸을 따뜻하게 데워주는 가장 눈부신 햇빛을 듬뿍 담은 편지를 보내 내게 말한다. "커다란 장미 정원"을 선물하고 싶다고. 아, 에우시우, 진한 향기의 쾌락에 죽을 것 같습니다.

1969년 2월

호흡

내가 글쓰기에 내 삶을 바쳤다는 이유로 많은 사람이 내게 어떻게 글을 써야 하는지 묻는다. 나는 그들의 표정을 보면서 그들이 무언가를 비밀스럽게, 어렵게 쓴다는 것을 짐작할 수 있긴 하지만, 그래도 글쓰기를 가르쳐줄 수는 없다. 그 과정과 구상이 내 안에서 무르익어 표출될 때까지 무의식적으로 이뤄지기 때문이다.

쓰는 방법도 정확히는 모른다. 글쓰기는 문장 안에서 호흡할 줄 아는 것이다. 독자가 필수적인 일종의 대위법 안에서, 나의 리듬뿐만 아니라 독자 자신의 리듬에도 적응하면서 나와 함께 서두르지 않고 호흡할 수 있도록 문장만큼이나 행간 사이에도 약간의 침묵을 둘 필요가 있다.

나는 일곱 살 때부터 문장이 숨 쉬는 수준에 이르기 위해 연습해왔다. 미리 계획한 것은 아무것도 없었으나, 열다섯 살에는 돈을 받고 글을 쓰기 시작했다.

준비 과정이 길어야 한다고 말하고 싶은 것이 아니다. 어떤 사람들은 이 구상 과정이 빠르게 이뤄지기도 하니까. 내 준비 과정은 호흡하는 것을 배우고, 몇몇 사람이 문체라 부르고 나는 "자연적인 문체"라 부르는 내 글쓰기 방식을 스스로 배신하지 않는 법을 배우는 것이다. 그래서 내 교열자가 내 글의 단어를, 구두점을 바꾸지 않는 것에 감사한다. 내 교열자는 악센트 부호를 넣는 것이 전부인데, 그건 내가 계속 빠트리기 때문이다. 브라질리아에서 온 한 청년이 리우에서 해야 할 일 중 하나가 나를 찾아오는 것이라고 했다. 내가 전화상으로 이해한 바에 의하면, 그는 나를 만나서 내가 그에게 글을 써서 먹고살 수 있는지 말해주길 원한다는 것이었다. 그가 나랑 만나기로 약속한 일요일, 나는 점심을 먹고 유감스럽게도 잠이 들었고, 그 청년은 떠나버렸다. 미안해요. 언젠가 나를 다시 찾아주세요. 그러나 지금 당장 그에게 말할 수 있는 건 브라질에서 책을 써서 받는 수입으로 생활하는 것은 사실상 불가능하다는 것이다. 방법은 기자가 되는 것과 다른 소소한 일을 하는 것이다. 소소한 일을 더하면 경제적으로 합당한 생활을 영위하는 데 필요한 수입에 간신히 도달할 수 있다. 거기에 이런 일들을 다 하면서 문학 작업을 할 수 있는 시간을 내야 한다.

남들과 다른 조용한 사람

올리베이라는 화가다. 특히 벽화를 그리고, 브라질리아에서 살며, 교단에 서는 것으로 알고 있다. 드자니라가 그의 벽화 작업을 무척 좋아한다고 들었다.

그가 2주 동안 리우에 왔을 때 내게 포즈를 취해달라고 부탁했다. 나는 그를 만났을 때 살짝 두려움을 느꼈다. 내가 아는 화가 중 처음으로 화가 베레모를 쓰고 있었기 때문이다. 조용하지만 아무것도 놓치지 않는 사람처럼 보였다.

나는 살면서 몇 번 모델을 해봤는데, 이유는 모르겠지만 화가들 앞에서 포즈를 취하는 건 좋아도 사진 찍히기 위해 모델을 서는 건 정말 싫다. 모든 화가가 자기만의 방식으로 나를 표현하고 내 얼굴을 통해 내 영혼의 다른 면을 발견한다. 그래서 내가 깊이 존경하는 예술가와 나 사이에 일어난 일이 유감스럽다. 그는 나를 그리기를 간절히 원했다고 말했다. 나는 허락했지만 그를 찾지 않고 그가 먼저 전화할 때까지 기다렸다. 그는 내게 전화한 적이 없었으면서 내 친구에게 내가 별로 원하지 않는 것 같다고 말했다. 우리는 파리에서 묵었던 호텔 로비에서 만났고, 그는 다시 나를 그리고 싶어 했으며, 나는 다시 한번 제안을 받아들였다. 영광스러운 일이 될 터였고, 그래서 나는 기다렸다. 그는 지금껏 연락이 없는데, 이건 대가를 지불하지 않는 일이 될 것이기 때문에, 나로선 그가 원하는 일을 해주기가, 즉 먼저 들이대기가 영 어색하다. 나는 살면서 여러 번 대가를 치르지 않고 모델을 선 적이 있었는데, 화가들이 먼저 내게 모델을 해달라고 요청했기 때문이다. 그런 경우 때로는 화가들이 그 그림을 보관하기도 하고 또 어떤 화가들은 내게 주기도 했다. 그러니까 그가 원한다면 그가 그림을 가져가도 괜찮다는 뜻이다. 비록 우리 집에 이탈리아 화가 키리코가 그려준 내 초상화 옆에 그의 그림을 걸고 싶긴 하지만. 나는 키리코의 작품만큼 가치 있는 초상화를 원한다. 내가 죽으면 두 아들 중 한 명에게는 키리코의 그림을, 다른 한 명에게는 다른 화가의 그림을 물려줄 수 있을 테니까.

다시 화가 올리베이라의 이야기로 돌아와서, 그는 오랫동안

내 얼굴을 관찰했다. 나는 어떤 면에서 그가 시선으로 내 영혼을 조사한다는 느낌을 받았다. 그는 마지막에 이렇게 말했다. "당신을 그리는 건 겉으로는 쉬워 보이지만 화가에게는 도전입니다. 처음에는 쉬워 보여요. 도드라진 광대뼈와 아몬드 모양의 눈, 입술을 조금 강조한 얼굴을 그리면 되니까요. 그렇지만 내가 그렇게 그리면 캔버스에 '뱀파이어'의 초상화가 나올 겁니다. 그리고 당신은 '뱀파이어'가 아니지요. 저는 당신의 내면에 있는 무언가를 그려야 해요."

포즈를 취하는 동안 그는 내가 친구들과 대화를 나누는 것처럼 말하게 뒀다. 그가 허락하지 않은 한 가지가 있었다. 우리가 잠시 쉬는 사이에 내가 그림을 보길 원하자 그가 안 된다고 한 것이다. 나는 이유를 알 수 있었다. 나 역시 글을 쓸 때 마찬가지니까. 나는 글을 쓰는 동안 누구에게도 보여주고 싶지 않다. 나는 완성했을 때에만 보여준다. 세 시간이 지나자 그는 그림을 완성했고 나는 그것을 보러 갔다.

나는 큰 충격을 받았다. 그 사람은 긍정적인 의미에서 내 영혼에 깊숙이 들어와서 사춘기 직전의 내 얼굴을 포착해냈던 것이다. 게다가 사춘기 직전에 품었던 순수함과 두려움뿐만이 아니라 어린아이 같은 얼굴로 고통받는 여자의 얼굴까지 뒤섞여 있었다. 내 입술은 어린 시절에 상처받았던 어린아이의 입술이었다. 그 입술은 순수했고 살짝 벌어져 있었다.

결과적으로 나이를 말할 수 없는 영원한 초상화가 나왔다. 내 안에 어떤 변화가 생겨 그가 나에게서 보고 표현한 것이 지워지지 않는다면 말이다. 아주 자세히 관찰한 내 얼굴에서는 다시 한 번 기적이 일어났다. 진짜 내가 그려진 것이다.

1969년 3월

어쩌면 피상적일 수도 있는 내가 내린 통계

택시 기사에게는 일곱에서 아홉 명의 자녀가 있다.

자동차가 자신의 것이 아니면 그는 한 달에 옛 화폐로 25만에서 30만 크루제이루를 번다.

기사에게는 인문계나 기술계 학교에 다니는 아이가 있거나 대체로는 이미 대학생인 아이들이 있다.

큰아이들도 살림에 보탬이 되기 위해 일한다.

그는 목적지에 도착하면 고객에게 행운을 비는데, 그게 무척 좋다.

그는 담배가 피우고 싶을 때 승객이 담배에 불을 붙이면 그도 담배를 피운다.

그는 책임감 없는 동료들의 흉을 보는데, 그들 중에는 친구가 꽤 있는데도 그들을 난폭 운전자로 취급한다. 택시 기사는 흔히 자기 친구가 운전하는 택시와 마주치면 만족하는 웃음을 짓는다.

크고 오래된 택시를 모는, 자신도 오래된 택시 기사들은 작은 택시들 때문에 창피함을 느끼는데, 그것은 작은 택시들이 더 빠른 데다 그것을 젊은 사람들이 몰기 때문인 것 같다.

그들은 손님들에게 유리하게 거스름돈을 반올림하여 건네주지만 실제로는 작은 팁을 받기 위해서다.

많은 기사가 승객들에게 강도당하는 게 무서워서 밤에는 일하지 않는다.

모두 이상해

이름을 말할 수 없는 어떤 남자가 자기의 놀랍고 불행한 어린 시절을 내게 이야기해줬다. 그의 아버지는 작은 교도소의 책임자였고 가족과 함께 감옥 옆에서 살았다. 그는 다섯 살에서 열여섯 살까지 절도범들과 사기꾼들과 살인자들 사이에서 살았다. 오늘날 그 남자는 높은 공직자가 됐다. 그러나 그런 놀라운 과거를 딛고 성공하는 게 얼마나 어려웠을까. 그는 내게 몇 가지 죄수 사례를 이야기해줬는데 그중 하나가 끔찍했다. 세 사람을 죽인 살인자가 감옥에서 매우 바르게 행동하자 책임자는 그를 불러 그가 변함없이 계속 그렇게 행동한다면 조건부로 자유를 얻게 될 것이라고 말했다. 살인자는 동의했다. 그러나 어느 날 그가 급식소에서 음식을 배급하는 일을 맡아서 하다가 머리서부터 발끝까지 피로 뒤덮이는 일이 일어났다. 여러 목격자가 무슨 일이 일어났는지 말했다. 한 수감자가 무언가를 요구했는데 살인자가 대답하지 않자 그 수감자가 계속 고집을 피우다가 결국 비누에 꽂아뒀던 면도기 칼날을 꺼내 곳곳을 베어버린 것이다. 상대방은 방어 자세를 전혀 취하지 않았다. 책임자는 그에게 왜 방어하지 않았느냐고 물었고, 그는 자기 태도에 변함이 없을 것이라고 약속했으며 자기가 방어를 했다면 싸움을 건 사람을 다치게 했을 것이라고 말했다. 그런 사유로 그는 조건부로 풀려나게 됐고, 오늘날까지 그 혜택을 누리고 있다.

다른 사례는 절도범의 사례인데, 그도 모범수로 형을 살았다. 몇 년이 지난 후에 어린애였던 남자는 라르구다카리오카에서 말끔하게 차려입은 절도범 죄수를 만나게 됐다. 남자가 그를 알아보고 "플라비우!" 하고 부르자 상대방이 낮은 목소리로 이렇게 말했다. "플라비우가 아니야, 이제는 마리우야." 그러면서 그는 옛날처럼 다시 도둑질을 시작해서 이름을 바꿨다고 했다. 감옥은 그를 전혀 바꿔놓지 못했다. 나는 악인들은 갇혀 있어야 한다는 것을 안다. 그렇지만 감옥에 사회복지가, 또는 그들을 이해하고 교화할 수 있는 심리학자가 있으면 안 될까? 현재 우리 나라의 교도소에서는 불가능하다. 수감자들을 위한 무언가를 해야 한다. 무엇이 그들을 바꿀 수 있을까? 아, 책임자들 중 누구에게 호소해야 할까. 끔찍한 환경 때문에 수감자들이 감옥에서 동성애자가 되어 나오는 것은 말할 것도 없다. 매춘은 합법이니까 주기적으로 몇몇 여자를 감옥에 투입하는 방법은 없을까? 나는 해결책을 모르지만 법조인들은 알 것 같다.

1969년 5월

맹렬한 심장

셰익스피어 시대에는 어떤 여자도 셰익스피어 같은 희곡을 쓸 수 없었을 것이라는 사실을 증명하고 싶었던 영국 작가 버지니아 울프는 셰익스피어를 위해 이름이 주디스인 여동생을 고안했다.

주디스는 자신의 오빠 윌리엄과 같은 성격을 가졌고, 같은 소명을 지녔을 것이다.

사실 여자로 태어나는 자연의 미묘한 운명만 아니었다면 그녀는 또 다른 셰익스피어였을 것이다.

그 전에 버지니아 울프는 간략하게 윌리엄의 삶을 다음과 같이 그렸다.

그는 공부를 했다. 오비디우스, 베르길리우스, 호라티우스를 라틴어로 공부했고, 그 시대 문화의 기초가 되는 인물들을 모두 흡수했다.

아이였을 때 그는 토끼를 잡았고, 주변을 뛰어다녔으며, 자기가 관찰하고 싶은 것을 세심히 관찰하면서 어린 시절을 마음껏 누렸다.(이 말은 내가 덧붙인 것이다.)

그는 아직 어릴 때, 명예를 위해 조금 급하게 결혼해야 했다.

이 이른 강제 결혼은 그 안에 달아나고 싶은 커다란 욕망을 일으켰다.

그러고 그는 자신의 운을 시험해보기 위해 런던으로 향했다.

윌리엄이 훗날 자리를 잘 잡게 된 것은 극장을 좋아했기 때문이다. 그는 극장 문 앞에서 말을 돌보는 '감시인'으로 일을 시작했다. 그는 배우들 사이에 껴서 그들을 따라다녔고, 그들 세계에 들어가게 됐다. 그는 세상과 어울렸다. 거리와 사람들을 만나면서 경험을 쌓고 언어를 정련했으며, 여왕이 있는 궁전에 초대를 받았다. 그는 그렇게 수 세기 동안 영원히 윌리엄 셰익스피어라 불리는 존재가 됐다.

그렇다면 주디스는?

먼저 주디스는 학교에 다니지 않았을 것이다. 여자아이였으니까.

최소 어미변화를 배우지 않고서는 누구도 라틴어를 읽을 수 없다. 그녀가 너무도 배움을 갈망하여 가끔 오빠의 책을 봤던 것은 사실인데, 그럴 때면 부모님이 간섭했다. 부모님은 그녀에게 양말을 꿰매거나 고기 굽는 것을 지켜보라고 했다.

부모님은 나쁜 뜻은 없었지만 주디스를 너무 사랑하기에 훗날 그녀가 진짜 여자가 되기를 바랐다. 결혼할 시기가 왔다. 주디스는 그럴 마음이 아직 없었다. 그녀는 오빠처럼 넓은 세상을 꿈꿨다. 그녀는 결혼을 거부했고 그래서 아버지께 야단을 맞았다. 그녀의 아버지는 좋은 아버지였고 그녀의 행복을 원했다. 그녀는 다정한 어머니가 딸의 운명을 걱정하며 눈물 흘리는 것을 봤다.

모든 것에 대한 반발로—그녀의 성격이 오빠인 윌리엄과 똑같다는 것을 잊어서는 안 된다—모든 것에 대한 반발로, 그녀는 옷가지를 들고 런던으로 떠났다.

주디스 역시 연극을 좋아했다. 그녀는 사람들을 만나 자기를 소개하면서 극장에서 예술가로 일하고 싶고 예술가가 되고 싶다고 말했다. 대부분은 조롱했다. 모두가 경험이 없는 순진한 이 젊은 여자 앞에서 자연히 다른 것을 상상했다.

돈도 없고 먹을 것도 없고 직업도 없는 그녀에게 남은 것은 거리를 떠도는 일뿐이었다.

결국 누군가—어떤 남자였다—그녀를 불쌍하게 여겨 데려갔다. 이 이야기를 듣고 그녀를 가엾게 여기길. 주디스는 곧 아기를 낳을 예정이었다.

그러던 어느 겨울밤 그녀는 스스로 목숨을 끊었다.

그렇게 존재하지 않았던 이 이야기는 끝난다.

버지니아 울프는 묻는다. "누가 여성의 몸에 갇힌 시인의 뜨겁고 맹렬한 심장을 평가할 수 있는가?"

1969년 7월

내가 쓴 여성적인 글

오래전에 돈이 필요해서 리우의 한 신문 여성면에 내 이름이 아니라 이우카 소아리스의 이름으로 글을 싣게 됐다. 신문사에도 유리할 뿐 아니라 나와 이우카 둘에게도 적합했다. 그래서 나는 요리, 뷰티, 패션, 여성 구독자, 중산층 여성들을 위한 조언을 맡게 됐다.

어느 날에 원고를 뒤적이다가 글 몇 개를 찾았고, 호기심에 조언을 쓴 부분을 다시 읽었다. 그러다 갑자기 궁금해졌다. 왜 내 칼럼난에 적어도 한 번쯤 중산층 여성을 위한 글을 쓰지 않았던 것일까? 중산층 여성도 때때로 내가 쓴 글을 읽으리라 생각한다.

그러니 보라.

그 조언의 제목은 「당신은 당신이 생각하는 것보다 아름답다」다. 내용은 이렇다. "한 친구가 내게 농담으로 이 제목에 맞는 여성은 드물다고 말했다—다수에 의하면 여성들은 자신이 아름답다고 생각하며, 내가 그녀들에게 '당신은 당신이 생각한 것보다 덜 아름답습니다'라고 말하는 것이 오히려 그들에게 친절을 베푸는 것이라고 했다. 그러나 나는 그 반대라고 확신한다. 우리가 말하는 미모가 훌륭한 여자도 자기에 대해 별로 확신이 없다는 것을 확인했다. 그래서 다른 사람들은 잘못된 감정을 최대한 위장하고—그 감정은 소심한 위축과 자연스러운 즐거움의 부족으로 이어진다—자신감의 부족에서 나온 덜 분명한 형태까지 왜

곡한다. 아니, 여성으로 존재하는 일은 쉽지 않다." 대단한 조언가인 나는 그래서 계속했다.

또 다른 조언의 제목은 「깨어나다」다.

"꿈꾸는 것은 좋다. 그것은 풍선을 타고 날아가는 것과 같다. 문제는 아이가 그냥 던진 돌에 풍선이 터지는 것이다. 떨어져봐야 땅인 게 사실이라면, 높이 오를수록 오래 떨어지는 것도 사실이다.

하지만 날아오르는 즐거움을 피하게 되는 건 그것 때문이 아니다. 풍선이 문제이기 때문이다. 스스로를 속이고 날아오르는 것은 보통 우울하다.

풍선으로 올라가는 방식은 다양하다. 그중 하나는 계속해서 기분 나쁘게 흘러가는 백일몽에 빠지는 것이다. 돌아올 때에는? 착륙은 어려울 것이다. 늦잠을 자면 깨어나서가 끔찍한 법이다.

풍선을 타고 올라가는 또 다른 방식은 현실을 피하고 계속해서, 의식하지 않고 거짓말하는 것이다. 거짓말하는 것은 좋을까? 현실을 외면하는 것은? 어쩌면 당신은 당신을 완전히 속이지는 못할 것이다. 대개 거짓말로는 몇 센티미터 밖을 벗어날 수 없다.

왜 계단으로 올라가려고 하지 않는가? 계단은 덜 매력적이고, 덜 빠르다.(특별한 경우에 속하는 페냐 교회의 계단을 말하는 것이 아니다.) 그러나 도달한 모든 층은 실질적인 기반으로 남는다. 때로는 그렇게 '좋지' 않을 수도 있지만, 그건 잘 알지만, 그것은 기반이다, 실재한다. 층을 오를 때마다 잠시 멈춰서 길을 잃거나 땅에 머리를 박지 않고도 숨을 쉴 수 있다. 각성하길 원하지 않는 당신은 내게 '그렇지만 계단에서도 넘어질 수 있다'라고 말할 것이다. 그렇다. 넘어질 수 있다. 모두가 그걸 잘 알고 있고, 특히 그런데도 계속 걷는 아이들이 그렇다. 그러나 우리는 다시 일어난다. 아이들도 그것을 안다."

어떤 조언에는 「좋지만 용기 없는 조언」이라는 제목을 붙였다. "대화를 기억하는가? 보기만큼 어렵진 않다. 들을 줄 안다면 당신이 해야 할 일 중 반절은 이미 한 것이다. 들을 줄 아는 것의 장점은 그것만이 아니다. 흥미로운 것을 배울 기회 역시 얻을 수 있다.

대화자가 흥미롭지 않은가? 좋다, 그런 경우에는 '중단하라'. 언제나 듣지 않으면서 듣는 방법이 있으니 그 시간 동안 더 나은 생각을 하라.

다소 무례한 이 조언은 사실상 '감추는 기술 분야에 매우 능통한' 사람에게만 유용할 수 있다. 많은 연습이 필요하고, 즐겁게 듣는 이의 가벼운 미소를 유지할 줄 알아야 하며, 동시에 대화자의 억양에서 미소를 멈추고 괴로운 표정을 짓는 순간을 재빨리 파악해야 한다. 잘 생각해보면, 이 조언은 사람들이 대부분 말하는 것과 반대다."

여기서 멈추겠다. 그러지 않으면 내 동료의 지면을 침범하게 되니까. 그래서 내가 취업이 안 됐던 것이다.

1969년 8월

나의 기차가 떠났다

작은 지방 신문이 접혀 있는 것을 보고 문득 대도시에 대한 엄청난 피로가 몰려왔다.

접힌 신문은 내게 카페오레와 버터 바른 빵 냄새, 질컥거리는 흙으로 덮인 좁은 길, 필요한 모든 것을 저렴하게 살 수 있는 잡화점, 종소리와 학생들, 걸어서 갈 수 있는 곳을 떠오르게 한다. 또 낯선 사람들에게 인사하지 않으면 예의에 어긋났던 길이나 작은 상점들 근처에 있던 그 대로도. 조금 더 멀리 떨어진 곳에는 시골이 있다. 잎이 높게 자라고, 신의 은총으로 소들도 몇 마리 있는.

내 손이 닿는 곳에 돌아가는 기차표 한 장이 있다. 나는 신문을 펼칠 것이고, 결국 중요한 소식들을 알게 될 것이다. 비가 많이 내렸는지, 가게에 수제 구아바 젤리가 들어왔는지, 누가 누구네 딸한테 청혼의 손을 내밀었는지, 일주일 중에 어느 요일에 조조 영화를 하는지, 일요일에 열리는 축제에 젊은 여성들과 아이들에게 무료로 초콜릿을 나눠주는지.

나는 신문을 펼친다. 내 기차는 떠났다. 첫 몇 줄을 읽은 뒤, 나는 팔을 뻗어 신선한 빵을 집으려다 무거운 금괴를 만진 사람처럼 놀라서 움찔 물러난다.

이 딱딱한 빵은 내가 먹을 수 없기 때문이다. 다시 읽는다. "회의는 진정한 친절과 예우의 절정 속에서 오랜 시간 동안 지속됐다."

아직은 그리 두렵지 않다. 그것은 분명 착각이었을 것이다. 내가 그저 '도시성'이라고 부르는 것의 극치인, 도시의 최악의 양상에 우연히 굴러든 거니까. 나는 내가 찾는 "안녕하세요, 부인"이란 살가운 문장은 확실히 이 근방에서는 찾지 못할 것이다.

분명한 것은 이 신문에 이 지역 단체에 관한 글이 있으리라는 것이다. 그리고 나는 티 댄스 모임이 언제 열리는지 틀림없이 알게 될 것이다. 나는 "우리는 비쿠두레미에 거주하는 시인들의 시는 물론이고 다른 곳에 거주하는 뮤즈들의 협조도 구하고 있다"라는 문장을 읽는다.

어느 의사가 쓴 기사에서 서류 가방을 든 용감한 박사를 만났다. 그 박사는 이렇게 썼다. "키스로 옮겨지는 세균은 유쾌하게 여행한다." 내가 병원을 잘못 찾았다 해도 상관없다. 나는 큰 도시에서처럼 결국에는 전문가를 만난 것이다.

그렇다, 하지만 적어도 이 불평 많은 칼럼에서 나는 숨어 있는 모든 불평거리를 찾아낼 것이다, 이를테면 정치인들의 약속, 시대를 앞서 신이 때려눕힌 상대, 길이 잠기고 밭이 침수되는 비. 나는 읽는다. "우리는 출산의 보루일 뿐만이 아니라 조국의 명예인 이들의 고통을 덜어주기 위해 적극적인 조치를 취해야 한다." 이 난해한 문장은 어떤 고통인지를 말하지 않고, 출산의 보루가 어머니인지 아버지인지 아니면 가축 사육자인지도 설명하지 않는다.

나는 리우를 방문한 어느 지역 명사의 초상화를 알아봤다. 그는 "아름다운 도시의 매력적인 향기를 전 세계에 퍼뜨릴 계획을 구상하는 사람들" 중 한 명이다. 그러니까 그의 말은 내가 제대로 된 장소에 있다는 것일까? 우리의 팡 지 아수카르* 케이블카를 "무익無翼 공중 이동 수단"이라고 썼는데 이 문장이 마음에 든다. 불필요하게 "공중"이란 말을 중복해서 쓴 것을 제외하면 말이다. "무익"이란 말이 날아다니는 것을 암시한다는 건 누구라도 '짐작'할 수 있다. 비록 사전도 "날개가 없음"이라고 정의하고는 있지만.

코르코바두의 그리스도상은 "브라질의 영묘"이고, 킨타 지 보아비스타에 있는 박물관은 "유물이 가득"하다고 했다. "그렇다, 독자들이여, 공연이 시작되면 우리가 아끼는 리우데자네이루 전체가 무대를 차지한다. 숨 막히게 아름다운 무대장치를 갖춘 공연으로, 현대인의 허영을 대면하는 관객들은 황홀경에 빠져 합창단들의 분장에, 아울러 여주인공들의 유혹적인 몸치장에 현혹되는데, 그녀들은 우아함을 가장한 유머로, 명성과 오락을 찾아 어마어마한 관중을 매료할 속셈이다."

그는 리우에서 얼마나 좋은 시간을 보냈는지 절반도 이야기하지 못한다. 리우가 "현혹"하는지는 모르겠지만 "자극"은 확실히 한다. 나는 그 문장을 읽으며 미소를 지어본다. 그 극도의 예찬에 부응해보려 한다.

* 리우데자네이루 시내에 있는 높이 396미터의 산. 이름은 포르투갈어로 "설탕빵"을 뜻한다.

그러나 슬픈 진실은 헤시피에서 부르는 노래처럼 "물을 마시러 토로로 방파제에 갔지만 물을 찾지 못했다는" 것이다.

더 최악은 내가 토로로에 실제로 갔을 때 정말로 물이 있었는지 궁금하다는 것이다. 그레이엄 그린의 단편소설이 떠오른다. 삶에 지친 영웅이 어릴 때 금발 머리에 연약한 소녀를 열정적으로 사랑해서 사랑의 편지를 썼던 기억을 떠올리는 내용이었다. 천진하고 열정적인 소년의 그 첫사랑은 얼마나 순수했을까. 인생에서 그가 유일하게 순수했던 순간이었을 것이다. 그는 잃어버린 순수에 대한 그리움으로, 용기가 없어서 보내지 못했던 편지를 찾는다. 그는 마침내 편지를 찾아내고, 이미 누렇게 바랜 종이를 감상에 젖어 펼친다. 그것은 그때 그 사랑의 편지가 맞았다. 그렇다. 그는 지나치게 흥분해서 음란한 글을 서투르게 끄적거린 편지를 발견하고 경악했다.

내게 최고의 지방 도시가 존재한 적이 있었던가? 누가 알겠는가, 언제나 존재했던 것은 지방 도시를 향한 나의 향수였는지도.

울치마 오라

Última Hora

1977

1977년 5월 8일

나의 사랑의 눈으로 본 바이아의 우주

좀처럼 가기 힘들었던 바이아에 가게 되는 날을 너무 오랫동안 기다려왔다. 나는 그곳에 갈 수 없을 것이라고, 언젠가 내가 선택했던 그 장소를 한 번도 가보지 못하고 죽으리라고 생각했었다. 그러나 그날은 예상치 못하게 찾아왔다—우리가 소원을 빌 때 흔히 그렇듯이, 그 소원은 몇 년이 지난 후에야 이뤄졌다.

나는 비행기에 오르자마자 너무 흥분했고, 비행기가 뜨자마자 먼 과거가 된 리우를 제쳐놓고 이미 바이아 사람이 된 것 같은 기분을 느꼈다.

나는 내가 우주에 있게 된다는 사실을 흥분하며 인식했다. 9,000미터 이상 또는 그 위로 비행할 필요도 없었다. 중요한 것은 구름을 통과하는 것과 지구를 뒤덮은 구름의 그 창백한 돛 사이로 더 이상 땅을 보지 않는 것이었다. 나는 더 많은 것을 발견했다. 날지 않아도 우주 안에서, 지구의 대기 안에서 여전히 살아 있다는 것을 느꼈다. 미풍이 가져온 공기, 그것은 무한한 공간에서 온 공기와 같은 공기가 아닌가?

사우바도르에 도착했을 땐 밤이 이미 깊어서 나는 내키지 않지만 잠을 자러 가야 했다.

호텔에서 누군가 일주일 동안 밤낮으로 비가 왔다고 알려줬다. 그러나 다음 날인 토요일에는 날이 무척 맑고 건조했으며 춥

지도 덥지도 않았다.

일요일에는 다시 비가 내렸는데, 중간에 날씨가 잠깐씩 개면서 매우 순수한 태양과 바이아의 특별한 빛, 맑은 하늘, 위태로운 바다, 사우바도르 위로 태양이 기울어질 때 볼 수 있는 특별한 광도, 수평선 위의 불타는 바다가 나타나기도 했다.

나는 사우바도르에 설명할 수 없는 느낌을 받았다. 바이아는 브라질이 아닌 다른 나라 같았다. 관광지이기 때문이 아니다. 그것은 정의할 수 없는, 그러나 절대 덜 실질적이지 않은 것에서 기인한 것이다.

친구 한 명이 내게 차를 쓸 수 있도록 실용적인 쉐보레와 운전기사를 제공해줘서 폭우가 쏟아지는 와중에도 내가 원하는 것을 볼 수 있었다.

그렇다, 상프란시스쿠 교회는 매우 아름답다. 그렇다, 그 교회는 모두 금으로 되어 있다. 가난한 교회들도 봤는데 어쨌든 모두 아름다웠다. 나는 결혼식에 참석했다. 신부는 베일과 화관을 썼고, 거의 실내복 같은 드레스를 입었으며, 손님들은 매우 가난했다. 그들이 선택한 교회는 불필요한 사치품 없이 간결했다. 사랑에는 허례허식이 필요치 않으니까.

이 도시에서 저 도시로 다닐 때마다 지역 시장 구경을 빠트려본 적이 없다. 사우바도르에서 가장 좋고 가장 오래된 시장은 시립 시장이다. 그곳을 무사히 빠져나오리라는 보장 없이 들어간다. 그곳 전체를 다 볼 방법이 없는 것이다. 지역 과일부터 목걸이들, 초라한 식탁보를 덮은 테이블이 놓인 소박한 식당들이 있는 1층까지. 마리아 지 상 페드루는 도시에서 제일 맛있는 바타파를 만들었는데 바이아 바깥에서는 덜 유명한, 소스에 절인 게 요리다. 나는 사우바도르에서 나흘을 보냈는데 그곳에서는 모두 팜유로 요리한다.

공통점이라고는 예술밖에 없는 네 사람을 만났다. 마리우 크라부는 유명한 조각가 중 한 명으로 당시 아주 건강했다. 제나루는 태피스트리 제작자이자 화가이고, 조르지 아마두는 토속 인물의 창조자다. 그런데 원하는 사람에게는 늘 열려 있는 그 유명한 조르지와 젤리아 아마두의 집은 보지 못했다. 나는 조르지가 젤리아와 타자기만 가져가는, 약 40분쯤 떨어진 제나루의 농장으로 조르지를 보러 갔다. 그는 새 소설을 집필 중이어서 조용하게 지내야 했다. 그는 손님을 받지 않았고 작업만 했다. 그를 방문한 일에 대해 말하자면, 그가 예외적으로 나를 받아줘서 너무 기뻤다. 제나루가 남겨놓은 농장은 예술가들뿐만이 아니라 모든 사람의 마음에 정서적으로 말을 건넨다. 전반적인 설계로 보건대 제나루와 나이르는 사람들이 바라는 시골집을 만드는 데 성공했다.

아우가두스 판자촌에서는 가난을 보기도 했다. 발가벗은 여자애들과 남자애들, 8만 명의 주민, 줄곧 썩은 냄새가 났다. 하지만 허술한 말뚝 위에 세워진 집에서도 창문에는 늘 꽃이 있거나 낡은 옷들 옆에 햇볕에 말리는 빨간 옷이 있었다.

리우로 떠날 시간이 되자 비가 멈췄고 살면서 가장 아름다운 무지개를 봤다. 나는 그 무지개를 신비하게 해석했다. 언젠가 내가 이곳에 돌아오리라는 신호라고.

1977년 5월 29일

이것은 나의 편협인가 뺨 때리기인가

마리아 이글란치나에 대한 이야기다. 그녀는 손주들을 사랑하고, 마치 맛있는 딸기를 한입 베어 물듯이 "나의 의사 선생님" 하고 부르는 사람을 찾아가는 데 인생을 허비하는 할머니다. 그녀는 안색이 살짝만 바뀌어도 그 의사에게 전화해서 혈액검사를 해달라고 졸랐지만 당연히 거절당했다. 말할 필요도 없었다. 그 의사는 그런 일을 견딜 수 없었고, 의사라는 직업에 진저리를 쳤다. 어느 날 이글란치나 부인이 소화불량에 걸려 온 가족이 난리가 났는데, 거기에는 사위들과 며느리들, 겁에 질린 손자들도 포함되어 있었다. 그녀는 위 엑스레이를 찍었고, 그녀에게 엑스레이 촬영은 의료 행위의 절정을 의미했으니까 완벽한 결과였다. 아무 문제 없는 엑스레이 촬영 결과를 보면서 의사는—완전히 질려버려서—잔혹하게 말했다. "어떤 처방전도 줄 수 없어요." 그러자 그녀는?

"작은 알약조차도 주실 수 없나요? 나의 의사 선생님?"

그는 단호하고 신랄하게 결정적으로 말했다.

"아무것도 없어요, 부인. 오늘은 아무것도 드리지 않을 겁니다! 이런 말이 어떻게 들릴지 모르겠지만, 알아서 하세요."

이글란치나 부인은 생각지도 못했던 무례함을 마주하고 생각하고 또 생각한 끝에, 그날 그 의사가 아내와 부부싸움을 한 게 분명하다는 결론을 내렸다. 그녀는 그 의사를 괴롭힌 것이 자신의 집요하고 못된 힘이라는 생각을 단 한 순간도 해본 적이 없었다. 그런 점만 제외하면 그녀는 너무도 좋은 사람이었다.

다음 날 그녀는 다른 사람처럼 컨디션이 좋아지면서 모든 게 혼란스러웠다. 그녀는 엑스레이 촬영 때문에 컨디션이 좋아진 것이라고 믿었다. 그녀는 엑스레이 사진을 소중하게 간직하고 이따금 말로 표현할 수 없는 완벽한 기쁨을 느끼며 그 사진을 보곤 했다. 몸 안이 이토록 귀여웠단 말인가? 얼마나 신비스러운 보물인가, 얼마나 깊은 풍요인가! 그녀는 온 가족이 모여 그 사진을 볼 수 없는 게 안타까웠다. 그녀는 의사에게 전화를 걸어 고맙다고 말했다. 의사에 관해 말하자면, 음, 모든 인간은 자기 안에 너그러움을 갖고 있는데 때때로 그 너그러움은 썩는다. 의사가 겪는 건 거의 그런 경우였다.

(나는 그저 이야기를 받아 적고 있지만, 마리아 이글란치나 부인의 이야기에 매우 섬세한 소리를 내는 여러 바이올린의 합주를 넣고 싶다. 여기저기에 "꼬꼬꼬" 소리가 나올 수 있게. 부인은 젊었을 때 손님들을 위해 항시 가곡을 노래하곤 했는데 이제는 그녀가 입만 열면 느닷없이 "꼬꼬꼬" 소리가 난다.)

그 부인의 몸이 작은 닭과 비슷하기 때문이기도 하다. 다리는 매우 가늘고 골반은 거의 없으며 흉곽은 점차 비정상적으로 커졌다. 그녀의 팔은 한 번도 날아본 적 없는 가금류의 마른 팔 같았다. 그녀는 시끄럽게 꼬꼬꼬 울면서 남편을 위해 형편없는 오믈렛을 만들었다. 오믈렛을 만드는 수척하고 슬픈 안색의 그녀는 헤어 롤러로 머리카락을 말고 있었고 얼굴은 히포글로스 기저귀 크림으로 뒤덮여 있었다. 그녀의 남편으로 말할 것 같으면, 무척 배가 고팠던 데다 남자의 배고픔은 장난이 아니기 때문에 이 소름 끼치는 상황에서도 그저 밥을 먹었다. 불행하게도 먹지 않으면 병에 걸릴 수 있으니까. 그 크림이 매우 번들거린다는 것을 분명히 말해두고 싶다. 얼굴에 광이 나도록 그 크림을 바르는 부인들이 있긴 하지만, 남편에게는 그것이 절대 보이지 않는다.

그의 남편은—황소 같은 유형이다—증권거래소의 중개인으로, 잘 알지도 못하는 사람들이 한결같이 "봅시다, 지금 어떤가요? 오르나요, 내려가나요?"라고 묻는 말에 계속 시달려야 했다.

마리아 이글란치나 부인은 점점 '좋아지는 느낌'을 받았다. 그 '좋아지는 느낌' 속에서 변덕스럽고 수다스러운 그녀의 상사병을 감내해야 하는 것은 그녀의 남편이었다. 나도 마찬가지였다. 그녀는 지나친 관심으로 나를 불편하게 했고, '좋아지는 느낌'에 나를 끌어들였다.

"내가 젤라틴으로 만든 플랑을 드셔보세요!"

"괜찮습니다, 부인. 고마워요."

"아니요, 부인. 당신은 드시고 싶어요. 예의를 차리느라 거절하시는 거예요."

"마리아 이글란치나 부인, 제가 먹고 싶지 않다고 말씀드렸잖아요. 감사합니다. 정말 대단히 감사합니다."

"어떻게 거절하실 수 있죠?!"

나는 나 자신에게 약속했다. 죽어도 그녀의 플랑*은 먹지 않겠노라고. 그러나 그녀는 순풍이 아니라 역풍을 선택했고 나를 다른 방식으로 설득했다.

"과일을 줄 테니까 집에 가져가세요."

"감사하지만 저는 과일을 싫어합니다."

"그러면 귤 몇 개만!"

"죄송합니다만 저는 귤을 싫어해요."

이 치명적인 대화의 결과는? 나는 머리를 숙이고 귤 한 바구니를 들고 나왔고, 지금 부엌 찬방에서 이글란치나 부인의 선함의 순수한 피해자인 귤들은 나를 바라보고 있다.

어느 날 그녀가 내게 병에 관한 것도, 푸딩에 관한 것도 아닌 이야기를 해주었다—수많은 이야기 중에 하나이지만. 아주 오래된 이야기였다. 그녀가 어렸을 때에는 알코올을 알코올이라 부르지 않고 예쁘게도 "와인의 영혼"이라고 불렀다고 했다. 우리의 조상들은 얼마나 섬세한지.

그녀는 내가 너무도 매력적이라고 생각했고, 나를 정말 귀찮게 했다. 예를 들어서 나는 누군가와 대화할 때 상대가 나를 꼼짝 못 하게 하는 게 싫은데, 그녀는 나를 그렇게 만든다. 도망칠 방법이 없다. 나는 와인의 영혼이라는 아름다운 정보를 얻는 대신에 큰 대가를 지불해야 했다. 당신이 맞혔다. 푸딩을 살짝 맛보게 된 것이다. 게다가 그 이상한 맛은 한 번도 먹어본 적이 없었던 것이다. 그것은 골판지나 부드러운 지우개, 또는 남자가 신은 더러운 양말 맛이 났고, 나는 꼬치꼬치 따지는 그 부인의 강력한

* 프랑스식 에그타르트.

감시 때문에 삼킬 수가 없었다.

그녀를 볼 수밖에 없는 상황이 이어졌다. 어떻게 해야 할까? 나는 그녀가 필요로 하는 것을 충족시켜주기 위해 하루에 한 번 잠깐씩만 그녀의 집에 들르기로 결심했다. 그렇게 그녀는 나를 가졌고, 나를 놓아줬고, 나를 뒤틀었고, 나를 쥐어짰다. 즙을 짜낸 열매, 나에게서 걸쭉한 피처럼 끈적끈적한 액체가 흘렀다. 그녀는 내 걸쭉한 피를 마셨다.

음…….

그러다가 복수의 기회가 될 놀라운 일이 어느 특별한 날 일어났다—내가 복수에 직접적으로 참여하지 않았기 때문에 죄책감을 느끼지 않아도 됐다.

상황은 이러했다. 마리아 이글란치나 타바리스 피리스 코르데이루가 보도의 가로등 옆에 서 있었다. 그녀는 길을 건너기 위해 신호등에 파란불이 들어오기를 기다리고 있었다. 그녀 옆에는 산만한 젊은 남자가 있었다. 빨간불이 얼마나 길던지.

그 일이 어떻게 일어났는지 아무도 모른다. 나는 웃음이 나면서 또 동시에 마음이 아프기도 하다. 그게 무엇인지는 모르겠지만 젊은 남자가 가방에서 뭔가를 꺼내려고 했고—택시를 잡으려고 했던 것인지도 모른다—그는 매우 급작스럽게 손을 뺐다. 너무 갑작스럽게 뺀 나머지 그의 손등이 깜짝 놀란 우리 부인의 왼쪽 얼굴을 거칠게 스쳤다. 뺨을 때리려고 한 것은 아니었으나 결과적으로는 제대로 뺨을 때렸다. 마치 숙명처럼.

젊은 남자와 이글란치나 부인은 둘 다 겁에 질려서 서로를 바라봤다. 그녀는 눈을 크게 떴고, 그는 순간적으로 두렵고 놀랐으나 쩔쩔매며 진심으로 사과하기 시작했다.

"그렇지만…… 맹세해요, 부인! 의도한 게 아니었어요! 택시를 부르려고 한 것뿐이에요. 무슨 일이 벌어졌는지 저도 잘 모르겠어요. 신의 사랑으로, 용서해주세요. 설명할 수 없는 일이에요."

사실이었다.

그렇지만 나는 어떤 일이 일어났는지 설명할 수 있다.

의도한 바가 전혀 없었던 것은 아니었다. 나는 유일하게 가능한 설명을 알고 있다. 이글란치나 부인의 수호천사가 어느 순간 그녀에게 질린 나머지 그 젊은 남자의 죄 없는 손을 악기처럼 이용해 마치 어린아이의 부드러운 엉덩이를 때리듯 뺨을 세차게 때린 것이다. 그녀는—착한 사람이었다—젊은 남자에게 괜찮다고 더듬더듬 말했다. 나는 그녀가 그에게 무슨 말을 했는지 잘 모르지만 아마도 "꼬꼬꼬"로 요약될 것이다.

할 말이 없다.

아니, 할 말이 있다. 수호천사는 후회했다. 눈치가 없는 게 죄는 아니니까. 그 천사는 바다에서 불어오는 시원한 미풍의 부드러운 손으로 그녀의 상처 입은 얼굴을 어루만졌다. 내가 그녀를 용서했기 때문이다. 이글란치나처럼 되려면 심각한 결핍 속에서 살아야 한다. 나는 그녀의 말을 천천히 따라 해본다. "꼬꼬꼬."

1977년 7월 2일

인간에 대한 분석

에리히 프롬의 『인간 분석』에 대해 쓴 이 글은 그 어느 때보다 더 '어쩌면'과 '누가 알겠는가' 사이를 오갈 것이다. 이 글은 무책임하다. 이것은 잘못 말한 것이 아니다. 실제로 '무책임'하다. 문학비평도 모르는 사람이 과학 서적에 대해 무슨 말을 할까. 심리 분석, 미학, 인간의 상황, 자기 자신, 그리고 타인과의 관계를 다룬 책이라면 우리는 설명할 수 없는 이유로 무언가를 이해하게 되리라고 믿는다. 또 우리가 실제 그런 연구의 대상이라면, 해부학 책의 주제가 우리의 뼈라고는 생각도 못 하면서, 우리의 경험과 비교 대조해보려고 한다. 이 글을 시작하기에 앞서 우리는 '어쩌면'이라는 가정이 이 글을 끌어나갈 것이며, 에리히 프롬의 미래의 독자들이 그것을 조금 더 명확하게 밝혀주리라는 것을 예감한다. 그 독자들이 오히려 의심을 심화하기로 마음먹지 않는다면 말이다. 글을 쓰다 보면 혼자 하는 토론의 열정에 휩쓸려 내 어조가 완전히 달라지고, 거의 단정적인 주장을 펼칠 수도 있다. 그러나 꿈이 커서 나쁠 것은 없으니까. 자, 여기 유쾌한 척하며 내 해석을 담은, 글자 간격을 두 배로 늘린 글이 몇 장 있다.

우리의 질문은 책을 펼쳐보기도 전에 시작됐다. 책을 훑어보던 중 포르투갈어 번역본 『인간 분석』보다는 낫지만 번역하기 정말 까다로운 영어 원본 『자기를 위한 인간』을 이미 읽었던 기억이 희미하게 떠오른다. 우연히 에리히 프롬에 관한 대화를 나누고 있었는데, 누군가 큰 목소리로 대답을 기대하지 않고 물었다. "사기꾼 아닌가요?" 우리는 그렇게 생각하지 않았다. 그 작가의 『자유로부터의 도피』를 무척 좋아했으니까. 그러나 그 질문은 반향을 불러일으켰고, 다른 과학 서적들의 사기에 관한 또 다른 질문을 야기했다. 그중 하나는 예를 들자면 이거였다. 문외한은—우리들은—과학책이 어렵지 않으면 그것을 얼마나 의심하는가? 대단한 가르침이 있는 책은 보통 이해할 수 없고 따분할수록 더 존중받고 더 칭찬받으며, 그런 책을 고르는 가장 확실한 기준은 우아한 지루함이나 완전히 이해할 수 없음이다. 우리가 좋아하지 않는 것은 진지한 것이고, 우리가 좋아하지 않아야 나쁜 책이 아니라는 결론은 어디서 나온 것일까? 여기에는 좋아하지 않는 것이 '틀릴지도' 모른다는 걱정이 있다.

어쩌면 자신의 고유한 취향을 고려하는 자연스러운 욕망 뒤엔 벌거벗은 왕을 보고도 고발할 용기가 없다는 걱정과 불안이 있다는 말이 완전히 터무니없지는 않을 것이다. 더 걱정스러운 것은 우리가 왕이 벌거벗었다는 사실에 찬성하도록 아무도 그 사실을 우리에게 알려주지는 않고 동의만 구했다는 것이다. 이런 일반적 가정이 사기에 대한 우리의 의심을 의심하게 만들었다.

프롬 같은 진지한 사람이 사기를 친다는 생각은 어디에서 나온 것일까? 그의 책 중의 하나를 예로 들어보자. 그의 책은 그게 무엇이든 항상 자기 일에 몰두한 사람의 작업일 것이다. 또 그는 글쓰기를 좋아하는 작가이기도 하다. 그가 쓰는 글은 그저 건조한 보고서가 아니라, 그가 말하는 인간에 대한 애정이 잘 느껴지며 인간을 사랑하는 것을 두려워하지 않고, 때로는 약간의 이해와 연민이 균열의 틈새로 빠져나가는 것을 허용하기도 한다. 그는 병리학적 사례 대신에 칸트와 소포클레스, 스피노자, 아리스토텔레스, 플라톤을 언급한다. 우리의 가벼운 의심은 거기서부터 시작된 것일까? 그러나 정신분석가가 예술과 상상을 연결하는 일은 드문 일이 아니며 충분히 이해할 만하다. 한 사람이 다른 사람을 이해한다는 것은 무엇인가? 예술적 창작이나 상상력의 의지가 아니라면? 그렇게 사기에 대한 의심에 또 다른 의심이 추가된다.

궁금한 것은 이런 글이 대중적으로 되었을 때 위험하냐는 것이다. 유명인은 어느 정도까지 불신을 불러일으키는가? 우리는 모두가 좋아하는 것을 의심한다. 성공도 마찬가지다. 대부분 정당한 의심이라고 밝혀지긴 했지만, 그렇지 않은 것도 많다. 그러나 우리의 본성인 속물근성을 제쳐놓고—우리가 자기기만으로 너무 자주 피해를 봤기 때문에 하는 말이다—헤아릴 수 없지만 여전히 실질적인 진실은, 대중성이 글에 영향을 미친다는 것이다. 너무 많은 사람의 해석으로 남용되면 작품은 먼지가 되고, 어느 순간부터 사람들은 그 책을 있는 그대로 읽지 못하게 된다. X라는 사람이 어떤 책을 읽는 방식은 Y가 읽을 차례가 됐을 때 그 의미를 은근히 변질시킨다. 이것은 우리가 비껴갈 수 없는 최소한의 사실인데, 변질은 더 먼 곳에서도 일어난다. 예를 들어 작가가 자신이 하고자 했던 말에 대해 다시 개입할 때가 그렇다. 그러나 이 최소한을 몇 번이든 곱하면 그 책은 독자들이 쓴 것이 될 것이다. 사람들은 프롬 책을 많이 사고, 미국 정신과 의사 해리 스택 설리번은 서점의 진열대에서 프롬만큼 볼 수 없으며, 전문 서적 판매대에 처박혀 있게 된다. 그리고 그것이 나의 궁금증을 유발한다. 이런 상황으로 미루어 봤을 때 에리히 프롬의 글은 우리가 이미 다시 쓴 것이 아닐까? 아니면 그가 이런 식으로 사람을 끌어당기는 매우 훌륭한 대중적 작가인 것일까?

프롬의 이 책에서 「에고이즘, 자기애와 개인적 관심」이라는 챕터를 살펴보자. 섬세한 내용들을 정확하게 구별해낸, 찬사를 받을 만한 연구다. 이 챕터는 〈정신의학〉지에 처음으로 실렸고, 그것으로 권위를 주장할 만하다. 우리는 이미 이 챕터를 카를라 톰프슨이 기획한 문집, 어니스트 존스, 마이클 발린트, 메이벌 블레이크 코언 등이 낸 문집 같은 가장 신뢰할 만한 문집에서 볼 수 있었다. 그렇다면 우리의 의심은 휴머니스트인 프롬의 어조에서 나온 것일까, 그가 쓰는 어휘가 완전히 정신분석학적 어휘가 아니어서 그런 것일까, 임상 사례가 아니라 인용을 이용했기 때문일까? 좋다, 사상가의 책이나 의학적 의견서가 아닌 에세이스트의 책이라는 것 또한 사실이다.

약사만이 읽을 수 있는 의사의 글씨가 우리에게 얼마나 필요한가? 전문가들만을 위한 이 마법에 우리는 얼마나 존경심을 잃어야 하는가? 누가 진짜 전문가인가. '모두를 위한 과학'은 순수한 정보 영역에서만 유지된다면 절대 해롭지 않겠지만, 그것은 불가능하다. 그러나 과학을 조금만 알고 있기도 무척 난처하다. 차라리 아무것도 모르는 게 낫다. 현명한 무지 속에서, 똑똑한 무지 속에서 우리는 효험이 좋은 우리의 직관과 우리의 좋은 본능에 기댈 수 있다. 아니, 따지고 보면 사는 데에는 그런 게 필요하지도 않다. 우리에게 더 필요한 것은 과학 서적을 읽는 것이 아니다. 왜냐하면 문외한은 인간에 대한 연구가 당혹감을 떨치고 반드시 적응해야 하는 꼿꼿한 규정을 요약한 것이 아니라, 행동의 과정을 연구하는 것이고, 이해하려고 전념을 다하는 사람만이 융통성을 누릴 수 있다는 사실을 납득할 준비가 되어 있지 않기 때문이다.

또한 교조적 어조가 마르지 않는 금광이었다는 점에서도 의심이 일어난다. 우리는 신문과 책에서 사는 법, 스스로를 구하는 법, 적응하는 법—모호한 것 속에서 무엇이든 상관없이 오늘날의 질서에 적응하는 법이다—을 배운다. 그래서 사람들의 불안으로 경제적인 이익을 창출할 수 있음을 발견한 데에서 나오는 이 어조는 하나의 공식이나 단순한 위로가 아니라 진짜 가르침, 깊이 있는 가르침에 무감각하게 한다. 이런 새로운 유의 가르침은 우리의 듣지 않는 자세와 조우한다. 예를 들어 프롬은 첫 챕터에서 그런 유의 연구를 제안한다. "나는 성숙하고 통합된 성격 구조와 생산적 성격이 선의 근원이자 기초를 구성하고, 악은 결국 자기 자신에 대한 무관심과 자해에서 나온다는 것을 분명히 하려고 합니다."

바로 그것이 한 개인에 대한 지나친 의심과 과신을 주의하자는 에리히 프롬 책의 광대하고 강렬한 '줄거리'다.

아니다, 그는 사기꾼이 아니다. 나도 사기꾼이 아니다.

1977년 10월 22, 23일

만남들

누군가 내게 "어느 책에서 당신이 쓴 것 같은 글을 만났어요. 너무 비슷해서 당신이 쓴 것 같았어요"라고 말했다. 그래서 내가 반박했던가? 전혀 아니다. 나는 세상에서 나인 누군가를 만났다. 내 혐의는 입증되었는데, 왜냐하면 내 생각은 돌다리를 건너기 전에 이리저리 두드려보는 사람의 불신에서 비롯된 강하거나 약하거나 편향된 의심에 불과했기 때문이다. 누군가 내게 책에서 이렇게 말했다. "당연히 진실이지, 친구여. 왜냐하면 나도 그러니까……."

만남에 대한 두려움도

페르난두 페소아의 글을 부분적으로 읽긴 했지만, 친구 덕분에 그의 세계에 늦게 입문하면서 정말 두려움에 사로잡혔다. 나는 더 알고 싶지 않다. 더 알게 된다면 배배 꼬인 의심으로 나를 매료하는 나의 세계를 영원히 떠나 내가 두려워하는 명료한 곳으로—이유는 알 수 없지만 명료한 것은 스스로를 부정하는 것 같다—들어가게 될 것 같기 때문이다.

관대한 내 친구는 아무것도 두려워하지 말라고, 네가 알지 못하는 사이에 너는 이미 네 안에 페소아를 품고 있다고 말했다. 그녀는 나와 그가 '닮았다'라는 말을 하려던 것이 아니었다. 그렇지만 나는 갑자기 내 앞에서 세상의 모든 비밀이 밝혀질 것 같은 두려움에 더 깊은 만남을 미뤘다. 내 친구가 낭독해준 것으로 보건대, 나는 불확실성으로 나를 파멸시키는, 나 자신을 더 깊이 파헤치도록 강요하는 그 그늘지고 잔인하고 감미로운 사색을 더는 계속하지 못할까 봐 두려웠다.

누가, 아니 많은 사람이 짐작만 하는 게 아니라 깨닫는다는 것을 내가 알게 된다면…… 걷고 후퇴하고 전진하는 나의 비틀거리는 발걸음이 없으면 나는 어떡해야 할까? 글쓰기의 고문은—내 책 안에서—나의 기쁨이기도 했는데.

문화

박식하지만 지식에 오염되지 않은 한 친구가 내게 어떤 루머를 말해줬다. 그녀는 내가 실제보다도 진실한 그 루머에 대응하지 못한 것을 조금도 비난하지 않았다. 많은 사람이 내가 매우 지적이고 문화에 조예가 깊다고 생각한다. 친구는 친절하게 말했다. "그렇지만 너는 적어도 다른 사람 앞에서 부끄럽지 않도록 책장을 더 잘 꾸며야 해. 네 책장은 너무 텅 비어 있어." 나는 친구에게 한 문학인이 했던 말을 들려줬다. "나는 네 책장을 보고 싶어. 네가 어디서 그렇게 많은 영감을 얻는지 알고 싶다고." 내 친구의 반응은 이랬다. "거봐, 내 말이 맞잖아."

그렇지만 나는 정말로 신경 쓰지 않는다. 나는 남들이 나에 대해서 멋대로 생각하는 것을 즐긴다. 실질적으로 내가 상관하지 않는 다른 것들에 '텅 빈' 사람이 되어도 전혀 불안감이 없다. 아무도 속임수를 즐기는 나를 막을 수 없다. 속이는 것만큼 자기 자신에 대해서 속지 않는 것도 즐겁다. 나는 소수의 사람에게만 진실을 말한다. 처음에는 나 역시 진실을 말하려고 했는데, 사람들은 그것을 겸손함이나 거짓말 또는 '가식'으로 봤다. 나는 진실을 말하는 방식을 좋아하지 않는다. 그래서 침묵을 지키고 소수의 사람에게만 진실을 말한다. 내 친구는 나중에 조용히 말했다. "누구누구 작가 말이야, 그 사람 책에서……." 그녀는 말을 멈추고 거리낌 없이 내게 물었다. "너도 들어본 적 있어?"

그러나 내가 의도한 바는 아니지만 내게 속았던 사람들을 위해 구체적인 유언을 남기고 싶다. 나는 즐겁기는커녕 내게 해만 끼친 나의 교양 없음을 당신에게 남깁니다. 선생님들께 남깁니다. 당신들이 전혀 의심하지 않아서 너무 좋았으니까요. 나는 그것을 온전한 채로, 바로 물려줄 수 있게 남깁니다. 교양은 물려주는 것이 아니다. 노력을 요구하기 때문이다. 그러나 상대적으로 교양 없음은 누군가에게 완전히 줄 수 있다는 장점이 있다…… 나도 그것이 슬픈 유산이라는 것을 안다.

잊지 않기

비밀

나를 공포에 질려 벙어리로 만드는 왕국에 속한 말이 있다. 우리의 세계를 뒤흔들지 말기를, 부주의한 말로 우리의 배를 바다로 떠밀지 말기를. 일단 말을 내뱉으면 우리가 너무 순수해질까 봐 두렵다. 순수한 삶으로 무엇을 하겠는가? 희망을 빌 하늘은 남기길. 떨리는 손가락으로 나는 너의 입술을 봉한다, 희망을 말하지 말라. 너무 오래전에 두려워서 나는 희망을 숨겼고, 내가 희망을 모른다는 것을 잊었다. 나는 죽음의 비밀을 간직했다.

훨씬 더 단순하게

평소에 말이 없는 사람이라면 왜 글로 말을 해야 하는가? 말 없는 사람은 필요한 것만 말한다. 그게 다른 사람들이 듣는 데 방해가 되는가? 조용한 사람의 이야기다. 그 조용함에서 신비로움이 나온다.

선교사의 순회

살아 있는 사람의 유령이 나를 사로잡을 때, 나는 여러 날 동안 그 선교사의 아내가 되리라는 것을 안다. 나는 이미 그녀의 가냘픔과 허약함에 붙들렸다. 나는 어떤 매혹과 내장된 피로 때문에 경험하게 될 것에 굴복한다. 거기다 실리적인 관점에서 오는 불안 때문에. 현재는 내가 알지 못하는 새로운 삶의 무게에 맞서기 위해 내가 해야 할 일을 하느라 매우 바쁘지만, 나는 복음주의자의 긴장감을 느끼기 시작한다. 나는 비행기에서 그것을 깨달았지만 이미 거룩한 평신도의 방식을 채택하기 시작했다. 내가 땅으로 내려가면 육체적 고통과 도덕적 희망의 표정은 이미 분명하게 나타나 있을 것이다. 그렇지만 비행기에 올랐을 때 나는 강했다. 나는 내가 아니었다. 내 모든 힘은 약해지는 데 쓰였다. 나는 머잖아 선교사다. 나는 이해한다, 이해한다, 이해한다. 내가 이해하지 못하는 것은 없다. 그 말은 내가 이 창백한 여자처럼 정화된 괴벽으로는 이해하지 못한다는 것이다. 나는 며칠 후면 한 번도 나인 적 없었던 나라는 존재를 다시 시작할 수 있다는 것을 이미 알고 있다. 단, 나의 유령이 나를 지배할 때를 제외하고.

문학과 정의

오늘은 갑자기 찾아온 행운처럼 타인에게 베풀 수 있는 관용이 내게도 조금 남아 있었다.(얼마 동안이나?) 나는 높은 파도를 탄 김에 밀린 용서를 만회했다. 예를 들어 글 쓰는 사람으로서 내가 나에게 베푸는 관용은, 문학적인 방식으로(그러니까 예술의 강력한 힘으로) 사회적인 것을 다룰 줄 모르는 나를 용서하는 것이다. 오래전부터 내게는 사회적 사건이 다른 어떤 것보다도 중요했다. 내게 헤시피의 막사들은 첫 번째 진실이었다. '예술'을 느끼기 훨씬 전부터, 투쟁에서 깊은 아름다움을 느꼈다. 그렇지만 그것은 내가 사회적 사건에 순진하게 접근했다는 뜻이기도 하다. 내가 원했던 것은 무언가를 '하는 것'이었다. 마치 글쓰기는 행동이 아니라는 것처럼. 나는 글쓰기를 활용하지 못했고, 그 무능함이 나를 아프게 했고 수치스럽게 했다. 내 안에서 정의에 관한 문제는 너무도 당연해서 놀랄 게 없는, 너무도 원초적인 것이다—나는 놀라지 않고는 글을 쓸 수 없었다. 내게는 글쓰기가 탐색이기 때문이기도 하다. 정의감은 내게 절대 탐색이 아니었고, 발견의 대상이 아니었으며, 모두에게 그렇게 당연한 것이 아니라는 사실이 나를 놀라게 했다. 나는 내가 그 문제를 너무 단순한 방식으로 축소시키고 있음을 인식하고 있다. 그렇지만 오늘 나 자신에 대한 관용의 이름으로, 글을 통해 사회적 휴머니즘에 기여하지 않은 것이 전혀 부끄럽지 않다. 그것은 의지의 문제가 아니라 능력의 문제이기 때문이다. 나를 부끄럽게 하는 것은, 그렇다, '하지 않는' 것, 행위로 기여하지 않는 것이다.(정의를 위한 투쟁이 정치로 이어지고, 나의 무지가 나를 잘못된 길로 인도하는 것은 사실이다.) 그 부분에서 나는 늘 부끄럽다. 게다가 나는 개선하려고 하지도 않는다. 나는 간접적이고 우회적인 방식으로 자신을 사면해주고 싶지 않다. 그렇기 때문에 나는 계속 부끄러워할 것이다. 그렇지만 나의 글쓰기는 부끄럽지 않다. 내가 부끄러웠다면 나는 오만의 죄를 범하고 있었을 것이라는 기분이 든다.

천사가 느낀 불편

집에서 나오는데 갑자기 예기치 못한 일이 일어났다. 집에 있을 때만 해도 커튼과 안락함이 가려줬던, 유리창을 때렸던 비가 거리로 나오니 폭우와 어둠이 된 것이다. 이 모든 게 내가 엘리베이터를 타고 내려오는 순간에 일어났단 말인가? 리우데자네이루에 내리는 폭우는 피할 곳이 없다. 해변은 물에 뒤덮이고, 거리의 상점은 문을 닫고, 무릎까지 차는 물은 질척한 흙을 나르고, 발로 더듬더듬 보이지 않는 보도를 찾아 걸어야 한다. 이미 조수의 움직임이 생겼고, 거기에 물이 점점 더 불어나서 달은 비밀스러운 영향력을 행사하기 시작한다. 조수 간만의 차가 벌써 시작됐다. 최악은 우리의 살 속에 조상들이 겪었던 공포가 새겨져 있다는 것이다. 나는 피할 곳이 없었고, 세상은 나를 다른 진짜 세상으로 몰아냈으며, 가진 것이라고는 집밖에 없던 나는 내 인생에서 다시는 집을 가질 수 없을 것 같았다. 흠뻑 젖은 원피스가 나이고, 물이 뚝뚝 떨어지는 머리카락은 절대 마르지 않을 것이다. 나는 노아의 방주에 탈 수 없으리라는 것을 안다. 나와 같은 종 중에서 우월한 커플이 이미 선택받았기 때문이다.

거리에는 엔진이 물에 잠긴 차들이 있었고, 택시는 그림자도 보이지 않았다. 야만적인 기쁨을 느끼던 몇몇 사람은 당황해서 집으로 돌아갔다. 이 자유로운 사람들의 악마 같은 기쁨은 오직 집으로 돌아가기만을 원했던 사람에게는 또 다른 위협이었다. 나는 목적 없이 거리를 걷고 또 걸었다. 걷는 것보다 배회했다는 말이 더 정확하다. 멈추는 것은 위험했다. 나의 무절제한 슬픔을 겨우 감추고 있었으니까. 처마 밑에 있던 어떤 남자가 어색하게 내게 말했다. "부인, 용감하시네요!" 용기가 아니었다. 그건 정확히 두려움이었다. 왜냐하면 모든 것이 마비되어 있었으니까. 모든 것이 멈춰버리는 순간이 두려운 나는 걸어야 했다.

그러다 택시가 눈에 띄었다. 택시는 바퀴가 닿는 도로의 깊이를 가늠하면서 겨우 1센티씩 조심스레 나아가고 있었다. 어떻게 택시를 잡을 수 있을까? 나는 다가갔다. 택시를 부르는 괴상한 행동을 할 수는 없었다. 매번 택시를 부를 때마다 거절당했던 기억이 떠올랐던 것이다. 항상 강한 모습을 부여하는 나의 절망을 억누르고 나는 택시 기사에게 말한다. "집까지 데려다주세요. 밤이잖아요! 제가 늦어서 어린아이들이 무서워하고 있을 거예요. 밤이라고요. 제 말 들려요?" 놀랍게도 그 남자가 내게 단순하게 알겠다고 대답했다. 나는 믿을 수 없다는 듯이 택시에 올라탔다. 차는 진흙탕물 속에서 기어가듯 갔지만 어쨌든 나아갔다—그러고 도착할 터였다. 나는 한 가지 생각만 들었다. 나는 이 차를 탈 자격이 없다고. 나중에는 이렇게 생각하고 있었다. 내가 이 차를 탈 자격이 되는지 모르겠다고. 시간이 조금 지나자 나는 택시의 안주인이 되었다. 내게 허락된 것을 어느새 우아하게 누리며 힘차게 실리적인 조치를 취했다. 머리와 옷의 물기를 짜고 물러진 신발을 벗었다. 운 것 같은 얼굴을 말렸다. 진실은 염치없이 내가 울었다는 것이다. 아주 조금, 이성을 뒤섞어서, 그렇지만 울었다. 나는 집처럼 만들고 난 후에 내 것인 그곳에 편안하게 자리를 잡았다. 나의 방주에서 세상의 끝을 구경했다.

어떤 여자가 차로 다가왔다. 차가 천천히 나아가고 있었기 때문에 그녀는 서러운 얼굴로 문손잡이에 매달려 따라올 수 있었다. 그녀는 택시에 동승하게 해달라고 내게 간절히 부탁했으나 이미 너무 늦었다. 그녀가 원하는 길로 가면 내가 가는 길에서 멀어질 테니까. 그렇지만 나는 5분 전의 절망을 떠올렸고, 내가 겪은 괴로움을 겪지 않게 해주겠다고 결심했다. 내가 허락하자 그녀의 간청하던 말투는 온데간데없이 사라지고 갑자기 매우 실리적인 말투로 바뀌었다. "그렇지만 잠시만요, 저는 저 사거리까지 가서 양장점에 들러야 해요. 젖을까 봐 원피스를 거기에 싸놓았거든요." '이 여자가 나를 이용해먹는 건가?' 나는 사람들이 나를 이용하도록 둘지 말지 자신에게 물었고, 결국 양보하기로 했다. 그녀는 시간을 충분히 끌고 난 후에 자기 몸이 옷에 얼룩을 묻히기라도 하는 것처럼 커다란 보따리를 안고 나왔다. 그녀는 편하게 앉았고 나는 내 집에서 다시 소심해졌다.

그것이 내 천사로서의 고난의 시작이었다. 권위적인 목소리를 가진 그 여자가 이미 나를 천사 취급하기 시작했던 것이다. 그녀의 사연은 그보다 더 감동적일 수 없었다. 그날 저녁이 그녀의 첫 데이트였는데, 내가 없었다면 원피스가 비에 젖어 망가지거나 늦는 바람에 첫 데이트를 놓쳤을 것이라고 했다. 나는 이미 그런 첫날을 알고 있었지만 이만큼 나를 감동시킨 것은 없었다. "저에게 어떤 기적이 일어났는지 모르실 거예요." 여자가 안도하는 모습으로 내게 말했다. "길에서 기도를 했어요. 신이 저를 구해줄 천사를 보내준다면, 내일 거의 아무것도 먹지 않겠다고요. 그런데 신이 내게 당신을 보내준 거예요." 나는 불편해서 자리에서 몸을 움직였다. 내가 첫 데이트 약속을 지켜준 천사였다고? 신성한 아이러니가 나를 혼란스럽게 했다. 그러나 온갖 실리적인 믿음의 힘을 가진 그 여자는 강한 여성이었고, 지금까지 누구도 본 적 없는, 항상 은밀하게 감춰온 내 안의 천사를 보기를 강력하게 고집했다. 나는 진지하게 생각하지 않고 가벼운 말투로 대답했다. "그러실 것 없어요. 그저 교통수단일 뿐인데요." 그녀는 나를 이해하지 못한 것 같았지만, 나는 당황해하며 사실상 내 주장이 앞뒤가 맞지 않는다는 사실을 깨달았다. 천사도 교통수단이니까. 불편해진 나는 입을 다물었다. 나는 누군가 내게 소리를 지르면 매우 놀라는 사람인데, 그 여자는 소리를 지르진 않았지만 분명 나에게서 부당한 이익을 취했다. 그녀에게 대항하는 것이 불가능했기 때문에 나는 온화한 냉소주의 뒤에 숨었다. 그만큼 강력한 기운으로 신비주의를 말하던 그 여자는 모든 것을 돈으로 환산하는 여자로서, 마치 비가 나의 존엄성을 씻어 내리기라도 했다는 듯이 자신의 천사에게 감사의 표시로 수표를 내밀 것이 분명했다. 나는 냉소주의 안에서 나를 조금 달래면서 그녀에게 그녀의 돈이 현금일 때에만 그 돈이 내게 감사를 표하는 수단이 될 수 있다고 조용히 의사를 표명할 생각이었다. 아니면—나는 조금 즐겼다—그녀가 내게 감사의 선물로 그 첫 데이트에 입을 원피스를 줘도 될 것이다. 왜냐하면 그녀가 감사해야 할 것은 젖지 않은 옷이 아니라 은혜, 그러니까 내가 감동을 준 사실이니까. 나는 점점 더해지는 냉소주의로 생각했다. 각자 자기에게 어울리는 천사가 있다. 어떤 천사가 그녀의 몫인지 보자. 나는 순수한 호기심으로 본 적도 없는 원피스를 탐낸다. 이제 나는 그녀의 영혼이 옷에 관심 있는 천사를 어떻게 생각하는지 알고 싶다. 나는 내가 어떤 여자의 열정적인 바보짓에 이용되는 천사로 간택받은 것을 나의 오만은 견디지 못한다고 느꼈다.

진실은, 그 천사증이 내게 부담을 주기 시작했다는 것이다. 나는 사람들의 그런 수법을 잘 알았다. 나를 착하다고 규정짓고, 일정 시간 동안 내가 못되게 구는 것을 막는 수법 말이다. 나는 어째서 천사들이 화를 내는지 이해하기 시작했다. 그들은 모든 것을 잘해야 하기 때문이다. 그런 생각을 해본 적은 한 번도 없었는데. 내가 천사들 중에 가장 급이 낮은 천사가 아니라면 모를까. 누가 알겠는가, 내가 수습 천사였는지. 자기 자신에게 취해 있던 그 여자의 기쁨이 나를 침울하게 만들기 시작했다. 그녀는 나를 남용했고, 내 우유부단한 성격에 명확한 직업을 부여했다. 그녀는 나의 자발성을 의무로 바꿔놓았고, 천사였던 나를 구속했다. 그 순간 나는 더는 부정할 수 없는, 자유로운 천사였던 나를 구속했다. 그렇지만 누가 알겠는가. 오직 그 순간에 쓰이기 위해 내가 세상에 보내졌는지. 그러니 그것이 내 가치였던 것이다. 그 택시 안에서 나는 타락한 천사가 아니라, 내 안에서 넘어진 천사였다. 나는 내 안에서 넘어져 토라졌다. 조금만 더 하면 나는 그녀의 수호천사가 "내가 당장 이 택시에서 내릴 수 있게 해주세요!"라고 화를 내는 모습을 보여주려고 했다. 그렇지만 나는 그 커다란 짐에 조금씩 뉘우치는 나의 날개의 무게를 감당하며 가만히 있었다. 그녀는 계속해서 나에 대해 말하면서, 아니 나의 역할에 대해 말하면서 나를 감시했다. 나는 불만을 드러냈고, 여자는 그것을 느끼고는 약간 기가 꺾여서 입을 닫았다. 어느새 비베이루스지카스트루길에 이르렀을 때 우리 사이에는 적대감이 조용히 드러나 있었다.

“이봐요, 택시는 나를 먼저 집에 내려주고 당신을 데려다줄 겁니다.”

나는 불쑥 말했다. 나의 솔직함은 다른 사람들에게도 양날의 칼이다.

“그렇지만 엄청나게 돌아가야 해서 약속 시간에 늦을 거예요! 우리 집에 가려면 한참을 돌아가야 한다고요!”

그녀는 놀라 화를 내기 시작하면서 말했다.

“그렇지만 나는 돌아갈 수 없어요.”

나는 냉정하게 대답했다.

“내가 돈을 다 내겠다고요!”

그녀는 내게 감사의 표시로 주려고 했을 게 틀림없는 그 돈으로 나를 모욕했다.

“돈은 내가 다 낼 겁니다.”

나도 모욕했다.

나는 시치미를 떼고 택시에서 내리면서 잊지 않고 좌석에 접은 날개를 두고 왔다.

나는 차에서 내렸다. 완벽히 못 배운 사람으로. 그리고 그것이 천사의 심연에서 나를 구했다. 나는 날개에서 해방되어, 순간 보이지 않는 꼬리를 여유롭게 흔들면서, 비가 그친 비스콘지 지 펠로타스 아파트 건물의 넓은 입구를 여왕처럼 당당하게 가로질러 갔다.

자식과의 대화

"엄마, 나는 가끔씩 미쳐버리고 싶어."

"왜?(네가 무슨 말을 하려는지 나도 알아. 내 증조할아버지도 분명히 똑같은 말을 하셨을 테니까. 15대를 거쳐야 하나의 존재가 형성된다는 것도 알고, 그 미래의 존재가, 천천히 날아가는 화살에 앉은 새처럼, 나를 다리로 이용했고, 내 아들을 이용하고 있으며, 내 아들의 아들을 이용할 것이라는 것도 알아.)"

"자유로워지려고. 그러면 자유로울 것 같아……."

(그렇지만 사전에 광기의 허락을 구하지 않는 자유도 있을 거야. 우리는 아직 그러면 안 돼. 우리는 다가올 존재의 느리고 잠정적인 걸음일 뿐이야.)

이목을 끌지 않는 남자

신은 그에게 셀 수 없이 많은 재능을 선물해줬지만 그는 지독한 사람, 수치를 모르는 사람이 되는 것이 두려워 그 재능을 쓰지 못했다.

말을 놓아주지 말기를

모든 것이 그렇듯이 나는 글을 쓸 때 너무 멀리 가버릴까 봐 걱정하는 일종의 두려움이 있다. 무엇 때문에? 왜? 나는 어디인지도 모르는 곳으로 나를 데려가며 질주하는 말의 고삐를 잡듯이 나를 붙든다. 나는 조심한다. 왜 그리고 무엇을 위해서? 무엇을 위해서 나를 아끼느냐고? 나는 언젠가 글을 쓰면서 '창작을 두려워해야만 한다는 것'을 이미 선명하게 의식했다. 왜 그런 두려움을 갖는 것일까? 내 능력의 한계를 알게 되는 것에 대한 두려움일까? 또는 멈추는 방법을 모르는 초보 마녀의 두려움일까? 누가 알겠는가, 사랑을 나눈 경험이 없는 여자가 어느 날 자신에게 자신을 바치는 것처럼 나도 어쩌면 신이 나의 모든 것을 소유할 수 있도록 완전히 죽기를 바라는 것인지도.

어린이를 위한 좋은 소식

어쨌든, 어쨌든 너에게는 늘 너의 몸이 있을 거야. 몸은 항상 우리 편에 있어. 마지막까지 우리를 버리지 않는 유일한 것이 몸이야.

사랑에 대한 감사

"이 아이는," 그녀는 자기 둘째 아들을 가리키며 부드러운 미소를 짓고 말했다. "임신한 걸 너무 늦게 알아서 낳은 거야, 뗄 기회가 없었거든."

소년은 눈을 감고 겸손한 미소를 지었다.

추상적인 문

나는 어떤 면에서 추상적인 것에 대해 쓰는 것이 덜 문학적이라고 생각한다. 어떤 페이지는 사건이 없어서 사물을 직접 만지는 것 같은 느낌이 드는데, 그만큼 진실한 게 또 있을까? 마치 내가 조각을 빚는 것 같다—진정한 육체의 조각은 무엇인가? 이 몸, 이 몸의 형상, 이 몸의 고유한 형상의 표현—이 몸이 부여받는 표현이 아니라. 발가벗은 비너스 전신상은 비너스에 대한 문학적 생각보다 훨씬 더 '무표정'하다. 내가 '비너스에 대한 문학적 생각'이라고 부를 때의 비너스는, 예를 들면, 제목처럼 얼굴에 비너스의 미소, 비너스의 시선이 있는 것이다. 밀로의 비너스는—추상적인 여자다.(내가 종이에 세심하게 문을 그린다면, 거기에 내 것을 아무것도 덧붙이지 않는다면, 나는 매우 객관적으로 추상적인 문을 그릴 수 있을 것이다.)

베른

눈앞에서 이 완벽한 아름다움을 목격한 이방인은 어쩌면 신비를 밝힐 수 없을지도 모른다. 스위스의 풍경은 아름다움의 증거를 너무 많이 제시하니까. 첫인상은 가벼워 보이지만, 그다음에는 불가해한 느낌이 뒤따른다. 엽서 같다. 그러나 조금씩 그 부동의 상태가, 그 균형이 불안해지기 시작한다.

사람들은 멀리 있는 산을 바라본다. 무감각하고 조용한 공간이다. 그러나 금방 쓰러질 것 같은 벽들이 집들과 교회들을 한데 그러모으는 이 마을에는 일종의 단호한, 내부 지향적인 집중이 있다. 탑들과 골목길들과 뾰족뾰족한 아치들과 침묵이 있는 이 도시에서 악마는 알프스산맥 너머로 추방되었을 것이다. 악마 없는 도시에는 혼란스러운 평화, 개혁의 기치 아래서 가혹하게 형성된 삶의 흔적, 느린 정복의 표시들, 완고하고 고통스러우며 지속적인 광택질의 흔적이 남아 있었다.

악마를 멀리 붙들어두려는 결의인가? 청결에 대한 너무도 스위스다운 욕망에서 배어나는 이 완고함, 땅 위에 공기의 투명함을 복제하려는 욕망, 준엄한 윤곽의 산이 지시하는 명확한 법칙에 대한 순종. 치명적으로 불순하고 무질서한 인간적인 것을 제물로 바치려는 의지, 질서는 더 이상 수단이 아니라 그 자체로 도덕적 필연이다. 질서는 스위스 사람이 스위스에서 호흡할 수 있는 유일한 환경이다. 스위스 밖에서 스위스 사람은 그가 추방한 악마로 인해 놀라고 방향을 잃는다.

거리에는 표정을 아끼는 고행자의 얼굴들이 있다. 그 평온하고 무거운 표정에는 맹신의 힘을 연상시키는 조용한 힘이 있다. 누군가 스위스는 군인이 아니라 전사라고 말했다. 스위스가 전사라면, 스위스 여자는 여전사다. 강인하고 굳건하고 강한, 어떤 희생에 바쳐지는 존재. 그녀는 대성당에서 열린 콘서트에 있다. 화장기 없고, 냉정한 그녀는 목을 축이면서 오르간 소리와 합창단의 날카로운 목소리, 이 민족의 근엄한 기쁨에 맞는 순수한 음악을 들으며 기쁨을 살짝 드러낸다. 그녀는 의자에 완전히 기대지 않고 있다. 그녀는 약간은 근엄하고 이해하기 힘든 모습으로 남아 있을 것이다, 꽉 막힌 매력 없이, 때와 장소를 아는 일종의 청교도적인 우아함을 지닌 채, 하지만 허영심을 부끄러워하는 옷차림에 반기를 들면서.

이 부끄러움은 봄에 극복되어 조금은 대담해진다. 환한 블라우스와 어두운색 원피스에 작은 주름 깃 장식들이 나타나며, 빛을 받아 섬세한 여성성이 돋보인다. 노인들은 정원의 자리를 차지한다. 그곳은 존경할 만한 노인들의 땅이다. 그들은 벤치에 앉아서 반짝이는 호수와 눈 덮인 알프스, 상냥하고 쾌활해 보이는 각각의 나뭇가지를 응시한다. 그러다 여름이 온다. 미지근한 향기 속에서 선들은 더욱 선명해지고, 꽃들은 더 서둘러 난폭해지며, 바람은 결국 조금의 먼지를 일으킨다. 놀이, 놀이, 놀이—그것은 악마 없는 개화다. 가을이 오면 물 색깔이 짙어진다. 사냥하는 소리는 거의 들리지 않지만 사람들은 사냥 고기를 산다. 산, 표면, 작은 형태, 모든 것은 더 차가워진 바람 아래 태양 없이 빛난다. 집이 아늑해진다. 그러고 겨울이 온다. 놀이, 놀이, 놀이.

그러나 지금은 다시 봄이다. 우리는 지체할 시간이 별로 없다. 베른의 다리 아래에 얼어붙은 강이 가볍게 달린다. 빛과 고요와 신비, 그것이 내가 베른의 창문으로 본 것이다.

외모는 거짓을 말한다

나의 외모는 나를 속인다.

반짝인다고 다 금은 아니다

그래서 땅에 떨어진 반짝이는 것을 줍지 않았다. 이럴 수가, 금이었다. 아마도 금이었을 것이다.

스페인 남자

그는 페페이기만 한 것이 아니었다. 가이드이기만 한 것도 아니었다. 여름의 무더위에 김이 빠지자마자 다른 잔으로 교체된 음료를 마시는 부은 얼굴의 그 남자는 코르도바의 하얗고 어두운 거리 한가운데에서 멈춰 섰다. 우리는 서로를 바라봤고 그는 우리만의 느림 속에 자신의 문장이 스며들도록 말했다.

"Ustedes no tienen un guía. Ustedes tienen—Pepe El Guía!(그냥 가이드이기만 한 게 아닙니다. 당신은 안내자 페페를 만난 것이라고요!)"

우리는 기이한 우연이기를 바라며 걸음을 멈췄다. 누구? 안내자 페페는 감동과 와인과 열기와 절망에 젖은 눈으로 꿈쩍도 하지 않았다. 안내자 페페가 된다는 것은 특별하고 놀랍고 부담스러운 일이었을 것이다. 그는 다시 멈춰 섰을 때, 어쩔 수 없이 입은 우아하고 어두운 옷 때문에 땀으로 불쾌해진 얼굴로 자기만의 강렬한 침묵을 통해 우리가 이해하기를 바랐다. 우리는 태양 때문에 눈을 찌푸리며 그를 바라봤다. 그때 우리 사이로 가벼운 미풍이 불었다. 안내자 페페가 그라는 것, 그가 숱한 가능성 중에서도 스페인 사람이라는 것, 런던에서는 비가 내리는데 같은 시간에 코르도바의 맑은 하늘 아래에 그가 있다는 것은 우연의 일치였다. 그 우연의 기적은 미풍처럼 우리를 스쳤고, 우리는 손수건으로 이마를 닦았다.

도시 주변은 온화하고 따뜻했다. 견딜 수 없는 온화함이었다. 우유부단한 맹인들과 더 우유부단한 여자들이 많았다. 그렇지만 오점도 있다. 어디서 나온 오점인가? 우리는 찌푸린 눈으로 찾았다. 그 오점은 카페 문 앞에서 졸고 있는 젊은 사람들의 무모한 꿈에서 나왔다. 이 평온한 고요 속에서 함정이라고 짐작하는 것으로부터 탈출하고 싶은 욕망에서 나왔다. 이 도시는 위험한 도시다.

오점의 근원인 무더위의 황폐 속에서 자신의 고귀함에 취한 우리의 남자가 몸을 곧추세웠다. Soy Pepe El Guía(저는 안내자 페페입니다), 그는 두 팔을 벌리고 반복해서 말했다. 그 십자가 모양이 그를 흥분케 했다. 마치 안내자 페페가 선재하는 추상적 관념이었던 것처럼, 그저 페페요, 그저 안내자인 그는 그 상징 속에서 강생한 것처럼. 존중에서가 아니라 뭐라고 대답해야 할지 몰라 입을 다문 우리의 침묵을 마주한 그는 우리를 안심시켰다.

“Pero ustedes tienen un amigo en Pepe El Guía.(그렇지만 안내자 페페 안에는 여러분의 친구가 있습니다.)”

그는 왜 그 말을 그렇게 슬프게 했을까? 슬프고 용감하게, 취해서, 오직 그만이 희미한 은혜의 순간에 코르도바의 하얗고 소박한 집들과 우리에게서 목격했던 것을 우울하게 내려다보면서. 겁을 먹은 우리는 그에게 감사했고, 감사의 키스도 그에게 여러 번 건넸다. 그렇다, 그는 친구였다. 보수를 받지만 진정한 우정의 온갖 절망을 안은 친구. 우리는 친구였다. 우리는 서로에게 자신을 줄 수 있을까? 서로 알아볼 뿐이다. 우리는 안내자 페페를 알아본다. 그는 우리 안에서 자기를 알아보는 자들을 알아봤다.

그날 오후에 만난 남자는 쉽게 상처받는 친구였다. 우리가 무심코 내뱉은 말 한마디가 그의 감정을 상하게 했고, 회의적인 몸짓이 그에게 상처를 줬다—그는 곧바로 멈추고 뒤로 물러나 검을 뽑을 수 있는 공간을 확보했다. 우리는 재빨리 그에게 상처를 줄 의도는 없었다고 설명했다. 우리는 무엇보다도 그가 알려준, 스페인의 역사와 "영원한 친구"인 영국 관광객들의 역사가 뒤섞인 불분명한 날짜에 대한 정보를 무한히 신뢰한다는 말로 그를 안심시켰다. 그는 우리의 해명을 들었고, 그 해명을 받아들이기 전에 오랫동안 머뭇거리며 살폈다. 그는 여전히 위협적이었다. 우리는 충분히 난처해하며 걱정스럽게 그를 기다렸다. 마침내 안내자 페페는 갑작스러운 동작으로 우리와 화해를 하고는 오해로 견고해진 더욱 아름다운 우정을 다시 시작했다.

우리는 코르도바의 진실에 대해 우리가 알고 있던 것보다 조금 더 알게 됐다. 우리는 우리의 행동으로 그곳에서는 밤에 감송과 재스민이 핀다는 것을 알게 됐고, 우리가 그곳에서 보고 짐작한 것을 알게 됐다. 그렇지만 돈 페페의 말로 우리는 그를 숭배하지 않는 살아 있는 영혼은 없다는 것을 알게 됐다. 우리는 왜인지 묻지 않았고 그는 왜인지 설명하지 않았다. "코르도바에서만 그런가요?" 우리가 묻자 그는 화를 냈다. "아니요." 그는 두 팔을 벌리고 혼자 대답했다. "스페인 전체에서요." "스페인만이요?" 우리는 다시 물었다. 그는 잠시 거의 고통스러워 보이는 휴식을 취했다. 우리는 그가 스스로 대답하리라는 것을 알고 있었다. 갑자기 그가 말했다. "모로코, 알제리, 이집트……." 그가 했던 이상한 무역. 그는 말을 대추야자와 올리브로 바꿨다. 물론 그의 말은 아니었다. 그는 낙타가 이끄는 카라반을 "안타깝게도 이름을 말할 수 없는" 누군가에게 팔았다. 다양한 골동품을 파는 무역, 무역보다는 모험, 이익보다는 여행, 돈보다는 삶이었다. 안타깝게도 어떤 삶이었는지 구체적으로 말할 수는 없지만, 그는 늘 일어나지 않은 비극의 후광, 한 번도 나타난 적 없는 적의 맨가슴을 여전히 경계해야 하는 비극에 휩싸여 있었다. 그는 모두에게 너무나 사랑받는 사람이므로. 결의가 부족했던 건 아니었다. 그는 분명히 스무 살에 죽을 준비가 되어 있었으나, 정당한 권리로 자신의 차지가 된 비극적 운명으로부터 앞으로 일어날 일을 미리 들은 터였다. 일어나지 않은 그 비극은 돈 페페를 상처받은 영혼으로, 60세의 왕으로 만들었다. 왜냐하면 그 불량배는 왕이었기 때문이다.

돈 페페에게 가족은 집시 아내 외에도 셀 수 없이 많은 자식이 있었다. 그는 내전에서 죽은 이복동생의 아내와 아이들, 같은 전쟁으로 슬픔에 빠진 양쪽 부모들도 돌봤다. 모두가 한집에서 모여 살았고, 모두 같은 집에서 낮잠을 자며 모기에 뜯겼다. 우리는 그의 강요로 그의 집에 가서 그의 가족을 만나야 했는데, 문턱에서 우리를 과장되게 소개하는 그의 몸짓은 자랑인지 비난인지 알 수 없었다. 그 사람들은 그의 아물지 않은 상처였다. 내가 말하는 가족이란, 설탕에 절인 것처럼 달달하게 구는, 눈꺼풀을 반쯤 감은 채 마당에서 부채질하는 여성들을 상상하면 되는데, 그들은 모두 범죄자이다. 남자 가족이라면, 돈벌이가 되는 구직을 위해 투우사가 되려는 희망에 젖어 있는, 엉덩이가 좁은 소년과 청년 들을 상상하면 된다. 그저 희망 때문에 그러는지도 모른다. 그는 그토록 많은 꿈을 부양하기 위한 성대한 식사에 필요한 비용을 계산한다.

그 모든 것도 우리가 "안내자 페페만이 알고 제공할 수 있는 특별한 셰리주"의 값을 그에게 지불하려고 했을 때 페페가 칼을 뽑으려고 하는 것을 막을 수 없었다. 그는 뼛속까지 모멸감을 느끼며 자신의 오래된 습관적 분노로 몸을 떨었다. "Ustedes me matan!(나를 죽일 셈이오!)"

그는 일단 분노로 자신을 위로하고 나서는 우리가 셰리주에 돈을 내는 것을 더는 문제 삼지 않았고, 어떤 스페인 술집에서도 마실 수 없는 매우 희귀한 술을 제공해준 것에 대한 우리의 감사를 상냥하게 받아줬다. 어떤 누구도 그만큼 우리를 기만한 사람은 없었다. 우리는 그가 우리를 기만하도록 내버려두면서 그의 비극에 기여했다. 놀이는 강렬했고, 우리는 어느새 기진맥진해졌다. 그렇지만 돈 페페는 단순한 돈 문제로 거의 사라져버린 비극적인 우정에 여전히 충격을 받은 채였다. 그는 아량의 표지로 가슴에 손을 얹고 두 잔을 허락하면서 자기가 우리를 용서했다는 것을 증명하겠다고 말했다. 우리는 부끄럽고 혼란스러운 나머지 그에게 술잔을 주는 것과 그가 다시 한번 용서했다는 것을 잊었다—그것은 그저 우리가 스페인 사람이 아니었기 때문이었고, 따라서 우리의 잘못이 아니었다. 그 남자는 매우 박식했고 슬펐다. 돈 페페의 삶에 지친 나는 코르도바 모기들 사이에서 낮잠이나 자려고 호텔로 갔다.

옮긴이의 말

'리스펙토르'라는 세계

"카프카가 여성이었다면, 릴케가 우크라이나에서 태어난 유대인이자 브라질인이었다면, 랭보가 어머니였다면……."

작가, 엘렌 식수가 클라리시 리스펙토르를 수식했던 말이다. 카프카, 릴케, 랭보, 이 커다란 이름들 옆에 리스펙토르를 나란히 두어도 부족함이 없겠지만, 나는 그들을 모두 지우고 남은 말들로 이 책을 소개하고 싶다. 여성, 우크라이나에서 태어난 유대인이자 브라질인, 그리고 어머니, 클라리시 리스펙토르. 그가 1946년부터 1977년까지 30년 동안 브라질 언론에 칼럼니스트로서 썼던 글들을 여기 모았다. 1967년에서 1973년까지 매주 토요일, 일간지 〈조르나우 두 브라질〉에 연재했던 칼럼들과 미출간된 글 120편 이상을 함께 실은 이 작품집은 사실상 리스펙토르 문학의 원재료라고 말할 수 있겠다.

클라리시 리스펙토르의 삶, 글쓰기에 대한 사유, 독자와의 소통, 번역가로서의 면모, 또 그가 만난 인물들까지 리스펙토르라는 세계를 구성하는 다양한 풍경들이 이곳에 담겨 있다.

여성의 텍스트

여성의 텍스트로서 클라리시 리스펙토르의 글을 말하기에 앞서

리스펙토르의 문학에서 '여성성'은 서술자의 성별을 뜻하는 것이 아니며, 리스펙토르가 말한 "여성이 예외적이고, 어떤 면에서 거리를 두고 있는 폐쇄적 공동체라고 보는 헛된 여성성"*을 가리키고 있지 않음을 밝혀두고 싶다. 여기서 말하고자 하는 '여성의 텍스트'의 개념을 조금 더 명확하게 하기 위해서는 엘렌 식수가 설명하는 '여성적 글쓰기'를 살펴볼 필요가 있다. 엘렌 식수는 『출구』**에서 "오늘날 글쓰기의 여성적 실천을 규정하는 것은 불가능하며, 앞으로도 그럴 것이다. 왜냐하면 이런 실천은 결코 이론화되거나 제한되거나 코드화되거나 할 수 없을 것이기 때문이다. 그렇다고 해서 그것이 존재하지 않는다는 의미는 아니다"라고 말했다. 다시 말하자면 규정할 수 없는 것이 여성적 텍스트의 규정이라는 것이다. 분석하고, 명료화하는 것이 규정이라면 여성의 텍스트는 그 반대편에 있다. 분석될 수 없고, 명료화할 수 없으며, 기존의 체계로 분류할 수 없는, 남성 중심적 언어와 사고 체계를 전복[顚覆]하는 글. 여성의 텍스트는 존재 자체가 전복이고, 클라리시 리스펙토르의 문학은 그 전복된 세계에 위치한다.

식수가 말하는 "자신만의 경험으로 언어를 소유하고, 변형시켜 새로운 의미를 부여하는 여성적 글쓰기"를 리스펙토르는 직관과 본능의 글쓰기를 통해 오랫동안 우리를 길들인 언어가 존

* 본문 469쪽.

** 엘렌 식수, 『메두사의 웃음/출구』, 박혜영 옮김, 동문선, 2004.

재하기 이전 혹은 그 언어 너머의 세계를 향하는 방식으로 실현한다. 언어가 탄생하기 전에 우리는 세계를 어떻게 감각했을까. 언어가 끝나는 곳에서 우리는 세계를 무엇으로 명명할까. 그의 글은 이 두 질문에 답을 찾으려는 시도처럼 언어를 해체하며 새로운 앎의 세계로 나아간다. 그가 가닿은 곳에서 들려오는 목소리는 그의 소설 속 인물들처럼 남성적 세계를 깊은 당혹감에 빠뜨리고, 틀에 박힌 사고방식을 수정하도록 이끌며, 우리의 원시적 감각을 깨운다. 목소리는 지금까지 배제되고 제한된, 우리가 마주한 적 없는 존재들이 있는 장소들을 가리킨다.

익숙한 이곳이 아니라 낯선 저곳, 법칙 안이 아닌 바깥, 우리를 통제하는 장치들(규칙, 해설, 설명 등)이 일소되는 곳. 바로 그곳이 클라리시 리스펙토르의 세계이다.

> 그 꿈은 일종의 슬픈 강박이었다. 꿈은 중간부터 시작됐다.
> 살아 있는 젤리가 있었다. 그것이 젤리의 감정이었다.
> 고요했다. 살아 있는 고요한 젤리는 힘겹게 테이블 위를
> 굴러다녔다. 내려가고, 올라가고, 천천히, 넓게 퍼지지
> 않고. 누가 그 젤리를 잡을까? 아무도 그럴 용기가 없었다.
> 내가 젤리를 봤을 때, 나는 내 얼굴이 반사되어 젤리의
> 삶 속으로 천천히 들어가는 것을 봤다. 나의 변형은
> 중요했다. 나는 녹지 않고 형태만 변했다. 나도 기껏해야
> 숨만 쉬고 있었을 뿐이었다. 공포 속에 욱여넣어진 나는 내
> 사본으로부터—원초적 젤리로부터—달아나려고 했고,

테라스로 나가 마지막 층에서 뛰어내리려고 했다.*

가부장적 사회를 대표하는 문학은 모든 문장이 하나의 주제를 향해 응축되는 구심력을 가진 텍스트들이 주를 이뤘다. 그런 글들은 주제를 설명하는 데 얼마나 유용한지를 기준으로 '필요한' 단어를 선택하고 '불필요한' 것들을 삭제하며 효율성과 경제성을 중요하게 여긴다. 반면 리스펙토르의 여성적 글쓰기는 중심으로부터 멀어지는 원심력에 가깝다. 위에 제시한 인용문을 예로 들어보자. 글이 전개될수록 이야기는 '꿈'이라는 중심에서 점점 멀어진다. 아니, 우리는 이것이 꿈속인지, 꿈 바깥인지 혼란에 빠지고, 이야기는 첫 문장으로부터 달아나 변형을 거쳐 마침내 '테라스로 나가 마지막 층에서 뛰어내린' 것처럼 널리 흩어진다. 그의 글은 한 번도 닿아본 적 없는 곳을 향해 가고, 나는 이런 글을 '멀리 나아가는 글'이라 부르고 싶다.

글쓰기는 존재하지 않았던 것을 너무도 자주 기억하는 일이다.
나는 아무것도 모르는 것을 어떻게 알게 되는 것일까?
그러니까 내 기억처럼. 기억의 노력으로, 마치 내가 한 번도 태어난 적이 없었던 것처럼.
나는 한 번도 살았던 적이 없었다. 그러나 나는 기억한다.

* 본문 735쪽.

그 기억은 생생하다.*

살아본 적 없는 곳을, 존재하지 않았던 것을 리스펙토르는 기억하고, 우리는 그의 기억 속에서(그의 글 속에서) 낯선 세계를 만나 지각하고 감각한다. 그렇게 클라리시 리스펙토르의 세계에서는 존재하지 않는 것들조차 진실이 된다. 그의 말을 빌리자면 진실은 만져지는 것이 아니라 느껴지는 것이니까. "진실은 그 자체로는 정확하고 분명하다 할지라도 우리에게 도달하면 모호해지고, 비가시적이며, 어떤 비밀스러운 감각처럼 오는"** 것이니까.

발견하는 사람

진실을 부르는 그 낯설고 비밀스러운 감각은 일상적인 일화에서도 드러난다. 리스펙토르는 거리 혹은 버스 등 그가 무감각한 상태에 놓인 환경에서 걸인, 택시 기사, 버스 승객과 같은 존재들을 만나고, 그들의 등장으로 어떤 혼란을 느낀다. 이때 그가 느끼는 혼란은 세계를 발견하는 자, 자신을 재인식하는 자의 그것이라고 할 수 있다. 리스펙토르는 새로운 시선을 통해 익숙한 세계를 낯선 곳으로 환원하며, 의식의 가장 깊은 곳을 파고들어 무의식에 이른다. 그의 글에서 우리가 느끼는 낯섦은 일시적인

* 본문 567쪽.
** 본문 263쪽.

감정이 아니다. 그는 마치 선천적인 증상이나 징후처럼 세계를 낯설게 바라보고, 다른 언어로 이야기를 건넨다.

우크라이나의 유대인 가정에서 차야[Chaya]라는 이름으로 (히브리아어로 '생명'이라는 뜻이다. 내전 중에 성폭력의 피해를 입은 리스펙토르의 어머니는 병을 앓았고, 그 당시 병을 치료하기 위해서는 새 생명을 낳아야 한다는 미신을 믿고 아이를 출산했다. 다시 말해 어머니를 살리기 위해 태어난 아이가 리스펙토르였던 것이다. 생명을 살리는 숙명을 안고 태어난 아이는 어머니의 이른 죽음에 주어진 임무를 제대로 수행하지 못했다는 죄책감에 오랫동안 시달렸다) 태어난 리스펙토르는 러시아 내전을 피해 태어난 지 2개월 만에 브라질로 이민을 떠난다. 브라질에 정착한 이후로 그는 '클라리시'라는 새로운 이름을 얻게 되고, 그 이후로 다시는 '차야'로도 고국으로도 돌아가지 않는다. 우리는 이 책에서 언급된 이름들과 명명의 질문을 던지는 그의 글을 통해 유년기가 그에게 미쳤던 영향을 짐작해볼 수 있다. "이름을 얻는 순간 나 자신으로부터 소외됐다"라고 말하는 리스펙토르는 자신의 이름으로부터 망명하여 새로운 정체성을 찾아 나서야 하는 자의 운명을 타고났으리라.

> 이 글은 사랑의 고백이다. 나는 포르투갈어를
> 사랑한다. 쉽지 않은 언어다. 다루기 어렵다. 사유로
> 깊이 다루지 않으면 그 언어는 섬세함이 결여되거나
> 때로는 무분별하게 감정과 경계, 그리고 사랑의 언어로

> 바꾸려고 하는 이들에게 진짜 발길질로 대응하기도 한다.
> 포르투갈어는 글 쓰는 사람에게는 진정한 도전이다.
> 사물과 사람에게서 피상성이라는 첫 꺼풀을 벗겨내며
> 쓰는 사람에게는 특히 그렇다.
> 포르투갈어는 때때로 더 복잡한 생각 앞에서 반응한다.
> 또 때로는 문장의 예측 불가능을 염려한다. 나는 그
> 언어를 다루는 게 좋다—말에 올라타 고삐를 잡고 천천히
> 달리거나 질주하는 것을 좋아하는 것처럼.*

리스펙토르는 '가장 사적인 생각을 할 때, 사랑을 말할 때' 포르투갈어를 쓴다고 밝혔고, 그가 가정에서 썼던 이디시어의 흔적은 그의 안에 감춰져 있었다. 클라리시 리스펙토르의 문학을 연구하는 캐나다 저술가 클레어 바랭은 『불의 언어들』**에서 리스펙토르가 어린 시절부터 하나 이상의 언어를 오가며 "표류"하는 느낌을 받았고, 그 감각이 그의 작품의 특징이 됐다고 설명한다. 우리가 리스펙토르의 언어를 비밀스럽게 느낀다면, 그것은 클레어 바랭이 말한 그 "표류"의 감각과 그의 내밀한 곳에 간직한 모어의 흔적 때문이 아닐까. 온전히 한곳에 속해 있지 않은, 정의 내릴 수 없는 그만의 언어는 리스펙토르에게 하나의 나라이자 국적이었을 것이다.

* 본문 160쪽.
** Claire Varin, *Langues de feu*, Trois, 1990.

한편 리스펙토르가 문학적 도구로 사용한 포르투갈어는 모어가 아닌 한 언어를 선택하고 받아들이고, 그 언어의 주위를 맴돌다 핵심으로 파고들려는 이방인의 그것과 닮았다. 즉, 바깥에서 안으로 침투하는 언어라고 할 수 있는데, 그런 점은 리스펙토르식 글쓰기의 특징이기도 하다. 외부에 떨어져 질문하고, 도발하고, 핵심, 본질을 찾기 위해 서두르며 '임박한' 상태에 이르는 방식 말이다. 거의 다 왔지만 아직 안에 들어가지 않은 그 상태에서 리스펙토르의 글은 말하기 시작한다. 어쩌면 리스펙토르에게 언어는 그 상태에 이르기 위해 올라타는 말이 아니었을까. 나는 그의 글이 어떤 결론을 향해 달려가거나 구성을 쌓는 과정이 아닌 하나의 상태를 포착하고 있다고 생각한다. 어떤 순간을 포착하여 정확히 보려는 그의 욕망은 민첩하고 섬세한 언어를 만들었고, 또 순간에 이르고자 하는, 순간의 "있음"("모든 것이 하나의 순간에 속에 있다, 나는 이 '있음'을 붙잡고 싶다"*)을 말하고자 하는 열망은 그의 언어에 변형 가능한 질료의 질감을 주며, 포착한 무언가를 품는 힘을 갖게 했다.

타자를 품기

작가의 소설과는 조금 다른 결을 보여주는 이 산문집에서 우리가 발견할 수 있는 리스펙토르의 새로운 면모는 모성이다. 우리는 이 모성을 클라리시 리스펙토르의 두 아들을 향한 사랑만이

* 클라리시 리스펙토르, 『아구아 비바』, 민승남 옮김, 을유문화사, 2023.

아니라(리스펙토르는 어머니로서 자신의 정체성을 무엇보다 중요하게 여겼다), 자기 안에 타자를 품어본 적 있는 모체의 경험이 혈육을 향한 사랑을 넘어 타자를 향한 사랑으로 확장되는 경험으로 바라봐야 한다.

> 내가 그것을 위해 태어났고 그것을 위해 생을 바칠 수 있다고 느끼는 게 세 가지 있다. 나는 타인을 사랑하기 위해, 글을 쓰기 위해, 내 아이들을 기르기 위해 태어났다. "타인을 사랑하기"는 범위가 아주 광대한데, 거기에는 다른 사람들과 더불어 나 자신을 용서하는 일까지 포함된다. 그 세 가지 일은 그것들을 인정하기에 너무 짧은 내 삶만큼이나 중요하다. 그러니 서둘러야 한다. 시간이 없다. 내 삶에 결정적인 순간을 단 1분도 허비할 수 없다. 타인을 사랑하는 것은 내가 아는 유일한 개인적 구원이다. 사랑을 주고 또 때로는 그 대가로 사랑을 받는다면 아무도 길을 잃지 않을 것이다.*

클라리시 리스펙토르는 칼럼니스트로 활동하면서 자신의 지면에 수많은 타인을 초대했다. 페르난두 페소아, 시쿠 부아르키, 카를루스 올리베이라 등 유명 작가부터 음악인, 화가, 연극인, 리스펙토르의 두 아들, 친구, 가정부를 비롯해 여러 독자의 이름

* 본문 161쪽.

이 이곳에 거론됐고, 발언권을 얻었으며, 때로는 이야기의 주인공이 되기도 했다. 오랫동안 여성적 글쓰기가 자기 경험을 언어화하고, 자아의 내밀한 곳의 탐색을 통해 '나'를 억압된 타자로 바라보는 일이었다면, 리스펙토르는 그것에서부터 한발 더 나아가 자신의 글에 타자를 초대해 그의 언어 안으로 들어가 그를 경험하고, 이해하며, '나'와 '타자' 사이의 차이와 교감과 사랑을 말하는 자리를 마련했다.

엘렌 식수는 "타자는 자신의 모든 형태로 나에게 나를 선사한다"라고 말했고, 이곳에서 리스펙토르가 초대한 타자들은 모든 형태로 리스펙토르에게 리스펙토르를 선사한다. 작가 리스펙토르, 브라질인 리스펙토르, 두 아들의 어머니인 리스펙토르, 가난한 이들에게 연민을 느끼는 리스펙토르, 화재 사고에서 살아남은 리스펙토르, 사교인 리스펙토르, 여자 리스펙토르. 그리고 그 모든 순간에 그는 타자를 통해 자신과 타자 사이의 간극과 또 다른 자신이 될 수 있는 가능성으로서의 타자를 경험한다. 그에게 타자란 자기 안의 무의식에 가까운 어떤 것(리스펙토르는 무의식적으로 어떤 것이 올 때 글을 쓴다고 말했다), 그의 안에서 그를 쓰게 하는 어떤 것을 깨우는 존재였을 것이다. '나'는 무수히 많은 '타자'를 통해서 '나'로서 존재하고, 그렇게 발견한 '나'가 어떤 목소리를 낼 때 우리는 비로소 글을 쓰기 시작할 수 있으니까.

"타인에게 나를 주고, 그의 타자성에 나를 열고, 그를 매개로 나를 바쳐 자아와 존재의 은총을 받는 것이다."*

자기 안에 타자를 품는 일은 한 작가가 글을 품는 일과 같으며, 리스펙토르의 경우는 직관의 목소리를 품는 일이라고 할 수 있겠다. 클라리시 리스펙토르는 그 직관의 목소리에 자신을 온전히 내어주고, 자신을 열고, 자신을 바쳐서 글이라는 은총을 받길 원했다. 그러나 그 은총은 단지 글만을 위한 것은 아니었을 것이다. 어머니가 아이를 품는 일이 아이만을 위한 것이 아니라 어머니의 온전한 능력이자 고유한 경험이 되는 것처럼, 그에게 목소리를 품는 일은 글쓰기를 통해 세상을 인식하고 발견하는 일이었으며, 그의 영혼과 진실을 구하는 일이기도 했다.

> 글쓰기는 붙들린 영혼을 구하고 자신이 쓸모없다고
> 느끼는 사람을 구하며 우리가 살아가는 하루를 구하는데,
> 이것은 글을 쓰지 않는다면 절대 이해할 수 없다. 글쓰기는
> 이해하려고 하는 것이고 재현할 수 없는 것들을 재현하는
> 일이며 단지 모호하고 답답하게 남아 있는 감정들을
> 깊이 느껴보는 일이다. 글쓰기는 축복받지 못한 인생을
> 축복하는 일이기도 하다.**

소설가 클라리시 리스펙토르가 아닌 칼럼니스트 리스펙토르의 글을 엮은 이 책이 그의 영혼의 목소리와 그의 글쓰기, 타자를

* 본문 680쪽.

** 본문 222쪽.

향한 사랑, 작가가 세상과 자기 자신을 발견하는 과정을 이해하는 데 도움이 된다면 옮긴이로서 더 바랄 게 없겠다.

클라리시 리스펙토르의 글을 옮기며 깨달은 것은 무언가를 이해하는 일은 지능이 아닌 온몸의 감각과 심장으로 행해져야 한다는 것이다. 다시 말해 '나를 여는 것, 나를 바쳐 자아와 존재의 은총을 받는 것' 말이다. 이성과 규범, 규정 바깥에 있는 리스펙토르의 세계에서 해석과 해설을 자유롭게 뛰어넘어 그의 글을 온전히 감각하는 시간을 누려보시기를 바란다. 우리가 그의 문학을 향해 우리를 활짝 열 수 있다면, 리스펙토르라는 타자는 우리에게 우리 자신과 새로운 세계를 발견하는 기쁨을 선사할 것이다.

2023년 12월 31일

신유진